KB014469

피라미드

옮긴이 박진세
출판 기획 일을 하고 있다. 옮긴 책으로 헨닝 망켈의 『리가의 개들』, 『얼굴 없는 살인
자』, 에드 맥베인의 『죽음이 갈라놓을 때까지』, 『레이디 킬러』, 『살인자의 선택』, 『마약
밀매인』, 『노상강도』, 『살의의 쐐기』, 제임스 리 버크의 『네온 레인』, 엘러리 퀸의 『탐
정, 범죄, 미스터리의 간략한 역사』 등이 있다.

PYRAMIDEN

피라미드

헨닝 망켈 지음 | 박진세 옮김

피니스
아프리카에

따뜻함, 감사 그리고 적지 않은 존경을 담아

롤프 라스고르드에게.

그는 발란데르에 관한

나도 몰랐던 많은 조언을 해 주었다

차 례

† 일러두기

본문의 모든 주는 옮긴이 주입니다.

서문

쿠르트 발란데르 시리즈의 여덟 번째이자 마지막 작품(편집자 주: 이 책을 쓴 때 기준)을 쓴 후에야 내가 항상 찾았지만 찾지 못했던 부제가 생각났다. 모든 것, 아니면 적어도 그 대부분이 끝났을 때 나는 당연히 그 부제가 '스웨덴의 불안에 대한 소설들'이어야 했다는 것을 깨달았다.

하지만 말할 것도 없이 그 통찰력에 너무 늦게 도달했다. 그 책들이 늘 한 가지 주제의 변형이었다는 사실에도 불구하고. '1990년대 복지국가 스웨덴에 무슨 일이 있었는가? 복지국가의 토대가 더 이상 온전치 않다면 민주주의가 살아남을 수 있을까? 오늘날 스웨덴 민주주의의 대가는 너무 크며 그것을 지불할 가치가 있는가?'

그리고 내가 받은 편지 대부분의 논제 역시 정확히 이 질문들이었다. 독자들은 공유할 현명한 생각들이 많았다. 정말로 나는 발란데르가 복지국가와 민주주의 간의 관계에 커 가는 불안, 분노 그리고 건전한 통찰력에 대한 대변인 역할을 해 왔다는 내 인상에 확신을 느낀다. 들어 본 적도 없는 세계의 각지에서 온 두꺼운 편지와 엽서 들, 엉뚱한 시간에 걸려 온 전화들, 이메일을 통해 내게 말한 흥분된 목소리들이 있었다.

복지국가와 민주주의 문제를 뛰어넘는 또 다른 질문들 또한 들어왔다. 그것 중 일부는 많은 독자가 유쾌해하며 발견한 모순들이었다.

독자들이 집어낸 모든 '잘못'은 옳았다. (그리고 이 책에서도 모순이 발견될 것이라는 사실을 즉시 덧붙이는 바이다. 간단히 말해 이 책도 그럴 것이다. 어떤 편집자에게도 욕하지 말길. 나는 에바 스텐베리보다 더 나은 편집자를 구할 수 없을 것이다.)

하지만 편지 대부분은 다음과 같은 물음이었다. 시리즈를 시작하기 전 발란데르에게 무슨 일이 있었는가? 정확한 날짜를 언급하자면, 1990년 1월 8일 이전의 모든 일. 『얼굴 없는 살인자』 도입부에서 발란데르가 침대에서 눈을 뜬 때는 겨울 이른 아침이었다. 모든 것이 어떻게 시작되었는지 사람들이 궁금해한다는 사실에 나는 크게 공감했다. 발란데르는 마흔셋을 향해 가는 마흔둘의 나이에 처음 등장했다. 하지만 그때 그는 이미 오랫동안 경찰이었고, 결혼했다가 이혼했으며, 아이가 하나 있었고, 오래전에 말뫼에서 위스타드로 왔다.

독자들은 궁금해했다. 그리고 당연히 나 또한 가끔은 궁금했다. 지난 9년간 나는 이따금 서랍을 청소하면서 먼지 쌓인 원고 더미를 들추어 보고 디스켓들을 뒤져 보았다.

몇 년 전 다섯 번째 책 『사이드 트랙』을 마친 직후, 나는 시리즈 시작 훨씬 이전에 일어난 이야기들을 머릿속에서 쓰기 시작했다는 것을 깨달았다. 또다시 이 마법 같은 날짜인 1990년 1월 8일을.

지금 나는 그 이야기들을 모았다. 어떤 것들은 이미 신문에 연재되었다. 내가 가볍게 쓴 것들은. 몇몇 연대기적 오류와 필요 없는 말들은 삭제되었다. 이 이야기 중 둘은 전에 발표된 적 없다.

하지만 책상을 정리하려고 지금 이 이야기들을 출간하는 것은 아니다. 작년 한 해에 쓴 것에 느낌표를 찍기 위해 이 책을 출간하는 것이다. 게가 걷는 방식처럼 뒤로 가는 게 좋을 수도 있다. 시작으로.
1990년 1월 8일 이전으로.

그림이 완벽하지는 않을 것이다. 하지만 이 조각들이 그 일부가 되
리라고 생각한다.

나머지는 침묵으로 남는 법이다.

헨닝 망켈
1999년 1월

발란데르의 첫 번째 사건

1

처음에는 모든 것이 안개뿐이었다.

아니면 모든 것이 희고 고요한 농밀한 바다 같은 것인지도 몰랐다. 죽음의 풍경. 그것이 쿠르트 발란데르가 천천히 수면으로 떠오르기 시작했을 때 처음 떠오른 생각이기도 했다. 그는 이미 죽어 있었다. 더 이상 스물한 살에 이르지 못했다. 막 어른이 된 젊은 경찰. 이내 어떤 낯선 자가 칼을 들고 그에게 달려들었고, 그는 안전하게 피할 시간이 없었다.

그 뒤로 하얀 안개만이 남았다. 그리고 침묵.

그는 천천히 깨어나 천천히 정신이 들었다. 머릿속에서 맴돌던 이미지는 확실치 않았다. 나비를 잡듯이 하늘을 나는 그것들을 잡으려고 애썼다. 하지만 그 인상은 사라져 버렸고, 엄청난 노력을 기울여서야 실제로 무슨 일이 일어났는지 재구성할 수 있었다.

발란데르는 비번이었다. 1969년 6월 3일에 그는 막 모나를 덴마크행 페리 중 하나로 데려갔는데, 그 페리는 새 모델인 수중익선水中翼船 선체의 흘수선 아래 수중익을 장치한 배이 아닌 옛날식 배로, 코펜하겐으로 가는 길에 푸짐한 식사를 즐길 여유가 있는 배였다. 그녀는 친구를 만날 예정이었고, 그들은 십중팔구 티볼리Tivoli 덴마크 코펜하겐에 위치한 유원지로 갈 계획이었으며, 옷 쇼핑도 할 것이었다. 발란데르는 쉬는 날이었기에 따라가길 원했지만 그녀는 거절했다. 그 여행은 그녀와 그녀의 친구를 위한 것이었다. 남자들은 허락되지 않았다.

지금 그는 부두에서 통통거리며 멀어지는 배를 지켜보았다. 모나는 저녁에 돌아올 예정이고, 그는 이곳에서 그녀를 맞기로 약속했다. 만약 날씨가 지금처럼 좋다면 그들은 산책한 다음 로센고르드에 있는 그의 아파트로 갈 것이었다.

발란데르는 그 생각에 흥분하기 시작했다. 그는 구겨진 바지를 펴고 길을 건너 역으로 걸었다. 언제나처럼 존 실버 담배 한 갑을 산 다음 역 건물에서 벗어나기도 전에 담배에 불을 붙였다.

발란데르는 그날 계획이 없었다. 화요일이었고, 한가했다. 그는 야근이 많았는데, 특히 룬드와 말뫼에서 대규모 베트남전 반대 시위가 빈번했기 때문이었다. 말뫼에서는 경찰과 충돌이 일었다. 발란데르는 그 모든 상황이 불쾌했다. 미국이 베트남에서 철수해야 한다는 시위자들의 요구를 어떻게 생각해야 할지 확신하지 못했다. 전날 그에 관해 모나와 이야기하려 해 봤지만 그녀는 '시위자들이 말썽꾼'이라는 것 외에 다른 의견이 없었다. 모든 것을 차치하고 세계 최강의 군사력이 아시아의 가난한 농업 국가를 대대적으로 파괴—혹은 그가 어디서 읽은, 어느 미국의 고위 군사 관계자의 말대로 '석기시대'로 회귀하게 만들겠다고 한—하는 것이 옳지 않을지도 모른다고 발란데르가 주장했을 때, 그녀는 반격하며 자신은 공산주의자와 결혼할 생각이 전혀 없다고 말했다.

그 말이 그의 입을 닥치게 했다. 두 사람의 토론은 더 이상 이어지지 않았다. 그리고 그는 모나와 결혼할 생각이었고, 그것을 확신했다. 연갈색 머리에 코끝이 뾰족하고 턱 선이 날렵한 여자. 그가 만난 최고의 미인은 아닐 터였다. 하지만 그럼에도 그가 원한 여자였다.

그들은 작년에 만났다. 그 전에 발란데르는 시내 해운 회사에서 근무하는 헬레나라는 여자와 1년 이상 만났었다. 갑자기 어느 날 그녀는 다른 사람을 만났으니 그만 끝내자고 말했다. 발란데르는 말문이 막혔다. 그 후 그는 집에서 울며 주말을 보냈다. 그는 질투심에 미쳐 있다가 간신히 눈물을 멈추고 센트랄 역에 있는 술집으로 가서 엄청나게 마셨다. 그리고 다시 집으로 돌아가 이어 울었다. 이제 그 술집 입구를 지나친다면 몸을 떨 것이었다. 그는 다시는 그곳에 발을 들이지 않았다.

그리고 발란데르는 마음을 바꿔 돌아오라고 헬레나에게 간청하는 힘든 몇 달을 보냈다. 하지만 그녀는 완강히 거부했고, 급기야 그의 집착에 짜증이 날 대로 나 경찰에 찾아가겠다고 엄포를 놓았다. 그제야 발란데르는 물러났다. 그러자 이상하게도 마침내 모든 게 끝난 것 같았다. 헬레나는 새 남자와 평화로울 수 있었다. 어느 금요일에 있던 일이었다.

같은 날 저녁 그는 해협을 가로질러 여행을 떠났다가 코펜하겐에서 돌아오는 길에 뜨개질하고 있는 여자 옆에 앉게 되었다. 그녀의 이름은 모나였다.

발란데르는 생각에 잠긴 채 시내를 가로질렀다. 모나와 그녀의 친구가 지금 뭘 하고 있을지 궁금했다. 이내 그는 일주일 전에 있었던 일을 생각했다. 감당할 수 없을 만큼 과격해진 시위. 아니면 자신이 그 상황을 올바르게 판단하는 데 실패한 걸까? 발란데르는 필요하게 될 때까지 후방에서 대기하라고 명령받은 급조된 경찰 병력이었다. 그들은 소요가 일어났을 때만 소집되었다. 그것은 결국 상황을 더욱 악화시키는 역할만 했다.

　발란데르가 사실 정치에 관해 논의하려고 한 유일한 사람은 아버지였다. 아버지는 예순 살이었고, 막 외스텔렌으로 이사하려고 마음먹은 참이었다. 아버지는 발란데르가 기분을 예측하기 어려운 변덕스러운 사람이었다. 특히 그의 아버지는 한때 너무 화가 난 이후로 아들과 거의 의절했었다. 몇 년 전 발란데르가 집에 와 아버지에게 경찰이 될 생각이라고 말했을 때의 일이었다. 아버지는 늘 유성물감과 커피 냄새가 풍기는 작업실에 앉아 있었다. 그는 발란데르에게 붓을 집어 던지고, 나가서 다신 돌아오지 말라고 말했다. 그는 집안의 경찰을 참을 생각이 없었다. 맹렬한 싸움이 일었다. 하지만 발란데르는 주장을 굽히지 않고 경찰에 들어갈 생각이었고, 세상의 모든 붓이 날아온다 해도 그 생각을 바꿀 수 없었다. 싸움은 갑작스레 끝났다. 아버지는 험악한 침묵 속으로 도피했고, 이젤 앞으로 돌아앉았다. 그런 다음 모형을 모델 삼아 고집스럽게 뇌조의 아우트라인을 그리기 시작했다. 그는 이따금 뇌조를 그려 넣음으로써 변화를 준, 나무가 울창한 풍경의 같은 모티프를 선택했다.

　발란데르는 아버지를 생각하면 얼굴이 찌푸려졌다. 엄밀히 말해 두 사람은 어떤 화해에도 이르지 않았다. 하지만 이제 두 사람은 다시 말은 나누게 되었다. 발란데르는 종종 경찰 훈련을 받는 동안 돌아가신 어머니가 어떻게 남편을 참을 수 있었는지 궁금했다. 발란데르의 누나 크리스티나는 그럴 수 있게 되자마자 집을 떠날 만큼 충분히 영리했고, 지금 스톡홀름에서 살고 있다.

　시간이 10시를 가리켰다. 미풍만이 말뫼 거리를 식혀 주었다. 발란데르는 NK 백화점 옆에 있는 카페로 걸어 들어갔다. 커피와 샌드위치를 주문하고 「아르베테트」와 「쉬스벤스칸」 신문을 훑어보았다. 두 신문에는 시위자와 관련한 경찰의 행동을 칭찬하거나 비난하는 사람들이 편집자에게 보낸 편지가 실려 있었다. 발란데르는 잽싸게 그것들을 패스했다. 그것을 읽을 에너지가 남아 있지 않았다. 그는 폭동 진압 경찰에게 곧 더 이상 어떤 임무도 주어지지 않길 희망했다. 그는 범죄 수사관이 될 생각이었다. 처음부터 그 생각이 명확했고, 그것을 조금도 숨길 생각이 없었다. 불과 몇 달 안에 폭력 사건과 더 심각한 범죄를 수사하는 부서 중 하나에서 일할 것이었다.

갑자기 누가 그 앞에 서 있었다. 발란데르는 커피 잔을 들고 있었다. 그는 올려다보았다. 열일곱쯤 되는 긴 머리 소녀였다. 그녀는 매우 창백한 얼굴로 분노에 차 그를 노려보고 있었다. 이내 그녀는 머리칼이 얼굴을 덮도록 머리를 숙이더니 뒷덜미를 가리켰다.

"여기요." 그녀가 말했다. "당신이 내 여길 쳤어요."

발란데르는 잔을 내려놓았다. 그는 아무것도 이해할 수 없었다.

그녀가 다시 몸을 폈다.

"무슨 말인지 전혀 이해가 안 가는데요." 발란데르가 말했다.

"당신, 경찰 아니에요?"

"맞아요."

"시위가 있었을 때 거기 있었죠?"

발란데르는 그제야 알아들었다. 그녀는 유니폼을 입고 있지 않았는데도 자신을 알아보았다.

"난 누구도 때린 적 없는데." 그가 대답했다.

"경찰봉을 누가 쥔 게 중요해요? 당신은 거기 있었어요. 그러니까 당신은 우리와 대항해 싸운 거라고요."

"당신은 시위의 규정을 따르지 않았어요." 발란데르는 그렇게 말했고, 그 말은 부적절하게 들렸다.

"난 정말 경찰이 싫어." 그녀가 말했다. "난 여기서 커피를 마실 생각이었지만 이제 다른 데로 갈 거예요."

그리고 그녀는 나갔다. 카운터 뒤의 웨이트리스가 발란데르에게 굳은 표정을 지었다. 마치 그가 자신에게서 손님을 빼앗았다는 듯이.

발란데르는 돈을 치르고 밖으로 나왔다. 샌드위치는 반쯤 먹다 만 채였다. 그 소녀와의 일은 그를 상당히 동요시켰다. 마치 자신이 짙푸른 색 바지에 밝은 빛깔 셔츠와 녹색 재킷이 아닌 제복을 입고 있는 것 같았다.

길에서 하는 업무에서 벗어나야 해. 그는 생각했다. 형사실로, 수사 회의와 범죄 현장들로 가야 해. 더 이상 항의가 없는 곳으로. 아니면 병가를 내야 할 거야.

그는 더 빨리 걷기 시작했다. 로센고르드로 가는 버스를 타야 할지 말지 고민했다. 하지만 운동이 필요하다고 결정했고, 아는 사람과 부딪히지 않고 눈에도 띄지 않아야 했다.

하지만 아니나 다를까 그는 폴크파르켄 공원에서 아버지와 마주쳤다. 아버지는 갈색 종이로 싼 그림에 짓눌려 걷고 있었다. 고개를 숙이고 걷고 있던 발란데르는 투명인간이 되기에는 너무 늦게 아버지를 발견했다. 아버지는 이상한 모자에 두꺼운 코트 차림이었고, 그 안에는 추리닝에 양말 없이 운동화를 신고 있었다.

발란데르는 신음을 냈다. 부랑자 같군. 그는 생각했다. 왜 최소한 적절한 차림을 할 수 없는 거지?

아버지는 그림을 내려놓고 한숨을 쉬었다.

"왜 제복을 안 입고 있는 게냐?" 아버지가 인사도 없이 물었다. "이젠 더 이상 경찰이 아닌 게냐?"

"오늘은 쉬는 날이에요."

"경찰들은 쉬는 날이 없다고 생각했는데. 악마에게서 우릴 구하기 위해 말이다."

발란데르는 간신히 화를 제어했다.

"왜 겨울 코트를 입고 계세요?" 대신 그는 그렇게 물었다. "이십 도인데요."

"그런지 모르겠지만," 아버지가 대꾸했다. "난 되도록 땀을 많이 흘려서 건강을 유지하려는 게다. 너도 그래야 해."

"여름엔 겨울 코트를 입으시면 안 돼요."

"그렇다면 넌 아플 게다."

"하지만 전 아픈 적이 없어요."

"아직은. 곧 그렇게 될 게다."

"아버지가 어떻게 보이는지나 아세요?"

"난 거울을 보는 데 시간을 쓰지 않아."

"유월에 겨울 모자를 쓰고 계시다고요."

"어디 할 수 있으면 벗겨 보거라. 그럼 널 폭행으로 신고할 테니. 넌 거기서 시위자들을 두들겨 팼겠지?"

아버지까지 이럴 순 없어. 발란데르는 생각했다. 그건 불가능해.

아버지는 결코 정치에 관심을 가진 적이 없었잖아. 가끔 아버지와 그에 관해 토의하려고 했을 때에도.

하지만 발란데르는 착각했다.

"사리를 아는 사람이라면 그 전쟁과 거리를 둬야 해." 아버지는 단호하게 말했다.

"누구나 자신의 일을 해야 해요." 발란데르는 간신히 차분한 말투로 말했다.

"내가 무슨 말을 하는지 알 텐데. 넌 결코 경찰이 되지 말았어야 해. 하지만 말을 듣지 않았지. 그리고 이제 네가 뭘 하고 있는지 봐라. 곤봉으로 무고한 어린애들의 머리를 내리치고 있잖니."

"전 평생 어느 한 사람 때린 적 없어요." 벌컥 화가 치민 발란데르가 대꾸했다. "그리고 어쨌든 우린 곤봉을 사용하지 않아요. 경찰봉을 사용하지. 그 그림을 들고 어딜 가시는 거예요?"

"이것과 가습기를 교환하러 간다."

"가습기가 왜 필요하신데요?"

"새 매트리스도 그림과 교환할 생각이다. 지금 내가 가진 건 끔찍해. 허리가 아파."

발란데르는 아버지가 종종 여러 단계를 거치는 희한한 물물교환 끝에 정말로 필요한 물건을 구한다는 것을 알았다.

"제가 도와 드려요?" 발란데르가 물었다.

"어떤 경찰의 보호도 필요 없다. 하지만 어느 날 밤에 와서 카드는 할 수 있겠지."

"그럴게요." 발란데르가 말했다. "시간이 날 때요."

카드놀이. 그는 생각했다. 아버지와 나 사이의 마지막 끈.

아버지는 그림을 들어 올렸다.

"왜 난 손주가 없는 게냐?" 아버지가 물었다.

하지만 아버지는 대답을 기다리지 않고 가 버렸다.

발란데르는 아버지 뒷모습을 바라보며 서 있었다. 아버지가 외스텔렌으로 이사하게 되어 다행이라고 생각했다. 더 이상 아버지와 마주칠 위험을 무릅쓰지 않아도 되어서.

발란데르는 로센고르드에 있는 낡은 건물에서 살았다. 전 지역이 끊임없는 철거의 위협에 놓여 있었다. 비록 모나가 결혼하면 살 다른 곳을 찾아야 할 것이라고 말했지만 그는 여기서 행복했다. 발란데르의 아파트는 방 하나, 부엌 그리고 작은 욕실로 된 구조였다. 이것이 그의 첫 집이었다. 그는 여러 중고 가게와 경매에서 가구를 샀다. 꽃과 열대 섬 들이 그려진 벽에 포스터들이 붙어 있었다. 이따금 아버지가 방문했기 때문에 소파 위 벽에 아버지의 풍경화도 걸어야겠다고 느꼈다. 그는 뇌조가 없는 그림을 골랐다.

하지만 방에 가장 필요한 것은 레코드플레이어였다. 발란데르에게는 레코드판이 많지 않고, 가진 것 거의 모두가 오페라였다. 이따금 동료들을 집에 들일 때면 그들은 항상 어떻게 이런 음악을 들을 수 있느냐고 물었다. 그래서 그는 손님을 맞을 때 트는 몇몇 다른 레코드판을 구비했다. 왠지 모르게 많은 경찰이 로이 오비슨1960년대에 큰 인기를 얻은 미국 가수을 좋아하는 것 같았다.

그는 1시 넘어 간단히 점심을 먹고 커피를 마신 다음 유시 비엘링 스웨덴의 테너 가수의 음반을 들으며 집 안을 치웠다. 그것은 그가 처음 산 음반이었고, 믿을 수 없을 만큼 긁혀 있었지만 그는 종종, 집에 불이 나면 가장 먼저 구할 게 그것이라고 생각했다.

그가 막 두 번째 레코드를 올린 참에 천장에서 쿵 소리가 났다. 발란데르는 볼륨을 줄였다. 건물 벽은 얇았다. 위층에 꽃집을 운영하다 은퇴한 여자가 살았다. 그녀의 이름은 린네아 알름크비스트였다. 그녀는 바닥을 쳐야 할 만큼 그가 음악을 너무 크게 튼다고 생각했다. 그러면 그는 순순히 볼륨을 줄였다. 열어 둔 창문에 모나가 건 커튼이 펄럭였고, 그는 침대에 누웠다. 피곤했고, 게으름을 피우고 싶었다. 그는 쉴 권리가 있었다. 남성 잡지 「렉튀르」를 훑기 시작했다. 모나가 올 때마다 그 잡지를 주의 깊게 숨겼다. 하지만 곧 바닥에 그 잡지를 떨어뜨리고 잠에 빠졌다.

그는 빵 소리에 깜짝 놀라 잠에서 깼다. 그 소리가 어디서 났는지 생각할 수 없었다. 몸을 일으켜 바닥에 무엇이 떨어지기라도 했는지 보려고 부엌으로 걸음을 옮겼다. 하지만 모든 것이 제자리에 있었다. 방으로 돌아가 창밖을 내다보았다. 건물 사이의 마당은 비어 있었다. 빨랫줄에 널린 파란색 작업복 한 벌이 미풍에 살랑거리고 있었다. 발란데르는 침대로 돌아갔다. 꿈을 꾸었었다. 카페에서 만난 소녀 꿈. 하지만 그 꿈은 명확하지 않았고 말이 되지 않았다.

그는 몸을 일으켜 손목시계를 보았다. 4시 15분. 두 시간 이상 잠들어 있었다. 그는 식탁 앞에 앉아 사야 할 것들을 적었다. 술은 모나가 코펜하겐에서 사 오기로 했다. 종이쪽지를 주머니에 넣고 등 뒤로 문을 닫았다. 그는 복도의 희미한 불빛 속에 서 있었다. 이웃집 문이 살짝 열려 있었다. 그 집에 사는 남자는 극히 개인주의적인 데다 지난 5월에는 자물쇠를 추가로 설치한 터라 열린 문에 놀랐다. 발란데르는 열린 문을 무시할지 생각하다 노크하기로 마음먹었다. 혼자 사는 남자는 아르투르 홀렌이라는 전직 어부였다. 그는 발란데르가 이사 오기 전부터 이 건물에 살고 있었다. 보통 서로 인사를 나누는 사이였고, 이따금 계단에서 마주치면 몇 마디 말을 나누기도 했지만 그 이상은 없었다. 발란데르는 홀렌을 찾는 방문자를 본 적도, 방문자의 소리를 들은 적도 없었다. 아침에 그는 라디오를 들었고, 저녁이면 텔레비전을 켰다. 하지만 10시쯤에는 모든 것이 조용했다. 발란데르는 밤에 찾아오는 자신의 방문자를 홀렌이 얼마나 자주 알아챘을지 간혹 궁금했다. 특히 밤의 들뜬 소리를. 하지만 그는 물론 묻는 법이 없었다.

발란데르는 다시 노크했다. 무응답. 이내 문을 열고 소리쳤다. 조용했다. 머뭇거리며 복도에 발을 들였다. 퀴퀴한 노인 냄새가 났다. 발란데르는 다시 불러 보았다.

밖에 나갈 때 문을 잠그는 걸 잊은 거야. 발란데르는 생각했다. 어쨌든 그는 일흔 살쯤 됐으니까. 건망증이 시작된 게 틀림없어.

발란데르는 부엌을 힐끗 보았다. 구겨진 축구 복권이 커피 잔 옆 반짝이는 테이블보에 놓여 있었다. 방으로 통하는 커튼을 옆으로 밀쳤다. 그는 움찔했다. 홀렌이 바닥에 누워 있었다. 흰 셔츠가 피로 물들어 있었다. 리볼버가 그의 손 옆에 놓여 있었다.

그 빵 소리. 발란데르는 생각했다. 내가 들은 게 총소리였어.

그는 욕지기가 이는 것을 느꼈다. 시체는 여러 번 보았다. 익사 혹은 목매달아 자살한 사람들. 불에 타 죽거나 교통사고로 형체도 알아볼 수 없을 만큼 뭉개진 사람들. 하지만 그는 시체에 익숙해지지 않았다.

그는 방을 둘러보았다. 홀렌의 아파트는 자신의 아파트를 거울로 비춘 것 같았다. 세간은 빈약한 인상을 주었다. 화분 하나 장식품 하나 없었다. 침대는 정돈되어 있지 않았다.

발란데르는 약간의 시간을 더 들여 시체를 조사했다. 홀렌은 가슴에 대고 스스로 방아쇠를 당긴 것이 분명했다. 그리고 죽었다. 발란데르는 그것을 확인하기 위해 맥박을 체크할 필요가 없었다.

그는 서둘러 자신의 아파트로 돌아가 경찰에 전화했다. 그들에게 자신이 동료인 경찰이라고 말하고 무슨 일이 일어났는지 알렸다. 그리고 거리로 나가 처음으로 도착할 응답자들을 기다렸다.

경찰과 응급 구조대가 거의 동시에 도착했다. 발란데르는 그들이 차에서 내릴 때 고개를 끄덕여 보였다. 그는 그들 모두를 알았다.

"거기서 뭘 발견했는데?" 순찰 경관 한 명이 물었다. 그의 이름은 스벤 스벤손이었다. 그는 란스크로나 출신으로, 전에 절도범을 쫓다 덤불에 떨어져 수많은 가시에 아랫배를 찔린 적이 있은 후로 늘 '가시'로 불렸다.

"내 이웃." 발란데르가 말했다. "자살했어."

"헴베리가 오고 있어." 가시가 말했다. "수사반이 모든 걸 조사할 거야."

발란데르는 끄덕였다. 그는 알았다. 모든 치명적인 사건은 그게 아무리 자연스럽게 보이더라도 조사가 이루어져야 했다.

헴베르는 모두에게는 아니더라도 분명 평판이 좋은 남자였다. 그는 쉽게 화를 냈고, 동료들을 불쾌하게 하는 사람일 수도 있었다. 하지만 동시에 정말 아무도 그에게 반박하지 못할 만큼, 직업적인 면에 있어서는 거장 같은 사람이었다. 발란데르는 슬슬 초조해지기 시작했다. 내가 뭘 잘못했을까? 만약 그렇다면 헴베르는 즉시 내게 그것을 알게 할 터였다. 그리고 헴베리 경위야말로 부서가 이동되는 대로 같이 일하고 싶은 사람이었다.

발란데르는 기다리며 길에서 머물렀다. 검은색 볼보가 연석에 서더니 헴베리가 내렸다. 그는 혼자였다. 그가 발란데르를 알아보는 데 몇 초 걸렸다.

"대체 여기서 뭘 하나?" 헴베리가 물었다.

"전 여기 삽니다." 발란데르가 대답했다. "총으로 자살한 사람이 제 이웃입니다. 제가 신고했습니다."

헴베리는 흥미 있다는 듯이 눈썹을 치켜올렸다.

"그를 봤나?"

"'봤다'는 게 무슨 말씀이십니까?"

"그가 총을 쏘는 걸 봤나?"

"물론 아닙니다."

"그럼 그게 자살이라는 걸 어떻게 알지?"

"총이 시체 바로 옆에 놓여 있었습니다."

"그래서?"

발란데르는 그 말에 뭐라고 해야 할지 몰랐다.

"올바른 의문을 제기해야 하는 법을 배워야 해." 헴베리가 말했다.

"만약 자네가 수사관으로 일할 거라면, 내겐 이미 생각하는 법을 모르는 사람이 충분하네. 한 명을 더 추가하고 싶진 않아."

이내 그는 방침을 바꿔 보다 친근한 어조를 취했다.

"자네가 자살이라고 한다면 아마 그렇겠지. 시체는 어디 있나?"

발란데르는 입구를 가리켰다. 그들은 안으로 들어갔다.

발란데르는 헴베리가 하는 일을 조심스럽게 좇았다. 시체 옆에 쭈그리고 앉아 도착한 검시관과 총알의 입사각에 관해 이야기를 나누는 그를 지켜보았다. 총, 시체, 손의 위치를 조사하는. 곧 그는 서랍장의 내용물, 찬장 그리고 옷가지를 조사하며 아파트를 돌아다녔다.

한 시간쯤 후 조사를 마쳤다. 그는 부엌에서 손짓으로 발란데르를 불렀다.

"분명 자살처럼 보이는군." 헴베리가 식탁 위의 축구 복권을 무심코 손으로 펴 읽으며 말했다.

"빵 소리를 들었습니다." 발란데르가 말했다. "그게 총소리였을 겁니다."

"다른 소린 못 들었고?"

발란데르는 사실대로 말하는 것이 최선이라고 생각했다.

"저는 낮잠을 자고 있었습니다." 그가 말했다. "갑작스러운 소음에 깼죠."

"그리고? 누군가가 복도를 뛰어가는 소리는 안 들렸나?"

"네."

"그와 알고 지냈나?"

발란데르는 자신이 아는 것을 말했다.

"친척은 없었고?"

"제가 아는 한은 없었습니다."

"우린 그걸 조사해야 할 걸세."

헴베리는 잠시 조용히 앉아 있었다.

"가족사진이 없군." 그는 말을 이었다. "서랍장 안에도, 벽에도. 서랍 안엔 아무것도 없네. 오래된 항해 관련 일지 두 권을 빼면. 내가 찾은 유일하게 흥미 있는 건 병 안의 컬러풀한 딱정벌레일세. 사슴벌레보다 더 큰. 그게 뭔지 아나?"

발란데르는 몰랐다.

"가장 큰 스웨덴 딱정벌레지." 헴베리가 말했다. "하지만 그건 거의 멸종됐네."

그는 복권을 내려놓았다.

"유서도 없어." 그는 계속했다. "삶이 지긋지긋해 빵 소리와 함께 모든 것에 작별을 고한 노인. 검시관의 말에 따르면 잘 조준했다더군. 심장 한가운데에."

지갑을 든 수사관이 부엌으로 와 그것을 헴베리에게 건넸고, 그는 지갑을 펼쳐 우체국에서 발급한 신분증을 꺼냈다.

"아르투르 홀렌." 헴베리가 말했다. "1898년생. 문신이 많군. 옛 선원에게 어울리는. 그가 바다에서 뭘 했는지 아나?"

"선박 기관사였던 것 같습니다."

"항해일지 중 하나에 기관사로 기입돼 있더군. 그 전엔 갑판원이었고. 다양한 자리에서 일했더군. 한땐 루시아라는 여자에게 열중했고. 그 이름을 오른쪽 어깨와 가슴에 문신했네. 상징적인 의미로 그 이름을 새겼을 테지."

헴베리는 비닐 봉투 안에 신분증과 지갑을 넣었다.

"검시관이 결정을 내리겠지." 그가 말했다. "그럼 우린 총과 지갑에 대한 일상적인 검사를 할 걸세. 하지만 분명한 자살이야."

헴베리는 다시 한번 복권 용지를 힐끗 보았다.

"아르투르 홀렌은 잉글랜드 축구를 그다지 잘 몰랐군. 그가 이 예측에 성공했다면 혼자만의 대박이 났을 텐데 말이야."

헴베리가 몸을 일으켰다. 그와 동시에 시체가 운반되어 갔다. 천을 덮은 들것이 조심스럽게 좁은 복도로 인도되었다.

"자주 있는 일이지." 헴베리가 생각에 잠겨 말했다. "자신의 손으로 마지막 출구를 찾아가는 노인들 말일세. 하지만 총알은 흔한 방법이 아닌데. 더구나 리볼버로는."

그는 갑자기 발란데르를 면밀히 살폈다.

"하지만 물론 이 일은 이미 자네에게 일어났네."

발란데르는 어리둥절했다.

"무슨 말씀이십니까?"

"그가 리볼버를 갖고 있었다는 건 이상해. 우린 서랍장을 조사했네. 하지만 허가증이 없더군."

"그걸 언젠가 항해 중에 샀는지 모릅니다."

헴베리가 어깨를 으쓱했다.

"그렇겠지."

발란데르는 헴베리를 따라 거리로 나갔다.

"자네가 이웃이니 자네가 그 열쇠를 관리할 수 있겠지." 그가 말했다. "조사가 끝나면 그들이 자네에게 열쇠를 맡길 걸세. 자살이라는 게 확실해질 때까지 거기에 아무도 들이면 안 되네."

발란데르는 건물 안으로 돌아갔다. 그는 계단에서 쓰레기봉투를 들고 밖으로 나오는 린네아 알름크비스트와 마주쳤다.

"대체 이 소동은 뭐래요?" 그녀가 짜증스럽게 물었다.

"불행히도 사람이 죽었습니다." 발란데르가 예의 바르게 말했다. "홀렌이 죽었습니다."

그녀는 그 소식에 충격을 받았다.

"그는 분명 아주 외로웠을 거예요." 그녀가 천천히 말했다. "난 몇 번인가 커피를 마시자고 그를 초대했다오. 그는 시간이 없다는 핑계를 댔지만. 하지만 분명 그가 가진 거라곤 시간뿐이었겠지요?"

"전 그분을 잘 몰랐습니다." 발란데르가 말했다.

"심장이 문제였나요?"

발란데르는 끄덕였다.

"네." 그가 말했다. "아마 심장이었을 겁니다."

"이사 올 젊은이가 시끄럽지 않길 바라야겠구려." 그녀는 그렇게 말하고 밖으로 나갔다.

발란데르는 홀렌의 아파트로 돌아갔다. 시체가 치워져 이제 마음이 편했다. 감식반원이 가방을 싸고 있었다. 피 웅덩이가 리놀륨 바닥에 꺼멓게 되어 있었다. 가시가 손거스러미를 물어뜯고 있었다.

"헴베리가 나더러 이 열쇠들을 가져가래." 발란데르가 말했다.

가시가 서랍장 위에 놓인 열쇠고리를 가리켰다.

"건물 주인이 궁금한데." 그가 말했다. "살 곳을 찾고 있는 여자 친구가 있어서."

"벽이 아주 얇아." 발란데르가 말했다. "알다시피."

"새로 나온 물침대에 대해 못 들어 봤어?" 가시가 물었다. "그건 삐걱거리지 않지."

발란데르가 마침내 홀렌의 아파트 문을 잠글 수 있었던 때는 이미 6시 15분이었다. 모나와 만나기로 한 때까지는 아직 몇 시간이 남아 있었다. 그는 집으로 가서 커피를 끓였다. 바람이 다시 불기 시작했다. 창문을 닫고 부엌에 앉았다. 장을 볼 시간이 없었고, 이제 가게는 문을 닫았다. 근처에 늦게까지 여는 가게는 없었다. 모나를 데리고 저녁을 먹으러 나가야겠다는 생각이 들었다. 지갑은 테이블 위에 있었다. 돈은 충분했다. 모나는 저녁 외식을 좋아했지만 발란데르는 그게 괜히 돈만 날리는 것이라고 생각했다.

커피포트가 휘파람 소리를 내기 시작했다. 그는 컵에 커피를 붓고 설탕 세 덩어리를 넣었다. 커피가 식기를 기다렸다.

무언가가 그를 괴롭히고 있었다.

무엇 때문인지 몰랐다.

하지만 그 느낌이 아주 부쩍 강해졌다.

그는 그것이 홀렌과 관계있다는 것 외에 무엇인지 몰랐다. 일어난 일을 마음속으로 되짚었다. 빵 소리에 깼고, 문이 조금 열려 있었고, 방 안에 시체가 있었다. 자살한 남자. 이웃이었던 남자.

그렇지만 무언가 앞뒤가 맞지 않았다. 발란데르는 방으로 가 침대에 누웠다. 기억 속의 빵 소리에 귀를 기울이며. 그 밖에 다른 소리도 있었던가? 빵 소리 전후로? 어떤 소리가 꿈을 관통했을까? 그는 기억을 더듬었지만 아무것도 없었다. 하지만 그는 확신했다. 간과한 무언가가 있었다. 계속 기억을 더듬었다. 하지만 그가 기억한 것은 정적뿐이었다. 그는 침대에서 몸을 일으켜 부엌으로 돌아갔다. 커피가 식어 있었다.

내 상상에 불과할지도 몰라. 그는 생각했다. 나도 봤고, 헴베리도 봤고, 모두가 봤어. 충분히 고독했던 노인.

하지만 그것은 마치 자신이 뭘 보았는지도 깨닫지 못한 채 무언가를 본 것과 같았다.

동시에 그는 그 생각에 무언가 내재한 매력이 있다는 것을 인정해야 했다. 헴베리가 미처 깨닫지 못한 무언가를 자신이 알아챘다는 것. 그것이 일찌감치 범죄 수사관으로 승진할 가능성을 높여 줄 것이었다.

그는 손목시계를 보았다. 덴마크 페리로 모나를 마중 나가기 전까지는 아직 시간이 있었다. 그는 싱크대에 커피 잔을 놓고 열쇠고리를 쥔 다음 홀렌의 아파트로 갔다. 들어선 방은 이제 시체가 없는 것 빼고는 모든 것이 시체를 발견했을 때 그대로였다. 방은 바뀌지 않았다. 발란데르는 천천히 주위를 둘러보았다. 어떻게 해야 하는 거지? 그는 궁금했다. 보고 있지만 보이지 않는 걸 어떻게 찾아야 하지?

무언가가 있었어. 그는 그것을 확신했다.

하지만 그는 그것을 확실히 지적할 수 없었다.

그는 부엌으로 걸음을 옮겨 헴베리가 앉았던 의자에 앉았다. 앞에 복권 용지가 놓여 있었다. 발란데르는 잉글랜드 축구에 대해 많이 알지 못했다. 사실 축구 자체에 대해 거의 몰랐다. 그는 도박을 하고 싶은 기분이 들면 그냥 복권을 샀다. 다른 건 없었다. 이번 주 토요일에 추첨이 있다는 것을 볼 수 있었다. 홀렌은 이름과 주소를 적었다.

발란데르는 방으로 돌아가 다른 각도로 방을 보려고 창가로 걸음을 옮겼다. 눈길이 침대에 멈추었다. 홀렌은 목숨을 끊었을 때 옷을 차려입고 있었다. 하지만 침대는 정돈되어 있지 않았다. 집 안이 꼼꼼하게 정돈되어 있지 않았음에도 옷을 차려입었다. 왜 그는 침대를 정돈하지 않았을까? 발란데르는 생각했다. 그는 옷을 차려입은 채 자다가 깬 다음엔 침대를 정돈하지 않고 자신에게 방아쇠를 당겼다. 그리고 왜 부엌 테이블에 작성한 복권을 남겨 놓았을까?

이해가 가지 않았지만 그게 꼭 어떤 의미가 있는 것은 아니었다. 홀렌은 갑작스럽게 자살하기로 마음먹었는지도 몰랐다. 어쩌면 마지막 순간에 침대를 정리하는 게 무의미하다고 생각했는지도 몰랐다.

발란데르는 방에 하나뿐인 안락의자에 앉았다. 오래되고 낡은. 내 상상에 불과할지도 몰라. 그는 다시 그렇게 생각했다. 검시관은 그것이 자살이었다고 규명할 테고, 감식반은 총기와 총알이 일치하고 홀렌이 자신의 손으로 총을 쏘았다고 확정 지을 터였다.

발란데르는 아파트에서 나가기로 했다. 모나를 만나러 가기 전에 씻고 옷을 갈아입을 때였다. 하지만 무언가가 그를 그곳에 잡아 두었다. 그는 서랍장으로 가 서랍들을 열어 보기 시작했다. 곧 두 권의 항해일지를 찾았다. 아르투르 홀렌은 젊을 때 잘생긴 남자였다. 금발머리에 크고 환한 미소. 발란데르는 로센고르드에서 평화롭고 조용한 삶을 살았던 남자와 이 이미지를 연결하기가 어려웠다. 무엇보다

이 사진의 주인공이 언젠가 스스로 목숨을 끊을 사람이라고는 느껴지지 않았다. 하지만 자신의 생각이 얼마나 잘못되었는지 알았다. 결국 자살에 이를 사람이라는, 특성화된 주어진 모델이라는 것은 있을 수 없었다.

그는 컬러풀한 딱정벌레를 찾아 그것을 창가로 가져갔다. 병 바닥에 찍힌 글자는 '브라질'인 것 같았다. 흘렌이 어느 여행에서 산 기념품. 발란데르는 서랍들을 계속 조사했다. 열쇠들, 여러 나라의 동전들. 주목할 만한 것은 아무것도 없었다. 서랍 안 중간쯤 낡고 닳은 깔개 밑에서 갈색 봉투를 발견했다. 봉투 안에는 오래전 결혼사진이 들어 있었다. 사진 뒤에 스튜디오 이름과 날짜가 있었다. 1894년 5월 15일. 스튜디오는 헤르뇌산드에 있었다. 메모도 있었다. **만다와 내가 결혼한 날**. 그의 부모님이군. 발란데르는 생각했다. 4년 후 두 사람의 아들이 태어났다.

서랍장 조사를 마치고 그는 책장으로 향했다. 놀랍게도 독일어로 쓰인 책 몇 권을 발견했다. 그 책들에는 손때가 묻어 있었다. 빌헬름 모베리1898~1973 스웨덴 소설가가 쓴 책 몇 권, 스페인 요리책 그리고 모형 비행기에 관심 있는 사람들을 위한 잡지도 몇 권 있었다. 발란데르는 어리둥절해 머리를 저었다. 흘렌은 생각보다 많이 복잡한 사람이었다. 책장에서 발을 돌려 침대 밑을 체크했다. 아무것도 없었다. 그리고 벽장으로 갔다. 옷들이 단정히 걸려 있었다. 잘 닦인 구두 세 켤레. 정리가 안 된 건 침대뿐이군. 발란데르는 다시 그렇게 생각했다. 맞지 않아.

그가 벽장문을 막 닫을 때 초인종이 울렸다. 발란데르는 움찔했다.

기다렸다. 다시 초인종이 울렸다. 발란데르는 자신이 금지된 영역을 무단 침입 중이라고 느꼈다. 그는 계속 기다리다가 세 번째로 초인종이 울렸을 때 현관으로 가 문을 열었다.

밖에 회색 코트를 입은 남자가 있었다. 그가 묻는 듯한 표정으로 발란데르를 보았다.

"잘못 찾아왔나요? 저는 홀렌 씨를 찾는 중입니다."

발란데르는 적절하게 들릴 일상적인 목소리를 내려고 애썼다.

"누구신지 여쭤봐도 될까요?" 그가 쓸데없이 무뚝뚝한 목소리로 물었다.

남자는 이마를 찌푸렸다.

"당신에게 같은 걸 여쭤본다면요?" 그가 물었다.

"경찰에서 나왔습니다." 발란데르가 말했다. "쿠르트 발란데르 경삽니다. 이제 제 질문에 대답해 주시겠습니까, 당신이 누구고 뭘 원하는지?"

"저는 백과사전을 팝니다." 남자가 순순히 대답했다. "지난주에 여기 와서 저희 책을 소개해 드렸죠. 아르투르 홀렌이 저에게 오늘 다시 와 달라고 했습니다. 그는 이미 계약서와 할부금 일회분을 지불했습니다. 저는 첫 권을 배달하고 나서 모든 새 고객이 받을 선물용 증정 책을 배달할 예정이었습니다."

그는 자신의 말이 사실이라는 것을 발란데르에게 증명하려는 듯 서류 가방에서 책 두 권을 꺼냈다.

발란데르는 들을수록 놀라움이 커져 갔다. 앞뒤가 맞지 않는 무언가가 있다는 것이 점점 공고해지는 느낌. 그는 한쪽으로 비켜서며 외판원에게 들어오라고 고개를 끄덕였다.

"무슨 일이 있었습니까?" 남자가 물었다.

발란데르는 대꾸 없이 그를 부엌으로 안내하고 테이블 앞에 앉으라는 손짓을 했다.

이윽고 발란데르는 이제 죽음의 뉴스를 전해야 한다는 것을 깨달았다. 자신이 항상 두려워했던 것. 하지만 그는 가족에게 전하는 것이 아니라, 단지 백과사전 외판원에게 전하는 것이라고 자신을 일깨웠다.

"아르투르 홀렌은 죽었습니다." 그가 말했다.

테이블 반대편에 앉은 남자는 그 말을 이해하지 못한 듯했다.

"하지만 전 오늘 일찍 그에게 말했는데요."

"당신이 지난주에 그에게 말했다고 생각했는데요?"

"전 오늘 아침 전화해서 오늘 저녁에 가도 될지 물었습니다."

"그가 뭐라던가요?"

"괜찮을 거라고요. 제가 올 이유가 뭐겠습니까? 전 불청객이 아니라고요. 사람들은 외판원에게 이상한 선입견이 있죠."

남자가 거짓말을 하고 있을 가능성이 있었다.

"처음부터 얘기해 봅시다." 발란데르가 말했다.

"어떻게 된 거죠?" 남자가 끼어들었다.

"아르투르 홀렌은 죽었습니다." 발란데르가 대꾸했다. "지금 시점에서 내가 말할 수 있는 건 그 정돕니다."

"하지만 경찰이 개입했다면 무슨 일이 있었던 거 아닙니까. 차에 치였습니까?"

"당장 내가 말할 수 있는 건 그것뿐입니다." 발란데르는 재차 그렇게 말하며 왜 이 상황을 극적으로 만들어야 하는지 궁금했다.

이윽고 그는 외판원에게 자초지종을 말해 달라고 했다.

"저는 에밀 홀름베리입니다." 남자가 입을 열었다. "사실 학교 생물 선생이죠. 하지만 보르네오섬으로 여행 갈 여비를 마련하기 위해 백과사전을 파는 겁니다."

"보르네오섬이요?"

"열대 식물에 관심이 있거든요."

발란데르는 계속하라고 고개를 끄덕였다.

"지난주에 이 동네를 돌면서 문을 노크하고 다녔습니다. 아르투르 홀렌이 관심을 보이며 들어오라고 했죠. 우린 여기 부엌에 앉았습니다. 전 백과사전과 가격을 설명하고 그에게 전질 중 한 권을 보여 줬습니다. 삼십 분쯤 후에 그는 계약서에 사인했죠. 그리고 그에게 오늘 전화했더니 오늘 저녁때 오면 될 것 같다더군요."

"지난주 언제 여기 왔습니까?"

"화요일이요. 네 시에서 다섯 시 반 사이에요."

발란데르는 그때 근무 중이었다는 것을 기억해 냈다. 하지만 이 건물에 산다는 사실을 남자에게 말할 이유는 없을 것 같았다. 더군다나 형사라고 말했기 때문에라도.

"홀렌이 관심을 보인 유일한 사람이었습니다." 홀름베리가 말을 이었다. "위층 어느 집 부인이 사람들을 귀찮게 하지 말라며 잔소리를 늘어놓기 시작했죠. 그런 경우가 있긴 해도 자주 있는 일은 아닙니다. 제 기억에 이 옆집엔 아무도 없었고요."

"홀렌이 일회분을 지불했다고 하셨죠?"

남자가 책들이 든 서류 가방을 열고 발란데르에게 영수증을 보여 주었다. 지난주 금요일 날짜가 적혀 있었다.

발란데르는 영수증을 조사했다.

"그가 이 책값을 얼마나 더 내야 합니까?"

"이 년이요. 이십 개월 할부죠."

이해가 가지 않는군. 발란데르는 생각했다. 전혀 이해가 가지 않아. 자살하려고 하는 사람은 2년짜리 계약에 사인을 하지 않는다.

"홀렌에게서 어떤 인상을 받았습니까?" 발란데르가 물었다.

"무슨 말인지 모르겠는데요."

"그가 어땠습니까? 차분했습니까? 행복해 보였습니까? 걱정이 있는 것 같았습니까?"

"별로 말이 없었습니다. 하지만 백과사전에 진심으로 관심이 있는 것 같았습니다. 꽤 확신합니다."

발란데르는 더 이상 물을 말이 없었다. 부엌 창틀에 연필이 있었다. 그는 종이쪽을 찾아 주머니를 뒤졌다. 찾은 것은 장 볼 목록뿐이었다. 그는 뒷면을 펼치고 홀름베리에게 전화번호를 써 달라고 했다.

"다시 연락할 일은 없을 것 같지만," 그가 말했다. "혹시 모르니 전화번호를 받아 두고 싶습니다."

"홀렌은 완벽하게 건강해 보이던데요. 정말 무슨 일이 일어난 겁니까? 그리고 이제 계약은 어떻게 되는 겁니까?"

"그걸 인수할 가족이 없는 한 돈은 못 받을 겁니다. 그가 죽은 건 내가 보장하죠."

"하지만 무슨 일이 있었는지는 말해 주지 않을 거고요?"

"유감이지만 그럴 순 없을 것 같군요."

"안 좋은 상황처럼 들리는데요."

발란데르는 대화가 끝났다는 것을 알리려고 자리에서 일어났다. 홀름베리는 서류 가방을 든 채 못 박힌 듯 서 있었다.

"혹시 백과사전에 관심 있으십니까, 경감님?"

"경사입니다." 발란데르가 말했다. "그리고 지금 당장 백과사전은 필요 없습니다. 적어도 지금은."

발란데르는 홀름베리를 밖으로 내보냈다. 남자가 자전거에 올라 길모퉁이를 돌았을 때야 발란데르는 몸을 돌려 홀렌의 아파트로 돌아갔다. 이내 그는 부엌 테이블 앞에 앉아 머릿속으로 홀름베리가 한 모든 말을 되짚었다. 그가 제시할 수 있는 유일하게 타당한 설명은 홀렌이 아주 갑작스럽게 자살할 마음을 먹었다는 것이었다. 그가 무고한 외판원에게 비열한 장난을 치고 싶어 할 정도로 미쳤다는 생각을 배제할 수 있다면.

어딘가 먼 곳에서 전화벨이 울렸다. 너무 늦게야 그것이 자신의 전화라는 것을 깨달았다. 그는 집으로 달렸다. 모나였다.

"자기가 마중 나올 거라고 생각했는데." 그녀가 화가 나 말했다.

발란데르는 손목시계를 보고 나직이 욕설을 내뱉었다. 최소 15분 전에는 배 옆에 있어야 했다.

"사건을 맡았어." 그가 미안해하며 말했다.

"비번 아니야?"

"불행히도 내가 필요했어."

"거기엔 정말 자기 말고 다른 경찰은 없는 거야? 앞으로 이런 식일 거야?"

"이건 예외적인 경우야."

"장은 봤어?"

"아니, 시간이 없었어."

그는 그녀가 아주 실망스러워하는 소리를 들었다.

"지금 데리러 갈게." 그가 말했다. "택시를 잡아 볼게. 그럼 어디든 레스토랑에 갈 수 있어."

"내가 어떻게 믿어? 아마 자긴 다시 호출당할걸."

"되도록 빨리 거기로 갈게, 약속해."

"바깥 벤치에 있을게. 하지만 이십 분만 기다릴 거야. 그런 다음엔 집으로 갈 거야."

발란데르는 전화를 끊고 택시 회사에 전화했다. 통화 중이었다. 연결이 되기까지 10분 가까이 걸렸다. 계속 전화를 거는 짬짬이 홀렌의 아파트 문을 잠그고 셔츠를 갈아입었다.

그는 33분 후에 페리 선착장에 도착했다. 모나는 이미 가 버리고 없었다. 그녀는 쇠드라 푀르스타스가탄가[街]에서 살았다. 발란데르는 구스타브 아돌프 광장까지 걸어가 공중전화로 전화했다. 응답이 없었다. 그는 5분 후 다시 걸었다. 그때 그녀는 집에 도착했다.

"내가 이십 분이라고 하면 이십 분인 거야." 그녀가 말했다.

"택시를 잡을 수가 없었어. 빌어먹을 택시 회사 전화가 계속 통화 중이었단 말이야."

"어쨌든 난 피곤해." 그녀가 말했다. "다른 날 밤에 만나."

발란데르는 그녀의 마음을 돌리려 애썼지만 그녀는 단호했다. 대화가 언쟁으로 바뀌었다. 그리고 그녀는 전화를 끊었다. 발란데르는 수화기를 쾅 내려놓았다. 지나가던 두 순찰 경관이 탐탁지 않은 시선을 던졌다. 그를 알아본 것 같지는 않았다.

발란데르는 광장 끝에 있는 핫도그 가판대로 향했다. 이내 그는 벤치에 앉아 핫도그를 먹으며 심란한 마음으로 빵 한 조각을 두고 갈매기 몇 마리가 싸우는 모습을 지켜보았다.

그와 모나는 그리 자주 싸우지 않았지만 그런 일이 있을 때마다 그는 전전긍긍했다. 속으로는 다음 날이면 유야무야될 것이란 사실을 알았지만. 이내 평상시의 그녀로 돌아올 것이었다. 하지만 그의 이성은 불안에 영향을 미치지 않았다. 어쨌든 불안이 남았다.

집에 도착한 발란데르는 부엌 테이블 앞에 앉아 옆집에서 일어난 모든 일을 자세하게 기록하는 데 집중하려고 애썼다. 하지만 그는 거기서 어떤 것도 얻으리라고 생각지 않았다. 게다가 자신에 대한 확신이 없었다. 범죄 현장에 대한 조사와 분석을 어떻게 수행할 것인가? 경찰학교를 다녔음에도 기초적인 기술이 너무 많이 부족했다. 30분 뒤 그는 화가 나서 펜을 집어 던졌다. 모든 게 자신의 상상이었다. 홀렌은 자살했다. 복권과 외판원은 아무것도 바꾸지 않았다. 홀렌을 잘 알지 못했다는 사실을 한탄하는 것이 더 나을 터였다. 마침내 참을 수 없게 된 남자의 외로움 탓이었을까?

발란데르는 불안한 마음에 가만히 있지 못하고 집 안을 서성였다. 모나는 자신에게 실망했다. 그리고 그것은 자신의 실수였다.

그는 거리에서 차가 지나는 소리를 들었다. 음악이 열린 차창에서 흘러나왔다. 〈해 뜨는 집The House of the Rising Sun〉. 몇 년 전에 대단한 인기를 끌었던 노래다. 그런데 그 노래를 부른 그룹의 이름이 뭐였더라? 킹크스? 발란데르는 기억해 낼 수 없었다. 그때 그에게 이 시간쯤이면 보통 벽을 통해 홀렌의 희미한 TV 소리가 들렸다는 것이 떠올랐다. 지금은 사위가 고요했다.

발란데르는 소파에 앉아 커피 테이블에 발을 올렸다. 아버지를 생각했다. 겨울 코트와 모자, 맨발에 신은 낡은 구두. 너무 늦지 않았다면 차를 몰고 가 아버지와 카드 게임을 할 수 있을지도 몰랐다. 하지만 아직 11시 전이었는데도 피곤이 몰려들기 시작했다. 그는 텔레비전을 켰다. 평소처럼 공영방송 토크쇼가 나왔다. 패널들이 다가오는 시대에 관해 갑론을박 중이라는 것을 이해하기까지 시간이 걸렸다. 컴퓨터의 시대. 그는 텔레비전을 껐다. 옷을 벗고 침대에 들기 전 한동안 자리에 앉아 내처 하품만 했다.

이내 그는 곯아떨어졌다.

잠시 뒤 그는 무엇이 자신을 깨웠는지 이해할 수 없었다. 하지만 그는 갑자기 완전히 잠에서 깨어났고, 어스름한 여름밤에 귀를 기울였다. 무언가가 그를 깨웠고, 그는 그것이 무엇인지 확신하지 못했다. 머플러가 고장 난 차가 지나갔을까? 열린 창문에서 커튼이 부드럽게 움직였다. 그는 다시 눈을 감았다.

그때 머리 바로 옆에서 나는 소리가 들렸다.

누군가가 홀렌의 아파트에 있었다. 그는 숨을 참고 계속 귀를 기울였다. 누군가가 물건을 옮기는 것 같은 쨍그랑 소리가 났다. 잠시 후에는 무언가가 바닥에 끌리는 소리가 났다. 누군가가 가구를 옮기고 있었다. 발란데르는 옆 테이블에 놓인 시계를 보았다. 2시 45분. 그는 벽에 귀를 바짝 대었다. 그것이 상상이었다는 생각이 들기 시작했을 때 또 다른 소리가 들렸다. 누군가가 거기에 있다는 것은 의심의 여지가 없었다.

그는 침대에 앉아 뭘 해야 할지 생각했다. 동료들을 부를까? 홀렌에게 친척이 없다면 분명 그 아파트 안에 있어야 할 이유가 있을 사람은 없었다. 하지만 경찰은 그의 가족 사항을 확실히 알지 못했다. 게다가 홀렌은 경찰이 모르는 누군가에게 여벌 열쇠를 주었는지도 몰랐다.

발란데르는 침대에서 일어나 바지와 셔츠를 입었다. 그리고 맨발로 층계참으로 걸어 나갔다. 홀렌의 아파트 문은 닫혀 있었다. 그는 열쇠를 쥐고 있었다. 갑자기 뭘 해야 할지 확신이 들지 않았다. 가장 타당한 행동은 초인종을 누르는 것이었다. 어쨌든 헴베리가 자신에게 열쇠를 주었고, 따라서 확실한 책임을 부여받은 셈이었다. 초인종을 눌렀다. 기다렸다. 이제 아파트 안은 완벽히 조용했다. 다시 초인종을 눌렀다. 여전히 무반응. 그 순간 집 안의 사람이 창문을 통해 아주 쉽게 탈출할 수 있다는 사실을 깨달았다. 땅에서 고작 2미터 높이였다. 그는 욕설을 내뱉고 거리로 달려 나갔다. 홀렌의 집은 건물 모퉁이에 있었고, 그는 부리나케 모퉁이로 향했다. 거리는 비어 있었다. 하지만 홀렌의 집 유리창 중 하나가 활짝 열려 있었다.

발란데르는 건물 안으로 들어가 홀렌의 아파트 문을 열었다. 들어가기 전에 소리쳐 불러 보았지만 대답은 없었다. 복도의 불을 켜고 안방으로 들어갔다. 서랍장의 서랍들이 빠져나와 있었다. 발란데르는 주위를 둘러보았다. 누가 이 아파트 안에 있었고, 무언가를 찾고 있었다. 창문이 억지로 열렸는지 보려고 창가로 갔다. 하지만 거기에서 어떤 흔적도 찾지 못했다. 그것은 두 가지 결론을 이끌어 낼 수 있음을 뜻했다. 아파트에 있었던 미지의 사람이 열쇠를 썼다는 것. 그리고 그 혹은 그녀는 정체를 드러내고 싶지 않았다는 것. 발란데르는 방의 불을 켜고 낮에 있었던 것 중에 사라진 게 있는지 보려고 주위를 살폈다. 하지만 기억을 확신할 수 없었다. 눈에 띨 만한 것들은 여전히 있었다. 브라질에서 온 딱정벌레, 항해일지들, 옛 사진. 하지만 그 사진은 봉투에서 빠져나와 바닥에 놓여 있었다. 발란데르는 쭈그리고 앉아 봉투를 조사했다. 누군가가 사진을 꺼냈다. 그가 생각할 수 있는 유일한 설명은 누가 봉투 안에서 찾을 만한 뭔가를 찾고 있었다는 것이었다.

그는 몸을 일으키고 계속 주위를 둘러보았다. 침대보가 벗겨져 있었고, 찬장 문이 열려 있었다. 홀렌의 양복 두 벌 중 하나가 바닥에 내동댕이쳐져 있었다.

누가 찾고 있었어. 발란데르는 생각했다. 문제는, 뭣 때문에? 그리고 그 남자나 그 여자는 내가 초인종을 울리기 전에 그걸 찾았을까?

그는 부엌으로 향했다. 수납장들이 열려 있었다. 냄비가 바닥에 떨어져 있었다. 나를 깨운 게 저거였을까? 정말이지, 그는 생각했다. 그 답은 명백하군. 만약 여기에 있던 사람이 찾던 것을 찾았다면 진작 떠났을 거야. 더구나 창문으로 나가진 않았겠지. 따라서 그 사람이 찾고 있던 게 무엇이든 여전히 여기에 있었다. 만약 그게 여기에 있었다면.

발란데르는 방으로 돌아가 바닥에 말라붙은 피를 보았다.

무슨 일이 있었을까? 그는 생각했다. 정말 자살이었을까?

그는 아파트를 계속 조사했다. 하지만 4시 10분에 포기하고 자신의 아파트로 돌아가 침대에 들었다. 자명종을 7시에 맞추었다. 아침에 가장 먼저 헴베리에게 말할 생각이었다.

몇 시간 뒤 발란데르는 퍼붓는 비를 뚫고 버스 정류장으로 달려야 했다. 그는 잠을 이룰 수 없었고, 자명종이 울리기 전 오랫동안 깨어 있었다. 자신의 주의력이 헴베리에게 강한 인상을 줄지도 모른다는 생각을 하며 계속 뜬눈으로 누워 있었다. 언젠가 다른 사람보다 한 수 위인 범죄 수사관이 될 것이라는 상상을 하며. 이 생각은 또한 모나와 함께하겠다는 자신의 주장을 고수하도록 결심하게 했다. 약속 시간을 지킬 경찰을 기대할 수는 없겠지만.

그는 7시 4분 전에 경찰서에 도착했다. 그는 헴베리가 종종 아주 일찍 출근한다고 들었고, 접수대에 알아본 결과 사실인 것으로 드러났다. 헴베리는 6시부터 자리에 있었다. 발란데르는 수사반으로 올라갔다. 자리는 아직 대부분 비어 있었다. 그는 곧장 헴베리의 방으로 가 문을 노크했다. 헴베리의 목소리를 들은 그는 문을 열고 안으로 들어갔다. 헴베리는 손님용 의자에 앉아 손톱을 깎고 있었다. 그는 들어온 사람이 발란데르인 것을 보고 얼굴을 찌푸렸다.

"우리가 보기로 했던가? 난 그런 기억이 없는데."

"아니요. 하지만 보고드릴 게 있습니다."

헴베리는 손톱깎이를 펜들 옆에 놓고 책상 앞에 앉았다.

"오 분 이상 걸릴 거라면 자네도 앉게." 그가 말했다.

발란데르는 선 채로 있었다. 이내 있었던 일을 말했다. 그는 외판원과의 일부터 시작해 밤중의 사건으로 넘어갔다. 헴베리가 흥미 있게 듣고 있는지 아닌지 알 수 없었다. 표정에 아무것도 드러나지 않았다.

"그게 답니다." 발란데르는 말을 마쳤다. "되도록 빨리 이걸 보고드려야겠다고 생각했습니다."

헴베리가 발란데르에게 앉으라는 손짓을 했다. 이내 그는 메모장을 앞에 놓고 펜을 고른 다음 백과사전 외판원 홀름베리의 전화번호와 이름을 적었다. 발란데르는 메모지를 유념해 두었다. 헴베리는 낱장의 메모지나 형식적인 보고서 용지를 선호하지 않았다.

"밤의 방문이 이상해 보이긴 하지만," 이윽고 그가 입을 열었다. "결국 변하는 건 아무것도 없네. 홀렌은 자살했어. 난 확신하네. 검시 보고서와 흉기에 관한 보고서가 오면 우린 그걸 확정할 걸세."

"문제는 누가 지난밤에 거기에 있었다는 겁니다."

헴베리가 어깨를 으쓱했다.

"자넨 스스로 가능한 답을 냈군. 열쇠를 가진 누군가. 놓치고 싶지 않은 뭔가를 찾는 남자 혹은 여자. 소문은 빨리 퍼지지. 사람들은 경찰차와 구급차를 봤어. 많은 사람이 홀렌이 죽었다는 걸 한 시간 내로 알았을 걸세."

"하지만 이자가 창문으로 나갔다는 건 이상합니다."

헴베리가 미소 지었다.

"자네가 도둑이라고 생각했는지도 모르지." 그가 말했다.

"초인종을 누르는 사람을요?"

"누가 집에 있는지 알아보려는 일반적인 방식이지."

"새벽 세 시에요?"

헴베리는 펜을 던지고 의자에 몸을 기댔다.

"이해한 것처럼 보이지 않는군." 그는 발란데르가 자신의 신경을 건드리기 시작하고 있다는 사실을 숨기지 않으며 말했다.

발란데르는 즉각 너무 멀리 나갔다는 사실을 깨닫고 후퇴하기 시작했다.

"물론 이해했습니다. 그건 분명 자살 이상은 아니죠."

"좋아." 헴베리가 말했다. "이걸로 이야기는 끝났네. 잘 보고했네. 난 그 난장판을 처리하기 위해 두 사람을 보낼 걸세. 그런 다음 검시 보고서와 감식 보고서를 기다리는 거야. 그 후엔 홀렌을 서류철에 넣고 잊어버리면 돼."

헴베리는 대화가 끝났다는 신호로 전화기에 손을 올렸고, 발란데르는 방에서 나왔다. 바보가 된 기분이었다. 혼자 상상의 나래를 펼친 바보. 뭘 상상했던가? 살인을 좇고 있었던 걸까? 그는 자신의 자리로 돌아와 헴베리가 옳다는 결정을 내렸다. 이제 홀렌에 대한 모든 생각을 잊자. 그리고 좀 더 오래 근면한 순찰 경관으로 버티는 거야.

그날 저녁 모나가 로센고르드로 왔다. 두 사람은 저녁을 먹었고, 발란데르는 변명 한마디 하지 않았다. 대신 늦은 것에 대해 사과했다. 모나는 사과를 받아들였고, 두 사람은 함께 밤을 보냈다. 그들은 오랫동안 깬 채, 함께 휴가를 보낼 7월의 2주간에 대해 이야기를 나누며 누워 있었다. 두 사람은 아직 뭘 해야 할지 결정을 내리지 못했다. 모나는 미용실에서 일했고, 돈을 많이 벌지 못했다. 그녀의 꿈은 언젠가 미래에 자신의 가게를 여는 것이었다. 발란데르 또한 월급이 많지 않았다. 정확히 말해, 월에 1,896크로나였다. 두 사람은 차가 없었고, 가진 돈이 별로 없었기 때문에 주의 깊게 계획을 짜야 했다.

발란데르는 북쪽으로 여행하며 등산을 하자고 제안했다. 그는 스톡홀름 위쪽으로 가 본 적이 없었다. 하지만 모나는 수영을 할 수 있는 곳으로 가길 원했다. 두 사람은 마요르카섬을 갈 형편이 되는지 계산기를 두드려 보았다. 하지만 그것은 너무 많은 돈이 들었다. 대신 모나는 덴마크의 스카겐으로 가는 것을 제안했다. 그녀는 어린 시절 부모님과 그곳에 몇 번 간 적 있었고, 그 기억을 잊지 않았다. 그녀는 이미 아직 예약이 다 차지 않고 비싸지 않은 민박들도 찾아놓았다. 두 사람은 잠들기 전에 그럭저럭 합의에 도달했다. 둘은 스카겐으로 갈 터였다. 다음 날 모나가 방을 예약하고, 발란데르는 코펜하겐에서 출발하는 기차의 시간표를 확인할 것이었다.

다음 날인 6월 5일 저녁, 모나는 스타판스토로프에 사는 부모님을 만나러 갔다. 발란데르는 아버지와 몇 시간 동안 포커 게임을 했다. 아버지는 기분이 좋았고, 이번만은 발란데르의 직업 선택에 대한 비난을 늘어놓지 않았다. 아들에게서 거의 50크로나를 따 갈 즈음, 그는 코냑 한 병을 꺼낼 만큼 행복했다.

"언젠가 이탈리아에 가고 싶구나." 아들과 건배를 한 후 그가 말했다. "죽기 전에 한 번은 이집트의 피라미드도 보고 싶다."

"왜요?"

아버지가 그를 한참 응시했다.

"그건 보기 드물게 바보 같은 질문이구나." 그가 말했다. "당연히 넌 죽기 전에 로마를 봐야 한다. 그리고 피라미드를. 그게 전인교육 중 하나니까."

"얼마나 많은 스웨덴인이 이집트에 갈 형편이 될 것 같으세요?"

아버지는 그의 반대를 못 들은 척했다.

"하지만 난 죽을 땐 아니지." 그가 대신 그렇게 덧붙였다. "당장 할 건 뢰데루프로 이사 가는 거야."

"부동산 거래가 어떻게 돼 가는데요?"

"이미 끝났다."

놀란 발란데르는 아버지를 응시했다.

"'끝났다'는 게 무슨 말씀이세요?"

"이미 매수해서 집값을 치렀다. 스빈달라 십이의 이십사 번지."

"하지만 전 그 집을 보지도 못했는데요."

"거기서 살 사람은 네가 아니야. 나지."

"거기에 가 본 적은 있으시고요?"

"사진으로 봤다. 그거면 충분해. 쓸데없이 왔다 갔다 하면 일할 시간만 버려."

발란데르는 속으로 신음했다. 아버지가 사기를 당했다고 확신했다. 오랫동안 아버지의 고객이었던, 큰 미국산 차를 탄 수상쩍은 사람들에게 그림을 팔 때 꽤 자주 그랬던 것처럼 사기를 당하신 거야.

"처음 듣는 얘기네요." 발란데르가 말했다. "언제 이사할 생각이신지 여쭤봐도 돼요?"

"이삿짐 나를 사람들이 이번 주 금요일에 온다."

"이번 주에 하신다고요?"

"귀가 먹었니. 다음에 카드 게임을 할 땐 스코네의 진흙탕 한가운데에서 하게 될 게다."

발란데르는 팔을 내저었다.

"짐은 언제 싸실 거예요? 정리가 하나도 안 돼 있잖아요."

"네가 시간을 낼 수 없을 거라고 생각했지. 그래서 네 누나에게 와서 도와 달라고 했다."

"그러니까 아버진, 제가 오늘 밤에 오지 않았다면 다음에 왔을 때 빈집을 발견할 거라고 말씀하시는 거군요."

"그래, 그럴 거다."

발란데르는 아버지가 자신의 잔에 인색하게 채운 코냑을 더 달라고 잔을 내밀었다.

"저는 거기가 어딘지도 모른다고요. 뢰데루프요? 거기가 위스타드의 이쪽 끝이에요, 저쪽 끝이에요?"

"심리스함 쪽이다."

"제 질문에 대답해 주시겠어요?"

"이미 했잖니."

아버지는 자리에서 일어나 코냑병을 치웠다. 그리고 카드를 가리켰다.

"한 판 더 칠 거니?"

"돈이 없어요. 하지만 되도록 저녁때 자주 들러서 짐 싸는 걸 도와드릴게요. 그 집은 얼마 주셨어요?"

"그런 건 벌써 잊어버렸다."

"그렇지 않을 텐데요. 돈이 많으세요?"

"아니. 하지만 난 돈에 관심 없다."

발란데르는 이보다 더 확실한 대답은 들을 수 없으리라는 것을 깨달았다. 벌써 10시 반이었다. 그는 집에 가서 잘 필요가 있었다. 동시에 집에 가기가 아쉬웠다. 이곳은 그가 자란 곳이었다. 태어났을 때는 클라그스함에서 살았지만 그곳에 대한 기억이 없었다.

"이제 여기엔 누가 살게 되는 거예요?" 그가 물었다.

"철거될 거라고 들었다."

"개의치 않으시는 것 같네요. 대체 여기서 얼마나 사셨죠?"

"십구 년. 그거면 충분해."

"어쨌든 아버지가 감상적이라고 비난할 순 없겠네요. 여기가 제 어린 시절 집이라는 건 아세요?"

"집은 집이야." 아버지가 대꾸했다. "이제 난 도시에서 충분히 살았다. 시골로 가고 싶구나. 그림을 그리고 이집트와 이탈리아로 여행갈 계획을 세우면서 거기서 평화롭게 살 거다."

발란데르는 로센고르드까지 걸어갔다. 날씨가 음울했다. 아버지가 이사해 어린 시절 집이 허물릴 거라는 생각에 우울했다.

난 감상적이야. 그는 생각했다. 그래서 내가 오페라를 좋아하는 거겠지. 문제는, 내가 감상적인 성향이 있다면 좋은 경찰이 될 수 있느냐는 거야.

다음 날 발란데르는 휴가를 위한 열차 편을 알아보려고 전화했다. 모나는 아늑해 보이는 민박을 예약했다. 발란데르는 말뫼 시내를 순찰하며 그날 하루를 보냈다. 순찰하는 내내 카페에서 자신에게 다가와 말을 걸었던 여자를 본 것 같다는 생각이 들었다. 그는 제복을 벗을 날을 열망했다. 불쾌함 혹은 경멸을 담은, 특히 그의 또래 사람들의 시선이 사방에서 그를 향하고 있었다. 스반룬드라는 이름의 뚱뚱한 느림보 경찰과 순찰 중이었는데, 그는 순찰 내내 1년 내로 은퇴해 후딕스발 외곽의 집안 농장으로 이사할 생각이라는 말만 늘어놓고 있었다. 발란데르는 건성으로 들으며 이따금 무성의한 대답을 중얼거렸다. 유원지에서 몇몇 주정뱅이를 호송한 일을 빼면 발이 아픈 것 말고는 아무 일도 없었다. 여태껏 많은 순찰 근무를 하면서 발이 아프기는 처음이었다. 그는 그게 형사가 되고자 하는 자신의 커지는 욕망에서 기인한 것인지 궁금했다. 퇴근한 다음 대야를 꺼내 따뜻한 물을 채웠다. 물에 발을 담그자 행복감이 온몸으로 퍼져 나갔다.

그는 눈을 감고 유혹적인 휴가 생각에 잠기기 시작했다. 자신과 모나는 미래를 계획할, 방해받지 않을 시간을 가질 것이었다. 그리고 곧 제복을 벗고 마침내 헴베리가 있는 층으로 옮길 수 있길 바랐다.

그는 앉아서 꾸벅꾸벅 졸았다. 창문은 살짝 열려 있었다. 누군가가 쓰레기를 태우는 것 같았다. 희미한 연기 냄새가 났다. 어쩌면 마른 가지 냄새인지도. 희미하게 탁탁 소리가 났다.

그는 몸을 세우고 눈을 떴다. 정원에서 누가 정말 쓰레기를 태우고 있는 걸까? 이웃에는 정원이 딸린 단독주택이 없었다.

이내 그는 연기를 보았다.

복도에서 스며들고 있었다. 그는 대야를 뒤엎고 문으로 달려갔다. 계단통은 연기로 꽉 차 있었지만 발화 지점을 알아내는 데는 문제가 없었다. 홀렌의 아파트가 불길에 휩싸여 있었다.

2

후에 발란데르는 정말 이때만큼은 규정집에 따라 그럭저럭 행동했다고 생각했다. 그는 아파트로 돌아가 소방서에 전화했다. 그런 다음 계단통으로 돌아가 한 층을 올라간 다음 린네아 알름크비스트의 집 문을 두드려 그녀를 밖으로 내보냈다. 그녀는 처음에 저항했지만 발란데르가 그녀의 팔을 잡고 고집을 부렸다. 두 사람이 문밖으로 나왔을 때, 발란데르는 한쪽 무릎이 크게 베였다는 것을 알았다. 아파트로 되돌아갔을 때 욕조에 발이 걸렸고, 테이블 모서리에 무릎을 찧었다. 그는 무릎에서 피가 난다는 것을 이제 막 알았다.

발란데르가 연기 냄새를 맡고 소방서에 전화하기 전에 불은 자리를 잡을 기회가 없었기에 빨리 잡혔다. 화재의 원인을 알아냈는지 보려고 소방대장에게 다가갔지만 그는 거들떠보지도 않았다. 분노한 그는 아파트로 되돌아가 경찰 배지를 가지고 나왔다. 소방대장의 이름은 파로케르였고, 불그레한 얼굴에 낭랑한 목소리의 60대였다.

"경찰이라고 얘기했어야지요." 그가 말했다.

"저는 이 건물에 삽니다. 제가 신고한 사람입니다."

발란데르는 홀렌에게 무슨 일이 있었는지 말했다.

"너무 많은 사람이 죽고 있소." 파로케르가 단언하듯 말했다. 발란데르는 이 예상치 못한 말을 어떻게 받아들여야 할지 확신이 서지 않았다.

"아파트는 비어 있었습니다." 발란데르가 말했다.

"불은 현관 앞에서 시작된 걸로 보이오." 파로케르가 말했다. "방화가 아니라면 내 성을 갈겠소."

발란데르는 혼란스러운 표정으로 그를 보았다.

"그걸 벌써 아신다고요?"

"오래 근무하면 아는 법이지." 파로케르는 그렇게 말하며 동시에 몇 가지 지시를 내렸다.

"당신도 언젠가 이렇게 될 거요." 그는 말을 이으며 낡은 파이프에 담배를 채워 넣기 시작했다.

"이게 방화라면 수사과에 전화해야 하지 않을까요?" 발란데르가 말했다.

"이미 오는 중이오."

발란데르는 몇몇 동료와 합세해 구경꾼 막는 것을 도왔다.

"오늘만 두 번째군." 경찰 한 명이 말했다. 그의 이름은 벤스트룀이었다. "오늘 아침, 림함 외곽에서 목재 더미에 불이 붙었어."

발란데르는 아버지가 어차피 이사하니까 집을 태울 마음을 먹었는지 잠시 궁금했다. 하지만 그 생각의 꼬리를 길게 끌지 않았다.

차 한 대가 연석에 멈춰 섰다. 발란데르는 거기서 내린 사람이 헴베리인 것을 보고 놀랐다. 그가 손을 저어 발란데르를 불렀다.

"보고를 받았네." 그가 말했다. "룬딘이 맡아야 했지만 주소를 보고 내가 인계해야 한다고 생각했지."

"소방대장은 방화로 보고 있습니다."

헴베리가 인상을 썼다.

"사람들은 별별 걸 다 믿지. 난 파로케르를 거의 십오 년간 알아 왔네. 불에 타는 게 굴뚝이든 자동차 엔진이든 상관없어. 그는 모든 걸 방화로 의심하니까. 따라오게. 뭔가 배울지도 모르지."

발란데르는 그를 따랐다.

"이걸 어떻게 생각하십니까?" 헴베리가 물었다.

"방화."

파로케르는 지극히 확신하는 것 같았다. 발란데르는 두 사람 사이에 뿌리 깊은 반목이 있음을 감지했다.

"여기 사는 사람은 죽었습니다. 거기서 누가 불을 질렀을까요?"

"그걸 찾는 게 자네 일이지. 난 그게 방화였다고 말했을 뿐일세."

"들어가도 됩니까?"

파로케르가 소방관 한 명에게 소리쳤고, 그가 위험 해제 신호를 보냈다. 불은 꺼졌고, 최악의 연기는 사라졌다. 그들은 안으로 들어갔다. 현관문 앞 복도 입구 일부가 그을려 있었다. 하지만 불길은 안방과 복도를 가르는 커튼 저편까지는 이르지 못했다. 파로케르가 문에 있는 우편함을 가리켰다.

"여기서 시작했는지도 모르겠군. 여기서 불이 붙어서 타기 시작한 거지. 불이 붙을 만한 전기선이나 그 밖에 다른 건 없군."

헴베리가 문 옆에 쭈그리고 앉았다. 그리고 코를 킁킁거렸다.

"이번엔 당신 말이 맞는 것 같군요." 그가 그렇게 말하고 몸을 일으켰다. "냄새가 납니다. 등유 같군요."

"휘발유였다면 불이 달랐을 테지."

"그렇다면 누가 그걸 이 우편함에 넣었다는 겁니까?"

"그게 가장 그럴듯한 시나리오지."

파로케르가 발로 복도 매트의 남은 부분을 쿡쿡 찔렀다.

"종이가 아니라," 그가 말했다. "천 조각이군. 솜이거나."

헴베리가 침울하게 머리를 끄덕였다.

"이미 죽은 사람 집에 불을 놓는 빌어먹을 인간이군."

"자네 문제지," 파로케르가 말했다. "내 문제는 아닐세."

"이걸 살펴보라고 감식반에 말해야겠어."

헴베리는 잠시 염려하는 듯 보였다. 이내 그는 발란데르를 보았다.

"커피 한잔할 수 있나?"

그들은 발란데르의 아파트로 걸음을 옮겼다. 헴베리는 엎어진 대야와 물로 흥건한 바닥을 보았다.

"자네가 직접 불을 끄려고 했나?"

"족욕 중이었습니다."

헴베리가 흥미 있는 눈초리로 그를 보았다.

"족욕?"

"가끔 발이 아파서요."

"그럼 신발에 문제가 있는 걸 거야." 헴베리가 말했다. "난 십 년 넘게 순찰을 했지만 내 발은 아무 문제 없었네."

발란데르가 커피를 준비하는 동안 헴베리는 주방 식탁에 앉았다.

"뭐라도 들었나?" 헴베리가 물었다. "계단에 누가 있었나?"

"아니요."

발란데르는 이 시간에 자고 있었다고 인정하는 게 민망하다는 생각이 들었다.

"만약 저 밖에서 누가 돌아다니고 있었다면 자네가 들었을까?"

"문이 닫히는 소리가 들립니다." 발란데르는 의도적으로 모호하게 말했다. "아마 누가 그렇게 들어갔다면 제가 들었을 겁니다. 만약 그 사람이 문을 쾅 닫았다면요."

발란데르는 바닐라 웨이퍼웨하스류의 과자 한 상자를 꺼냈다. 그게 그가 커피와 함께 낼 수 있는 유일한 것이었다.

"뭔가 이상한 게 있어." 헴베리가 말했다. "모든 게 그게 완벽한 자살이었다는 걸 가리키네. 홀렌의 손은 떨리지 않았음이 틀림없어. 그는 잘 겨냥했지. 망설임 없이 곧장 심장을. 검시관들이 아직 검시를 끝내지 않았지만 우린 자살 이외의 어떤 사인을 찾을 필요가 없네. 전혀 없어. 그보다 문제는 이자가 찾고 있던 게 무엇이냐는 걸세. 그리고 누가 왜 이 아파트를 태우려고 했는가. 아마 같은 사람이겠지."

헴베리가 커피를 더 달라는 뜻으로 그에게 고개를 끄덕였다.

"여기에 의견이 있나?" 헴베리가 불쑥 그렇게 물었다. "생각한 게 있다면 말해 보게."

발란데르는 완벽하게 준비가 되어 있지 않았다.

"지난밤 여기 있었던 사람은 뭔가를 찾고 있었지만," 그가 입을 열었다. "아무것도 못 찾은 것 같습니다."

"자네의 방해 때문에? 찾았다면 진작 사라졌을 테니까?"

"네."

"그자가 뭘 찾고 있었지?"

"모릅니다."

"그리고 오늘 밤 누군가가 그 아파트에 불을 냈군. 그게 동일인이라고 치세. 그게 무슨 뜻이지?"

발란데르는 그것을 곰곰이 생각했다.

"천천히 생각하게." 헴베리가 말했다. "좋은 경찰이 되려면 체계적으로 생각하는 법을 배워야 하고, 그건 종종 느긋하게 생각하는 것과 일맥상통하는 거야."

"어쩌면 그자는 자신이 찾는 걸 아무도 찾지 않길 바랐는지도 모릅니다."

"어쩌면." 헴베리가 말했다. "왜 '어쩌면'이지?"

"거기에는 또 다른 설명이 있을 수 있기 때문에요."

"예를 들면 어떤?"

발란데르는 필사적으로 생각했다.

"모르겠습니다." 그가 대답했다. "어떤 예도 찾을 수 없군요. 적어도 지금 당장은요."

헴베리가 웨이퍼를 집었다.

"나도 마찬가질세." 그가 말했다. "그 말은 그 해답이 여전히 아파트에 있을 수도 있다는 걸 뜻하네. 우리가 그걸 발견하지 못한 채 말이야. 이 모든 게 밤 방문으로 끝났다면 흉기 검사와 부검 결과가 나오자마자 끝났을 걸세. 하지만 이 방화로 어쩌면 다른 국면을 맞은 것 같군."

"홀렌은 정말 친척이 전혀 없습니까?" 발란데르가 물었다.

헴베리가 잔을 내려놓고 자리에서 일어났다.

"내일 내 사무실로 오면 보고서를 보여 주겠네."

발란데르는 주저했다.

"그럴 시간이 날지 모르겠습니다. 내일 말뫼 공원을 훑어야 해서요. 마약 말입니다."

"자네 상관에게 말해 놓겠네. 그럼 괜찮을 걸세."

다음 날인 6월 7일 8시 조금 넘어 발란데르는 헴베리가 수집한 홀렌에 대한 사건 자료를 훑어보고 있었다. 별다른 정보가 없는 자료였다. 그는 재산도 없었지만 빚도 없었다. 온전히 연금으로 살아온 것처럼 보였다. 기록에 남은 유일한 가족은 1967년 카트리네홀름에서 사망한 누이였다. 부모님은 더 일찍 돌아가셨다.

발란데르는 헴베리가 회의에 참석한 동안 그의 사무실에서 보고서를 읽었다. 그는 8시 30분을 조금 넘겨 돌아왔다.

"뭘 좀 찾았나?" 그가 물었다.

"어떻게 사람이 그토록 혼자일 수 있죠?"

"그렇게 물을 순 있지만," 헴베리가 말했다. "그건 우리에게 아무 답도 주지 않네. 그 아파트로 가 보세."

그날 아침 감식반은 홀렌의 아파트를 철저히 수색 중이었다. 작업을 지휘하는, 작은 키에 마른 남자는 거의 아무것도 말해 주지 않았다. 그의 이름은 슌네손이었다. 그는 스웨덴 감식반의 전설이었다.

"여기에 뭔가가 있다면 그가 찾을 거야." 헴베리가 말했다. "여기서 그에게 배우게."

헴베리는 갑작스러운 메시지를 받고 자리를 떴다.

"예게르스로에서 한 남자가 차고에서 자살했네." 그가 돌아와서 말했다.

이내 그는 다시 자리를 떴다. 돌아왔을 때 그의 머리는 단정히 다듬어져 있었다.

3시에 슌네손은 작업을 끝냈다.

"여긴 아무것도 없어." 그가 말했다. "숨겨 둔 돈도 약도. 깨끗해."

"여기에 뭔가가 있다고 상상한 사람이 있었어." 헴베리가 말했다. "그리고 그 사람은 틀렸지. 이제 우린 이 사건을 접어야 할 것 같군."

발란데르는 헴베리를 따라 거리로 나갔다.

"그만둘 때를 알아야 하는 법이지." 헴베리가 말했다. "그게 가장 중요한 걸지도 모르네."

발란데르는 자신의 아파트로 가 모나에게 전화했다. 그들은 이따 저녁에 만나 드라이브를 하기로 했다. 그녀는 친구에게서 차를 빌려 놓았다. 그녀가 7시에 발란데르를 태우러 올 것이었다.

"헬싱보리로 가자." 그녀가 제안했다.

"왜?"

"난 거기에 가 본 적 없으니까."

"나도." 발란데르가 말했다. "일곱 시면 준비가 될 거야. 그리고 헬싱보리로 가자."

하지만 발란데르는 그날 저녁 7시에 헬싱보리에 갈 수 없었다. 6시 직전에 전화가 울렸다. 헴베리였다.

"이리 오게." 그가 말했다. "내 사무실로."

"실은 약속이," 발란데르가 말했다.

헴베리가 그의 말을 막았다.

"자넨 자네 이웃에게 무슨 일이 일어났는지 관심이 있을 거라고 생각했는데. 이리 오면 내가 보여 주지. 오래 걸리지 않을 거야."

발란데르는 호기심이 일었다. 그는 모나의 집으로 전화했지만 받지 않았다.

제시간에 돌아올 거야. 그는 생각했다. 택시를 탈 형편은 아니지만 어쩔 수 없어. 그는 가방에서 꺼낸 종이에 7시에 돌아올 거라고 휘갈겼다. 그리고 택시를 불렀다. 이번에는 바로 부를 수 있었다. 그는 문에 압정으로 쪽지를 붙이고 경찰서로 향했다. 헴베리는 자신의 사무실 책상에 발을 올리고 앉아 있었다.

그가 발란데르에게 앉으라는 몸짓을 했다.

"우리가 틀렸어." 그가 말했다. "우리가 생각하지 못한 설명이 있었네. 슈네손은 실수하지 않았네. 그는 사실을 말했어. 홀렌의 아파트에 아무것도 없다는."

발란데르는 헴베리가 무슨 말을 하고 있는지 알지 못했다.

"내가 속았다는 것도 인정하지." 헴베리가 말했다. "하지만 홀렌은 아파트에 있던 걸 없앴네."

"하지만 그는 죽었습니다."

헴베리가 끄덕였다.

"부검이 끝났다고," 그가 말했다. "검시관이 전화했네. 그리고 그는 홀렌의 위에서 아주 흥미로운 걸 찾았지."

헴베리는 책상에서 발을 내렸다. 그리고 서랍 중 하나에서 접힌 작은 천을 꺼내 조심스럽게 발란데르 앞에서 펼쳤다.

안에는 돌들이 있었다. 보석. 발란데르는 알지 못하는.

"자네가 오기 바로 전 여기에 보석상이 있었네." 헴베리가 말했다. "그가 예비 조사를 했지. 이것들은 다이아몬드야. 아마 남아공 금광에서 나온 거겠지. 그가 이것들이 어느 정도 가치가 있다고 했네. 홀렌은 이것들을 삼켰어."

"이것들이 그의 위에 있었다고요?"

헴베리가 끄덕였다.

"우리가 그걸 못 찾은 것도 당연하지."

"근데 왜 그는 이걸 삼켰을까요? 그리고 언제 그랬을까요?"

"뒤의 질문이 가장 중요할 것 같군. 검시관 말로는 그가 자살하기 고작 몇 시간 전에 삼켰다는군. 그의 장과 위가 움직임을 멈추기 몇 시간 전에. 왜 그랬을 것 같나?"

"그는 두려웠습니다."

"맞아."

헴베리는 다이아몬드 꾸러미를 치우고 책상에 발을 올렸다. 발란데르에게 고린내가 훅 끼쳤다.

"이 사건을 요약해 보게."

"할 수 있을지 모르겠습니다."

"해 봐!"

"홀렌은 누군가가 다이아몬드를 훔쳐 가는 게 두려워 그것들을 삼켰습니다. 그런 다음 자살했죠. 그날 밤 거기에 있던 자가 그걸 찾았습니다. 하지만 그 불은 설명할 길이 없군요."

"다른 방식으로는 설명할 수 없나?" 헴베리가 제안했다. "홀렌의 동기를 약간 수정한다면 말이야. 그럼 어떻게 되지?"

발란데르는 불현듯 헴베리가 무슨 생각을 하고 있는지 깨달았다.

"어쩌면 그는 겁이 난 게 아니었습니다." 발란데르가 말했다. "어쩌면 그는 자신의 다이아몬드를 몸에서 떼어 놓고 싶지 않다고 마음 먹었을 뿐인지도 모릅니다."

헴베리가 끄덕였다.

"한 가지 결론을 더 이끌어 낼 수도 있네. 누군가가 홀렌이 이 다이아몬드들을 갖고 있다는 사실을 알았다는 거."

"그리고 홀렌은 그 누군가가 안다는 것을 알았습니다."

헴베리가 만족스럽게 끄덕였다.

"아주 느릴망정," 그가 말했다. "잘 따라오는군."

"하지만 그게 방화를 설명하진 못합니다."

"가장 중요한 게 뭔지 계속 자문해야 하네." 헴베리가 말했다. "중심이 어디인가? 핵심이 어디인가? 불은 주의를 딴 데로 돌리려는 수작인지도 몰라. 아니면 화가 난 누군가의 행위인지."

"누구요?"

헴베리가 어깨를 으쓱했다.

"그걸 찾아내긴 어려울 거야. 홀렌은 죽었네. 그가 이 다이아몬드들을 어떻게 손에 넣었는지 모르겠군. 만약 내가 이걸 들고 검사에게 간다면 그는 내 면전에서 웃음을 터뜨릴 걸세."

"다이아몬드는 어떻게 되는 겁니까?"

"공공 유산 기금으로 가네. 그리고 우린 서류에 도장을 찍고 홀렌의 죽음에 대한 보고서를 지하실 깊숙이 보낼 수도 있지."

"이게 방화 건은 조사되지 않으리라는 걸 뜻합니까?"

"아주 철저히는. 난 그렇게 생각하네." 햄베리가 말했다. "그럴 이유가 없지."

햄베리는 한쪽 벽에 놓인 캐비닛으로 걸어갔다. 그는 주머니에서 열쇠를 꺼내 그것을 열었다. 이내 그는 발란데르에게 다가오라고 고개를 끄덕였다. 그는 한쪽에 놓인, 리본으로 묶인 일단의 서류철들을 가리켰다.

"이것들이 내 변함없는 벗이지. 여전히 해결되지 않고 소멸되기 충분할 만큼 오래된 세 건의 살인 사건. 나 혼자 이 사건들을 맡은 건 아니야. 우린 이 사건들을 일 년에 한 번 재검토하지. 추가적인 정보가 들어오면. 원본은 아닐세. 복사본이지. 이따금 난 이것들을 보네. 이것들에 대한 꿈을 꾸었을 때. 대부분의 경찰이 그러진 않아. 그들은 그들의 일을 하고 퇴근하면 그들의 일을 잊어버리네. 하지만 나 같이 다른 타입도 있지. 미해결 사건들을 절대 내버려 두지 않는 부류. 난 휴일에 이 서류철들을 가져가기까지 하네. 세 건의 살인을. 열아홉 살 소녀. 1963년도. 안루이스 프란센. 그녀는 도시에서 북쪽으로 향하는 고속도로 변 덤불에서 목이 졸린 상태로 발견됐지. 레오나르드 요한손 역시 1963년도. 고작 열일곱이네. 누군가가 돌로 머리를 부쉈네. 도시 남쪽 해안에서 발견됐지."

"기억납니다." 발란데르가 말했다. "경찰은 그게 어떤 여자를 두고 벌인 싸움이었다고 의심하지 않았습니까?"

"어떤 여자를 두고 벌인 싸움이었지." 햄베리가 말했다. "우린 몇 년간이나 그 경쟁 상대를 인터뷰했네. 하지만 그를 체포하지 못했어. 그리고 난 범인이 그였다는 생각조차 하지 않네."

헴베리가 맨 밑의 서류를 가리켰다.

"여자 한 명이 더 있지. 레나 모쇼. 스무 살. 1959년도. 내가 이곳 말뫼로 온 해와 같은 해지. 그녀의 잘린 손이 스베달라로 향하는 도로를 따라 묻혀 있었네. 그녀를 발견한 건 개였어. 그녀는 강간당했어. 예게르스로에서 부모님과 살았지. 무엇보다 의사가 되려고 공부 중이었던 똑바른 사람이었네. 사월에 일어난 일이었지. 신문을 사러 나갔다가 돌아오지 못했어. 그녀를 찾는 데 오 개월 걸렸네."

헴베리가 머리를 저었다.

"자넨 자네가 속할 타입을 알게 될 걸세." 그가 그렇게 말하며 캐비닛을 닫았다. "잊어버리는 부류인지, 그렇지 않은 부류인지."

"저는 제가 경찰 일에 부합하는지조차 모르겠습니다." 발란데르가 말했다.

"적어도 자넨 원해. 그리고 그게 좋은 시작일세."

헴베리는 코트를 입기 시작했다. 발란데르는 손목시계를 확인하고 7시 5분 전임을 알았다.

"가야겠습니다." 그가 말했다.

"집까지 태워 주겠네." 헴베리가 말했다. "자네가 안달하지 않고 기다릴 수 있다면."

"좀 바빠서요." 발란데르가 말했다.

헴베리가 어깨를 으쓱했다.

"이제 자넨," 그가 말했다. "홀렌의 위에 든 걸 알아."

운이 좋았는지 발란데르는 밖으로 나가 그럭저럭 택시를 잡았다. 그가 로센고르드에 도착했을 때는 7시 9분이었다. 그는 모나가 늦길 바랐다. 하지만 자신이 문에 붙인 쪽지를 보고는 그렇지 않다는 것을 알았다.

앞으로도 이런 식일 거야? 그녀가 썼다.

발란데르는 쪽지를 떼었다. 압정이 계단에 떨어졌다. 그는 그것을 주우려고도 하지 않았다. 기껏해야 린네아 알름크비스트의 신발에 박힐 터였다.

앞으로도 이런 식일 거야? 발란데르는 모나의 조바심을 이해했다. 그녀는 직업적 삶에 포부가 없었다. 자신의 미용실에 대한 그녀의 꿈은 오랫동안 실현되지 않았다.

아파트로 가 소파에 앉았을 때 그는 죄책감을 느꼈다. 모나와 더 많은 시간을 보내야 했다. 늦을 때마다 그녀의 참을성만을 기대하지 말고. 그녀에게 전화하려고 애쓰는 것은 부질없는 짓이었다. 지금 그녀는 헬싱보리로 빌린 차를 모는 중이었다.

갑자기 모든 것이 잘못되었다는 불안감이 일었다. 모나와 산다는 것을 진지하게 생각한 적이 있던가? 그녀와 아이를 갖는다는 것을?

그는 그 생각을 밀어냈다. 스카겐에서 서로 얘길 나눠야 해. 그는 생각했다. 그럴 시간이 있을 거야. 해변에선 늦을 일이 없을 테니까.

그는 시계를 보았다. 7시 30분. 텔레비전을 켰다. 언제나처럼 어느 비행기가 어딘가에 추락했다. 아니면 기차가 탈선했을 뿐이든가. 부엌으로 간 그는 뉴스를 반만 들었다. 맥주를 찾아 냉장고를 들여다보았지만 개봉한 탄산음료를 찾았을 뿐이었다. 무언가 더 센 것에 대한 욕구가 갑자기 더 강해졌다. 다시 시내로 나가 바에 앉아 있자는 생각이 매력적으로 다가왔다. 하지만 가진 돈이 거의 없었기 때문에 그 생각을 떨쳐 버렸다.

대신 그는 주전자에 든 커피를 데우고 헴베리를 생각했다. 캐비닛에 미해결 사건들을 보관한 헴베리. 자신도 그렇게 될까? 아니면 퇴근해서는 일을 싹 잊게 될까? 모나를 위해서 그래야 할 거야. 그는 생각했다. 그러지 않으면 그녀가 미칠 테니까.

열쇠고리가 의자에 끼였다. 그는 그것을 빼 아무 생각 없이 테이블 위에 놓았다. 이내 그의 머리에 무언가가 떠올랐다. 분명히 홀렌과 관계있는 무언가.

그 추가된 자물쇠. 그가 설치한 지 얼마 안 된. 그걸 어떻게 이해해야 할까? 그것은 공포의 징후일지도 몰랐다. 그리고 그를 발견했을 때 왜 그 문은 약간 열려 있었을까?

앞뒤가 맞지 않는 것이 너무 많았다. 헴베리가 자살이라고 했음에도 의심이 발란데르를 갉아먹었다.

그는 홀렌의 죽음에 숨겨진 무언가, 자신들이 가까이 다가가지조차 못한 무언가가 있다는 확신이 들기 시작했다. 자살이냐 아니냐를 떠나서 무언가가 더 있었다.

발란데르는 부엌 찬장 서랍에서 종이 한 장을 찾은 다음 머리를 썩이는 점을 적으려고 자리에 앉았다. 자물쇠가 추가되었다. 복권 용지. 왜 문은 약간 열려 있었을까? 그날 밤 다이아몬드를 찾고 있던 자는 누구였을까? 그리고 왜 불을 질렀을까?

그는 항해일지에서 본 것을 떠올리려 했다. 리우데자네이루. 그는 떠올렸다. 하지만 그게 배 이름이었나, 지명이었나? 예테보리와 베르겐을 본 것도 기억났다. 그리고 세인트루이스라는 이름을 본 것을 기억했다. 그게 어디였지? 자리에서 일어나 방으로 갔다. 옷장 깊숙이에서 학교에서 쓰던 옛 지도책을 찾았다. 하지만 문득 스펠링이 확실치 않았다. 그게 세인트루이스^{St Louis}였나, 세인트루이스^{St Luis}였나? 미국 아니면 브라질? 인덱스에서 지명을 훑다가 상 루이스가 눈에 들어왔고, 그게 그 지명이라고 즉각 확신했다.

다시 리스트를 훑었다. 내가 발견하지 못한 게 보일까? 그는 생각했다. 어떤 관련성, 어떤 설명 혹은 헴베리가 말한 것, 중심?

아무것도 찾지 못했다.

커피는 식어 있었다. 그는 짜증이 나 소파로 갔다. 또 다른 토크쇼가 방영 중이었다. 이번에는 머리가 긴 사람 몇 명이 새로운 영국 팝 뮤직에 대해 토론 중이었다. 그는 텔레비전을 끄고, 대신 레코드플레이어를 틀었다. 즉시 린네아 알름크비스트가 바닥을 치기 시작했다. 대개 그는 즉각 볼륨을 올리고 싶은 충동을 느꼈다. 대신 레코드플레이어를 껐다.

그때 전화가 울렸다. 모나였다.

"난 헬싱보리야." 그녀가 말했다. "항구 옆 전화 부스."

"집에 너무 늦게 와서 정말 미안해." 발란데르가 말했다.

"다시 호출된 거겠지?"

"정말 호출됐어. 수사반에서. 아직 거기서 일을 안 하는데도 날 불렀어."

그는 그녀에게 조금이나마 강한 인상을 주었길 바랐지만 그녀는 믿지 않는 기색이었다. 침묵이 두 사람 사이에 감돌았다.

"여기로 올 수 없겠지?" 그가 말했다.

"우린 잠시 시간을 갖는 게 최선일 것 같아." 그녀가 말했다. "적어도 한두 주는."

발란데르는 싸한 기분을 느꼈다. 모나가 날 떠나려는 걸까?

"그게 최선인 것 같아." 그녀가 재차 말했다.

"우리가 함께 휴가를 보낼 거라고 생각했는데?"

"나도 그렇게 생각해. 자기 마음이 바뀌지 않았다면."

"당연히 안 바뀌었지."

"목소리 높일 것 없어. 일주일 뒤에 전화해도 돼. 하지만 그 전엔 안 돼."

그는 계속 대화하려고 애썼지만 그녀가 이미 끊은 뒤였다.

발란데르는 내면에서 커지는 공포를 느끼며 남은 저녁 시간을 보냈다. 차이는 것보다 더한 공포는 없었다. 자정이 지났을 때, 극한의 노력으로 모나에게 전화하는 것을 간신히 자제했다. 그는 누웠다가도 다시 일어났다. 밝은 여름 하늘이 갑자기 위협적이었다. 달걀 프라이 두 개를 했지만 먹지 않았다.

새벽 5시가 가까워서야 간신히 잠이 들었다. 하지만 거의 즉시 다시 일어났다.

머릿속에 든 어떤 생각.

그 복권.

홀렌은 그것들을 어딘가에 냈을 터였다. 아마도 매주 같은 곳에. 그는 대개 이 근방을 벗어나지 않았기 때문에 가까운 신문 파는 가게 중 한 곳일 것이었다.

올바른 가게를 찾는 것이 정확히 어떤 결과를 낳을지 확신이 들지 않았다. 십중팔구 아무것도.

그럼에도 자신의 생각을 따르기로 마음먹었다. 적어도 그것은 모나와 관련한 공포를 잊을 수 있는 데 유용했다.

그는 한두 시간 선잠이 들었다.

다음 날은 일요일이었다. 발란데르는 거의 아무것도 하지 않고 그날을 보냈다.

6월 9일 월요일에 그는 전에 하지 않았던 짓을 했다. 장염이라는 핑계를 대고 전화로 병가를 냈다. 모나는 전주에 아팠다. 놀랍게도 그는 죄책감을 느끼지 않았다.

아침 9시 직후에 아파트 건물을 나섰을 때 날씨가 흐렸지만 비는 내리지 않았다. 바람이 불었고 쌀쌀해졌다. 아직 본격적인 여름이 아니었다.

근방에 복권도 취급하며 신문을 파는 작은 가게가 두 군데 있었다. 거리 한쪽 아주 가까운 데에 한 군데 있었다. 발렌데르는 문으로 들어가면서 홀렌의 사진을 가지고 왔어야 했다는 생각이 들었다. 카운터 뒤의 남자는 헝가리인이었다. 1956년부터 이곳에서 살았다지만 스웨덴어가 형편없었다. 하지만 그는 종종 담배를 사는 발란데르를 알아보았다. 그는 언제나처럼 담배 두 갑을 샀다.

"복권들을 취급하십니까?" 발란데르가 물었다.

"당신은 일반 복권만 내는 걸로 알았는데요."

"아르투르 홀렌이 당신에게 복권을 접수했나요?"

"그게 누군데요?"

"최근 불난 데서 죽은 사람이요."

"불이 났어요?"

발란데르는 설명했다. 하지만 발란데르가 홀렌을 묘사하자 카운터 너머의 남자는 머리를 저었다.

"여기 안 왔어요. 다른 데로 갔을 겁니다."

발란데르는 돈을 내고 고맙다고 말했다. 살짝 비가 내리기 시작했다. 그는 걸음을 서둘렀다. 머릿속은 온통 모나 생각이었다. 다음 가게 역시 홀렌과 아무 관계 없었다. 발란데르는 그 가게에서 나와 돌출한 발코니 아래 서서 자신이 뭘 하고 있는지 자문했다. 헴베리는 내가 미쳤다고 생각할 거야. 그는 생각했다.

이내 그는 걸음을 옮겼다. 다음 가게는 거의 1킬로미터 떨어져 있었다. 발란데르는 레인코트를 입고 오지 않은 것을 후회했다. 식료품점과 맞닿아 있는 그 가게에 이르렀을 때, 그는 누군가의 뒤에서 기다려야 했다. 카운터 너머에 있는 사람은 발란데르 또래의 여자였다. 그녀는 아름다웠다. 발란데르는 앞의 손님이 원한 오토바이 전문 잡지 과월 호를 찾는 그녀에게서 눈을 떼지 않았다. 맞닥뜨린 아름다운 여자와 즉각 사랑에 빠지지 않기란 발란데르에게 매우 어려웠다. 그때야 모나에 대한 모든 생각과 관련한 불안을 굴복시킬 수 있었다. 이미 담배 두 갑을 샀지만 한 갑을 더 샀다. 동시에 앞에 있는 여자가 자신이 경찰이라고 말하면 반감을 내비칠 사람인지 파악하려 해 보았다. 아니면 이런저런 문제에도 불구하고 경찰 대부분이 사실 필요하고 명예로운 사람들이라고 믿는 다수에 속하는지. 그는 후자에 운을 걸었다.

"저도 몇 가지 묻고 싶은 게 있습니다." 그가 담뱃값을 내면서 말했다. "전 발란데르 경입니다."

"이런." 여자가 대꾸했다. 그녀의 사투리는 특이했다.

"이곳 출신이 아닙니까?" 그가 물었다.

"묻고 싶은 게 그거예요?"

"아니요."

"렌호브다에서 왔어요."

발란데르는 그곳이 어디인지 몰랐다. 그곳이 블레킹에 있다고 추측했다. 하지만 그 말은 하지 않았다. 대신 홀렌과 복권에 관한 문제로 말을 이었다. 그녀는 그 방화를 알고 있었다. 발란데르는 홀렌의 외모를 묘사했다. 그녀는 잠시 생각했다.

"아마, 그분은 말을 느리게 하죠? 조용한 스타일?"

발란데르는 그에 대해 생각하고 끄덕였다. 그것으로 홀렌의 말투를 묘사할 수 있을 것이었다.

"그는 소액 복권만 한 것 같습니다." 발란데르가 말했다. "서른두 줄짜리 같은 거요."

그녀는 그 말을 곰곰이 생각하더니 끄덕였다.

"맞아요." 그녀가 말했다. "여기 왔어요. 일주일에 한 번요. 한 주는 서른두 줄짜리, 다음 주는 예순네 줄짜리."

"그가 뭘 입었는지 기억하십니까?"

"파란 코트요." 그녀가 즉각 말했다.

발란데르는 그를 보았을 때마다 그가 지퍼가 달린 파란색 재킷을 입고 있었던 것을 떠올렸다.

그녀의 기억에는 아무 문제가 없었다. 호기심에도 문제가 없었다.

"그분이 뭘 잘못했나요?"

"우리가 알기론 아닙니다."

"그게 자살이었다고 들었는데요."

"사실 그렇습니다. 하지만 그 불은 방화였습니다."

그건 말하지 말았어야 해. 발란데르는 생각했다. 우리도 아직 확실히 모르잖아.

"그분은 늘 잔돈을 꼭 맞게 갖고 계셨어요." 그녀가 말했다. "그분이 여기서 복권을 제출한 걸 왜 알고 싶은데요?"

"통상적인 질문입니다." 발란데르가 대꾸했다. "그에 대해 기억하시는 다른 게 있습니까?"

그녀의 대답은 그를 놀라게 했다.

"그분은 전화를 쓰곤 했어요." 그녀가 말했다.

전화는 복권을 놓아두는 테이블 옆 작은 시렁에 있었다.

"번번이 그랬습니까?"

"매번이요. 먼저 복권을 접수하고 돈을 내세요. 그런 다음 전화를 걸고 카운터로 와서 전화 비용을 내세요."

그녀가 입술을 깨물었다.

"그 전화는 뭔가 이상했어요. 한 번 그렇게 생각한 게 기억나요."

"뭐가 이상했습니까?"

"그분은 다이얼을 돌려서 말하기 전에 늘 다른 손님이 가게에 들어

올 때까지 기다렸어요. 가게에 그분과 나만 있을 땐 한 번도 통화한 적이 없어요."

"그는 당신이 듣는 걸 원치 않았군요."

그녀가 어깨를 으쓱했다.

"아마 프라이버시를 원한 것뿐이겠죠. 보통 그러지 않나요?"

"그가 말하는 걸 들은 적 있습니까?"

"다른 손님을 응대하는 동안에도 들을 순 있죠."

그녀의 호기심이 큰 도움이 됐군. 발란데르는 생각했다.

"그가 뭐라던가요?"

"별말 없었어요." 그녀가 대답했다. "대화는 늘 아주 간단했어요. 시간을 말한 것 같았어요. 그것 말고는 별말 없었고요."

"시간이요?"

"누군가와 시간을 정하는 것 같은 느낌이었어요. 말하면서 자주 손목시계를 봤죠."

발란데르는 잠시 생각했다.

"그가 대개 같은 요일에 여기 왔습니까?"

"매주 수요일 오후요. 두 시와 세 시 사이인 것 같아요. 아니면 좀 더 늦게나."

"다른 걸 사진 않았습니까?"

"아니요."

"이걸 다 어떻게 그리도 정확히 기억하시죠? 손님이 많을 텐데요."

"몰라요." 그녀가 말했다. "하지만 당신도 당신 생각보다 많은 걸 기억할 거예요. 만약 누가 당신에게 묻기 시작하면 그렇게 될걸요."

발란데르는 그녀의 손을 보았다. 그녀는 반지를 끼고 있지 않았다. 그녀에게 데이트 신청을 잠시 고려했지만 겁에 질려 그 생각을 일축했다.

모나가 자신의 생각을 엿보기라도 한 듯.

"달리 기억나는 게 없으십니까?"

"네." 그녀가 말했다. "하지만 그분이 여자와 통화한 건 확실해요."

그 말에 발란데르는 놀랐다.

"어떻게 그리 확신하십니까?"

"들으면 알아요." 그녀가 단호하게 말했다.

"그러니까 홀렌이 어떤 여자와 만날 시간을 정하려고 전화했다는 건가요?"

"그게 뭐가 이상하죠? 물론 그분은 나이가 많았지만 그건 상관없어요."

발란데르는 끄덕였다. 물론 그녀 말이 옳았다. 그리고 그녀가 옳다면 가치 있는 정보를 알아낸 것이었다. 어쨌든 홀렌의 삶에 어떤 여자가 있었다.

"좋습니다." 그가 말했다. "그 밖에 기억나시는 건요?"

그녀가 대답하려는데 손님이 들어왔다. 발란데르는 기다렸다. 과자 두 봉지를 고르는 데 엄청난 정성을 기울이는 두 꼬마 숙녀였고, 둘은 고르고 난 후 5외레 동전을 줄줄이 내며 값을 치렀다.

"그 여자의 이름은 A로 시작할지도 몰라요. 그분은 늘 아주 조용히 말했어요. 좀 전에 말했던가요. 어쨌든 그녀의 이름은 안나일지도 몰라요. 아니면 이중으로 된 이름이요. A로 시작하는."

"확실합니까?"

"아니요." 그녀가 말했다. "하지만 그런 것 같아요."

발란데르는 물을 게 한 가지 더 있었다.

"그는 늘 혼자 왔습니까?"

"네, 늘요."

"큰 도움이 됐습니다." 그가 말했다.

"이 정보가 왜 필요한지 물어도 될까요?"

"미안하지만 안 됩니다." 발란데르가 말했다. "우리는 질문을 하지만 늘 이유를 말할 순 없습니다."

"아마 난 경찰에 지원해야 할 것 같아요." 그녀가 말했다. "남은 생을 이 가게에서 일하며 보낼 계획은 없거든요."

발란데르는 카운터에 기대 금전등록기 옆에 있는 작은 메모장에 자신의 전화번호를 적었다.

"언제 전화하세요." 그가 말했다. "만나서 경찰이 되는 게 어떤 건지 말씀드리죠. 어쨌든 난 바로 저 모퉁이 근처에서 삽니다."

"이름이 발란데르라고요?"

"쿠르트 발란데르."

"내 이름은 마리아예요. 하지만 다른 생각은 마세요. 이미 남자 친구가 있으니까."

"안 합니다." 발란데르가 그렇게 말하며 미소를 지었다.

그리고 그는 가게를 나섰다.

남자 친구는 언제나 극복할 수 있지. 그는 거리로 나서며 생각했다. 그리고 문득 걸음을 멈추었다. 정말 그녀가 전화하면 어떡하지?

모나와 있는 동안 전화하면? 그는 자기가 무슨 짓을 했는지 자문했다. 동시에 자신도 모르게 어떤 만족감을 느꼈다.

모나는 당해 봐야 해. 마리아라는 이름의 아주 아름다운 사람에게 자신의 전화번호를 준 것 정도는.

죄를 짓는다는 생각만으로 벌을 받는 것처럼 그 순간 비가 쏟아지기 시작했다. 집에 도착했을 때쯤 그는 흠뻑 젖어 있었다. 젖은 담뱃갑들을 부엌 테이블에 놓고 옷을 전부 벗었다. 마리아가 지금 여기서 날 수건으로 닦아 줬어야 하는데. 그는 생각했다. 그럼 모나는 머리나 자르면서 그토록 원하는 빌어먹을 시간을 가질 거 아니겠어.

그는 실내복을 입고 메모장에 마리아가 한 말을 적었다. 그러니까 홀렌은 매주 수요일 어떤 여자에게 전화를 했단 말이지. A로 시작하는 이름의 어떤 여자. 십중팔구 그것은 여자의 성姓이 아닌 이름일 것이었다. 이제 질문은 단지 이것이 무엇을 의미하느냐는 것이었다. 외로운 노인의 이미지는 산산조각 났다.

발란데르는 부엌 테이블에 앉아 전날 적은 메모를 훑어보았다. 갑자기 어떤 생각이 떠올랐다. 어딘가에 선원 명부가 있을 것이었다. 누군가가 홀렌이 오랜 세월 일했던 배에서의 삶에 대해 말해 줄 것이었다.

나를 도울 수 있는 사람을 알지. 발란데르는 생각했다. 헬레나. 그녀는 해운 회사에서 일해. 최소한 내가 찾는 게 어디에 있는지 말해 줄 수 있을 거야. 전화했을 때 그녀가 끊지만 않는다면.

아직 11시 전이었다. 발란데르는 부엌 창밖으로 폭우가 그친 것을 볼 수 있었다. 헬레나는 대개 12시 30분 전에는 점심시간을 갖지 않앗다. 그것은 그녀가 밖으로 나가기 전에 그녀를 만날 수 있다는 뜻이었다.

그는 옷을 입고 센트럴 역으로 가는 버스를 탔다. 헬레나가 일하는 해운 회사는 항만 지역에 있었다. 정문으로 들어섰다. 접수 담당자가 알은체하며 고개를 끄덕였다.

"헬레나 있어요?" 그가 물었다.

"통화 중이에요. 하지만 올라가 보세요. 그녀의 사무실은 아시는 대로예요."

2층으로 가며 발란데르는 두려운 마음이 없지 않았다. 헬레나는 화를 낼 것이었다. 하지만 발란데르는 처음엔 그녀가 그냥 놀랄 뿐이리라고 생각하며 침착하려 애썼다. 그게 순수하게 일 때문에 여기에 온 것이라고 말할 시간을 줄 것이었다. 여기에 있는 사람은 그녀의 전 남자 친구가 아니라 형사가 될, 같은 이름의 경찰이었다.

'헬레나 아론손 대리'라는 글자가 문에 프린트되어 있었다. 발란데르는 심호흡한 뒤 노크했다. 그녀의 목소리를 듣고 안으로 들어갔다. 그녀는 통화를 마치고 타이프라이터 앞에 앉아 있었다. 자신의 생각이 옳았다. 그녀는 화난 게 아니라 분명히 놀란 모습이었다.

"너," 그녀가 말했다. "여기서 뭘 하는 거야?"

"경찰 업무로 왔어." 발란데르가 말했다. "네가 날 도와줄 수 있을 것 같아서."

몸을 일으킨 그녀는 듣기도 전에 나가라고 말할 것처럼 보였다.

"말 그대로야." 발란데르가 말했다. "전혀 개인적인 일이 아니야."

그녀는 여전히 경계를 풀지 않았다.

"내가 뭘 도와줄 수 있는데?"

"앉아도 돼?"

"오래 걸리지만 않는다면."

헴베리와 같은 말투군. 발란데르는 생각했다. 힘 있는 사람이 앉아 있는 동안 거기 서서 부하의 비굴함을 느껴 보라는. 하지만 그는 자리에 앉았고, 책상 반대편에 있는 여자와 전에 어떻게 그리 사랑에 빠질 수 있었는지 궁금했다. 이제 그는 그녀가 뻣뻣하고 오만했다는 것 이외에 어떤 것도 기억할 수 없었다.

"난 잘 지내." 그녀가 말했다. "괜한 건 물을 필요 없어."

"나도 잘 지내."

"원하는 게 뭐야?"

발란데르는 그녀의 무례한 목소리에 속으로 한숨을 쉬었지만 상황을 말했다.

"넌 해운 회사에서 일하잖아." 그가 그렇게 말을 맺었다. "홀렌이 바다에서 어떤 일을 했는지 알아볼 방법을 알 거 아냐. 어느 회사에서 일했고, 어느 배를 탔는지."

"난 화물 관련 일을 해." 헬레나가 말했다. "우린 배나 코쿰스_{주방 제품으로 유명한 스웨덴 브랜드}와 볼보에 화물 적재 장소를 빌려줘. 그게 다야."

"아는 누군가가 있겠지."

"경찰이 이걸 다른 방법으로는 찾지 못한다고?"

발란데르는 이 질문을 예상했기에 한 가지 답을 준비해 두었다.

"이 사건은 좀 부차적으로 다뤄지는 건이야." 그가 말했다. "내가 상세히 설명할 수 없는 이유로."

그는 그녀가 어느 정도 자신을 믿는 기색을 볼 수 있었다. 그녀는 재미있어하는 것 같았다.

"동료들한테 물어볼 순 있어." 그녀가 말했다. "나이 든 선장이 있거든. 근데 그래서 내가 얻는 게 뭐야? 내가 도와주면?"

"뭘 해 주면 돼?" 그가 낼 수 있는 최대한 친근한 목소리로 물었다.

그녀가 머리를 저었다.

"없어."

발란데르는 자리에서 일어났다.

"내 전화번호는 전과 같아." 그가 말했다.

"내 전화번호는 바뀌었어." 헬레나가 말했다. "너한텐 알려 주지 않을 거야."

거리로 나왔을 때 발란데르는 땀에 흠뻑 젖었다는 것을 알았다. 헬레나와의 만남은 인정하고 싶은 정도보다 더 스트레스였다. 그는 결국 다음으로 뭘 해야 할지 생각하며 멈춰 서 있었다. 돈이 많다면 코펜하겐으로 갈 텐데. 하지만 병가를 냈다는 것을 염두에 두어야 했다. 누군가가 전화할 수도 있었다. 집 밖에 너무 오래 있으면 안 되었다. 게다가 죽은 이웃과 관련해 너무 많은 시간을 쓰고 있다는 것을 정당화하기 어렵다는 사실을 점점 깨닫는 중이었다. 그는 덴마크 페리가 보이는 카페로 가서 그날의 특별 메뉴를 시켰다. 하지만 주문하기 전에 돈이 얼마나 있는지 확인했다. 내일은 은행에 가야 할 것이었다. 아직은 1천 크로나가 있었다. 이달 말까지 버텨야 할 돈. 그는 스튜를 먹고 물을 마셨다.

1시쯤 그는 보도 위에 서 있었다. 남서쪽에서 새 폭풍이 이동 중이었다. 그는 집으로 가기로 결정했다. 하지만 아버지가 사는 교외로 가는 버스를 보았을 때, 즉각 거기에 올라탔다. 최소한 아버지의 이삿짐을 싸며 몇 시간을 보낼 수 있었다.

집은 형언할 수 없을 만큼 혼돈이었다. 아버지는 찢어진 밀짚모자를 쓰고 오래된 신문을 읽고 있었다. 그가 놀라서 발란데르를 올려다보았다.

"그만둔 게냐?"

"뭘 그만둬요?"

"정신이 돌아와 경찰을 그만둔 게냐?"

"쉬는 날이에요. 그리고 그 문제를 다시 끄집어내 보셔야 소용없어요. 우린 절대 의견이 일치하지 않을 거예요."

"1949년 자 신문을 찾았다. 아주 흥미로운 게 있구나."

"정말 이십 년도 더 된 신문을 읽고 있을 시간이 있으신 거예요?"

"그땐 이걸 읽을 시간이 없었지." 아버지가 말했다. "뭣보다 아무것도 안 하고 하루 종일 울어 대는 두 살배기 아들 때문에 말이다. 그래서 지금 이걸 읽고 있는 거다."

"전 아버지 짐 싸는 걸 도와 드릴 생각이에요."

아버지가 자기 그릇이 쌓인 테이블을 가리켰다.

"저걸 싸서 박스들에 넣어야 하는데," 그가 말했다. "제대로 해야 한다. 어떤 것도 깨져선 안 돼. 깨진 것들이 보이면 넌 그걸 물어야 할 게다."

아버지는 신문으로 돌아갔다. 발란데르는 코트를 벗어 걸고 그릇을 싸기 시작했다. 어린 시절의 기억을 일깨우는 그릇들. 그는 특별히 또렷하게 기억나는 이 빠진 컵을 보았다. 아버지가 뒤에서 신문을 넘겼다.

"기분이 어떠세요?" 발란데르가 물었다.

"기분이 어떠냐니?"

"이사하시는 기분이요."

"좋다. 변화는 좋은 거지."

"아직도 그 집을 안 보셨어요?"

"응, 하지만 분명 좋을 게다."

아버지는 미쳤거나 노망이 시작된 걸 거야. 발란데르는 생각했다. 그리고 그에 대해 내가 할 수 있는 건 아무것도 없어.

"크리스티나가 올 거라고 생각했는데요." 그가 말했다.

"쇼핑하러 나갔다."

"누나가 보고 싶어요. 잘 지낸대요?"

"잘 지낸다. 그리고 그 애는 특별한 친구를 만났어."

"그 사람을 데려왔어요?"

"아니. 하지만 모든 면에서 괜찮은 사람 같더구나. 그가 아마 곧 손주를 보게 해 줄 게다."

"이름이 뭔데요? 뭐 하는 사람이에요? 꼬치꼬치 여쭤봐야 해요?"

"이름은 옌스고, 투석 연구원이다."

"그게 뭐예요?"

"콩팥. 네가 그 말을 들어 봤다면 말이다. 연구원. 게다가 작은 사냥감을 사냥하길 좋아한다는구나. 훌륭한 남자 같구나."

바로 그 순간 발란데르는 접시를 떨어뜨렸다. 두 줄의 금이 갔다.

아버지는 신문에서 고개를 들지 않았다.

"네가 물어야 할 게다." 그가 말했다.

발란데르는 이제 지긋지긋했다. 그는 코트를 입고 한마디 말 없이 집을 나섰다. 절대 외스텔렌엔 가지 않을 거야. 그는 생각했다. 다시 아버지의 집에 발을 들여놓으나 봐라. 어떻게 그동안 저 노인네를 참고 살았을까. 하지만 이제 지긋지긋해.

그는 자신도 모르게 그 말을 입 밖으로 내어 말했다. 바람에 맞서 몸을 웅송그리고 자전거를 탄 사람이 그를 쳐다보았다.

발란데르는 집으로 갔다. 홀렌의 아파트 문이 열려 있었다. 그는 안으로 들어갔다. 감식반원이 무언가 남은 재를 모으고 있었다.

"다 끝난 거 아니었습니까?" 놀란 발란데르가 물었다.

"슌네손은 철두철미하거든요." 감식반원이 대꾸했다.

대화는 더 이어지지 않았다. 발란데르는 계단통으로 돌아가 자신의 집 문을 열었다. 그와 동시에 린네아 알름크비스트가 건물 안으로 들어왔다.

"끔찍하기도 하지." 그녀가 말했다. "불쌍한 사람. 그렇게 혼자서."

"그는 여자 친구분이 있었던 것 같습니다." 발란데르가 말했다.

"믿기 어려운데." 린네아 알름크비스트가 말했다. "그랬다면 내가 알아차렸을 텐데."

"그러셨겠죠." 발란데르가 말했다. "하지만 그는 여기서 그녀를 만나지 않았을 거예요."

"고인을 나쁘게 말해선 안 돼요." 그녀는 그렇게 말하고 계단을 오르기 시작했다.

발란데르는 외로운 삶에 여자가 있었을지 모른다고 말하는 게 어떻게 고인을 나쁘게 말하는 것이 되는지 의아했다.

집에 있자니 발란데르는 더 이상 모나에 대한 생각을 한쪽으로 치워 둘 수 없었다. 그녀에게 전화해야 했다. 아니면 저녁에 그녀가 자진해서 전화를 걸어 올까? 불안을 떨칠 목적으로 발란데르는 지난 신문들을 모아서 치우기 시작했다. 그런 다음 욕실로 향했다. 청소를 하다 보니 찌든 때가 생각보다 훨씬 더 많다는 것을 알았다. 결과에 만족할 때까지 세 시간이 넘게 욕실에 있었다. 욕실에서 나오니 5시였다. 그는 감자를 삶고 양파를 썰었다.

전화가 울렸다. 그는 즉각 그것이 모나이리라고 생각했고, 심장이 빠르게 뛰기 시작했다.

하지만 다른 여자의 목소리였다. 그녀는 자신의 이름이 마리아라고 했지만 그것이 신문 가게 여자의 이름이라는 것을 깨닫기까지 시간이 좀 걸렸다.

"방해가 안 됐길 바라요." 그녀가 말했다. "당신이 준 종이쪽을 잃어버렸어요. 그리고 당신은 전화번호부에도 실려 있지 않더라고요. 전화번호 안내해 주는 데 전화했어도 됐을 텐데. 하지만 경찰서에 전화했어요."

발란데르는 움찔했다.

"뭐라고 했습니까?"

"쿠르트 발란데르라는 이름의 경찰을 찾는다고요. 그리고 중요한 정보가 있다고요. 처음엔 당신 집 전화번호를 알려 주고 싶어 하지 않더라고요. 하지만 난 굴복하지 않았죠."

"그래서 발란데르 경위를 찾았습니까?"

"쿠르트 발란데르를 찾았죠. 문제 있나요?"

"없습니다." 발란데르는 그렇게 말하며 안도했다. 가십은 경찰서에서 빠르게 퍼졌다. 그것은 문제를 일으킬 수 있었고, 경위라고 주장하며 돌아다니는 발란데르에 대해 쓸데없이 이상한 이야기를 낳을 수도 있었다. 그것은 그가 구상한 형사로서의 경력을 시작하는 방법이 아니었다.

"방해가 됐는지 물었어요." 그녀가 재차 말했다.

"전혀요."

"난 생각 중이었어요." 그녀가 말했다. "홀렌과 그분의 복권에 대해서요. 어쨌든 그분은 돈을 딴 적이 없었어요."

"어떻게 알죠?"

"어떻게 걸었는지 재미 삼아 확인해 봤거든요. 그분 것만 그런 건 아니고요. 그리고 그분은 영국 축구에 대해선 아무것도 몰랐죠."

헴베리의 말대로야. 발란데르는 생각했다. 그 점은 의심의 여지가 없군.

"그것도 그렇고 그 전화에 대해 생각하고 있었어요." 그녀가 말을 이었다. "그리고 그때 그분이 그 여자 말고 다른 사람에게도 몇 번 전화한 게 생각났어요."

발란데르는 집중했다.

"누구에게요?"

"택시 회사에 전화했어요."

"그걸 어떻게 알죠?"

"택시를 부르는 걸 들었어요. 가게 바로 옆 건물의 주소를 댔죠."

발란데르는 그에 관해 생각했다.

"얼마나 자주 택시를 불렀습니까?"

"서너 번요. 늘 먼저 다른 데 전화한 후에요."

"그가 어디로 가는지는 듣지 못했고요?"

"그 말은 하지 않았어요."

"기억력이 좋으시군요." 발란데르가 감탄하며 말했다. "하지만 그 전화를 언제 걸었는지는 기억 못 하시겠죠?"

"수요일이었을 거예요."

"마지막으로 건 게 언제였습니까?"

그 대답은 빨랐고 자신감이 넘쳤다.

"지난주요."

"확실합니까?"

"당연히 확실하죠. 정보 차원에서 알려 드리자면, 그분은 지난주인 오월 이십팔일 수요일에 택시를 불렀어요."

"좋습니다." 발란데르가 말했다. "훌륭해요."

"도움이 되셨나요?"

"확실히 도움이 됐습니다."

"그런데 여전히 그게 무슨 일인지 말하지 않을 거예요?"

"할 수 없습니다." 발란데르가 말했다. "그러고 싶어도요."

"나중엔 말해 주겠죠?"

발란데르는 약속했다. 그는 전화를 끊고 그녀가 한 말을 생각했다. 그게 무슨 뜻이지? 홀렌은 어딘가에 여자를 두었다. 그녀에게 전화한 후 택시를 불렀다.

발란데르는 감자가 익었는지 확인했다. 아직 딱딱했다. 곧 그는 실제로 말뫼에서 택시를 모는 친구가 있다는 사실을 떠올렸다. 1학년 때부터 친구였고, 몇 년간 연락을 유지했었다. 그의 이름은 라르스 안데르손이었고, 전화 수첩에 그의 번호를 적었던 것을 기억했다.

그는 그 번호를 찾아 다이얼을 돌렸다. 안데르손의 아내 엘린이 받았다. 발란데르는 그녀를 몇 번 만났었다.

"라르스 있어요?" 그가 말했다.

"택시를 모는 중인데," 그녀가 말했다. "주간조예요. 한 시간 내로 올 거예요."

발란데르는 자신이 전화했다고 남편에게 전해 달라고 부탁했다.

"아이들은 어때요?" 그녀가 물었다.

"아이가 없는데요." 발란데르가 깜짝 놀라 말했다.

"그럼 내가 착각했나 봐요." 그녀가 대꾸했다. "난 당신한테 아이가 둘 있다고 라르스가 말했다고 생각했어요."

"불행히도 없답니다." 발란데르가 말했다. "결혼도 안 했는걸요."

"결혼 안 했다고 애 못 낳나요."

발란데르는 감자와 양파로 돌아갔다. 이윽고 냉장고에 남은 음식으로 식사를 차렸다. 모나에게서는 여전히 전화가 없었다. 또 비가 내리기 시작했다. 어딘가에서 아코디언 소리가 들렸다. 자신이 대체 뭘 하고 있는지 자문했다. 이웃 홀렌은 먼저 비싼 돌들을 삼킨 뒤 자살했다. 누가 그것들을 찾았고, 그러다 발끈해 나중에 아파트에 불을 질렀다. 주위에 많은 미치광이가 있었다. 탐욕스럽기까지 한 인간들이. 하지만 자살은 범죄가 아니었다. 탐욕도 아니었다.

6시 30분이었다. 라르스 안데르손은 전화하지 않았다. 발란데르는 7시까지 기다려 보기로 했다. 그때도 전화가 오지 않으면 다시 전화할 생각이었다.

7시 5분 전에 안데르손에게서 전화가 왔다.

"비가 오면 늘 일이 많아. 전화했다며?"

"한 사건을 조사 중인데, 어쩌면 네가 도움이 될지 몰라서. 지난주 수요일에 어떤 손님을 태운 기사를 찾는 일에. 세 시쯤. 로센고르드에 있는 주소에서 태운. 홀렌이라는 남자야."

"무슨 일인데?"

"지금 당장은 말해 줄 수 있는 게 없어." 발란데르는 그렇게 말하며 대답을 피할 때마다 커지는 불편함을 느꼈다.

"아마 알 수 있을 거야." 안데르손이 말했다. "말뫼 콜센터는 아주 체계적이거든. 세부 사항을 말해 줄 수 있어? 그리고 내가 어디로 전화해야 해? 경찰서로?"

"나한테 바로 해 주는 게 좋아. 내가 맡은 사건이거든."

"집에서?"

"지금 당장은."

"뭘 할 수 있는지 볼게."

"얼마나 걸릴 것 같아?"

"약간의 운이 따른다면 그리 오래는 아니야."

"집에 있을게." 발란데르가 말했다.

그는 안데르손에게 자신이 가진 상세 정보를 주었다. 전화를 끊고 커피 한 잔을 마셨다. 모나에게서는 여전히 전화가 없었다. 이내 누나 생각이 났다. 자신이 그렇게 갑작스럽게 아버지의 집에서 나온 것에 대해 아버지가 어떤 변명을 했을지 궁금했다. 아들이 집에 왔었다는 말을 하는 것도 귀찮을지 몰랐다. 크리스티나는 종종 아버지 편이었다. 발란데르는 그것이 겁과 관련이 있는 게 아닐지 의심했다. 누나는 아버지의 예측 불가한 성질을 무서워했다.

이내 그는 뉴스를 보았다. 자동차 산업은 잘되고 있었다. 스웨덴은 호황이었다. 그리고 애완견 대회 장면이 이어졌다. 볼륨을 줄였다. 비가 이어졌다. 먼 곳 어디에서 천둥이 치는 소리가 들린 것 같았다. 그게 아니라면 불토프타 공항에 비행기가 내리는 소리였다.

9시 10분에 안데르손이 전화했다.

"내 예상대로였어." 그가 말했다. "말뫼 택시 콜센터는 아주 체계적이라니까."

발란데르는 벌써 펜과 종이를 끌어당겼다.

"기사는 알뢰브로 갔어." 그가 말했다. "다른 기사 이름은 기록에 없어. 기사 이름은 노르베리였어. 아마 그를 추적해서 그런 승객을 기억하는지 물어볼 수 있을 거야."

"다른 행선지가 있을 가능성은 없고?"

"수요일에 그 주소로 택시를 부른 건 한 사람뿐이야."

"그리고 알뢰브로 갔다고?"

"더 구체적으로는 스메스가탄가 구 번지. 설탕 공장 바로 옆이야. 연립주택들이 늘어선 오래된 동네지."

"그럼 아파트들은 아니군." 발란데르가 말했다. "한 가족이 사는 집들이겠네. 독신 남자나. 아마."

"그럴 거야."

발란데르는 그것을 메모했다.

"수고했어." 그가 말했다.

"널 위한 정보가 더 있을 것 같은데." 안데르손이 대꾸했다. "네가 부탁하진 않았지만. 스메스가탄가에서 택시를 탄 기록도 있어. 구체적으로, 목요일 새벽 네 시에. 운전기사 이름은 오레야. 하지만 지금 당장은 그와 접촉할 수 없을 거야. 마요르카에서 휴가 중이거든."

택시 기사가 그럴 형편이 되나? 발란데르는 생각했다. 가외로 돈을 벌어서? 하지만 물론 안데르손에게 그런 추측은 말하지 않았다.

"그건 중요할지도 모르겠는데."

"넌 아직 차가 없지?"

"아직."

"거기 가 볼 생각이야?"

"응."

"당연히 경찰차를 쓸 수 있겠지?"

"그럼."

"아니라면 내가 태워 줄 수도 있어서. 지금 특별한 일이 없거든. 만난 지도 오래됐잖아."

발란데르는 그의 제안을 받아들이기로 했고, 안데르손은 30분 내로 태우러 가겠다고 했다. 그 시간 동안 발란데르는 전화번호 안내 센터에 전화해 스메스가탄가 9번지의 전화 등록자가 누구인지 문의했다. 그는 그곳에 전화가 등록되어 있지만 사적인 번호는 알려 줄 수 없다는 대답을 들었다.

비가 심하게 내리고 있었다. 발란데르는 고무장화를 신고 레인코트를 입었다. 그는 부엌 창 앞에 서서 건물 앞으로 천천히 다가오는 안데르손을 보았다. 차 지붕에 택시를 표시하는 간판이 없었다. 그것은 그의 자가용이었다.

미친 날씨에 미친 탐험이군. 발란데르는 현관문을 잠그며 생각했다. 하지만 모나의 전화를 기다리며 집에서 서성이는 것보다는 이편이 나았다. 그리고 만약 그녀가 전화한다면 더 큰소리칠 것이었다. 내가 전화를 받지 않았다며.

라르스 안데르손은 즉각 학창 시절의 추억을 소환하기 시작했다. 발란데르에게 그 추억의 반은 기억나지 않았다. 안데르손이 여태껏 그때가 전성기였다는 듯 끊임없이 자신들의 학창 시절을 소환해 내서 그는 피곤했다. 지리와 역사가 다소 재미있었을 뿐 발란데르에게 학교는 잿빛 고역이었다. 하지만 그는 여전히 운전석에 앉은 녀석을 좋아했다. 그의 부모님은 림함 근처에서 빵집을 운영했다. 한때 두 소년은 매일같이 만났다. 그리고 라르스 안데르손은 발란데르가 늘 의지할 수 있었던 친구였다. 진지하게 우정을 나눈 사람.

그들은 말뫼를 벗어났고, 곧 알뢰브에 있었다.

"가끔 여길 가자는 손님이 있어?" 발란데르가 물었다.

"그럴 때도 있지. 보통은 주말에. 말뫼나 코펜하겐에서 술을 마시고 집에 가는 사람들."

"안 좋은 상황 같은 걸 겪은 적도 있어?"

라르스 안데르손이 그를 힐끗 보았다.

"무슨 말이야?"

"강도, 협박. 모르겠어."

"전혀. 돈을 안 내고 내빼려고 한 녀석은 있었어. 하지만 잡았어."

그들은 이제 알뢰브 한복판에 있었다. 라르스 안데르손은 곧장 그 주소로 차를 몰았다.

"여기야." 그가 젖은 앞 유리를 가리키며 말했다. "스메스가탄가 구 번지."

발란데르는 유리창을 내리고 빗속으로 눈을 가늘게 떴다. 9번지는 늘어선 연립주택 여섯 채의 마지막 열이었다. 한 창문에 불이 밝혀져 있었다. 누가 집에 있었다.

"안 들어갈 거야?" 라르스 안데르손이 놀랐다는 듯이 물었다.

"감시하는 거라서." 발란데르가 모호하게 대꾸했다. "조금 더 올라가서 내려 주면 둘러볼게."

"같이 가?"

"그럴 필요 없을 것 같아."

발란데르는 차에서 내려 레인코트의 후드를 썼다. 이제 뭘 해야 하지? 그는 생각했다. 초인종을 누르고 홀렌 씨가 지난주 수요일 오후 세 시에서 새벽 네 시까지 여기에 있었는지 물어? 치정 문제일까? 남자가 나오면 뭐라고 해야 하지?

발란데르는 자신이 우스꽝스럽게 느껴졌다. 이건 무분별하고 유치한 짓이고 시간 낭비야. 그는 생각했다. 내가 그나마 증명할 수 있는 건 스메스가탄가 구 번지가 알뢰브에 있는 실제 주소라는 것뿐이야.

그럼에도 그는 그 거리를 건너지 않을 수 없었다. 문 옆에 우편함이 있었다. 발란데르는 그 위의 이름을 읽어 보려 했다. 주머니에 담배와 성냥갑이 들어 있었다. 그는 어렵게 성냥에 불을 붙일 수 있었고, 비에 불이 꺼지기 전에 그 이름을 읽었다.

"알렉산드라 바치스타Alexandra Batista." 그는 읽었다. 그렇다면 그 이름이 A로 시작한다는 신문 가게의 마리아가 옳았다. 홀렌은 알렉산드라라는 이름의 여성에게 전화한 것이었다. 이제 문제는 그녀가 여기에 혼자 사는지, 가족과 사는지였다. 아이들의 자전거나 가족의 존재를 가리킬 만한 물건들이 있는지 울타리 너머를 넘겨다보았다. 하지만 그런 것은 아무것도 보이지 않았다.

그는 집 주위를 돌았다. 저편에 짓다 만 건물이 있었다. 오래되어 녹이 슨 드럼통 몇 개가 허물어져 가는 울타리 너머에 있었다. 그게 다였다. 집 뒤쪽은 어두웠다. 불빛은 거리를 면한 부엌 창에서만 나오고 있었다. 뭔가 완전히 부정당하고 분별없다는 기분이 드는데도 조사하기로 마음먹었다. 그는 낮은 울타리를 넘어 집으로 이어진 잔디를 가로질러 달렸다. 누가 날 보면 신고할 거야. 그는 생각했다. 그리고 체포되겠지. 그리고 내 남은 경찰 경력은 연기 속으로 사라질 거야.

그는 포기하기로 했다. 내일 바치스타 가족의 전화번호를 찾을 수 있을 터였다. 만약 전화를 받는 사람이 여자라면 몇 가지 질문을 할 수 있을 것이었다. 남자가 받으면 끊으면 그만이었다.

빗줄기가 가늘어지고 있었다. 발란데르는 얼굴을 닦았다. 왔던 식으로 돌아가려는 참에 발코니로 통하는 문이 열려 있는 것을 발견했다. 고양이를 키우나 보군. 그는 생각했다. 밤에 자유로운 통행이 필요한 동물.

동시에 무언가 맞지 않는다는 느낌을 받았다. 그게 뭔지는 꼬집어 말할 수 없었다. 하지만 그걸 묵살할 수도 없었다. 조심스럽게 문으로 다가가 귀를 기울였다. 이제 비는 거의 그쳐 있었다. 먼 데서 나는 견인 트레일러 소리가 들렸다가 잠잠해졌다. 집 안에서는 아무 소리도 들리지 않았다. 발란데르는 발코니로 통하는 문에서 다시 집 앞으로 걸음을 옮겼다.

창문에서는 여전히 빛이 새어 나오고 있었는데, 그 창문이 살짝 열려 있었다. 벽에 몸을 바짝 붙이고 뭐가 들으려고 귀를 기울였다. 여전히 만사가 조용했다. 조심조심 발끝으로 서서 창문 안을 엿보았다.

그는 점프했다. 창문 안쪽에서 의자에 앉은 여자가 자신을 똑바로 노려보고 있었다. 그는 길가로 뛰었다. 당장이라도 누가 현관 계단으로 달려 나와 도와 달라고 소리칠 터였다. 아니면 경찰차가 서 있을 것이었다. 그는 안데르손이 기다리고 있는 차로 허겁지겁 뛰어가 조수석에 올라탔다.

"무슨 일 있어?"

"출발해." 발란데르가 말했다.

"어디로?"

"여기서 벗어나. 말뫼로 돌아가."

"누가 집에 있었어?"

"묻지 마. 시동 걸고 출발해. 그럼 돼."

라르스 안데르손은 발란데르가 시키는 대로 했다. 그들은 말뫼로 향하는 간선도로로 나왔다. 발란데르는 자신을 노려보던 여자를 생각했다.

다시 그 느낌이 들었다. 무언가 맞지 않았다.

"다음에 나오는 주차장으로 가 줄래?"

라르스 안데르손은 그의 말대로 했다. 그들은 차를 세웠다. 발란데르는 말없이 앉아 있었다.

"무슨 일이 일어나고 있는지 내게 말하는 게 최선 같지 않아?" 안데르손이 조심스럽게 물었다.

발란데르는 대답하지 않았다. 여자의 얼굴에 무언가가 있었다. 그가 꼬집어 말할 수 없는 무언가.

"돌아가." 그가 말했다.

"알뢰브로?"

발란데르는 안데르손이 반발하는 기색을 알아차렸다.

"이따가 설명해 줄게." 발란데르가 말했다. "같은 주소로 돌아가. 택시 미터기가 있다면 그걸 켜도 돼."

"난 친구한텐 돈을 안 받는다고, 젠장!" 안데르손이 화를 내며 말했다.

그들은 침묵 속에 차를 돌려 알뢰브로 향했다. 더 이상 비는 내리지 않았다.

발란데르는 차에서 내렸다. 경찰차도 어떤 낌새도 없었다. 전혀. 부엌 창문에서 새어 나오는 외로운 불빛뿐.

발란데르는 조심스럽게 대문을 열었다. 그는 다시 그 창가로 걸음을 옮겼다. 안을 들여다보려고 까치발을 하기 전에 심호흡했다.

생각대로라면 그것은 아주 불쾌할 터였다.

그는 발끝으로 서서 창틀을 잡았다. 그 여자는 여전히 그 의자에 앉아 같은 표정으로 자신을 똑바로 노려보고 있었다.

발란데르는 집 뒤로 걸음을 옮겨 발코니 문을 열었다. 거리에서 흘러든 빛 속에 테이블 위의 램프가 힐끗 보였다. 그는 램프를 끄고 부츠를 벗은 다음 부엌으로 갔다.

여자는 그 의자에 앉아 있었다. 하지만 그녀는 발란데르를 보고 있지 않았다. 그녀는 창문을 노려보고 있었다.

그녀의 목에는 망치 손잡이로 조인 자전거 체인이 감겨 있었다.

발란데르는 가슴 속에서 심장이 뛰는 것을 느꼈다.

이내 그는 홀 밖에 있는 전화기를 찾아내 말뫼 경찰서에 전화했다.

벌써 11시 15분 전이었다.

발란데르는 헴베리를 찾았다. 그는 헴베리가 6시쯤 경찰서에서 나갔다는 말을 들었다. 발란데르는 그의 집 주소를 물은 다음 곧바로 그에게 전화했다.

헴베리가 받았다. 발란데르는 그가 자고 있다가 전화 때문에 깼다는 것을 알았다.

발란데르는 상황을 설명했다.

알뢰브에 있는 한 연립주택에서 의자에 앉은 채 여자가 죽어 있다는 것을.

3

헴베리는 자정이 조금 지나 알뢰브로 왔다. 그 시각에 감식반은 이미 작업을 하고 있었다. 발란데르는 무슨 일이 일어났는지 충분한 설명 없이 안데르손을 집으로 보냈었다. 그리고 문 옆에 서서 처음으로 도착할 경찰차를 기다리고 있었다. 그는 자신 또래의 스테판손이라는 경위와 이야기를 나누었다.

"그녀를 알았습니까?" 그가 물었다.

"아니요." 발란데르가 대답했다.

"그럼 여기서 뭘 하고 있는 겁니까?"

"헴베리에게 설명할 겁니다." 발란데르가 말했다.

스테판손은 그를 회의적인 눈빛으로 주시했지만 더 이상 묻지 않았다.

헴베리는 부엌 주위를 돌아다니는 것으로 시작했다. 그는 단지 죽은 여자를 보며 오랫동안 문가에 서 있었다. 발란데르는 그의 시선이 부엌 주위를 어떻게 이동하는지 보았다. 오랫동안 거기에 서 있던 헴베리는 그를 대단히 존경하는 듯 보이는 스테판손을 향했다.

"여자의 신원을 아나?" 헴베리가 물었다.

그들은 거실로 갔다. 스테판손이 핸드백을 열어 신원을 확인할 만한 자료들을 테이블 위에 펼쳤다.

"알렉산드라 바치스타룬드스트룀이군요." 그가 대답했다. "스웨덴 시민이지만 1922년에 브라질에서 태어났습니다. 전쟁 직후에 온 걸로 보입니다. 제가 이걸 제대로 이해했다면 그녀는 룬드스트룀이라는 남자와 결혼했습니다. 1957년에 한 이혼 서류가 여기 있군요. 하지만 그 시점에서 이미 그녀는 시민권을 획득했습니다. 그녀는 후에 스웨덴 성을 버렸습니다. 바치스타라는 이름으로 우체국 예금계좌를 갖고 있고요. 룬드스트룀이 아니라."

"아이가 있나?"

스테판손은 머리를 저었다.

"여기서 누구와 사는 것처럼 보이지 않습니다. 이웃 중 한 사람과 얘기해 봤습니다. 그녀는 이곳이 지어진 이래 여기서 산 것처럼 보입니다."

헴베리는 고개를 끄덕이고 나서 발란데르를 향했다.

"위층으로 가 보지. 감식반의 작업을 방해하지 말고."

스테판손이 두 사람과 나가려고 했지만 헴베리가 막았다. 위층에는 방이 세 개 있었다. 여자의 침실, 리넨 제품을 넣어 두는 장을 빼면 빈방, 그리고 손님방. 헴베리는 손님방의 침대에 앉으며 발란데르에게 구석에 있는 의자를 가리켰다.

"질문이 딱 하나 있네." 헴베리가 입을 열었다. "그게 뭐라고 생각하나?"

"당연히 제가 여기서 뭘 하고 있었는지 궁금하시겠죠."

"아마 완곡하게 표현하자면." 헴베리가 말했다. "대체 여긴 어떻게 오게 된 거지?"

"이야기가 깁니다." 발란데르가 말했다.

"짧게 하되," 헴베리가 대꾸했다. "아무것도 빠뜨리지 말게."

발란데르는 그에게 이야기했다. 복권, 전화 통화, 택시에 대해. 헴베리는 시선을 바닥에 고정한 채 들었다. 발란데르가 이야기를 마쳤을 때 그는 한동안 아무 말 없이 앉아 있었다.

"살인 피해자를 발견했으니 난 당연히 그에 대해 자네를 칭찬해야겠지." 그가 입을 열었다. "자네의 결단에 아무런 잘못이 없는 것처럼도 보이고. 자네 생각이 완전히 틀린 것도 아니고. 하지만 그것들을 빼면 보고 없이 밀어붙인 자네의 행동은 결코 정당화될 수 없네. 경찰 업무에는 독자적인 비밀 감시 같은 건 있을 수 없고, 형사는 자신의 일을 마음대로 정하지 않아. 난 이걸 한 번만 말하겠네."

발란데르는 끄덕였다. 그는 이해했다.

"그 밖에 내게 말할 게 없나? 자넬 이곳 알뢰브로 이끈 건 빼고."

발란데르는 해운 회사로 헬레나를 만나러 갔던 것에 대해 말했다.

"그 밖엔?"

"없습니다."

발란데르는 강의를 들을 준비를 했다. 하지만 헴베리는 단지 침대에서 일어나 자신을 따라오라고 고개를 끄덕였다.

계단에서 그는 걸음을 멈추고 몸을 돌렸다.

"난 오늘 자넬 찾았네." 그가 말했다. "흉기 조사의 결과를 말해 주려고. 보고서에는 기대치 않은 건 아무것도 없었네. 하지만 자넨 병가를 냈다며?"

"아침에 복통이 있었습니다. 장염이요."

헴베리가 그에게 비꼬는 시선을 보냈다.

"빨리 나았군." 그가 말했다. "하지만 좋아진 것 같으니 오늘 밤은 여기 있어도 돼. 뭔가 배울 수 있겠지. 아무것도 만지지 말고, 아무 말도 하지 말게. 그냥 머릿속에 넣어 둬."

3시 30분에 여자의 시체가 실려 갔다. 슌네손은 1시 직후에 도착했다. 발란데르는 한밤중인데도 왜 그가 전혀 피곤해 보이지 않는지 궁금했다. 헴베리, 스테판손 그리고 또 다른 형사가 집 안을 체계적으로 조사했다. 서랍과 벽장 들을 열고 찾아낸 수많은 것들을 테이블 위에 늘어놓았다. 발란데르는 헴베리와 예르네라는 검시관의 대화에도 귀를 기울였다. 여자가 교살되었다는 사실은 의심의 여지가 없었다. 예르네는 뒤에서 머리를 맞은 흔적도 발견했다. 헴베리는 가장 알고 싶은 게 그녀가 죽은 지 얼마나 오래되었는지라고 말했다.

"여자는 아마 저 의자에 며칠 동안 앉아 있었을 겁니다." 예르네가 대답했다.

"며칠이나?"

"추측은 하고 싶지 않습니다. 부검이 끝날 때까지 기다려야 할 겁니다."

예르네와의 대화가 끝나자 헴베리는 발란데르에게 몸을 돌렸다.

"왜 내가 이걸 묻는지 물론 이해하겠지." 그가 말했다.

"홀렌보다 먼저 죽었는지 알고 싶으신 거겠죠?"

헴베리가 끄덕였다.

"이 사건에서 그게 왜 한 사람이 자살을 했는지에 대한 합리적인 설명을 줄 걸세. 살인자들이 자살하는 건 드문 일이 아니야."

헴베리는 거실 소파에 앉았다. 스테판손은 경찰 사진사에게 말하면서 홀에 서 있었다.

"그럼에도 우리가 볼 수 있는 한 가지는 아주 명확해." 헴베리가 사이를 두고 말했다. "그 여자는 의자에 앉아 있을 때 살해됐네. 누가 머리를 쳤지. 바닥과 식탁보에 혈흔이 있네. 그런 다음 목이 졸렸어. 그게 우리에게 몇 가지 가능성 있는 출발점을 주네."

헴베리가 발란데르를 보았다.

날 테스트하고 있어. 발란데르는 생각했다. 내가 형사에 부합하는지 알고 싶은 거야.

"그건 그 여자가 자신을 살해한 사람을 알았다는 뜻일 겁니다."

"맞아. 그리고?"

발란데르는 그의 마음을 헤아렸다. 다른 결론으로 이끄는 어떤 게 있는 걸까? 그는 머리를 저었다.

"눈을 써야 해." 헴베리가 말했다. "테이블 위에 뭐가 있었지? 컵 하나? 여러 개? 여자의 복장은 어땠지? 그녀가 자신을 죽인 사람을 알았다는 건 확실해 보이네. 단순하게 그 사람이 남자였다고 가정해 보지. 하지만 여자는 그를 얼마나 잘 알고 있었을까?"

발란데르는 이해했다. 헴베리가 안 것을 놓친 게 짜증 났다.

"여자는 나이트가운과 로브를 입고 있었습니다." 그가 말했다. "그건 모르는 사람과 있을 때 입는 옷이 아니죠."

"침대는 어때 보였지?"

"정돈돼 있지 않았습니다."

"결론은?"

"알렉산드라 바치스타는 자신을 죽인 남자와 관계를 맺었습니다."

"그 밖엔?"

"테이블 위에는 컵이 없었지만 스토브 옆에 씻지 않은 글라스가 몇 개 있었습니다."

"우린 그것들을 확인할 거야." 헴베리가 말했다. "그들이 뭘 마셨는지. 거기에 지문이 있는지. 빈 글라스들에는 우리에게 말해 줄 흥미 있는 게 많지."

그는 소파에서 무겁게 몸을 일으켰다. 발란데르는 문득 피로를 느꼈다.

"그러니까 우린 실제로 많은 걸 아네." 헴베리가 말을 이었다. "침입의 흔적이 없기 때문에 살인자가 면식범이라는 추정하에 수사할 걸세."

"그건 여전히 홀렌의 집에 난 불을 설명하지 못합니다." 발란데르가 말했다.

헴베리가 그를 뚫어지게 보았다.

"너무 앞서가고 있어." 그가 말했다. "우린 꼼꼼하고 체계적으로 진행해 나갈 걸세. 우린 아주 확실한 것들을 알지. 이것들에서부터 진행할 거야. 모르는 거나 확실치 않은 건 기다려야 할 걸세. 박스 안에 조각의 반만 남아 있다면 퍼즐을 맞출 수 없지."

그들은 홀로 갔다. 스테판손이 사진사와 이야기를 끝내고 이제 전화 중이었다.

"여긴 어떻게 왔지?" 헴베리가 물었다.

"택시로요."

"나와 돌아가면 되겠군."

말뫼로 돌아가는 동안 헴베리는 아무 말도 하지 않았다. 그들은 안개와 보슬비를 뚫고 나갔다. 헴베리가 로센고르드에 있는 발란데르의 아파트 건물 앞에 그를 내려 주었다.

"오늘 이따 연락하게." 헴베리가 말했다. "그러니까, 장염이 다 낫는다면."

발란데르는 자신의 아파트로 갔다. 이미 아침이었다. 안개는 걷혀 있었다. 그는 옷을 벗는 것을 신경 쓰지 않았다. 침대에 누웠다. 곧 잠이 들었다.

초인종 소리에 화들짝 잠이 깼었다. 그는 잠이 덜 깬 채 비틀비틀 현관으로 나가 문을 열었다. 거기에 크리스티나 누나가 서 있었다.

"내가 방해됐니?"

발란데르는 머리를 젓고 그녀를 안으로 들였다.

"밤새 일했어." 그가 말했다. "몇 시야?"

"일곱 시. 오늘 아빠와 뢰데루프로 갈 거야. 하지만 먼저 널 봐야겠다고 생각했어."

발란데르는 씻고 옷을 갈아입을 동안 커피를 끓여 달라고 부탁했다. 시간을 들여 찬물로 세수했다. 부엌에 들어섰을 때 몸에서 긴 밤의 피로가 사라져 있었다. 크리스티나가 그를 보고 미소 지었다.

"넌 실제로 내가 아는, 머리가 길지 않은 소수의 사람 중 한 명이야." 그녀가 말했다.

"나한테 그건 안 어울려." 발란데르가 대꾸했다. "하지만 시도해 봤지. 수염도 안 어울리더라고. 웃겨 보인다니까. 그걸 보더니 모나가 헤어지겠다고 협박하던데."

"그녀는 어때?"

"좋아."

발란데르는 무슨 일이 있었는지 말할지 잠시 생각했다. 이제 자신들 사이에 놓인 침묵에 대해.

한집에 같이 살았을 때 그와 크리스티나는 서로 믿는 가까운 사이였다. 그렇더라도 발란데르는 아무 말 않기로 마음먹었다. 그녀가 스톡홀름으로 간 후 두 사람 간의 연락은 뜸해졌다.

발란데르는 테이블 앞에 앉아 어떻게 지내는지 물었다.

"좋아."

"아버지가 신장과 관련된 일을 하는 사람을 만난다던데."

"그는 엔지니어고, 새 투석기를 개발하는 일을 해."

"뭔지 모르겠지만 아주 혁신적으로 들리는데."

이내 그는 누나가 특별한 이유가 있어서 왔다는 것을 알아차렸다. 그는 그녀의 얼굴에서 그것을 읽을 수 있었다.

"왠지 모르게," 그가 말했다. "뭔가 특별한 걸 원하는 거 같은데."

"난 네가 어떻게 아빠를 그런 식으로 대할 수 있는지 모르겠다."

발란데르는 어리둥절했다.

"그게 무슨 말이야?"

"어떻게 생각해? 아빠가 이삿짐 싸는 걸 돕지 않는 걸. 넌 뢰데루프의 아빠 집을 보고 싶어 하지도 않고, 길거리에서 아빠를 마주쳐도 모르는 척하잖아."

발란데르는 머리를 저었다.

"아버지가 그렇게 말해?"

"그래. 그리고 아빠 아주 속이 상하셨어."

"어떤 것도 사실이 아니야."

"여기 오고 나서 널 본 적이 없어. 아빠 오늘 이사야."

"내가 왔다는 말 안 하셔? 그리고 뭣보다 날 내쫓으셨다는 걸?"

"그런 말은 없었어."

"아버지가 하는 말을 모두 믿어선 안 돼. 적어도 나에 대한 말은."

"그러니까 사실이 아니라고?"

"다 사실이 아니야. 아버진 나한테 집을 샀다는 말조차 안 하셨어. 나한테 그 집을 보여 주고 싶어 하시지도 않고, 그걸 얼마에 사셨는지조차 말하지 않으셔. 이삿짐 싸는 걸 도와 드렸을 때 낡은 접시 하나를 깨뜨렸더니 난리가 났어. 그리고 길에서 아버지를 만났을 때 난 정말 멈춰 서서 말을 걸었어. 어쨌든 아버지는 가끔 미친 사람 같아 보여."

발란데르는 누나가 반신반의하는 것을 알 수 있었다. 그것이 그를 짜증 나게 했다. 하지만 더 짜증 나는 것은 누나가 여기 앉아서 자신을 꾸짖고 있다는 사실이었다. 어머니를 생각나게 하는 상황. 아니면 모나. 아니면 헬레나. 그런 점에 대해서라면. 그는 자신에게 할 일을 가르치려는 이 간섭쟁이 여자들을 참을 수 없었다.

"날 못 믿는군." 발란데르가 말했다. "하지만 믿어야 해. 누난 스톡홀름에 살고, 난 늘 노인네와 마주친다는 사실을 잊지 마. 그건 큰 차이야."

전화가 울렸다. 7시 20분이었다. 발란데르는 전화를 받았다. 헬레나였다.

"어젯밤에 전화했었어." 그녀가 말했다.

"밤새 일했어."

"아무도 받지 않아서 전화번호가 틀렸다고 생각하고 모나에게 전화해서 물어봤어."

발란데르는 수화기를 떨어뜨릴 뻔했다.

"어떻게 했다고?"

"네 전화번호를 물어보려고 모나에게 전화했다고."

발란데르는 이 일의 결과에 대해 환상이 있지 않았다. 헬레나가 모나에게 전화했다면 그것은 모나의 질투심이 폭발할 기세이리라는 것을 뜻했다. 그것은 자신들의 관계 개선에 도움이 되지 않을 터였다.

"듣고 있어?" 그녀가 물었다.

"응." 발란데르가 말했다. "근데 지금 누나랑 같이 있어."

"난 사무실이야. 전화해."

발란데르는 전화를 끊고 부엌으로 돌아갔다. 크리스티나가 호기심이 어린 눈으로 그를 보았다.

"어디 아프니?"

"아니." 그가 말했다. "근데 이제 일하러 가 봐야 할 것 같아."

두 사람은 현관에서 작별 인사를 했다.

"누난 날 믿어야 해." 발란데르가 말했다. "아버지 말이 다 사실은 아니야. 시간이 나자마자 보러 가겠다고 말씀드려. 날 환영한다면, 그리고 그 집이 어디 있는지 누가 나한테 말해 준다면."

"뢰데루프 끄트머리야. 먼저 노점상을 지나친 다음 버드나무로 울타리를 친 길로 내려와. 그 길로 끝까지 오면 왼편으로 있는 길에 면한 돌담집이야. 검은 지붕인데, 아주 멋져."

"누난 거기 언제 갔어?"

"첫 짐을 어제 날랐어."

"아버지가 그 집을 얼마에 샀는지 알아?"

"말씀 안 하실걸."

크리스티나는 떠났다. 발란데르는 부엌 창문으로 그녀에게 손을 흔들었다. 그는 아버지가 자신에게 한 말에 대한 분노를 억지로 풀었다. 헬레나가 한 말이 더 심각했다. 발란데르는 그녀에게 전화했다. 전화를 걸자 통화 중이었고, 그는 수화기를 쿵 내려놓았다. 그는 좀처럼 자제력을 잃지 않았지만 이제 곧 그러리라는 것을 알았다. 다시 전화했다. 여전히 통화 중. 모나는 우리의 관계를 끝낼 거야. 그는 생각했다. 그녀는 내가 다시 헬레나의 환심을 사려 한다고 생각하겠지. 내가 뭐라고 하든 개의치 않을 거야. 어쨌든 날 믿지 않을 거야. 그는 다시 전화했다. 이번에는 연결이 되었다.

"원하는 게 뭐야?"

전화받는 그녀의 목소리는 차가웠다.

"그렇게 기분 나쁜 소리를 내야겠어? 난 널 도우려던 거였어."

"정말 모나에게 전화할 필요가 있었어?"

"그 애는 내가 너에게 더 이상 관심 없다는 걸 알아."

"모나가 안다고? 넌 모나를 몰라."

"난 네 전화번호를 알려고 애쓴 걸로 사과할 생각 없어."

"원하는 게 뭐야?"

"베르케 선장한테서 정보를 들었어. 기억나? 내가 여기에 나이 많은 선장이 있다고 한 거."

발란데르는 기억났다.

"내 앞에 서류 몇 장이 있어. 지난 십 년간 스웨덴 해운 회사에서 일한 선원과 엔지니어 명단. 상상이 가겠지만 여기엔 아주 많은 사람이 포함돼 있어. 근데, 네가 말한 남자가 스웨덴에 등록된 배에서만 일했다는 게 확실해?"

"확실한 건 아무것도 없어." 발란데르가 말했다.

"와서 이 명단을 가져가." 그녀가 말했다. "시간 날 때. 하지만 난 오후 내내 미팅이 있을 거야."

발란데르는 오전에 가겠다고 약속했다. 그는 전화를 끊고 이제 모나에게 전화해 상황을 설명해야겠다고 생각했다. 하지만 그냥 내버려 두었다. 그냥 전화하기가 두려웠다.

7시 50분이었다. 그는 코트를 걸쳤다.

하루 종일 순찰해야 한다는 생각에 허탈감이 늘었다.

그가 아파트를 막 나설 참에 다시 전화가 울렸다. 모나. 그는 생각했다. 지금 그녀는 내게 지옥으로 꺼지라고 전화한 참이 분명했다. 그는 심호흡하고 수화기를 들었다.

헴베리였다.

"장염은 어떤가?"

"막 경찰서로 가는 길이었습니다."

"좋아. 하지만 오면 내게 오도록. 로만에게 얘기했네. 어쨌든 자넨 더 얘기할 필요가 있는 목격자니까. 그건 오늘 순찰이 없다는 뜻이지. 게다가 마약이 만연한 지역의 급습에 참여할 필요도 없을 거네."

"지금 갑니다." 발란데르가 말했다.

"열 시까지 오게. 난 자네가 알뢰브에서 일어난 살인에 대한 수사 일정 회의에 참석할 수 있을 거라 생각하네."

통화가 끝났다. 발란데르는 손목시계를 확인했다. 해운 회사에서 자신을 기다리는 그 서류를 가지러 갈 시간이 있을 것 같았다. 그는 부엌 벽에 로센고르드에서 출발하는 버스의 시간표를 붙여 두었다. 서두른다면 버스를 기다리지 않아도 될 것이었다.

건물 문을 나서자 거기에 모나가 있었다. 전혀 예상하지 못했던 일이었다. 다음에 일어날 일은 더욱. 그녀는 그에게 곧장 다가가 그의 왼뺨에 따귀를 날렸다. 그리고 몸을 빙글 돌려 가 버렸다.

발란데르는 너무 충격을 받아 반응조차 제대로 하지 못했다.

뺨은 벌겋게 달아올랐고, 차 문을 열던 남자가 호기심 어린 눈으로 그를 주시했다.

모나는 이미 가 버린 후였다. 그는 천천히 버스 정류장으로 걷기 시작했다. 마음이 편치 않았다. 그녀는 전에 이렇게 폭력적인 반응을 보인 적이 없었다.

버스가 도착했다. 발란데르는 센트랄 역으로 향했다. 안개는 걷혀 있었다. 하지만 하늘이 구름으로 덮여 있었다. 오전 보슬비가 수그러들 기색 없이 계속되었다. 그는 버스 좌석에 앉아 있었고, 머리는 텅 비어 있었다. 지난밤의 사건은 더 이상 존재하지 않았다. 죽은 채 의자에 앉아 있던 여자는 꿈 같았다. 유일한 현실은 모나가 자신의 뺨을 때리고 가 버렸다는 것이었다. 한마디 말도 없이, 머뭇거리지도 않고.

그녀에게 말해야 해. 그는 생각했다. 화난 상태인 지금 말고. 하지만 나중에, 밤에.

그는 버스에서 내렸다. 뺨이 여전히 얼얼했다. 따귀는 강력했다. 쇼윈도로 얼굴을 확인했다. 뺨에 붉은 기가 뚜렷했다.

그는 행동 방침을 정하지 못해 혼란스러워하며 그 자리에 오래 머물렀다. 가능하면 빨리 라르스 안데르손에게 말해 주어야겠다고 생각했다. 도와줘서 고맙다는 말과 함께 있었던 일을 설명하며.

이내 그는 한 번도 본 적 없는 뢰데루프의 집을 생각했다. 그리고 더 이상 자신의 가족의 집이 아닌 어린 시절의 집을.

그는 걷기 시작했다. 말뫼 시내의 보도에서 우두커니 서 있어 봐야 좋을 게 없었다.

발란데르는 헬레나가 접수처에 남긴 커다란 봉투를 주워 들었다.

"그녀와 얘길 나눠야 합니다." 그가 접수 담당자에게 말했다.

그녀는 바쁘다는 답이 돌아왔다. "그걸 당신에게 주라고 했어요."

발란데르는 헬레나가 필시 아침의 그 통화에 화가 나 자신을 보고 싶어 하지 않는다고 짐작했다. 그렇게 연관을 짓기는 크게 어렵지 않았다.

발란데르는 9시 5분을 넘기지 않고 경찰서에 도착했다. 그는 자신의 사무실로 향했고, 자신을 기다리는 사람이 아무도 없다는 사실에 안도했다. 다시 한번 오늘 아침에 있었던 모든 일을 되짚어 생각했다. 만약 모나가 일하는 미용실에 전화한다면 그녀는 이야기 나눌 시간이 없다고 말할 것이었다. 오늘 밤까지 기다려야 할 터였다.

봉투를 연 그는 헬레나가 조사한, 다양한 해운 회사에서 일한 사람들의 명단이 얼마나 긴지 놀랐다. 아르투르 홀렌의 이름을 찾았지만 거기에 없었다. 가장 비슷한 이름은 주로 그렝에스 선박 회사에서 항해한 홀레라는 이름의 선원과 욘손 선박의 할렌이라는 이름의 기관장이었다. 발란데르는 종이 더미를 옆으로 치웠다. 앞에 있는 기록이 완벽하다면 그것은 홀렌이 스웨덴 상선대商船隊에 등록된 어떤 배에서도 일하지 않았다는 뜻이었다. 그렇다면 그를 찾기는 거의 불가능할 것이었다. 발란데르는 문득 자신이 찾길 바라고 있었는지 더 이상 알지 못했다. 뭐에 대한 설명을 찾는 거지?

목록을 살펴보는 데 거의 45분이 걸렸다. 그는 자리에서 일어나 위층으로 올라갔다. 복도에서 상사인 로만 경위와 마주쳤다.

"오늘 헴베리와 같이 있어야 하는 거 아니었나?"

"가는 길입니다."

"어쨌든 자넨 알뢰브에서 뭘 하고 있었지?"

"이야기가 깁니다. 그것 때문에 헴베리와 미팅하려는 참입니다."

로만은 머리를 젓고 휘적휘적 가 버렸다. 발란데르는 동료들이 오늘 해야 할, 마약쟁이가 우글거리는 따분하고 음울한 동네로의 출동을 하지 않아도 되어 안도했다.

헴베리는 사무실에서 어떤 서류를 자세히 살피며 자리에 앉아 있었다. 평소처럼 책상 위에 발을 올리고 있었다. 발란데르가 문가에 나타나자 그는 고개를 들었다.

"무슨 일 있었나?" 헴베리가 그의 뺨을 가리키며 물었다.

"문설주에 부딪혔습니다." 발란데르가 말했다.

"딱 남편을 고발하길 원치 않는 학대받는 아내들이 하는 말이군." 헴베리가 경쾌하게 말하며 자세를 바로 했다.

발란데르는 들킨 기분이었다. 헴베리가 정말 무슨 생각을 하는지 알아내기가 점점 더 어려웠다.

헴베리는 듣는 사람에게 말 이면의 뜻을 끊임없이 찾게 하는 중의적 언어를 구사하는 것처럼 보였다.

"우린 여전히 예르네의 최종 결과 보고서를 기다리는 중이네." 헴베리가 말했다. "그건 시간이 걸리지. 여자가 죽은 시간을 정확히 알아내지 않는 한, 홀렌이 그 여자를 죽이고 집으로 가서 후회나 두려움 끝에 자신에게 총을 쐈다는 이론을 밀고 나갈 수 없지."

헴베리는 겨드랑이에 서류를 끼고 자리에서 일어났다. 발란데르는 복도 저 끝에 있는 회의실로 그를 따랐다. 거기에는 이미 몇몇 형사가 있었는데, 그중에는 적의를 담은 눈으로 발란데르를 주시하는 스테판손이 있었다. 슌네손은 이를 쑤시며 아무도 쳐다보지 않았다. 발란데르가 모르는 두 남자도 있었다. 한 명은 회르네르, 한 명은 마트손으로 불렸다. 헴베리가 테이블 끝에 앉아 발란데르에게 의자를 가리켰다.

"순찰대가 지금 우릴 돕는 겁니까?" 스테판손이 말했다. "그들은 저 빌어먹을 시위자들 일만 해도 벅찰 텐데요?"

"순찰대는 이 사건과 아무 관련 없지만," 헴베리가 말했다. "발란데르가 알뢰브에서 그 여자를 발견했네. 아주 간단하지."

스테판손만이 발란데르의 참석에 반대하는 것처럼 보였다. 다른 이들은 친절하게 고개를 끄덕였다. 발란데르는 무엇보다 일손이 늘어서 그들이 기뻐하는 것이라고 생각했다. 슌네손은 이를 쑤시던 이쑤시개를 내려놓았다. 보아하니 그것이 헴베리가 회의를 시작한다는 사인이었다. 발란데르는 수사 팀의 절차를 특징짓는 체계적인 방식에 주목했다. 그들은 기존 사실에서부터 수사의 방향을 잡았지만 여러 방향을 더듬어 나가는—무엇보다 헴베리가— 데에도 시간을 할애했다. 알렉산드라 바치스타는 왜 살해되었을까? 홀렌과의 연결 고리는 무엇인가? 그 밖의 단서가 있는가?

"홀렌의 위에 든 보석이," 헴베리가 회의 막바지에 이르러 말했다. "십오만 크로나 상당의 가치가 있다는 보석상의 평가서를 받았네. 다시 말해 큰돈이지. 이 나라 사람들은 그보다 훨씬 덜한 돈 때문에도 살해당해."

"이 년 전 누가 쇠 파이프로 택시 기사의 머리를 내리쳤지." 슌네손이 말했다. "그는 택시 기사 지갑에서 이십이 크로나를 갈취했어."

헴베리가 테이블을 둘러보았다.

"이웃들은?" 그가 물었다. "그들이 뭐라도 본 게 있나? 뭐라도 들은 게?"

마트손이 자신의 수첩을 힐끗 보았다.

"없습니다." 그가 말했다. "바치스타는 고립된 삶을 살았습니다. 식료품점에 갈 때를 빼면 거의 나가지 않았죠. 목격자는 없습니다."

"누군가는 홀렌이 찾아오는 걸 봤을 텐데?" 헴베리가 이의를 제기했다.

"그런 것 같지 않습니다. 그리고 가까이에 있는 이웃들은 평범한 스웨덴 시민 같았습니다. 다시 말해, 지극히 참견하기 좋아하는 사람들이요."

"누군가가 그녀를 마지막으로 본 게 언제지?"

"그에 관해서는 의견이 분분합니다. 하지만 제 기록에 따르면 그게 며칠 전이었다고 결론을 내릴 수 있습니다. 확실하지 않은 건, 그게 이틀 전인지 사흘 전인지입니다."

"그녀는 뭘로 먹고살았지?"

이번에는 회르네르의 차례였다.

"소액의 연금이 있었던 것 같습니다." 그가 말했다. "출처가 일부 불분명한. 브라질에 지점이 있는 포르투갈 은행의 연금이요. 은행과 관련한 일은 늘 빌어먹게 시간이 오래 걸리죠. 어쨌든 그녀는 일하지 않았습니다. 찬장, 냉장고 그리고 식료품 저장실을 보면 그녀의 삶에는 많은 비용이 들지 않았습니다."

"하지만 그 집은?"

"대출은 없습니다. 전남편이 현금으로 지불했습니다."

"그는 어딨지?"

"무덤에요." 스테판손이 말했다. "몇 년 전에 죽었습니다. 칼스코가에 묻혔습니다. 아내와 얘기를 나눠 봤습니다. 그는 재혼했습니다. 불행히도 그건 좀 당혹스러웠죠. 그가 전에 알렉산드라 바치스타와 결혼했었다는 사실을 그녀가 몰랐다는 걸 전 좀 늦게 알아차렸습니다. 그는 바치스타와의 사이에 아이가 없었던 것 같습니다."

"그럴 만하군." 헴베리가 그렇게 말하고 슈네손을 향했다.

"우린," 슈네손이 말했다. "글라스들의 지문들을 조사 중이네. 글라스들에는 적포도주가 들었던 것 같아. 스페인산 같더군. 그걸 부엌에 있던 빈 병의 내용물과 맞춰 보는 중이네. 등록된 지문들과 일치하는지 확인 중이고. 그리고 물론 홀렌의 지문과도 비교할 걸세."

"그는 인터폴 수배자일지도 몰라." 헴베리가 지적했다. "그들에게서 회답이 올 때까지 시간이 걸릴 거야."

"그녀가 그를 들였다고 추정할 수 있네." 슈네손이 말을 이었다. "창문이나 현관문을 억지로 따고 들어온 흔적이 없었어. 그 문제에 관해서라면 그가 열쇠를 갖고 있었을 수도 있지. 하지만 홀렌의 집에 있는 열쇠 꾸러미엔 거기에 맞는 게 없었어. 우리의 친구 발란데르가 알려 준 것처럼 발코니 문이 열려 있었네. 바치스타에게는 개도 고양이도 없었기 때문에 밤공기를 들이기 위해서였다고 생각할 수 있네. 결국 바치스타는 어떤 일이 일어날 걸 두려워하거나 예상하지 않았다는 걸세. 아니면 가해자가 그 문으로 빠져나왔거나. 집 뒤쪽은 엿보는 눈들에서 더 안전했으니까."

"그 밖에 다른 증거는?" 헴베리가 말했다.

"특이한 건 없네."

헴베리는 앞에 펼쳐진 서류들을 한쪽으로 치웠다.

"그럼 우리가 할 수 있는 건 계속 밀어붙이는 것뿐이군." 그가 말했다. "검시관은 서둘러야 할 거야. 가장 그럴 법한 건 홀렌이 살인과 관련이 있다는 거야. 개인적으로 그게 내가 믿는 거지. 하지만 계속 이웃들을 탐문하고 뒷배경을 파야 할 거야."

이윽고 헴베리가 발란데르를 향했다.

"덧붙일 게 있나? 어쨌든 자네가 그녀를 발견했으니."

발란데르는 머리를 저으며 입이 마른 것을 깨달았다.

"아무것도?"

"말씀하신 것들 외에는 특별히 없습니다."

헴베리가 손가락들로 테이블을 두드렸다.

"그럼 더 여기에 앉아 있을 필요가 없군." 그가 말했다. "오늘 점심 메뉴가 뭔지 아는 사람?"

"청어요." 회르네르가 말했다. "무난하죠."

헴베리가 같이 점심을 들겠는지 물었다. 하지만 그는 거절했다. 식욕이 달아난 상태였다. 혼자 생각할 필요가 있다고 느꼈다. 그는 코트를 가지러 자신의 사무실로 갔다. 창문으로 비가 그친 것을 볼 수 있었다. 그가 사무실을 나서려는 참에 순찰대 동료 중 하나가 들어와 경찰모를 테이블 위에 던졌다.

"빌어먹을." 그가 그렇게 말하며 의자에 털썩 주저앉았다.

그의 이름은 예이엔 베릴룬드였고, 란스크로나 근방 농장 출신이었다. 발란데르는 이따금 그의 사투리를 이해하기가 어려웠다.

"우린 두 블록을 담당했어." 그가 말했다. "그중 한 군데서 몇 주간 실종됐던, 가출한 열세 살짜리 여자애들을 찾았지. 그 애 중 하나의 냄새가 너무 지독해서 코를 쥐어야 했어. 그 애들을 들어 올렸을 때 한 애가 페르손의 다리를 물었다니까. 대체 이 나라에선 무슨 일이 일어나고 있는 거지? 그리고 넌 왜 거기에 없었어?"

"헴베리가 호출했어." 발란데르가 말했다. 스웨덴에서 무슨 일이 일어나고 있느냐는 또 다른 질문에 대해서는 대답할 말이 없었다.

그는 코트를 걸치고 나갔다. 안내 데스크 창구의 한 여자가 그를 멈춰 세웠다.

"메시지가 있어요." 그녀가 그렇게 말하고 창구를 통해 그에게 쪽지를 건넸다. 거기에는 전화번호가 적혀 있었다.

"이게 뭡니까?" 그가 물었다.

"누가 전화해서 당신과 먼 친척이라던데요. 당신이 자신을 기억이나 할지 모르겠대요."

"이름은 말하지 않던가요?"

"네, 하지만 나이가 많은 것 같았어요."

발란데르는 전화번호를 뚫어지게 보았다. 지역 번호가 0411이었다. 말도 안 돼. 그는 생각했다. 아버지가 전화해 자신을 먼 친척이라고 하다니. 내가 기억조차 못 할지도 모른다니.

"뢰데루프가 뭐죠?" 그가 물었다.

"위스타드 관할일걸요."

"경찰 관할을 묻는 게 아닙니다. 어느 지역 번호를 쓰죠?"

"위스타드요."

발란데르는 쪽지를 주머니에 쑤셔 넣고 밖으로 나갔다. 그에게 차가 있었다면 곧장 뢰데루프로 가서 아버지에게 그런 식으로 전화한 이유가 뭔지 물었을 터였다. 답을 들으면 한바탕 해 댈 터였다. 이걸로 두 사람의 모든 관계는 끝이라고. 더 이상 포커 치는 저녁도, 전화 연락도 없다고. 발란데르는 장례식에나 오겠다고 약속할 것이었고, 그는 그게 아주 먼 일이 아니길 바랐다. 하지만 그게 다였다.

발란데르는 피셰함스가탄가를 걸었다. 이내 스로트스가탄가로 몸을 돌려 쿵스파르센까지 걸었다. 문제가 두 가지야. 그는 생각했다. 크고 중요한 문제는 모나다. 다른 것은 아버지. 가능한 한 빨리 두 문제를 해결해야 한다.

그는 벤치에 앉아 물웅덩이에 있는 잿빛 참새들을 지켜보았다. 술

취한 남자가 덤불 뒤에서 자고 있었다. 그를 일으켜 세워야 해. 발란데르는 생각했다. 그를 이 벤치에 눕히거나 아예 경찰차를 불러서 어딘가에서 잘 수 있는지 확인해야 해. 하지만 당장은 관심 없군. 지금 있는 곳에 있어도 그만이지.

그는 벤치에서 일어나 계속 걸었다. 쿵스파르센에서 레게멘트스가탄가로 나왔다. 여전히 허기가 느껴지지 않았다. 그렇긴 해도 구스타브 아돌프 광장의 핫도그 가판대에 멈춰서 핫도그를 샀다. 그는 경찰서로 돌아갔다.

1시 30분이었다. 헴베리는 만날 수 없었다. 뭘 해야 할지 몰랐다. 오후에 로만이 하길 바라는 일을 물어봐야 했다. 하지만 그러지 않았다. 대신 그는 헬레나가 준 명단을 꺼냈다. 다시 그 이름들을 훑어보았다. 그들의 삶을 상상하며 그 얼굴들을 보려 했다. 선원들과 기관사들. 그들의 출생 정보가 여백에 쓰여 있었다. 발란데르는 명단을 다시 내려놓았다. 복도에서 놀리는 듯한 웃음소리가 들려왔다.

발란데르는 홀렌에 대해 생각하려 했다. 자신의 이웃. 복권 용지를 꺼내 놓고 자물쇠를 추가로 설치하고, 그 후에 자살한 사람. 모든 것이 헴베리의 추리가 타당하다는 것을 가리켰다. 모종의 이유로 홀렌은 알렉산드라 바치스타를 살해한 다음 자신의 삶을 마감했다.

그 부분에서 발란데르의 생각이 막혔다. 헴베리의 추리는 논리적이고 명료했다. 그럼에도 발란데르는 그 추리가 공허하다고 생각했다. 표면적으로는 타당했다. 하지만 그 내용은? 여전히 매우 흐릿했다. 그 추리는 자신의 이웃에 대한 발란데르의 인상에 딱 들어맞지 않았다. 발란데르는 그에게서 어떤 열정이나 폭력적인 면을 보지 못했다.

물론 아주 내성적인 사람도 어떤 상황에서는 분노를 폭발하고 폭력적일 수 있었다. 하지만 홀렌이 관계를 맺은 것 같은 그 여자의 목숨을 앗아 간다는 생각이 정말 말이 될까?

뭔가 놓치고 있어. 발란데르는 생각했다. 그 추리는 속이 비었어.

그는 더 깊이 생각해 보려 했지만 진전이 없었다. 테이블 위의 목록을 멍하니 바라보았다. 그 생각이 어떻게 떠올랐는지 몰랐지만 그는 불현듯 여백에 있는 모든 출생 정보를 훑기 시작했다. 홀렌이 몇 살이었지? 그가 1898년에 태어났다는 사실을 기억해 냈다. 하지만 날짜는? 발란데르는 안내 데스크에 전화해 스테판손을 연결해 달라고 했다. 그가 즉각 전화를 받았다.

"발란데르입니다. 홀렌의 생일을 알아봐 주실 수 있을까요?"

"생일 축하라도 해 줄 생각입니까?"

그는 날 좋아하지 않아. 발란데르는 생각했다. 하지만 곧 내가 너보다 더 나은 형사란 걸 보여 주마.

"헴베리가 나한테 뭘 조사하라고 시켰습니다." 발란데르는 거짓말했다.

스테판손이 수화기를 내려놓았다. 발란데르는 그가 종이를 넘기는 소리를 들었다.

"1898년 구월 십칠일." 스테판손이 말했다. "다른 건?"

"그거면 됩니다." 발란데르가 그렇게 말하고 전화를 끊었다.

그는 다시 목록을 끌어당겼다.

세 번째 페이지에서 그는 찾지 못하리라고 생각했던 것을 찾았다.

1898년 9월 17일에 태어난 기관사. 안데르스 한손. 아르투르 홀렌과 같은 이니셜이군. 발란데르는 생각했다.

그는 같은 날에 태어난 또 다른 사람이 있는지 자신을 확신시키기 위해 나머지 명단을 살펴보았다. 1901년 9월 19일에 태어난 한 선원을 찾았다. 그게 가장 가까운 날짜였다. 발란데르는 전화번호부를 꺼내 자신의 지역에 있는 목사관 전화번호를 찾았다. 자신과 홀렌은 같은 건물에서 살았기에 같은 교구에 등록되어 있을 게 분명했다. 그는 다이얼을 돌리고 기다렸다. 어떤 여자가 전화를 받았다. 발란데르는 계속 자신을 형사라고 소개하는 게 나을 것 같다고 생각했다.

"제 이름은 발란데르고, 말뫼 경찰서에 있습니다." 그가 입을 열었다. "지금 말씀드리려고 하는 건 며칠 전에 발생한 폭력적인 죽음에 관한 겁니다. 저는 강력반에 있습니다."

그는 홀렌의 이름, 주소 그리고 출생 일자를 알려 주었다.

"알고 싶으신 게 뭐죠?" 여자가 물었다.

"홀렌이 젊었을 때 다른 이름이었는지 알고 싶습니다."

"예를 들면 성을 바꿨다든가, 그런 거요?"

젠장. 발란데르는 생각했다. 사람들은 이름을 바꾸진 않는다. 성만 바꿀 뿐.

"알아볼게요." 여자가 말했다.

발란데르는 생각이 틀렸다는 것을 깨달았다. 충분히 생각하기 전에 행동했군.

그는 전화를 끊어야 할지 고민했다. 그러면 여자가 의아해하다가 전화가 끊겼다고 생각하고 경찰서로 전화를 걸어 자신을 찾을지도 몰랐다. 그는 기다렸다. 그녀가 다시 전화를 받는 데 오랜 시간이 걸 렸다.

"그분의 사망이 기록되는 과정 중이에요." 그녀가 말했다. "그래서 시간이 좀 걸렸어요. 하지만 당신이 맞았어요."

발란데르는 고쳐 앉았다.

"그분 이름은 전에 한손이었어요. 1962년에 개명했죠."

맞아. 발란데르는 생각했다. 하지만 어쨌든 잘못됐어.

"이름이," 그가 말했다. "뭐였죠?"

"안데르스요."

"아르투르였을 텐데요."

놀란 대답이 돌아왔다.

"맞아요. 그분의 부모님은 그 이름들을 다 좋아했거나 서로 의견이 맞지 않았던 모양이에요. 그분 이름은 안데르스 에리크 아르투르 한 손이었어요."

발란데르는 숨을 참았다.

"큰 도움이 됐습니다. 감사합니다."

전화를 끊었을 때 발란데르는 헴베리를 만나야 한다는 강한 충동 이 일었다. 하지만 그는 그 자리에 머물렀다. 문제는 자신이 발견한 것이 얼마나 가치가 있느냐였다. 그는 이것을 더 알아봐야겠다고 결 정했다. 소득이 없으면 남이 모르는 편이 나았다.

발란데르는 메모장을 끌어당겨 개요를 적기 시작했다. 내가 정말 아는 게 뭐지? 아르투르 홀렌은 7년 전에 이름을 바꾸었다. 린네아 알름크비스트는 홀렌이 1960년대 초에 이사 왔다고 했다. 그것은 들어맞았다.

발란데르는 결국 펜을 쥐고 자리에 눌러앉았다. 이윽고 교구 사무실에 다시 전화를 걸었다. 같은 여자가 전화를 받았다.

"여쭤볼 게 있었는데 깜빡해서요." 발란데르는 사과 조로 말했다. "홀렌이 언제 로센고르드로 이사했는지 알고 싶습니다."

"그러니까 한손을 말씀하시는 거겠죠." 여자가 말했다. "알아보고 올게요."

그녀는 아까보다 빨리 돌아왔다.

"1962년 일월 일일에 이사했다고 돼 있네요."

"전엔 어디 살았습니까?"

"몰라요."

"기록돼 있을 걸로 생각했는데요?"

"국외로 등록돼 있어요. 어딘지는 정보가 없고요."

발란데르는 수화기를 귀에 대고 끄덕였다.

"그럼 그게 다인 것 같군요. 더는 귀찮게 해 드리지 않겠다고 약속 드리죠."

그는 메모로 돌아왔다. 한손은 1962년에 알 수 없는 해외의 어디에서 말뫼로 이사하며 이름을 바꾸었다. 몇 년 후 그는 알뢰브에 사는 어느 여자와 관계를 맺기 시작했다. 그들이 이미 알았던 사이인지는 모른다. 그리고 나서 몇 년 더 있다가 여자는 살해되었고, 홀렌은 자살한다. 일어난 순서가 분명하지는 않다. 하지만 홀렌은 자살한다. 먼저 복권 용지를 기입하고 자물쇠를 추가한 후. 그리고 얼마간의 보석을 삼킨 후.

발란데르는 얼굴을 찌푸렸다. 여전히 수사의 방향을 찾아내지 못했다. 사람이 이름을 바꾸는 이유가 뭐지? 그는 생각했다. 눈에 띄지 않으려고? 찾을 수 없게 하려고? 아무도 자신이 누구인지 모르거나 누구였는지 모르도록?

당신은 누구고, 누구였습니까?

발란데르는 이에 대해 생각했다. 아무도 홀렌을 몰랐다. 그는 혼자였다. 하지만 안데르스 한손이라는 이름의 사람을 알았던 사람들이 있을 수도 있었다. 문제는 그들을 어떻게 찾아내느냐였다.

그 순간 그는 해결책을 찾도록 자신을 도울지도 모를, 작년에 있었던 어떤 일이 생각났다. 페리 선착장에 내린 술 취한 사람들 간에 싸움이 일었었다. 발란데르는 그곳으로 가서 싸움을 말리는 것을 도우라는 지시에 응답한 경찰 중 한 명이었다. 연루된 한쪽 패거리에 홀게르 예스페르센이라는 이름의 덴마크 선원이 있었다. 발란데르는 그가 본의 아니게 그 싸움에 휘말린 듯한 인상을 받았고, 상관에게 그렇게 말했다. 그는 예스페르센이 아무 짓도 하지 않았다고 주장했고, 다른 이들을 여행할 때 그를 방면해도 좋다는 허락을 받았다. 그 일이 있은 후 발란데르는 그에 관해 깡그리 잊어버렸다.

하지만 몇 주 뒤 예스페르센이 로센고르드 그의 집 문밖에 나타나, 도와줘서 감사하다는 뜻으로 덴마크산 증류주 한 병을 주었다. 발란데르는 예스페르센이 자신을 어떻게 찾아냈는지 알 수 없었다. 하지만 그를 안으로 들였다. 예스페르센은 알코올 문제가 있었지만, 간혹 그럴 뿐이었다. 대개 그는 다양한 배에서 기관사로 일했다. 그는 좋은 이야기꾼이었고, 지난 50년간 북쪽의 모든 선원을 아는 것처럼 보였다. 예스페르센은 대개 뉘하운에 있는 바에서 저녁 시간을 보낸다고 말했다. 정신이 말짱할 때는 항상 커피를 마셨다. 아니면 맥주. 하지만 늘 같은 장소에서. 바다에 나가 있지 않은 한.

지금 발란데르는 그 생각이 났다. 예스페르센은 알 거야. 그는 생각했다. 아니더라도 내게 뭔가 조언을 해 줄 수 있을 거야.

발란데르는 이미 결정을 내렸다. 운이 따른다면 그는 코펜하겐에 있을 테고, 폭음 중이 아니길 바랐다. 아직 3시였다. 발란데르는 남은 하루를 코펜하겐에 다녀오는 데 쓸 터였다. 경찰서에는 아무도 자신의 존재를 그리워하는 것 같지 않았다. 하지만 외레순드 해협을 건너기 전에 걸어야 할 전화가 있었다. 마치 코펜하겐에 가기로 한 결심이 필요한 용기를 준 것 같았다. 그는 모나가 일하는 미용실의 전화번호 다이얼을 돌렸다.

전화를 받은 사람은 카린이라는 여자로, 사장이었다. 발란데르는 그녀를 몇 차례 만난 적 있었다. 그는 그녀가 오지랖이 넓다는 것을 알았다. 하지만 모나는 그녀가 좋은 보스라고 생각했다. 그녀에게 자신이 누구인지 말하고 모나에게 메시지를 남겨 줄 수 있는지 물었다.

"그녀와 직접 통화해도 돼요." 카린이 말했다. "난 손님께 드라이를 해 드리는 중이에요."

"저는 사건 회의 중입니다." 발란데르는 그렇게 말하며 바쁜 척을 했다. "그냥 오늘 밤 열 시에 제가 연락할 거라고만 전해 주세요."

카린은 그 메시지를 전해 주겠다고 약속했다.

전화를 끊고야 그 짧은 통화로 자신이 땀을 흘리기 시작했다는 것을 깨달았다. 하지만 그것을 성취해 냈다는 데 여전히 행복했다.

이내 그는 경찰서에서 나와 3시에 출발하는 쾌속선에 간신히 올랐다. 연초에 종종 코펜하겐에 가곤 했다. 처음에는 혼자, 그다음에는 모나와. 그는 그 도시가 좋았고, 그 도시는 말뫼보다 훨씬 컸다. 가끔 보고 싶은 오페라 공연이 있을 때는 왕립 극장에 가기도 했다.

그는 쾌속선이 별로였다. 배에 머무는 시간이 너무 짧았다. 오래된 페리가 스웨덴과 덴마크 사이의 실제 거리를 더 실감하게 해 주었다. 그는 외레순드 해협을 가로지르며 해외여행 중이었다. 커피를 마시며 창밖을 내다보았다. 언젠가 여기에 다리가 놓이겠지. 그는 생각했다. 아마 난 살아서 그날을 보지 못하겠지만.

발란데르가 코펜하겐에 도착했을 때 다시 보슬비가 내리기 시작했다. 뉘하운 부두에 배가 닿았다. 예스페르센은 자주 가는 술집의 위치를 말했었고, 어둑어둑한 곳으로 발을 들여놓는 발란데르에게 흥분감이 없지 않았다. 3시 45분이었다. 그는 어둠침침한 실내를 둘러보았다. 몇몇 손님이 테이블들에 흩어져 맥주를 마시며 앉아 있었다.

어디에선가 라디오가 켜졌다. 아니면 레코드플레이어였나? 어떤 덴마크 여자가 아주 센티멘털한 노래를 부르고 있었다. 발란데르는 어느 테이블에서도 예스페르센을 볼 수 없었다. 바텐더가 카운터 위에 펼친 신문의 십자말풀이를 하고 있었다. 그는 발란데르가 다가오자 고개를 들었다.

"맥주요." 발란데르가 말했다.

남자가 그에게 투보르^{Tuborg} 덴마크 맥주 브랜드를 주었다.

"예스페르센을 찾고 있는데요." 발란데르가 말했다.

"홀게르요? 그는 한 시간쯤 후에나 올 겁니다."

"그럼, 바다로 나간 건 아니고요?"

바텐더가 미소를 지었다.

"그렇다면 한 시간 내로 돌아오긴 어렵지 않겠어요? 그는 대개 다섯 시쯤 옵니다."

발란데르는 테이블에 앉아 기다렸다. 센티멘털한 여자 목소리가 이제 똑같이 지나치게 감상적인 남자 목소리로 대체되어 있었다. 예스페르센이 5시쯤 오면 말뫼로 돌아가 모나에게 전화하는 데 문제가 없을 것이었다. 이제 무슨 말을 해야 할지 생각하려 했다. 뺨을 맞은 것은 언급조차 하지 않으리라. 헬레나와 만난 이유를 말할 것이었다. 자신의 말을 그녀가 믿을 때까지 포기하지 않을 것이었다.

테이블 중 하나에 있는 남자는 곯아떨어져 있었다. 바텐더는 여전히 십자말풀이에 몸을 구부리고 있었다. 시간은 천천히 흘렀다. 이따금 문이 열리고 햇살이 언뜻 비쳤다. 누군가가 들어왔고, 몇몇이 떠났다. 발란데르는 손목시계를 확인했다. 5시 10분 전. 여전히 예스페르센은 나타나지 않았다. 그는 허기지기 시작했고, 저민 소시지 몇 점이 든 접시가 앞에 놓였다. 그리고 투보르 한 잔 더. 발란데르는 바텐더가 자신이 한 시간 전 바에 왔을 때부터 한 단어 때문에 골치를 썩이고 있다고 느꼈다.

5시였다. 여전히 예스페르센은 나타나지 않았다. 그는 오지 않을 거야. 발란데르는 생각했다. 그는 오늘 하루를 공쳤고, 다시 마시기 시작했다.

두 여자가 문으로 걸어 들어왔다. 둘 중 하나가 스납스를 주문하고 테이블에 앉았다. 다른 한 명은 카운터 뒤로 갔다. 바텐더가 신문에서 떠나 선반에 줄지어 있는 병들을 살피기 시작했다. 그 여자는 여기에서 일하는 것 같았다. 이제 5시 20분이었다. 문이 열리고 데님 재킷을 입고 야구 모자를 쓴 예스페르센이 들어왔다. 그는 곧장 카운터로 가 인사했다. 바텐더가 즉시 그에게 커피 한 잔을 따라 주고 발란데르의 테이블을 가리켰다. 커피 잔을 든 예스페르센은 발란데르를 보고 미소를 지었다.

"이거 뜻밖인데요." 그가 어눌한 스웨덴어로 말했다. "코펜하겐의 스웨덴 형사님."

"형사가 아니라," 발란데르가 말했다. "순경. 아니면 수사관."

"같은 거 아니에요?"

예스페르센이 싱긋 웃고 커피에 설탕 네 덩이를 넣었다.

"어쨌든 반가운 손님이 오니 좋군요." 그가 말했다. "난 여기 오는 모든 사람을 압니다. 그들이 뭘 마시고 무슨 말을 할지 알죠. 그리고 그들도 나에 대해 같은 걸 알고요. 이따금 난 내가 왜 다른 데를 가지 않는지 궁금하죠. 하지만 감히 그럴 생각을 못 한다니까요."

"왜요?"

"아마 누군가가 내가 듣고 싶지 않은 말을 할걸요."

발란데르는 예스페르센이 하는 말을 자신이 모두 이해했는지 확실치 않았다. 우선 그의 덴마크식 스웨덴어가 명확하지 않았고, 다음으로 그의 발음이 모호했다.

"당신을 보러 왔습니다." 발란데르가 말했다. "당신이 도움을 줄 수 있을 것 같아서요."

"다른 경찰이었다면 꺼지라고 했겠지만," 예스페르센이 유쾌하게 대꾸했다. "당신이라면 얘기가 다르죠. 알고 싶은 게 뭐죠?"

발란데르는 그에게 지금까지 있었던 일을 말했다.

"안데르스 한손과 아르투르 홀렌으로 불린 선원이요." 그가 이야기를 마쳤다. "기관사로도 일했고요."

"어느 회사 배죠?"

"살렌."

예스페르센이 천천히 고개를 저었다.

"개명한 사람이라면 들었을 텐데." 그가 말했다. "매일 있는 일은 아니니까요."

발란데르는 홀렌의 외모를 묘사하려고 애썼다. 동시에 그는 항해 일지에서 본 사진을 떠올렸다. 바뀐 남자. 어쩌면 홀렌은 이름을 바꾸었을 때 의도적으로 외모 또한 바꾸었을까?

"더 없나요?" 예스페르센이 말했다. "선원이자 기관사였고요. 그건 흔한 조합이죠. 어느 항구를 드나들었습니까? 배는 어떤 타입이고요?"

"브라질에 수차례 간 것 같습니다." 발란데르가 우물쭈물 말했다. "당연히 리우데자네이루요. 하지만 상 루이스라는 데도요."

"브라질 북쪽이군요." 예스페르센이 말했다. "전에 한 번 간 적 있습니다. 해안에서 떨어진, 카사 그란데라는 우아한 호텔에 묵었죠."

"덧붙일 게 더 없는 것 같은데요." 발란데르가 말했다.

예스페르센은 커피 잔에 설탕 몇 덩이를 더 넣으며 그의 얼굴을 살폈다.

"그를 아는 사람을 찾는 거예요? 당신이 알고 싶은 게? 안데르스 한손을 안 사람? 아니면 아르투르 홀렌을?"

발란데르는 끄덕였다.

"그럼 우린 여기서 더 나아갈 게 없을 것 같은데요." 예스페르센이 말했다. "알아볼게요. 여기와 말뫼에서. 이제 우린 뭘 좀 먹으러 가야 할 것 같군요."

발란데르는 손목시계를 보았다. 5시 30분. 서두를 필요가 없었다. 8시 30분에 쾌속선을 타면 모나에게 전화할 시간에 맞춰 집으로 돌아가기에 충분했다. 그리고 어쨌든 그는 배가 고팠다. 소시지 몇 점으로는 충분치 않았다.

"홍합." 예스페르센이 그렇게 말하며 몸을 일으켰다. "안네비르테네로 먹으러 갑시다."

발란데르는 술값을 냈다. 예스페르센이 이미 가게 밖으로 나갔기 때문에 발란데르는 그의 것도 내야 했다.

안네비르테는 뉘하운 아래쪽에 있었다. 아직 일렀기에 그들은 테이블을 잡는 데 문제가 없었다. 홍합은 발란데르가 가장 먹고 싶었던 게 아니었지만 예스페르센의 선택이었고, 그래서 홍합이었다. 발란데르는 예스페르센이 샛노란 레몬 탄산수인 시트론반으로 바꾼 동안에도 계속 맥주를 마셨다.

"지금 난 술을 손도 대지 않지만," 그가 말했다. "몇 주 내로 그럴 겁니다."

발란데르는 먹으면서 예스페르센의 오랜 세월의 바다 경험을 질리지 않게 들었다. 8시 30분이 되기 전에 그들은 일어설 준비를 했다.

예스페르센이 당연히 발란데르가 돈을 내리라고 생각하는 듯해서 잠시 그는 치를 돈이 충분히 있는지 걱정했다. 하지만 발란데르는 술값을 치를 충분한 돈이 있었다.

두 사람은 레스토랑 밖에서 헤어졌다.

"한번 알아보죠." 예스페르센이 말했다. "연락할게요."

발란데르는 페리를 타는 곳으로 가 줄을 섰다. 정확히 9시에 출항했다. 발란데르는 눈을 감은 즉시 잠에 빠졌다.

그는 주위가 아주 고요해서 눈을 떴다. 배의 으르렁거리는 엔진 소리가 멈춰 있었다. 그는 어리둥절하며 주위를 둘러보았다. 배는 덴마크와 스웨덴 중간쯤에 있었다. 이내 선장의 목소리가 배의 스피커를 통해 들려왔다. 배는 엔진에 고질적인 문제가 있었고, 코펜하겐으로 견인되어야 할 터였다. 발란데르는 자리에서 벌떡 일어나 승무원 중 한 명에게 해외 전화를 쓸 수 있는지 물었다. 그는 부정적인 대답을 들었다.

"코펜하겐에 언제 도착입니까?" 그가 물었다.

"안됐지만 몇 시간 걸릴 겁니다. 하지만 그 시간 동안 샌드위치와 음료가 제공될 겁니다."

"샌드위치를 원하는 게 아니에요." 발란데르가 말했다. "전화를 쓰고 싶다고요."

하지만 아무도 그를 도울 수 없었다. 그는 배가 위급 상황일 때 무선전화를 개인적인 용도로 쓸 수 없다고 퉁명스럽게 대답한 항해사를 마주했다.

발란데르는 자리에 도로 앉았다.

모나는 내 말을 안 믿을 거야. 그는 생각했다. 쾌속선이 고장 났다

는. 그것이 그녀에게는 인내의 한계이리라. 곧 우리 관계도 고장 나
겠지. 영원히.

　발란데르는 새벽 2시 30분에 말뫼에 닿았다. 배는 자정이 넘어서
도 코펜하겐에 도착하지 않았다. 그 시점에 이미 그녀에게 전화하겠
다는 모든 생각을 접었다. 말뫼에 내렸을 때에는 폭우가 내리고 있었
다. 택시를 탈 돈이 없었기 때문에 로센고르드까지 걸어야 했다. 문
안에 들어선 순간 갑자기 격렬하게 아팠다. 토를 하고 난 뒤에는 열
이 났다.
　그 홍합. 그는 생각했다. 설마 정말 장염에 걸린 건 아니겠지.
　발란데르는 침실과 욕실을 끊임없이 오가며 남은 밤을 보냈다. 병
이 났다고 경찰서에 전화한 적이 없다는 사실을 상기할 힘은 남아
있었다. 따라서 그는 여전히 병가 중이었다. 새벽이 되어서야 마침내
그럭저럭 두어 시간 잘 수 있었다. 하지만 9시에 그는 다시 화장실로
달리기 시작했다. 설사하고 토하는 동안 모나에게 전화해야 한다는
생각은 안중에 없었다. 최상의 시나리오는 그녀가 자신에게 무슨 일
이 생겼다는 것, 자신이 아프다는 것을 깨닫는 것이었다. 하지만 전
화는 울리지 않았다. 하루 종일 아무도 그에게 연락하지 않았다.
　그날 밤 늦게 그는 좀 나아진 기분을 느꼈다. 하지만 너무 쇠약해
져서 차 한 잔 끓이는 것 외에 아무것도 할 수 없었다. 잠에 떨어지기
전에 예스페르센은 어떤지 궁금했다. 홍합을 제안한 사람이 바로 그
였기에 그도 아프길 바랐다.
　다음 날 아침 그는 삶은 달걀을 시도했다. 하지만 그것은 그에게

다시 화장실로 쇄도하는 결과를 낳았을 뿐이었다. 그는 그날을 침대에서 보냈고, 위장이 천천히 정상으로 돌아오기 시작하는 느낌을 받았다.

5시 직전에 전화가 울렸다. 헴베리였다.

"자넬 계속 찾았네." 그가 말했다.

"침대에서 앓는 중입니다." 발란데르가 말했다.

"그 장염?"

"더 정확히는 홍합 때문에요."

"분명 현명하지 않은 사람이 홍합을 먹겠지?"

"불행히도 제가 그랬습니다. 인과응보죠."

헴베리는 화제를 바꾸었다.

"예르네가 검시를 마쳤다고 말하려고 전화한 걸세." 그가 말했다. "우리 생각대로가 아니었어. 홀렌은 알렉산드라 바치스타가 교살되기 전에 자살했네. 그렇다는 건 다시 말해, 우리가 다른 방향으로 수사에 접근해야 한다는 거지. 미지의 범인이 있어."

"우연히 그렇게 된 건지도 모르죠." 발란데르가 말했다.

"바치스타가 죽고 홀렌이 자살했다는 게? 배 속에 보석들을 담고? 자넨 그에 관해 다른 사람을 설득할 순 있겠지. 우리가 놓치고 있는 건 이 두 사건 간의 연결 고리야. 간단히 말해서 두 사람의 사건이 삼각관계로 바뀌었다는 걸세."

발란데르는 헴베리에게 홀렌의 개명에 대해 말하고 싶었지만 갑작스러운 욕지기를 느꼈다. 그는 끊어야겠다고 양해를 구했다.

"내일 나아지면 나한테 오게." 헴베리가 말했다. "물을 많이 마시라고. 물이 유일한 해결책이야."

발란데르는 황급히 전화를 끊고 다시 한번 욕실로 갔다가 침대로 돌아갔다. 그는 각성 상태와 수면 상태와 비수면 상태의 중간 지대 어딘가에서 그날 밤낮을 보냈다. 배 속은 이제 잠잠해졌지만 여전히 매우 피곤했다. 그는 모나 꿈을 꾸었고, 헴베리가 한 말을 생각했다. 하지만 일을 할 힘이 없었고, 진지하게 생각할 마음이 나지 않았다.

아침이 되자 조금 나아졌다. 그는 빵을 몇 조각 굽고 커피를 엷게 탔다. 위가 거부하지 않았다. 퀴퀴한 냄새가 나기 시작한 집 안에 신선한 공기를 들였다. 비구름은 물러갔고, 날은 따뜻했다. 발란데르는 점심때 미용실에 전화했다. 전화를 받은 사람은 또 카린이었다.

"모나에게 내가 오늘 밤 전화하겠다고 전해 주시겠어요?" 그가 말했다. "난 아팠습니다."

"알려 줄게요."

발란데르는 그녀의 목소리에서 회의감이 느껴졌는지 알 수 없었다. 모나는 사생활에 대해 많이 말하지 않는 것 같았다.

1시쯤 발란데르는 경찰서로 갈 준비를 했다. 하지만 확실히 하기 위해 헴베리가 있는지 전화했다. 그는 헴베리와 통화하려고, 아니면 적어도 그가 어디 있는지 알기 위해 몇 번 전화했다가 포기했다. 그는 장을 보러 가기로 결정한 다음 모나와의 대화를 위한 준비를 하며 오후를 보냈는데, 아무래도 쉬운 문제는 아닐 것 같았.

그는 저녁으로 수프를 끓이고 소파에 앉아 TV를 보았다. 7시 조금 지나 초인종이 울렸다. 모나. 그는 생각했다. 뭔가가 잘못됐다는 걸 알아채고 온 거야.

하지만 문을 열자 예스페르센이 서 있었다.

"당신과 당신의 빌어먹을 홍합 때문에," 발란데르가 화가 나 말했다. "이틀 동안 앓아누웠습니다."

예스페르센이 묻는 듯한 표정으로 그를 보았다.

"난 그런 줄 몰랐어요." 그가 말했다. "분명히 말하지만 홍합엔 아무런 문제가 없었다고요."

발란데르는 그 저녁에 대해 계속 말해야 소용없다는 결론을 내렸다. 그는 예스페르센을 안으로 들였다. 그들은 부엌으로 가 앉았다.

"여기서 뭔가 이상한 냄새가 나는데요."

"누군가가 거의 마흔 시간을 화장실에서 보내면 보통은 그렇죠."

예스페르센이 머리를 저었다.

"다른 것 때문일 거예요." 그가 말했다. "안네비르테의 홍합 때문이 아니라."

"당신이 여기 온 건," 발란데르가 말했다. "내게 할 말이 있어서겠군요."

"커피 한 잔 마시면 좋겠는데요." 예스페르센이 말했다.

"다 떨어졌어요. 미안해요. 게다가 당신이 올 줄 몰랐으니까."

예스페르센이 끄덕였다. 그는 기분 상해 하지 않았다.

"홍합은 분명 속을 거북하게 할 수도 있지만," 그가 말했다. "내 완전한 오해가 아니라면, 당신이 걱정하는 건 다른 뭔가군요."

발란데르는 놀랐다. 예스페르센은 자신을 꿰뚫어 보았고, 고통의 중심에는 모나가 있었다.

"당신이 맞을지도 모르지만," 그가 말했다. "그건 내가 얘기하고 싶은 게 아닙니다."

예스페르센은 손을 들어 올렸다.

"당신은 여기 왔습니다. 그건 내게 할 말이 있다는 뜻이죠." 발란데르는 그 말을 반복했다.

"내가 당신네 대통령 팔메를 얼마나 존경하는지 말한 적 있나요?"

"그는 대통령이 아니고, 아직 총리도 아닙니다. 하지만 그걸 말하려고 여기 온 건 아닐 텐데요."

"어쨌든 난 말하고 싶었어요." 예스페르센이 주장했다. "당신 말대로 여기 온 건 다른 이유 때문이죠. 당신이 코펜하겐에 산다면 볼일이나 있어야 말뫼에 올 겁니다. 내 말을 이해할지 모르겠군요."

발란데르는 조바심을 내며 고개를 끄덕였다. 예스페르센은 아주 장황해질 수도 있었다. 바다에서의 생활을 이야기할 때를 예외로 하면. 그리고 그는 이야기꾼이었다.

"코펜하겐에서 몇몇 친구와 얘길 좀 나눠 봤죠." 예스페르센이 말했다. "아무 성과가 없었어요. 그러다 난 말뫼로 갔고, 일이 잘 풀렸죠. 천 년간 오대양을 누빈 어떤 늙은 전기 기사랑 얘길 나눴어요. 융스트룀이 그의 이름이죠. 요즘은 양로원에서 삽니다. 그 양로원의 이름은 잊어버렸고요. 그는 두 다리로 서지도 못해요. 하지만 기억은 멀쩡하죠."

"그가 뭐라고 했는데요?"

"아무것도요. 하지만 그는 나더러 프리함넨 외곽에 사는 어떤 남자와 얘기를 나눠 보라더군요. 그리고 그를 찾아서 그에게 한손과 홀렌에 대해 물었더니, 그가 '그 둘은 인기가 많군요.'라더군요."

"그게 무슨 뜻입니까?"

"어떻게 생각해요? 당신은 경찰이고 일반인이 이해할 수 없는 걸 이해해야 하잖아요."

"정확히 그가 뭐라고 했다고요?"

"'그 둘은 인기가 많군요.'라고요."

발란데르는 이해했다.

"그들, 아니 정확히 말해 그에 대해 물은 사람이 있었군요."

"네."

"누굽니까?"

"그는 이름은 몰랐어요. 하지만 좀 불안해 보이는 사람이었다고 하더군요. 뭐라고 해야 하나? 면도도 안 하고 형편없는 옷차림에. 그리고 술에 취했고요."

"그게 언제 있었던 일입니까?"

"한 달 전쯤요."

홀렌이 자물쇠를 추가로 설치했을 때군. 발란데르는 생각했다.

"그가 그 남자의 이름을 몰랐다고요? 내가 프리함넨에서 그 친구와 직접 얘기해 봐도 될까요? 그는 이름이 있겠죠?"

"그는 경찰과 얘기하고 싶어 하지 않았습니다."

"왜요?"

예스페르센이 어깨를 으쓱했다.

"부두에서 어떤 일이 일어날 수 있는지 알잖아요. 술이 든 상자들이 억지로 열리고, 커피가 든 자루들이 사라지고."

발란데르는 그런 일에 대해 들은 적이 있었다.

"하지만 난 끈질기게 알아보고 다녔죠." 예스페르센이 말했다. "내 정보가 옳다면, 이름은 잊어버렸지만 시내 한가운데에 있는 그 공원에서 술 한두 병을 나누려고 만나는, 좀 꾀죄죄한 사람들이 있답니다. P로 시작하는, 그 이름 뭐죠?"

"필담스파르켄 공원?"

"바로 그거요. 그리고 홀렌이나 한손에 대해 물은 그 남자는 한쪽 눈꺼풀이 처졌어요."

"어느 쪽 눈?"

"보면 알아볼 수 있을 거예요."

"그리고 그가 한 달쯤 전에 홀렌이나 한손에 대해 물었고요? 그리고 그가 필담스파르켄 공원에서 시간을 보낸다고요?"

"아마 내가 돌아가기도 전에 그를 찾을 수 있을걸요." 예스페르센이 말했다. "그리고 어쩌면 가는 길에 우린 카페도 찾을 수 있겠죠?"

발란데르는 손목시계를 보았다. 7시 30분이었다.

"오늘 밤엔 안 됩니다. 바빠서요."

"그럼 난 코펜하겐으로 돌아가겠습니다. 안네비르테에 들러서 홍합에 대해 한마디 해야겠군요."

"다른 것 때문일 수도 있어요." 발란데르가 말했다.

"안네비르테에게 그렇게 말하죠."

두 사람은 현관문으로 향했다.

"와 줘서 고마워요." 발란데르가 말했다. "그리고 도와줘서요."

"고마워요." 예스페르센이 말했다. "사람들이 싸움을 시작했던 그때, 거기에 당신이 없었더라면 꼼짝없이 문제에 휘말려 벌금을 냈을 거예요."

"또 봅시다." 발란데르가 말했다. "그땐 홍합 말고요."

"홍합 말고요." 예스페르센은 그렇게 말하고 갔다.

발란데르는 부엌으로 돌아가 방금 들은 모든 것을 적었다. 누군가가 홀렌 혹은 한손에 대해 묻고 있었다. 이것이 한 달 전쯤 일어난 일이었다. 그즈음 홀렌은 자물쇠를 추가로 설치했다. 눈꺼풀이 처진 남자가 홀렌을 찾았다. 그는 떠돌아다니는 것처럼 보였다. 그리고 필담 스파르켄 공원에서 시간을 보낼 가능성이 있었다.

발란데르는 펜을 내려놓았다. 이것도 헴베리에게 말해야겠어. 그는 생각했다. 지금 이게 실제 단서야.

문득 예스페르센에게 주위에 알렉산드라 바치스타라는 이름의 여자에 대해 들은 사람이 있는지 알아봐 달라고 부탁했어야 했다는 생각이 들었다.

자신의 허술한 일 처리에 짜증이 났다. 내내 그걸 생각 못 했다니. 그는 중얼거렸다. 안 해도 될 실수를.

벌써 7시 45분이었다. 발란데르는 집 안을 서성였다. 초조했지만 이제 배 속은 괜찮았다. 그는 뢰데루프의 새 전화번호로 아버지에게 전화할 생각을 했지만 싸움이 시작될 확률이 높았다. 모나만으로도 벅찼다. 그는 시간을 보내려고 동네를 산책했다. 여름이 다가와 있었다. 저녁은 따뜻했다. 스카겐으로의 자신들의 여행이 어떻게 될지 궁금했다.

8시 30분에 그는 집으로 돌아왔다. 앞에 손목시계를 놓고 부엌 테이블에 앉았다. 어린애처럼 굴고 있군. 그는 생각했다. 하지만 달리

할 게 뭐겠어.

그는 9시에 전화를 걸었다. 모나는 거의 즉시 전화를 받았다.

"자기가 끊기 전에 해명하고 싶어." 발란데르가 입을 열었다.

"누가 내가 전화를 끊겠대?"

이 말에 그는 허를 찔렸다. 무슨 말을 해야 할지 신중하게 준비했지만 정작 말을 하는 사람은 그녀였다.

"난 자기가 해명할 거리가 있다는 걸 알아." 그녀가 말했다. "하지만 지금 그게 내 흥미를 일으키진 않아. 우린 직접 만나서 얘기해야 할 것 같아."

"지금?"

"오늘 밤 말고. 내일. 그럴 수 있겠어?"

"그래. 그럴 수 있지."

"그럼 내가 자기 집으로 갈게. 하지만 아홉 시 넘어서 갈 수 있어. 엄마 생신이야. 들르기로 약속했어."

"저녁을 준비할 수 있는데."

"그럴 필요 없어."

발란데르는 준비한 해명을 처음부터 다시 시작했다. 하지만 그녀가 막았다.

"내일 얘기해. 지금 말고, 전화로 말고."

대화는 1분도 안 되어 끝났다. 발란데르가 예상한 대화는 아니었다. 감히 상상도 못 했던 대화였다. 불길하다고 해석할 수 있는 부분도 있었지만.

남은 저녁 시간 동안 집에 있어야 한다는 생각이 몸을 들썩이게 했다. 겨우 9시 15분이었다. 필담스파르켄 공원으로 산책을 나가지 못할 이유가 없지. 그는 생각했다. 어쩌면 눈꺼풀이 처진 남자와 마주칠지도 몰라.

발란데르는 책장 어느 책 사이에 끼워 둔 소액권 중에서 1백 크로나를 꺼냈다. 그는 그 돈을 주머니에 넣고 코트를 걸친 다음 밖으로 나갔다. 바람은 불지 않았고 아직 따뜻했다. 버스 정류장으로 걸어가면서 오페라 곡조를 흥얼거렸다. 〈리골레토〉. 그는 버스가 다가오는 것을 보고 달리기 시작했다.

필담스파르켄 공원에 닿았을 때 그게 좋은 생각이었는지 궁금해지기 시작했다. 큰 공원이었다. 더구나 그는 실제로 살인 사건의 용의자를 찾고 있었다. 귀에 경찰 행동 규정이 맴돌았다. 하지만 난 산책할 수 있어. 그는 생각했다. 제복 차림도 아니고 내가 경찰인지 아무도 몰라. 난 혼자 보이지 않는 개를 산책시키고 있는 사람일 뿐이야.

발란데르는 공원 오솔길 한 군데를 걷기 시작했다. 젊은 사람들이 나무 밑에 앉아 있었다. 누군가 기타를 치고 있었다. 발란데르는 와인병 몇 병을 보았다. 그는 그들이 이 순간 얼마나 많은 법을 어기고 있는지 궁금했다. 로만이라면 분명 빠르게 개입했을 터였다. 하지만 발란데르는 그냥 지나쳤다. 몇 년 전이라면 자신은 저 나무 아래 앉아 있는 사람 중 하나였으리라. 하지만 지금은 경찰이었고, 공공장소에서 와인을 마시는 사람을 체포해야 했다. 그는 그 생각에 머리를 저었다. 형사 업무를 하게 되기까지 기다리기가 힘들었다. 그런 일을 하려고 경찰에 들어온 것은 아니었다. 여름이 시작되는 따뜻한 밤에 와인을 마시며 기타를 치는 젊은 사람들을 체포하려고. 진짜 범죄자들을 잡기 위해서였다. 폭력적인 범죄를 저지른 자들이나 큰 스케일의 절도 혹은 마약 밀수범들을.

그는 공원 안쪽으로 걸었다. 멀리서 으르렁대는 차 소리가 들렸다. 서로를 꼭 감싸 안은 두 젊은이를 지나쳤다. 발란데르는 모나를 생각했다. 잘 풀릴 거야. 곧 스카겐으로 여행을 가게 될 테고, 다시는 데이트에 늦지 않으리라.

발란데르는 걸음을 멈추었다. 멀지 않은 저 앞 벤치에서 몇몇 사람이 술을 마시며 앉아 있었다. 그중 한 명이 잠시도 가만히 있지 않는 독일셰퍼드의 목줄을 잡아당기고 있었다. 발란데르는 천천히 그들에게 다가갔다. 그들은 그에게 관심을 두지 않는 것 같았다. 그들 중 누구도 눈꺼풀이 처진 사람은 없었다. 그런데 한 남자가 일어서더니 발란데르 앞에서 다리를 떨었다. 그는 매우 건장했다. 배가 드러나도록 풀어 헤친 셔츠 안에 근육이 불룩했다.

"십 크로나가 필요한데." 그가 말했다.

발란데르는 처음엔 없다고 말할 생각이었다. 10크로나는 큰돈이었다. 곧 그는 마음을 바꾸었다.

"친구를 찾고 있는데요." 그가 말했다. "눈꺼풀이 처진 사람이요."

발란데르는 그 말이 적중하리라고 기대하지 않았다. 하지만 놀랍게도 그는 기대치 않은 대답을 들었다.

"루네는 여기 없어. 그가 어디로 갔는진 악마만 알지."

"바로 그 사람." 발란데르가 말했다. "루네."

"대체 당신은 누구야?" 다리를 떠는 남자가 말했다.

"쿠르트라고 합니다." 발란데르가 말했다. "옛 친구죠."

"전에 당신을 본 적 없는데."

발란데르는 그에게 10크로나를 주었다.

"그를 보면 전해요." 발란데르가 말했다. "쿠르트가 왔었다고. 그건 그렇고 혹시 루네의 성을 압니까?"

"그에게 성이 있는지조차 몰라. 루네는 루네지."

"그럼 어디 살아요?"

남자는 순간 다리 떨기를 멈추었다.

"난 당신이 친구라고 말했다고 생각했는데? 그럼 그가 어디 사는지 알 텐데."

"자주 이사 다니니까요."

남자는 벤치에 앉아 있는 사람들에게 돌아섰다.

"루네가 어디 사는지 아는 사람?"

이어진 대화는 지극히 혼란스러웠다. 처음에 그들은 어떤 루네에 대해 말하고 있는지 확인하는 데 오랜 시간이 걸렸다. 이윽고 이 루네가 살지도 모를 곳을 대는 많은 말들이 이어졌다. 집이 있기라도 하다면. 발란데르는 기다렸다. 벤치 옆의 독일셰퍼드가 짖어 댔다.

근육질의 남자가 돌아왔다.

"우린 루네가 사는 데를 모르지만," 그가 말했다. "쿠르트가 여기 왔다고 전해 주지."

발란데르는 고개를 끄덕이고 빠르게 그곳을 떴다. 물론 잘못 짚었을지도 몰랐다. 눈꺼풀이 처진 사람이 한 사람만은 아니었다. 하지만 여전히 그는 옳은 길을 가고 있다고 확신했다. 즉각 헴베리를 만나 공원을 감시해야 한다고 말해야겠다는 생각이 들었다. 경찰에 눈꺼풀이 처진 남자에 대한 전과 기록이 있을까?

하지만 발란데르는 미심쩍은 기분이 들었다. 또다시 너무 앞서가고 있었다. 먼저 헴베리와 심도 있는 대화를 나누어야 했다. 그에게 개명에 대한 것과 예스페르센이 한 말을 해야 했다. 그리고 그것이 단서인지 아닌지는 헴베리가 결정할 일이었다.

헴베리에게 말하기 위해서는 다음 날까지 기다려야 할 터였다.

발란데르는 공원에서 나와 집으로 가는 버스를 탔다.

그는 장염 때문에 여전히 몸이 안 좋았고, 자정이 되기 전에 잠이 들었다.

발란데르는 다음 날 7시에 가뿐한 상태로 잠에서 깨었다. 배 속이 완벽하게 정상으로 회복되었다고 느낀 그는 커피 한 잔을 마셨다. 이내 안내 데스크 여자에게서 받은 전화번호의 다이얼을 돌렸다.

여러 번 울린 뒤에야 아버지가 받았다.

"너니?" 아버지가 퉁명스럽게 말했다. "이 난장판 속에서 전화기를 찾을 수 없었다."

"왜 경찰서에 전화해서 먼 친척이라고 하셨어요? 내 아버지라고 똑바로 밝히실 순 없었어요?"

"난 경찰과 어떤 것도 엮이고 싶지 않다." 아버지가 대꾸했다. "왜 날 보러 오지 않는 게냐?"

"아버지 집이 어딘지도 모르잖아요. 크리스티나가 애매하게 설명했을 뿐이라고요."

"그걸 알아보는 데 네가 너무 게으른 거지. 그게 네 문제야."

발란데르는 대화가 이미 잘못된 방향으로 흐르고 있다는 것을 깨달았다. 지금 자신이 할 수 있는 최선은 가능한 한 빨리 이 대화를 끝내는 것이었다.

"며칠만 기다려 주세요." 그가 말했다. "가기 전에 전화할 테니 길을 알려 주시고요. 집은 어때요?"

"좋다."

"그게 다예요? '좋다'?"

"좀 어수선한 분위기다. 하지만 일단 좀 정리하면 아주 좋아질 게다. 낡은 헛간에 멋진 작업실이 있지."

"나중에 뵐게요." 발란데르가 말했다.

"네가 여기 서 있을 때까진 못 믿겠다." 아버지가 말했다. "경찰을 믿을 수가 있어야지."

발란데르는 대화가 끝나자 전화를 끊었다. 아버진 이십 년은 더 사실 거야. 그는 절망적으로 생각했다. 그리고 그동안 내내 내 위에 군림하겠지. 난 절대 아버지를 벗어나지 못할 거야. 지금 그걸 직면하는 편이 나아. 그리고 지금 아버지가 괴팍하다면 나이 들수록 더 나빠지겠지.

식욕이 살아난 발란데르는 샌드위치 몇 개를 먹은 다음 경찰서로 가는 버스를 탔다. 그는 8시가 좀 지나서 반쯤 열린 헴베리의 방문을 노크했다. 그가 대답으로 꿍 하는 소리를 내서 안으로 들어갔다. 이번에는 책상 위에 발을 올리고 있지 않았다. 그는 창가에 서서 아침 신문을 넘기고 있었다. 발란데르가 들어서자 헴베리는 재미있어하는 표정으로 그를 세심히 살폈다.

"홍합." 그가 말했다. "그걸 조심했어야지. 홍합은 물에 있는 모든 걸 빨아들이니까."

"다른 것 때문일지도 모릅니다." 발란데르는 얼버무렸다.

헴베리는 신문을 내려놓고 의자에 앉았다.

"드릴 말씀이 있습니다." 발란데르가 말했다. "그리고 오 분 이상으로 길어질 것 같습니다."

헴베리가 손님용 의자를 향해 고개를 끄덕였다.

발란데르는 홀렌이 몇 년 전에 개명했다는, 자신이 알아낸 사실을 말했다. 그는 헴베리가 즉각적인 관심을 보인다는 것을 알아차렸다. 발란데르는 이어서 지난밤 방문한 예스페르센과 나눈 대화와 필담스파르켄 공원으로의 산책에 대해 말했다.

"성이 없는," 그는 말을 마쳤다. "루네라는 이름의 남자입니다. 그리고 눈꺼풀이 처졌고요."

헴베리는 말없이 그가 말한 모든 것을 심사숙고했다.

"성이 없는 사람은 없지." 이윽고 그가 말했다. "그리고 말뫼 같은 도시에 눈꺼풀이 처진 사람이 그렇게 많을 리 없어."

곧 그는 얼굴을 찌푸렸다.

"혼자서 행동하지 말라고 이미 말했을 텐데. 게다가 자넨 어젯밤 나나 다른 사람에게 연락했어야 했네. 우린 자네가 공원에서 만난 사람들을 연행했을 거야. 술이 깨도록 시간을 주고 철저히 신문하면 사람들은 더 많은 걸 기억하지. 그 사람들의 이름을 받아 적었나?"

"경찰에서 나왔다고 하지 않았습니다. 루네의 친구라고 했죠."

헴베리가 머리를 저었다.

"그래선 안 돼." 그가 말했다. "그럴 만한 설득력 있는 이유가 없는 한 공적으로 행동해야 해."

"그가 돈을 원했습니다." 그가 변명조로 말했다. "그렇지 않았다면 그냥 지나쳤을 겁니다."

헴베리가 눈을 가늘게 뜨고 그를 보았다.

"필담스파르켄 공원에서 뭘 하고 있었지?"

"산책 중이었습니다."

"개인적으로 수사하고 있던 게 아니라?"

"아프고 난 뒤라 운동이 좀 필요했습니다."

헴베리의 얼굴에 강한 불신의 표정이 떠올랐다.

"간단히 말해 자네가 필담스파르켄 공원을 택한 게 순전히 우연이었다고?"

발란데르는 대답하지 않았다. 헴베리가 의자에서 일어났다.

"난 이 새로운 국면에 몇 사람을 투입할 걸세. 우린 지금 가능성을 넓게 열어 두고 수사를 진행할 필요가 있네. 난 바치스타를 죽인 사람이 홀렌이라고 확신했지만, 간혹 틀릴 때도 있는 법이지. 그땐 그 확신을 깨고 다시 시작하면 되는 거야."

발란데르는 헴베리의 방에서 나와 아래층으로 내려갔다. 그는 로만을 피할 수 있길 바랐지만 상관은 자신을 기다리고 있기라도 한 것 같았다. 로만이 커피가 든 컵을 들고 회의실에서 나왔다.

"자네가 어디 있었는지 궁금해하던 참이야." 그가 말했다.

"아팠습니다." 발란데르가 말했다.

"하지만 이 건물에서 자넬 본 사람이 있던데."

"이제 다시 괜찮아졌습니다." 발란데르가 말했다. "장염이었습니다. 홍합 때문에요."

"자넨 순찰대에 배정됐어." 로만이 말했다. "호칸손과 얘기하게."

발란데르는 순찰 임무를 배정받는 방으로 갔다. 덩치가 크고 뚱뚱해 언제나 땀을 흘리고 있는 호칸손이 테이블 앞에 앉아 잡지를 뒤적이고 있었다. 발란데르가 들어오자 그가 고개를 들었다.

"시내로." 그가 말했다. "비트베리가 아홉 시에 출동할 거야. 세 시까지. 그 친구와 나가."

발란데르는 고개를 끄덕이고 탈의실로 향했다. 로커에서 제복을 꺼내 갈아입었다. 막 옷을 갈아입었을 때 비트베리가 들어왔다. 그는 서른 살이었고, 늘 언젠가 레이싱카를 몰 날의 꿈을 이야기했다.

그들은 9시 15분에 경찰서를 나섰다.

"날씨가 따뜻하면 늘 모든 게 더 평온해." 비트베리가 말했다. "불필요하게 개입할 일도 없고. 그럼 하루가 평온할 거야."

그리고 그날은 정말 평온했다. 발란데르가 3시 좀 넘어서 옷걸이에 제복을 다시 걸 때까지, 잘못된 방향으로 자전거를 타고 있던 사람을 멈춰 세운 것 이외엔 단 한 건의 문제도 없었다.

발란데르는 4시에 집에 도착했다. 그는 모나의 마음이 바뀌어 배가 고프다고 할 때를 대비해 집에 가는 길에 장을 보았다. 어쨌든 그녀가 온다면.

4시 반쯤 그는 샤워하고 옷을 갈아입었다. 모나가 오려면 아직 네 시간 반이 남아 있었다. 필담스파르켄 공원을 또 산책한다 해도 뭐라고 할 사람은 없겠지. 발란데르는 생각했다. 내 투명 개를 산책시킨 다면. 그는 망설였다. 햄베리가 특명을 내렸었다.

하지만 어쨌든 그는 나갔다. 5시 반에 전에 걸었던 오솔길을 걸었다. 기타를 치고 와인을 마시던 젊은 사람들은 보이지 않았다. 술에 취한 남자들이 앉아 있던 벤치도 비어 있었다. 발란데르는 15분쯤 더 걷기로 했다. 그런 다음 집으로 돌아갈 것이었다. 언덕을 내려가다 멈춰 서서 큰 연못 주위를 헤엄치는 오리들을 지켜보았다. 가까이에 서 지저귀는 새소리가 들렸다. 숲이 강한 초여름 향을 풍겼다. 나이 든 커플이 지나쳐 갔다. 발란데르는 그들이 누군가의 '불쌍한 누이'에 관해 하는 이야기를 들었다. 그게 누구의 누이이고, 왜 동정의 대상 이 되었는지는 알지 못했다.

왔던 길로 막 되돌아가려는데 나무 그늘에 앉아 있는 두 사람이 보였다. 그들이 술에 취했는지는 알 수 없었다. 남자 하나가 일어났다. 걸음이 불안정했다. 여전히 나무 밑에 앉아 있는 그의 친구는 졸고 있었다. 턱이 가슴에 닿았다. 발란데르는 가까이 다가갔지만 전날 밤 에 보았던 남자인지 알 수 없었다. 남자는 옷차림이 추레했고, 발 사 이에는 빈 보드카 병이 놓여 있었다.

발란데르는 그의 얼굴을 보려고 쭈그리고 앉았다. 그와 동시에 뒤 에서 자갈이 깔린 오솔길을 밟는 발소리가 들렸다. 돌아보자 두 여자 가 서 있었다. 그는 어디서 보았는지는 몰라도 둘 중 한 명을 알아보 았다.

"시위 때 날 때렸던," 그 여자가 말했다. "그 빌어먹을 경찰이야."

그제야 발란데르는 그게 누구인지 알아차렸다. 지난주에 카페에서 자신을 말로 폭행한 여자.

발란데르는 몸을 일으켰다. 그 순간 또 다른 여자의 얼굴을 보고 자신의 등 뒤에서 무슨 일이 일어나고 있다는 것을 알았다. 그는 잽싸게 몸을 돌렸다. 나무에 기대고 있던 남자는 자고 있지 않았다. 지금 그는 서 있었다. 그리고 손에 칼을 들고 있었다.

그 후 모든 것이 아주 빨리 일어났다. 나중에 발란데르는 그 여자들이 비명을 지르고 도망친 것만을 기억했다. 발란데르는 자신을 보호하려고 팔을 들어 올렸지만 너무 늦었다. 칼을 피하지 못했다. 칼이 그의 가슴 한가운데를 찔렀다. 따스한 어둠이 그에게 밀려들었다.

자갈이 깔린 오솔길에 쓰러지기도 전에 그의 기억은 무슨 일이 일어나고 있는지 인식하길 멈추었다.

모든 것이 안개에 덮인 후였다. 아니면 모든 것이 희고 고요한 농밀한 바다 같은 것인지도 몰랐다.

발란데르는 나흘 동안 깊은 무의식 속에 가라앉은 채 누워 있었다. 두 번에 걸쳐 어려운 수술을 받았다. 칼이 심장을 스쳤다. 하지만 그는 살아남았다. 그리고 천천히 안개에서 돌아왔다. 마침내 닷새째 아침에 그는 눈을 떴다. 그는 무슨 일이 있었는지, 자신이 어디에 있는지 알지 못했다.

하지만 침대 옆에는 그가 아는 얼굴이 있었다.

그에게 모든 것을 의미하는 얼굴. 모나의 얼굴.

그리고 그녀는 미소 짓고 있었다.

에필로그

9월 초 어느 날 발란데르는 다음 주에 업무에 복귀해도 된다는 담당 의사의 허락을 받고 헴베리에게 전화했다. 그날 오후 늦게 헴베리가 로센고르드에 있는 그의 집을 찾아왔다. 두 사람은 계단참에서 마주쳤다. 발란데르는 쓰레기를 내가던 참이었다.

"그 모든 게 시작된 곳이 여기였지." 헴베리가 홀렌의 집 문을 향해 끄덕이며 말했다.

"아직 이사 온 사람이 없습니다." 발란데르가 말했다. "가구는 아직도 남아 있고요. 화재로 손상된 곳은 수리되지 않았죠. 여길 지날 때마다 여전히 연기 냄새가 나는 것 같습니다."

두 사람은 발란데르의 부엌에서 커피를 마시며 앉아 있었다. 9월의 그날은 평상시와 다르게 차가웠지만 상쾌했다. 헴베리는 코트 안에 두꺼운 스웨터를 입고 있었다.

"올해는 가을이 빨리 왔어." 그가 말했다.

"어제 아버지 집에 갔습니다." 발란데르가 말했다. "아버진 시내에서 뢰데루프로 이사하셨죠. 벌판 한가운데에 있는 그곳은 아름답습니다."

"어떻게 하면 진흙탕 한가운데에 자발적으로 집을 마련할 수 있는지 내 이해를 넘어서는군." 헴베리가 발란데르의 말을 일축하듯 말했다. "곧 겨울일세. 그리고 그 집은 눈에 갇히게 돼."

"아버지는 좋아하시는 것 같던데요." 발란데르가 말했다. "그리고 아버진 날씨에 큰 관심 없으신 것 같아요. 아침부터 밤까지 그림을 그리실 뿐이죠."

"자네 아버지가 예술가이신 줄 몰랐는데."

"아버지는 반복해서 같은 주제를 그리세요." 발란데르가 말했다. "어떤 풍경을요. 뇌조가 있거나 없는."

그는 자리에서 일어났다. 헴베리가 그 그림이 걸려 있는 안방으로 그를 따랐다.

"내 이웃 중 하나가 이 그림 중 하나를 갖고 있네." 헴베리가 말했다. "이 그림들이 인기를 끄는 모양이군."

그들은 부엌으로 돌아왔다.

"자넨 할 수 있는 모든 실수를 했지만," 헴베리가 말했다. "그건 이미 말했으니. 혼자서 수사하지 말고, 뒤를 받쳐 주는 사람 없인 나서지 말게. 자넨 겨우 일 센티미터 차이로 살아난 거야. 뭔가 배웠길 바라네. 적어도 어떻게 행동해선 안 되는지."

발란데르는 대답하지 않았다. 물론 헴베리가 옳았다.

"하지만 자넨 고집이 있어." 헴베리가 말을 이었다. "홀렌이 개명한 사실을 알아낸 사람이 자네였지. 물론 우리도 결국 그건 알아냈겠지만. 물론 루네 블롬도 찾아냈겠지. 하지만 자넨 논리적으로 생각했고, 옳게 생각했어."

"궁금해서 경위님께 전화드렸습니다." 발란데르가 말했다. "여전히 전 모르는 게 많습니다."

헴베리가 그에게 말했다. 루네 블롬이 자백했고, 법의학적 증거를 통해 알렉산드리아 바치스타 살해범으로 확정될 수도 있을 터였다.

"모든 게 1954년에 시작됐지." 헴베리가 말했다. "블롬이 모조리

자백했네. 그와 홀렌은, 그때는 한손이었지만, 브라질행 배의 같은 선원이었네. 상 루이스에서 그들은 보석을 소유하게 됐지. 그는 그 진짜 가치를 몰랐던 술 취한 브라질인에게서 자신들이 그것들을 샀다고 주장하네. 두 사람도 아마 몰랐을 거야. 두 사람은 몫을 나누기로 했지. 하지만 이내 블룸이 살인죄로 브라질 교도소에 수감되는 일이 벌어졌네. 그래서 보석을 가지고 있던 홀렌은 그 상황을 이용했지. 그는 이름을 바꾸고 몇 년 뒤 뱃일을 그만둔 다음 이곳 말뫼에 숨었네. 바치스타를 만났고, 블룸이 브라질 교도소에서 여생을 보내리라는 것을 확신했지. 하지만 블룸이 후에 풀려나 홀렌을 찾기 시작했지. 홀렌은 블룸이 말뫼에 나타났다는 걸 어떻게 알게 됐어. 그는 겁을 먹었고, 문에 자물쇠를 추가로 설치했지. 하지만 바치스타는 계속 만나고 있었어. 블룸은 그를 감시하고 있었네. 블룸은 그가 사는 곳을 알아낸 날 홀렌이 자살했다고 주장해. 블룸이 자기 집을 알아냈다는 것만으로도 자신에게 총을 쏠 만큼 홀렌은 겁을 먹었던 것 같아. 자넨 그게 궁금할지도 모르겠군. 왜 그가 블룸에게 그 보석들을 주지 않는지. 왜 그것들을 삼킨 다음 자살했는지. 너무나 탐욕스러운 나머지 약간이라도 금전적 가치가 있는 뭔가를 주는 대신 죽음을 택하는 이유가 뭔지."

헴베리는 커피를 홀짝였고, 생각에 잠겨 창밖을 내다보았다. 비가 내리고 있었다.

"나머진 자네도 알 걸세." 그가 말을 이었다. "블룸은 보석을 찾지 못했네. 그는 바치스타가 그것들을 가지고 있을 거라고 의심했어. 자신을 홀렌의 친구라고 소개했기 때문에 그녀는 아무 의심 없이 그를 안으로 들였던 걸세. 그리고 블롬은 그녀를 죽였지. 그는 원래 난폭한 사람이었어. 그런 전력이 있었지. 술을 마시면 이따금 극히 잔인해질 수 있다는 걸 증명했네. 몇 건의 폭행 전력이 있어. 브라질에서의 살인 외에도. 이번엔 바치스타가 당한 거야."

"왜 그는 돌아가서 아파트에 불을 지르는 수고를 마다하지 않았을까요? 위험을 감수한 거 아닙니까?"

"그는 보석이 사라져서 격분하게 됐다는 사실 외에 어떤 해명도 하지 않네. 그건 사실이겠지. 블롬은 불쾌한 자야. 놈은 자기 이름이 아파트 안 어딘가 어떤 종이에 쓰여 있는 게 아닌가 해서 두려웠겠지. 자네가 그를 놀라게 해서 집 안을 철저하게 수색할 시간이 없었을 거야. 하지만 물론 위험을 감수했지. 들킬 수도 있었으니까."

발란데르는 끄덕였다. 이제 그는 전체 그림을 볼 수 있었다.

"정말 끔찍하고 무의미한 살인이자 탐욕스러운 남자의 자살일 뿐이네." 헴베리가 말했다. "형사가 되면 이런 사건들을 많이 접하게 될 걸세. 같은 방식은 아니겠지만. 기본적인 동기는 거의 비슷하지."

"제가 여쭤보려던 게 그거였습니다." 발란데르가 말했다. "제가 많은 실수를 저질렀다는 걸 알겠군요."

"그건 걱정 말게." 헴베리가 간결하게 말했다. "자넨 우리와 시월을 시작할 걸세. 하지만 그 전엔 안 돼."

발란데르는 그 말을 똑똑히 들었다. 속으로는 기뻐서 어쩔 줄 몰랐다. 하지만 그것을 드러내지 않고 고개만 끄덕였다.

헴베리는 꽤 오래 머물러 있었다. 그는 이내 집을 나서서 빗속으로 나갔다. 발란데르는 창가에 서서 차를 타고 떠나는 그를 지켜보았다.

그는 무의식적으로 가슴의 흉터를 만졌다.

문득 자신이 읽은 무언가가 생각났다. 어디서 보았는지는 생각나지 않았다.

살 때가 있고, 죽을 때가 있다.

난 살아났어. 그는 생각했다. 운이 좋았지.

그리고 그는 그 문장을 절대 잊어버리지 않겠다고 마음먹었다.

살 때가 있고, 죽을 때가 있다.

그 문장은 지금부터 그의 개인적인 주문이 될 터였다.

비가 유리창에 흩뿌렸다.

8시가 되자마자 모나가 왔다.

그날 밤 두 사람은 오랫동안 내년 여름 스카겐으로의 여행 계획을 짰다.

복면한 남자

발란데르는 손목시계를 확인했다. 5시 15분 전이었다. 그는 말뫼 경찰 본부 자신의 방에 앉아 있었다. 1975년 크리스마스이브였다. 자리를 비운 두 동료 스테판손과 회르네르와 한방을 쓰고 있었다. 그는 퇴근 시간 한 시간 전쯤 나갈 생각이었다. 자리에서 일어나 창가로 갔다. 비가 내리고 있었다. 올해도 화이트 크리스마스는 아닐 모양이었다. 그는 멍하니 안개가 끼기 시작한 창밖을 응시했다. 이내 하품을 했다. 턱에서 딱 소리가 났다. 조심스럽게 입을 다물었다. 이따금 크게 하품할 때 턱 근육이 경련을 일으켰다.

그는 자리로 돌아가 책상 앞에 앉았다. 책상 위에는 지금 당장 걱정할 필요가 없는 서류 몇 장이 놓여 있었다. 의자에 기대 고대했던 휴가를 기뻐했다. 거의 일주일. 새해까지 복귀하지 않아도 되었다. 그는 책상 위에 발을 올리고 담배를 꺼내 불을 붙였다. 즉각 기침이 터져 나왔다. 금연을 결심했다. 새해의 결심으로서가 아니라. 자신을 너무 잘 알았기에 성공하리라는 생각은 하지 않았다. 준비할 긴 시간이 필요했다. 하지만 어느 날 잠에서 깨어 그날이 담배에 불을 붙일 마지막 날이라는 것을 알 터였다.

그는 다시 시간을 보았다. 이제 정말 갈 수 있었다. 예년 같지 않게 조용한 12월이었다. 말뫼 형사반은 이 순간 수사 중인 강력 범죄가 없었다. 대개 휴가 기간에 일어나는 가족 간의 갈등은 누군가가 당번일 때 일어날 것이었다.

발란데르는 책상에서 발을 내리고 집에 있는 모나에게 전화를 걸었다. 그녀가 즉시 받았다.

"나야."

"늦을 거란 말은 마."

난데없이 짜증이 났다. 그는 간신히 짜증을 숨겼다.

"지금 간다고 전화한 거야. 하지만 왠지 실수일 것 같은데?"

"왜 그렇게 삐딱한 거야?"

"삐딱하게 들려?"

"그렇게 들려."

"당신 말이 맞아. 하지만 내 말 듣고 있어? 정말 집에 간다고 전화했다는 거 말이야. 당신이 그걸 반대하지만 않는다면."

"운전이나 조심해."

전화가 끊겼다. 발란데르는 수화기를 들고 자리에 앉아 있었다. 이내 그것을 거치대에 거칠게 내려놓았다.

우린 이제 전화로 대화도 안 되는군. 그는 화가 나서 생각했다. 모나는 사소한 일에도 잔소리하기 시작했어. 그리고 모나도 나에 대해 같은 말을 하겠지.

그는 의자에 기대앉아 천장으로 피어오르는 담배 연기를 지켜보았다. 자신이 모나와 자신과의 관계에 대한 생각을 피하려 한다는 것을 깨달았다. 그리고 더 빈번해지는 싸움에 대해. 하지만 피할 수 없었다. 그는 자신도 모르게 점점 가장 피하고 싶은 생각을 생각하고 있었다. 자신들의 관계를 묶어 주고 있는 것은 다섯 살 난 딸 린다였다. 하지만 그는 그 생각을 쫓아냈다. 모나와 린다가 없는 삶에 대한 생각은 참을 수 없었다.

그는 아직 서른도 안 되었다는 사실도 생각했다. 자신에게 좋은 경찰이 되기 위한 필수 자격이 있다는 것을 알았다. 마음만 먹으면 경찰 내에서 주목할 만한 경력을 쌓을 수도 있었다. 스스로 종종 부족하다고 느꼈을지라도, 형사반에서 보낸 6년과 형사로서의 빠른 성장이 그것을 확신시켰다. 하지만 그게 정말 내가 원하는 걸까? 모나는 종종 스웨덴에 점점 많아질 민간 보안 회사에 취직하라고 설득하려 애썼다. 그녀는 신문에서 취업 공고문을 오렸고, 그가 민간 회사에서 훨씬 더 많은 돈을 벌 거라고 말했다. 업무 스케줄은 보다 규칙적일 것이었다. 하지만 그녀가 자신에게 직업을 바꾸라고 간청하는 것이 두렵기 때문이라는 것을 마음 깊은 곳에서 알았다. 또다시 자신에게 무슨 일이 일어나리라는 두려움.

그는 다시 창가로 갔다. 김이 서린 유리창으로 말뫼를 내다보았다.

올해가 이 도시에서의 마지막 해였다. 내년 여름에는 위스타드에서 업무를 시작할 것이었다. 그들은 이미 그곳으로 이사했고, 9월부터 그곳 중앙에 위치한 아파트에서 살았다. 마리아가탄가. 작은 도시로 이사하는 게 경력에 별 도움이 되지 못할 것이라는 사실에도 불구하고 그들은 사실 그 결정을 주저하지 않았다. 모나는 린다가 말뫼보다 작은 도시에서 자라길 바랐다. 발란데르는 변화에 대한 욕망을 느꼈다. 그리고 아버지가 몇 년 전부터 외스텔렌에 사신다는 사실이 위스타드로 이사한 또 다른 이유였다. 하지만 더욱 중요한 것은 모나가 좋은 가격에 미용실을 살 수 있었다는 사실이었다.

그는 몇 차례 위스타드 경찰 본부를 방문했었고, 곧 동료가 될 사람들과 얼굴을 익혔었다. 무엇보다 뤼드베리라는 이름의 중년 경찰에 대한 인상을 새로이 했다.

그를 만나기 전 발란데르는 뤼드베리가 무뚝뚝하고 오만하다는 소문을 지속적으로 들었다. 하지만 처음 본 순간부터 그의 인상은 달랐다. 뤼드베리가 고집대로 일하는 사람이라는 것은 논쟁의 여지가 없었다. 하지만 몇 마디 말을 나눈 것만으로 발란데르는 수사 중인 범죄를 정확히 해석하고 분석하는 그의 능력에 깊은 인상을 받았다.

그는 책상으로 돌아가 담배를 꺼냈다. 5시 15분이었다. 이제 갈 수 있었다. 벽에 걸린 코트를 빼 들었다. 집을 향해 주의를 기울여 천천히 차를 몰 터였다.

나도 모르게 전화상의 목소리가 무뚝뚝하고 쌀쌀맞았던 걸까? 그는 피곤했다. 이번 휴가가 필요했다. 심중을 털어놓으면 모나는 이해하리라.

코트 주머니에서 푸조의 차 키가 느껴졌다.

문 옆 벽에 작은 면도 거울이 있었다. 발란데르는 얼굴을 보았다. 자신이 본 것에 만족감을 느꼈다. 곧 스물일곱이 될 테지만 거울 속에서 그는 다섯 살은 더 젊어 보일 수도 있는 얼굴을 보았다.

그때 문이 열렸다. 형사반에 들어온 이래 직속상관인 헴베리였다. 발란데르는 그와 일하는 것이 편하다고 자주 느꼈다. 문제가 있을 때가 몇 번 있었는데, 거의 늘 헴베리의 격한 성격 때문이었다.

발란데르는 헴베리가 크리스마스와 새해 연휴에 근무할 예정이라는 사실을 알았다. 독신자인 헴베리는 아이가 많은 다른 상급 경찰을 대신하려고 연휴를 포기하고 있었다.

"자네가 아직 있는지 궁금하던 참이었네." 헴베리가 말했다.

"나가려는 참이었습니다." 발란데르가 대답했다. "삼십 분 일찍 나갈 생각이었죠."

"난 괜찮아." 헴베리가 말했다.

하지만 발란데르는 헴베리가 특정한 목적으로 자신의 방에 왔다는 것을 알았다.

"원하시는 게 있군요." 그가 말했다.

헴베리가 어깨를 으쓱했다.

"자네가 마침 위스타드로 이사해서 말이야." 그가 입을 열었다. "집에 가는 길에 잠깐 들를 수도 있지 않을까 해서. 당장 인력이 많지 않아서 말일세. 그리고 이건 어쨌든 별일 아닐 거야."

발란데르는 이어질 말을 참을성 있게 기다렸다.

"어떤 여자가 오늘 오후에 여기로 몇 번 전화했네. 그녀는 예게르스로로 가는 마지막 로터리 직전에 있는 가구 창고 옆에 작은 잡화점을 운영하네. 오케이 주유소 옆에."

발란데르는 거기가 어디인지 알았다. 헴베리는 손에 든 신문 쪼가리를 힐끗 내려다보았다.

"그녀의 이름은 엘마 하그만이고 꽤 나이가 많은 것 같아. 그녀가 말하길 오후 내내 이상한 사람이 가게 밖을 어슬렁거렸다더군."

발란데르는 더 기다렸지만 허사였다.

"그게 답니까?"

헴베리가 팔을 양옆으로 넓게 펼쳐 보였다.

"그런 것 같아. 좀 전에 또 전화했어. 그때 자네가 생각났지."

"그러니까 제가 들러서 그녀와 얘기해 보라고요?"

헴베리가 벽시계에 시선을 던졌다.

"그녀는 여섯 시에 문을 닫을 걸세. 딱 맞춰 갈 수 있겠군. 하지만 내 생각엔 그녀의 상상일 거야. 적어도 자네가 그녀를 안심시킬 순 있지. 그리고 그녀의 메리 크리스마스를 바라자고."

발란데르는 잽싸게 머리를 굴렸다. 가게에 들러서 모든 게 괜찮다는 걸 확인하는 데 기껏해야 십 분쯤 걸리겠지.

"그녀와 얘기해 보죠." 그가 말했다. "어쨌든 아직 근무 시간이니까요."

헴베리가 끄덕였다.

"메리 크리스마스." 그가 덧붙였다. "새해 전날 보세."

"오늘 밤이 조용하길 바라겠습니다." 발란데르가 대꾸했다.

"갈등은 밤에 시작되지." 헴베리가 우울한 목소리로 말했다. "사람들이 너무 폭력적으로 변하지 않길 바랄 뿐이야. 그리고 흥분했다 실망한 아이가 너무 많지 않길."

두 사람은 복도에서 헤어졌다. 발란데르는 오늘 건물 앞에 주차해 둔 곳으로 서둘러 내려갔다. 이제 비가 많이 내리고 있었다. 카스테레오에 카세트를 넣고 볼륨을 올렸다. 그를 둘러싼 도시는 거리의 장식과 점멸하는 불빛으로 반짝였다. 유시 비엘링의 목소리가 차 안을 채웠다. 그는 자신을 기다릴 모든 시간을 생각하길 즐겼다.

그는 위스타드로 빠지는 램프 전 로터리에 닿을 때까지 헴베리가 부탁한 것을 잊고 있었다. 급작스럽게 브레이크를 밟고 차선을 바꾸었다. 이내 문이 닫힌 가구 창고 옆으로 운전대를 돌렸다. 하지만 작업장 바로 옆의 잡화점에는 불이 켜져 있었다. 발란데르는 차를 세우고 차에서 내렸다. 그는 차 키를 꽂아 두었다. 무성의하게 차 문을 닫은 탓에 차의 실내등이 켜진 채였다. 하지만 내버려 두었다. 이곳에서의 일은 일이 분 내로 끝날 것이었다.

비는 여전히 심하게 퍼붓고 있었다. 그는 재빨리 주위를 둘러보았다. 아무도 눈에 띄지 않았다. 그에게 닿는 자동차들의 소리는 희미했다. 대개 배타적인 창고들과 소기업들로 구성된 지역에서 구식 잡화점이 어떻게 살아남았는지 잠시 궁금했다. 답을 생각할 겨를 없이 서둘러 비를 뚫고 잡화점 문을 열었다.

가게에 들어서자마자 무언가 좋지 않은 예감이 들었다.

무언가 잘못되었다. 심각하게 잘못되었다.

이 즉각적인 반응을 일으키게 한 것이 무엇인지는 알 수 없었다. 그는 문 안쪽에 가만히 서 있었다. 가게는 비어 있었다. 사람 한 명 없이. 그리고 조용했다.

너무 조용해. 그는 생각했다.

너무 조용하고 평온해. 엘마 하그만은 어디 있지?

그는 주의를 기울이며 카운터로 걸었다. 카운터에 기대 바닥을 확인했다. 아무것도. 금전등록기는 닫혀 있었다. 그를 둘러싼 정적에 귀가 먹먹했다. 정말 가게에서 나가야 한다는 생각이 들었다. 차에 무전기가 없었기 때문에 전화가 필요했다. 지원을 요청해야 했다. 여기에 적어도 경찰 둘은 있어야 했다. 비상 대처에 한 명으로는 부족했다.

하지만 그는 무언가 잘못되었다는 생각을 떨쳤다. 영원히 감정에 따라 좌우될 수는 없었다.

"누구 계십니까?" 그가 외쳤다. "하그만 부인?"

무응답.

그는 카운터 뒤로 걸음을 옮겼다. 카운터 너머에는 문이 있었고, 그 문은 닫혀 있었다. 그는 노크했다. 여전히 무응답. 천천히 문손잡이를 밀었다. 잠겨 있지 않았다. 가만히 문을 밀어 열었다.

이내 모든 것이 일시에 일어났다. 안쪽 방에는 한 여자가 엎드려 있었다. 의자가 넘어져 있었고, 돌려진 얼굴에서는 피가 흘러나와 있었다. 마음의 준비를 하고 있었음에도 그는 얼굴을 찌푸렸다. 정적이 무겁게 내려앉았다.

몸을 돌린 순간 뒤에 누가 있음을 알았다. 마음을 단단히 먹고 완전히 돌아섰을 때, 엄청난 스피드로 얼굴을 향해 다가오는 그림자를 언뜻 보았다. 곧 모든 게 어두워졌다.

눈을 떴을 때 그는 즉각 자신이 어디에 있는지 알았다. 머리가 아팠고, 욕지기가 일었다. 그는 카운터 뒤 바닥에 앉아 있었다. 오랫동안 의식을 잃은 것 같지는 않았다. 무언가 까만 것이 자신을 향해 왔었고, 어떤 그림자가 머리를 세게 쳤다. 그것이 기억에 남은 마지막 이미지였다. 그리고 그 기억은 매우 명확했다. 그는 몸을 일으키려고 했다가 묶여 있다는 것을 알았다. 다리와 팔을 묶은 로프가 그의 뒤 그가 볼 수 없는 무언가에 묶여 있었다. 로프가 왠지 친숙했다. 곧 그 로프가 자신이 늘 차 트렁크에 넣어 두는 견인용 로프라는 것을 깨달았다.

즉시 기억이 되살아났다. 사무실에서 죽은 여자를 발견했었다. 엘마 하그만이 분명한 여자. 누군가가 그 후에 자신의 뒤통수를 쳤다. 그리고 지금 자신의 로프에 묶여 있었다. 그는 귀를 기울이며 주위를 둘러보았다. 근처에 누군가 있어야 했다. 자신이 두려워해야 할 충분한 이유가 있는 누군가. 욕지기가 물결처럼 일었다. 그는 로프를 당겨 보았다. 로프를 풀 수 있을까? 내내 열심히 귀를 기울였다. 아까처럼 조용했지만 정적의 질이 달랐다. 가게에 들어왔을 때 맞닥뜨린 정적이 아니었다. 로프가 느슨해지도록 몸에 힘을 주었다. 팔과 다리는 아주 단단하게 묶여 있지 않았지만 충분한 힘을 쓰지 못할 방식으로 꼬여 있었다.

이제 그는 자신이 얼마나 두려워하는지도 알아차렸다. 누군가가 엘마 하그만을 살해한 다음 자신의 머리를 때리고 묶어 놓았다. 헴베리가 뭐라고 했지? **엘마 하그만이 전화해 이상한 사람이 가게 주위를 돌아다닌다고 신고했다고.** 그녀가 옳았던 것으로 드러났다. 발란데르는 차분히 생각하려고 애썼다. 모나는 자신이 집에 오는 중이라고 알고 있다. 자신이 나타나지 않으면 그녀는 걱정할 테고, 말뫼 경찰서에 전화할 것이었다. 헴베리는 자신이 엘마 하그만의 가게에 들렀다는 사실을 즉각 생각할 터였다. 그러면 경찰차가 나타나는 데 그리 오래 걸리지 않을 것이었다.

발란데르는 귀를 기울였다. 모든 것이 조용했다. 그는 지금 금전등록기가 열려 있는지 보려고 몸을 쭉 폈다. 이것은 강도 짓이 분명했다. 금전등록기가 열려 있다면 강도가 가져갔을 공산이 매우 컸다. 그는 최대한 몸을 폈지만 여전히 그 서랍이 열려 있는지 아닌지 보기가 불가능했다. 그럼에도 자신이 지금 가게에 죽은 사장과 단둘이 있다는 확신이 점점 커졌다.

그녀를 살해하고 자신을 때린 남자는 도망친 것이 분명했다. 차 키를 꽂아 두었기 때문에 차가 사라졌을 가능성도 매우 컸다.

발란데르는 로프와 사투를 계속했다. 최대한 팔다리를 뻗은 후 왼다리에 집중해야 한다고 의식하기 시작했다. 왼 다리를 계속 뻗친다면 줄에서 벗어날 수 있을 것이었다. 그렇게 하면 결국 몸을 비틀 수 있고, 자신이 어떤 식으로 벽에 붙어 있는지 살필 수 있을 것이었다.

그는 땀에 흠뻑 젖었다. 그것이 부단한 노력 때문인지 스멀스멀 밀려오는 공포 때문인지 알 수 없었다. 아직 어리고 잘 속아 넘어가는 경찰이었던 6년 전에는 칼에 찔렸었다. 반응하고 방어할 새 없이 모든 것이 너무 빠르게 일어났다. 칼날이 심장 바로 옆으로 들어왔다. 그때 그 공포는 후에 찾아왔다. 하지만 지금 그것은 처음부터 여기 있었다. 그는 더 이상 아무 일도 없으리라고 자신을 설득하려 애썼다. 조만간 자유로워질 수 있을 것이었다. 조만간 경찰이 자신을 찾기 시작할 것이었다.

그는 잠시 멈춰 쉬었다. 모든 상황이 갑자기 강력하게 그를 덮쳤다. 어느 노부인이 크리스마스이브 날 가게 문을 닫기 직전에 살해되었다. 이 잔인한 행동에는 깜짝 놀랄 만한 비현실적인 무언가가 있었다. 이런 일들은 스웨덴에서 쉽게 일어나지 않았다. 적어도 크리스마스이브에는.

그는 다시 로프를 당기기 시작했다. 더디게 진행되었지만 피부에 쓸리는 감촉이 약해졌다는 생각이 들었다. 아주 힘들게, 간신히 팔을 돌려 손목시계를 볼 수 있었다. 6시 9분. 이제 곧 모나가 궁금해하기 시작할 것이었다. 30분이 지나면 모나는 걱정하기 시작할 터였다. 늦어도 7시 30분에는 말뫼 경찰서에 전화하리라.

발란데르는 생각을 방해받았다. 가까운 어딘가에서 나는 소리를 들었다. 숨을 참고 귀를 기울였다. 이내 그 소리가 다시 들렸다. 긁는 소리. 아까 그 소리를 들었었다. 문밖에서 들리는 소리였다. 가게 안에 발을 들였을 때 들렸던 것과 같은 소리였다. 누군가가 가게 안으로 들어오고 있었다. 아주 조용히 걷는 누군가가.

이내 그는 그 남자를 보았다.

그가 자신을 내려다보며 카운터 옆에 서 있었다.

검은색 복면을 하고 있었고, 두꺼운 코트에 손에는 장갑을 끼고 있었다. 평균 키에 말라 보였다. 그는 꼼짝도 하지 않고 서 있었다. 발란데르는 그의 눈을 보려고 했지만 천장의 네온등 불빛은 도움이 되지 않았고, 얼굴이 보이지 않았다. 두 개의 작은 구멍만이 눈이라고 짐작될 뿐이었다.

남자는 쇠 파이프를 들고 있었다. 아니면 렌치의 끝부분일지도 몰랐다.

그는 미동도 없이 서 있었다.

발란데르는 공포와 무력감을 느꼈다. 할 수 있는 것은 소리를 지르는 것뿐이었다. 하지만 소용없을 것이었다. 주위에는 아무도 없었다. 아무도 소리를 듣지 못할 터였다.

복면한 남자는 그를 계속 주시했다.

곧 그는 잽싸게 몸을 돌려 시야 밖으로 사라졌다.

발란데르는 가슴 안쪽에서 쿵쾅거리는 심장을 느꼈다. 조그마한 소리라도 들으려고 안간힘을 썼다. 문? 하지만 아무 소리도 듣지 못했다.

남자는 아직 가게 안에 있는 것이 틀림없었다.

발란데르는 기를 쓰고 머리를 굴렸다. 왜 가지 않을까? 왜 남아 있는 걸까? 뭘 기다리는 걸까?

놈은 밖에서 들어왔어. 발란데르는 생각했다. 가게로 돌아온 거야. 자기가 묶어 둔 곳에 내가 여전히 있는지 확인하려고.

유일한 설명이 있지. 놈은 누군가를 기다리는 중이야. 여기 있었어야 할 누군가.

그는 꼬리를 무는 생각을 끝내려고 애썼다. 계속 귀를 기울였다.

복면을 하고 장갑을 낀 남자가 들키지 않고 강도 짓을 하러 나왔다. 그는 엘마 하그만의 외딴 가게를 골랐다. 그녀를 죽인 이유는 이해할 수 없었다. 그녀는 어떤 저항도 할 수 없었다. 그가 긴장했거나 약을 했다는 인상도 받지 않았다.

범죄는 끝났지만 그는 여전히 시간을 끌고 있다. 도망치지 않는다. 누군가를 죽이리라 예상치 못했을 것임에도. 아니면 크리스마스이브에 가게 문을 닫기 직전 누구라도 들어올 수 있음에도. 그래도 놈은 머물러 있다. 왜?

발란데르는 앞뒤가 맞지 않는 무언가가 있다는 것을 알았다. 자신이 마주친 것은 일반적인 강도가 아니었다. 왜 놈은 머물러 있었을까? 마비라도 됐던 걸까? 이 물음에 대한 답을 알아내는 게 중요했다. 하지만 조각들이 맞아떨어지지 않았다. 발란데르가 중요하다고 생각하는 또 다른 상황도 있었다.

복면한 남자는 자신이 경찰이라는 사실을 알지 못했다.

놈은 자신이 가게에 늦게 온 손님이 아니라고 믿을 이유가 없었다. 발란데르는 그게 유리한 점인지 불리한 점인지 판단할 수 없었다.

그는 최대한 카운터 끝에 눈을 고정하고 왼 다리를 계속 움직였다. 복면한 남자는 이곳 어딘가에 있었다. 그리고 놈은 소리 없이 움직였다. 로프가 조금 느슨해지기 시작했다. 가슴으로 땀이 떨어졌다. 각고의 노력으로 간신히 다리가 풀려났다. 그는 꼼짝도 하지 않고 앉아 있었다. 그리고 가만히 뒤를 돌았다. 로프는 벽걸이 선반을 지지하는 철물 구멍을 통과해 있었다. 발란데르는 선반을 떼어 내지 않고는 자유로워질 수 없으리란 것을 깨달았다. 반면 이제 자유로운 다리를 다른 한쪽 다리가 로프에서 풀려나게 쓸 수 있었다. 손목시계를 힐끗 보았다. 마지막으로 본 후 7분이 흘렀을 뿐이었다. 모나는 아직 말뫼 경찰서에 전화하지 않았을 것이었다. 문제는 그녀가 걱정이 들기 시작하기나 했는지였다. 발란데르는 분투했다. 이제 돌이킬 수 없었다. 만약 복면한 남자가 다시 나타난다면 놈은 즉각 자신이 자유로워질 참이라는 것을 알아차릴 테고, 그와 동시에 자신은 방어할 방법이 없었다.

그는 될 수 있는 한 빠르고 조용히 움직였다. 이제 양다리가 자유로워졌고, 곧 왼쪽 팔도 그렇게 되었다. 이제 오른팔만 남았다. 곧 몸을 일으킬 수 있었다. 뭘 해야 할지 몰랐다. 그는 총을 가지고 다니지 않았다. 놈이 공격한다면 손을 써야 할 것이었다. 복면한 사내는 특별히 크지도 강하지도 않은 것 같았다. 게다가 놈은 준비가 되어 있지 않을 것이었다. 급습이 발란데르의 유일한 무기였다. 그 밖에는 아무것도 없었다. 그리고 가능한 한 빨리 가게 밖으로 나갈 생각이었다. 필요 이상으로 싸움을 끌지 않을 생각이었다. 혼자서는 아무것도 할 수 없었다. 최대한 빨리 경찰서의 휌베리에게 연락해야 했다.

이제 오른손이 자유로워졌다. 로프는 옆에 놓였다. 발란데르는 이미 관절이 뻣뻣해지기 시작한 것을 알아차렸다. 조심스럽게 무릎을 꿇고 카운터 한쪽 끝에서 밖을 엿보았다.

복면한 남자가 발란데르를 등지고 서 있었다.

발란데르는 이제 처음으로 그를 온전히 볼 수 있었다. 아까의 인상이 옳았다. 남자는 매우 마른 체격이었다. 그는 검은색 진에 흰색 운동화 차림이었다.

놈은 완벽히 조용히 서 있었다. 거리는 3미터 이상 되지 않았다. 놈에게 몸을 날려 목에 일격을 가할 수 있을 터였다. 그것이 가게 밖으로 나갈 충분한 시간을 줄 것이었다.

하지만 여전히 그는 주저했다.

그때 쇠 파이프가 눈에 띄었다. 그게 남자 옆 선반에 놓여 있었다.

발란데르는 더 이상 머뭇거리지 않았다. 복면한 남자는 무기 없이 자신을 방어하지 못할 것이었다.

천천히 몸을 일으켰다. 남자는 반응하지 않았다. 발란데르는 이제 몸을 펴고 섰다.

정확히 그 순간 남자가 갑자기 몸을 돌렸다. 발란데르는 달려들었다. 남자가 잽싸게 옆으로 물러났다. 발란데르는 주로 빵과 비스킷들이 쌓인 선반에 부딪혔다. 하지만 나뒹굴지 않고 간신히 균형을 잡았다. 그는 남자를 붙들려고 몸을 비틀었다. 하지만 동작을 멈추고 몸을 물렸다.

복면한 남자의 손에 총이 들려 있었다.

그는 발란데르의 가슴에 흔들림 없이 그것을 겨냥하고 있었다.

그는 천천히 팔을 올려 발란데르의 이마를 정확히 거누었다.

아찔한 한순간 발란데르는 죽으리라고 생각했다. 전에는 칼부림에서 살아남았다. 하지만 지금 자신의 이마를 겨냥하고 있는 권총은 실수하지 않으리라. 자신은 죽을 터였다. 크리스마스이브에. 말뫼 변두리 잡화점에서. 완벽하게 의미 없는 죽음으로. 모나와 린다는 평생 둘이 살아야 하리라.

발란데르는 자신도 모르게 눈을 감았다. 아마 보지 않으려고. 아니면 자신을 보이지 않게 하려고. 하지만 다시 눈을 떴다. 총은 여전히 자신의 이마를 겨누고 있었다.

발란데르는 자신의 숨소리를 들었다. 숨을 내쉴 때마다 그게 신음처럼 들렸다. 하지만 총을 겨눈 남자는 소리 없이 숨을 쉬고 있었다. 그는 이 상황에 완벽하게 영향을 받지 않는 것처럼 보였다. 발란데르는 여전히 복면 속의 두 구멍을 볼 수 없었다. 눈이 있을.

머릿속에서 생각이 소용돌이쳤다. 왜 놈은 가게에 머물러 있는 걸까? 뭘 기다리는 걸까? 그리고 왜 아무 말도 하지 않는 걸까?

발란데르는 총, 두 개의 어두운 구멍이 있는 복면을 응시했다.

"쏘지 마요." 그는 그렇게 말했고, 자신의 목소리가 불안정하게 더듬는 것처럼 들렸다.

남자는 반응하지 않았다.

발란데르는 양손을 들었다. 무기가 없고, 반항할 의도가 없다는 것을 보였다.

"난 그냥 쇼핑 중이었습니다." 발란데르가 말했다. 그리고 선반 중하나를 가리켰다. 손이 너무 빨리 움직이지 않도록 주의했다.

"집에 가는 길이었습니다." 그가 말을 이었다. "가족이 기다리고 있어요. 난 다섯 살 난 딸이 있습니다."

놈은 대답하지 않았다. 발란데르는 어떤 반응도 감지할 수 없었다.

그는 생각하려고 애썼다. 날 뒤늦은 쇼핑객으로 말한 게 실수였을까? 어쩌면 사실대로 말해야 했을지도 몰랐다. 자신이 경찰이며, 엘마 하그만이 가게 주위를 배회하는 낯선 남자가 있다고 신고해 보러왔다고.

어떻게 해야 할지 알 수 없었다. 생각들이 머릿속에서 휘몰아쳤다. 하지만 생각들은 같은 출발점으로 돌아왔다.

왜 놈은 가지 않는 걸까? 뭘 기다리고 있는 걸까?

갑자기 복면한 사내가 뒷걸음질 쳤다. 총은 계속 발란데르의 머리를 겨누고 있었다. 그는 발로 작은 스툴을 끌어당겼다. 이내 그는 총으로 그것을 가리켰다가 즉각 다시 발란데르를 겨누었다.

발란데르는 그가 앉으라고 한다는 것을 알아차렸다. 날 다시 묶지 않기만 한다면야. 그는 생각했다. 헴베리가 도착해서 총격이 일어난다면 묶여 있고 싶지 않아.

그는 천천히 앞으로 걸어가 그 스툴에 앉았다. 사내는 몇 발짝 뒤로 물러섰다. 발란데르가 앉자 사내는 벨트에 총을 꽂았다.

놈은 내가 죽은 여자를 봤다는 걸 알아. 발란데르는 생각했다. 난 놈을 발견하지 못했고, 놈은 이곳에 있었어. 그게 놈이 날 붙잡아 두는 이유야. 놈은 날 함부로 내보낼 수 없어. 그게 날 묶은 이유지.

발란데르는 강도에게 몸을 던진 다음 가게 밖으로 나가는 것을 심사숙고했다. 하지만 총이 있다. 그리고 가게 출입문은 이 시점에 잠겨 있을 확률이 높았다.

그는 그 생각을 떨쳐 버렸다. 사내는 이 상황을 완벽하게 컨트롤한다는 인상을 주었다.

놈은 여태 아무 말도 하지 않았어. 발란데르는 생각했다. 목소리를 듣는다면 어떤 사람일지 감을 잡기가 더 쉬울 텐데. 하지만 여기 서 있는 놈은 말이 없군.

발란데르는 머리를 천천히 움직였다. 목이 뻣뻣해지기 시작하기라도 한 듯. 하지만 그것은 손목시계를 힐끗 보려는 목적이었다.

6시 35분. 지금쯤 모나는 궁금해지기 시작할 것이었다. 걱정하기조차 할지 몰랐다. 하지만 그녀가 이미 전화했는지 확신할 순 없어. 너무 일러. 내가 늦는 것에 아주 익숙해 있으니까.

"왜 날 여기에 붙잡아 두고 싶어 하는지 모르겠군요." 발란데르가 말했다. "왜 날 보내 주지 않는지 모르겠다고요."

무응답. 사내는 움찔했지만 아무 말이 없었다.

공포가 잠시 잦아들었다. 하지만 이제 그게 최대치로 돌아왔다.

놈은 어떤 면에선 미친 게 분명해. 발란데르는 생각했다. 놈은 크리스마스이브에 가게를 털고 노부인을 죽였어. 날 묶었고, 총으로 위협하고 있어.

그리고 놈은 도망치지 않는다. 다른 무엇보다도. 놈은 여기에 죽치고 있어.

금전등록기 옆 전화가 울리기 시작했다. 발란데르는 깜짝 놀랐지
만 복면한 사내는 냉정해 보였다. 그는 그 소리가 안 들리는 듯했다.

전화벨의 울림이 이어졌다. 사내는 움직이지 않았다. 발란데르는
전화를 건 사람이 누구일지 생각해 보려 했다. 왜 엘마 하그만이 집
에 오지 않는지 궁금한 사람? 그럴듯했다. 가게는 지금쯤 닫혀 있어
야 했다. 크리스마스였다. 그녀의 가족이 어딘가에서 그녀를 기다리
고 있었다.

내면에서 분노가 끓어올랐다. 그것은 공포를 일소할 만큼 강했다.
어떻게 그토록 잔인하게 노부인을 죽인단 말인가? 스웨덴에 무슨 일
이 일어나고 있는 거지?

그들은 종종 경찰서에서 그런 이야기를 나누었다. 점심을 앞에 두
거나 커피를 마시는 동안. 아니면 다루고 있는 사건에 대해 이야기하
면서.

무슨 일이 일어나고 있는 거지? 숨어 있던 균열이 갑자기 스웨덴
사회의 표면 위로 모습을 드러냈다. 근본적인 지질학자들은 그것을
감지했었다. 하지만 그게 어디에서 온 걸까? 범죄 행위가 늘 바뀐다
는 사실은 그 자체로 주목할 게 없었다. 발란데르의 동료 중 누가 전
에 말했었다. '과거엔 사람들이 축음기를 훔쳤지. 카스테레오가 존재
하지 않았다는 간단한 이유로.'

하지만 새로운 균열은 다른 목적이었다. 그것은 폭력의 증가를 데
려왔다. 필요하든 필요하지 않든 요구되지 않는 잔인함을.

그리고 지금 발란데르는 그 안에 잡혀 있는 자신을 발견했다. 크리

스마스이브에. 복면을 뒤집어쓰고 벨트에 총을 꽂고 서 있는 남자 앞에 있는. 죽은 여자는 자신의 뒤 몇 미터 떨어진 곳에 누워 있다.

이 모든 것에는 논리가 없었다. 자세히 들여다본다면 가끔은 거기에 이해할 만한 요소가 있었다. 하지만 지금은 아니었다. 절대적으로 필요하지 않은 이상, 외따로 떨어진 가게에서 쇠 파이프로 여자를 때리지 않는 법이었다. 그녀가 폭력적인 저항을 하지 않았다면.

무엇보다 놈은 살해 현장을 떠나지 않고 복면한 채 기다렸다.

전화가 다시 울렸다. 발란데르는 이제 누가 엘마 하그만을 기다리고 있다고 확신했다. 걱정이 들기 시작한 누군가가.

그는 복면한 사내가 생각하는 것을 상상해 보려 했다.

하지만 사내는 말없이 꼼짝 않고 있었다. 양팔을 옆구리에 댄 채.

전화벨 소리가 멈추었다. 네온등 하나가 깜빡거리기 시작했다.

발란데르는 문득 린다를 생각하고 있었다. 그는 마리아가탄가에 있는 아파트 문가에서 자신을 맞으러 달려올 아이를 기쁜 마음으로 고대하며 서 있는 자신을 보았다.

상황이 미쳐 돌아가고 있어. 그는 생각했다. 난 여기 이 스툴에 앉아 있어선 안 돼. 목덜미에 큼직한 멍을 달고 욕지기를 느끼고 두려움에 떨면서.

한 해의 이때, 사람들이 머리에 써야 할 유일한 것은 산타클로스 모자다. 그 밖엔 아무것도 없다.

그는 다시 목을 틀었다. 6시 41분이었다. 이제 모나가 전화해 자신을 찾을 것이었다. 그리고 그녀는 포기하지 않을 것이었다. 그녀는 집요했다. 결국 그 전화는 자신을 파견한 휨베리에게 연결될 것이었다. 십중팔구 그는 직접 그것을 확인할 것이었다. 경찰에게 무슨 일이 일어났다고 생각될 때면 거기엔 늘 지원이 따랐다. 그때는 경찰 책임자도 현장으로의 즉각적인 출동을 주저하지 않았다.

욕지기가 돌아왔다. 게다가 곧 화장실을 가야 할 필요가 있으리라는 느낌이 들었다.

그와 동시에 더 이상 모른 척하고 있을 수 없다고 느꼈다. 갈 길은 오직 하나뿐이었다. 그는 그것을 알았다. 검은 복면을 쓴 남자와 대화를 시작해야 했다.

"난 민간인이지만," 그가 입을 열었다. "경찰이기도 합니다. 당신이 할 수 있는 최선은 자수하는 거예요. 총을 버려요. 밖에 경찰차가 몰려오기까지 오래 걸리지 않을 겁니다. 이제 당신이 할 수 있는 최선은 자수하는 겁니다. 그럼 이 상황은 이미 벌어진 것보다 더 나빠지지 않을 겁니다."

발란데르는 천천히, 명확하게 말하고 있었다. 그는 단호해 보이려고 목소리에 힘을 주었다.

남자는 반응하지 않았다.

"카운터에 총을 올려놔요." 발란데르가 말했다. "당신은 여기 있어도 되고 가도 됩니다. 하지만 총은 카운터에 올려놔요."

여전히 무반응.

발란데르는 남자가 농아인지 궁금한 생각이 들기 시작했다. 내가 한 말을 듣지 못할 만큼 혼란한 상태인 걸까?

"내 안주머니에 배지가 있습니다." 발란데르가 말을 이었다. "그럼 내가 경찰이란 걸 볼 수 있을 겁니다. 난 총이 없어요. 어쩌면 이미 알고 있겠지만."

이윽고 마침내 반응이 있었다. 난데없이. 쩔꺽하는 소리. 발란데르는 사내가 침을 삼킨 것이라고 생각했다. 혀를 입천장에 대고 낸 소리거나.

그것이 다였다. 그리고 그는 계속 미동도 없이 서 있었다.

1분쯤 시간이 흘렀으리라.

이내 그가 갑자기 한 손을 들었다. 복면의 윗부분을 잡고 당겼다.

발란데르는 남자의 얼굴을 바라보았다. 그는 어둡고 피곤한 한 쌍의 눈을 똑바로 주시하고 있었다.

나중에 발란데르는 자신이 정말 기대한 것이 무엇이었는지 여러 번 자문할 터였다. 복면 안의 얼굴을 어떻게 상상했었는지? 그가 명백히 확신한 유일한 것은 마침내 본 그 얼굴이 예상 밖이었다는 것이었다.

앞에 서 있는 남자는 흑인이었다. 갈색이 아닌, 구릿빛이 아닌, 메스티조가 아닌. 그냥 까만색.

그리고 그는 젊었다. 스물이 채 안 되어 보이게.

여러 생각이 발란데르의 머리를 스쳤다. 자신이 스웨덴어로 말했기 때문에 사내가 이해하지 못한 것이리라고 생각했다. 발란데르는 방금 한 말을 어설픈 영어로 반복했다. 그리고 이제 사내가 이해했다는 것을 알 수 있었다. 발란데르는 아주 천천히 말했다. 그리고 그에게 그 사실들을 말했다. 자신이 경찰이라는 것. 가게가 곧 경찰차에 둘러싸이리라는 것. 그가 할 수 있는 최선은 자수이리라는 것.

사내는 거의 감지할 수 없을 만큼 머리를 저었다. 발란데르는 그가 엄청나게 피곤한 상태라는 인상을 받았다. 복면을 벗은 지금, 그것이 보였다.

놈이 노부인을 잔인하게 살해했다는 걸 잊으면 안 돼. 발란데르는 상기했다. 놈은 날 기절시킨 다음 묶었어. 내 머리에 총을 겨눴고.

이런 상황에서 어떻게 행동하라고 배웠지? 갑작스러운 움직임이나 대립각을 세우는 말을 자제하고 침착함을 유지하라. 청산유수로 하는 말이라도 차분하게 하라. 인내와 친절. 대화를 유도하도록 노력하라. 자제심을 잃지 마라. 무엇보다 그것이 중요하다. 자제심을 잃는 것은 분별을 잃는 동시에 모든 게 끝장이라는 뜻이다.

발란데르는 좋은 시작이 자신에 대해 말하는 것일지도 모른다고 생각했다. 그래서 그는 이름을 말했다. 크리스마스를 축하하려고 아내와 딸이 있는 집으로 가는 길이었다는 것. 그는 이제 남자가 듣고 있다는 것을 알았다.

발란데르는 그에게 이해했는지 물었다.

남자가 끄덕였다. 하지만 그는 여전히 말이 없었다.

발란데르는 시간을 보았다. 지금쯤 모나는 분명히 전화했을 것이었다. 헴베리가 이미 오는 중일지도 몰랐다.

그는 남자에게 그것을 말하기로 마음먹었다.

남자는 들었다. 발란데르는 그가 이미 가까워지는 사이렌 소리를 들으리라 예상했다는 인상을 받았다.

발란데르는 말을 멈추었다. 그는 미소를 지으려고 했다.

"이름이 뭡니까?" 그가 물었다. "누구나 이름이 있죠."

"올리버."

그의 목소리는 불안정했다. 실의에 빠졌어. 발란데르는 생각했다. 그는 찾아올 누군가를 기다리는 게 아니야. 자신이 한 짓을 자신에게 설명해 줄 사람을 기다리는 거야.

"이곳 스웨덴에서 삽니까?"

올리버가 끄덕였다.

"스웨덴 시민입니까?"

발란데르는 즉각 쓸데없는 질문을 했다는 것을 깨달았다.

"아니요."

"어디서 왔습니까?"

그는 대답하지 않았다. 발란데르는 기다렸다. 그가 대답할 거라고 확신했다. 밖에 헴베리와 경찰차들이 도착하기 전에 알고 싶은 게 너무 많았다. 하지만 서두를 수 없었다. 이 사내가 총을 들어 자신을 쏘는 과정에 그리 대단한 필연성은 존재하지 않았다.

목덜미의 고통이 심해졌다. 하지만 발란데르는 그 생각을 하지 않으려 애썼다.

"누구나 어딘가에서 오죠." 그가 말했다. "그리고 아프리카는 넓어요. 학교 다닐 때 아프리카에 대해 배웠습니다. 지리는 내가 가장 좋아하는 과목이었죠. 그 사막들과 강들에 대해 읽었습니다. 그리고 밤에 울리는 북들."

올리버는 주의 깊게 귀를 기울였다. 발란데르는 그가 벌써 어느 정도 경계를 늦추었다고 느꼈다.

"감비아." 발란데르가 말했다. "스웨덴인들은 휴가 때 거기로 갑니다. 내 몇몇 동료도 그랬고요. 거기서 왔습니까?"

"남아프리카공화국에서 왔어요."

대답은 빠르고 단호하게 돌아왔다. 매몰차다 싶을 만큼.

발란데르는 남아프리카공화국에 대한 지식이 빈약했다. 아파르트 헤이트 정책과 인종법이 전보다도 더 가혹해졌다는 정도 이상은 알지 못했다. 하지만 저항 세력도 늘어났다. 그는 요하네스버그와 케이프타운에서의 폭탄 폭발에 관한 기사를 읽었다.

스웨덴이 남아프리카공화국의 망명을 받아들인다는 사실도 알았다. 특히 거기에 남는다면 교수형에 처해질 위험이 있거나 드러내 놓고 블랙 레지스탕스에 가담한 사람들을.

그는 머릿속으로 빠르게 정리했다. 올리버라는 이름의 젊은 남아프리카공화국인이 엘마 하그만을 죽였다. 그것이 그가 아는 것이었다. 더도 말고 덜도 말고.

아무도 내 말을 믿지 않을 거야. 발란데르는 생각했다. 이런 일은 보통 일어나지 않는다. 스웨덴에서는, 그리고 크리스마스이브에.

"여자가 비명을 지르기 시작했어요." 올리버가 말했다.

"그녀는 무서웠을 겁니다. 복면하고 가게에 들어온 남자가 무서웠던 겁니다." 발란데르가 말했다. "특히 그 사람이 총이나 쇠 파이프를 들었다면."

"그 여잔 비명을 지르지 말았어야 했어요." 올리버가 말했다.

"당신은 그녀를 죽이지 말았어야 했습니다." 발란데르가 대꾸했다. "어쨌든 당신에게 돈을 줬을 겁니다."

올리버가 벨트에서 총을 뽑았다. 그 행동은 발란데르가 반응할 시간이 없을 만큼 빨랐다. 다시 그는 자신의 이마를 겨눈 총을 보았다.

"그 여잔 비명을 지르지 말았어야 했다고." 올리버가 그렇게 말했고, 이제 그의 목소리는 스트레스와 공포로 불안정했다.

"난 당신을 죽일 수 있어." 그가 덧붙였다.

"그래요." 발란데르가 말했다. "당신은 그럴 수 있습니다. 하지만 왜 그래야 합니까?"

"그 여잔 비명을 지르지 말았어야 했다고."

발란데르는 이제 그가 완전히 잘못되었다는 것을 알아차렸다. 그는 자신을 전혀 제어하지도 못했고, 냉정하지도 않았다. 발란데르는 한계점의 정점이 정확히 무엇인지 알지 못했다. 하지만 이제 헴베리가 도착하면 무슨 일이 일어날지 심각하게 두려워지기 시작했다. 전면적인 학살을 초래할 터였다.

그의 마음을 누그러뜨려야 해. 발란데르는 생각했다. 다른 건 중요하지 않아. 먼저 벨트에 총을 다시 꽂게 해야 해. 내 주위에 총질을 남발하고도 남을 놈이야. 헴베리는 지금 오는 중일 거야. 그리고 그는 아무것도 몰라. 무슨 일이 일어났을까 봐 두려워할진 몰라도 이런 상황은 예상하지 못할 거야. 내가 그랬던 것처럼. 엄청난 재앙이 따르겠지.

"여기 온 지 얼마나 됐습니까?" 그가 물었다.

"석 달."

"그것밖에 안 됐다고요?"

"서독에서 왔어요." 올리버가 말했다. "프랑크푸르트에서. 거기에 머물 수가 없었어요."

"왜요?"

올리버는 대답하지 않았다. 발란데르는 올리버가 복면을 하고 외딴곳에 있는 가게를 턴 게 처음이 아닐 것이라고 직감했다. 그는 서독 당국에서 도망 중일지도 몰랐다.

그리고 이것은 결국 그가 스웨덴에 불법 입국했다는 것을 뜻할 터였다.

"무슨 일이 있었습니까?" 발란데르가 물었다. "프랑크푸르트에서가 아니라 남아프리카공화국에서. 왜 떠나야 했습니까?"

올리버가 발란데르에게 가까이 다가섰다.

"남아프리카공화국에 대해서 뭘 알지?"

"그다지. 흑인들이 아주 심한 대우를 받고 있다는 것만."

발란데르는 혀를 깨물 뻔했다. '흑인'이라고 해도 괜찮나, 아니면 그게 차별적인 언어일까?

"우리 아버진 경찰한테 살해당했어. 놈들이 아버지 한쪽 손을 자르고 망치로 죽도록 팼다고. 손은 어딘가에 알코올이 담긴 병에 보관돼 있어. 아마 스탠더턴에 있겠지. 아마 요하네스버그 외곽 백인 거주 지역 어딘가에. 기념품처럼. 아버지가 한 일이라곤 ANC^African National Congress 아프리카 민족 회의. 남아프리카공화국 백인 정권의 인종차별 정책에 대항한 흑인 해방운동 조직으로. 1994년에 최초의 흑인 정권을 출범시킴에 가입한 것밖에 없어. 아버지가 한 일이라곤 동료들에게 얘기한 것밖에 없어. 저항과 자유에 대해."

발란데르는 올리버가 진실을 말하고 있는지 의심하지 않았다. 그의 목소리는 이 모든 사달 한가운데에서 이제 차분했다. 거짓의 여지 따위는 없었다.

"경찰은 나 역시 찾기 시작했죠." 올리버가 말을 이었다. "난 숨었어요. 매일 밤 새로운 침대에서 잠을 잤어요. 결국 난 나미비아로 갔고, 거기서 유럽으로 갔어요. 프랑크푸르트로. 그리고 여기 있죠. 하지만 난 여전히 도망 중입니다. 사실상 난 존재하지 않아요."

올리버는 말이 없어졌다. 차가 다가오는 소리가 들렸다.

"당신은 돈이 필요했습니다." 그가 말했다. "당신은 이 가게를 보았죠. 그녀는 비명을 지르기 시작했고, 당신은 그녀를 죽였습니다."

"그들이 망치로 내 아버지를 죽였어요. 그리고 아버지의 한쪽 손은 알코올이 담긴 유리 단지에 보관돼 있어요."

혼란스러워하고 있어. 발란데르는 생각했다. 방향을 잡지 못한 채 무력하게. 그는 자신이 하고 있는 행동을 몰라.

"난 경찰이지만," 발란데르가 말했다. "누구의 머리도 망치로 친 적 없습니다. 당신이 날 친 것처럼은."

"난 당신이 경찰인 줄 몰랐어요."

"바로 지금 그게 당신한텐 행운이에요. 경찰은 날 찾기 시작했어요. 그들은 내가 여기 있는 걸 압니다. 우린 함께 이 상황을 타개하도록 노력해야 해요."

올리버가 머리를 저었다.

"만약 누가 날 데려가려고 하면 난 쏠 거예요."

"그래 봐야 좋을 거 없어요."

"더 나빠질 것도 없죠."

문득 발란데르는 이 긴장된 대화를 어떻게 이어 가야 할지 알았다.

"아버지가 당신이 한 짓을 뭐라고 하시겠습니까?"

그 말에 올리버가 몸을 떨었다. 발란데르는 이 젊은 친구가 그 생각을 해 본 적이 없다는 것을 알아차렸다. 아니면 너무 많이 했거나.

"당신이 두들겨 맞을 일은 없다는 걸 약속하죠." 발란데르가 말했다. "보장합니다. 하지만 당신은 심각한 범죄를 저질렀습니다. 사람을 죽였어요. 당신이 지금 할 수 있는 건 자수뿐이에요."

올리버는 대답할 새가 없었다. 차들이 다가오는 소리가 갑자기 아주 명확하게 들렸다. 그들은 급정거했다. 차 문들이 열렸고, 다시 쿵 닫혔다.

젠장. 발란데르는 생각했다. 시간이 더 필요해. 그는 천천히 손을 뻗었다.

"내게 총을 줘요." 그가 말했다. "아무 일도 없을 겁니다. 아무도 당신을 때리지 않을 거예요."

문에서 쾅 소리가 났다. 발란데르는 헴베리의 목소리를 들었다. 올리버가 멍하니 발란데르에게서 문으로 시선을 돌렸다.

"총." 발란데르가 말했다. "그걸 내게 줘요."

발란데르가 안에 있는지 헴베리가 소리쳐 물었다.

"기다려요!" 발란데르가 되받아 외쳤다. 이내 그는 그 말을 영어로 반복했다.

"괜찮나?" 헴베리의 목소리는 불안했다.

괜찮은 게 다 뭐냐. 발란데르는 생각했다. 이건 악몽이야.

"네." 그가 말했다. "기다리세요. 아무것도 하지 마시고요."

그는 다시 그 말을 영어로 반복했다.

"총을 줘요. 이제 그걸 내게 줘요."

올리버가 갑자기 총을 천장으로 향하더니 발포했다. 소음에 귀가 먹먹했다.

이내 총구가 문을 향했다. 발란데르는 헴베리에게 피하라고 외치는 동시에 올리버에게 몸을 날렸다. 두 사람은 바닥으로 떨어져 잡지 선반으로 굴렀다. 발란데르의 모든 의식은 총을 움켜잡는 데 집중되어 있었다. 올리버가 발란데르의 얼굴을 할퀴었고, 이해하지 못할 언어로 소리를 질렀다. 발란데르는 올리버가 귀를 잡아 뜯으려 하자 분노가 일었다. 그는 한쪽 손이 자유로웠고, 주먹으로 올리버의 얼굴을 치려고 애썼다. 총이 옆으로 미끄러져 흩어진 신문 사이 바닥에 놓였다. 발란데르가 그것을 집을 참에 올리버가 그의 배에 발길질했다. 발란데르는 올리버가 총에 달려드는 모습을 보며 숨을 헐떡였다. 그는 아무것도 할 수 없었다. 발길질이 그를 마비시켰다. 올리버가 바닥의 신문 더미 위에 앉아 그에게 총을 겨누었다. 그날 밤 두 번째로 피할 수 없는 상황에 직면해 발란데르는 눈을 감았다. 이제 죽을 터였다. 그가 할 수 있는 일은 더 이상 없었다. 가게 밖에서 몇몇 사이렌 소리가 다가왔고, 불안한 목소리들이 상황을 묻는 말을 외쳐 대고 있었다.

나는 죽을 거야. 발란데르는 생각했다. 그걸로 끝이야.

총소리에 귀가 먹먹했다. 발란데르는 뒤로 내동댕이쳐졌다. 그는 숨을 고르려고 분투했다.

곧 맞지 않았다는 것을 깨달았다. 그는 눈을 떴다.

올리버가 자신의 앞 바닥에 뻗어 있었다.

그는 자신의 머리를 쏘았다. 총이 그 옆에 놓여 있었다.

젠장. 발란데르는 생각했다. 왜 그런 거야?

그때 발길질당한 문이 열렸다. 발란데르의 시야에 헴베리가 들어왔다. 그리고 그는 손을 내려다보았다. 손이 떨리고 있었다. 전신이 떨리고 있었다.

발란데르에게 커피가 주어졌고, 간단한 치료가 이어졌다. 그는 헴베리에게 간단히 사건을 요약했다.

"그런 줄 몰랐네." 헴베리가 나중에 그렇게 말했다. "그런 줄도 모르고 집에 가는 길에 들러 보라고 했군."

"경위님이 어떻게 아셨겠습니까?" 발란데르가 말했다. "누가 그런 걸 상상이나 하겠어요?"

헴베리는 발란데르가 한 말을 심사숙고하는 듯 보였다.

"뭔가 일어나고 있어." 그가 마침내 말했다. "불안이 우리 국경을 가로질러 밀려오고 있어."

"그걸 우리 스스로 만들어 냈죠." 발란데르가 대꾸했다. "비록 여기 있던 올리버가 남아프리카공화국에서 온 불행하고 불안한 젊은이였다 하더라도요."

발란데르가 부적절한 말이라도 한 것처럼 헴베리가 움찔했다.

"불안?" 그가 마침내 입을 열었다. "난 외국 범죄자들이 우리 국경을 넘어 쏟아져 들어온다는 사실이 마음에 들지 않아."

"경위님이 방금 하신 말은 사실이 아닙니다." 발란데르가 말했다.

이내 침묵이 흘렀다. 헴베리도 발란데르도 대화를 계속할 힘이 없었다. 그들 모두 서로의 말에 동의할 수 없다는 것을 알았다.

여기에도 금이 가 있어. 발란데르는 생각했다. 방금 난 그 하나를 본 거야. 이제 난 나와 헴베리 사이의 커져 가는 또 다른 금에 서 있는 거야.

"그건 그렇고, 그는 왜 여기서 도망치지 않았지?"

"그가 갈 데가 어디겠습니까?"

두 사람 모두 덧붙일 말이 없었다.

"자네 아내가 전화했네." 잠시 후 헴베리가 말했다. "자네 아낸 자네가 왜 안 나타나는지 궁금해했지. 전화로 가는 중이라고 했다며?"

발란데르는 그 전화를 돌이켜 생각했다. 짧은 말다툼. 하지만 그는 피로와 공허 외에 어떤 것도 느끼지 못했다. 그 생각들을 떨쳐 냈다.

"아마 집에 전화해야 할 걸세." 헴베리가 부드럽게 말했다.

발란데르가 그를 보았다.

"뭐라고 해야죠?"

"늦어졌다고. 하지만 내가 자네라면 자세하게 모든 걸 말하진 않겠네. 집에 갈 때까지 기다릴 걸세."

"결혼 안 하시지 않았어요?"

헴베리가 미소를 지었다.

"그래도 누군가가 집에서 자넬 기다리는 게 어떤 건지 상상할 수 있네."

발란데르는 고개를 끄덕였다. 이내 그는 의자에서 무겁게 몸을 일으켰다. 온몸이 아팠다. 욕지기가 일었다가 사라졌다.

그는 작업 중인 휴네손과 감식반원들을 지나쳤다.

가게에서 나온 그는 완벽한 정적 속에 앉아 폐 안으로 차가운 공기를 들이켰다. 그리고 경찰차 중 한 대로 걸음을 옮겼다. 그는 운전석에 앉아 무전 담당자를 본 다음 손목시계를 보았다. 8시 10분.

1975년 크리스마스이브.

젖은 앞 유리를 통해 주유소 옆에 있는 전화 부스를 발견했다. 그는 차에서 내려 걸음을 옮겼다. 고장이 났을 확률이 높았다. 하지만 그래도 전화를 걸어 보고 싶었다.

개 목줄을 쥔 남자가 경찰차들과 불이 켜진 가게를 보며 빗속에 서 있었다.

"무슨 일 있었습니까?" 그가 물었다.

그는 이마에 주름을 잡고 발란데르의 긁힌 얼굴을 보았다.

"별거 아닙니다." 발란데르가 말했다. "그냥 사고입니다."

개를 데리고 있는 남자는 발란데르가 한 말이 사실이 아님을 알아차렸다. 하지만 그는 더 묻지 않았다.

"메리 크리스마스."가 그가 한 말의 전부였다.

"당신도요." 발란데르가 대꾸했다.

이윽고 그는 모나에게 전화했다.

비가 더 심하게 내리고 있었다.

바람이 더 강해졌다.

북쪽에서 불어오는 거센 바람이.

190

해변의 남자

1987년 4월 26일 일요일 오후에 쿠르트 발란데르 경위는 위스타드 경찰서 자신의 방에 앉아 멍하니 코털을 뽑고 있었다. 5시가 막 지난 후였다. 그는 갱이 폴란드로 밀반출 중인, 도난당한 고급 차에 관한 서류 파일을 내려놓은 참이었다. 수사는 벌써 10년째 진행되고 있었고, 인정하건대 시간이 흐르면서 조사가 여러 번 중지되었다. 그 사건은 발란데르가 위스타드에서 첫 업무를 시작한 지 얼마 되지 않아 시작되었다. 그는 연금을 받기 시작할 먼 훗날에도 여전히 이 건이 진행 중일지 궁금했다.

지금 그의 책상은 깔끔하게 정리되어 있었다. 책상은 오랫동안 엉망진창이었고, 그는 혼자였기에 나쁜 날씨를 핑계로 일을 좀 했다. 며칠 전 모나와 린다는 카나리아제도아프리카 서북부 부근에 있는 에스파냐령 제도에서 2주를 보내기 위해 떠나고 없었다. 발란데르에게는 깜짝 놀랄 일이었다. 그는 모나가 그 돈을 어떻게 마련했는지 몰랐고, 린다도 그것을 입 밖에 내지 않았다. 부모의 반대에도 린다는 최근 고등학교를 그만두겠다고 고집을 피웠다. 지금 그 애는 끊임없이 짜증이 나고 피곤하고 혼란스러워하는 것처럼 보였다. 그는 차로 두 사람을 스투루프 공항에 데려다주고 위스타드의 집으로 돌아오면서 사실, 2주간 혼자라는 생각이 꽤 마음에 든다는 판단을 내렸다. 모나와의 결혼 생활은 벼랑으로 향하고 있었다. 두 사람 모두 뭐가 잘못인지 몰랐다. 한편으로는 린다가 작년에 자신들의 관계를 유지하게 해 주었다는 사실은 분명했다. 그 애가 학교를 그만두고 자신의 생활을 꾸려 나가기 시작하면 이제 무슨 일이 일어날까?

그는 자리에서 일어나 창가로 걸었다. 바람이 거리 저편의 나무들을 뒤흔들고 있었다. 보슬비가 내리고 있었다. 온도계가 4도를 가리키고 있었다. 아직 봄의 징후는 없었다.

그는 재킷을 걸치고 방에서 나갔다. 전화 중인 주말 안내 데스크 직원에게 고개를 끄덕였다. 차로 간 그는 시내를 향해 차를 몰았다. 저녁 식사로 뭘 사야 할지 생각하며 계기판 플레이어에 마리아 칼라스 카세트를 넣었다. 뭘 사긴 사야 할까? 배고프긴 한가? 자신의 우유부단함에 짜증이 났다. 하지만 그는 햄버거 가게에서 식사하는, 자신의 오래되고 나쁜 습관에 빠질 생각이 없었다. 모나는 자신이 점점 살이 찌고 있다고 끊임없이 말하는 중이었다. 그리고 그녀가 옳았다. 겨우 몇 달 전 어느 날 아침, 그는 욕실 거울로 얼굴을 관찰하며 분명히 젊음이 과거가 되었다는 사실을 깨달았다. 곧 마흔이지만 더 늙어 보였다. 예전에는 실제 나이보다 늘 더 젊어 보였었다.

그 생각에 짜증 난 그는 말뫼 도로로 방향을 틀었고, 어느 슈퍼마켓 앞에 차를 세웠다. 막 차 문을 닫았을 때 카폰이 울렸다. 처음에는 그것을 무시할 생각이었다. 그것이 뭐든 간에 다른 누군가가 그 일을 처리할 수 있었다. 지금은 자신의 문제만으로도 충분했다. 하지만 마음을 바꿔 차 문을 열고 전화기로 손을 뻗었다.

"발란데르인가?" 동료 한손이었다.

"그래."

"어디야?"

"저녁거리를 사려는 참이야."

"지금은 그만둬. 대신 이리로 와. 난 병원에 있어. 입구에서 봐."

"무슨 일인데?"

"전화로는 설명하기 어려워. 이리로 오는 게 더 나을 거야."

통화 끝. 발란데르는 심각한 일이 아니라면 한손이 전화하지 않았으리라는 것을 알았다. 차로 병원에 가는 데 몇 분 걸리지 않았다. 한손이 현관 밖에 나와 있었다. 그는 분명 추위를 느끼고 있었다. 발란데르는 그의 표정으로 무슨 일인지 알아내려 해 보았다.

"무슨 일이야?" 발란데르가 물었다.

"저기에 스텐베리라는 이름의 택시 기사가 있어." 한손이 말했다. "커피를 마시고 있지. 아주 흥분해 있어."

발란데르는 여전히 궁금해하면서 유리문을 지나 한손을 따랐다.

병원 카페테리아는 오른쪽에 있었다. 두 사람은 천천히 사과를 씹고 있는, 휠체어를 탄 노인을 지나쳤다. 발란데르는 테이블에 혼자 앉아 있는 스텐베리를 알아보았다. 그는 전에 그 남자를 만난 적이 있었지만 언제 어디서 만났는지 생각이 나지 않았다. 스텐베리는 뚱뚱한 축의 50대였고, 거의 완벽한 대머리였다. 코가 휜 것이 젊은 시절에 권투 선수였음을 암시했다.

"발란데르 경위를 아시죠?" 한손이 말했다.

스텐베리는 고개를 끄덕이고 악수하기 위해 몸을 일으키려 했다.

"아니, 일어서지 마십시오." 발란데르가 말했다. "무슨 일인지나 말씀해 주십시오."

스텐베리의 눈이 분주하게 움직였다. 발란데르는 남자가 매우 흥분해 있거나 두려워하기조차 하고 있다는 것을 알 수 있었다. 아직 어느 쪽이라고는 말할 수 없었다.

"스바르테에서 위스타드로 가는 어떤 사람을 태우라는 전화를 받았습니다." 스텐베리가 말했다. "손님은 간선도로에서 기다린다고 했죠. 그의 이름은 알렉산드레손이었습니다. 가 보니 그가 거기 있더라고요. 그는 뒷좌석에 타더니 시내로 가자더군요. 광장까지요. 난 룸미러로 그가 눈을 감고 있는 걸 볼 수 있었습니다. 잠깐 눈을 붙이나 보다 생각했습니다. 위스타드로 가서 광장으로 차를 몬 다음 다 왔다고 말했죠. 전혀 반응이 없었습니다. 난 차에서 내려 뒷좌석 문을 열고 그의 어깨를 톡톡 쳤죠. 반응이 없었어요. 아픈가 보다고 생각해서 응급실로 그를 데려갔죠. 병원에서는 그가 죽었다더군요."

발란데르는 얼굴을 찌푸렸다.

"죽어요?"

"그들은 그를 살리려고 애썼지만," 한손이 말했다. "너무 늦었지. 그는 죽었어."

발란데르는 생각했다.

"스바르테에서 위스타드까진 십오 분쯤 걸리죠." 그가 스텐베리에게 말했다. "그를 태웠을 때 그가 아파 보였습니까?"

"아팠다면 내가 알아차렸을 겁니다." 스텐베리가 말했다. "게다가 그랬다면 병원으로 가자고 하지 않았겠어요?"

"부상 같은 것도 없었고요?"

"전혀. 그는 연파랑 오버코트 안에 양복을 입고 있었습니다."

"뭔가 들고 있었습니까? 여행 가방이나 뭐 다른 걸?"

"아니, 아무것도요. 경찰에 신고하는 게 낫겠다는 생각이 들었죠. 어쨌든 병원에서 그럴 테지만요."

스텐베리의 대답들은 머뭇거림 없이 즉각적이었다. 발란데르는 한손을 향했다.

"그가 누군지 알아?"

한손이 수첩을 꺼냈다.

"예란 알렉산데르손." 한손이 말했다. "사십구 세. 전자 제품점 운영. 스톡홀름 거주. 지갑에 꽤 많은 돈이 들어 있었네. 신용카드 몇 장고."

"이상한데." 발란데르가 말했다. "난 그게 심장마비였을 거 같은데. 의사는 뭐래?"

"검시관이 명확한 사인을 알려 줄 거야."

발란데르는 끄덕이고 자리에서 몸을 일으켰다.

"그의 재산을 관리하는 사람에게 연락해서 요금을 요구하시면 됩니다." 그가 스텐베리에게 말했다. "더 여쭤볼 게 있다면 연락드리겠습니다."

"끔찍한 경험이었지만," 스텐베리가 단호하게 말했다. "시체를 병원으로 몰고 간 것에 대해 가족에게 요금을 청구하지 않을 겁니다."

스텐베리가 떠났다.

"그를 좀 보고 싶은데." 발란데르가 말했다. "가고 싶지 않으면 자넨 안 가도 돼."

"그러는 게 낫겠어. 난 그의 가족에게 연락해 볼게."

"그가 위스타드에서 뭘 하고 있었지?" 발란데르는 궁금했다. "그게 우리가 알아내야 할 거야."

발란데르는 응급실의 한 방에서 잠시 시체와 남겨졌다. 죽은 사람의 표정으로는 아무것도 알 수 없었다. 발란데르는 그의 옷을 조사했다. 구두처럼 옷들은 고급이었다. 범죄가 있었다고 확인된다면 감식반은 이 옷들을 자세히 살펴보아야 할 것이었다. 남자의 지갑에서는 한손이 말한 것 이외에 아무것도 발견하지 못했다. 그리고 그는 의사와 이야기를 나누러 갔다.

"자연사처럼 보입니다." 의사가 말했다. "폭력이나 부상의 징후는 없습니다."

"택시 뒷좌석에 앉아 있는 그를 대체 누가 죽일 수 있었을까요?" 발란데르가 물었다. "어쨌든 최대한 빨리 부검 결과를 부탁드리겠습니다."

"지금 그를 룬드에 있는 법의학과로 옮길 겁니다." 의사가 말했다. "경찰이 반대할 이유가 없다면요."

"없습니다." 발란데르가 말했다. "우리가 왜 그러겠습니까?"

그는 차를 몰고 경찰서로 돌아와 한손을 보러 갔는데, 그는 막 통화를 마무리하는 중이었다. 그가 통화를 마치길 기다리는 발란데르는 벨트 위에 걸쳐 있는 자신의 배가 비참하게 느껴졌다.

"스톡홀름에 있는 알렉산드레손의 사무실에 전화했네." 한손이 수화기를 내려놓으며 말했다. "그의 비서와 직원과. 물론 충격을 받았더군. 근데 알렉산드레손은 십 년 전에 이혼했다는데."

"자식들은?"

"아들 하나."

"그럼 그를 찾아보는 게 좋겠군."

"불가능할 거야." 한손이 말했다.

"왜?"

"죽었으니까."

발란데르는 가끔 한손의 핵심을 에둘러 말하는 방식에 짜증이 났다. 지금이 그런 경우였다.

"죽었다고? 죽었다니, 무슨 뜻이야? 모든 걸 자네한테 꼬치꼬치 캐물어야 해?"

한손은 수첩을 확인했다.

"외아들이 칠 년 전쯤 죽었다고. 일종의 사고였던 것 같아. 그들이 하는 말을 확실하게 이해할 수 없었어."

"그 아들에겐 이름이 있겠지?"

"벵트."

"예란 알렉산드레손이 위스타드에서 뭘 하고 있었는지는 물어봤어? 아니면 스바르테에서?"

"일주일간 휴가를 가겠다고 했다는데. 킹 찰스 호텔에 머무르고 있었대. 나흘 전에 도착했고."

"좋아, 거기에 가 보자." 발란데르가 말했다.

그들은 알렉산드레손의 방을 조사하며 한 시간을 보냈지만 흥미로운 것은 하나도 찾지 못했다. 빈 여행 가방, 벽장에 나란히 걸린 옷 몇 벌 그리고 여벌 구두뿐.

"종이 한 장 없어." 발란데르가 생각에 잠겨 말했다. "책도 없고.

아무것도."

이내 그는 프런트에 전화해 알렉산드레손이 받은 전화나 건 전화가 있었거나 방문객이 있었는지 물었다. 프런트 담당자의 대답은 아주 명확했다. 아무도 211호에 전화하지 않았고, 아무도 찾아오지 않았다.

"그는 위스타드 여기에 머무르고 있는데," 발란데르가 말했다. "스바르테에서 택시를 불렀어. 질문. 일단 그는 거기에 어떻게 갔을까?"

"나라면 택시 회사에 전화할 거야." 한손이 말했다.

두 사람은 경찰서로 돌아갔다. 발란데르는 방 창가에 서서 길 건너편의 급수탑을 멍하니 바라보고 있었다. 자신도 모르게 모나와 린다를 생각하고 있었다. 둘은 아마 어떤 레스토랑이나 그 비슷한 데서 저녁을 먹고 있을 것이었다. 무슨 이야기를 나눌까? 말할 것도 없이 린다의 다음 계획일 것이었다. 둘의 대화를 상상하려 해 봤지만 라디에이터가 윙윙대는 소리가 들릴 뿐이었다. 한손이 위스타드 택시 회사에 전화하는 동안 예비 보고서를 쓰려고 자리에 앉았다. 시작하기 전 휴게실로 가서 누가 남긴 비스킷을 먹었다. 한손이 그의 방문을 노크하고 들어온 때는 거의 8시였다.

"그는 이곳 위스타드에 있는 나흘 동안 스바르테로 세 차례 택시를 타고 갔네." 한손이 말했다. "매번 그 동네 어귀에서 내렸어. 아침 일찍 가서 오후에 돌아갈 택시를 불렀지."

발란데르는 감도 잡히지 않지만 알았다는 표시로 끄덕였다.

"법에 저촉되는 건 아니군." 그가 말했다. "어쩌면 거기에 정부가 있었을까?"

발란데르는 몸을 일으켜 창가로 갔다. 바람이 거세지고 있었다.

"컴퓨터 기록에서 그를 찾아보자고." 그가 잠시 생각하더니 말했다. "헛수고일 것 같지만. 어쨌든 해 보지. 그런 다음 검시 보고를 샅샅이 살펴야지."

"장담컨대 심장마비야." 나가려고 몸을 일으키며 한손이 말했다.

"분명 자네 말이 맞겠지." 발란데르가 말했다.

발란데르는 차를 몰고 집으로 가서 소시지 캔을 땄다. 그의 의식에서 벌써 예란 알렉산드레손은 희미해져 있었다. 간단한 식사를 마치고 텔레비전 앞에서 잠이 들었다.

다음 날 발란데르의 동료 마르틴손이 예란 알렉산드레손이라는 이름으로 범죄자 등록부를 검색했다. 아무것도 나오지 않았다. 마르틴손은 형사반에서 가장 젊은 일원이었고, 신기술을 가장 잘 받아들이는 사람이었다.

발란데르는 폴란드 주변에서 돌아다니는 도난당한 고급 차 조사에 하루를 바쳤다. 저녁에 그는 뢰데루프로 아버지를 보러 가서 몇 시간 동안 카드를 했다. 두 사람은 결국 누가 누구에게 얼마를 빚졌는지 다투게 되었다. 발란데르는 집으로 차를 몰고 가면서 자신이 늙으면 아버지처럼 될지 궁금했다. 아니면 이미 그런 식으로 나이를 먹고 있는 걸까? 시비를 걸고, 불평을 늘어놓고, 뚱하게? 누군가에게 물어봐야 했다. 아마도 모나가 아닌 다른 사람에게.

4월 28일 아침, 발란데르의 전화가 울렸다. 룬드에 있는 법의학 부서였다.

"예란 알렉산드레손이라는 사람과 관련해서 전화했소." 전화 반대
편에서 검시관이 말했다. 그의 이름은 예르네였고, 발란데르는 말뫼
에 있던 시절부터 그를 알았다.

"뭐였습니까?" 발란데르가 물었다. "뇌출혈이나 심장마빕니까?"

"둘 다 아니오." 검시관이 말했다. "그는 자살했거나 살해됐소."

발란데르는 귀를 바짝 귀울였다.

"살해됐다고요? 그게 무슨 뜻입니까?"

"말한 그대로요." 예르네가 말했다.

"하지만 그건 불가능합니다. 그는 택시 뒷좌석에서 살해될 수 없
었습니다. 스텐베리, 그 택시 기사는 사람을 죽이고 돌아다닐 타입이
아닙니다. 분명 자살할 수도 없지 않겠습니까?"

"그게 어떻게 일어났는지는 모르지." 예르네가 일축하듯 말했다.
"하지만 확실하게 말할 수 있는 건, 그가 먹은 거든 마신 거든, 어쨌
든 그의 체내로 들어간 독 때문이라는 거요. 그게 내겐 살인을 시사
하는 걸로 보이오. 하지만 물론 그걸 확실히 하는 건 당신 일이지."

발란데르는 말을 아꼈다.

"팩스를 보내겠소." 예르네가 말했다. "듣고 있소?"

"네." 발란데르가 말했다. "듣고 있습니다."

그는 감사를 전하고 수화기를 내려놓은 다음 그가 방금 한 말을 생
각했다. 그리고 구내전화로 한손에게 당장 자신의 방으로 와 달라고
말했다. 발란데르는 수첩을 꺼내 두 단어를 적었다.

예란 알렉산드레손.

경찰서 밖에서는 바람이 점점 거세지고 있었다. 어떤 곳에서는 이미 강풍이 휘몰아쳤다.

돌풍이 스코네 전역을 계속 강타 중이었다. 발란데르는 방에 앉아서 며칠 전 택시 뒷좌석에서 죽은 남자에게 무슨 일이 일어났는지, 자신이 모르는 사실을 심사숙고했다. 9시 30분에 그는 회의실 중 한 군데로 가서 등 뒤로 문을 닫았다. 한손과 뤼드베리가 이미 테이블 앞에 앉아 있었다. 발란데르는 뤼드베리를 보고 놀랐다. 그는 요통으로 쉬고 있었고, 업무에 복귀했다는 말은 듣지 못했다.

"몸은 어떠세요?" 발란데르가 물었다.

"여기 앉아 있잖나." 뤼드베리가 어물쩍 대답했다. "택시 뒷좌석에서 살해된 남자에 대한 이 헛소리는 다 뭔가?"

"처음부터 시작하죠." 발란데르가 말했다.

그는 주위를 둘러보았다. 누가 빠져 있었다.

"마르틴손은 어디 있지?"

"편도염에 걸렸다고 전화 왔네." 뤼드베리가 말했다. "아마 스베드베리가 그를 대신할 수 있겠지?"

"그 친구가 필요할지 보죠." 발란데르가 서류를 집어 들며 말했다. 룬드에서 팩스가 도착했었다.

그는 동료들을 보았다.

"간단한 것처럼 보인 사건이 생각보다 훨씬 문제가 많은 걸로 드러났습니다. 택시 뒷좌석에서 한 남자가 죽었죠. 룬드의 법의학 친구들은 그가 독살된 걸로 확정했습니다. 우리가 아직 모르는 건 그가 죽기 얼마나 전에 체내에 독이 유입됐는가입니다. 룬드에서는 며칠 내로 알려 주겠답니다."

"살인이야, 자살이야?" 뤼드베리가 궁금해했다.

"살인이요." 발란데르가 망설임 없이 대답했다. "독을 주입한 다음 택시를 부른다는 건 상상하기 어렵죠."

"실수로 독이 주입됐다면?" 한손이 물었다.

"그럴 것 같지 않아." 발란데르가 말했다. "검시관들 말에 따르면 아주 흔치 않은 독극물이래."

"그 사람들이 말하려는 게 뭐야?" 한손이 물었다.

"전문가만이 제조할 수 있는 독이란 거지. 이를테면 의사, 화학자 아니면 생물학자."

침묵.

"따라서 우린 이걸 살인 사건으로 볼 필요가 있어." 발란데르가 말했다. "우리가 이 남자 예란 알렉산드레손에 대해 아는 게 뭐지?"

한손이 수첩을 뒤적였다.

"그는 사업가였어." 그가 말했다. "스톡홀름에서 전자 제품점 두 곳을 운영했지. 베스트베르가와 노르툴에서. 오쇠가탄가에서 혼자 살았고. 가족이 있는 것 같진 않아. 이혼한 아내는 프랑스에서 살아. 아들은 칠 년 전에 죽었고. 직원 모두가 그에 대해서 똑같은 식으로 말하더군."

"어떻게?" 발란데르가 물었다.

"그가 좋은 사람이었다고."

"좋은?"

"그들 모두 그 말을 했어. 좋은."

발란데르는 끄덕였다.

"다른 건?"

"그는 꽤 단조로운 생활을 해 온 것 같아. 비서는 아마 그가 우표를 수집했을 거라더군. 사무실에 계속 카탈로그가 왔대. 가까운 친구들이 있는 것 같지도 않아. 적어도 그의 동료들이 아는 바로는 없어."

아무도 말하지 않았다.

"스톡홀름에 그의 아파트에 대해 수사 협조를 요청하는 게 낫겠군." 침묵이 답답하게 느껴지기 시작할 때 발란데르가 말했다. "그리고 전처와 연락해야 해. 난 그가 이곳 스코네의 위스타드와 스바르테에 뭘 하려고 왔는지 알아내는 데 집중하지. 그가 누굴 만났는지. 오후에 다시 모여서 진척 상황을 보자고."

"한 가지가 날 혼란스럽게 해." 뤼드베리가 말했다. "사람이 왜 살해되는지도 모르고 살해될 수 있나?"

발란데르가 끄덕였다.

"그거 흥미로운 생각이군요." 그가 말했다. "누군가가 예란 알렉산드레손에게 한 시간 후에나 효과가 발생하는 어떤 독을 주입했습니다. 제가 예르네에게 물어보죠."

"그가 안다면 말이야." 뤼드베리가 중얼댔다. "난 기대하지 않아."

회의는 끝났다. 그들은 업무를 여럿으로 나눈 뒤 각자의 길로 갔다. 발란데르는 커피 잔을 들고 창가에 서서 어디에서 시작할지 결정하려 했다.

30분 뒤 그는 스바르테로 향하는 자신의 차 안에 있었다. 바람이 차츰 누그러지고 있었다. 해가 갈라진 구름 사이에서 햇살을 비추었다. 발란데르는 올해 처음으로, 드디어 봄이 시작되는지도 모르겠다고 느꼈다. 그는 스바르테 경계에 차를 세우고 차에서 내렸다. 예란 알렉산드레손은 여기에 왔었어. 그는 생각했다. 아침에 와서 오후에 위스타드로 돌아갔지.

나흘째 날에 그는 독이 주입되었고, 택시 뒷좌석에서 사망했다.

발란데르는 마을을 향해 걷기 시작했다. 해안 도로변의 많은 집이 여름 별장이었고, 겨울에는 문에 판자를 쳐 놓았다.

마을 전체를 가로지르는 동안 두 사람을 보았을 뿐이었다. 적막함에 우울한 기분이 들었다. 그는 한 바퀴 돈 다음 걸음을 빨리해 차로 돌아갔다.

주차한 곳 옆 정원 화단에서 노부인이 일하고 있다는 것을 알아챘을 때 그는 이미 시동을 건 상태였다. 그는 시동을 끄고 차에서 내렸다. 그가 차 문을 닫았을 때, 여자가 돌아보았다. 발란데르는 그녀의 집 울타리로 걸음을 옮겨 인사의 의미로 손을 들었다.

"방해가 되지 않는지 모르겠습니다." 그가 말했다.

"여기선 방해할 사람이 없다오." 여자가 그렇게 말하며 그에게 호기심 어린 눈빛을 보냈다.

"제 이름은 쿠르트 발란데르이고, 위스타드 경찰서에서 왔습니다." 그가 말했다.

"당신을 알아봤어요." 그녀가 말했다. "TV에 나왔죠? 아마 어떤 시사 토론에서?"

"아닌 것 같습니다만," 발란데르가 말했다. "가끔 제 사진이 신문에 나와서인지도 모르겠습니다."

"난 아그네스 엔이에요." 여자가 그렇게 말하며 손을 내밀었다.

"여기서 일 년 내내 사십니까?" 발란데르가 물었다.

"아니에요. 연중 반만 산다오. 대개 사월 초에 여기 와서 시월까지 머무르죠. 겨울엔 할름스타드에서 보내고. 난 은퇴한 교사라오. 남편은 몇 년 전에 죽었죠."

"여긴 예쁘군요." 발란데르가 말했다. "예쁘고, 조용하고요. 모두가 모두를 알겠습니다."

"그런 건 몰라요." 그녀가 말했다. "가끔은 이웃집도 모르니까."

"지난주에 택시를 타고 이곳 스바르테에 혼자 온 남자를 보신 적 있습니까? 그리고 그런 다음 오후에 다시 택시를 부른 사람?"

그녀의 대답이 그를 놀라게 했다.

"그가 우리 집 전화로 택시를 불렀다오." 그녀가 말했다. "실제로 사흘 연이어. 그 사람을 말씀하시는 것 같은데."

"그가 이름을 밝혔습니까?"

"그는 아주 예의가 발랐다오."

"그가 자신을 소개했습니까?"

"이름을 밝히지 않아도 예의 바를 수 있지요."

"그가 부인의 전화 사용을 부탁했습니까?"

"그래요."

"다른 말은 하지 않고요?"

"그에게 무슨 일이라도 있어요?"

발란데르는 사실을 말하는 편이 낫겠다는 생각이 들었다.

"죽었습니다."

"세상에나. 무슨 일이에요?"

"우리도 모릅니다. 우리가 아는 건 그가 죽었을 때뿐입니다. 그가 이곳 스바르테에서 뭘 했는지 아십니까? 만나러 온 사람이 누군지 말했습니까? 어디로 갔습니까? 그와 함께 있던 사람이 있었습니까? 부인이 기억하실 수 있는 모든 게 중요합니다."

그녀는 정확한 대답으로 그를 다시 놀라게 했다.

"그는 해변으로 갔다오." 그녀가 말했다. "집 저편에 해변으로 가는 길이 있지요. 그는 그쪽으로 갔어요. 그리고 서쪽으로 백사장을 따라 걸었다오. 오후 때까진 돌아오지 않았어요."

"해변을 따라 걸었다고요? 혼자서요?"

"그건 몰라요. 해변은 굽어 있으니까. 내가 볼 수 없는 먼 곳에서 누굴 만났는지도 모르죠."

"그는 뭔가 갖고 있었습니까? 예를 들면 여행 가방이라든가 꾸러미든가요."

그녀는 머리를 저었다.

"걱정 있어 보이진 않았고요?"

"내가 아는 한은요."

"하지만 그가 부인의 전화를 빌렸다고요?"

"그래요."

"관심을 기울일 만한 말을 들으신 게 있습니까?"

"그는 아주 친근하고 좋은 사람으로 보였다오. 전화 비용을 내겠다고 고집을 피웠지."

발란데르는 끄덕였다.

"큰 도움이 됐습니다." 그가 그녀에게 명함을 주면서 말했다. "뭐든 생각나시는 게 있으면 그 명함 전화로 전화 주십시오."

"비극이야." 그녀가 말했다. "그렇게 상냥한 사람이."

발란데르는 집 반대편을 돌아 해변으로 난 오솔길을 걸어 내려갔다. 그는 물가까지 갔다. 해변에는 사람 한 명 보이지 않았다. 돌아올 때 자신을 지켜보는 아그네스 엔이 보였다.

그는 분명 누군가를 만났을 거야. 발란데르는 생각했다. 다른 타당한 설명은 없어. 유일한 의문이라면 누구를?

그는 차를 몰고 경찰서로 돌아왔다. 뤼드베리가 복도에서 그를 멈춰 세우고 그럭저럭 알렉산드레손의 전처가 사는 리비에라의 집을 추적했다고 말해 주었다.

"하지만 아무도 전화를 받지 않더군." 그가 말했다. "이따가 다시 걸어 보겠네."

"좋습니다." 발란데르가 말했다. "그녀와 통화하면 알려 주세요."

"마르틴손이 와 있어." 뤼드베리가 말했다. "그가 하는 말은 알아듣기가 거의 불가능해. 내가 다시 집으로 가라고 했네."

"잘하셨어요." 발란데르가 말했다.

그는 방으로 가서 등 뒤로 문을 닫고 예란 알렉산드레손의 이름을 적었던 수첩을 꺼냈다. 누구? 그는 궁금했다. 당신은 해변에서 누굴 만났습니까? 내가 반드시 알아내죠.

1시쯤 발란데르는 허기를 느꼈다. 그가 재킷을 걸치고 막 방에서 나가려고 할 때 한손이 방문을 노크했다. 그는 말할 중요한 무언가가 있는 게 분명했다.

"중요할지도 모를 걸 찾았어." 한손이 말했다.

"뭔데?"

"자네도 아는 것처럼 알렉산드레손에겐 칠 년 전에 죽은 아들이 있었어. 그는 살해된 게 분명해 보여. 하지만 내가 아는 한 아무도 거기에 책임을 지지 않았어."

발란데르는 한손을 뚫어지게 보았다.

"좋아." 그가 마침내 말했다. "이제 우린 계속 수사할 뭔가를 잡았군. 그게 뭔지 확실히 가리킬 수 없더라도 말이야."

조금 전에 느꼈던 허기가 사라졌다.

4월 28일 2시가 막 지난 오후에 뤼드베리가 반쯤 열린 발란데르의 방문을 노크했다.

"알렉산드레손의 전처와 통화했네." 그가 방으로 들어오며 말했다. 그는 손님용 의자에 앉을 때 얼굴을 찌푸렸다.

"허리는 어떠세요?" 발란데르가 물었다.

"모르겠어. 뭔가 이상하게 돌아가는 것 같아."

"너무 빨리 복귀하신 거 아니에요?"

"집에 누워서 천장을 바라보는 건 효과가 없을걸."

뤼드베리의 허리에 관한 이야기는 그것으로 끝이 났다. 발란데르는 집으로 돌아가 쉬라고 그를 설득하려 애쓰는 게 시간 낭비임을 알았다.

"그녀가 뭐라던가요?" 대신 그는 그렇게 물었다.

"당연한 거겠지만 충격을 받았더군. 무슨 말이든 하기까지 족히 일 분은 걸렸을 거야."

"스웨덴에 비싼 전화였겠군요." 발란데르가 말했다. "근데 그래서 뭐요? 일 분이 지난 뒤에는요."

"그녀는 당연히 무슨 일이 있었는지 물었지. 난 사실을 말해 줬네. 그녀는 내가 한 말을 이해하는 데 문제가 있더군."

"놀라운 일은 아니군요." 발란데르가 말했다.

"어쨌든 그들이 서로 연락하지 않았다는 건 알았어. 아내 말에 따르면 두 사람은 결혼 생활이 너무 따분해서 이혼했네."

발란데르는 얼굴을 찌푸렸다.

"뭐라고요?"

"난 사람들이 생각하는 것보다 더 뻔한 이유가 그거라고 생각하네." 뤼드베리가 말했다. "따분한 사람과 사는 건 끔찍할 거야."

발란데르는 그것을 곰곰이 생각했다. 그는 모나가 자신을 같은 시각으로 볼지 궁금했다. 난 어떨까?

"그를 죽이고 싶어 할 만한, 생각나는 사람이 있는지 물었지만 없다더군. 그래서 그가 스코네에서 뭘 하고 있었는지 설명이 될 만한 게 있는지 물었더니 그것도 모르더군. 그게 다일세."

"죽은 아들에 대해선 물어보지 않으셨어요? 한손이 말한 살해된 아들?"

"당연히 물었지. 하지만 그에 관해 말하고 싶어 하지 않더군."

"좀 이상하지 않으십니까?"

"내 생각도 바로 그래."

"그녀와 다시 얘기해 보셔야 할 것 같은데요." 발란데르가 말했다.

뤼드베리는 끄덕이고 방에서 나갔다. 발란데르는 모나와 이야기할 기회를 마련해서 따분함이 자신들의 결혼 생활에 가장 큰 문제인지 물어야겠다고 생각했다. 꼬리를 물고 이어지는 생각이 전화벨 소리에 방해받았다. 스톡홀름 경찰이 찾는다고 알리는 안내 데스크의 에바였다. 그는 수첩을 끌어당기고 귀를 기울였다. 렌델이라는 이름의 경찰이 연결되었다. 발란데르가 전혀 알지 못하는 경찰이었다.

"우린 오쇠가탄가에 있는 아파트를 살펴보러 갔습니다." 렌델이 말했다.

"뭘 좀 찾았습니까?"

"뭘 찾는지도 모르는데 어떻게 뭐든 찾겠습니까?"

발란데르는 렌델의 목소리에서 스트레스를 들었다.

"아파트가 어떻던가요?" 발란데르는 최대한 상냥하게 물었다.

"깨끗하고 말끔했습니다." 렌델이 말했다. "모든 게 제자리에 있더군요. 조금 지나치게 장식이 많긴 했지만요. 독신자 거처라는 인상을 받았습니다."

"사실 맞습니다." 발란데르가 말했다.

"우린 우편물을 확인했습니다." 렌델이 말했다. "적어도 일주일은 떠나 있었던 걸로 보입니다."

"맞습니다." 발란데르가 말했다.

"자동 응답기가 있었는데, 거기엔 아무것도 없었고요. 아무도 그에게 전화하지 않았습니다."

"그가 남긴 안내 메시지는 어땠습니까?" 발란데르가 물었다.

"평범합니다."

"뭐, 적어도 우린 그걸 알았군요." 발란데르가 말했다. "도와주셔서 감사합니다. 도움이 필요하면 또 연락드리겠습니다."

전화를 끊고 시계를 보자 수사반의 오후 회의 시간이었다. 회의실에 도착하니 한손과 뤼드베리가 이미 와 있었다.

"막 스톡홀름과 통화하고 오는 길입니다." 발란데르가 자리에 앉으며 말했다. "오쇠가탄가의 아파트에는 흥미로울 만한 건 아무것도 없었습니다."

"그 아내와 다시 통화했네." 뤼드베리가 말했다. "여전히 아들에 관해 말하길 꺼렸지만 조사를 위해 소환할 수도 있다고 하니까 조금 입을 열더군. 듣기론 아들은 스톡홀름 시내 한가운데에서 두들겨 맞았더군. 전적으로 묻지 마 폭행이었던 모양이야. 그는 도난당한 것조차 없었네."

"그 폭행에 대해서 자료를 찾아봤어." 한손이 말했다. "아직 종결되진 않았지만 적어도 지난 오 년간 아무도 그에 관해 아무것도 하지 않았더군."

"용의자들은 있었나?" 발란데르가 궁금해했다.

한손이 머리를 저었다.

"전혀. 아무것도 없어. 목격자도 없어. 아무것도."

발란데르는 한쪽으로 수첩을 치웠다.

"우리가 지금부터 수사를 해도 될 만큼 별게 없군." 그가 말했다.

아무도 입을 열지 않았다. 발란데르는 뭔가 말해야 할 것 같았다.

"두 분이 그의 가게에서 일하는 사람들과 이야기를 나눠야겠습니다." 그가 말했다. "스톡홀름 경찰서의 렌델에게 전화해서 지원을 요청하세요. 우린 내일 다시 보죠."

그들은 해야 할 일들을 나누었고, 발란데르는 방으로 돌아갔다. 그는 뢰데루프의 아버지에게 전화해서 전날 밤 있었던 일을 사과해야 할지 생각했다. 하지만 그러지 않았다. 예란 알렉산드레손에게 일어난 일이 머릿속에서 떠나지 않았다. 모든 상황이 이런저런 근거만으로 설명되기에는 너무 말이 되지 않았다. 그는 모든 살인, 그리고 범죄 대부분에는 살인과 범죄에 관한 논리적인 무언가가 있다는 것을 경험으로 알았다. 그것은 단지 올바른 순서로 올바른 돌을 뒤집고 그것들 사이의 가능한 연결을 추적하는 문제였다.

발란데르는 5시 직전에 경찰서에서 나와 스바르테로 향하는 해안 도로를 탔다. 이번에는 동네 안쪽 깊숙이에 주차하고 트렁크에서 장화를 꺼내 신은 다음 해변으로 걸어 내려갔다. 멀리 서쪽으로 향하며 증기를 내뿜고 있는 화물선이 보였다.

그는 오른편에 늘어선 집들을 살피며 해안을 따라 걷기 시작했다. 세 집 건너 한 집마다 누가 사는 것처럼 보였다. 스바르테가 뒤에 남을 때까지 계속 걸었다. 이윽고 그는 몸을 돌렸다. 어딘가에서 갑자기 모나가 나타나 자신을 향해 걸어오길 바랐다. 둘이서 스카겐에 갔을 때를 떠올렸다. 그때가 함께한 삶의 최고 순간이었다. 자신들은 그럴 시간이 없었던 것들에 대해 많은 이야기를 나누었었다.

그는 불유쾌한 생각들을 떨쳐 내고 억지로 예란 알렉산드레손에게 집중했다. 백사장을 따라 걸으며 지금까지의 사건 경과를 정리하려 했다.

우리가 아는 게 뭐지? 알렉산드레손이 혼자 살았다는 것, 전자 제품점 두 곳을 운영했다는 것, 마흔아홉 살이라는 것, 위스타드로 여행 와 킹 찰스 호텔에 머물렀다는 것. 그는 직원들에게 휴가 중이라고 말했다. 호텔에 있는 동안 그는 받은 전화도 없었고, 방문객도 없었다. 방에서 전화를 쓰지도 않았다.

매일 아침 그는 택시를 타고 스바르테로 가서 해변을 오르내리며 하루를 보냈다. 오후에는 아그네스 엔의 전화를 빌린 뒤 위스타드로 돌아왔다. 나흘째 날에는 택시 뒷좌석에 탔고, 죽었다.

발란데르는 걸음을 멈추고 주위를 둘러보았다. 해변은 여전히 적막했다. 알렉산드레손은 거의 대개는 눈에 띄었어. 그는 생각했다. 하지만 백사장을 따라간 어딘가에서 사라졌어. 이내 다시 돌아왔고, 몇 분 뒤에 죽었다.

여기서 누군가를 만났을 거야. 발란데르는 생각했다. 아니면 더 정확히는, 누군가와 만나기로 했을 거야. 우연히 독살범을 마주친 게 아니야.

발란데르는 다시 걷기 시작했다. 그는 해변을 따라 늘어선 집들을 보았다. 다음 날에는 이곳의 문들을 노크하기 시작할 것이었다. 누군가가 해변을 걷는 알렉산드레손을 보았을 테고, 누군가는 누구를 만나는 그를 보았을지도 몰랐다.

발란데르는 해변에 더 이상 혼자가 아님을 알았다. 어떤 나이 든 남자가 다가오고 있었다. 검은 래브라도가 옆에서 점잖게 종종걸음 치고 있었다. 발란데르는 잠시 멈춰서 그 개를 보았다. 최근에 개를 사자고 모나에게 말했어야 했는지 생각했다. 하지만 자신의 의지와는 상관없이 너무 자주 근무 외 시간에 일했기에 그러지 않았다. 아마도 개는 동반자라기보다 죄책감을 의미할 것이었다.

남자는 발란데르와 가까워졌을 때 모자를 들어 올렸다.

"우리가 올해 봄을 맞겠소?" 남자가 물었다.

발란데르는 그의 말에 이 지역 악센트가 없다는 것을 눈치챘다.

"예년처럼 결국은 맞겠지요." 발란데르가 대답했다.

남자는 발란데르가 다시 입을 열었을 때 가던 길을 갈 참이었다.

"매일 해변을 걸으십니까?" 그가 물었다.

남자는 집 가운데 한 집을 가리켰다.

"난 은퇴한 후로 이곳에 산다오." 그가 말했다.

"제 이름은 발란데르고, 위스타드 경찰입니다. 최근 며칠 사이에 혼자서 이곳 백사장을 따라 걷는 오십 대쯤 된 남자를 보신 적 있습니까?"

남자의 눈은 연파란 색이었다. 흰머리가 모자 밑으로 뻗쳐 있었다.

"없소." 그가 미소를 지으며 말했다. "누가 여길 걸으러 오고 싶겠소? 내가 이 해변을 걷는 유일한 사람이라오. 뭐, 오월에 날씨가 좀 따뜻해지면 얘기가 다르겠지만."

"확실합니까?" 발란데르가 물었다.

"난 매일 세 차례 개를 산책시킨다오." 남자가 말했다. "그리고 혼자서 이 주위를 거니는 어떤 사람도 보지 못했소. 그러니까 당신이 나타났을 때까진."

발란데르는 미소를 지었다.

"더 이상 방해하지 않겠습니다." 그가 말했다.

발란데르는 다시 걸음을 옮겼다. 멈춰서 돌아보자 개와 남자는 사라지고 없었다.

그는 그 생각이 어떻게 든 생각—혹은 오히려 느낌—인지 결코 알아내지 못할 터였다. 그럼에도 그 순간에 든 생각은 아주 확실했다. 발란데르가 해변을 따라 혼자 걷는 남자를 보았는지 물었을 때 그 남자의 표정에는 무언가가 있었다. 희미한, 거의 감지할 수 없는 눈의 움직임. 그는 뭔가 알고 있어. 발란데르는 생각했다. 하지만 뭘?

발란데르는 다시 한번 주위를 둘러보았다. 해변은 적막했다.

그는 몇 분간 거기에 꼼짝 않고 서 있었다.

이윽고 그는 차로 돌아가 집을 향해 차를 몰았다.

4월 29일 수요일은 올해 스코네에서 봄의 첫날이었다. 발란데르는 평소처럼 일찍 일어났다. 그는 땀을 흘렸고, 자신이 악몽을 꾸었다는 것을 알았지만 무슨 꿈이었는지는 기억할 수 없었다. 또다시 황소들에게 쫓기는 꿈이었을까? 아니면 모나가 자신을 떠난 꿈? 그는 샤워하고 커피를 한잔하며 「위스타드 크로니클」을 뒤적였다.

6시 30분에 그는 자신의 방에 있었다. 청명한 푸른 하늘에 해가 빛나고 있었다. 발란데르는 마르틴손이 회복해 한손에게서 등록부 검색 업무를 인계받길 바랐다. 그게 대개 더 낫고 더 빠른 결과를 낳았다. 마르틴손이 건강을 회복했다면 발란데르는 스바르테로 한손을 데려가 가가호호 탐문을 시작할 수 있었다. 하지만 아마도 지금 당장 가장 중요한 것은 되도록 예란 알렉산드레손에 관한 정확한 그림을 그리는 것일지도 몰랐다. 정보를 제공할지 모를 사람들과 접촉하는 일에 관해서라면 마르틴손이 한손보다 훨씬 더 철저했다. 발란데르는 알렉산드레손의 아들이 구타당해 죽었을 때 정말 무슨 일이 있었는지 알아내는 데 진지한 노력을 기울여야겠다고도 마음먹었다.

시계가 7시를 가리켰을 때, 발란데르는 알렉산드레손의 부검을 마쳤을 예르네에게 연락하려 했지만 허사였다. 그는 자신이 조바심을 내고 있다는 것을 깨달았다. 스텐베리의 택시 뒷좌석에서 죽은 남자 사건이 자신을 불편하게 하고 있었다.

그들이 회의실에 모인 때는 7시 58분이었다. 뤼드베리는 마르틴손이 여전히 열이 있고 인후통이 심하다고 말했다. 발란데르는 평소 병균에 집착하던 마르틴손이 이 같은 무언가의 병균에 굴복해야 하는 게 얼마나 전형적인지 생각했다.

"좋아요, 그럼 저랑 같이 오늘 스바르테에서 가가호호 탐문하시죠." 그가 말했다. "한손, 자넨 여기 남아서 계속 자료를 파 봐. 난 알렉산드레손의 아들 벵트에 대해, 그리고 그가 어떻게 죽었는지에 대해 알고 싶네. 렌델에게 도움을 구해."

"아직 그 독에 대해선 아는 게 없나?" 뤼드베리가 물었다.

"오늘 아침에 알아보겠지만," 발란데르가 말했다. "아직 들은 게 없고, 누구에게서도 답을 얻지 못했습니다."

회의는 매우 짧았다. 발란데르는 알렉산드레손의 운전 면허증 사진을 확대해 복사본을 좀 만들어 달라고 했다. 그리고 비에르크 경찰 서장을 보러 갔다. 그는 대체로 비에르크가 일을 잘하며 모두에게 일을 잘 시킨다고 생각했다. 하지만 이따금 서장은 갑작스레 앞질러 행동하며 최근 수사 현황 보고를 요구했다.

"갱의 고급 차 밀반출 건은 어떻게 돼 가나?" 간결한 대답을 원한다는 뜻으로 책상에 양손을 내린 비에르크가 물었다.

"별로요." 발란데르가 솔직하게 말했다.

"임박한 체포는?"

"아니, 없습니다." 발란데르가 그에게 말했다. "제가 가진 증거로 검사를 찾아가면 즉각 내쫓길 겁니다."

"어쨌든 포기해선 안 돼." 비에르크가 말했다.

"물론이죠." 발란데르가 말했다. "계속 수사할 겁니다. 택시 뒷좌석에서 죽은 이 남자 사건을 해결하는 대로요."

"한손이 그 건에 대해 말했네." 비에르크가 말했다. "모든 게 아주 이상하게 들리더군."

"이상합니다." 발란데르가 말했다.

"그 남자는 정말 살해됐을까?"

"검시관들이 그렇답니다." 발란데르가 말했다. "오늘 스바르테에서 탐문 수사를 할 겁니다. 누가 그를 봤을 겁니다."

"계속 보고해." 대화가 끝에 이르렀다는 표시로 그가 몸을 일으키며 말했다.

두 사람은 발란데르의 차를 타고 스바르테로 갔다.

"스코네는 아름다워." 뤼드베리가 난데없이 말했다.

"적어도 오늘 같은 날은요." 발란데르가 말했다. "하지만 사실을 직시하자면 가을엔 아주 끔찍해질 수 있죠. 집 문간보다 진흙이 더 높이 쌓일 때면요. 아니면 그게 피부에 밸 때면요."

"지금 왜 가을을 생각하나?" 뤼드베리가 말했다. "왜 앞질러 나쁜 날씨를 걱정하는 거야? 싫든 좋든 결국 닥칠 일인데."

발란데르는 대꾸하지 않았다. 그는 견인차를 지나치느라 정신이
없었다.

"동네 서쪽 해변을 따라 서 있는 집들부터 시작하죠." 그가 말했
다. "각자 양 끝에서 시작해서 중간으로 나가죠. 빈집에 누가 사는지
도 알아보면서요."

"자네가 찾길 바라는 게 뭔가?" 뤼드베리가 물었다.

"해답이요." 그가 돌려 말하지 않고 대답했다. "누군가가 해변에
있는 그를 봤을 겁니다. 누군가는 그가 어떤 사람을 만나고 있는 모
습을 봤을 거예요."

발란데르는 주차했다. 그는 뤼드베리가 아그네스 엔이 사는 집에
서 시작하도록 일렀다. 그동안 무선전화로 예르네에게 연락을 시도
했다. 이번에도 운이 없었다. 그는 조금 더 먼 서쪽으로 차를 몰고 가
주차한 다음 동쪽 방면을 향해 탐문을 시작했다. 첫 번째는 전통적인
스코네식 별장을 잘 관리한 오래된 집이었다. 그는 정문을 열고 좁은
진입로를 걸어가 현관문 초인종을 눌렀다. 답이 없자 다시 초인종을
울렸고, 막 가려는 순간에 얼룩투성이 오버올을 입은 30대 여자가 문
을 열었다.

"방해받기 싫단 말이에요." 여자가 발란데르를 쏘아보며 말했다.

"가끔은 그래야 할 것 같군요." 그가 신분증을 보여 주며 말했다.

"원하시는 게 뭐예요?" 그녀가 물었다.

"제 질문이 좀 이상할지도 모르지만," 발란데르가 말했다. "지난
며칠간 해변을 따라 걷는 연파랑 오버코트 차림의 오십 대쯤 된 남자

를 보셨는지 알고 싶습니다."

그녀가 눈썹을 치켜올리고 미소를 띤 채 발란데르를 보았다.

"난 커튼을 치고 그림을 그려요." 그녀가 말했다. "아무것도 보지 못했어요."

"미술가시군요. 빛이 필요하실 것 같은데요."

"저는 아니에요. 하지만 그게 감방에 갈 위법 행위는 아니겠죠?"

"그럼, 아무것도 못 보셨다고요?"

"네, 전혀요. 그게 방금 내가 말한 거 아니에요?"

"이 집에 뭔가를 봤을지 모를 누가 있습니까?"

"커튼 뒤 창가에 눕길 좋아하는 고양이가 한 마리 있어요. 그러고 싶으시다면 그 녀석에게 물어보셔도 돼요."

발란데르는 점점 짜증이 이는 것을 느꼈다.

"아시겠지만 이따금 경찰은 질문이 필요합니다. 제가 재미로 이런다고는 생각 마십시오. 더 이상 방해하지 않겠습니다."

여자는 문을 닫았다. 그녀가 몇 개의 자물쇠를 채우는 소리가 들렸다. 그는 다음 집으로 이동했다. 비교적 최근 지어진 이층집이었다. 정원에는 작은 분수가 있었다. 벨을 울리자 개가 짖기 시작했다. 그는 기다렸다.

개가 짖기를 멈추었고, 문이 열렸다. 그는 전날 해변에서 만났던 노인을 마주하고 있었다. 발란데르는 즉각 남자가 자신을 보고 놀라지 않았다는 인상을 받았다. 그는 자신이 올 것이라 예상하고 있었고, 경계하고 있었다.

"또 당신이군." 남자가 말했다.

"네." 발란데르가 말했다. "저는 해변을 따라 있는 집에 사는 분들의 집을 노크 중입니다."

"어제 아무것도 못 봤다고 말씀드렸소."

발란데르는 끄덕였다.

"사람들은 간혹 나중에 어떤 게 기억나죠." 그가 말했다.

남자는 옆으로 물러나 발란데르를 집으로 들였다. 래브라도가 호기심을 드러내며 그를 킁킁거렸다.

"일 년 내내 여기 사십니까?" 발란데르가 물었다.

"그렇소." 남자가 말했다. "난 이십 년간 뉘네스함에서 의사로 일했소. 은퇴하고 아내와 난 여기로 이사했지."

"혹시 아내분이 뭔가를 보셨을까요?" 발란데르가 말했다. "아내분이 여기 계시다면?"

"아내는 아프오." 남자가 말했다. "아낸 아무것도 못 봤소."

발란데르는 주머니에서 수첩을 꺼냈다.

"성함을 여쭤봐도 될까요?" 그가 물었다.

"난 마르틴 스텐홀름이오." 남자가 말했다. "아낸 카사고."

발란데르는 그 이름들을 적고 수첩을 다시 주머니에 넣었다.

"더 방해하지 않겠습니다." 그가 말했다.

"괜찮소." 스텐홀름이 말했다.

"이삼일 내로 다시 와서 아내분과 얘기를 나눌지도 모르겠습니다." 그가 말했다. "간혹 사람들은 자신이 봤거나 못 본 것을 직접 말하는 게 낫죠."

"별 의미 있을 것 같지 않군." 스텐홀름이 말했다. "아낸 많이 아프오. 암으로 죽어 가고 있소."

"그렇군요." 발란데르가 말했다. "그렇다면 다시 와서 방해하지 않겠습니다."

스텐홀름이 그를 위해 문을 열어 주었다.

"아내분도 의사십니까?" 발란데르가 물었다.

"아니오." 남자가 말했다. "아낸 법률가요."

발란데르는 마당의 진입로를 지나 도로로 나온 다음 어떤 정보도 얻을 수 없었던 세 집을 더 방문했다. 그의 시야에 뤼드베리가 들어왔고, 그가 맡은 집들을 거의 끝냈다는 것을 알 수 있었다. 발란데르는 차가 있는 데로 가서 아그네스 엔의 집 앞에 있는 뤼드베리를 기다렸다. 차로 돌아온 뤼드베리는 쓸 만한 정보를 가져오지 못했다. 해변에서 예란 알렉산드레손을 본 사람은 아무도 없었다.

"난 늘 사람들이 호기심이 많을 거라 생각했는데." 뤼드베리가 말했다. "특히 시골에선, 게다가 특히 낯선 사람에게 관심이 있는 데서는 말이야."

그들은 차를 몰고 위스타드로 돌아왔다. 발란데르는 말이 없었다. 두 사람이 경찰서로 돌아왔을 때 발란데르는 뤼드베리에게 한손을 찾아서 자신의 방으로 오게 해 달라고 했다. 이내 그는 룬드의 법의학과에 전화했고, 이번에는 그럭저럭 예르네와 연결이 되었다. 그가 전화를 마쳤을 때 뤼드베리와 한손이 들어왔다. 발란데르가 묻는 얼굴로 한손을 보았다.

"새로운 소식이라도?" 그가 물었다.

"이미 알렉산드레손에 대해 알고 있는 그림을 바꿀 만한 건 없어."

한손이 말했다.

"방금 예르네와 통화했네." 발란데르가 말했다. "알렉산드레손을 살해한 그 독은 그가 알아채지 못한 채 투여됐을 수도 있어. 그게 얼마나 빨리 효과를 발휘하는지는 정확히 말할 수 없고. 예르네는 그게 최소한 삼십 분일 거라더군. 죽음이 이를 때면 눈 깜짝할 새지."

"그럼, 지금까지의 우리 추정이 맞는군." 한손이 말했다. "이 독엔 이름이 있나?"

발란데르는 수첩에 적은 복잡한 화학적 설명을 읽어 주었다.

그는 스바르테에서 마르틴 스텐홀름과 나눈 대화를 두 사람에게 말했다.

"이유는 모르지만," 그가 말했다. "그 의사의 집에서 문제에 대한 해결책을 찾을 거란 생각이 듭니다."

"의사는 독에 대해 알아." 뤼드베리가 말했다. "언제나 그게 시작이지."

"물론 맞는 말씀이지만," 발란데르가 말했다. "다른 뭔가도 있어요. 어쨌든 그게 정확히 뭔지 모르지만요."

"등록부를 검색해 보는 게 어떨까?" 한손이 물었다. "마르틴손이 아프다니 아쉽군. 그가 그런 일엔 최곤데."

발란데르가 끄덕였다. 어떤 생각이 그의 머리에 떠올랐다.

"그의 아내에 대해서도 알아보지. 카사 스텐홀름."

수사는 발푸르기스의 밤과 주말 동안 보류되었다. 발란데르는 여가의 많은 시간을 아버지 집에서 보냈다. 부엌에 새로 페인트를 칠하는 데 오후 한나절이 걸렸다. 뤼드베리에게 전화도 했는데, 그가 자신처럼 외롭다는 사실 때문이었다. 하지만 전화해 보니 뤼드베리는 취해 있었고, 대화는 아주 짧게 끝났다.

5월 4일 월요일, 그는 일찍 경찰서에 나왔다. 한손이 등록부에서 뭐든 흥미 있는 사실을 찾았는지 기다리는 동안 훔친 차를 폴란드로 밀반출한 갱 사건 업무를 재개했다. 한손은 다음 날 아침 11시가 되어서야 나타났다.

"마르틴 스텐홀름에 대한 건 찾을 수 없어." 그가 말했다. "그는 평생 나쁜 짓이라곤 하나도 안 한 것처럼 보이는데."

발란데르는 조금도 놀라지 않았다. 그는 애초에 퀴드삭cul-de-sac 막다른 골목으로 향하고 있다는 것을 알고 있었다.

"그의 아낸 어때?"

한손은 머리를 저었다.

"더 말할 것도 없어." 한손이 말했다. "그녀는 뉘네스함에서 오랫동안 검사 생활을 했어."

한손은 서류가 꽉 찬 파일을 발란데르의 책상에 놓았다.

"난 나가서 택시 기사들과 다시 얘기해 봐야겠어." 그가 말했다. "어쩌면 그들이 뭘 봤는데, 그게 뭔지 몰랐을지도 모르니까."

한손이 나가자 발란데르는 파일을 펼쳤다. 모든 서류를 주의 깊게 보는 데 한 시간이 걸렸다. 이번에 한손은 어떤 것도 간과하지 않았다. 그렇더라도 발란데르는 알렉산드레손의 죽음이 그 늙은 의사와 관련 있다고 확신했다. 전에 여러 번 그랬던 것처럼 그냥 알았다. 그는 자신의 직감을 신용하지 않았고, 신용할 수 없다는 것은 사실이었지만, 그것이 과거에 여러 차례 도움이 되었다는 것은 부정할 수 없었다. 그는 뤼드베리에게 전화해 즉시 자신의 방으로 와 달라고 했다. 발란데르는 그에게 그 파일을 건넸다.

"이걸 읽어 봐 주셨으면 해요." 그가 말했다. "한손도 저도 흥미 있는 건 못 봤지만 난 우리가 뭔가 놓치고 있다고 확신합니다."

"한손은 무시하게." 뤼드베리가 동료에 대한 자신의 존중이 제한적이라는 사실을 숨기려고도 하지 않고 말했다.

그날 오후 늦게 뤼드베리가 머리를 저으며 그 파일을 가져왔다. 그역시 아무것도 찾지 못했다.

"처음부터 다시 시작해야겠습니다." 발란데르가 말했다. "내일 아침 제 방에서 만나서 어느 방향으로 갈지 정하죠."

한 시간 뒤 발란데르는 경찰서에서 나와 스바르테로 차를 몰았다. 다시 한번 그는 해변을 따라 오랫동안 걸었다. 새로운 사람은 보지 못했다. 이윽고 차에 앉아 한손이 준 자료를 다시 한번 읽었다. 내가 놓치고 있는 게 뭐지? 그는 자문했다. 이 의사와 예란 알렉산드레손 사이에 연결 고리가 있어. 그게 뭔지 볼 수 없는 사람은 나뿐이야.

그는 차를 몰고 위스타드로 돌아왔고, 그 파일을 마리아가탄가의 집으로 가져갔다. 그들은 12년 전 위스타드로 이사 온 이래 방 세 개짜리 같은 아파트에서 죽 살았다.

그는 쉬려고 해 보았지만 그 파일이 그에게 평화를 주지 않았다. 자정이 가까웠을 때 부엌 테이블 앞에 앉아 다시 한번 그것을 살펴보았다. 매우 피곤했음에도 그는 관심을 끄는 한 가지 세부 사항을 실제로 발견했다. 그것이 중요하지 않을 수도 있다는 것을 알았다. 그럼에도 다음 날 아침 일찍 그것을 조사하기로 마음먹었다.

그는 그날 밤 깊이 잠들었다.

그는 아침 7시쯤 경찰서에 나왔다. 위스타드는 보슬비에 싸여 있었다. 발란데르는 자신이 찾는 남자가 자신만큼이나 일찍 일어나는 새라는 사실을 알았다. 그는 검사들이 쓰는 건물의 한 구역으로 가서 페르 오케손의 방문을 노크했다. 평소처럼 방은 혼란스러웠다. 오케손과 발란데르는 오랜 세월 함께 일했고, 서로의 판단에 강한 믿음이 있었다. 오케손이 머리 위로 안경을 올리고 발란데르를 보았다.

"벌써 출근했나?" 그가 말했다. "이렇게 빨리? 그렇다는 건 나한테 할 중요한 말이 있다는 거겠지."

"그게 중요한지는 모르겠지만," 발란데르가 말했다. "자네 도움이 필요해."

발란데르는 서류 뭉치 몇 개를 바닥에 내려놓고 손님용 의자에 앉았다. 이내 그는 예란 알렉산드레손의 죽음에 대한 상황을 짧게 요약했다.

"아주 이상하게 들리는데." 발란데르가 말을 마쳤을 때 오케손이 말했다.

"이상한 일이 간혹 일어나지." 발란데르가 말했다. "나만큼이나 잘 알잖아."

"그 말을 하려고 아침 일곱 시에 여길 온 것 같진 않고. 그 의사를 체포해야 한다고 말하려는 건 아니겠지?"

"그의 아내와 관련해서 자네 도움이 필요해." 발란데르가 말했다. "카사 스텐홀름. 자네의 예전 동료. 그녀는 뉘네스함에서 오래 근무했어. 하지만 몇 차례 임시 배정을 받기도 했지. 칠 년 전 그녀는 스톡홀름에서 누군가를 대신했어. 그게 알렉산드레손의 아들 살해와 같은 때 있었던 일이야. 그 두 건 사이에 연결이 있는지 알아내는 데 자네 도움이 필요해."

발란데르는 말을 잇기 전에 서류를 뒤적였다.

"아들 이름은 벵트야." 그가 마침내 말했다. "벵트 알렉산드레손. 살해됐을 때 열여덟 살이었지."

오케손이 의자에 기대 눈썹을 찌푸리고 발란데르를 보았다.

"무슨 일이 있었다고 생각하나?" 그가 물었다.

"모르지만," 발란데르가 말했다. "어떤 연결 고리가 있다면 알아내고 싶네. 카사 스텐홀름이 벵트 알렉산드레손의 죽음과 관련된 수사에 관여했다면."

"최대한 빨리 알고 싶겠지?"

발란데르가 끄덕였다.

"자넨 지금쯤 내 인내심이 바닥났다는 걸 알아야 해." 그가 몸을 일으키며 말했다.

"내가 뭘 할 수 있는지 보겠지만," 오케손이 말했다. "여기에만 매달릴 거란 기대는 말게."

발란데르는 방으로 돌아갈 때 안내 데스크를 지나치며 뤼드베리와 한손이 오는 대로 자신의 방으로 보내 달라고 에바에게 부탁했다.

"요즘은 어때요?" 에바가 물었다. "숙면을 취하나요?"

"때론 너무 많이 자는 것 같아요." 발란데르는 어물쩍 넘어갔다. 에바는 안내 데스크의 충직한 일꾼이었고, 모든 이의 건강 상태를 어머니 같은 눈으로 지켜보았다. 발란데르는 이따금 그녀의 관심을 최대한 친근한 방식으로 받아넘겨야 했다.

8시 15분쯤 한손이 발란데르의 방에 들어왔고, 곧 뤼드베리가 뒤를 이었다. 발란데르는 이미 '한손의 서류'라고 불리는 것에서 발견한 것을 짧게 요약했다.

"오케손이 뭘 찾아내는지 기다려야죠. 어쩌면 내 무의미한 추측일 뿐인지도 몰라요. 하지만 벵트 알렉산드레손이 살해됐을 때 카사 스텐홀름이 스톡홀름에 배정됐고 그 수사에 관여했다면, 우린 찾던 연결 고리를 발견한 겁니다."

"자넨 그녀가 죽음을 코앞에 두고 있다고 하지 않았나?" 뤼드베리가 궁금해했다.

"남편이 주장하기로는요." 발란데르가 말했다. "전 실제로 그녀를 만나지 못했습니다."

"복잡한 범죄 수사에서 자네 방식을 찾는 자네 능력을 존중하지만 난 그게 너무 막연해 보이는데." 한손이 말했다. "자네가 옳다고 가정해 보자고. 카사 스텐홀름이 실제로 젊은 알렉산드레손 살해 수사에 관여했다고. 그래서 뭐? 암으로 죽어 가는 여자가 자기 과거에서 나타난 남자를 죽였다고?"

"아주 막연하지." 발란데르가 인정했다. "오케손이 뭘 찾아내는지 기다려 보자고."

다시 방에 혼자 남았을 때 발란데르는 마음을 정하지 못한 상태로 한동안 앉아 있었다. 그는 모나와 린다가 지금 뭘 하고 있는지 궁금했다. 그리고 무슨 이야기를 하고 있는지. 9시 30분쯤에는 커피를 한 잔 마시러 갔고, 한 시간쯤 후에 또 한 잔 마시러 갔다. 그가 막 사무실로 돌아왔을 때 전화가 울렸다. 오케손이었다.

"예상보다 빨리 알아냈네." 그가 말했다. "펜 쥐고 있나?"

"만반의 준비가 되어 있지." 발란데르가 말했다.

"1980년 삼월 십일에서 시월 구일 사이에 카사 스텐홀름은 스톡홀름에서 검사로 일했네." 오케손이 말했다. "법정의 어느 유능한 서기의 도움으로 카사 스텐홀름이 벵트 알렉산드레손 사건에 관여했는가 하는 자네의 두 번째 질문의 답을 알아냈지."

그는 정적을 느꼈다. 발란데르는 긴장이 더해지는 것을 느꼈다.

"자네 말이 맞는 것 같아." 오케손이 말했다. "그녀가 예비 조사를 맡았고, 결국 그 건을 치워 버린 사람이기도 했네. 살인자를 찾지 못했을 때."

"도와줘서 고맙네." 발란데르가 말했다. "이걸 조사해 보지. 때가 되면 연락할게."

그는 전화를 끊고 창가로 갔다. 유리창에 김이 서려 있었다. 이제 비가 더 심하게 내리고 있었다. 할 일은 한 가지뿐이야. 그는 생각했다. 그 집에 들어가서 실제로 무슨 일이 있었는지 알아내야 해. 그는 뤼드베리만 데려가기로 결정했다. 그는 구내전화로 그와 한손에게 전화를 걸었고, 두 사람이 그의 방에 있을 때 그들에게 오케손이 알아낸 것을 말했다.

"기가 막히는구면." 한손이 말했다.

"저랑 거길 같이 가 주셔야겠어요." 발란데르가 뤼드베리에게 말했다. "셋은 너무 많을 겁니다."

한손이 끄덕였다. 그는 이해했다.

두 사람은 발란데르의 차로 스바르테로 향했다. 둘 다 말없이. 발란데르는 스텐홀름의 집에서 채 1백 미터가 떨어지지 않는 곳에 주차했다.

"내가 뭘 하길 바라나?" 빗속을 걸을 때 뤼드베리가 물었다.

"옆에 있어 주시면 됩니다." 발란데르가 말했다. "그게 답니다."

이번이 뤼드베리가 자신을 처음으로 돕는 것이라는 생각이 문득 발란데르의 머리에 떠올랐다. 그 반대가 아니라. 뤼드베리는 동료 위에서 군림한 적이 없었다. 보스가 되는 것은 그의 기질에 맞지 않았고, 그들은 늘 협력하며 일했다. 하지만 발란데르가 위스타드에서 근무한 동안 그의 스승이었던 사람은 뤼드베리였다. 그가 오늘날 경찰업무에 대해 알게 된 모든 것은 주로 뤼드베리 덕분이었다.

그들은 대문을 지나 현관문 앞에 섰다. 발란데르가 초인종을 눌렀다. 두 사람이 예상했던 대로 문은 그 나이 든 의사에 의해 거의 즉시 열렸다. 발란데르는 문을 지나치며 그 래브라도가 나타나지 않는 것이 이상하다고 생각했다.

"방해가 되지 않았길 바라지만," 발란데르가 말했다. "안타깝게도 지체할 수 없는 질문이 몇 가지 더 있습니다."

"뭐에 대한?"

발란데르는 남자가 전에 보여 주었던 친절이 사라졌다는 것을 눈치챘다. 그는 겁을 먹었고, 짜증이 난 것처럼 보였다.

"해변의 남자에 대한요." 발란데르가 말했다.

"난 이미 그를 본 적 없다고 말했소."

"우린 선생님 아내분과 얘기하고 싶습니다."

"아낸 치명적인 병에 걸렸다고 말했을 텐데. 아내가 뭘 볼 수 있었겠소? 아낸 침대에 있소. 왜 우릴 그냥 내버려 두지 않는지 이해할 수가 없군!"

"그럼 더 이상 방해하지 않겠습니다." 발란데르가 말했다. "적어도 지금은요. 하지만 우리가 다시 오리라는 건 의심의 여지가 없습니다. 그리고 그때 선생님은 우릴 들이셔야 할 겁니다."

그가 뤼드베리의 팔을 잡고 현관문을 향해 이끌었다. 그들 뒤로 문이 닫혔다.

"왜 그렇게 쉽게 굴복했나?" 뤼드베리가 물었다.

"당신이 제게 가르치신 뭔가 때문에요." 발란데르가 말했다. "잠시 사람들을 마음 졸이게 내버려 둬서 나쁠 건 없다는 거요. 게다가 오케손에게서 수색영장을 받을 필요가 있습니다."

"그가 정말 알렉산드레손을 죽인 자인가?" 뤼드베리가 물었다.

"네." 발란데르가 말했다. "확신합니다. 그자예요. 하지만 전 모든 게 어떻게 맞물려 있는지 여전히 모르겠습니다."

그날 오후 발란데르는 필요한 권한을 받았다. 그는 다음 날 아침까지 기다리기로 마음먹었다. 하지만 만일을 대비해 그때까지 집을 감시하도록 비에르크를 설득했다.

5월 7일인 다음 날 아침 동이 틀 무렵 잠에서 깬 발란데르가 커튼을 걷었을 때 위스타드는 안개에 싸여 있었다. 샤워하기 전 그는 전날 밤 하기로 하고 잊어버렸던 것을 했다. 전화번호부에서 스텐홀름 찾아보기. 거기에는 마르틴이나 카사 스텐홀름이 나와 있지 않았다. 그는 전화번호 안내에 전화했고, 그 번호가 사용자 요청에 따라 실려 있지 않다는 것을 알아냈다. 그는 예상이 적중했다는 듯 고개를 끄덕였다.

그는 모닝커피를 마시며 뤼드베리와 함께 가야 할지, 혼자서 스바르테로 가야 할지 자문했다. 혼자 가기로 마음먹은 때는 운전석에 앉고 나서였다. 해안 도로는 짙은 안개에 싸여 있었다.

발란데르는 아주 천천히 차를 몰았다. 스텐홀름의 집 앞에 차를 세웠을 때는 거의 8시였다. 그는 현관문으로 가 초인종을 눌렀다. 세 번을 울리고 나서야 문이 열렸다. 초인종을 울린 사람이 발란데르인 것을 본 스텐홀름은 문을 세차게 다시 닫으려고 했지만 발란데르는 간신히 닫히는 문과 문설주 사이에 발을 밀어 넣었다.

"당신이 무슨 권리로 여길 침해하겠다는 거요?" 노인이 새된 목소리로 외쳤다.

"침해하는 게 아닙니다." 발란데르가 말했다. "제게 수색영장이 있습니다. 받아들이셔야 할 겁니다. 어디 좀 앉을 수 있을까요?"

스텐홀름은 갑자기 물러나는 듯 보였다. 발란데르는 그를 따라 책이 가득한 방으로 갔다. 발란데르는 가죽 안락의자에 앉았고, 스텐홀름이 그 맞은편에 앉았다.

"저에게 정말 하실 말씀이 없습니까?" 발란데르가 물었다.

"난 해변을 서성이는 사람을 아무도 보지 못했소. 심각하게 아픈

아내도. 아내는 위층 침대에 있소."

발란데르는 바로 본론으로 들어가기로 마음먹었다. 더 이상 변죽을 울릴 이유가 없었다.

"선생님 아내분은 검사셨습니다." 그가 말했다. "1980년대에 스톡홀름에서 근무하셨죠. 아내분은 벵트 알렉산드레손이라는 이름의 열여덟 살 소년의 죽음을 둘러싼 상황을 예비 조사하는 책임을 맡고 계셨습니다. 아내분은 몇 달 뒤 그 사건을 포기한 책임도 있습니다. 그일들을 기억하십니까?"

"당연히 기억나지 않소." 스텐홀름이 말했다. "우린 늘 집에서 직장 얘기를 하지 않았소. 아내는 자기가 기소한 사람들에 대해 아무 얘기 하지 않았고, 난 내 환자들에 대해 얘기하지 않았소."

"여기서 해변을 걷고 있던 남자는 벵트 알렉산드레손의 아버지였습니다." 발란데르가 말했다. "그는 독이 주입돼 택시 뒷좌석에서 죽었습니다. 단순한 우연처럼 보이십니까?"

스텐홀름은 대답하지 않았다. 이내 발란데르는 갑자기 모든 것이 이해되었다.

"은퇴하셨을 때 선생님은 뉘네스함에서 스코네로 이사하셨습니다." 그가 천천히 말했다. "스바르테처럼 인적이 없는 곳으로요. 선생님네 전화번호는 사용자 요청에 따라 전화번호부에도 올라 있지 않습니다. 말할 것도 없이 그건 익명으로 평화롭고 조용하게 노년을 보내고 싶기 때문일 수도 있습니다. 하지만 다른 설명이 있을 수도 있습니다. 선생님은 뭔가나 누군가로부터 도망치기 위해 가능한 한 신중히 이사했는지도 모릅니다. 어쩌면 어떤 검사가 왜 자신의 외아들을 죽인 묻지 마 살인을 해결하는 데 더 많은 노력을 기울이지 않았는지 이해하지 못한 어떤 남자에게서 도망치기 위해서요. 이사했지만 그는 선생님을 찾아냈습니다. 난 그가 어떻게 그랬는지 결코 알지 못할 겁니다. 어쨌든 어느 날 그는 해변에 있었습니다. 선생님은 개를 산책시키는 동안 그를 만났죠. 당연히 큰 충격이었습니다. 그는 다시 비난했고, 어쩌면 위협조차 했는지도 모릅니다. 선생님 아내분은 위층에서 심각하게 아픈 상태죠. 그것이 사실이란 걸 의심하진 않습니다. 해변의 남자는 매일 해변에 왔습니다. 선생님은 그를 따돌릴 수 없었을 겁니다. 그에게서 벗어날 방법이 없어 보였죠. 전혀. 그리고 선생님은 그를 집으로 초대했습니다. 아마 선생님은 그에게 아내와 이야기 나누게 하겠다고 했겠죠. 선생님은 아마 커피에 독을 타 그에게 주었을 겁니다. 그리고 갑자기 마음을 바꿔 그에게 내일 다시 오라고 하죠. 아내분은 고통 속에 있었거나 잠이 들어 있었을 겁니다. 하지만 선생님은 그가 다시는 돌아오지 못하리란 걸 압니다. 문제가 해결됐습니다. 예란 알렉산드레손은 심장마비처럼 보이게 죽을 테니까요. 아무도 두 사람이 함께 있는 걸 보지 못했고, 아무도 두 사람 사이의 연결 고리를 알지 못하죠. 그게 있었던 일 아닙니까?"

스텐홀름은 의자에 미동도 없이 앉아 있었다.

발란데르는 기다렸다. 그는 창문을 통해 여전히 짙은 안개를 볼 수 있었다. 이내 남자가 고개를 들었다.

"아내는 결코 어떤 나쁜 짓도 하지 않았지만," 그가 말했다. "세월이 바뀌었고, 범죄는 다각화되었고, 더 심각해졌소. 과로한 경찰들과 판사들은 그에 대처할 수 없었소. 당신은 경찰이니 알 거요. 그래서 알렉산드레손이 아들의 죽음이 해결되지 않은 걸로 내 아내를 탓하는 건 너무 부당하다는 거요. 그는 칠 년간 우리에게 귀찮게 굴고, 우릴 협박하고, 우릴 공포에 떨게 했소. 그는 우리가 그에게 어떻게도 할 수 없는 방식으로 그렇게 했소."

스텐홀름은 침묵에 빠졌다. 이내 그는 몸을 일으켰다.

"아내를 보러 갑시다. 아내가 그에 관해 말해 줄 수 있을 거요."

"더 이상 그럴 필요는 없습니다." 발란데르가 말했다.

"나에겐 필요하오." 스텐홀름이 말했다.

두 사람은 위층으로 올라갔다. 카사 스텐홀름이 크고 밝고 환기가 잘 되는 방의 병상에 누워 있었다. 침대 옆 바닥에는 래브라도가 엎드려 있었다.

"아낸 잠들지 않았소." 스텐홀름이 말했다. "아내에게 가서 당신이 원하는 걸 물어보시오."

발란데르는 침대에 다가갔다. 얼굴이 매우 야위었고, 피부는 두개골을 팽팽히 감싸고 있었다. 발란데르는 그녀가 죽었다는 것을 깨달았다. 그는 잽싸게 몸을 돌렸다. 노인은 문가에 서 있었다. 그는 손에 쥔 총으로 발란데르를 겨누고 있었다.

"당신이 다시 오리라는 걸 알았지." 그가 말했다. "아내가 죽은 게 오히려 다행이야."

"총을 내려놓으십시오." 발란데르가 말했다.

스텐홀름은 머리를 저었다. 발란데르는 공포로 몸이 굳는 것을 느꼈다.

이내 모든 것이 너무 빨리 일어났다. 갑자기 스텐홀름은 총을 자신의 머리에 겨누고 방아쇠를 당겼다. 총성이 방 안에 메아리쳤다. 남자는 문에 반쯤 내동댕이쳐졌다. 피가 벽에 온통 뿌려졌다. 발란데르는 기절할 것 같은 기분을 느꼈다. 이내 그는 비틀거리며 문밖으로 나가 계단을 내려갔다. 그는 경찰서에 전화했다. 에바가 받았다.

"가능한 한 빨리 한손이나 뤼드베리를 부탁합니다."

전화를 받은 사람은 뤼드베리였다.

"다 끝났습니다." 발란데르가 말했다. "스바르테의 집으로 구급차를 보내 주십시오. 여기에 시체 두 구가 있습니다."

"자네가 그들을 죽였나? 무슨 일이야?" 뤼드베리가 물었다. "다치진 않았나? 대체 왜 거기에 혼자 간 거야?"

"모르겠습니다." 발란데르가 말했다. "서둘러 주십시오. 전 다치지 않았습니다."

발란데르는 밖에서 기다리려고 나갔다. 해변은 안개에 싸여 있었다. 그는 늙은 의사가 한 말을 생각했다. 더욱 잦아지고 더욱 심각해지는 범죄를. 발란데르도 종종 같은 것을 생각했었다. 그는 이따금 자신이 구시대의 경찰이라고 생각했다. 고작 마흔 살일지라도. 어쩌면 이제 새로운 부류의 경찰이 필요할지도 몰랐다.

그는 위스타드에서 올 그들을 안개 속에서 기다렸다. 매우 화가 났다. 다시 한번 자신의 의지에 반해 자신도 모르게 비극에 휘말렸다. 얼마나 오래 이 일을 계속할 수 있을지 궁금했다.

구급대가 도착했고, 뤼드베리가 차에서 내렸다. 그에게 발란데르는 하얀 안개 속의 검은 그림자처럼 보였다.

"어찌 된 일인가?"

"스텐베리의 택시 뒷좌석에서 죽은 남자의 사건을 해결했습니다."
발란데르가 말했다.

그는 뤼드베리가 다음 말을 기다리고 있는 것을 볼 수 있었지만 더
이상 할 말이 없었다.

"그겁니다." 그가 말했다. "실제로 그게 우리가 한 일이죠."

발란데르는 몸을 돌려 해변으로 향했다. 그는 곧 안개 속으로 사라
졌다.

사진사의 죽음

매년 이른 봄에 그는 어떤 꿈을 되풀이해 꾸었다. 하늘을 나는 꿈. 그 꿈은 늘 같은 방식으로 펼쳐졌다. 그는 불빛이 흐릿한 계단을 오르고 있었다. 갑자기 천장이 열렸고, 계단이 자신을 나무 꼭대기로 이끌었다는 것을 알게 되었다. 발밑에 풍경이 펼쳐졌다. 그는 세상을 지배했다.

그 순간 언제나 잠에서 깨었다. 항상 바로 그 순간 꿈에서 깨었다. 오랫동안 같은 꿈을 꾸었지만 실제로 그 나무 꼭대기에서 나는 경험은 하지 못했다.

그 꿈은 계속 돌아왔다. 그리고 늘 그를 속였다.

그는 위스타드 한복판을 걸을 때 그것을 생각했다. 일주일 전 어느 날 밤 그 꿈을 꾸었다. 그리고 언제나처럼 날려고 할 바로 그때 깨어났다. 이제 그 꿈은 아마 한동안 돌아오지 않을 것이었다.

1988년 4월 중순 어느 날 밤이었다. 봄의 온기는 아직 진지하게 자신을 드러내지 않았다. 그는 도시를 통과해 걸을 때 더 따뜻한 스웨터를 입지 않은 것을 후회했다. 아직 감기도 낫지 않았다. 8시가 막 지난 때였다. 거리는 한적했다. 먼 어딘가에서 차가 출발하면서 내는 마찰음이 들렸다. 그리고 엔진 소음이 잦아들었다. 그는 언제나 같은 루트를 따랐다. 그가 사는 라벤델베옌에서 테니스가탄가로. 마르가레타파르켄 공원에서 왼쪽으로 돈 다음 중심가를 향해 스코텐가탄가를 따라 내려갔다. 그리고 다시 한번 왼쪽으로 돈 다음 크리스티안스타드로^街를 가로지르고, 곧 자신의 사진 스튜디오가 있는 성게르트루데 광장에 닿았다. 그가 위스타드에서 자리를 잡는 중인 젊은 사진사였다면 그곳이 최적의 장소는 아닐 터였다. 하지만 그는 25년이 넘게 자신의 스튜디오를 운영해 왔다. 그는 안정적인 고객 리스트를 갖고 있었다. 고객들은 그를 어디서 찾을지 알았다. 그들은 결혼사진을 찍으러 그를 찾아왔다. 이내 그들은 첫째 아이를 데리고 다시 오고 싶어 했다. 혹은 기념하고 싶은 여러 경우에. 처음으로 고객의 자식들을 위한 결혼사진을 찍었을 때 그는 자신이 나이를 먹었다는 것을 깨달았다. 전에는 그것을 많이 의식하지 않았지만 눈 깜짝할 새 쉰이 되어 있었다. 그리고 그것은 이제 6년 전이었다.

그는 쇼윈도 앞에 걸음을 멈추고 유리에 비친 얼굴을 관찰했다. 삶은 그런 것이었다. 정말 불평할 수 없었다. 만약 10년 혹은 15년 이상 건강이 허락된다면, 그러면⋯⋯.

그는 시간의 흐름에 관한 생각을 접어 두고 다시 걷기 시작했다. 거센 바람이 불어 코트가 온몸을 팽팽히 감쌌다. 빠르게도 느리게도 걷지 않았다. 급할 게 없었다. 그는 일주일에 이틀 밤을 저녁 식사 후 스튜디오로 갔다. 그 이틀 밤은 그의 삶의 경건한 순간이었다. 그 이틀 밤에 그는 스튜디오의 뒷방에서 자신의 사진들과 함께 완벽한 혼자가 될 수 있었다.

그는 목적지에 닿았다. 스튜디오의 문을 열기 전 못마땅하고 짜증나는 진열장을 관찰했다. 오래전에 디스플레이를 바꿔야 했다. 새 고객의 마음을 끌지 못하더라도 20년도 더 전에 자신이 세운 규칙을 따라야 했다. 한 달에 한 번 그는 디스플레이된 사진들을 바꾸었다. 이제 거의 두 달이 지났다. 조수를 고용했을 때는 스튜디오 유리창에 더 많은 시간을 할애했다. 하지만 그는 거의 4년 전의 디스플레이를 내버려 두었다. 너무 비싸졌다. 그리고 그것은 자신의 힘으로 할 수 있는 작업이 아니었다.

그는 잠긴 문을 열고 안으로 들어갔다. 가게는 어둠에 싸여 있었다. 일주일에 세 번 오는 청소 아주머니가 있었다. 그녀는 열쇠를 가지고 있었고, 대개 새벽 5시쯤 왔다. 오늘 아침은 일찍부터 비가 내렸기 때문에 바닥이 더러웠다. 그는 더러운 것을 좋아하지 않았다. 그래서 불을 켜지 않고 곧장 스튜디오로 간 다음 사진을 현상하는 가장 안쪽 방으로 갔다. 문을 닫고 불을 켰다. 코트를 걸었다. 작은 선반 위에 둔 라디오를 켰다. 그는 늘 클래식 음악을 틀어 주는 방송에 주파수를 맞춰 두었다. 그리고 커피 메이커에 물을 채우고 컵을 씻었다. 행복감이 온몸에 퍼지기 시작했다. 스튜디오 뒤쪽의 가장 안쪽 방은 그의 대성당이었다. 신성한 방. 청소하는 아주머니 이외에는 여기에 누구도 들이지 않았다. 세상의 중심에서 그가 자신을 발견하는 이곳에. 여기서 그는 혼자였다. 전제군주.

커피가 우려지길 기다리는 동안 자신을 기다리는 일을 생각했다. 항상 저녁에 어떤 일을 할지 미리 결정했다. 그는 어떤 것도 운에 맡기지 않는 꼼꼼한 사람이었다.

오늘 저녁은 스웨덴 총리 차례였다. 실제로 아직 그에 관한 일로 저녁 시간을 보내지 않았다는 사실에 놀랐다. 하지만 적어도 준비는 할 수 있었다. 일주일 넘게 보고 있는 신문들을 뒤졌다. 그것을 석간

신문 중 하나에서 찾았고, 즉시 바로 그것이 적격이라는 것을 알았다. 그것은 자신의 요구 사항을 모두 채우고 있었다. 며칠 전 그것을 사진에 담았다. 지금 그것은 잠긴 책상 서랍 중 하나에 들어 있었다. 커피를 따르고 음악을 흥얼거렸다. 베토벤의 피아노 소나타가 연주되고 있었다. 그는 베토벤보다 바흐를 더 좋아했다. 그리고 모차르트를 가장 좋아했다. 하지만 이 피아노 소나타는 아름다웠다. 그것은 부인할 수 없었다.

그는 책상에 앉아 램프를 조정하고 왼쪽 잠긴 서랍들을 열었다. 총리 사진이 들어 있었다. 그는 보통 그랬던 것처럼 표준 사이즈의 사진보다 다소 큰 크기로 확대했었다. 그것을 테이블에 놓고 커피를 홀짝이며 사진의 얼굴을 유심히 살폈다. 어디서부터 시작해 어디서 왜곡을 시작해야 할까? 사진 속의 남자는 미소를 지으며 왼쪽을 보고 있었다. 그의 시선에는 불안과 불확실성이 보였다. 그는 눈에서 시작하기로 마음먹었다. 눈을 사팔뜨기로 보이게 할 수 있었다. 그리고 더 작게. 확대기를 기울인다면 얼굴이 더 가늘어지기도 할 터였다. 그는 확대기의 호에 사진을 놓고 그 효과를 볼 수 있었다. 그리고 사진을 자르고 붙여서 입을 삭제할 수 있었다. 어쩌면 입을 꿰매 붙이거나. 정치가들은 말이 너무 많았다.

그는 커피를 마저 마셨다. 벽에 걸린 시계가 8시 45분을 가리켰다. 밖의 보도를 걷는 시끄러운 10대 아이들이 순간 음악을 방해했다.

그는 커피 잔을 치웠다. 이내 공을 들이기 시작했지만 사진을 수정하는 작업은 즐거웠다. 천천히 바뀌는 얼굴을 볼 수 있었다.

작업은 두 시간이 넘게 걸렸다. 여전히 총리의 얼굴임은 알아볼 수 있었다. 하지만 얼굴은 어떻게 됐을까? 그는 의자에서 일어나 그 사진을 벽에 걸었다. 사진 위로 곧장 쏟아지도록 빛을 비추었다. 이제 라디오의 음악이 바뀌었다. 스트라빈스키의 〈봄의 제전〉. 자신의 작업을 평가하는 지금 그 극적인 음악은 제격이었다. 얼굴은 더 이상 전 같지 않았다.

이제 가장 중요한 부분이 남았다. 가장 즐거운. 이제 사진을 축소할 것이었다. 작고 하찮게. 그는 그것을 유리 플레이트에 놓고 초점을 맞추었다. 더 작고 더 작게 하며. 디테일들이 합쳐졌다. 하지만 선명했다. 얼굴이 흐려지기 시작했을 때 비로소 멈추었다.

그는 작업을 마쳤다.

책상 위 앞에 놓인 작업물이 끝났을 때는 거의 11시 30분이었다. 왜곡된 총리의 얼굴은 여권 사진보다 크지 않았다. 다시 한번 그는 권력에 굶주린 인물을 더욱 적합한 비율로 축소했다. 그는 큰 사람들을 작은 사람들로 만들었다. 그의 세계에서 자신보다 큰 사람은 없었다. 그는 그들의 얼굴을 재창조했고, 작고 하찮은 곤충들이 되도록 그들을 더 작고 더 우스꽝스럽게 만들었다.

그는 책상 안에 두었던 앨범을 꺼내 빈 페이지가 나올 때까지 페이지를 넘겼다. 막 조작한 사진을 거기에 붙였다. 만년필로 오늘 날짜를 썼다.

그는 의자에 몸을 묻었다. 어쨌든 또 다른 사진이 제작되었다. 성공적인 밤이었다. 결과물은 훌륭했다. 그리고 그를 방해하는 것은 아무것도 없었다. 머릿속에서는 어떤 불안한 생각도 떠오르지 않았다.

대성당에서의 밤은 모든 것이 평화롭고 조용했다.

그는 앨범을 캐비닛에 넣고 잠갔다. 스트라빈스키의 〈봄의 제전〉 다음으로 헨델이 이어졌다. 가끔 그는 더 부드러운 음악으로 전환하는 프로그램 감독의 무능에 짜증이 났다.

그 순간 무언가가 옳지 않다는 것을 느꼈다. 귀를 기울이고 조용히 서 있었다. 모든 것이 조용했다. 그는 자신의 상상이라고 생각했다. 커피 메이커를 끄고 불들을 끄기 시작했다. 이내 다시 움직임을 멈추었다. 무언가가 옳지 않았다. 스튜디오에서 소리가 들렸다. 갑자기 무서웠다. 누군가가 안에 들어온 걸까? 그는 조심스럽게 문가로 걸음을 옮겨 귀를 기울였다. 사위가 조용했다. 내 상상이야. 짜증을 내며 그는 생각했다. 판매용 카메라도 없는 사진사의 스튜디오에 누가 들어오겠는가? 적어도 판매하지 않는 카메라들이 도난당할 수는 있었다.

그는 다시 귀를 기울였다. 아무 소리도 들리지 않았다. 옷걸이에서 뺀 코트를 입었다. 벽시계가 11시 41분을 가리켰다. 모든 게 일상적이었다. 이제 대성당의 문을 잠그고 집에 갈 준비를 했다.

그는 마지막 불을 끄기 전 다시 한번 주위를 둘러보았다. 그리고 문을 열었다. 스튜디오는 어둠에 잠겨 있었다. 그는 불을 켰다. 생각한 대로였다. 거기에는 아무도 없었다. 다시 불을 끄고 문을 향해 걸음을 옮겼다.

그리고 모든 것이 매우 빠르게 일어났다.

갑자기 누군가가 어둠 속에서 그에게 다가왔다. 스튜디오 촬영을 위해 쓰는 막 뒤에 몸을 숨기고 있던 누군가. 그는 그 사람이 누구인지 볼 수 없었다. 그림자가 출구를 막고 있었기에 그가 할 수 있는 것은 한 가지뿐이었다. 뒷방으로 도망쳐 문 잠그기. 거기에는 전화도 있었다. 도움을 청하는 전화를 할 수 있었다.

그는 몸을 돌렸다. 하지만 문으로 다가갈 수 없었다. 그림자가 더 빨랐다. 무언가가 그의 뒤통수를 쳐 세상을 하얀빛으로 폭발하게 한 다음 완전한 어둠으로 물들였다.

그는 바닥에 닿기도 전에 죽었다.

그때가 11시 43분이었다.

청소 아주머니의 이름은 힐다 발덴이었다. 그녀는 아침 청소 순회를 시작한 새벽 5시 직후에 시몬 람베리 스튜디오에 도착했다. 입구 옆에 자전거를 기대 놓고 주의 깊게 체인을 잠갔다. 보슬비가 내려 점점 추워지고 있어서 맞는 열쇠를 찾을 때 몸이 떨렸다. 봄이 오는 데는 시간이 걸렸다. 그녀는 문을 열고 안으로 발을 디뎠다. 최근에 내린 폭우로 바닥이 더러웠다. 그녀는 카운터 위 금전등록기 옆에 핸드백을 놓고 신문을 두는 작은 테이블 옆 의자에 코트를 걸쳤다.

스튜디오에는 작업복과 청소 도구를 보관하는 벽장이 있었다. 람베리는 곧 새 진공청소기를 살 것이었다. 지금 쓰는 것은 기능이 너무 떨어졌다.

그녀는 스튜디오로 걸음을 옮긴 순간 그를 보았다. 즉각 그가 죽었다는 것을 알았다. 피가 그의 주변에 흥건했다.

곧 그녀는 거리로 뛰쳐나갔다. 의사에게서 규칙적인 산책을 처방받은 은퇴한 은행장이 그녀를 간신히 어느 정도 진정시킨 후 무슨 일인지 걱정하며 물었다.

그녀는 온몸을 떨고 있었고, 그는 거리 모퉁이 가장 가까운 전화 부스로 달려가 구급대 전화번호를 돌렸다.

5시 20분이었다.

남서쪽에서 불어오는 거센 바람을 동반한 보슬비가 내렸다.

마르틴손의 전화가 발란데르를 깨웠다. 6시 3분이었다. 발란데르는 이렇게 일찍 전화가 울렸을 때는 무언가 심각한 일이 일어났다는 것을 오랜 경험으로 알았다. 보통 그는 6시 전에 일어났다. 하지만 오늘 아침 그는 자고 있었고, 전화벨이 울리기 시작함과 동시에 깼다. 여태 자고 있던 주된 이유는 전날 이가 깨져 고통으로 밤을 새웠기 때문이었다. 그는 치통 때문에 몇 차례 약을 먹고 4시쯤 잠이 든 터였다. 수화기를 들기 전 그는 고통이 여전하다는 것에 주목했다.

"제가 깨웠습니까?" 마르틴손이 물었다.

"그래." 발란데르는 그렇게 말했고, 이번만큼은 고지식하게 그렇게 대답한 자신에게 놀랐다. "사실 자네가 그랬지. 무슨 일인가?"

"야간 조가 집에 있는 저를 호출했습니다. 다섯 시 반쯤 성게르투루데 광장 옆에서 살인으로 추정되는 건에 대한 불명확한 응급 전화를 받았답니다. 순찰조가 나갔습니다."

"그리고?"

"그리고 불행히도 사실로 밝혀졌습니다."

발란데르는 침대에 일어나 앉았다. 전화는 30분 전에 걸려 왔을 것이었다.

"자네 거기에 있나?"

"어떻게 제가 그럴 시간이 있겠습니까? 전화가 울렸을 때 옷을 입고 있었습니다. 즉각 경위님께 전화하는 게 최선이라고 생각했죠."

전화 반대편에서 발란데르가 말없이 고개를 끄덕였다.

"죽은 사람이 누군지 아나?" 그가 물었다.

"광장에 스튜디오를 갖고 있는 사진사로 보입니다. 하지만 이름은 잊어버렸습니다."

"람베리?" 발란데르가 이마를 찡그리며 말했다.

"네, 그게 그의 이름이었습니다. 시몬 람베리. 제가 옳게 이해했다면 그를 발견한 사람은 청소 아줌마였습니다."

"어디?"

"무슨 말씀이세요?"

"그가 죽어 발견된 곳이 스튜디오 안인가, 밖인가?"

"안이요."

발란데르는 자명종 시계를 보며 이에 관해 생각했다. 6시 7분.

"십오 분 후에 보면 되겠나?" 그가 말했다.

"네." 마르틴손이 대답했다. "거기 있는 순찰조 말로는 아주 불유쾌한 광경이랍니다."

"살인 현장이 그렇지 뭐." 발란데르가 말했다. "내 평생 유쾌하다고 할 만한 범죄 현장은 없었던 것 같은데."

그들은 대화를 끝냈다.

발란데르는 침대에 앉은 채였다. 마르틴손이 전해 준 뉴스에 잠이 달아났다. 그의 말이 맞는다면 발란데르는 살해된 사람을 아주 잘 알았다. 시몬 람베리는 발란데르의 사진을 몇 차례 찍었다. 사진 스튜디오를 방문했던 다양한 때의 기억이 그의 머리를 스쳤다. 그와 모나가 1970년 5월 말에 결혼했을 때 두 사람의 사진을 찍어 준 사람이 람베리였다. 그의 스튜디오에서 찍은 것은 아니었어도 살트세바덴스 호텔 바로 옆 해변에서 찍은 것이었다. 그렇게 하자고 고집을 피운 사람은 모나였다. 발란데르는 그것이 얼마나 불필요하게 번거로웠는지 기억했다. 심지어 위스타드에서 결혼식을 하게 된 것은 예전 모나에게 견진성사를 준 사제가 거기로 이동되었기 때문이었다. 발란데르는 말뫼에서 결혼해야 한다고 생각했다. 그곳 공무원 자격으로. 하지만 모나는 동의하지 않았다. 그들은 설상가상으로 춥고 바람이 거센 해변에 서 있어야 했고, 그로서는 즐겁지 않은 사진을 찍어야 했다. 발란데르에게 그것은 특별히 성공적이지 않은 로맨틱한 상품을 위한 헛된 노력이었다. 람베리는 딸 린다의 사진 또한 한 번 이상 찍었다.

침대에서 일어난 발란데르는 샤워를 건너뛰고 옷을 입기로 결정했다. 그리고 욕실로 가서 입을 크게 벌렸다. 밤새 이 짓을 얼마나 했는지 알 수 없었다. 입을 벌릴 때마다 이가 다시 온전해졌길 바랐다. 반쯤 깨진 이는 왼쪽 아랫니였다. 입 안에 손을 넣어 볼을 한쪽으로 밀자 반쯤 사라진 이가 뚜렷이 보였다. 그는 조심스럽게 이를 닦았다. 손상된 이에 칫솔이 닿자 엄청나게 아팠다.

그는 욕실에서 나와 부엌으로 갔다. 개수대에 접시들이 쌓여 있었다. 부엌 창밖을 힐끗 보았다. 바람이 세게 불어 보슬비를 흩날리고 있었다. 가로등이 바람에 흔들렸다. 온도계가 영하 4도를 가리켰다.

그는 짜증스러운 얼굴을 했다. 봄은 연기되었다. 아파트를 나설 참에 마음을 바꿔 거실로 돌아갔다. 책장에 결혼사진이 있었다. 우리가 헤어졌을 땐 람베리가 사진을 찍지 않았군. 발란데르는 생각했다. 감사하게도 아무것도 남은 게 없어. 머릿속으로 일어난 일을 되짚어 보았다. 갑자기 한 달 전쯤 어느 날 모나가 한동안 떨어져 지내자고 말했다. 아내는 어떻게 하면 좋을지 생각할 시간이 필요했다. 발란데르는 마음 깊은 곳에서는 놀라지 않았지만 의표를 찔렸다. 두 사람은 점점 사이가 멀어졌고, 점점 대화가 줄었고, 점점 성생활의 즐거움이 줄었고, 결국 린다가 유일한 연결 고리였다.

발란데르는 싸웠다. 그는 애걸하고 위협했지만 모나는 단호했다. 그녀는 말뫼로 돌아갈 작정이었다. 린다는 엄마와 가길 원했다. 대도시가 딸을 유혹했다. 그게 일어난 일이었다. 발란데르는 여전히 언젠가 다시 함께 시작할 수 있길 바랐다. 하지만 그는 이 바람이 어떤 가치가 있을지 몰랐다.

그는 머리를 저어 이러한 생각들을 떨쳐 버리고 사진을 도로 책장 선반에 놓은 다음 아파트를 나서며 무슨 일이 있었는지 궁금해했다. 람베리는 어떤 사람이었을까? 그에게 네다섯 번의 사진을 찍었지만 그가 어떤 사람이었는지 실질적인 기억이 없었다. 당장은 그 사실에 놀랐다. 람베리는 근본적으로 무명이었다. 발란데르는 그의 얼굴을 떠올릴 수조차 없었다.

성게르트루데 광장으로 가는 데 몇 분 걸리지 않았다. 경찰차 두 대가 스튜디오 밖에 주차되어 있었다. 구경꾼들이 밖에 모여 있었다. 경찰 몇 명이 입구 주변 지역에 저지선을 치는 중이었다. 발란데르와 같은 시간에 마르틴손이 도착했다. 발란데르는 면도하지 않은 그의 모습을 처음으로 보았다.

두 사람은 제한 구역으로 걸음을 옮겼다. 야간 조 경찰에게 고개를 끄덕였다.

"보기 좋은 광경이 아닙니다." 그가 말했다. "시체가 바닥에 대자로 뻗어 있습니다. 피가 흥건하고요."

발란데르는 짧은 끄덕임 한 번으로 그의 말을 끊었다.

"그게 사진사 람베리인 게 확실한가?"

"청소 아줌마가 확신했습니다."

"그녀는 지금 상태가 안 좋겠군." 발란데르가 말했다. "경찰서로 데려가게. 커피를 좀 주고. 우린 되도록 빨리 그리로 가야겠네."

두 사람은 열린 문으로 걸음을 옮겼다.

"뉘베리에게 전화했습니다." 마르틴손이 말했다. "감식반이 오는 중입니다."

그들은 문 안으로 들어가 신발을 벗었다. 사위가 고요했다. 발란데르가 앞장서고 마르틴손이 뒤를 따랐다. 그들은 카운터를 지나 스튜디오로 갔다. 거기에 있는 것들은 끔찍해 보였다. 남자는 사진사들이 사진을 찍을 때 배경 막으로 쓰는 것 같은 큰 종이에 엎드려 있었다. 종이는 흰색이었다. 죽은 남자의 머리 주위에 피가 날카로운 윤곽선을 그렸다.

발란데르는 조심스럽게 그에게 다가갔다. 그리고 몸을 숙였다.

청소 아줌마가 맞았다. 정말 시몬 람베리였다. 발란데르는 그를 알아보았다. 반쯤 드러나도록 얼굴이 비틀려 있었다. 눈은 뜬 채였다.

발란데르는 표정을 해석해 보려 했다. 고통이나 놀람 이상의 것이 있을까? 그는 어떤 확실성을 확정할 어떤 것도 찾지 못했다.

"사인에 대해서는 거의 의심할 게 없겠군." 그가 그렇게 말하며 가리켰다.

뒤통수에 움푹 파인 자국이 있었다. 마르틴손이 시체 옆에 쭈그리고 앉았다.

"뒤통수가 온통 으깨졌군요." 그가 불편함을 드러내며 말했다.

발란데르는 그를 힐끗 보았다. 두 사람이 범죄 현장을 조사하러 나왔던 다른 때 몇 번 마르틴손은 심하게 힘들어했는데, 지금은 욕지기를 잘 통제하는 것처럼 보였다.

그들은 몸을 일으켰다. 발란데르는 주위를 둘러보았다. 난장판이 아니었다. 살인에 격투의 징후는 보이지 않았다. 흉기로 쓰였을 만한 것은 보이지 않았다. 그는 죽은 남자를 지나쳐 걸음을 옮겨 방 저 끝에 있는 문을 열었다. 불을 켰다. 이곳이 람베리의 사무실이었을 터였고, 보아하니 사진을 현상한 곳 역시 이곳이었다. 이 방 역시 아무것도 흐트러지지 않았다. 겉으로 보기에는. 책상 서랍은 닫혀 있었고, 캐비닛은 잠겨 있었다.

"강도의 소행으론 보이지 않는데요." 마르틴손이 말했다.

"아직 모르지." 발란데르가 말했다. "람베리는 결혼했나?"

"청소 아주머니는 그렇게 생각하는 것 같았습니다. 그들이 라벤델 베옌에 산다던데요."

발란데르는 그곳이 어디인지 알았다.

"아내에겐 연락했겠지?"

"글쎄요."

"그럼 거기서 시작하지. 스베드베리가 하면 되겠군."

마르틴손이 어리둥절한 표정으로 발란데르를 보았다.

"경위님이 하시지 않고요?"

"스베드베리가 나만큼 잘할 거야. 그에게 전화하게. 목사를 데려가는 걸 잊지 말라고 해."

6시 45분이었다. 마르틴손은 카운터가 있는 곳으로 가 전화했다. 발란데르는 스튜디오에 남아 주위를 살펴보았다. 무슨 일이 있었는지 상상해 보려 했다. 이 사건은 시간 프레임이 없어서 더 어려웠다. 그는 우선 청소 아주머니와 이야기해 봐야겠다고 생각했다. 그러기 전에는 어떤 결론도 이끌어 낼 수 없을 것이었다.

마르틴손이 스튜디오로 돌아왔다.

"스베드베리는 경찰서로 가는 중입니다." 그가 말했다.

"우리도 그럴 거야." 발란데르가 말했다. "청소 아주머니와 얘기를 나누고 싶네. 얘기할 시간이 있겠지?"

"그녀와 얘기를 나누기가 어려웠습니다. 이제야 진정되기 시작했으니까요."

뉘베리가 마르틴손의 뒤에서 나타났다. 그들은 서로 고개를 끄덕였다. 뉘베리는 괴팍하지만 경험이 많고 숙련된 감식반원이었다. 발란데르는 복잡한 범죄를 해결하는 데 여러 번 그의 덕을 보았다.

뉘베리는 시체를 보고 얼굴을 찌푸렸다.

"그 사진사로군." 그가 말했다.

"시몬 람베리." 발란데르가 말했다.

"몇 년 전 여기에 여권 사진을 찍으러 왔었지. 누가 이 친구의 머리를 후려갈기게 되리라고는 분명 상상도 못 했어."

"그는 이곳을 오랫동안 운영했네." 발란데르가 말했다. "그가 늘 여기 있진 않았지만 거의 그랬지."

뉘베리는 코트를 벗었다.

"우리가 아는 게 뭐지?" 그가 물었다.

"이곳 청소 아주머니가 다섯 시 넘어서 시체를 발견했네. 실제로 우리가 아는 건 그게 다야."

"그러니까 우린 아는 게 없군." 뉘베리가 말했다.

마르틴손과 발란데르는 스튜디오에서 나갔다. 뉘베리가 동료들과 조용히 작업할 수 있어야 했다. 발란데르는 그 작업이 철저히 수행되리라는 것을 알았다.

두 사람은 경찰서로 갔다. 발란데르는 안내 데스크에 들러 이제 막 출근한 에바에게 자신을 위한 치과 의사 예약 전화를 부탁했다. 그는 그녀에게 그의 이름을 알려 주었다.

"아파요?" 그녀가 물었다.

"네." 발란데르가 말했다. "저는 사진사 람베리의 시체를 발견한 청소 아주머니와 얘기를 나누러 갈 거예요. 한 시간쯤 걸릴 겁니다. 그 후에 되도록 빨리 치과 의사를 봤으면 합니다."

"람베리?" 충격을 받은 에바가 그 이름을 되뇌었다. "어떻게 된 거예요?"

"살해됐습니다."

에바가 의자에 주저앉았다.

"그를 오래 알아 왔는데." 그녀가 슬픈 목소리로 말했다. "내 손주 모두 그가 사진을 찍었죠. 차례차례."

발란데르는 고개를 끄덕였지만 아무 말도 하지 않았다.

그리고 자신의 방을 향해 복도를 따라 걸었다.

모두가 람베리를 아는 것 같군. 그는 생각했다. 우리 모두 그의 카메라 앞에 섰어. 모두 나처럼 그에 대한 인상이 모호한지 궁금한데.

이제 7시 5분이었다.

몇 분 뒤 힐다 발덴을 안으로 들였다. 그녀는 할 말이 별로 없었다. 발란데르는 그녀가 제정신이 아니어서만은 아니라는 것을 즉시 알아차렸다. 10년 넘게 람베리의 스튜디오를 청소해 왔음에도 그녀가 그를 전혀 몰랐다는 것이 그 이유였다.

그녀가 한손의 뒤를 따라 발란데르의 방에 들어왔을 때, 발란데르는 그녀와 악수한 뒤 친절하게 의자를 권했다. 그녀는 여윈 얼굴의 60대였다. 발란데르는 그녀가 평생 힘들게 일해 왔다는 인상을 받았다. 한손이 방에서 나갔고, 발란데르는 서랍 속 잡동사니에서 메모장을 꺼냈다. 있었던 일에 유감을 표하며 대화를 시작했다. 그는 혼란해하는 그녀를 이해할 수 있었다. 하지만 질문을 기다릴 수는 없었다. 끔찍한 범죄가 저질러졌다. 이제 되도록 빨리 가해자와 그 동기를 찾아야 했다.

"처음부터 시작하죠." 그가 말했다. "시몬 람베리의 스튜디오를 청소하십니까?"

그녀는 매우 작은 목소리로 대답했다. 발란데르는 그녀의 대답을 듣기 위해 테이블 위로 몸을 숙여야 했다.

"십이 년 칠 개월째 그곳을 청소해 왔어요. 일주일에 세 번, 아침에요. 월요일, 수요일 그리고 금요일에요."

"오늘 아침 언제 그 사진관에 가셨습니까?"

"늘 가던 시간에요. 다섯 시 조금 넘어서요. 오전에 네 군데를 청소해요. 대개 람베리 사진관을 맨 처음 가죠."

"열쇠를 갖고 계시나 보죠?"

그녀가 놀란 표정으로 그를 보았다.

"아니면 내가 어떻게 들어가겠어요? 람베리는 열 시 전에 문을 열지 않아요."

발란데르는 끄덕이고 말을 이었다.

"그 거리에서 걸어 들어가셨나요?"

"다른 입구는 없어요."

발란데르는 메모했다.

"문이 잠겨 있었나요?"

"네."

"자물쇠가 어떤 식으로든 조작되진 않았던가요?"

"그런 것 같진 않았어요."

"그다음에는요?"

"들어갔어요. 핸드백을 내려놓고 코트를 벗었죠."

"평소와 다른 게 있었습니까?"

그는 그녀가 정말 생각하고 기억하려 애쓴다는 것을 알았다.

"모든 게 정상이었어요. 어제 아침엔 비가 왔죠. 바닥이 유달리 진흙탕이었어요. 난 양동이와 대걸레를 가지러 갔죠."

그녀가 갑자기 말을 멈추었다.

"그리고 그를 보셨습니까?"

그녀는 말없이 끄덕였다. 순간 발란데르는 그녀가 우는 게 아닐까 두려웠다. 하지만 그녀는 깊이 들이마신 숨을 멈추었다.

"그를 발견하신 게 몇 시였습니까?"

"다섯 시 구 분이요."

그는 놀란 표정으로 그녀를 보았다.

"어떻게 그렇게 정확히 아십니까?"

"스튜디오에 벽시계가 있어요. 바로 그걸 봤죠. 어쩌면 죽어서 누워 있는 그를 보지 않으려고 그랬는지도 몰라요. 어쩌면 내 평생 최악의 순간의 정확한 시간을 기억해 두려고요."

발란데르는 끄덕였다. 자신이 이해했다고 생각했다.

"다음에 어떻게 하셨습니까?"

"길거리로 뛰쳐나갔어요. 비명을 질렀는지도 몰라요. 근데 거기에 한 남자가 있었어요. 그가 가까운 공중전화로 경찰을 불렀어요."

발란데르는 잠시 펜을 내려놓았다. 이제 그는 힐다 발덴의 행동과 시간 리스트를 확보했다. 그 진실성을 의심하지 않았다.

"왜 람베리가 그렇게 이른 아침에 사진관에 있었는지 말씀해 주실 수 있나요?"

그녀의 대답은 즉각적이고 단호했다. 발란데르는 그녀가 자신이 묻기 전에 그것을 생각하고 있었던 것이라고 깨달았다.

"가끔 그는 밤에 스튜디오에 갔어요. 거기서 자정 때까지 있었죠.

그 일은 그전에 일어난 게 분명해요."

"그가 밤에 거기에 있었는지 어떻게 아십니까? 아침에 청소하신다면서요?"

"몇 년 전 지갑을 작업복 주머니에 두고 온 적 있어요. 그걸 가지러 밤에 거길 갔죠. 그때 그가 거기에 있었어요. 그가 자긴 대개 일주일에 이틀 밤은 온다고 했죠."

"일하러요?"

"대개 뒤쪽 사무실에서 신문을 정리하며 앉아 있는 거 같아요. 라디오를 켜 놓고요."

발란데르는 생각에 잠겨 고개를 끄덕였다. 그녀의 말이 아마 맞을 것이었다. 살인은 아침에 일어난 게 아니라 전날 밤이었다.

그는 그녀를 보았다.

"이런 짓을 할 만한, 생각나는 사람이 있습니까?"

"아니요."

"그에게 적이 있었습니까?"

"난 그를 잘 몰라요. 그에게 친구든 적이든 있는지 몰라요. 난 거길 청소할 뿐이에요."

발란데르는 그 실마리를 움켜쥐었다.

"하지만 당신은 거기서 십 년 넘게 일하셨습니다. 그에 대해 아시는 게 있겠죠? 그의 버릇. 혹은 약점 같은 거요."

그녀의 대답은 단호했다.

"난 그를 전혀 몰랐어요. 그는 극히 내성적이었어요."

"그를 다른 방식으로 묘사해 보실 수 있을 겁니다."

기대치 않은 대답이 나왔다.

"댁이라면 벽에 섞인 듯 특색 없는 사람을 묘사할 수 있겠어요?"

"아니, 정말 그렇습니다." 발란데르가 말했다. "무슨 말씀인지 알겠습니다."

그는 메모장을 옆으로 치웠다.

"최근에 평상시와 다른 뭔가가 있었습니까?"

"난 그를 한 달에 한 번 만날 뿐이에요. 급료를 받으러 갈 때요. 하지만 그땐 다를 게 없었어요."

"마지막으로 그를 보신 게 언제입니까?"

"이 주 전이요."

"그리고 그는 평상시와 똑같이 보였고요?"

"네."

"불안해하지 않았습니까? 초조해하거나?"

"아니요."

"사진관 내에서도 뭔가 눈치채지 못했습니까? 뭔가 달라진 걸?"

"전혀요."

이 여자는 훌륭한 목격자야. 발란데르는 생각했다. 대답들이 단호해. 관찰력이 뛰어나고. 여자의 기억을 의심할 필요 없겠어.

그는 더 이상 물을 게 없었다. 대화는 20분이 채 걸리지 않았다. 그는 힐다를 집으로 데려다주기로 한 한손에게 전화했다.

다시 혼자가 되자 그는 창가로 가서 비 내리는 밖을 응시했다. 봄이 올지 멍하니 생각했다. 그리고 모나 없는 봄을 어떻게 맞을지. 그때 이가 다시 아프기 시작했다. 시간을 확인했다. 아직 너무 일렀다.

치과 의사가 벌써 사무실에 있을 것 같지 않았다. 그와 동시에 스베드베리는 어떻게 하고 있는지 궁금했다. 가족에게 사망 소식을 전하는 것은 두려운 업무 중 하나였다. 특히 예상치 않은 잔인한 살해를 알려야 할 때. 하지만 스베드베리가 잘 해낼 것이라고 확신했다. 스베드베리는 좋은 경찰이었다. 어쩌면 특출한 재능은 없어도 근면하고 결벽적으로 책상 정리를 하는. 어떤 면에서 그는 발란데르와 일했던 최고의 경찰 중 한 명이었다. 그리고 스베드베리는 늘 발란데르에게 지극히 충실했다.

그는 창가를 떠나 휴게실로 커피를 가지러 갔다. 복도를 따라 다시 돌아오면서 무슨 일이 있었는지 이해해 보려 했다.

시몬 람베리는 예순을 바라보는 사진사였다. 견진성사, 결혼식, 다양한 나이대의 아이를 찍으며 나무랄 데 없는 방식으로 업무를 처리하는 습관이 밴 남자. 청소 아주머니 말에 따르면, 그는 일주일에 이틀 밤을 스튜디오에 갔다.

그때 그는 안쪽 사무실에 앉아 신문들을 뒤적이며 음악을 들었다. 청소 아주머니의 말이 맞는다면 대개 자정쯤 떠났다.

발란데르는 방으로 돌아왔다. 커피를 들고 다시 창가로 가 비 내리는 밖을 내다보았다.

왜 람베리는 스튜디오에 앉아 그 밤들을 보냈을까? 그 상황에 대한 무언가가 발란데르의 호기심을 불러일으켰다.

그는 손목시계를 확인했다. 그때 에바가 전화했다. 치과 의사에게 연락한 것이리라. 그는 즉시 알 수 있었다.

그는 참지 않기로 마음먹었다. 살인 사건 수사를 이끌 생각이라면 치통을 달고 할 수는 없었다. 그는 마르틴손의 방으로 갔다.

"어제 이가 깨졌어." 그가 말했다. "치과에 갈 거야. 하지만 한 시간 내로 돌아올 것 같아. 그때 회의하자고. 스베드베리는 돌아왔나?"

"제가 알기론, 아니요."

"뉘베리에게 연락해서 한두 시간 내로 올 수 있는지 알아보게. 그럼 우린 그의 첫 느낌을 알 수 있을 거야."

마르틴손이 하품을 하고 기지개를 켰다.

"늙은 사진사를 죽여서 누가 뭘 얻을 수 있을까요?" 그가 말했다. "강도의 소행 같진 않습니다."

"늙은?" 그가 항의했다. "그는 쉰여섯이야. 하지만 그것 말고는 나도 자네의 말에 동의하네."

"그는 사진관 안쪽에서 공격당했습니다. 가해자가 어떻게 들어왔을까요?"

"열쇠를 갖고 있었거나 람베리가 들였겠지."

"람베리는 뒤에서 당했습니다."

"그건 다른 많은 설명이 있을 수 있어. 그리고 우린 그중 아무것도 모르지."

발란데르는 경찰서에서 나와 전자 제품 가게 바로 옆 광장 근처에 있는 치과를 향해 걸음을 옮겼다. 어렸을 때 발란데르는 끌려갔던 치과가 항상 무서웠었다. 어른이 된 후에는 어느새 그 두려움이 사라졌다. 이제 될 수 있는 한 빨리 그 고통에서 벗어나고 싶을 뿐이었다. 하지만 그는 부러진 이가 나이를 먹어 간다는 징후라는 것을 깨달았다. 그는 고작 마흔이었다. 하지만 노화는 이미 시작되었다.

발란데르는 즉시 안내를 받고 치과 의자에 앉았다. 의사는 젊었고, 빠르고 수월하게 일을 처리했다. 30분 만에 치료가 끝났다. 고통이 욱신거림으로 바뀌었다.

"욱신거림도 곧 사라질 겁니다." 의사가 말했다. "하지만 치석을 제거하러 오셔야 합니다. 선생님은 칫솔질을 제대로 안 하시는 것 같군요."

"아마 그럴 겁니다." 발란데르가 말했다.

그는 2주 내로 다시 올 약속을 잡고 경찰서로 돌아갔다. 10시에 동료들을 회의실로 모았다. 스베드베리가 돌아왔고, 뉘베리도 참석했다. 발란데르는 테이블 상석인 평소 자리에 앉았다. 그리고 주위를 둘러보았다. 그는 여기에 몇 번이나 더 앉아 또 다른 범죄 수사를 위해 마음을 다잡을지 잠시 궁금했다. 수년간 더 많은 수고를 들이리라는 것을 알았다. 하지만 일에 투신하는 것 외에 아무것도 할 일이 없다는 것 또한 알았다. 자신들은 해결해야 할 잔인한 살인 사건이 있었다. 그것을 미룰 수는 없었다.

"뤼드베리가 어디 있는지 아는 사람?" 그가 물었다.

"요통이요." 마르틴손이 대꾸했다.

"애석하군." 발란데르가 말했다. "지금 그가 여기 있어야 하는데."

그는 뉘베리를 돌아본 다음 시작하라고 그에게 고개를 끄덕였다.

"이렇게 말하긴 물론 너무 이르지만," 뉘베리가 말했다. "강도 짓은 아닌 것 같아. 어떤 문도 상한 데가 없고, 도난당한 것도 없어 보여. 적어도 언뜻 보기에는. 모든 게 아주 이상해."

발란데르는 이 단계에서 뉘베리에게 어떠한 결정적 의견도 기대하지 않았다. 하지만 그는 여전히 그가 자리에 있길 바랐다.

그는 스베드베리를 향했다.

"예상대로 엘리사베트 람베리는 큰 충격에 빠졌어. 보아하니 그들은 침실을 따로 쓰는 것 같아. 그녀는 그가 밤에 나가 있을 때면 돌아오는 걸 보통 알아차리지 못했더군. 두 사람은 그날 저녁 여섯 시 반쯤 저녁을 먹었어. 그는 여덟 시 못 돼 스튜디오로 가기 위해 집을 나섰고. 그녀는 열한 시 조금 지나서 침대로 가 바로 잠이 들었어. 그녀는 누가 그를 죽였는지 감도 못 잡더군. 그에게 적이 있을 거라는 생각은 아예 안 하던데."

발란데르는 끄덕였다.

"그럼 이게 우리가 아는 거로군." 그가 말했다. "우리에겐 죽은 사진사가 있어. 하지만 우리가 아는 것도 그게 전부야."

모두가 그 말의 뜻을 알았다. 이제 힘든 수사가 진행될 것이라는.

그것이 그들을 어디로 이끌지 그들은 전혀 몰랐다.

알 수 없는 이유로 사진사 시몬 람베리를 죽인 한 명 혹은 여러 명의 가해자에 대한 첫 사냥이었던 그날 아침 사건 검토는 아주 짧게 끝났다. 그들에게는 항상 따랐던 일상적 진행 방법들이 있었다. 그들은 뉘베리와 그의 부하들이 행한 범죄 현장 감식 작업의 결과와 마찬가지로, 룬드에 있는 법의학 부서의 보고서를 기다려야 했다. 이제 시몬 람베리에 대해 조사하고 그가 살아온 삶을 도표로 만들 것이었다. 이웃들에게 질문 역시 할 것이며, 무언가를 보았을지 모를 사람들을 찾아낼 것이었다. 물론 이러한 초기 단계에서도 며칠 안에 살인 사건을 해결할 수 있는 정보가 들어올 것이라는 희망도 있었다. 하지만 이미 발란데르는 복잡한 사건에 직면해 있다고 본능적으로 느꼈다. 수사를 시작할 단서가 아주 적거나 아예 없었다.

그는 회의실에 앉자 초조했다. 치통은 사라졌다. 하지만 대신 뱃속에 이 새로운 걱정거리를 안고 있었다.

비에르크가 들어와 수사 진행 건에 대한 예비 검토와 수사 일정에 관한 발란데르의 말을 들으려고 자리에 앉았다. 말이 끝났을 때 아무 질문도 없었다. 그들은 가장 우선적인 업무들을 배정한 다음 회의를 파했다. 발란데르는 오늘 늦게 람베리의 아내와 이야기를 나눌 터였다. 우선 그는 범죄 현장을 더 철저히 조사하고 싶었다. 뉘베리가 두어 시간 내로 스튜디오와 그 안쪽 방을 들어갈 수 있을 거라고 했다.

비에르크와 발란데르는 다른 이들이 열을 지어 나간 후에도 회의실에 남아 있었다.

"자넨 이게 현행범으로 체포된 적 있는 강도 짓이라고 생각하지 않나?" 비에르크가 물었다.

"네." 발란데르가 대꾸했다. "하지만 제가 잘못 생각하는 걸 수도 있죠. 어떤 가능성도 배제할 수 없습니다. 하지만 대체 강도가 람베리의 스튜디오에서 뭘 얻을 수 있을 거라고 생각했는지 궁금합니다."

"카메라?"

"그는 어떤 사진 장비도 팔지 않았습니다. 단지 사진만 찍었죠. 그가 판 물품은 액자와 앨범뿐이었습니다. 그거 때문에 수고를 들일 강도는 없을 겁니다."

"그럼 뭐가 남지? 개인적인 원한?"

"모르겠습니다. 하지만 스베드베리의 말에 따르면 그의 아내 엘리사베트 람베리는 그에게 적이 없다는 데 단호한 것 같습니다."

"하지만 그게 미처 날뛰는 미치광이의 소행이었다는 정황도 없지 않나?"

발란데르는 고개를 끄덕였다.

"어떤 정황도 없지만," 그가 말했다. "지금 단계에서도 생각해야 할 게 세 가지 있습니다. 가해자는 어떻게 스튜디오에 들어왔는가? 문이나 창에는 아무 흔적이 없습니다. 람베리가 문을 잠그지 않은 채 있진 않았을 겁니다. 엘리사베트 람베리는 그가 늘 문단속에 주의했다고 합니다."

"두 가지 가능성이 있군. 놈은 열쇠를 가지고 있었다. 그렇지 않으면 시몬 람베리가 놈을 안으로 들였다."

발란데르는 끄덕였다. 비에르크는 이해했다. 그는 계속했다.

"두 번째로 주시할 건 람베리를 죽인 일격은 뒤통수에 가해진 무시무시한 타격이었습니다. 그건 확고한 의지의 표시일 수도 있습니다. 아니면 분노. 아니면 둘 다. 그리고 그 엄청난 힘이요. 죽은 순간 람베리는 살인자에게 등을 돌렸습니다. 그건 결국 두 가지를 의미합니다. 그가 어떤 나쁜 일도 예상하지 못했다는 것. 아니면 도망치려고 했다는 거요."

"그가 자신을 죽인 사람을 들였다면 그가 등을 돌린 이유가 설명되겠지."

"달리 생각할 수도 있습니다." 발란데르가 말했다. "그 늦은 밤에 그가 사이가 좋지 않은 누군가를 들였을까요?"

"그 밖에는?"

"청소 아주머니의 말로는 람베리에게 일주일에 이틀 밤 스튜디오에 나오는 습관이 있었답니다. 그날들은 일정치 않고요. 하지만 가해자가 그날을 알았을 가능성이 있습니다. 적어도 우린 람베리의 습관을 안 사람을 찾을 수 있을 겁니다."

두 사람은 회의실에서 나왔고, 결국 복도에 멈춰 섰다.

"그러니까 적어도 수사할 방향이 있다는 뜻이군." 비에르크가 말했다. "맨땅에 헤딩은 아니고."

발란데르는 얼굴을 찌푸렸다.

"거의 그렇죠." 그가 말했다. "맨땅의 헤딩에 가깝습니다. 뤼드베리가 있다면 좋을 텐데요."

"그의 허리가 걱정이야." 비에르크가 말했다. "가끔 난 그게 다른 문제일지도 모른다는 생각이 드네."

발란데르는 놀란 표정으로 그를 응시했다.

"요통이 아니라면요?"

"다른 병일지도 몰라. 요통이 근육이나 뼈의 문제만은 아니지."

발란데르는 비에르크에게 의사인 의붓형제가 있다는 것을 알았다. 그리고 비에르크는 이따금 심각했던 많은 병으로 고통을 받아 왔기 때문에 발란데르는 지금 그가 자신의 걱정을 뤼드베리에게 투영하고 있다고 생각했다.

"뤼드베리는 늘 일주일쯤 지나면 좋아졌습니다."

두 사람은 각자의 길로 갔다. 발란데르는 자신의 방으로 돌아왔다. 이제 살인 사건 소식이 퍼져, 에바는 그에게 언제 정보를 얻을 수 있느지 전화한 몇몇 기자의 메시지를 전해 주었다. 누구와의 상의도 없이 발란데르는 3시에 질문에 대답할 시간이 있다고 알렸다.

그 후 그는 사건의 요약을 쓰는 데 한 시간을 할애했다. 그가 쓰기를 막 마쳤을 때 뉘베리가 전화해 이제 스튜디오 안쪽 방을 조사할 수 있다고 알렸다. 뉘베리는 여전히 주목할 만한 발견이 없다고 했다. 검시관도 람베리가 뒤통수 타격으로 죽었다는 것 외에 할 말이 없었다. 발란데르는 지금 단계에서 흉기의 종류에 관해 해 줄 말이 없는지 물었다. 하지만 그 대답을 듣기는 너무 일렀다. 발란데르는 통화를 마쳤고, 그의 생각은 뤼드베리에게 돌아갔다. 스승이자 멘토이며 자신이 만난 가장 유능한 형사. 그는 발란데르에게 논거를 뒤집고 비틀며 새로운 시각으로 문제에 접근하는 것이 얼마나 중요한지 가르쳤다.

당장이라도 그에게 조언을 구할 수 있어. 발란데르는 생각했다. 오늘 밤 그의 집으로 전화해야겠어.

그는 휴게실로 가 커피 한 잔을 더 마셨다. 조심스럽게 과자를 아작아작 씹으며. 치통은 돌아오지 않았다.

그는 전날 밤 잠을 방해받아 피곤을 느꼈기에 성게르트루데 광장까지 걸어갔다. 보슬비가 이어지고 있었다. 봄이 올지 궁금했다. 4월이면 우리 스웨덴인의 조급함은 극에 달해. 그는 생각했다. 봄은 제때 결코 오지 않을 것처럼 보였다. 겨울은 너무 빨리 왔고, 봄은 너무 늦었다.

사람들이 람베리 사진관 앞에 모여 있었다. 발란데르는 그중 몇몇을 알았거나, 적어도 전에 얼굴을 보았다. 그는 고개를 끄덕여 인사했다. 하지만 어떤 질문에도 대답하지 않았다. 경찰 저지선을 넘어 사진관 안으로 발을 내디뎠다. 뉘베리가 보온 머그잔을 들고 감식반원 한 명과 언쟁하며 서 있었다. 발란데르가 다가갈 때도 멈추지 않았다. 말을 마치고 나서야 그는 발란데르를 돌아보았다. 그가 스튜디오 쪽을 가리켰다. 시체는 치워진 상태였다. 흰색 종이 막에 큼직한 핏자국이 남아 있을 뿐이었다. 바닥에 플라스틱 깔개가 놓여 있었다.

"저기로 걷게." 뉘베리가 지시했다. "스튜디오에서 많은 발자국을 발견했네."

발란데르는 구두 위에 비닐 덧신을 신고 고무장갑을 주머니에 넣은 다음 조심스럽게 사무실과 인화실로 쓰인 방으로 걸음을 옮겼다. 발란데르는 열넷이나 열다섯쯤인 어렸을 때 사진사가 되겠다는 열정적인 꿈을 얼마나 키웠었는지 기억했다. 하지만 스튜디오를 갖겠다는 열망은 없었다. 그는 사진기자가 될 생각이었다. 모든 엄청난 사건들의 제일선에 서서 다른 이들이 자신의 사진을 찍는 동안 사진을 찍을 것이었다.

안쪽 방으로 발을 디디며 그는 그 꿈이 어디로 사라졌는지 궁금했다. 그 꿈은 갑작스럽게 그를 떠났다. 지금 그는 거의 사용하지 않은, 단순한 소형 카메라를 갖고 있었다. 몇 년 뒤에는 오페라 가수가 되고 싶었다. 둘 중 아무것도 실현되지 않았다.

그는 코트를 벗고 방을 둘러보았다. 스튜디오 쪽에서 뉘베리가 다시 언쟁을 시작하는 소리가 들렸다. 두 발자국 사이의 거리를 엉성하게 측정한 것에 대한 언쟁이 모호하게 들렸다. 그는 라디오가 놓인 쪽으로 걸음을 옮겨 그것을 켰다. 클래식 음악. 힐다 발덴은 람베리가 가끔 밤에 스튜디오까지 걸어왔다고 했다. 일하러, 그리고 음악을 들으러. 클래식 음악을. 거기까지는 좋았다. 그는 책상 앞에 앉았다. 모든 것이 꼼꼼히 정리되어 있었다. 글을 쓸 때 받치는 녹색 패드를 들어 보았다. 아무것도 없었다. 이내 몸을 일으켜 방 밖으로 나가 뉘베리에게 어떤 열쇠든 찾은 게 있는지 물었다. 그들은 찾았다. 발란데르는 고무장갑을 끼고 방으로 돌아갔다. 그는 책상 서랍에 맞는 열쇠를 찾아냈다. 맨 위 서랍에는 다양한 세금 관련 서류 그리고 람베리의 회계사와 주고받은 서신이 있었다. 발란데르는 조심스럽게 그 서류들을 훑었다. 특별한 것은 아무것도 찾지 못했다. 따라서 어떤 것이든 중요하다고 드러날 수 있었다.

그는 체계적으로 서랍들을 뒤졌다. 눈에 띄는 것은 아무것도 없었다. 지금까지 람베리의 삶은 비밀도, 놀랄 것도 없이 잘 정리된 것이었다. 하지만 아직 표면을 긁고 있을 뿐이었다. 몸을 숙여 맨 아래 서랍을 뺐다. 앨범이 들어 있을 뿐이었다. 표지가 고급 가죽으로 된.

발란데르는 그것을 책상 위에 놓고 첫 페이지를 펼쳤다. 그는 이마를 찡그리고 한 장의 스냅사진을 뚫어지게 보았다. 그것은 여권 사진보다 더 크지 않았다. 발란데르는 다른 서랍에서 확대경이 있는 것을 보았었다. 이제 그것을 꺼내 책상 램프 두 개 중 하나를 켜고 그 사진을 더욱 가까이에서 관찰했다.

그것은 미국 대통령 로널드 레이건의 사진이었다. 하지만 변형된 사진으로, 얼굴이 왜곡되어 있었다. 하지만 로널드 레이건이었다. 왜곡되었다 하더라도. 주름진 노인이 끔찍한 괴물로 바뀌어 있었다. 사진 오른쪽에는 잉크로 날짜가 적혀 있었다. 1984년 8월 10일.

발란데르는 머뭇거리며 페이지를 넘겼다. 역시 그런 사진. 페이지 한가운데에 풀로 붙인 사진 한 장. 이번에는 스웨덴 전 총리의 사진 이었다. 마찬가지로 변형된 비정상적인 얼굴. 잉크로 쓰인 날짜.

발란데르는 각 사진을 자세히 보지 않고 앨범을 천천히 넘겼다. 페이지당 사진 한 장. 비정상적으로 변형된. 남자들―특권층의 남자들이었다―이 혐오스러운 괴물로 개작되었다. 외국인뿐 아니라 스웨덴인도. 주로 정치가들이지만 사업가 몇 명, 작가 한 명과 발란데르가 모르는 몇몇 사람들.

그는 그 사진들이 전하려는 것이 무엇인지 이해해 보려고 했다. 왜 시몬 람베리는 이 굉장한 앨범을 갖고 있었을까? 왜 그는 사진들을 왜곡했을까? 그는 이 앨범 작업을 하려고 스튜디오에서 혼자 밤을 보낸 걸까? 발란데르는 정신을 집중했다. 시몬 람베리의 질서정연한 외관 이면에는 명백히 다른 무언가가 있었다. 적어도 유명 인사의 얼굴을 고의로 왜곡한 남자가.

그는 페이지를 한 장 더 넘겼다. 움찔했다. 몸에서 극심한 불편이 뿜어져 나왔다.

그는 그것이 사실인지 믿기 어려웠다.

그때 스베드베리가 방에 들어왔다.

"이것 좀 보게." 발란데르가 천천히 말했다.

그는 그 사진을 가리켰다. 스베드베리가 몸을 숙였다.

"자네군." 그가 놀라워하며 말했다.

"그래." 발란데르가 대꾸했다. "나야. 아니면 적어도 어쩌면."

그는 그것을 다시 보았다. 그것은 신문에 실렸던 사진이었다. 그라고는 해도 아니었다. 그는 몹시 끔찍한 사람처럼 보였다.

발란데르는 그렇게 소름이 끼쳤던 적이 있었는지 생각할 수 없었다. 왜곡되어 그로테스크한 자신의 얼굴 묘사에 구역질이 났다. 분명 자신이 체포한 범죄자들에게 자신은 욕설의 대상이었지만 누군가가 이 끔찍한 자신의 사진을 만들며 수 시간을 보냈다는 생각이 들자 무서웠다. 스베드베리가 자신의 반응을 드러내더니 뉘베리를 데리러 갔다. 그들은 함께 앨범을 조사했다. 마지막 사진인, 파괴된 스웨덴 총리의 얼굴은 전날 만들어졌다. 날짜가 사진 옆에 쓰여 있었다.

"이런 짓을 했다면 환자일 거야." 뉘베리가 말했다.

"이 사진들 위에서 밤을 보낸 사람이 시몬 람베리란 건 의심의 여지가 없어." 발란데르가 말했다. "물론 내가 궁금한 건 이 섬뜩한 컬렉션에 왜 내가 포함됐는가야. 다름 아닌 유일한 위스타드 사람이. 국가원수와 대통령 들 사이에. 난 그게 아주 불안하단 걸 부인하지 않겠네."

"그리고 목적이 뭐지?" 스베드베리가 물었다.

아무도 이해할 만한 대답을 내놓지 못했다.

발란데르는 스튜디오에서 나가야겠다고 느꼈다. 그는 스베드베리에게 방을 조사해 달라고 했다. 곧 기자들이 기다리는 정보를 줘야 할 터였다. 거리로 나왔을 때쯤 욕지기는 사라졌다. 저지선을 넘은 그는 곧장 경찰서로 갔다. 여전히 보슬비가 내리고 있었다. 욕지기는 지나갔지만 거북함을 느꼈다.

시몬 람베리는 스튜디오에서 음악을 들으며 밤을 보냈다. 그러면서 여러 국가수반의 얼굴을 왜곡했다. 위스타드의 경위를. 발란데르는 맹렬히 설명을 찾으려고 애썼지만 성공하지 못했다. 완벽하게 평범한 외관 아래 정신이상을 감추고 이중생활을 하는 사람은 흔했다. 범죄 역사의 기록에서 많은 예를 찾을 수 있었다. 하지만 왜 내가 그앨범에 있을까? 내가 거기에 있는 인물들과 공통되는 게 뭐지? 이례적으로 왜 나일까?

그는 곧장 방으로 가 문을 닫았다. 의자에 앉았을 때 자신이 걱정하고 있다는 것을 깨달았다. 시몬 람베리는 죽었다. 누가 무시무시한 힘으로 뒤통수를 으깼다. 이유를 알 수 없었다. 그리고 그의 책상에서 그로테스크한 내용물이 담긴 사진 앨범을 발견했다.

그는 노크 소리에 생각에서 깨어났다. 한손이었다.

"람베리가 죽었군." 마치 뉴스 한 꼭지를 전하듯 그가 말했다. "오래전 견진성사를 받았을 때 그가 내 사진을 찍었지."

"자네가 견진성사를 받았다고?" 발란데르가 놀라서 물었다. "난 자네가 하느님을 신경 쓸 사람이라고 생각하지 않았는데."

"안 쓰지." 그가 주의 깊게 귀를 후비며 만족스럽게 대꾸했다. "하지만 손목시계와 내 첫 진짜 양복을 아주 갖고 싶었거든."

그가 어깨 너머 복도 쪽을 가리켰다.

"기자들." 그가 말했다. "곁다리 껴서 무슨 일이 있었는지 듣고 아는 게 나을 것 같았어."

"지금 그걸 말해 줄 수 있네." 발란데르가 말했다. "지난밤 여덟 시에서 자정 사이에 누가 람베리의 뒤통수를 후려쳤어. 강도의 소행으론 보이지 않아. 그게 우리가 아는 전부야."

"많진 않군." 한손이 말했다.

"그래." 발란데르가 그렇게 대꾸하고 자리에서 일어섰다. "그보다 더 아는 게 없을 수 없지."

기자회견은 대개 즉석에서 이루어졌고, 짧게 끝났다. 발란데르는 현재 알고 있는 내용의 개요를 전하고 질문에 간단히 대답했다. 모든 것이 30분 만에 끝났다. 시간은 어느새 3시 30분이었다. 발란데르는 배가 고프다는 것을 깨달았다. 하지만 시몬 람베리의 앨범 속 사진이 내내 마음에 걸려 걱정스러웠다. 그 의문이 그를 괴롭혔다. 왜 쪼그라들고 변형되도록 내 얼굴이 선택되었을까? 그는 그것이 미친 사람의 작업이었다는 것을 알았다. 하지만 여전히, 왜 나지?

3시 45분에 그는 람베리가 살았던 라벤델베옌에 갈 때라고 결정했다. 경찰서에서 나오자 비가 그쳐 있었다. 하지만 바람은 강해졌다. 그는 스베드베리를 찾아 데려가야 할지 생각했다. 하지만 생각만 하고 말았다. 그가 무엇보다 원했던 것은 엘리사베트 람베리와 혼자 만나는 것이었다. 그녀와 이야기하고 싶은 많은 게 있었다. 하지만 그 질문 중 하나는 다른 것들보다 더 중요했다.

그는 라벤델베옌으로 가는 길을 찾아냈고, 차에서 내렸다. 집은 빈 화단에도 불구하고 정리가 잘된 정원 안쪽에 있었다. 초인종을 눌렀다. 50대 여자가 거의 즉시 문을 열었다. 발란데르가 손을 내밀며 인사했다. 여자는 조심스러워하는 듯 보였다.

"저는 엘리사베트 람베리가 아니에요." 여자가 말했다. "친구예요. 제 이름은 카린 팔만이에요."

그녀는 그를 현관으로 들었다.

"엘리사베트는 침실에서 쉬고 있어요." 그녀가 말했다. "이 대화를 기다리실 순 없으시겠죠?"

"안됐지만 그렇습니다. 이 범죄를 저지른 자의 체포에 관한 한 시간을 허비하지 않는 게 중요합니다."

카린 팔만은 끄덕이고 그를 거실로 데려갔다. 그리고 소리 없이 자리를 떴다.

발란데르는 거실을 둘러보았다. 머리에 처음으로 떠오른 생각은 거실이 매우 조용하다는 것이었다. 벽시계도 없었다. 거리에서 들려오는 소음도 없었다. 창문을 통해 놀고 있는 아이들이 보였는데, 분명 소리를 지르고 비명을 지르고 있음에도 그 애들이 내는 소리를 들을 수 없었다. 그는 걸음을 옮겨 창문을 살펴보았다. 이중 유리로 된 창문은 완전한 방음이 되는 특별 모델로 보였다. 그는 거실을 서성였다. 가구들은 싼 티가 나지도, 과하지도 않게 우아했다. 신구의 조화. 오래된 목판화 복사본들. 벽 전체는 책들로 싸여 있었다.

그는 그녀가 거실에 들어오는 소리를 듣지 못했다. 하지만 갑자기 그녀가 거기, 그 바로 뒤에 있었다. 그는 흠칫 놀랐다. 얼굴은 흰 화장을 엷게 겹겹이 한 것처럼 매우 창백했다. 짧은 머리는 검은색 직모였다. 발란데르는 그녀가 한때 매우 아름다웠으리라고 생각했다.

"불편하게 해 드려야 해서 죄송합니다." 그가 그렇게 말하며 손을 내밀었다.

"당신이 누군지 알아요." 그녀가 말했다. "그리고 여기에 오셔야 한 걸 이해해요."

"먼저 애도를 표합니다."

"고마워요."

발란데르는 그녀가 침착함을 유지하려고 최선을 다하는 모습을 볼
수 있었다. 그녀가 평정심을 잃기까지 얼마나 이렇게 버틸 수 있을지
궁금했다.

두 사람은 자리에 앉았다. 거실에서 가까운 방에 있는 카린 팔만이
발란데르의 눈에 들어왔다. 그는 그녀가 자신들의 대화를 들으려고
거기에 앉아 있으리라 추측했다. 잠시 그는 어떻게 시작해야 할지 생
각했다. 하지만 첫 번째 의문을 제기하는 엘리사베트 람베리에 의해
그 생각은 방해받았다.

"남편을 죽인 자에 대해 아시는 게 있나요?"

"우린 쫓을 만한 단서가 없습니다. 하지만 그게 강도 짓이라고 할
만한 근거는 별로 없습니다. 그건 남편분이 그자를 안으로 들였거나
그자가 열쇠를 갖고 있었다는 걸 뜻하죠."

발란데르가 방금 한 말을 격렬히 반대한다는 듯 그녀가 머리를 힘
차게 저었다.

"시몬은 항상 아주 주의 깊었어요. 그이가 모르는 사람을 들였을
리 없어요. 특히 밤에는요."

"하지만 그가 아는 사람이었다면요?"

"그게 누구였을까요?"

"저야 모르죠. 누구나 친구가 있습니다."

"시몬은 한 달에 한 번 룬드에 갔어요. 거기에 아마추어 천문학자
협회가 있어요. 그인 거기 회원이에요. 제가 아는 한 그게 그이의 유
일한 사교 활동이었어요."

발란데르는 스베드베리가 중요한 질문을 놓쳤다는 것을 알았다.

"자식들이 있으십니까?"

"딸 하나요. 마틸다."

그녀가 대답하는 방식의 무언가가 그의 주의를 끌었다. 그는 어조의 미묘한 변화를 놓치지 않았다. 마치 그 질문이 그녀를 괴롭힌 것 같았다. 그는 주저하며 말을 이었다.

"몇 살이죠?"

"스물넷이요."

"이제 이 집에 살진 않고요?"

엘리사베트 람베리는 대답할 때 그의 눈을 똑바로 쳐다보았다.

"마틸다는 심각한 장애를 안고 태어났어요. 우린 그 애를 집에서 사 년간 돌봤죠. 그러다가 더는 그럴 수 없었어요. 지금 그 애는 시설에서 살아요. 그 애는 전적으로 모든 도움이 필요하죠."

발란데르는 깜짝 놀랐다. 그것은 그가 정확히 예상했던 대답이라고는 할 수 없었다.

그녀가 그의 눈을 똑바로 보며 말을 이었다.

"그건 내 결정이 아니었어요. 그걸 원한 사람은 시몬이었어요. 내가 아니라. 그가 결정했어요."

잠시 그는 바닥없는 구멍을 똑바로 내려다보고 있는 기분이 들었다. 그녀의 고통은 그만큼 심했다.

발란데르는 말을 잇기 전 한동안 말없이 앉아 있었다.

"남편분을 죽일 만한 이유가 있는, 생각나는 사람이 있습니까?"

그를 놀라게 하는 그녀의 대답이 이어졌다.

"그런 일이 있은 후 난 그를 더 이상 알 수 없게 됐어요."

"이십여 년 전 일이었는데도요?"

"어떤 건 결코 치유되지 않아요."

"하지만 결혼 생활을 유지하셨죠?"

"우린 같은 지붕 아래 살았어요. 그게 다예요."

발란데르는 말을 잇기 전 그에 관해 생각했다.

"그러니까 살인자가 누구일지 모르신다고요?"

"네."

"생각나는 동기도 없으시고요?"

"네."

발란데르는 이제 가장 중요한 질문을 던졌다.

"제가 왔을 때, 제가 누군지 아신다고 했습니다. 남편분이 저에 대해 한 이야기가 있다면 기억나시는 게 있습니까?"

그녀의 눈썹이 치켜 올라갔다.

"왜 그가 그런 말을 하죠?"

"모릅니다. 하지만 그게 질문입니다."

"우린 서로 많은 대화를 나눈 적이 없어요. 하지만 당신에 대해 말한 적은 없는 것 같아요."

발란데르는 다음 사항으로 나아갔다.

"우린 스튜디오에서 앨범 하나를 발견했습니다. 그 앨범 안에는 국가수반들과 그 밖의 유명 인사들 사진이 아주 많았습니다. 어떤 이유인지 그 안에 제 사진이 있더군요. 그 앨범을 아십니까?"

"아니요."

"확신하십니까?"

"네."

"사진은 왜곡돼 있었습니다. 저를 포함한 그 사람들 모두가 괴물처럼 보이도록요. 남편분은 그 작업을 하며 많은 시간을 보낸 게 분명해 보입니다. 그런데도 이에 관해 아무것도 모르신다고요?"

"네. 아주 이상하게 들리네요. 믿을 수 없을 만큼요."

발란데르는 그녀가 사실을 말하고 있다는 것을 알았다. 그녀는 정말 남편에 대해 그리 많이 알지 못했다. 20년간 어떤 것도 알고 싶지 않았기 때문에.

발란데르는 의자에서 몸을 일으켰다. 자신이 더 많은 질문을 들고 돌아오리라는 것을 알았다. 하지만 지금 당장은 더 할 말이 없었다.

그녀는 현관으로 그를 배웅했다.

"남편에게는 많은 비밀이 있었을 거예요." 그녀가 불쑥 그렇게 말했다. "하지만 난 그걸 공유하지 않았어요."

"부인이 그러시지 않았다면 누가 그랬을까요?"

"몰라요." 그녀가 거의 애원조로 말했다. "누군간 그랬겠죠."

"어떤 비밀들입니까?"

"이미 모른다고 말씀드렸어요. 하지만 시몬은 비밀의 방들로 가득했어요. 난 그것들을 볼 수도 없었고, 그리고 싶지도 않았어요."

발란데르는 고개를 끄덕였다.

그는 차 안에 앉아 있었다. 다시 비가 내리기 시작했다.

그녀가 뜻한 게 무엇이었을까? 시몬은 '비밀의 방들로 가득한' 사람이었다. 사진관의 안쪽 방처럼? 더 있을까? 자신들이 아직 발견하지 못한 방이?

그는 경찰서로 천천히 차를 몰았다. 일찍이 느꼈던 불안이 더 강해졌다.

그들은 남은 오후와 저녁을 자신들이 가진 변변찮은 자료를 계속 조사하며 보냈다. 발란데르는 10시쯤 집으로 갔다. 다음 날 아침 8시에 회의를 할 예정이었다. 집으로 돌아와 음식이라고 할 만한 유일한 것인 콩 통조림을 데웠다. 그는 11시 조금 넘어 잠이 들었다.

자정 4분 전에 전화가 왔다. 발란데르는 여전히 잠에 취해 수화기를 들었다. 밤 산책을 나왔다고 말하는 사람이었다. 그는 자신을 그날 아침 힐다 발덴을 돌보아 주었던 사람이라고 소개했다.

"막 람베리의 스튜디오로 몰래 들어간 누군가를 봤소." 그가 속삭였다.

발란데르는 침대에 일어나 앉았다.

"그게 확실하십니까? 경찰이 아니고요?"

"어떤 그림자가 문으로 들어갔소." 그가 말했다. "난 심장이 좋지 않소. 하지만 눈은 아무 이상이 없소."

선에 문제가 있는 모양인지 연결이 끊겼다. 발란데르는 수화기를 들고 앉아 있었다. 경찰 이외의 사람에게서 전화를 받는 일은 흔치 않았다. 특히 밤에는. 전화번호부에 그의 이름이 실리지 않은 것은 물론이었다. 하지만 그날 아침 혼란한 와중에 누가 그 남자에게 자신의 전화번호를 알려 준 게 틀림없었다.

이내 그는 침대에서 나와 재빨리 옷을 입었다.

자정이 막 지난 때였다.

발란데르는 몇 분 후에 스튜디오가 있는 광장에 도착했다. 자신이 있는 마리아가탄가에서 멀지 않은 곳이었기에 반쯤 뛰다시피 걸었다. 그럼에도 숨이 가빴다. 도착했을 때 멀지 않은 곳에 서 있는 남자를 발견했다. 발란데르는 황급히 그에게 다가가 인사를 나누고, 출입구가 보이지만 자신들은 눈에 잘 띄지 않는 곳으로 그를 데려갔다. 남자는 70대였고, 자신을 라르스 바크만이라고 소개했다. 그는 은퇴한 한델스 은행 은행장이었다. 여전히 그는 그 은행을 예전 이름인 스웨덴 한델스 은행이라고 불렀다.

"난 바로 이 옆인 오가탄가에 산다오." 그가 말했다. "늘 이른 아침과 늦은 밤에 산책을 나오지. 의사의 지시로."

"무슨 일이 있었는지 말씀해 주십시오."

"저 스튜디오 문으로 몰래 들어가는 한 남자를 봤소."

"한 남자요? 전화로는 그를 그림자라고 하셨죠."

"무의식적으로 그게 남자라고 생각한 것 같구려. 하지만 물론 여자일 수도 있소."

"사진관을 나서는 사람은 못 보셨고요?"

"계속 지켜보고 있었소. 아무도 나오지 않았소."

발란데르는 끄덕였다. 그는 전화 부스로 달려가 뉘베리에게 전화했고, 그는 전화벨이 세 번 울린 후에 받았다. 발란데르는 그가 자고 있었다는 느낌을 받았다. 하지만 묻지 않고 무슨 일이 있는지만 빠르게 설명했다. 그는 뉘베리가 사진관 열쇠를 가지고 있다는 가장 중요한 정보를 알게 되었다. 게다가 뉘베리는 그것을 경찰서에 두지 않고 집에 가지고 있었다. 뉘베리는 다음 날 아침 일찍 감식 작업을 마무리하기 위해 스튜디오로 갈 계획이었다. 발란데르는 그에게 최대한 빨리 와 달라고 한 다음 전화를 끊었다. 한손이나 다른 누구에게든 연락해야 할지 고민했다. 즉각 통제할 수 없는 상황에 놓여 있음을 알게 된 형사는 절대 혼자여서는 안 된다는 규칙을 발란데르는 너무 자주 어겼다. 하지만 발란데르는 주저했다. 뉘베리를 지원 요원이라고 간주했다. 일단 그가 도착하면 어떻게 진행할지 결정할 것이었다. 라르스 바크만은 아직 거기에 있었다. 발란데르는 광장에서 떠나 달라고 상냥하게 부탁했다. 다른 경찰이 오는 중이었고, 그들은 민간인을 보내야 했다. 바크만은 이 방출에 화난 것 같지 않았다. 그는 단지 고개를 끄덕이고 떠났다.

발란데르는 추위를 느끼기 시작했다. 코트 안에는 셔츠뿐이었다. 바람이 심해졌다. 구름이 갈라지고 있었다. 아마 영하 몇 도밖에 되지 않을 것이었다. 그는 사진관 입구를 주시했다. 바크만이 실수한 게 아닐까? 그는 그렇게 생각하지 않았다. 안에 불이 켜졌는지 알아보려고 애썼다. 하지만 분간하기가 어려웠다. 차 한 대가 지나갔다. 그리고 또 한 대. 이내 그는 광장 반대편에 있는 뉘베리를 발견하고 그를 만나러 갔다. 그들은 바람을 피하려고 어느 집 옆에 기댔다. 발란데르는 내내 사진관 입구에서 눈을 떼지 않았다. 그는 무슨 일이 있었는지 뉘베리에게 간단히 말했다. 뉘베리는 놀라서 그를 마주 응시했다.

"우리 둘이 들어갈 생각인가?"

"일단 자네한테 열쇠가 있어서 자네가 이리로 오길 바랐을 뿐이야. 그리고 뒷문은 없는 것 같아."

"없어."

"그렇다면 출입하는 유일한 길은 저 문을 통해서라는 건가?"

"그래."

"그럼 야간 순찰대에 알려야겠어." 발란데르가 말했다. "그런 다음 저 문을 열고 놈에게 나오라고 해야지." 문에 대한 감시가 이어지는 동안 발란데르는 자리를 떠 경찰서에 연락했다. 그는 몇 분 내로 야간 순찰대가 도착할 것이라고 장담했다. 두 사람은 사진관으로 걸음을 옮겼다. 이제 12시 35분이었다. 거리는 적막했다.

이윽고 스튜디오의 문이 열렸다. 한 남자가 나왔다. 얼굴은 그림자에 가려 있었다. 동시에 눈이 마주친 그들 셋은 얼어붙었다. 남자가 몸을 돌려 북옹가탄가를 향해 맹렬한 속도로 달리기 시작했을 때 발란데르가 거기 서라고 소리쳤다. 발란데르는 뉘베리에게 야간 순찰대를 기다리라고 외쳤다. 그리고 매우 빠르게 움직이는 용의자를 쫓았다. 발란데르는 최대한 빨리 달렸음에도 그를 따라잡을 수 없었다. 남자는 바스가탄가에서 오른쪽으로 꺾은 다음 폴크파르켄 공원 방면으로 계속 달렸다. 발란데르는 야간 순찰대가 왜 나타나지 않는지 궁금했다. 이제 도망치는 용의자를 시야에서 놓칠 가능성이 매우 높았다. 남자는 다시 오른쪽으로 돌더니 아울링가탄가 쪽으로 사라졌다. 발란데르는 헐거워져 틈이 생긴 보도블록에 발이 걸려 넘어졌다. 바닥에 한쪽 무릎을 부딪혀 바지에 구멍이 났다. 다시 달리기를 계속하자 무릎에 찌르는 듯한 고통이 일었다. 그와 남자 사이의 거리는 점점 벌어지고 있었다. 뉘베리와 야간 순찰대는 어디 있는 거야? 그는 조용히 욕설을 내뱉었다. 심장이 가슴에서 망치처럼 내려치고 있었다. 남자는 요데 골목에 닿았고, 시야에서 사라졌다. 발란데르가 그 모퉁이에 닿았을 때, 어쩌면 멈춰 서서 뉘베리를 기다려야 하는 게 아닌가 생각했다. 하지만 그는 계속 나아갔다.

남자는 모퉁이 주위에서 기다리고 있었다. 무시무시한 일격이 발란데르의 얼굴에 가해졌다. 모든 것이 캄캄해졌다.

정신이 들었을 때 발란데르는 자신이 어디에 있는지 몰랐다. 그는 곧장 별들을 올려다보고 있었다. 등 밑의 바닥이 차가웠다. 주변으로 손을 뻗어 아스팔트를 더듬었다. 이내 그는 무슨 일이 있었는지 기억이 났다. 그는 일어나 앉았다. 맞은 왼뺨이 욱신거렸다. 혀로 이 하나가 부러졌다는 것을 느낄 수 있었다. 막 치료한 이가. 그는 약간의 수고를 들여 몸을 일으켰다. 무릎이 화끈거리고 머리가 욱신거렸다. 주위를 둘러보았다. 예상한 대로 용의자는 어디에서도 눈에 띄지 않았다. 수르브룬 도로를 향해 아울링가탄가를 절뚝이며 걸었다. 남자가 어떻게 생겼는지 볼 새도 없이 모든 일이 너무 빨리 일어났다. 모퉁이를 돈 다음 세상이 폭발했었다.

오가탄가에 순찰차가 왔다. 발란데르는 눈에 띄려고 도로 한복판으로 걸어 나갔다. 발란데르는 운전하는 경관을 알았다. 그의 이름은 페테르스였고, 그는 발란데르만큼이나 위스타드에 오래 있었다. 뉘베리가 차에서 뛰어내렸다.

"어떻게 된 건가?"

"놈은 요데 골목으로 도망쳤고, 난 뻗었어. 놈은 못 찾을 것 같아. 하지만 시도야 늘 할 수 있지."

"병원으로 가야겠어." 뉘베리가 말했다. "제일 중요한 게 먼저야."

발란데르는 뺨을 더듬었다. 손이 피로 물들었다. 갑자기 현기증이 일었다. 뉘베리가 그의 팔을 붙잡고 그가 차에 타는 것을 도왔다.

발란데르는 새벽 4시에 병원을 나서도 된다는 허락을 받았다. 그 때 스베드베리와 한손이 도착했다. 여러 순찰대가 그를 녹다운시킨 남자를 잡으러 도시를 교차 순찰했다. 검은색 혹은 감청색일 중간 길이의 코트라는 막연한 묘사만으로는 그 노력은 예견한 대로 헛수고였다. 발란데르는 대충 치료를 받았다. 부러진 이는 그날 나중에 치료받아야 할 것이었다. 뺨이 부어올랐다. 머리털이 시작되는 부위 가까이에서 피가 났다.

그들이 병원을 나섰을 때 발란데르는 곧장 스튜디오로 가겠다고 고집을 부렸다. 한손과 스베드베리 모두 반대하며 먼저 쉬어야 한다고 말했다. 하지만 발란데르는 그들의 반대를 무시했다. 그들이 도착했을 때 뉘베리는 이미 현장에 있었다. 그들은 켤 수 있는 조명을 모두 켜고 스튜디오에 모였다.

"사라지거나 달라진 어떤 것도 확인할 수 없었네."

발란데르는 뉘베리가 세부 사항에 대한 엄청난 기억력의 소유자인 것을 알았다. 하지만 그는 그와 동시에 남자가 특별히 눈에 띄지 않을 만한 무언가를 찾고 있었을 수도 있다는 것을 깨달았다. 결국 그들은 그 사내가 왜 한밤중에 스튜디오를 뒤졌는지 알 방법이 없었다.

"지문은 어때?" 발란데르가 물었다. "발자국은?"

뉘베리가 밟지 말라는 표시로 테이프를 붙인 바닥 몇몇 군데를 가리켰다.

"문손잡이를 체크했네. 하지만 놈은 장갑을 꼈을 거야."

"앞문은?"

"흔적이 없어. 놈이 열쇠를 썼다고 분명히 추정할 수 있네. 지난밤 문을 잠근 사람이 나였어."

발란데르는 동료들을 보았다.

"여기에 감시를 붙였어야 하는 거 아니었나?"

"내가 지시했어." 한손이 말했다. "그럴 이유가 없다고 봤지. 특히 현재 인원 문제를 고려하면."

발란데르는 한손이 옳다는 것을 알았다. 그는 자신이 책임자였어도 감시를 지시하지 않았을 것이었다.

"우린 놈이 누군지 추측만 할 수 있을 뿐이야." 그가 말을 이었다. "그리고 여기서 뭘 노렸는지. 경찰이 눈에 띄지 않았을지라도 놈은 우리가 이곳을 감시하고 있을 가능성이 있다고 판단했겠지. 어쨌든 밤중에 나에게 전화한 데다 어제 아침 힐다 발덴을 돌봤던 라르스 바크만과 누가 얘길 나눴으면 좋겠어. 그는 좋은 정보 제공자 같아. 당장은 생각나지 않은 뭔가를 알아차렸을지도 몰라."

"새벽 네 시야." 스베드베리가 지적했다. "내가 지금 그에게 전화하길 바라나?"

"아마 깨어 있을 거야." 발란데르가 말했다. "그는 어제 새벽 다섯 시에 이미 밖에 나와 있었어. 일찍 일어나는 사람이거나 올빼미 같은 사람이겠지."

스베드베리가 고개를 끄덕이고 자리를 떴다. 발란데르는 남은 이들을 붙잡아 둘 이유가 없었다.

"내일 사건을 철저히 재검토해야 할 거야." 스베드베리가 문밖으로 걸어 나갔을 때 그가 말했다. "자네들은 몇 시간 자 두는 게 최선이야. 난 잠시 여기 있을 생각이야."

"그게 현명하다고 생각해?" 한손이 물었다. "그 일을 겪은 뒤에?"

"현명한지 아닌지는 모르겠어. 하지만 그게 내가 하는 일이지."

뉘베리가 그에게 열쇠를 건넸다. 한손과 뉘베리가 떠나자 발란데르는 문을 잠갔다. 지치고 뺨이 아플지라도 주의력은 날카로워졌다. 정적에 귀를 기울였다. 아무것도 바뀐 것 같지 않았다. 그는 안쪽 방으로 들어갔고, 마찬가지로 면밀히 조사했다. 아무것도 달라진 게 없는 게 분명했다. 하지만 놈은 어떤 이유로 여기에 왔다. 그리고 놈은 급했다. 기다릴 수 없었다. 한 가지 설명만이 가능했다. 스튜디오 안에 놈이 가져갈 필요가 있는 무언가가 있었다. 발란데르는 책상 앞에 앉았다. 자물쇠에는 아무런 흔적이 없었다. 그는 캐비닛을 열고 서랍을 차례차례 열었다. 앨범은 그가 마지막으로 보았을 때와 똑같이 남아 있었다. 아무것도 사라진 게 없어 보였다. 발란데르는 놈이 사진관에 얼마나 오래 있었는지 헤아려 보려 했다. 바크만에게서 전화가 온 때가 11시 56분이었다. 발란데르는 12시 10분에 여기에 도착했다. 바크만과 대화를 나누고 뉘베리에게 전화를 하는 데 걸린 시간은 각각 2분 안팎이었다. 그때가 12시 15분이었다. 뉘베리는 12시 30분에 도착했다. 미지의 사내는 스튜디오 안에 40분간 있었다. 스튜디오에서 나왔을 때 놈은 깜짝 놀랐다. 그것은 놈이 도망칠 생각이 없었다는 뜻이었다. 그는 일이 끝났기 때문에 스튜디오에서 나왔다.

뭐가 끝났을까?

이번에 발란데르는 보다 체계적으로 방을 둘러보았다. 어딘가에 무언가가 바뀐 게 틀림없었다. 그것이 보이지 않을 뿐이었다. 무언가가 사라졌다. 아니면 더해졌거나 바뀌었을까? 그는 스튜디오로 나가 처음 했던 조사를 반복하고 결국 출입구 쪽까지 조사했다.

아무것도. 그는 다시 안쪽 방으로 돌아왔다. 무언가가 그곳이 수색해야 할 곳이라고 말했다. 시몬 람베리의 비밀 방. 그는 의자에 앉아 책상과 책장 너머 시선이 허락하는 데까지 벽 주위를 더듬었다. 이내 몸을 일으켜 인화 장비가 있는 곳으로 갔다. 빨간 불을 켰다. 모든 게 기억한 대로였다. 희미한 화학약품 냄새. 빈 플라스틱 통, 확대기.

그는 수심에 잠겨 책상으로 돌아갔다. 책상 앞에 선 채 있었다. 그 충동이 어디서 왔는지 확신할 수 없었다. 하지만 그는 라디오가 놓인 선반으로 가서 그것을 켰다.

음악 소리에 귀가 먹먹했다.

그는 라디오를 응시했다. 볼륨은 전과 같은 레벨이었다.

하지만 음악은 클래식이 아니었다. 시끄러운 록 음악이었다.

발란데르는 뉘베리도 다른 어느 감식반원도 주파수를 바꾸지 않았으리라고 확신했다. 그들은 작업에 절대적인 필요가 있지 않은 한 어떤 것도 바꾸지 않았다.

발란데르는 주머니에서 손수건을 꺼내 라디오를 껐다. 유일한 가능성이 있었다.

미지의 사내가 다른 주파수로 다이얼을 돌렸다.

놈은 방송국을 바꾸었다.

의문은 단순했다. 왜?

수사반은 오전 10시에야 회의를 시작할 수 있었다. 발란데르가 그 전에 치과에서 돌아올 수 없었다는 게 늦어진 이유였다. 임시방편으로 이를 치료한 그는 부어오른 뺨에, 이마에는 커다란 반창고를 붙이고 회의를 위해 서둘러 돌아왔다. 그는 수면 부족의 영향을 심각하게 느끼기 시작하는 중이었다. 하지만 보다 심각한 것은 자신을 갉아먹는 불안이었다.

힐다 발덴이 죽은 사진사를 발견한 뒤 이제 하루가 지났다. 발란데르는 수사 현황을 요약하며 회의를 시작했다. 그리고 지난밤에 있었던 일의 세부 사항을 그들에게 말했다.

"바뀐 라디오 방송국은 이상하군." 스베드베리가 말했다. "라디오 내부에 어떤 짓을 했을 수도 있을까?"

"그걸 조사했네." 뉘베리가 대꾸했다. "커버를 벗기려면 나사 여섯 개를 풀어야 하지. 거기엔 그런 흔적이 없었어. 그 라디오는 공장에서 조립된 이후에 열린 적이 없어. 칠 마감이 여전히 나사 대가리를 덮고 있네."

"이상한 점이 많아." 발란데르가 말했다. "우리가 잊어버리지 말아야 할 건, 그 왜곡된 사진들이 든 앨범이야. 아내는 시몬 람베리가 비밀이 많은 사람이었다는군. 지금 당장 우린 그가 진짜 어떤 사람이었는가 하는, 더 나은 그림을 그리는 데 집중해야 해. 분명 그 표면은 그 아래 있는 것과 일치하지 않아. 그 예의 바르고 조용하고 세심한 사진사는 사실 그와 완전히 다른 사람이 분명해."

"문제는 그에 대해 더 많이 알 사람이 있겠느냐는 겁니다." 마르틴손이 말했다. "이 경우에서 보이는 것처럼 그가 친구가 없다면요. 아무도 그를 안 것 같지 않습니다."

"우리에겐 룬드의 아마추어 천문학자들이 있지." 발란데르가 말했다. "당연히 그들과 접촉해 봐야 해. 그를 위해 일했던 예전 조수들과. 아무에게도 평생 알려지지 않은 채 위스타드 같은 도시에서 살 순 없어. 게다가 우린 엘리사베트 람베리와 거의 대화를 시작하지도 않았어. 다시 말해 우린 파 볼 게 많아. 모든 걸 동시에 쫓아야 해."

"바크만과 얘길 나눴네." 스베드베리가 말했다. "그가 일어나 있을 거라는 자네 말이 맞았어. 그의 집에 도착했더니 그의 아내도 일어나서 옷을 차려입었더군. 새벽 네 시였는데도 대낮인 줄 알았다니까. 안됐지만 그는 자넬 녹다운시킨 남자에 관한 어떤 묘사도 할 수 없었어. 사내의 코트가 중간 길이에 아마 감청색이었을 거라는 걸 빼곤 아무것도."

"놈의 키가 어느 정돈지도 모르겠지? 놈이 컸는지, 작았는지? 머리가 어떤 색인지?"

"모든 게 너무 빨리 일어났으니까. 바크만은 자신이 확실히 느낀 것만 말하고 싶어 하더군."

"우린 적어도 날 공격한 놈에 관해 한 가지는 알아." 발란데르가 말했다. "놈이 나보다 빨리 달린다는 것. 내 인상은 놈이 보통 키에 꽤 힘이 세다는 거였네. 나보다 더 건강하기도 하고. 내 예감으론, 다

290

소 모호하긴 하지만, 내 또래일지도 몰라. 하지만 그건 정말 추측일 뿐이야."

그들은 아직 룬드에 있는 검시관의 예비 보고서를 기다리는 중이었다. 린셰핑에 있는 법의학 연구소는 뉘베리와 연락이 되었다. 많은 지문을 여러 데이터베이스와 대조해 볼 필요가 있었다.

그들 모두 할 일이 많았다. 따라서 발란데르는 되도록 빨리 회의를 마치고 싶었다. 그들이 자리에서 일어났을 때는 11시였다. 발란데르가 자신의 방으로 가고 있는데, 안에서 전화벨이 울렸다. 안내 데스크의 에바였다.

"손님이 와 계세요." 그녀가 말했다. "군나르 라르손이라는 분이에요. 람베리 건에 대해 경위님과 얘기하고 싶으시대요."

발란데르는 엘리사베트 람베리를 만나러 나가야겠다고 생각한 참이었다.

"그를 상대할 누구 다른 사람 없습니까?"

"그분은 특별히 경위님과 얘기하고 싶대요."

"그가 누구라고요?"

"람베리 밑에서 일했대요."

발란데르는 즉시 마음을 바꾸었다. 과부와의 대화는 미뤄야 할 터였다.

"내가 가서 그를 데려오죠." 발란데르는 그렇게 말하고 몸을 일으켰다.

군나르 라르손은 30대였다. 그들은 발란데르의 방으로 갔다. 라르손은 커피 제안을 거절했다.

"직접 오시겠다는 생각을 했다니 기쁘군요." 발란데르가 입을 열었다. "당신의 이름이 조만간 거론됐을 겁니다. 하지만 이렇게 우리 시간을 절약해 주셨군요."

발란데르는 수첩을 펼쳤다.

"저는 육 년간 람베리 밑에서 일했습니다." 군나르 라르손이 말했다. "그는 저를 사 년 전에 내보냈죠. 그때 이후로 다른 사람을 고용한 것 같진 않습니다."

"왜 당신을 내보냈죠?"

"더 이상 사람을 둘 형편이 안 된다더군요. 사실 같았습니다. 예상은 하고 있었죠. 람베리는 혼자 감당할 수 있는 것 이상의 일이 없었습니다. 그는 카메라나 관련 용품들을 팔지 않았기 때문에 이익이 많지 않았습니다. 그리고 대체로 사람들이 사진을 찍으러 돌아다니지 않는 시대죠."

"하지만 당신은 거기서 육 년간 일했습니다. 그건 당신이 그를 꽤 잘 알았다는 뜻 아닙니까?"

"그렇기도 하고, 아니기도 합니다."

"처음부터 시작해 보죠."

"그는 늘 예의 바르고 친절했습니다. 누구에게나요. 저와 손님들에게 똑같이. 아이들에겐 한없는 참을성이 있었습니다. 그리고 아주 질서정연했죠."

발란데르는 갑자기 어떤 생각이 떠올랐다.

"시몬 람베리가 좋은 사진사였다고 말씀하시는 겁니까?"

"그는 특이할 게 전혀 없었습니다. 그가 찍는 사진은 지극히 평범했습니다. 그게 사람들이 원하는 것이었으니까요. 여느 사진과 같았죠. 그리고 일에 능숙했습니다. 절대 절차를 무시하지 않았죠. 그는 그럴 필요가 없기 때문에 독창적이진 않았습니다. 어떤 예술적 야망을 품고 있었는지는 모르겠습니다. 적어도 저는 그에 관한 어떤 암시도 본 적 없습니다."

발란데르는 끄덕였다.

"저는 친절하지만 비교적 색깔이 없는 사람이라는 인상을 받았습니다. 맞습니까?"

"네."

"그럼 당신이 그를 몰랐다는 느낌을 받은 이유를 말씀해 보시죠."

"그는 어쩌면 제 평생 제가 안 사람 중에서 가장 내성적인 사람이었을 겁니다."

"어떤 면에서요?"

"그는 자신에 관해 얘기한 적이 없습니다. 혹은 생각을요. 자신의 경험에 대해 말하는 걸 한 번도 떠올릴 수가 없군요. 하지만 처음엔 그와 일상적인 대화를 시도하려고 했습니다."

"뭐에 대해서요?"

"어떤 것이든요. 하지만 곧 그만뒀죠."

"그가 시사 문제에 관해 말한 적은 없습니까?"

"그는 아주 보수적이었던 것 같습니다."

"왜 그렇게 생각하시죠?"

군나르 라르손은 어깨를 으쓱했다.

"그냥요. 하지만 한편으론 그가 신문을 읽어 본 적이나 있긴 한지 모르겠습니다."

그건 당신이 틀린 것 같군. 발란데르는 생각했다. 그는 신문을 읽었어. 그리고 아마 국제 문제에 대해 많이 알았을 거야. 그는 자신의 의견을 아마 세상 사람들이 전에 본 적 없을 앨범에 보관했지.

"제가 이상한 걸 발견한 게 또 있습니다." 군나르 라르손이 말을 이었다. "그의 밑에서 일한 육 년간 저는 그의 아내를 본 적이 없습니다. 물론 집에 초대받은 적도 없고요. 그들이 어떤 집에 사는지 알아보려고 어느 일요일에 그들의 집 앞을 지나갔었죠."

"그렇다면 딸을 만나신 적 없겠군요?"

군나르 라르손이 당황한 표정으로 발란데르를 보았다.

"딸이 있다고요?"

"모르셨습니까?"

"네."

"딸이 있습니다. 마틸다."

발란데르는 그녀에게 심각한 장애가 있다는 말은 하지 않기로 했다. 하지만 군나르 라르손은 분명히 그녀의 존재 자체도 몰랐다.

발란데르는 펜을 내려놓았다.

"무슨 일이 일어났는지 들었을 때 어떤 생각이 드셨습니까?"

"전혀 이해가 안 간다고요."

"그에게 어떤 일이든 일어날 거라고 상상해 보신 적 있습니까?"

"상상이 안 갑니다. 누구에게 그를 죽일 이유가 있겠습니까?"

"저희가 알아내려는 게 그겁니다."

발란데르는 군나르 라르손이 불편해 보인다는 것을 알아차렸다.

다음 말을 해야 할지 결정을 내리지 못한 것처럼.

"뭔가 생각하고 계시는군요." 발란데르가 짐작을 말했다.

"소문이 좀 있었습니다." 군나르 라르손이 머뭇거리며 말했다. "시몬 람베리가 도박을 한다는 소문이요."

"어떤 도박을요?"

"경마요. 누가 예게르스뢰 경마장에서 그를 봤다더군요."

"왜 그런 소문이 나기 시작했을까요? 가끔 예게르스뢰에 가는 건 특이한 일이 아닙니다."

"사람들이 그가 불법 도박 클럽들에 정기적으로 나타났다는 말도 했습니다. 말뫼와 코펜하겐에서요."

발란데르는 얼굴을 찌푸렸다.

"그걸 어떻게 들었습니까?"

"위스타드 같은 작은 도시에서는 떠도는 소문들이 많죠."

발란데르는 그것이 얼마나 사실인지 너무도 잘 알았다.

"그가 큰 빚을 졌다는 소문이 있었습니다."

"그런가요?"

"제가 거기서 일한 동안은 아닙니다. 그의 회계장부를 보면 알 수 있죠."

"물론 사채를 썼을지도 모르죠. 고리대금업자의 손에 놓였을 수도 있고요."

"그런 경우라면 전 몰랐을 겁니다."

발란데르는 잠시 생각했다.

"소문은 늘 어딘가에서 시작됩니다." 그가 말했다.

"그건 오래전이었습니다." 군나르 라르손이 말했다. "제가 다 기억하지 못한 그런 소문들을 언제 어디서든 들었죠."

"그가 책상 서랍에 잠가 놓고 보관한 앨범들에 대해 아십니까?"

"그의 책상 서랍에 든 건 본 적 없습니다."

발란데르는 맞은편의 남자가 사실을 말하고 있다고 확신했다.

"람베르 밑에서 일했을 때 열쇠를 가지고 있었습니까?"

"네."

"그만두셨을 때 열쇠는 어떻게 하셨습니까?"

"반납했습니다."

발란데르는 끄덕였다. 더 얻을 게 없었다. 사람들과 이야기를 나눌수록 시몬 람베리의 무미건조한 미스터리가 드러났다. 그는 군나르 라르손의 전화번호와 주소를 메모했다. 대화가 끝나고 발란데르는 그를 안내 데스크가 있는 곳으로 데려다주었다. 그리고 휴게실로 가 커피를 가지고 방으로 돌아갔다. 그는 전화선을 뽑았다. 이런 패배감을 마지막으로 느낀 게 언제였는지 떠올릴 수 없었다. 어느 쪽에 해결 방안이 있는 걸까? 모든 것이 얽힌 실타래 같았다. 앨범 속 왜곡되어 이어 붙여진 자신의 얼굴을 떠올리지 않으려 한들 그 얼굴은 다시 돌아왔다.

그 얽힌 실타래는 어디와도 연결되지 않았다.

그는 시간을 확인했다. 거의 12시. 배가 고팠다. 창밖의 바람은 더 강해진 것 같았다. 그는 전화선을 다시 꽂았다. 즉각 전화가 울렸다. 현장 조사가 끝났고, 특이한 것은 아무것도 발견하지 못했다는 사실을 알리려고 전화한 뉘베리였다. 이제 발란데르는 다른 방들도 자유롭게 조사할 수 있었다.

발란데르는 책상 앞에 앉아서 사건을 재검토해 보았다. 그는 마음속으로 뤼드베리와 대화를 나눴고, 그 동료가 부재한다는 사실에 욕설을 내뱉었다. 이제 뭘 해야 하지? 어떻게 더 나아가야 하지? 비틀거리며 원을 도는 것처럼 아무것도 쥔 게 없군.

그는 자신이 적은 것을 훑어보았다. 그 간단한 메모에서 비밀을 끄집어내려 애쓰며. 하지만 아무것도 없었다. 짜증이 난 그는 수첩을 치워 버렸다.

이제 12시 45분이었다. 그가 할 최선은 나가서 밥을 한술 뜨는 것이었다. 오후 늦게는 엘리사베트 람베리와 다시 한번 면담할 필요가 있었다.

자신이 너무 조급해한다는 것을 깨달았다. 일어난 모든 일에도 불구하고 시몬 람베리가 살해된 지 하루가 지났을 뿐이었다.

마음속의 뤼드베리가 그의 말에 동의했다. 발란데르는 자신에게 참을성이 없다는 것을 알았다.

그는 코트를 입고 나갈 준비를 했다.

문이 열렸다. 마르틴손이었다.

그는 얼굴로 무언가 중요한 일이 일어났다는 것을 말하고 있었다.

마르틴손은 문가에 말없이 서 있었다. 발란데르는 기대에 차 그를 보았다.

"지난밤 경위님을 공격한 자를 찾진 못했지만," 마르틴손이 말했다. "누가 그자를 봤습니다."

마르틴손은 발란데르의 방 벽에 걸린 위스타드 지도를 가리켰다.

"놈은 아울링가탄가와 요데 골목 모퉁이에서 경위님을 녹다운시켰죠. 그리고 헤레스타스가탄가를 따라 도망치다 북쪽으로 튼 것 같습니다. 경위님이 공격당한 직후에 놈은 티메르만스가탄가에서 가까운 어느 정원에서 관찰됐죠."

"'관찰됐다'는 게 무슨 말이야?"

마르틴손은 주머니에서 작은 수첩을 꺼내 페이지를 넘겼다.

"시모빅이라는 이름의 젊은 가족이 있습니다. 아내가 삼 개월 된 아기를 돌보느라 깨어 있었고요. 어느 순간 정원을 내다본 그녀에게 그림자 속에 숨어 있는 어떤 사람이 눈에 띄었습니다. 그녀는 즉시 남편을 깨웠죠. 하지만 그가 창가로 갔을 땐 그 사람은 사라지고 없었습니다. 그는 아내가 뭔가를 상상했을 뿐이라고 했고요. 그녀는 그 말에 설득된 것 같았고, 아이가 잠이 들자 침대로 돌아갔습니다. 그녀가 정원에 나온 게 오늘인데, 그녀는 무슨 일이 있었는지 기억났습니다. 어젯밤 누군가를 봤다고 생각한 곳에 가 봤죠. 람베리가 살해됐다는 소식을 그녀가 들었었다는 것도 언급해야겠군요. 시모빅 집안도 그의 스튜디오에서 사진을 찍었을 만큼 위스타드는 작습니다."

"하지만 그녀가 어젯밤 추격에 대해 들었을 리는 없을 텐데." 발란데르가 이의를 제기했다. "우린 그걸 공개한 적 없어."

"네, 맞습니다." 마르틴손이 말했다. "그게 그녀가 우리에게 신고까지 한 걸 감사해야 하는 이유입니다."

"그녀가 쓸 만한 인상착의를 제공했나?"

"그녀는 기껏 그림자를 봤을 뿐입니다."

발란데르는 호기심이 섞인 눈으로 마르틴손을 보았다.

"그렇다면 그 관찰은 우리에게 큰 도움이 안 되는 것 아닌가?"

"네." 마르틴손이 말했다. "만약 그녀가 땅에서 뭔가를 발견한 게 사실이 아니라면요. 그녀가 조금 전에 들러서 놓고 간 게 있습니다. 그리고 지금 이 순간 그게 제 책상 위에 놓여 있죠."

발란데르는 복도 끝에 있는 방으로 마르틴손을 따라갔다.

"이거? 그녀가 발견한 게 이거라고?"

"찬송가요. 스웨덴 교회에서 나온."

발란데르는 그것을 깊이 생각해 보려 애썼다.

"뭣 땜에 시모빅 부인이 이걸 가져왔지?"

"살인이 일어났습니다. 그녀는 어젯밤 자신의 정원에서 수상하게 움직이는 누군가를 관찰했고요. 처음엔 그게 상상에 불과하다는 남편의 말에 설득됐습니다. 하지만 그녀는 이 찬송가를 발견했죠."

발란데르는 천천히 머리를 저었다.

"이건 그놈 게 아니야." 그가 말했다.

"그렇다 하더라도 전 그게 말해 주는 게 많다고 주장할 겁니다. 위스타드에서 남의 집 정원을 얼쩡거리는 사람이 얼마나 되겠습니까? 게다가 야간 순찰대가 밖에서 돌아다니고 있는데요. 전 어젯밤 밖에 있던 한 경관과 얘길 나눴습니다. 그들은 몇 차례 티메르만스가탄가를 돌았죠. 따라서 어떤 정원은 숨기 좋은 장소였습니다."

발란데르는 마르틴손의 말이 옳다는 것을 알았다.

"찬송가라." 그가 말했다. "대체 누가 한밤중에 찬송가를 갖고 다니지?"

"그리고 한 경찰을 공격한 후에 그걸 누군가의 정원에 떨어뜨렸죠." 마르틴손이 덧붙였다.

"뉘베리에게 이 찬송가를 봐 달라고 하게." 발란데르가 말했다. "그리고 꼭 시모빅가에 도와주셔서 감사하다고 전해."

그는 마르틴손의 방에서 나오면서 다른 무언가를 생각했다.

"사무실 공동 이용 자금 모금 책임자가 누구지?"

"한손이요. 아직 제대로 된 추진력을 얻지 못한 것 같은데요."

"절대 못 얻을지도 몰라." 발란데르가 미심쩍게 대꾸했다.

발란데르는 버스 정거장 옆에 있는 베이커리 카페로 걸어가 샌드위치 두 개를 먹었다. 찬송가는 여태 진행 중인 사진사의 죽음과 관련한 다른 어떤 것만큼이나 이해하기 힘든 발견이었다. 발란데르는 자신이 얼마나 길을 잃었는지 깨달았다. 자신들은 맹목적으로 구체적인 어떤 것을 찾고 있었다.

점심 식사 후 발란데르는 라벤델베엔으로 차를 몰았다. 이번에도 문을 연 사람은 카린 팔만이었다. 하지만 이번에 엘리사베트 람베리는 침실에서 쉬고 있지 않았다. 그녀는 발란데르가 들어왔을 때 거실에 앉아 있었다. 다시 그녀의 창백함에 놀랐다. 그는 그 창백함이 내면 어딘가에서 기인했고, 과거에 뿌리를 두고도 있으며, 단지 남편의 살해에 대한 반응이 아니라는 느낌을 받았다.

발란데르는 그녀 맞은편에 앉았다. 그녀는 그를 유심히 보았다.

"우린 이 사건 해결에 진척이 없습니다." 발란데르가 입을 열었다.

"당신들이 최선을 다하고 있다는 걸 알아요." 그녀가 말했다.

발란데르는 그녀가 진짜 뜻한 게 무엇인지 잠시 생각했다. 자신들의 수사에 대한 우회적인 비난이었을까? 아니면 진짜 그대로의 뜻이었을까?

"제가 부인을 뵈러 온 게 이걸로 두 번째지만," 그가 말했다. "마지막이 아닐 거란 게 틀리지 않을 겁니다. 계속 새로운 의문이 나타나는군요."

"최선을 다해 대답해 드릴게요."

"이번엔 단지 질문을 하러 온 것만은 아닙니다." 발란데르가 말을 이었다. "남편분의 소유물을 살펴볼 필요도 있습니다."

그녀는 고개를 끄덕였지만 아무 말도 하지 않았다.

발란데르는 문제에 정면으로 맞서기로 마음먹었다.

"남편분에게 빚이 있습니까?"

"내가 아는 한 없어요. 집은 대출을 다 갚았어요. 그는 대출금을 빨리 갚으려고 스튜디오에 어떤 새로운 투자도 하지 않았어요."

"남편분이 알리지 않고 어떤 대출을 했을 수도 있을까요?"

"물론 그럴 수도 있죠. 난 그걸 이미 당신에게 설명했어요. 우린 같은 지붕 아래 살았지만 다른 삶을 살았다고요. 그리고 그는 아주 비밀스러웠다고요."

발란데르는 그녀가 한 마지막 말을 붙들고 늘어졌다.

"남편분은 어떤 식으로 비밀스러웠습니까? 저는 아직 그걸 온전히 이해하지 못했습니다."

그녀의 눈이 그를 구멍 냈다.

"비밀스러운 사람이란 게 뭐죠? 어쩌면 그가 닫힌 사람이었다고 말하는 게 더 정확할지 모르겠군요. 그가 한 말이 정말 진심인지는 결코 알 수 없었어요. 그게 아니라면 완전히 다른 무언가를 생각하고 있는지요. 바로 옆에 서 있어도 그가 어딘가 아주 멀고 먼 곳에 있다는 느낌이었죠. 그가 웃으며 하는 말이 정말 진심인지 결코 알 수 없을 거예요. 난 그가 정말 누구인지 결코 확신할 수 없었어요."

"힘든 상황이었겠지만," 발란데르가 말했다. "항상 그러시진 않았겠죠?"

"그는 아주 많이 변했어요. 마틸다가 태어났을 때부터 변하기 시작했죠."

"이십사 년 전?"

"아마 바로는 아닐 거예요. 이십 년 전이라고 해 두죠. 처음에 난 슬프다고 생각했어요. 마틸다의 운명 이상으로요. 그리고 그 이상은 몰랐죠. 더 나빠지기 전에는요."

"나빠져요?"

"칠 년 전쯤이었어요."

"그때 무슨 일이 있었습니까?"

"솔직히 모르겠어요."

발란데르는 잠시 질문을 멈추고 물러났다.

"그러니까 제가 제대로 이해했다면, 칠 년 전에 무슨 일이 있었다고요? 뭔가가 그를 극적으로 바꿨습니까?"

"네."

"그게 무슨 일이었는지 모르십니까?"

"아마도요. 봄이면 그는 조수에게 이 주 동안 사업을 돌보게 했어요. 그리고 저 아래 대륙 어딘가로 버스 여행을 떠나곤 했어요."

"하지만 부인은 동행하지 않으셨고요?"

"그는 혼자 가길 원했어요. 난 특별히 가고 싶지 않았죠. 내가 휴가를 가고 싶었다면 친구랑 여행했을 거예요. 다른 장소들로."

"그래서 무슨 일이 있었습니까?"

"그때 목적지는 오스트리아였어요. 그리고 집에 왔을 때 그는 완전히 달라져 있었어요. 낙관적으로 보이는 동시에 슬퍼 보였죠. 내가 그 이유를 물어보려 했을 때, 그는 내가 그에게서 겪은 몇 번 안 되는 성질을 부렸죠."

발란데르는 메모하기 시작했다.

"정확히 그게 언제였습니까?"

"1981년이요. 이삼월에. 버스 여행은 스톡홀름에서 출발하기로 되어 있었지만 시몬은 말뫼에서 탔어요."

"여행사 이름이 기억나시진 않으십니까?"

"마르크레소르인 것 같아요. 그는 거의 언제나 그들과 갔죠."

그 이름을 적은 후 발란데르는 수첩을 주머니에 넣었다.

"이제 좀 둘러보고 싶습니다." 그가 말했다. "무엇보다 그의 방을 보고 싶습니다."

"두 개예요. 침실과 사무실."

둘 다 지하에 있었다. 발란데르는 침실을 대충 둘러보고 옷장을 열었다. 그가 하는 일을 지켜보며 그녀가 옆에 서 있었다. 이내 그들은 람베리의 넓은 사무실로 갔다. 벽은 온통 책장이었다. 광범위한 규모의 레코드 컬렉션, 많이 사용한 안락의자와 널찍한 책상이 있었다.

발란데르는 문득 무언가가 생각났다.

"남편분은 신앙이 있었습니까?" 그가 물었다.

"아니요." 그녀가 놀라 대답했다. "그가 그랬다고는 상상도 할 수 없어요."

발란데르의 시선이 책등을 따라 떠돌았다. 여러 언어의 문학 작품들뿐 아니라 다양한 주제의 논픽션이 있었다. 몇몇 줄은 천문학에 관한 책들이었다. 발란데르는 책상 앞에 앉았다. 뉘베리가 열쇠들을 주었었다. 그는 첫 번째 서랍을 열었다. 람베리의 아내는 독서용 의자에 앉았다.

"방해되신다면 기꺼이 나갈게요." 그녀가 말했다.

"그러실 필요 없습니다." 발란데르가 대답했다.

사무실을 이 잡듯이 뒤지는 데 두 시간이 걸렸다. 그러는 내내 그녀는 안락의자에 앉아 눈으로 그를 좇았다. 그는 자신이나 수사를 고무할 것을 아무것도 찾지 못했다.

칠 년 전 오스트리아 여행 중에 무슨 일이 있었어. 그는 생각했다. 질문은 단순하다. 무슨?

그가 포기했을 때는 5시 30분에 가까웠다. 시몬 람베리의 삶은 밀폐되어 있었던 것 같았다. 아무리 보아도 입구를 찾을 수가 없었다. 두 사람은 다시 1층으로 올라갔다. 카린 팔만이 주변에서 얼쩡거리고 있었다. 아까처럼 사위가 조용했다.

"찾고자 하시는 걸 찾았나요?" 엘리사베트 람베리가 물었다.

"남편분을 죽였을 만한 사람과 동기에 대한 단서 외에 제가 뭘 찾고 있는지 모르겠습니다. 그런 건 아직 못 찾았고요."

발란데르는 작별 인사를 한 뒤 차를 몰고 경찰서로 돌아왔다. 바람은 여전히 거셌다. 그는 추웠고, 봄이 오고 있는지 1백 번째쯤 생각했다.

그는 경찰서 앞에서 페르 오케손 검사와 마주쳤다. 그들은 함께 안내 데스크를 향해 걸었다. 그는 오케손에게 사건의 개요를 간단히 말해 주었다.

"그러니까 자네들은 지금 당장 수사를 이어 갈 단서가 없단 말인가?" 발란데르가 말을 마쳤을 때 그가 물었다.

"없네." 발란데르가 대꾸했다. "특별한 방향을 가리키는 게 아직 아무것도 없어. 나침반의 바늘이 핑핑 돌고 있지."

오케손은 정문으로 다시 걸어 나갔다. 발란데르는 복도에서 스베드베리와 마주쳤다. 그는 발란데르가 찾던 사람이었다. 두 사람은 발란데르의 방으로 갔고, 스베드베리는 무너질 듯한 손님용 의자에 앉았다. 팔걸이 하나가 떨어지기 일보 직전이었다.

"새 의자를 사야겠어." 그가 말했다.

"그럴 예산이 있을 것 같아?"

발란데르는 앞에 수첩을 놓았다.

"자네에게 부탁하고 싶은 게 두 가지 있어." 그가 말했다. "먼저, 스톡홀름에 있는 마르크레소르라는 이름의 여행사가 있다면 찾아봐. 시몬 람베리는 1981년 이삼월에 그들과 이 주간 오스트리아로 여행을 떠났어. 이 버스 여행에 대해 찾을 수 있는 걸 찾아 주게. 시간이 많이 지났지만 승객 명단을 구할 수 있다면 이상적이겠지."

"이게 왜 중요한데?"

"여행 중에 무슨 일이 있었어. 그의 아내가 그걸 아주 확신했지. 돌아왔을 때 시몬 람베리는 전과 같지 않았어."

스베드베리는 그 지시를 메모했다.

"한 가지 더." 발란데르가 말했다. "딸 마틸다가 어디에 있는지 찾아야 해. 그녀는 심각한 장애 때문에 시설에서 살아. 하지만 그게 어디에 있는지는 몰라."

"왜 그걸 묻지 않고?"

"사실 그 생각을 못했어. 지난밤 일격이 생각보다 셌나 봐."

"알아보지." 스베드베리가 그렇게 말하고 몸을 일으켰다.

그는 들어오던 한손과 문간에서 부딪힐 뻔했다.

"내가 뭔가 찾은 것 같아." 한손이 말했다. "머릿속으로 뭘 계속 찾고 있었어. 물론 시몬 람베리가 범법 행위를 저지른 적은 없지만 난 계속 그를 어디에선가 본 것 같다고 생각했지."

발란데르와 스베드베리는 다음 말을 애타게 기다렸다. 그들 둘 다 한손이 가끔 기억력이 좋다는 것을 알았다.

"그게 뭔지 막 생각났어." 그가 말을 이었다. "일 년 전쯤 람베리는 경찰에 항의하는 편지들을 썼어. 그의 비난은 위스타드 경찰과 거의 아무런 관련이 없는데도 그는 그것들을 비에르크에게 보냈지. 그 중에서도 우리가 다양한 폭력 범죄를 다루는 방법을 불만족스러워했어. 하나는 벵크 알렉산드레손이 살해당한 뒤, 스톡홀름에서 그 사건 해결에 실패한 카사 스텐홀름이 지난봄 여기서 막을 내렸던 건에 대한 거였지. 자네 얼굴이 그의 기이한 사진 앨범에 포함된 이유가 그걸로 설명될지도 모른다고 생각했네."

발란데르는 끄덕였다. 한손이 옳을지도 몰랐다. 하지만 그것은 자신들을 어디로도 이끌지 못했다.

완벽히 길을 잃었다는 느낌이 강해졌다.

자신들은 수사를 진행할 구체적인 것이 아무것도 없었다.

가해자는 여전히 도망치는 그림자일 뿐이었다.

수사 사흘째에 날씨가 바뀌었다. 잠이 깬 발란데르가 완전히 원기를 회복한 5시 30분에 햇살이 창문을 통해 비쳤다. 부엌 창문 밖 온도계가 영상 7도를 가리켰다. 어쩌면 봄이 마침내 도착했는지도 몰랐다.

발란데르는 욕실 거울로 얼굴을 자세히 살폈다. 왼뺨이 부어올라 꺼멓게 변색해 있었다. 머리 선에 붙인 반창고를 조심스럽게 떼려 하자 즉시 피가 나기 시작했다. 그는 새로 찾은 반창고로 갈아 붙였다. 그리고 임시방편으로 이에 씌운 크라운이 느껴졌다. 여전히 그것에 익숙해지지 않았다. 그는 샤워하고 옷을 입었다. 커피가 내려지는 동안 산더미처럼 쌓인 더러운 빨랫감을 들고 툴툴거리면서 예약한 세탁실로 내려갔다. 어떻게 그토록 짧은 시간에 이렇게 많은 빨랫감이 모이는지 이해할 수 없었다. 보통 모나가 빨래를 맡았다. 그녀 생각에 속이 쓰렸다. 이윽고 그는 식탁에 앉아 신문을 읽었다. 람베리 살해에 큰 지면이 주어졌다. 비에르크가 기자회견을 했었고, 발란데르는 비에르크가 기자회견을 맡는다는 데 동의의 의미로 고개를 끄덕였다. 비에르크는 의사 표현을 확실히 했다. 사실을 상세히 설명하고 추측을 피하며.

6시 15분에 발란데르는 집에서 나와 경찰서로 차를 몰았다. 수사 반원 모두가 할 일이 많았기 때문에 일과가 끝날 때쯤 모이기로 했다. 시몬 람베리의 습관, 재정 상태, 교제 범위, 과거의 어느 시기를 체계적으로 훑었다. 발란데르는 군나르 라르손이 말한 소문들의 근거를 조사하기로 마음먹었다. 시몬 람베리가 도박이라는 불법적인 세계에서 움직인 사람이라는 소문. 그는 예전 지인에게 의지하기로 했다. 차를 몰고 말뫼로 가 4년간 보지 못한 사람을 찾을 계획이었다. 하지만 그는 그가 있을 곳을 알았다. 그는 안내 데스크로 가 전화 메시지들을 살폈고, 그중 중요한 것은 없다고 판단했다. 그리고 일찍 일어나는 마르틴손을 보러 갔다. 그는 검색에 몰두하며 컴퓨터 앞에 앉아 있었다.

"잘돼 가나?" 발란데르가 물었다.

마르틴손이 머리를 저었다.

"시몬 람베리는 흠 하나 없는 시민에 가까운 것 같습니다." 그가 말했다. "주차 위반 딱지도 끊은 적 없군요. 아무것도 없습니다."

"그가 도박을 했다는 소문이 있어." 발란데르가 말했다. "불법적인. 쌓인 빚이 많았다는군. 난 그걸 조사하며 오전을 보낼 생각이야. 말뫼로 차를 몰고 가서."

"우리 날씨란." 마르틴손이 모니터에서 고개도 들지 않고 말했다.

"그래." 발란데르가 말했다. "난 그게 우리에게 희망의 근거라고 생각하지."

발란데르는 말뫼로 차를 몰았다. 기온이 몇 도 올라 있었다. 그는 이제 풍경이 겪을 변화에 관한 생각을 즐겼다. 하지만 자신이 책임을

져야 하는 살인 사건으로 생각이 돌아오는 데는 오래 걸리지 않았다. 자신들은 여전히 뚜렷한 방향이 없었다. 분명한 동기도 없었다. 시몬 람베리의 죽음은 이해하기 어려웠다. 조용한 삶을 살았던 사진사. 심각한 장애가 있는 딸이 있다는 비극을 겪은 사람. 어떤 의도와 목적 때문에 아내와 분리된 삶을 살기도 한 사람. 하지만 이 모든 게 누가 무시무시한 일격으로 그의 머리를 박살 낼 필요가 있다고 느꼈다는 것을 가리키는 것은 없다.

그 외에도 7년 전 오스트리아로의 버스 여행에서 무슨 일이 있었다. 람베리를 크게 달라지게 한 어떤 일이.

발란데르는 차를 몰며 경치를 조망했다. 그는 람베리의 사진에서 자신이 보지 못한 게 무엇인지 궁금했다. 그의 인물상에는 흐릿한 무언가가 있었다. 그의 삶과 그의 성격은 이상하리만치 덧없었다.

발란데르는 8시 직전에 말뫼에 도착했다. 그는 곧장 사보이 호텔 뒤 주차 건물로 차를 몬 다음 호텔 뒷문을 사용했다. 그는 식당으로 향했다.

그가 찾는 남자는 식당 맨 뒤 테이블에 혼자 앉아 있었다. 그는 조간신문에 몰두해 있었다. 발란데르는 그 테이블로 걸음을 옮겼다. 남자가 깜짝 놀라 올려다보았다.

"쿠르트 발란데르." 그가 말했다. "아침을 먹으러 말뫼까지 와야 할 만큼 배가 고팠나?"

"언제나처럼 네 논리는 꽝이군." 발란데르가 그렇게 대꾸하고 자리에 앉았다. 그는 테이블 맞은편에 앉은 남자 페테르 린데르를 처음 만났을 때를 생각하며 직접 커피를 따랐다. 1970년대 중반으로 10년도 더 전이었다. 발란데르가 위스타드에서 업무를 막 시작했을 때였다. 경찰은 헤데스코가 외곽 외딴곳에 있는 농가에 갑자기 생긴 불법 도박 클럽을 급습했었다. 페테르 린데르가 그 사업 배후의 남자라는 사실은 누구에게나 명백했다. 큰 이득이 그에게 갔다. 하지만 이후의 재판에서 린데르는 무죄를 선고받았다. 변호사단이 검사의 그 사건에 구멍을 냈고, 린데르는 자유의 몸으로 법정을 떠났다. 아무도 그가 번 돈이 어디에 있는지 알아낼 수 없었기에 아무도 그 돈을 건드릴 수 없었다. 그 평결이 있고 며칠 뒤 예상치 않게 그가 경찰서에 나타나 발란데르와 면담을 요청했다. 그는 스웨덴 법체계에서 받은 처우를 불평했다. 발란데르는 분노했다.

"네가 그 뒤에 있다는 걸 모두가 알아." 그가 말했었다.

"물론 그건 나였지." 페테르 린데르가 대꾸했다. "하지만 검사는 내 유죄를 확정할 만큼 잘 그걸 증명해 내지 못했어. 그렇다고 해서 학대를 불평할 내 권리를 포기해야 한다는 뜻은 아니야."

페테르 린데르의 뻔뻔함은 발란데르에게 할 말을 잃게 했다. 이후 몇 년간 그는 발란데르의 삶에 부재했다. 하지만 어느 날 위스타드의 또 다른 도박 클럽에 대한 정보가 담긴 익명의 편지가 발란데르에게 도착했다. 이번에 경찰은 연루된 몇몇 자들을 간신히 체포하고 형을 선고했다. 발란데르는 그 익명의 편지를 쓴 자가 페테르 린데르임을 알았다. 어떤 이유에서인지 그는 발란데르와의 첫 만남에서 자신이 '늘 사보이에서 저녁을 먹는다'고 말했었고, 발란데르는 그곳에서 그를 찾았었다. 미소 띤 얼굴로 그는 그 편지를 쓴 것을 부인했다. 하지만 둘 모두 알고 있었다.

"그 사진사가 위스타드에서 위험하게 살았다는 기사를 읽는 중이었네." 페테르 린데르가 말했다.

"다른 데보다 더 위험할 건 없지."

"도박 클럽들은?"

"지금 우린 그것들에서 자유로운 것 같은데."

페테르 린데르가 미소를 지었다. 그의 눈은 매우 파랬다.

"어쩌면 위스타드 지역에서 내 복직을 고려해 봐야 할 것 같군. 어떻게 생각하나?"

"내 생각을 알 텐데." 발란데르가 말했다. "돌아오면 우린 널 처넣을 거야."

페테르 린데르가 머리를 저었다. 그는 미소를 지었다. 그것이 발란데르를 짜증 나게 했지만 그는 드러내지 않았다.

"사실 살해된 그 사진사에 대해 너와 얘길 나누려고 왔어."

"난 이곳 말뫼에 있는 왕실 사진사에게만 가는데. 그는 옛 왕이 있던 시절 소피에로 궁전의 사진을 찍었지. 훌륭한 사진사야."

"넌 내 질문에 대답만 하면 돼." 발란데르가 끼어들었다.

"이건 심문인가?"

"아니. 하지만 난 네가 날 도울 수 있을지도 모른다고 생각할 만큼 한심하지. 네가 그럴 준비가 돼 있다고 생각하니 더 한심해."

페테르 린데르가 초대의 제스처로 양팔을 넓게 벌렸다.

"시몬 람베리." 그가 말을 이었다. "그 사진사 말이야. 그가 거금을 거는 도박꾼이었다는 소문이 있어. 게다가 불법 도박장에서. 이곳과 코펜하겐에서. 무제한 대출도 받고. 빚더미에 올라앉은 사람이라는.

전부 소문이야."

"소문이 재밌으려면 적어도 오십 퍼센트는 사실이어야 해." 페테르 린데르가 철학적으로 말했다. "안 그래?"

"난 네가 그에 대답할 수 있길 바라. 그에 대해 들어 봤나?"

페테르 린데르는 그 질문을 숙고했다.

"아니." 잠시 뒤 그가 말했다. "그 소문의 반만 사실이라고 해도 난 그를 알았을 거야."

"어떤 이유로 그를 놓쳤을 가능성은?"

"없어." 페테르 린데르가 말했다. "그건 상상도 할 수 없지."

"넌 다시 말해 모든 걸 안다는 거군."

"스웨덴 남부의 불법 도박 세계에 관해서라면 난 모든 걸 알지. 난 고전 철학과 무어인 건축 양식에 대해서도 알아. 그걸 빼면 거의 아무것도 몰라."

발란데르는 이의를 달지 않았다. 그는 페테르 린데르가 학계에서 놀라울 만큼 빨리 출세했었다는 사실을 알았다. 그러던 어느 날, 그는 예고 없이 학계 밖을 떠돌았고, 그러다 단시일 내에 도박 클럽 소유주로 자리를 잡았다.

발란데르는 남은 커피를 마셨다.

"네가 뭔가를 듣는다면 난 네 익명의 편지 중 하나를 감사해할 거야." 그가 말했다.

"난 코펜하겐에서 기분을 좀 내려고 하는데," 페테르 린데르가 대꾸했다. "자네에게 제공할 뭔가를 찾을진 모르겠군."

발란데르는 끄덕였다. 그는 재빨리 몸을 일으켰다. 페테르 린데르와 악수까지 할 생각은 없었다.

발란데르는 10시쯤 경찰서로 돌아왔다. 몇몇 경찰이 경찰서 밖 봄의 따뜻한 기운 속에서 커피를 마시고 있었다. 발란데르는 스베드베리의 방을 확인했다. 그는 거기에 없었다. 한손도 마찬가지. 마르틴 손만 여전히 컴퓨터 모니터 앞에서 열심히 일하는 중이었다.

"말뫼에 가신 건 어떻게 됐습니까?" 그가 물었다.

"불행히도 소문은 사실이 아니야." 발란데르가 대답했다.

"불행히도요?"

"그게 우리에게 동기부여가 됐을 텐데 말이야. 도박 빚, 고용된 총잡이. 우리에게 필요한 모든 것."

"스베드베리가 사업자 등록을 통해 마르크레소르 여행사가 더 이상 존재하지 않는다는 걸 알아냈습니다. 그들은 오 년 전 다른 회사에 합병됐죠. 그리고 그 회사는 작년에 도산했고요. 옛 승객 명단을 얻기는 불가능할 거라는데요. 하지만 버스 운전사 추적은 가능할 것 같답니다. 그가 아직 살아 있다면요."

"그가 어디 있는데?"

"모르죠."

"한손과 스베드베리는 어디 있나?"

"스베드베리는 람베리의 재정 상태를 파헤치는 중입니다. 한손은 이웃들을 탐문 중이고요. 뉘베리는 발자국 하나를 잃어버린 감식반원을 혼내는 중입니다."

"발자국을 잃어버린다는 게 정말 가능한가?"

"정원에 찬송가를 잃어버릴 가능성이죠."

마르틴손이 옳아. 발란데르는 생각했다. 뭐든 잃어버릴 수 있지.

"제보를 받은 게 있나?" 그가 물었다.

"시모빅가의 그 찬송가를 빼면 전혀요. 몇 가지 안 되는 것들도 즉각 무시할 수 있을 만합니다. 하지만 더 있을지도 모르죠. 사람들은 대개 시간이 걸리니까요."

"그리고 그 은행장 바크만은?"

"믿을 만합니다. 하지만 그는 우리가 이미 아는 것 이상 아는 게 없습니다."

"청소 아주머니는? 힐다 발덴?"

"다를 거 없습니다."

발란데르는 문설주에 기댔다.

"대체 누가 그를 죽인 거야? 있을 만한 동기가 뭐지?"

"누가 라디오 방송국을 바꿨죠?" 마르틴손이 말했다. "그리고 누가 주머니에 찬송가를 넣고 밤에 도시를 뛰어다니죠?"

그 질문은 한동안 대답이 없는 채 남겨졌다. 발란데르는 자신의 방으로 갔다. 그는 초조하고 싱숭생숭한 기분을 느꼈다. 페테르 린데르와의 만남이 불법 도박 세계에서 그 살인의 해답을 찾는 것을 배제시켰다. 남은 게 뭐지? 발란데르는 책상 앞에 앉아 사건의 새 개요를 적어 보려 했다. 그것을 적는 데 한 시간 넘게 걸렸다. 적은 것을 죽 훑어보았다. 점점 더 그는 그자가 사진관 안에 들여졌을 가능성으로 마음이 기울었다. 그자는 필시 람베리가 알고 믿는 누군가였다. 그의 아내가 몰랐을 공산이 큰 누군가. 그는 스베드베리가 노크하는 소리에 생각의 방해를 받았다.

"내가 어디 있었는지 맞혀 보게." 그가 말했다.

발란데르는 머리를 저었다. 그는 맞혀 볼 기분이 아니었다.

"마틸다 람베리는 뤼스고르드 바로 외곽에 있는 시설에서 보호받고 있네." 그가 말했다. "너무 가까워서 거기에 가 볼 수도 있지 않을까 생각했지."

"그래서 마틸다를 만났나?"

스베드베리는 즉각 침울해졌다.

"끔찍했어." 그가 말했다. "그녀는 할 수 있는 게 아무것도 없어."

"더 말하지 않아도 될 것 같군." 발란데르가 말했다. "짐작이 갈 것 같아."

"이상한 게 있었네." 스베드베리가 말을 이었다. "책임자와 얘길 나눴지. 세상의 조용한 영웅 중 하나인 마음이 따뜻한 여자와. 그녀에게 시몬 람베리가 얼마나 자주 방문했는지 물었네."

"뭐래?"

"한 번도 온 적이 없다는군. 그동안 한 번도."

발란데르는 불안을 느끼며 아무 말도 하지 않았다.

"엘리사베트 람베리는 일주일에 한 번 온다더군. 대개 토요일에. 하지만 이상한 건 그게 아니야."

"그럼 뭔데?"

"책임자가 말하길, 방문하는 여자가 또 있대. 부정기적이지만 가끔 나타난다는군. 아무도 그녀의 이름을 모르고, 아무도 그녀가 누군지 몰라."

발란데르는 얼굴을 찌푸렸다.

미지의 여자.

갑자기 그는 확고한 생각이 들었다. 그것이 어디에서 기인한 생각인지 몰랐지만 확신이 들었다. 마침내 실마리가 나타난 것이었다.

"좋아. 아주 좋아. 다들 불러 모아서 회의를 하자고."

발란데르는 11시 30분에 수사반을 소집했다. 그들은 여기저기에서 몰려왔고, 좋은 날씨가 데려온 새로운 에너지가 흘러넘치는 듯했다. 회의 직전에 발란데르는 검시관에게서 예비 보고서를 받았다. 시몬 람베리는 자정 전에 죽은 것으로 추정되었다. 뒤통수에 가해진 일격에는 엄청난 힘이 실려 있었고, 그를 즉각 사망에 이르게 했다. 상처에서 그들은 황동 판이라고 쉽게 식별 가능한 작은 금속 조각을 찾아냈고, 따라서 이제 흉기에 대한 추정이 가능했다. 황동 조각상이나 그 비슷한 것. 발란데르는 즉각 힐다 발덴에게 전화해 스튜디오에 황동 제품 같은 게 있었는지 물었다. 그녀의 대답은 '아니요'였고, 그 대답은 발란데르가 원했던 것이었다. 시몬 람베리를 죽이러 온 자는 흉기를 가져왔다. 이것은 결국 그 살인이 계획되었다는 뜻이었다. 과열된 논쟁이나 갑작스러운 충동으로 유발된 살인이 아니었다.

수사반은 이것을 중요한 진술로 받아들였다. 이제 자신들이 고의로 행동한 가해자를 찾는다는 사실을 알았다. 하지만 그들은 그자가 왜 범죄 현장에 돌아왔는지 몰랐다. 필시 무언가를 뒤에 남기고 떠났으리라. 하지만 발란데르는 아직 알아내지 못한 또 다른 이유가 있을지도 모른다는 느낌을 방기하지 않았다.

"그게 뭐지?" 한손이 물었다. "놈이 뭔가를 잊지 않았다면? 놈이 거기에 뭔가를 심어 놓으려고 왔다면?"

"그건 결국 건망증의 정도를 가리키는 걸지도 모르죠." 마르틴손이 말했다.

그들은 사실을 기반으로 체계적으로 차근차근 회의를 진행했다. 사건은 여전히 매우 불확실했다. 그들은 많은 답을 기다리는 중이거나 가진 정보를 아직 정리하지 못한 상태였다. 하지만 발란데르는 이 순간에도 회의에 상정된 모든 것을 원했다. 그는 수사반의 형사들이 동시에 정보에 접근할 필요가 있다는 것을 경험으로 알았다. 죄에 가까운 그의 최악의 버릇 중 하나가 종종 혼자 정보를 간직하는 것이었다. 시간이 감에 따라 그는 이 점에서 그럭저럭 조금 나아졌다.

발란데르가 언제나처럼 먼저 뉘베리를 향하자 그가 "우린 상당수의 지문과 발자국을 채취했네."라고 말했다. "찬송가에서 훌륭한 엄지손가락 지문도 확보했지. 그게 스튜디오에서 채취한 지문 중 어떤 것과 일치하는지는 아직 모르네."

"그 찬송가에 대해 말해 줄 게 있나?" 발란데르가 물었다.

"꽤 빈번히 사용했던 것 같아. 하지만 안에 이름은 없어. 특정 교구나 교회를 가리키는 어떤 스탬프도 없고."

발란데르는 고개를 끄덕이고 한손을 보았다.

"아직 이웃들에 대한 탐문 조사를 마치진 못했지만," 그가 입을 열었다. "이상한 걸 봤다거나 들었다는 사람은 없어. 스튜디오에서 밤중 소란은 없었어. 거리에도 아무것도 없었고. 그날 밤이든 그전 어느 때든 스튜디오 밖에서 이상한 행동을 한 사람을 기억하는 사람은 아무도 없었어. 모두 시몬 람베리가 내성적이긴 했지만 상냥한 사람이었다고 보장했지."

"들어온 제보는?"

"제보는 끊임없이 들어오고 있어. 하지만 즉각적인 흥미를 끌 만한 건 없어."

발란데르는 람베리가 경찰 업무 수행에 대해 불평했던 편지들에 대해 물었다.

"그것들이 스톡홀름에 있는 어느 중앙 기록 보관소에 보관돼 있어서 검색해 봤네. 우리 관할과 미미하게 관련된 건 한 통뿐이었어."

"난 그 앨범을 어떻게 판단해야 할지 모르겠어." 발란데르가 말했다. "그게 중요한지 아닌지 말이야. 물론 내가 그 안에 포함됐기 때문에 그럴 수도 있어. 일단 난 그게 불안해. 이제 난 더 이상 모르겠을 뿐이야."

"사람들은 보통 부엌 식탁에 앉아서 여러 정치 지도자들에게 통렬한 편지를 쓰죠." 마르틴손이 말했다. "시몬 람베리는 사진사였습니다. 그는 쓰지 않았습니다. 상징적으로, 그 암실은 그의 부엌 식탁이었습니다."

"자네가 맞을지도 몰라. 바라건대, 우리가 더 알게 되면 우린 이 문제로 돌아올 거야."

"람베리는 복잡한 사람이었어." 스베드베리가 말했다. "상냥함과 내성적. 하지만 다른 뭔가도 있지. 우린 이 다른 뭔가일지도 모를 걸 정확히 설명할 수 없을 뿐이야."

"아니, 아직은 아니지." 발란데르가 말했다. "하지만 그의 모습이

점차 형태를 갖출 거야. 늘 그래."

발란데르는 람베리의 말뫼로의 여행과 페테르 린데르와의 만남에 대해 말했다.

"도박사로서의 람베리에 대한 소문은 잊어버려도 될 것 같아." 그가 결론을 내렸다. "딱 소문 이상으론 보이지 않아."

"저는 경위님이 어떻게 그 남자를 신용하실 수 있는지 모르겠는데요." 마르틴손이 이의를 제기했다.

"그는 진실을 말해야 할 때를 알 만큼은 똑똑해." 발란데르가 말했다. "그럴 필요가 없을 땐 거짓말을 하지 않을 만큼은 똑똑하지."

그리고 스베드베리의 차례였다. 그는 더 이상 존재하지 않는 그 스톡홀름 여행사에 대해 말하며, 1981년 3월 오스트리아로의 여행에 동참했던 운전기사를 찾을 수 있다고 단언했다.

"마르크레소르는 알베스타에 있는 버스 회사를 이용했어." 그가 말했다. "그리고 그 회사는 아직 거기 있지. 내가 확인해 봤어."

"그게 정말 중요할까?" 한손이 물었다.

"어쩌면." 발란데르가 말했다. "어쩌면 아니거나. 하지만 엘리사베트 람베리는 단호했어. 남편은 돌아왔을 때 바뀐 사람이었다고."

"어쩌면 사랑에 빠졌는지도 모르지." 한손이 의견을 냈다. "여행에서 있는 일이 그런 거 아니야?"

"이를테면 그 비슷한 거지." 발란데르는 그렇게 말하며 갑자기 작년 카나리아제도에서 모나에게 그런 일이 있었는지 궁금했다.

그는 스베드베리를 돌아보았다.

"운전기사에 대해 알아내게. 그게 우리에게 뭔가 줄지도 몰라."

스베드베리는 이내 마틸다 람베리를 방문한 건에 대해 말했다. 시몬 람베리가 딸을 한 번도 방문하지 않았다는 사실을 알게 되자 구슬픈 분위기가 그들을 지배했다. 미지의 여자가 때때로 나타났다는 사실은 흥미를 덜 끌었다. 하지만 발란데르는 그것이 실마리가 될 수 있으리라고 확신했다. 그에게 그녀가 이 상황에 어떻게 들어맞는지에 대한 구체적인 생각은 없었다. 하지만 그는 그녀가 누군지 알 때까지 그녀를 방치할 생각이 없었다.

마지막으로 그들은 시몬 람베리에 대한 대외적 이미지에 대해 논의했다. 논의가 거듭될수록 잘 정리된 삶을 산 남자라는 인상이 강해졌다. 그의 재정 상태나 모범적인 삶 그 어디에도 흠은 없었다. 발란데르는 곧 방문할 필요가 있는, 람베리가 회원으로 있던 룬드의 아마추어 천문학자 협회를 떠올렸다. 한손이 그 일을 맡았다.

마르틴손은 컴퓨터 검색 작업으로 바빴다. 그는 그가 주장했던, 시몬 람베리가 경찰과 어떤 관련도 없다는 의견을 확인했을 뿐이었다.

1시가 넘은 시각이었다. 발란데르는 회의를 끝냈다.

"이게 지금 우리 상황이야." 그가 말했다. "우린 아직 동기도 모르고, 범인이 누구인지에 대한 명확한 조짐도 보이지 않아. 하지만 가장 중요한 건 이제 우린 살인이 계획됐다는 걸 확신한다는 거야. 범인은 흉기를 가져왔어. 그건 강도질이 살인을 낳았다는 우리의 초기 추측을 무시해도 된다는 뜻이야."

모두가 자리에서 일어나 갈 길로 갔다. 발란데르는 마틸다 람베리가 사는 보호시설에 가 보기로 했다. 그는 벌써 자신에게 닥칠 일이 두려웠다. 질병, 고통 그리고 평생의 장애는 그가 잘 다룬 적이 없는 것이었다. 하지만 그 미지의 여자에 대해 더욱 알고 싶었다. 그는 위스타드에서 벗어나 뤼스고르드로 향하는 스바르테 도로를 탔다. 왼쪽으로 바다가 유혹적으로 반짝였다. 그는 창문을 내리고 천천히 달렸다.

문득 그는 열여덟 살 먹은 딸 린다가 생각났다. 지금 그 애는 스톡홀름에 있었다. 그 애는 자신이 추구하는 일에 대한 여러 생각으로 방황하는 중이었다. 가구 복원가나 물리치료사 혹은 배우까지. 그 애와 친구는 쿵스홀멘에 아파트를 빌렸다. 발란데르는 그 애가 어떻게 독립생활을 하는지 명확히 알지는 못했지만 그 애는 때때로 다양한 레스토랑에서 일했다. 스톡홀름에 있지 않을 때 딸은 말뫼에서 모나와 있었다. 그리고 가끔 위스타드에 와서 자신을 방문했다.

그는 걱정스러웠다. 한편으로 딸에게는 자신에게 없는 기질이 너무 많았다. 마음 깊은 곳으로는 그 애가 살면서 자신의 길을 찾으리라는 것을 의심하지 않았다. 하지만 그럼에도 걱정이 되었다. 그는 그에 대해 아무것도 할 수 없었다.

발란데르는 뤼스고르드에 멈춰 간이식당에서 늦은 점심을 먹었다. 포크 촙. 뒤 테이블에서 농부 몇 사람이 신형 두엄 살포기의 장단점을 큰 소리로 토론 중이었다. 발란데르는 음식에 몰두하려 애쓰며 먹었다. 뤼드베리에게 배운 것이 있었다. 먹을 때는 접시 위에 있는 것만 생각해야 한다. 그러자 오랫동안 닫아 두었다가 문을 연 집처럼, 머리에서 공기가 빠져나간 듯 느껴졌다.

보호시설은 룅에 근처에 있었다. 발란데르는 스베드베리의 길 안내를 따랐고, 그곳을 찾는 데 문제가 없었다. 그는 주차장으로 차를 돌렸고, 차에서 내렸다. 시설은 옛 건물과 새 건물로 구성되어 있었다. 그는 정문으로 들어갔다. 어디에서 새된 웃음소리가 들렸다. 한 여자가 꽃에 물을 주고 있었다. 발란데르는 그녀에게 다가가 책임자와 이야기를 나누고 싶다고 했다.

"그게 저일걸요." 여자가 그렇게 말하며 미소를 지었다. "제 이름은 마르가레타 요한손이에요. 그리고 신문에서 너무 자주 봐서 이미 당신이 누군지 알아요."

그녀는 꽃에 계속 물을 주었다. 발란데르는 자신에 대한 그녀의 말에 관심을 두지 않으려 했다.

"경찰이 된다는 건 이따금 아주 끔찍할 거예요." 그녀가 덧붙였다.

"그 말에 동의하지만," 발란데르가 대꾸했다. "경찰이 없다면 전이 나라에 살고 싶을 것 같지 않습니다."

"아마 그게 사실이겠죠." 그녀는 그렇게 말하며 물뿌리개를 내려놓았다. "마틸다 람베리 때문에 오셨겠죠?"

"그녀 때문이 아닙니다. 그녀를 방문하는 여자 때문입니다. 그녀의 어머니 말고요."

마르가레타 요한손이 그를 보았다. 우려의 빠른 물결이 그녀의 얼굴을 스쳤다.

"이게 그녀의 아버지 살해와 어떤 관련이 있나요?"

"꼭 그런 건 아니지만 그녀가 누군지 궁금합니다."

마르가레타 요한손이 사무실로 통하는, 반쯤 열린 문을 가리켰다.

"저기로 가서 앉죠."

그녀는 발란데르에게 커피를 권했고, 그는 정중히 사양했다.

"마틸다에게는 방문자가 많지 않아요." 그녀가 말했다. "제가 십사 년 전 여기에 왔을 때, 그녀는 이미 여기에 육 년간 있었어요. 그녀의 어머니만이 그녀를 보러 왔죠. 어쩌면 아주 드물게 다른 친척도요. 마틸다는 방문자가 온지도 알지 못했어요. 그녀는 귀가 잘 들리지 않는 데다 눈이 멀었고, 주위에서 일어나는 일에 별로 반응하지 않아요. 하지만 저흰 오랫동안 여기서 산 사람들, 어쩌면 평생 산 사람들이 방문을 반기길 여전히 바라죠. 아마 그들에게 소속감을 주기 위해서일까요? 큰 맥락에서요."

"그 여자는 언제 그녀를 방문하기 시작했습니까?"

마르가레타 요한손은 회상했다.

"칠팔 년 전이요."

"얼마나 자주 왔습니까?"

"대중없었어요. 가끔은 반년마다 오기도 했고요."

"그리고 이름을 알려 준 적이 없고요?"

"한 번도요. 여기에 마틸다를 보러 오기만 했어요."

"이에 관해 엘리사베트 람베리에게 알려 주셨겠죠?"

"네."

"그녀의 반응이 어떻던가요?"

"놀랐죠. 그녀는 그 여자가 누군지 묻기도 했고, 그 여자가 오면 전화해 달라고 했어요. 문제는 그 여자의 방문이 늘 아주 짧았다는 거죠. 엘리사베트 람베리는 그 여자가 떠나기 전에 여기 올 수 없었어요."

"그 여자는 여길 어떻게 왔습니까?"

"차로요."

"직접 운전하고요?"

"사실 그건 큰 관심 없었어요. 어쩌면 차에 아무도 알아차리지 못한 누군가가 타고 있었는지도 모르죠."

"어떤 차종인지 아는 사람은 없겠죠? 번호판을 본 사람도요?"

마르가레타 요한손은 머리를 저었다.

"그 여자의 인상착의를 말씀해 주시겠습니까?"

"나이는 마흔에서 쉰 사이예요. 날씬했고, 특별히 크진 않았어요. 단순하지만 우아하게 옷을 입었고요. 짧은 금발 머리에 화장은 하지 않았어요."

발라데르는 그것을 메모했다.

"다른 건 없고요?"

"네."

발란데르는 자리에서 일어났다.

"마틸다를 만나고 싶지 않으세요?" 그녀가 물었다.

"시간이 안 될 것 같긴 한데," 발란데르는 말끝을 흐렸다. "아마 다시 오게 될 것 같습니다. 그리고 만약 그 여자가 오면 위스타드 경찰에 알려 주셨으면 합니다. 그녀가 마지막으로 온 게 언제였죠?"

"몇 달 전이에요."

그녀는 밖으로 배웅을 나왔다. 간호조무사가 휠체어를 밀며 지나쳤다. 담요 밑에서 떠는 소년이 발란데르의 눈에 들어왔다.

"봄이 오면 모두 좋아하죠." 마르가레타 요한손이 말했다. "완전히 자신의 세계에 갇힌 환자들에게서도 우린 종종 그걸 볼 수 있어요."

발란데르는 작별 인사를 하고 차로 걸음을 옮겼다. 그가 막 시동을 걸었을 때, 마르가레타 요한손의 사무실에서 전화가 울렸다. 그녀는 전화를 건 사람이 스베드베리라고 외쳤다. 발란데르는 다시 발길을 돌려 수화기를 들었다.

"그 운전기사를 찾아냈어." 스베드베리가 말했다. "예상보다 쉽더 군. 이름은 안톤 에클룬드야."

"좋아." 발란데르가 말했다.

"좋은 정도가 아니야. 그가 뭐랬는지 맞혀 보겠나? 자신이 한 모든 여행의 승객 명단을 모으는 게 취미래. 그리고 그는 특별한 사진을 갖고 있어."

"시몬 람베리가 찍은?"

"어떻게 알았지?"

"자네가 시킨 대로 한 거야. 맞혀 본 거지."

"게다가 트렐레보리에 살아. 이제 은퇴했지. 하지만 방문 초대를 받았어."

"당연히 그 제의를 받아들여야 해. 최대한 빨리."

하지만 우선 발란데르는 생각해 봐야 할 또 다른 방문이 있었다. 미룰 수 없는 방문.

룅에서 그는 곧장 엘리사베트 람베리의 집으로 갈 생각을 하고 있었다.

그에게는 즉각적인 대답을 원하는 질문이 있었다.

그가 차를 세웠을 때 그녀는 정원에 나와 있었다. 화단에 몸을 숙

이고 있었다. 최근의 상실에 대한 그녀의 슬픔은 깊지도 오래갈 것
같지도 않아 보였다. 울타리 너머에서 그녀의 콧노래를 들은 것 같았
을 때. 발란데르가 대문을 열었을 때 그녀는 소리를 듣고 허리를 폈
다. 모종삽을 든 그녀는 햇빛 속에 눈을 가늘게 떴다.

"너무 빨리 부인을 또 귀찮게 해 드리러 와서 죄송하지만," 발란데
르가 말했다. "급한 질문이 있습니다."

그녀는 옆에 있는 바구니에 삽을 내려놓았다.

"안으로 들어가야 하나요?"

"그러실 필요 없습니다."

그녀는 근처에 있는 접의자들을 가리켰다. 두 사람은 앉았다.

"마틸다가 있는 요양소의 책임자와 얘길 나눴습니다." 발란데르가
입을 열었다. "거기 갔었죠."

"마틸다를 보셨나요?"

"안타깝게도 시간이 없었습니다."

그는 그녀에게 진실을 말하고 싶지 않았다. 심각한 장애를 마주한
다는 것이 자신에게는 거의 불가능하다는 것을.

"따님을 방문하러 오는 그 미지의 여자에 대해 얘길 나눴습니다."

엘리사베트 람베리는 선글라스를 썼다. 그는 그녀의 눈을 볼 수 없
었다.

"우리가 마지막으로 마틸다에 대해 얘길 나눴을 때 부인은 그 여자
에 대해 어떤 말씀도 없으셨죠. 그게 놀랍습니다. 호기심이 생기고
요. 무엇보다 이상합니다."

"그게 중요하다고 생각하지 않았어요."

발란데르는 세게 나가거나 직설적으로 나가야 할지 주저했다. 어쨌든 그녀의 남편은 며칠 전 잔인하게 살해당했다.

"그럼, 그 여자가 누군지 아시는 건 아닙니까? 아니면 어떤 이유로 그녀에 대해 말하고 싶지 않으신 겁니까?"

그녀가 선글라스를 벗고 그를 보았다.

"그녀가 누군지 몰라요. 알아보려고 했지만 성공하지 못했어요."

"그녀를 알아내려고 뭘 하셨습니까?"

"내가 할 수 있는 건, 그녀가 나타나자마자 전화해 달라고 직원에게 부탁하는 것뿐이었어요. 하지만 난 제때 거기에 갈 수 없었죠."

"물론 부인은 그 직원에게 그녀를 들이지 말라고 부탁하실 수도 있었겠죠? 아니면 그녀가 이름을 대지 않고는 마틸다를 방문하지 못하게 조치하시거나?"

엘리사베트 람베리는 혼란스러워 보였다.

"그녀는 이름을 밝혔어요. 거기 처음 왔을 때. 책임자가 그 말을 하지 않았나요?"

"네."

"그녀는 자신이 시브 스티그베리라고 했고, 룬드에 산다고 했지만 난 거기서 그런 이름의 사람을 찾을 수 없었어요. 그걸 조사했어요. 전국의 전화번호부를 뒤지면서요. 크람포르스에 시브 스티그베리가 있었고, 모탈라에 한 명 더 있더군요. 그 둘 모두에게 연락했어요. 둘 다 내가 무슨 말을 하는지도 몰랐어요."

"그녀가 가짜 이름을 댄 겁니까? 마르가레타 요한손이 아무 말도 하지 않은 게 그 이유로군요."

"네. 그게 내가 생각할 수 있는 유일한 이유예요."

발란데르는 그것을 곱씹어 생각했다. 그는 이제 그녀가 진실을 말하고 있었다고 믿었다.

"그 모든 게 놀랍군요. 전 왜 부인이 처음부터 그렇게 말씀하시지 않았는지 여전히 이해가 가지 않습니다."

"그랬어야 했다는 걸 지금 알았어요."

"그녀가 누군지, 왜 그런 방문을 하는지 궁금하셨겠군요."

"당연하죠. 그녀에게 마틸다의 방문을 허락하도록 책임자에게 지시한 이유가 그거예요. 언젠가는 제때 갈 수 있길 바라고 있어요."

"그녀가 거기서 뭘 했습니까?"

"짧게 머물렀을 뿐이에요. 마틸다를 보지만 아무 말도 안 하면서요. 누가 말하는 걸 마틸다가 들을 수 있더라도요."

"그녀에 대해 남편에게 물으신 적은 없습니까?"

대답했을 때 그녀의 목소리는 쓰디썼다.

"내가 왜 그래야 하죠? 그는 마틸다에게 관심이 없었어요. 그 애가 존재하지 않았다고요."

발란데르는 접의자에서 일어났다.

"어떻든 저는 질문에 답을 얻었습니다." 그가 말했다.

그는 곧장 경찰서로 갔다. 갑자기 긴박감이 매우 심해졌다. 벌써 늦은 오후였다. 스베드베리는 자기 방에 있었다.

"지금 트렐레보리로 가자고." 발란데르가 문가에서 말했다. "그 운전기사 주소 갖고 있지?"

"안톤 에클룬드는 시내 한가운데에 있는 아파트에 살아."

"자네가 전화해서 집에 있는지 묻는 게 좋을 것 같은데."

스베드베리는 전화번호를 찾았다. 에클룬드가 거의 즉시 전화를 받았다.

"아무 때나 가도 돼." 스베드베리가 간단히 통화한 후 말했다.

두 사람은 발란데르의 차보다 나은 차를 골랐다. 스베드베리가 자신 있게 속도를 내며 차를 몰았다. 발란데르는 이날 스트란드 도로를 따라 두 번째로 서쪽으로 이동했다. 그는 스베드베리에게 요양소와 엘리사베트 람베리를 방문한 이야기를 했다.

"그 여자가 중요하다는 느낌을 떨칠 수가 없어." 그가 말했다. "그리고 분명 시몬 람베리와 어떤 관계가 있다는."

그들은 말없이 나아갔다. 발란데르는 다소 심란한 마음으로 경치를 즐겼다. 잠시 졸기도 했다. 여전히 퍼렇지만 볼은 더 이상 아프지 않았다. 혀도 임시방편으로 씌운 크라운에 적응하기 시작했다.

스베드베리는 트렐레보리에서 에클룬드의 주소를 찾으려고 방향을 한 번 물었을 뿐이었다. 그것은 시내 한가운데에 있는 붉은 벽돌 건물이었다. 에클룬드의 집은 1층이었다. 그는 두 사람을 발견했고, 문을 열어 놓고 기다리고 있었다. 풍성한 백발에 덩치가 큰 사람이었다. 발란데르와 악수할 때 그는 상대방이 거의 아플 만큼 세게 손을 쥐었다. 그는 그들을 작은 집으로 안내했다. 커피가 나왔다. 발란데르는 즉각 에클룬드가 혼자 산다고 추측했다. 집은 깔끔했지만, 그럼에도 혼자 사는 남자라는 인상을 받았다. 자리에 앉자마자 그는 그 생각을 확신했다.

"지난 삼 년간 혼자였습니다." 그가 말했다. "아내가 죽었지요. 여기로 이사 왔을 때였죠. 은퇴 생활을 함께한 게 일 년뿐이었답니다. 어느 날 아침 아내는 침대에서 죽어 있었죠."

두 형사 모두 아무 말도 하지 않았다. 할 말이 없었다. 에클룬드가 페이스트리가 담긴 접시를 내왔다. 발란데르는 번트 케이크 한 조각을 집었다.

"선생님은 1981년 오스트리아로의 전세 버스 여행에 운전기사셨죠." 그가 입을 열었다. "마르크레소르는 여행사였고요. 스톡홀름의 노라 반토리에트에서 출발해 마지막 목적지인 오스트리아로 가셨습니다."

"잘츠부르크와 빈으로 갈 예정이었죠. 승객 서른두 명, 여행안내자 그리고 제가요. 버스는 스카니아 최신형이었습니다."

"대륙으로의 버스 여행은 1960년대 이후 유행이 지났다고 생각했는데요." 스베드베리가 말했다.

"그랬죠." 에클룬드가 말했다. "하지만 유행이 돌아왔습니다. 마르크레소르markresor 지상 여행이라는 뜻는 여행사 이름이라기엔 우스꽝스럽게 들릴지 모르지만 잘해 나가고 있었습니다. 비행기를 타고 다소 먼 휴양지에 던져지길 원치 않는 사람이 절대적으로 많은 걸로 드러났죠. 진짜 여행을 경험하고 싶은 사람들이었습니다. 따라서 그러려면 땅에 머물러야죠."

"승객 명단을 갖고 계시다고 들었습니다." 발란데르가 말했다.

"집착이 됐죠." 에클룬드가 말했다. "가끔 그 사람들을 훑어봅니다. 대부분은 기억나지 않아요. 어떤 이름들은 기억나죠. 대부분은 좋았고, 잊어버리는 게 나은 사람도 있었고요."

그가 자리에서 일어나 선반 위의 플라스틱 폴더로 손을 뻗었다. 그는 그것을 발란데르에게 건넸다. 서른두 명의 명단이 담겨 있었다. 거의 바로 람베리라는 이름이 눈에 띄었다. 그는 천천히 나머지 이름을 훑었는데, 수사 중에 드러난 이름은 없었다. 승객의 반 이상이 스웨덴 중부에서 온 사람들이었다. 스웨덴 남부에서 온 일곱 명에, 룰레오에서 온 여자, 헤르뇌산드에서 온 커플도 있었다. 할름스타드, 에슬뢰브 그리고 룬드에서 온 사람들. 발란데르는 명단을 스베드베리에게 넘겼다.

"여행 사진을 갖고 계신다고 하셨습니까? 람베리가 찍은?"

"그의 직업 때문에 그가 우리 공식 사진사가 됐죠. 그는 거의 모든 사진을 찍었습니다. 사본을 원한 사람들은 명단에 자신들의 이름을 썼죠. 모두가 주문한 걸 받았습니다. 그는 약속을 지켰죠."

에클룬드가 신문을 집어 들었다. 그 밑에 사진들이 담긴 봉투가 있었다.

"람베리가 이 모든 걸 공짜로 줬습니다. 그가 고른 사진들이죠. 제가 고른 게 아니라요."

발란데르는 천천히 사진 뭉치를 훑었다. 모두 열아홉 장이었다. 그는 람베리가 사진기 뒤에 있었기 때문에 그 사진들에 나타나지 않으리라는 것을 이미 짐작했다. 하지만 끝에서 두 번째 그룹 사진에 그가 있었다. 사진 뒷면에 누가 잘츠부르크와 빈 사이 휴게소에서 찍은 사진이라고 써 놓았다. 에클룬드도 거기에 있었다. 발란데르는 람베리가 타이머를 썼으리라고 추측했다. 그는 다른 뭉치를 훑었다. 세부 사항과 얼굴들을 자세히 살폈다. 문득 그는 어느 여자의 얼굴이 연이어 나타난다는 것을 눈치챘다. 그녀는 항상 카메라를 똑바로 응시했다. 미소를 짓고. 발란데르는 그녀의 이목구비를 보며 그게 뭔지 꼭 집어 말할 순 없지만 그 외모에서 뭔가 익숙한 것을 느끼고 있었다.

그는 스베드베리에게 그 사진들을 보라고 했다.

"그 여행에서 람베리에 관해 기억나시는 게 있습니까?"

"처음엔 그의 존재를 별로 알아차리지 못했습니다. 하지만 사건들은 얼마든지 있었죠."

스베드베리가 발딱 고개를 들었다.

"무슨 말씀이십니까?" 발란데르가 물었다.

"이런 것들에 대해선 말하지 말아야 할지도 모를 텐데." 에클룬드가 머뭇거리며 말했다. "그는 이제 죽었죠. 하지만 그는 그 여행에 온 여자 중 한 명과 눈이 맞았습니다. 단순한 문제는 아니었죠."

"왜죠?"

"유부녀였으니까요. 그리고 그녀의 남편이 거기 있었습니다."

발란데르는 그것이 충분히 이해되었다.

"아마 문제에 별로 도움이 되지 않았던," 에클룬드가 말했다. "다른 게 있었습니다."

"그게 뭡니까?"

"그녀는 목사의 아내였습니다. 그는 교회 사람이었죠."

에클룬드가 사진 한 장에서 그를 가리켰다. 찬송가가 발란데르의 머리를 스쳤다. 그는 땀을 흘리고 있다는 것을 깨달았다. 스베드베리를 힐끗 보았다. 동료가 같은 연상을 하고 있다는 것을 느꼈다.

발란데르는 사진 뭉치를 들고 카메라 앞에서 미소 짓고 있는 미지의 여자가 나온 사진을 골랐다.

"이 여자입니까?" 그가 물었다.

에클룬드가 그 사진을 보고 끄덕였다.

"맞습니다. 놀랍지 않습니까? 룬드 외곽 교구에서 온 목사의 아내라니."

발란데르는 스베드베리를 다시 보았다.

"결말이 어떻게 됐습니까?"

"모릅니다. 그 목사가 자신의 뒤에서 벌어지고 있는 일을 알아차렸는지조차 모릅니다. 내가 보기에 그는 세상 물정에 어두운 사람 같았죠. 하지만 그 여행의 모든 상황이 아주 불편했습니다."

발란데르는 여자 사진을 보았다. 문득 그녀가 누구인지 알았다.

"이 가족의 성이 뭡니까?"

"비슬란데르요. 안데르스와 루이스."

스베드베리는 승객 명단을 유심히 살피며 그들의 주소를 적었다.

"한동안 이 사진들을 빌려야겠습니다." 발란데르가 말했다. "물론 돌려 드릴 겁니다."

에클룬드가 끄덕였다.

"내가 너무 많이 떠들지 않았길 바랍니다." 그가 말했다.

"그 반댑니다. 큰 도움을 주셨습니다."

그들은 커피에 대한 감사와 작별 인사를 하고 거리로 나왔다.

"이 여자가 마틸다 람베리를 방문한 여자의 인상착의와 들어맞아." 발란데르가 말했다. "이게 그 여자인지 가능한 한 빨리 확인하고 싶군. 그녀가 왜 마틸다를 방문했는지 모르겠어. 하지만 그 질문은 나중으로 미뤄야 할 거야."

두 사람은 서둘러 차로 가 트렐레보리를 떠났다. 하지만 떠나기 전 발란데르는 전화 부스로 가 위스타드에 전화했고, 많은 노력을 기울인 끝에 간신히 마르틴손과 연락이 닿았다. 발란데르는 있었던 일을 빠르게 설명하고 안데르스 비슬란데르가 여전히 룬드 외곽 교구의 목사인지 알아보라고 했다.

두 사람은 륑에에 들렀다가 바로 경찰서로 갈 것이었다.

"그녀가 범인이라고 생각하나?" 나중에 스베드베리가 물었다.

발란데르는 대답하기 전 오랫동안 말없이 앉아 있었다.

"아니." 그가 마침내 말했다. "하지만 그일 순 있지."

스베드베리가 그를 힐끗 보았다.

"목사?"

발란데르가 끄덕였다.

"왜 아니겠어? 목사는 성직자지만 인간이기도 해. 가능하고말고. 그리고 교회에는 황동 제품이 얼마든지 있지 않나?"

그들은 륑에에 잠시만 멈췄다. 책임자는 발란데르가 내민 사진 속 미지의 여자를 즉시 알아보았다. 이내 두 사람은 위스타드 경찰서로 가 곧장 마르틴손의 방으로 향했다. 한손도 거기에 있었다.

"안데르스 비슬란데르는 여전히 룬드 외곽의 목사지만," 마르틴손이 말했다. "지금은 휴가 중입니다."

"왜?" 발란데르가 물었다.

"개인적인 비극 때문에요."

발란데르가 살피듯 그를 보았다.

"무슨 일이 있었나?"

"한 달 전 아내가 죽었습니다."

방이 정적에 싸였다.

발란데르는 숨을 참았다. 그는 확실히 아는 게 없었지만 이제 옳은 길에 서 있다고 확신했다. 룬드에 있는 안데르스 비슬란데르 목사에 게서 어느 정도 사건의 해답을 찾을 터였다. 그는 상황의 전개를 감지했다.

발란데르와 그의 동료들은 회의실로 갔다. 뉘베리도 어딘가에서 나타났다. 회의 동안 발란데르는 자신의 접근 방식에 관한 생각이 매우 확고했다. 그들은 안데르스 비슬란데르와 그의 죽은 아내에게 완전히 집중했다. 그날 저녁 그들은 그 커플에 대해 최대한 많은 것을 알아내려 했다. 발란데르는 모두에게 가능한 한 신중하고 조심스럽게 진행하라고 지시했다. 한손이 그날 밤 비슬란데르와 접촉해야 한다고 말했을 때, 발란데르는 일언지하에 그 말을 거절했다. 그것은 다음 날까지 기다려야 할 것이었다. 현재 업무는 최대한 많은 준비 작업을 수행하는 것이었다. 실제로 그들에게는 명확한 것이 많지 않았다. 오히려 그들의 일은 이미 아는 사실을 걸러서 알려진 시몬 람베리의 죽음에 안드레스와 루이스 비슬란데르를 대입하는 것이었다.

결국 그들은 많은 것을 확증했다. 스베드베리가 어느 기자의 도움으로 「쉬스벤스카 다그블라데트」에서 루이스 비슬란데르의 사망 기사를 찾아냈다. 이 기사로 그녀가 마흔일곱의 나이로 죽었다는 것을 알았다. '오래 고통을 감내한 끝에'라고 사망 기사가 말했다. 그들은 그 문구가 뜻하는 것에 심란했다. 그녀는 자살하기도 힘들었으리라. 아마 암이었을 터였다. 부고 기사의 애도 가운데 두 아이를 주목했다. 그들은 룬드의 동료들에게 알려야 할지 오래 토의했다. 발란데르는 망설이다가 그러지 않기로 결정했다. 아직 너무 일렀다.

8시 조금 지나 발란데르는 뉘베리에게, 대개 그의 책임에 속하지 않는 무언가를 부탁했다. 하지만 발란데르는 다른 이들이 남아 있을 필요가 있었기에 그에게 의지했다. 뉘베리에게 비슬란데르의 집이 단독주택인지 아파트인지 알아내는 임무가 주어졌다. 뉘베리가 회의실에서 나갔다. 그들은 재검토를 위해 앉아 있었다. 어딘가에서 피자가 배달되었다. 그들이 먹는 동안 발란데르는 비슬란데르가 가해자였다는 해석을 제시해 보려 했다.

거기에는 많은 반대 요소가 있었다. 시몬 람베리와 루이스 비슬란데르의 공공연한 연애는 오래전이었다. 게다가 그녀는 죽었다. 왜 안드레스 비슬란데르는 이렇게 늦게야 반응을 보일까? 그에게 이런 폭력적 능력이 있다는 것을 보여 주는 어떤 것이라도 있었을까? 발란데르는 이 모든 반대 요소가 중요하다는 것을 깨달았다. 그는 결정을 내리지 못했지만 그럼에도 자신들이 답에 가까워졌다는 확신을 포기하지 않았다.

"우리에게 남은 유일한 건 비슬란데르와 얘기하는 거야." 그가 말했다. "그리고 내일 그렇게 할 거야. 그럼 알게 되겠지."

뉘베리가 돌아왔다. 그는 발란데르에게 비슬란데르가 스웨덴 교회가 소유한 단독주택에 산다고 알려 주었다. 비슬란데르는 휴가 중이라 발란데르는 그를 집에서 볼 수 있으리라 추측했다. 저녁이 끝나가기 전에 발란데르는 내일 마르틴손을 데려가기로 마음먹었다. 둘 이상은 필요 없었다.

그는 자정쯤 봄의 온기를 뚫고 집으로 차를 몰았다. 성게르트루데 광장을 지나쳤다. 사위가 매우 고요했다. 우울과 피로의 물결이 밀려왔다. 이 순간만은 세상이 온통 질병과 죽음으로 이루어져 있는 것 같았다. 그리고 모나가 남긴 공허. 하지만 곧 마침내 다가온 봄을 생각했다. 그는 괴로움을 떨쳐 냈다. 내일 비슬란데르와 이야기를 나눌 터였다. 그러면 자신들이 해답에 가까워졌는지 아닌지 알 것이었다.

그는 오랫동안 깨어 있었다. 린다와 모나에게 전화하고 싶은 충동이 일었다. 1시쯤 달걀 두 개를 삶아 싱크대 앞에 서서 먹었다. 자러 가기 전 욕실 거울로 얼굴을 관찰했다. 뺨은 여전히 검푸르게 변색해 있었다. 이발이 필요하다는 것도 알았다.

그는 깊이 잠들었다가 5시에 깨었다. 마르틴손이 오길 기다리는 동안 빨래 더미를 분류하고 진공청소기를 돌렸다. 부엌 창가에 서서 커피 몇 잔을 마시며 다시 한번 시몬 람베리의 죽음에 대한 모든 상황을 재검토했다.

8시에 그는 거리로 내려가 기다렸다. 또 하루의 아름다운 봄날이 될 것이었다. 마르틴손은 언제나처럼 약속을 지켰다. 발란데르는 차로 갔다. 두 사람은 룬드로 향했다.

"어젠 푹 잤습니다." 마르틴손이 말했다. "보통은 아니거든요. 하지만 그게 예감 같았죠."

"뭐에 대한 예감?"

"모르겠어요."

"아마 그냥 봄이라서겠지."

마르틴손이 그를 힐끗 보았다.

"'그냥 봄'이라는 게 무슨 말씀이세요?"

발란데르는 작게 뭐라고 중얼거렸을 뿐 대답하지 않았다.

그들은 9시 반이 되기 전에 룬드에 도착했다. 마르틴손은 평소처럼 주의 산만하게 덜컥대며 차를 몰았다. 하지만 방향을 기억하는 것 같았다. 그는 비슬란데르가 사는 거리를 찾는 데 문제가 없었다. 그들은 19번가를 지나 눈에 띄지 않는 곳에 주차했다.

"가자고." 발란데르가 말했다. "이야기는 내가 하지."

집은 컸다. 발란데르는 집이 이번 세기 초에 지어졌다고 추측했다. 대문을 지나 걸음을 옮기며 정원을 손볼 필요가 있다는 것을 눈치챘다. 그는 마르틴손이 같은 것을 눈치챘다는 것을 알았다. 발란데르는 자신들을 기다리는 것이 무엇일지 궁금해하며 현관 초인종을 울렸다. 그는 다시 벨을 눌렀다. 아무도 문을 열지 않았다. 다시 한번 울렸다. 같은 반응. 아무 일도. 발란데르는 빠르게 결정을 내렸다.

"여기서 기다리게. 집 말고 거리에서. 교회가 여기서 멀지 않을 거야. 내가 자네 차를 가져가지."

발란데르는 교회 이름을 메모했었다. 어젯밤 스베드베리가 지도에서 그 교회를 가리켰다. 그곳에 가는 데 5분이 걸렸다. 교회는 버려진 것처럼 보였다. 처음에는 잘못 찾았다고 생각했다. 안데르스 비슬란데르는 그곳에 없었다. 하지만 교회 문에 손을 대 보니 잠겨 있지 않았다. 그는 어둠침침한 통로로 발을 디디고 등 뒤로 문을 닫았다. 아주 조용했다. 두꺼운 벽을 뚫고 밖에서 들려오는 소리는 없었다.

발란데르는 교회 주요 공간으로 걸음을 옮겼다. 그곳은 빛이 잘 들었다. 스테인드글라스를 통해 햇빛이 들어왔다.

발란데르는 제단에 가까운 맨 앞줄에 앉아 있는 사람을 보았다. 그는 천천히 통로를 걸었다. 한 남자가 기도하듯 몸을 숙이고 앉아 있었다. 발란데르가 앞줄에 닿았을 때에야 그가 고개를 들었다. 발란데르는 그를 알아보았다. 안데르스 비슬란데르였다. 람베리의 사진 중 딱 한 장에 나왔던 얼굴과 같았다. 그는 면도하지 않았고, 눈이 젖어 있었다. 발란데르는 즉시 불편함을 느끼기 시작했다. 그는 이제 마르틴손을 남겨 두고 온 것을 후회했다.

"안데르스 비슬란데르 씨입니까?" 그가 물었다.

남자는 그를 진지하게 마주 응시했다.

"누구십니까?"

"제 이름은 쿠르트 발란데르고, 경찰입니다. 얘기를 나누고 싶습니다."

그가 대답하자 비슬란데르의 갑자기 날카로워진 목소리에 짜증이 배어났다.

"난 애도 중입니다. 날 방해하지 마세요. 조용히 놔두십시오."

발란데르는 커지는 불편함을 느꼈다. 신자석의 남자는 한계점에 이른 것 같았다.

"아내분이 죽었다는 걸 압니다." 그가 말했다. "제가 이야기하고 싶은 게 그겁니다."

발란데르가 뒷걸음을 칠 만큼 비슬란데르가 의자에서 벌떡 일어났다. 이제 그는 비슬란데르가 평정을 잃었다고 확신했다.

"내가 부탁을 하는데도 날 방해하며 가지 않는군요. 그러니 당신이 하겠다는 말을 들어야겠죠. 성구 보관실로 갑시다."

비슬란데르는 방향을 가리켰고, 제단 앞에서 왼쪽으로 틀었다. 등을 보니 그는 대단히 힘이 센 것 같았다. 자신이 뒤쫓았던 남자, 자신을 녹다운시킨 남자일 수도 있었다.

성구 보관실에는 작은 테이블과 의자 두 개가 있었다. 비슬란데르가 자리에 앉아 다른 의자를 가리켰다. 발란데르는 어떻게 시작해야 할지 생각하며 테이블 밑에서 의자를 끌어당겼다. 비슬란데르가 촉촉한 눈으로 그를 응시했다. 발란데르는 방을 힐끗 둘러보았다. 또 다른 테이블 위에 큰 나뭇가지 모양의 촛대 두 개가 있었다. 처음에 발란데르는 자신의 주의를 끈 게 무엇인지 모른 채 그것들을 살폈다. 이내 그는 하나가 다른 것과 다르다는 것을 알았다. 나뭇가지 모양 촛대의 가지 하나가 사라져 있었다. 그리고 그것은 황동으로 만든 것이었다. 그는 비슬란데르를 보았고, 남자가 자신이 본 것을 알아차렸다는 것을 눈치챘다. 그럼에도 그는 그 공격에 놀랐다. 비슬란데르는 포효 비슷한 소리와 함께 발란데르에게 몸을 날렸다. 그의 손가락이 발란데르의 목을 파고들었다. 그의 힘 혹은 그의 광증은 어마어마했다. 발란데르는 비슬란데르가 그 사진사를 죽여야 했다는, 시몬 람베리에 대한 어떤 말, 이해할 수 없는 말을 외치는 동안 그에 맞서 몸부림쳤다. 비슬란데르는 섬망 속에서 종말론자들에 대한 비난을 시작했다. 발란데르는 벗어나려고 몸부림쳤다. 마침내 엄청난 노력 끝에 그럴 수 있었다. 하지만 비슬란데르는 목숨을 걸고 싸우는 짐승처럼 다시 그 위에 올라탔다. 이리저리 뒹굴며 레슬링이 이어지다가 그 촛대가 있는 테이블에 닿았다. 발란데르는 간신히 하나를 움켜쥐고 그것으로 비슬란데르의 얼굴을 후려갈겼다. 비슬란데르는 바로 고꾸라졌다. 순간 발란데르는 그가 죽었다고 생각했다. 람베리가 죽은 것과 같은 방식으로. 하지만 곧 비슬란데르가 숨을 쉬는 것을 보았다.

발란데르는 의자에 주저앉아 숨을 고르려 애썼다. 그는 얼굴이 긁혔다는 것을 알아챘다. 치료한 이가 세 번째로 부러졌다.

비슬란데르는 바닥에 누워 있었다. 그가 천천히 의식을 되찾기 시작했다. 그와 동시에 발란데르는 교회 문이 열리는 소리를 들었다.

그는 걱정이 되어 이웃집 전화로 택시를 불러 찾아온 마르틴손을 만나러 성구 보관실을 나섰다.

모든 것이 너무 빨리 일어났지만 발란데르는 이제 끝났다는 것을 알았다. 며칠 전 자신을 공격했던 남자가 비슬란데르라는 것도 알았다. 실제로 그의 얼굴을 보기도 전에 그라는 것을 알았다. 그라는 사실은 의심할 여지가 없었다.

이틀 뒤 발란데르는 회의실에서 동료들과 회의하고 있었다. 오후였다. 창문은 열려 있었다. 완연한 봄처럼 보였다. 발란데르는 적어도 지금은 안데르스 비슬란데르의 신문을 끝낸 상태였다. 의사가 발란데르에게 신문을 중지하라고 충고할 만큼 지금 남자는 심리적으로 안 좋은 상태였다. 하지만 그림은 완벽했다. 발란데르는 있었던 일의 개요를 그들에게 알려 주려고 회의를 소집했다.

"어둡고 침울하고 비극적이지만," 그가 입을 열었다. "시몬 람베리와 루이스 비슬란데르는 그 버스 여행 후 비밀리에 만남을 이어 갔어. 그리고 루이스의 남편은 그에 관해 아무것도 몰랐지. 그녀가 죽기 직전인 최근까지. 그녀는 간에 종양이 있었어. 임종 때 자신의 부정을 고백했지. 이내 비슬란데르는 광증이라고 표현할 수밖에 없는 뭔가에 사로잡혔어. 한편으론 아내의 죽음에 슬퍼하고, 한편으론 그녀의 배신에 분노하고 비통해하면서. 그는 람베리를 스토킹하기 시작했어. 그의 내심엔 람베리도 아내의 죽음에 책임이 있었지. 그는 병가를 내고 이곳 위스타드에서 거의 모든 시간을 보냈어. 시내의 작은 호텔에 머물면서 계속 스튜디오를 감시했지. 청소 아주머니 힐다 발덴을 미행했고. 어느 토요일, 그는 그녀의 집에 침입해 열쇠들을 갖고 나와 복사했어. 그녀가 돌아오기 전에 원본들을 돌려 놨지. 그리고 스튜디오에 들어가 촛대로 람베리를 살해했어. 그 후 혼란에 빠진 그는 람베리가 살아 있다고 계속 믿었어. 실제로 람베리를 두 번째로 죽이려고 돌아왔어. 정원에 숨어 있었을 때는 찬송가를 떨어뜨렸지. 라디오를 켜서 채널을 조정한 사실은 이상한 사항이야. 듣자니 라디오를 통해 신의 목소리를 들을 수 있으리라 상상하기 시작했던 것 같아. 신이 자신이 저지른 죄를 용서하리라는. 하지만 그가 찾아낸 것이라곤 록 음악 방송국뿐이었지. 그 사진들은 하나에서 열까지 람베리의 작업물이었네. 그것들은 그 죽음과 아무 관련이 없었어. 그는 정치가와 그 밖의 권력자들에 대한 경멸을 키웠어. 게다가 경찰이 하는 일을 불쾌해했지. 그는 괴팍한 사람이었어. 얼굴들을 왜곡함으로써 자신의 세상을 컨트롤하려 했던 소인배. 하지만 이런 게 사건을 해결하지. 난 비슬란데르를 동정하지 않을 수 없네. 그의 세상은 무너졌어. 그는 그걸 견뎌 낼 힘이 없었고."

회의실은 침묵에 빠졌다.

"왜 루이스는 람베리의 장애인 딸을 방문했지?" 한손이 물었다.

"그걸 자문하고 있었지." 발란데르가 대답했다. "어쩌면 그녀의 연애에는 종교적 함의가 있었는지도 몰라. 어쩌면 둘은 마틸다를 위해 기도하고 있었던 게 아닐까? 그래서 루이스가 자신의 기도 효과를 확인하려고 요양소에 간 걸까? 어쩌면 그녀는 마틸다를 부모의 죄과의 희생자로 간주했던 게 아닐까? 우린 결코 모르겠지. 이 특이한 두 사람이 어떤 관계로 묶였었는지 알 수 없는 한은. 우리가 찾을 수 없는 비밀의 방들은 늘 있어. 그리고 어쩌면 이게 최선이야."

"비슬란데르 입장에서 생각한다면," 뤼드베리가 말했다. "한 걸음 더 나갈 수 있네. 아마 그의 분노는 실제로 람베리가 종교적 관점에서 그의 아내를 유혹했다는 사실에서 기인한 걸지도 모르네. 육욕적인 게 아니라. 이 사건에서 일반적인 질투심만이 작용했는지 물을 이유가 있네."

다시 침묵에 빠졌다. 곧 그들은 람베리의 사진들 논의로 넘어갔다.

"그는 자신의 방식대로 미쳤던 게 틀림없어." 한손이 말했다. "남는 시간을 유명 인사들의 얼굴을 왜곡하는 데 보내면서."

"아마 그 해석은 꽤 다를 걸세." 뤼드베리가 의견을 냈다. "요즘 사회에는 우리가 민주주의 사회라고 부르는 것에 더 이상 낄 수 없을 만큼 힘이 없다고 느끼는 사람들이 있을지도 모르네. 대신 그들은 각자의 의식에 전념하지. 만약 이게 그런 사건이라면 우리나라는 문제가 있는 거야."

"저는 그 가능성은 생각하지 않았지만," 발란데르가 말했다. "그

말이 맞을지도 모릅니다. 이 사건에서는 그 말에 동의하고요. 그리고
그 지반이 정말 갈라지기 시작했어요."

회의가 끝났다. 발란데르는 쾌청한 날씨임에도 피곤과 낙담을 느
꼈다. 그리고 모나가 그리웠다.

그는 시간을 확인했다. 4시 15분.

다시 치과에 가야 했다.

그는 그게 몇 번째인지 더는 알지 못했다.

피라미드

프롤로그

비행기가 스웨덴 모스뷔 해안 서쪽 상공을 낮은 고도로 날았다. 바다에 안개가 짙었지만 해안 가까이 갈수록 시야가 밝아졌다. 해안의 윤곽과 처음 눈에 띈 몇몇 집들이 조종사를 향해 달려들었다. 하지만 그는 이 비행을 이미 여러 차례 한 경험이 있었다. 그는 계기판에만 의지해 나는 중이었다. 스웨덴 국경을 가로지르자마자 모스뷔 해안과 트렐레보리로 통하는 도로의 가로등을 식별한 그는 북동쪽으로 날카롭게 선회한 다음 다시 한번 동쪽으로 선회했다. 파이퍼 체로키 비행기는 말을 잘 들었다. 그는 신중하게 계획한 루트를 따라갔다. 몇 채 안 되는 집들의 간격이 뚝 떨어져 있는 스코네 지역 상공이 항로였다. 1989년 12월 11일 새벽 5시 직전이었다. 주위는 거의 캄캄했다. 매번 밤에 비행한 그는 정치적 제재로 제한을 받고 있던 남로디지아에서 밤에 몰래 담배를 운반했던 그리스 회사의 부조종사로 일한 처음 몇 년간을 생각했다. 1966년에서 1967년에. 20년도 더 전에. 하지만 그 기억은 절대 그를 떠나지 않았다. 숙련된 조종사는 완전한 무전 침묵 속에서 최소한의 원조로 밤에도 날 수 있다는 것을 배웠던 때였다.

비행기는 이제 조종사가 더 이상 고도를 낮출 수 없을 만큼 아주 낮게 날고 있었다. 그는 임무를 완수하지 못하고 돌아가야 하는 게 아닐까 하는 생각이 들기 시작했다. 이따금 그런 일이 일어났다. 안전이 늘 최우선 사항이었고, 시야는 여전히 좋지 않았다. 하지만 조종사가 마지못해 결정을 내리기 직전 갑자기 안개가 걷혔다. 그는 시간을 확인했다. 2분 내로 착륙하기로 되어 있던 장소의 불빛이 보일 터였다. 그는 고개를 돌려 기내에 유일하게 남은 의자에 앉은 남자에 게 소리쳤다.

"이 분!"

그의 뒤 어둠 속에 있던 남자가 손전등을 얼굴에 갖다 대더니 끄덕 였다.

조종사는 어둠 속을 쏘아보았다. 이제 일 분 남았어. 그는 생각했 다. 그리고 한 변에 2백 미터 길이의 정사각형을 그린 스포트라이트 들을 본 것이 그때였다. 그는 남자에게 준비하라고 소리쳤다. 이내 그는 왼쪽으로 돌 준비를 하고 불이 켜진 정사각형을 향해 서쪽으로 접근했다. 뒤의 남자가 선실 문을 열었을 때, 흔들리는 기체의 불빛 과 찬 바람을 느꼈다. 그는 곧 조종석 뒤의 빨갛게 빛나는 스위치에 손을 올렸다. 최대한 속도를 줄였다. 그리고 녹색 불빛으로 바뀐 스 위치를 눌렀고, 뒤쪽의 남자가 고무 물탱크를 밀어내고 있다는 것을 알았다. 문이 닫히자 찬 바람이 멈추었다. 그 시점에 이미 조종사는 남동쪽으로 항로를 바꾸었다. 그는 미소를 지었다. 물탱크는 이제 스 포트라이트 사이 어딘가에 떨어졌다. 그것을 수거할 누군가가 거기 에 있었다. 스포트라이트가 꺼지고 물탱크가 트럭에 적재되면 전처 럼 깜깜한 어둠이 찾아올 것이었다. 완벽한 작전이야. 그는 생각했 다. 연달아 열아홉 번째.

그는 손목시계를 확인했다. 9분 내로 해안을 가로질러 다시 스웨 덴을 뜰 것이었다. 그리고 10분이 지나면 수백 미터 위로 솟구칠 것 이었다. 그는 옆자리에 커피가 담긴 보온병을 그냥 두었다. 자신들이 바다를 가로지를 때 마실 것이었다. 8시에 킬Kiel 독일 북부 항구도시 근처 사유 활주로에 비행기를 내리면 차에 올라 자신이 사는 함부르크로 향하는 길에 있을 것이었다.

비행기가 한 번 요동쳤다. 그리고 다시 한번. 조종사는 계기판을 체크했다. 모든 것이 정상으로 보였다. 역풍은 특별히 세지 않았고 난기류도 없었다. 그때 비행기가 세 번째로 요동쳤다. 좀 더 세게. 조종사는 조종간을 잡았지만 비행기는 왼쪽으로 기울었다. 비행기를 바로잡으려고 애썼지만 허사였다. 계기판은 여전히 정상이었다. 하지만 그의 풍부한 경험은 무언가가 잘못됐다고 말했다. 그는 비행기를 수직으로 상승시킬 수 없었다. 속도를 올리고 있는데도 비행기는 고도를 잃어 갔다. 그는 완벽한 평정을 유지하고 생각하려 애썼다. 어떻게 된 거지? 이륙하기 전에는 늘 비행기를 점검했다. 새벽 1시에 격납고에 도착했을 때 30분 넘게 규정된 모든 정비 목록을 살폈고, 이륙하기 전 체크리스트의 모든 지시를 따랐다.

그는 비행기를 똑바로 날게 할 수 없었다. 요동이 계속되었다. 이제 상황이 심각하다는 것을 알았다. 속도를 더욱 올리고 조종간을 잡으려고 애썼다. 뒤의 남자가 뭐가 문제인지 소리쳐 물었다. 조종사는 대답하지 않았다. 대답할 말이 없었다. 비행기를 진정시키지 못한다면 수 분 내로 추락할 것이었다. 바닷가에 닿기 직전이었다. 이제 심장이 쿵쿵 뛰기 시작했다. 하지만 아무 도움이 되지 않았다. 분노와 절망의 한순간이 닥쳤다. 그리고 그는 모든 것이 끝날 때까지 레버를 당기고 페달을 밟았다.

비행기는 1989년 12월 11일 새벽 5시 30분에 격렬한 힘으로 땅에

부딪혔다. 즉시 불이 타올랐다. 하지만 기내의 두 남자는 몸에 불이
붙는 것을 알아차리지 못했다. 두 사람은 충격의 순간 사지가 찢겨
죽었다.

안개가 바다에서 밀려오고 있었다. 영하 4도였고, 바람은 거의 불
지 않았다.

1

발란데르는 12월 11일 아침 6시가 되자마자 잠에서 깨었다. 눈을
뜸과 동시에 자명종이 울기 시작했다. 그는 그것을 끄고 누운 채로
어둠을 응시했다. 팔다리를 쭉 늘이고 손가락과 발가락을 폈다. 자는
동안 아픈 데라도 있었는지 느끼기 위한 습관이 된 동작이었다. 호
흡기관에 병균이라도 숨어들었는지 확인하려고 침을 삼켰다. 자신이
천천히 건강 염려증 환자가 되어 가고 있는지 가끔 궁금했다. 하지
만 오늘 아침에는 모든 것이 적절해 보였고, 어젯밤에는 충분히 휴식
을 취했다. 그는 전날 밤 일찍 10시에 잠자리에 들었고, 즉각 잠에 떨
어졌다. 일단 잠이 들면 깨지 않고 잤다. 하지만 깬 상태로 누워 있게
된다면 결국 잠이 드는 데 시간이 걸리곤 했다.

그는 침대에서 나와 부엌으로 갔다. 온도계가 영하 6도를 가리켰
다. 온도계가 정확하지 않다는 것을 알았기에 오늘은 영하 4도이리
라는 것을 계산할 수 있었다. 하늘을 올려다보았다. 안개 띠가 지붕
위에 걸려 있었다. 올겨울에는 아직 스코네에 눈이 내리지 않았다.
하지만 내리겠지. 그는 생각했다. 조만간 눈보라가 닥칠 거야.

그는 커피를 끓이고 샌드위치를 만들었다. 평소처럼 냉장고가 빈 것은 기본이었다. 그는 침대에 들기 전에 쇼핑 목록을 적었고, 그것이 지금 부엌 식탁 위에 놓여 있었다. 커피가 끓기를 기다리는 동안 욕실로 갔다. 부엌으로 돌아와서는 목록에 휴지를 추가했다. 그리고 변기를 위한 새 브러시. 아침을 먹으면서 현관에서 주워 온 「위스타드 알레한다」를 훑어보았다. 광고로 가득 찬 뒤 페이지에 이르렀을 때는 잠깐 멈추었다. 마음속 어딘가에는 시골집에 대한 모호한 열망이 있었다. 아침에 곧장 밖으로 걸어 나가 잔디에 오줌을 눌 수 있는 곳. 개를 키우고, 아마도−이것은 가장 동떨어진 꿈이겠지만− 비둘기장을 놓을 수 있는 곳. 매물로 나온 몇몇 집이 있었지만 흥미를 끄는 것은 없었다. 그때 뤼스고르드에서 팔려고 내놓은 래브라도레트리버 강아지 몇 마리를 보았다. 순서가 바뀌어선 안 되지. 그는 생각했다. 일단 집, 그다음 개. 그 반대는 안 돼. 그렇지 않으면 문제만 떠안게 될 거야. 지켜야 할 근무 시간이 있는 데다 개를 돌봐 줘야 할 누군가와 같이 살지 않는 한. 모나가 완전히 떠난 지 이제 두 달이 되었다. 마음 깊은 곳에서는 여전히 일어난 일을 받아들이길 거부했다. 동시에 그녀가 돌아오게 하기 위해 뭘 해야 할지 몰랐다.

그는 7시에 나갈 준비를 마쳤다. 보통 0도에서 8도 사이에 입는 스웨터를 골랐다. 그에게는 각각의 온도에 대비한 스웨터들이 있었고, 무엇을 입을지에 대해 까다로웠다. 그는 눅눅한 스코네 겨울의 추위를 싫어했고, 땀을 흘리기 시작한 순간 짜증이 일었다. 그게 사고 능력에 영향을 준다고 생각했다. 그리고 그는 경찰서까지 걸어가기로 결정했다. 움직일 필요가 있었다. 밖으로 발을 내디뎠을 때 바다에서 불어오는 미풍을 느꼈다. 마리아가탄가에서 경찰서까지 도보로 10분이 걸렸다.

그는 걸으며 오늘 일을 생각했다. 하루 종일 특별한 일이 일어나지 않는다면, 그게 그의 끊임없는 기도였지만, 어제 잡아들인 마약 딜러 용의자를 신문할 것이었다. 책상 위에는 조치를 취해야 하는 현재 수사 건들의 끊이지 않고 쌓이는 파일들도 있었다. 폴란드로의 고급 차 장물 밀반입 건을 조사하는 것은 힘만 들고 생색은 안 나는, 계속 진행 중인 업무 중 하나였다.

그는 경찰서 유리문을 통과하며 안내 데스크에 앉아 있는 에바에게 고개를 끄덕였다. 그는 그녀가 파마한 것을 알아보았다.

"언제나처럼 아름다우시군요." 그가 말했다.

"내가 할 수 있는 걸 한 거지만," 그녀가 대꾸했다. "경위님은 살이 찌지 않도록 조심해야 해요. 이혼한 남자들은 종종 그러니까요."

발란데르는 끄덕였다. 그녀가 옳다는 것을 알았다. 모나와 이혼한 후 그는 더 불규칙적으로, 더 형편없게 먹기 시작했다. 한 번도 성공한 적 없으면서 나쁜 습관을 버리겠다고 매일 되뇌었다. 그는 자신의 방으로 가서 코트를 걸고 책상 앞에 앉았다.

그때 전화가 울렸다. 그는 수화기를 들었다. 마르틴손이었다. 발란데르는 놀라지 않았다. 두 사람은 형사반에서 가장 일찍 일어나는 사람들이었다.

"모스뷔로 나가 봐야 할 것 같은데요." 마르틴손이 말했다.

"무슨 일인데?"

"비행기가 추락했어요."

발란데르는 가슴에서 갑작스러운 통증을 느꼈다. 처음 든 생각은 스투루프 공항에서 이륙했거나 착륙하러 오는 민간 항공기이리라는 것이었다. 그리고 그것은 필시 많은 사망자를 낳은 재앙을 뜻했다.

"작은 수송깁니다." 마르틴손이 말을 이었다.

발란데르는 처음부터 명확한 상황을 말하지 않는 마르틴손을 욕하면서 숨을 내쉬었다.

"조금 전에 전화가 왔습니다." 마르틴손이 말했다. "소방대가 벌써 현장에 나가 있고요. 비행기에 불이 붙은 모양이에요."

발란데르는 수화기에 대고 끄덕였다.

"내가 가 보지." 그가 말했다. "현장에 또 누가 있지?"

"제가 아는 한 아무도요. 물론 순찰대는 있지만요."

"그럼 자네와 내가 첫 번째가 되겠군."

둘은 안내 데스크 앞에서 만났다. 그들이 나가려는데 뤼드베리가 들어왔다. 류머티즘이 있는 그는 창백해 보였다. 발란데르는 간단히 그 사고에 대해 말해 주었다.

"자네 둘이 먼저 가게." 뤼드베리가 대꾸했다. "난 뭣보다 먼저 화장실에 가야 하니까."

마르틴손과 발란데르는 경찰서에서 나와 마르틴손의 차로 걸음을 옮겼다.

"그는 아파 보여요." 마르틴손이 말했다.

"아파." 발란데르가 말했다. "류머티즘. 그리고 뭔가가 더 있어. 비뇨기계와 관련된 것 같아."

그들은 서쪽 방면 해안 도로를 탔다.

"세부 사항을 말해 보게." 발란데르가 바다를 응시하며 말했다. 양 떼구름이 여전히 바다를 가로질러 떠 있었다.

"세부 사항이 없습니다." 마르틴손이 말했다. "그 비행기는 다섯 시 반쯤 추락했죠. 그게 신고한 농부가 한 말이에요. 추락 현장이 모스뷔 정북 목초지 바깥인 모양이에요."

"비행기에 몇 명이 타고 있었는지 아나?"

"아니요."

"스투루프 공항은 없어진 비행기에 관한 긴급 공문을 보냈을 거야. 만약 비행기가 모스뷔에 추락했다면 조종사가 스투루프의 관제탑에 무전을 쳤겠지."

"제 생각도 그렇습니다." 마르틴손이 말했다. "그래서 경위님께 전화하기 전에 관제탑에 연락했습니다."

"뭐라던가?"

"없어진 비행기가 없답니다."

발란데르는 마르틴손을 보았다.

"그게 무슨 말이지?"

"모르겠어요." 마르틴손이 말했다. "배정된 항로와 여러 관제탑과 지속적인 연락 없이 스웨덴 영공을 나는 건 불가능할 텐데요."

"스투루프 공항이 응급 무선을 받은 게 없나? 문제가 생겼다면 조종사가 무전을 쳤을 텐데. 비행기가 땅에 추락하기 전에 보통 적어도 몇 초는 걸리지 않나?"

"모르겠습니다." 마르틴손이 대꾸했다. "말씀드린 것 이상은 저도 몰라요."

발란데르는 머리를 저었다. 이내 그는 자신에게 닥칠 일이 무엇일지 궁금했다. 그는 전에 비행기 사고를 보았었다. 작은 비행기 사고도. 조종사 혼자인. 비행기는 위스타드 북쪽에 추락했고, 조종사는 말 그대로 산산조각이 났지만 비행기는 불에 타지 않았다.

발란데르는 자신을 기다릴 것을 예상하자 두려움이 일었다. 오늘 아침 기도는 허사였다.

모스뷔 해안에 닿았을 때 마르틴손이 차를 오른쪽으로 꺾으며 가리켰다. 발란데르는 이미 하늘로 피어오르는 연기 기둥을 보았다.

두 사람은 몇 분 뒤에 도착했다. 비행기는 어느 농가에서 약 1백 미터 떨어진 진흙탕 한가운데에 빠져 있었다. 발란데르는 저 농가에서 신고했으리라고 추측했다. 소방관들이 계속 비행기 잔해에 포말을 뿌리고 있었다. 마르틴손이 트렁크에서 장화를 꺼냈다. 발란데르는 거의 새 신발인 자신의 겨울 부츠를 슬픈 눈으로 내려다보았다. 이내 그들은 질퍽이는 진흙탕으로 걸음을 옮기기 시작했다. 소방 책임자는 페테르 에들레르였다. 발란데르는 그를 수차례 만난 적 있었다. 그는 그를 좋아했다. 함께 일하기 편한 사람이었다. 소방차 두 대와 앰뷸런스 그리고 경찰차 한 대도 있었다. 발란데르는 페테르스 순경에게 고개를 끄덕였다. 그리고 페테르 에들레르에게 돌아섰다.

"뭐가 있소?" 그가 물었다.

"시체 두 구요." 에들레르가 대답했다. "예쁜 광경이 아니라는 걸 경고해야겠군요. 사람이 휘발유에 타면 일어나는 모습입니다."

"내게 경고할 필욘 없소." 발란데르가 말했다. "어떤 모습인지 아니까."

마르틴손이 발란데르 옆으로 다가왔다.

"신고한 사람을 찾게." 발란데르가 말했다. "아마 저 농장의 누군 가였을 거야. 그때가 몇 시였는지 알아봐. 그리고 스투루프 공항 관제탑과 심각한 대화를 한 사람이 있는지도."

마르틴손이 고개를 끄덕이고 농장을 향해 출발했다. 발란데르는 비행기에 다가갔다. 비행기는 진흙탕에 처박혀 왼쪽으로 누워 있었다. 왼쪽 날개는 완전히 찢겨 있었고, 잘려 나간 잔해들이 들판에 흩어져 있었다. 오른쪽 날개는 여전히 기체에 붙어 있었고 끝은 부러져 있었다. 관찰 결과 발란데르는 그것이 단발기라는 것을 알았다. 흰 프로펠러는 땅속 깊이 박혀 있었다. 그는 천천히 비행기 주위를 돌았다. 그을음으로 까매진 비행기는 거품에 뒤덮여 있었다. 그는 에들레르를 손짓해 불렀다.

"거품을 제거할 수 있소?" 그가 물었다. "보통 기체와 날개 밑에 마크 같은 게 있지 않소?"

"거품은 좀 더 둬야 할 것 같은데요. 휘발유는 절대 알 수 없으니까요. 연료 탱크에 아직도 좀 남아 있을지 몰라요."

발란데르는 에들레르의 지시에 따를 수밖에 없다는 것을 알았다. 그는 좀 더 가까이 다가가 비행기를 뚫어지게 보았다. 에들레르의 말대로였다. 얼굴들을 식별하기가 불가능했다. 그는 다시 한번 비행기 주위를 돌았다. 그리고 날개의 가장 큰 조각이 떨어진 진흙탕으로 어기적어기적 걸어가 쭈그리고 앉았다. 숫자나 문자 조합을 식별할 수 없었다. 아직 매우 어두웠다. 페테르스를 불러 손전등을 가져오라고 했다. 그리고 날개를 신중히 살폈다. 손끝으로 날개 외관을 긁었다.

페인트를 덧칠한 것처럼 보였다. 누군가가 비행기의 정체를 감추고 싶어 했다는 것을 뜻할 수도 있을까?

그는 몸을 일으켰다. 그는 또 성급히 결론을 내리고 있었다. 이 문제를 해결할 사람은 뉘베리와 그의 감식반이었다. 그는 농장으로 신중히 발걸음을 옮기는 마르틴손을 멍하니 바라보았다. 호기심 많은 구경꾼들이 탄 차 몇 대가 비포장도로에 서 있었다. 페테르스와 그의 파트너가 갈 길 가시라고 그들을 설득하려 애쓰는 중이었다. 한손, 뤼드베리 그리고 뉘베리가 탄 또 한 대의 경찰차가 도착했다. 발란데르가 다가가 인사를 건넸다. 상황을 간단히 설명하고 주위에 저지선을 치라고 한손에게 일렀다.

"비행기 안에 시체 두 구가 있어." 발란데르가 감식을 책임질 뉘베리에게 그 말을 반복했다.

결국 사고의 원인을 조사할 사고 위원회가 결성될 것이었다. 그 시점에서 발란데르는 더 이상 관여할 일이 없을 터였다.

"부러진 날개는 덧칠이 된 것 같아." 그가 말했다. "마치 누군가가 비행기를 알아볼 모든 가능성을 제거한 것처럼."

뉘베리가 잠자코 끄덕였다. 그는 결코 쓸데없는 말을 하지 않았다.

뤼드베리가 발란데르 뒤에서 나타났다.

"내 나이에 진흙탕을 헤맬 필요는 없겠지." 그가 말했다. "게다가 이 빌어먹을 류머티즘 때문에."

발란데르는 그에게 힐끗 시선을 던졌다.

"여기 오시지 않아도 됐습니다." 그가 말했다. "우리가 처리할 수 있어요. 그리고 사고 위원회가 알아서 할 겁니다."

"아직 죽진 않았네." 뤼드베리가 짜증스럽게 말했다. "하지만 누가 알겠나······." 그는 말을 맺지 않았다. 대신 그는 비행기에 다가가 허리를 숙이고 안을 들여다보았다.

"치아로 판단해야 할 거야." 그가 말했다. "신원 확인을 확실히 하려면 다른 방법은 없을 것 같은데."

발란데르는 뤼드베리에게 상황을 요약해 알려 주었다. 두 사람은 죽이 잘 맞았고, 서로에게 길게 설명할 필요가 없었다. 뤼드베리는 범죄 수사에 관해 자신이 아는 것을 발란데르에게 가르친 사람이기도 했다. 즉, 말뫼에서 헴베리에게서 기초를 쌓은 후. 안타깝게도 그는 작년에 교통사고로 죽었다. 발란데르는 절대 장례식에 참석하지 않는 습관을 깨고 말뫼에서 행해진 장례식에 참석했다. 하지만 헴베리 이후 뤼드베리가 그의 역할 모델이었다. 두 사람은 이제 수년째 함께 일했다. 발란데르는 종종 뤼드베리가 스웨덴에서 가장 숙련된 범죄 수사관 중 한 명이리라고 생각했다. 아무것도 그에게서 벗어나지 못했고, 짚고 넘어가지 않는 것이 없었다. 범죄 현장을 읽는 능력은 늘 발란데르를 놀라게 했고, 그는 그 모든 것을 탐욕스럽게 흡수했다.

뤼드베리는 독신이었다. 그는 결혼을 포함한 일상적인 사회생활 경험이 많지 않았고, 그러길 원하는 것 같지도 않았다. 같이 일한 지 수년이 지난 지금도 여전히 뤼드베리에게 실제로 일 외에 흥밋거리가 있는지 확실히 알지 못했다.

초여름 따뜻한 저녁 무렵이면 두 사람은 이따금 뤼드베리네 발코니에 앉아 함께 위스키를 마시곤 했다. 기분 좋은 침묵은 때때로 일에 관한 이야기로 깨졌다.

"마르틴손이 사건이 발생한 시간을 알아보는 중입니다." 발란데르가 말했다. "그리고 스투루프 공항의 관제탑이 왜 경보를 내지 않았는지 알아봐야 할 것 같습니다."

"그러니까, 왜 조종사가 경보를 내지 않았는지를 말하는 거군." 뤼드베리가 정정했다.

"그에게 시간이 없었을까요?"

"SOS를 보내는 덴 몇 초 걸리지 않아." 뤼드베리가 말했다. "하지만 자네 말이 맞을지도 모르지. 비행기는 배정된 항로를 날고 있었을 테지. 물론 불법으로 날고 있지 않았다면."

"불법으로요?"

뤼드베리가 어깨를 으쓱했다.

"그 소문을 알잖나." 그가 말했다. "사람들이 밤에 비행기 소리를 듣는다는. 국경에 가까운 이 지역으로 까만 칠을 한 비행기들이 암암리에 미끄러지듯 저공비행한다는 걸 말일세. 적어도 냉전 시대에는 그랬지. 어쩌면 아직 완전히 끝난 게 아닐지도 몰라. 때때로 우린 의심스러운 스파이 행위에 관한 보고를 받네. 그리고 모든 마약이 실제로 해협을 통해 들어오는지 항상 의문스럽지. 우린 결코 이 비행기에 대해 확실히 알지 못할 걸세. 그냥 우리 상상일지도 몰라. 하지만 국방부 레이더를 피할 만큼 낮게 난다면. 그리고 관제탑을."

"제가 가서 스투루프 공항 측과 얘기를 나눠 보죠."

"아닐세." 뤼드베리가 말했다. "내가 나눠 보지. 내 늙은 나이를 권한으로 이 진흙탕을 자네에게 남기겠네."

뤼드베리는 떠났다. 해가 밝기 시작하고 있었다. 감식반원 한 명이 여러 각도로 잔해를 사진 찍고 있었다. 페테르 에들레르가 책임을 다른 사람에게 위임하고 소방차 한 대를 타고 위스타드로 돌아갔다.

발란데르는 비포장도로 위에서 몇몇 기자에게 상황을 설명하는 한 손을 보았다. 그는 자신이 그러지 않아도 되어서 행복했다. 그때 그는 진흙탕을 어기적어기적 걸어오는 마르틴손을 보았다. 발란데르는 그를 보려고 걸음을 옮겼다.

"경위님이 맞았습니다." 마르틴손이 말했다. "저기에 혼자 사는 노인이 있습니다. 로베르트 하베르베리요. 칠십 대로 개 아홉 마리와 삽니다. 솔직히 말하면, 거기선 지옥 같은 냄새가 납니다."

"그가 뭐라던가?"

"비행기가 우르릉대는 소리를 들었답니다. 그러고 나서 조용해졌고요. 그리고 곧 다시 그 소리가 났답니다. 하지만 그 시점에서 그 소리는 끽끽대는 것처럼 들렸답니다. 그리고 충돌 소리를 들었고요."

발란데르는 종종 마르틴손이 간단한 표현과 명확한 설명에 약하다는 느낌이 들었다.

"다시 정리해 보지." 발란데르가 말했다. "로베르트 하베르베리가 엔진 소릴 들었나?"

"네."

"그게 언제였지?"

"막 깼을 때요. 가끔 다섯 시쯤 일어난답니다."

발란데르는 얼굴을 찌푸렸다.

"그런데 그 비행기가 삼십 분 후에 추락했다고?"

"바로 그겁니다. 하지만 그는 그 점에 매우 확고했습니다. 먼저 그는 비행기가 낮게 지나가는 소릴 들었습니다. 이내 조용해졌고요. 그는 커피를 탔습니다. 그리고 그때 그 소리가 다시 난 다음 폭발."

발란데르는 그 말을 곱씹었다. 마르틴손이 자신에게 한 말은 분명히 중요했다.

"그가 처음 그 소릴 들었을 때와 그다음 충돌까지 시간이 얼마나 걸렸지?"

"우린 그게 이십 분쯤 걸렸다고 계산했습니다."

발란데르는 마르틴손을 보았다.

"자넨 그걸 어떻게 설명하겠나?"

"모르겠습니다."

"그 노인은 정신이 또렷해 보였나?"

"네. 귀도 밝습니다."

"차에 지도 있나?" 발란데르가 물었다.

마르틴손이 끄덕였다. 두 사람은 한손이 여전히 기자들과 이야기를 나누고 있는 비포장도로로 올라갔다. 그들 중 한 명이 발란데르를 보고 다가오기 시작했다. 발란데르가 무시하듯 손사래를 쳤다.

"말할 게 없어요." 그가 소리쳤다.

두 사람은 마르틴손의 차로 가서 지도를 펼쳤다. 발란데르는 말없이 지도를 살폈다. 그는 뤼드베리가 한 말, 공인된 항로와 관제탑을 무시한 불법 임무를 띤 비행기들에 대해 생각했다.

"이런 걸 상상할 수 있네." 발란데르가 말했다. "비행기 한 대가 저공비행으로 해변을 소리 내지 않고 지나치네. 그 후 곧 돌아오지. 그리고 곧장 추락해."

"그러니까, 그 비행기가 어딘가에 뭔가를 떨어뜨렸다는 말씀이십니까? 그런 다음 돌아갔고요?" 마르틴손이 물었다.

"그 비슷해."

발란데르는 다시 지도를 접었다.

"우린 아는 게 거의 없네. 뤼드베리는 스투루프 공항으로 가는 중이야. 우린 비행기는 물론이고 시체들도 파악해 봐야 해. 지금은 더이상 할 게 없어."

"저는 비행기 타는 게 늘 불안했습니다." 마르틴손이 말했다. "이런 걸 보는 건 도움이 되지 않죠. 하지만 테레스가 비행사가 되겠다고 말할 때가 더 나쁩니다."

테레스는 마르틴손의 딸이었다. 그는 아들도 있었다. 마르틴손은 진짜 가정적인 남자였다. 그는 늘 무슨 일이 일어났을지도 모른다고 걱정하며 하루에도 몇 번씩 집에 전화했다. 종종 그는 점심을 먹으러 집으로 갔다. 때때로 발란데르는 외견상 문제가 없어 보이는 동료의 결혼 생활이 약간 부러웠다.

"뉘베리에게 우린 지금 갈 거라고 말하게."

발란데르는 차 안에서 기다렸다. 그를 둘러싼 풍경은 회색빛이었고 적막했다. 그는 몸을 떨었다. 삶은 계속돼. 그는 생각했다. 난 이제 막 마흔둘이야. 결국 뤼드베리처럼 될까? 류머티즘을 앓는 외로운 노인이?

발란데르는 그 생각들을 떨쳐 버렸다.

마르틴손이 돌아왔고, 두 사람은 위스타드로 향했다.

11시에 발란데르는 자신을 기다리는, 윙베 레오나르드 홀름이라는 이름의 마약 딜러 용의자가 있는 방으로 가려고 몸을 일으켰다. 그때 뤼드베리가 들어왔다. 그는 노크를 신경 쓴 적이 없었다. 그는 손님용 의자에 앉아 곧장 요점으로 들어갔다.

"뤼케라는 이름의 항공교통 관제사와 얘기했네." 그가 말했다. "그가 자넬 안다던데."

"내용은 기억 안 나지만 전에 그와 얘기 나눈 적 있습니다."

"어쨌든 그는 매우 단호하더군." 뤼드베리가 말을 이었다. "오늘 새벽 다섯 시에 모스뷔 상공을 지난 비행기는 단 한 대도 없었다고 단언했네. 어떤 조종사에게서 구조 요청을 받은 적도 없었고. 레이더 스크린도 깨끗했고. 정체불명 비행기의 존재를 가리키는 이상한 신호는 없었네. 뤼케의 말에 따르면 추락한 비행기는 존재하지 않는 거지. 그들은 이미 이 두 가지 사항을 국방부에 보고했고, 얼마나 많은 지휘 계통에 보고했는지는 신만이 아시겠지. 아마 세관."

"그렇다면 당신 말이 맞았군요." 발란데르가 말했다. "누군가가 불법적인 임무에 착수했어요."

"우린 모르네." 뤼드베리가 이의를 달았다. "불법 비행인지. 그게 불법 임무인지도 모르고."

"특별한 이유 없이 누가 어둠 속을 비행하겠습니까?"

"멍청이야 너무 많으니까. 그걸 알아야 해."

발란데르는 그를 뚫어지게 보았다.

"그런 말을 조금도 믿지 않으시잖습니까?"

"물론 안 믿지만," 뤼드베리가 말했다. "우린 그들이 누군지, 비행기의 정체가 뭔지 알 때까지 아무것도 할 수 없네. 이 건은 인터폴로 가야 해. 그 비행기가 외국에서 왔다는 데 기꺼이 큰돈을 걸지."

뤼드베리가 방에서 나갔다.

발란데르는 그가 한 말을 곰곰이 생각했다.

이내 그는 서류를 가지고 욍베 레오나르드 홀름과 그의 변호사가 기다리고 있는 방으로 걸음을 옮겼다.

발란데르가 녹음기를 켜고 신문을 시작한 때는 정확히 11시 15분 이었다.

2

발란데르는 한 시간 10분 뒤 녹음기를 껐다. 그는 욍베 레오나르드 홀름에게 진절머리가 났다. 그 사내의 태도와 그를 풀어 줘야 한다는 두 가지 사실 때문에. 발란데르는 테이블 맞은편에 앉은 사내가 심각한 마약 범죄를 반복적으로 저지른 유죄라고 확신했다. 하지만 자신들의 예비 조사만으로 재판에 회부할 가치가 있다고 판단할 검사는 세상에 없었다. 분명 발란데르가 제출할 보고서를 받을 페르 오케손은 아니었다.

욍베 레오나르드 홀름은 서른일곱 살이었다. 그는 론네뷔에서 태어났지만 1980년대 중반 이후 위스타드 거주자로 등록되어 있었다. 그는 '맨해튼 시리즈유럽과 미국의 범죄소설들을 번역 소개한 스웨덴의 페이퍼백 시리즈'를 전문으로 하는 야외 장터 여름 시장의 책 세일즈맨으로 자신의 직업을 적었다. 지난 몇 년간 그는 보잘것없는 수입을 신고했다. 동시에 그는 경찰서 가까운 지역에 지은 큰 빌라에 살고 있었다. 그 집에는 몇백만 크로나의 세금이 부과되었다. 홀름은 독일과 프랑스의 여러 경마장뿐 아니라 예게르스뢰와 솔발라 경마장에서 딴 막대한 도박 수익금으로 그 집을 샀다고 주장했다. 예상대로 도박으로 딴 돈의 수령증은 갖고 있지 않았다. 그것들은 그의 출납 기록을 모아 두었던, 자동차가 끄는 이동식 주택에 불이 났을 때 사라졌다. 그가 유일하게 보여 줄 수 있는 영수증은 2주 전에 땄다고 그가 주장한 4,993크로나라는 적은 금액뿐이었다. 아마 그건 홀름이 말에 대해 뭔가 안다는 걸 가리키는 거겠지. 발란데르는 생각했다. 하지만 그것은 그보다 더 많은 것을 뜻하지는 않았다. 한손이 나 대신 여기 앉아 있어야 했어. 그 역시 경마에 관심이 많았다. 두 사람은 서로 말들에 대해 이야기를 나눌 수 있을 터였다.

홀름이 스웨덴 남부에 마약을 밀반입해 상당한 양을 판 마지막 연결 고리라는 발란데르의 확신을 바꾸게 하는 것은 아무것도 없었다. 그 정황증거는 압도적이었다. 하지만 홀름의 체포는 형편없이 계획되었었다. 동시에 급습했어야 했다. 홀름의 집과 그가 책을 보관할 공간으로 빌린, 말뫼 산업 지구에 있는 창고. 급습은 위스타드 경찰과 말뫼 동료들 간의 공조였다.

하지만 시작부터 문제가 있었다. 창고는 낡고 손때 묻은 '맨해튼' 책 겨우 한 박스를 빼고는 비어 있었다. 자신들이 홀름의 집 초인종을 울렸을 때 그는 TV를 보고 있었다. 경찰들이 집을 수색하는 동안 젊은 여자가 그 앞에 쭈그리고 앉아 그의 발을 마사지하고 있었다. 그들은 아무것도 찾지 못했다. 세관에서 데려온 마약 탐지견 한 마리가 경찰이 쓰레기통에서 찾은 손수건을 오랫동안 킁킁거렸다. 화학 검사는 그 천에 마약이 묻었을 수 있다는 사실을 확증할 수 있을 뿐이었다. 홀름은 어떤 식으로든 급습에 관한 제보를 받았다. 발란데르는 사내가 똑똑하고, 행동을 은폐하는 데 능숙하다는 것을 의심하지 않았다.

"우린 널 내보내야 하지만," 그가 말했다. "너에 대한 우리의 의심은 남아 있어. 아니면, 정확히 말해서 난 네가 스코네의 광범위한 마약 밀거래와 연관이 있다고 확신해. 조만간 우린 널 잡을 거야."

족제비를 닮은 변호사가 몸을 일으켰다.

"내 의뢰인은 이런 말을 참을 이유가 없습니다." 그가 말했다. "내 의뢰인에 대한 이런 모욕은 법에 위배됩니다."

"아무렴요." 발란데르가 말했다. "날 막아 보시든가요."

면도를 못한 데다 이 상황에 넌더리가 난 듯 보이는 홀름이 이어지는 변호사의 말을 막았다.

"경찰은 할 일을 할 뿐이라는 걸 이해합니다." 그가 말했다. "안됐지만 나에 대한 당신 의심은 실수입니다. 난 말과 책 판매에 대해 많이 아는 시민일 뿐이죠. 다른 건 없어요. 게다가 난 아동 구호 기금에 정기적으로 기부도 합니다."

발란데르는 방에서 나갔다. 홀름은 집으로 돌아가 발 마사지를 받을 것이었다. 마약은 스코네로 계속 흘러들 터였다. 우린 절대 이 전쟁에서 이기지 못할 거야. 발란데르는 복도를 걸으며 생각했다. 희망의 여지가 있다면 미래를 짊어질 젊은이들이 마약을 완전히 거부하는 것뿐이다.

이제 12시 반이었다. 그는 시장기를 느꼈고, 오늘 아침 차를 가져오지 않은 것을 후회했다. 그는 창을 통해 내리기 시작한 비를 볼 수 있었다. 비에는 눈이 섞여 있었다. 점심을 먹으러 시내를 걸어갔다 올 생각이 내키지 않았다. 그는 책상 서랍을 열어 배달이 되는 피자 전문점의 메뉴판을 찾았다. 아무것도 결정하지 못한 채 메뉴를 보았다. 결국 눈을 감고 검지로 아무 데나 짚었다. 그는 전화로 자신에게 선택될 운명이었던 피자를 주문했다. 그리고 창가로 가 길 건너편 급수탑을 바라보았다.

전화가 울렸다. 그는 책상 앞에 앉아 수화기를 들었다. 뢰데루프에서 걸려 온 아버지 전화였다.

"난 어젯밤 네가 여기에 온다는 데 우리가 동의했다고 생각했다." 아버지가 말했다.

발란데르는 조용히 한숨을 쉬었다.

"우린 아무것도 동의하지 않았어요."

"아니, 했어. 난 똑똑히 기억해." 아버지가 말했다. "넌 건망증에 걸리기 시작했어. 경찰은 수첩을 가지고 다닐 거라 생각했는데. 날 체포할 계획이라고 적으면 안 되겠니? 그럼 아마 기억할 게다."

발란데르는 화낼 힘이 남아 있지 않았다.

"오늘 밤에 갈게요." 그가 말했다. "하지만 우린 어젯밤 제가 갈 거라고 합의하지 않았어요."

"내가 착각했나 보구나." 아버지가 갑자기 놀랄 만큼 온순하게 대꾸했다.

"일곱 시쯤 갈게요." 발란데르가 말했다. "지금은 좀 바빠요." 그는 전화를 끊었다. 아버진 감정적 협박을 조율하는 데 도사야. 발란데르는 생각했다. 최악은 아버지가 계속 성공한다는 거지.

피자가 도착했다. 발란데르는 값을 치르고 피자가 담긴 상자를 휴게실로 가져갔다. 페르 오케손이 테이블에 앉아 오트밀을 먹고 있었다. 발란데르는 그 맞은편에 앉았다.

"난 자네가 흘름에 대해 말하러 올 거라고 생각했는데." 오케손이 말했다.

"그러려고 했지. 하지만 놈을 풀어 줘야 했어."

"놀랍지도 않군. 작전 자체가 지극히 형편없이 수행됐어."

"자네가 그에 관해 비에르크에게 말해야 할 거야." 발란데르가 말했다. "나랑은 상관없어."

놀랍게도 오케손은 오트밀에 소금을 쳤다.

"난 삼 주 뒤면 휴가야." 오케손이 말했다.

"깜빡했군." 발란데르가 대꾸했다.

"젊은 여자가 날 대신하게 될 걸세. 아네테 브롤린이라고. 스톡홀름에서 오지."

"자네가 그리울 거야." 발란데르가 말했다. "여자 검사와 어떻게 일해야 할지 궁금하기도 하고."

"그게 문제가 될 게 뭔가?"

발란데르는 어깨를 으쓱했다.

"편견이겠지."

"육 개월은 금방이야. 난 잠시 떠나 있을 게 기대돼. 생각할 시간이 필요해."

"난 자네가 추가 교육을 받는 거라고 생각했는데?"

"맞아. 하지만 그게 미래에 대한 내 생각을 멈추게 할 걸세. 내 남은 생을 검사로 살아야 할까? 아니면 해야 할 다른 뭔가가 있을까?"

"항해를 배워서 바다의 방랑자가 될 수도 있지."

오케손이 힘차게 고개를 저었다.

"그럴 생각은 추호도 없네. 하지만 해외에서 뭔가에 지원할까 생각 중이야. 아마 정말 변화를 일으키고 있다고 느낄 프로젝트에. 어쩌면 전에 없던, 실용 가능한 사법제도를 세우는 일에 일익을 담당할 수도 있지 않을까? 이를테면 체코슬로바키아에서."

"편지로 어떻게 돼 가는지 말해 주게." 발란데르가 말했다. "가끔 나도 은퇴할 때까지 이 일을 계속할지 미래가 궁금해."

피자는 맛이 없었다. 하지만 오케손은 열정적으로 오트밀을 입에 밀어 넣고 있었다.

"그 비행기에 대한 얘긴 뭔가?" 오케손이 물었다.

발란데르는 아는 것을 말했다.

"이상하게 들리는데." 발란데르가 말을 마쳤을 때 오케손이 말했다. "마약 건일 수도 있나?"

"그래, 그럴지도 모르지." 발란데르는 그렇게 대답하며 홀름에게 자신 소유의 비행기가 있는지 묻지 않은 것을 후회했다. 그가 집을 지을 형편이 된다면 개인 비행기를 소유할 형편이 될지도 몰랐다. 마약 수익은 천문학적일 수도 있었다.

두 사람은 함께 접시를 헹구며 개수대 앞에 서 있었다. 발란데르는 피자의 반을 남겼다. 이혼은 여전히 식욕에 영향을 주었다.

"홀름은 범죄자야. 우린 조만간 놈을 잡을 걸세."

"난 그걸 너무 확신하진 않지만," 오케손이 말했다. "물론 자네가 맞길 바라네."

발란데르는 1시 조금 넘어 방으로 돌아왔다. 그는 말뫼로 모나에게 전화할지 고민했다. 린다는 지금 그녀와 살고 있었다. 발란데르가 이야기하고 싶은 사람은 린다였다. 마지막으로 대화를 나눈 지 거의 일주일이 되었다. 린다는 열아홉 살이었고, 진로를 고민 중이었다. 최근 그 애는 가구를 복원하는 일을 하고 싶다는 생각으로 바뀌어 있었다. 발란데르는 그 애가 얼마나 더 마음을 바꿀지 궁금했다.

대신 그는 마르틴손에게 전화해 자신의 방으로 오라고 말했다. 두 사람은 함께 아침 사건을 검토했다. 보고서를 쓰기로 한 사람은 마르틴손이었다.

"스투루프 공항과 국방부에서 전화가 왔습니다." 그가 말했다. "그 비행기엔 탐탁지 않은 뭔가가 있습니다. 그 비행기는 애초에 존재하지 않은 것처럼 보입니다. 그리고 양 날개와 기체가 덧칠됐다는 경위님 생각이 맞는 것 같습니다."

"뉘베리가 뭘 찾아내는지 보자고." 발란데르가 말했다.

"시체들은 룬드에 있습니다." 마르틴손이 말을 이었다. "그들의 신원을 파악할 유일한 방법은 치과 기록을 통해서죠. 두 시체가 너무 타서 들것으로 옮길 때 부스러져서요."

"다시 말하는데, 기다려 봐야 해. 난 사고 위원회에 자넬 우리 대표로 비에르크에게 제안할 생각이야. 이견 있나?"

"늘 뭔가 배울 게 있겠죠." 마르틴손이 말했다.

다시 혼자가 되자 발란데르는 마르틴손과 자신의 차이점을 생각하기에 이르렀다. 발란데르의 야망은 늘 훌륭한 범죄 수사관이 되는 것이었다. 그리고 그는 이에 성공했다. 하지만 마르틴손에게는 다른 야망이 있었다. 그를 유혹하는 것은 너무 멀지 않은 미래에 경찰서장 자리에 앉는 것이었다. 현장 일을 잘 수행하는 것은 그에게 경력의 한 단계일 뿐이었다.

발란데르는 마르틴손에 관한 생각을 접고 하품을 한 다음 마지못해 책상 위에 쌓여 있는 서류 중 맨 위의 폴더를 내렸다. 홀름에게 비행기에 관해 묻지 않은 것이 여전히 신경 쓰였다. 하지만 홀름은 지금 아마 월풀 욕조에 누워 있을 것이었다. 변호사와 콘티넨털 호텔에서 맛있는 점심을 즐기거나.

발란데르는 앞에 놓인 폴더를 펼치지도 않았다. 그는 비에르크에게 마르틴손과 그 사고 위원회에 대해 말하는 게 낫겠다고 결정 내렸다. 그럼 할 일 목록에서 하나를 지울 수 있었다. 그는 비에르크의 방이 있는 복도 끝으로 걸음을 옮겼다. 문이 열려 있었다. 비에르크는 방을 나서려는 참이었다.

"시간 있으십니까?" 발란데르가 물었다.

"잠깐. 난 교회에 연설하러 가려는 참일세."

발란데르는 비에르크가 전혀 예상치 못한 무대에서 끊임없이 강연을 한다는 사실을 알았다. 그는 발란데르가 몹시 싫어한, 대중 앞에 서기를 좋아하는 것 같았다. 기자회견은 계속되는 재앙이었다. 발란데르가 새벽의 사건에 대해 입을 열었지만 비에르크는 이미 보고를 들은 모양이었다. 그는 사고 위원회의 경찰 대표로 마르틴손의 임명을 반대하지 않았다.

"내가 보기에 그 비행기는 격추된 게 아니야." 비에르크가 말했다.

"지금까진 그게 사고가 아닌 다른 뭔가라고 가리키는 게 없지만," 발란데르가 대꾸했다. "비행기에 대해서는 뭔가 확실히 수상쩍은 게 있습니다."

"우리가 할 일을 하게 되겠지." 비에르크가 대화가 끝났음을 알리며 말했다. "하지만 우린 우리가 해야 할 일 이상은 하지 않을 걸세. 현 상황에서는 할 일이 너무 많아."

비에르크는 면도 스킨로션 냄새를 진하게 풍기며 방에서 나갔다. 발란데르는 천천히 방으로 돌아갔다. 가는 길에 뤼드베리와 한손의 방을 들여다보았다. 둘 다 자리에 없었다. 그는 커피 한 잔을 따른 다음 지난주 스쿠루프에서 발생한 폭행 사건을 재검토하며 몇 시간을 보냈다. 이복 누이를 때린 그 남자가 사실상 폭행죄로 기소될 수 있다는 것이 확실해 보이는 새로운 증거가 나타났다. 발란데르는 그 자료를 정리해 내일 오케손에게 넘기기로 결정했다.

5시 15분이었다. 경찰서는 평소와 달리 적막해 보였다. 발란데르는 집으로 가 차를 가지고 쇼핑을 나가기로 했다. 7시까지 아버지 집으로 가는 데는 아직 시간이 있었다. 시간을 정확히 지키지 못한다면 아버지는 아들이 자신을 얼마나 심하게 대하는지에 대해 장황한 비난을 퍼부을 터였다.

발란데르는 코트를 입고 집을 향해 걸었다. 눈이 녹아 진창이 되어 있었다. 그는 후드를 뒤집어썼다. 운전석에 앉고 나서 장 볼 목록이 여전히 주머니에 있는지 확인했다. 차는 시동이 잘 걸리지 않았고,

곧 새 차를 마련해야 할 것이었다. 하지만 돈이 어디서 나지? 그가 간신히 시동을 걸고 막 기어를 넣었을 때 어떤 생각이 떠올랐다. 자신이 하고 싶은 것이 의미 없다는 것을 알았음에도 호기심이 너무 강했다. 그는 쇼핑을 미루기로 마음먹었다. 대신 외스텔레덴 쪽으로 방향을 틀고 뢰데루프 방면으로 차를 몰았다.

그에게 떠오른 그 생각은 매우 단순했다. 스트란스코겐 숲을 막 지난 곳에 있는 집에 발란데르가 몇 년 전 알게 된 은퇴한 항공교통관제사가 살았다. 린다가 그의 막내딸과 친구였다. 비행기 잔해 옆에서서 마르틴손이 하베르베리와 나눈 대화의 요약을 들었던 이래 생각했던 질문에 그가 대답할 수 있을지도 모른다는 생각이 떠올랐다.

발란데르는 헤르베르트 블로멜이 사는 집의 진입로로 핸들을 꺾었다. 차에서 내렸을 때 발란데르는 사다리 위에 서서 홈통을 고치고 있는 블로멜을 보았다. 그는 누구인지 알아보고 친근하게 고개를 끄덕이고는 조심스럽게 땅으로 내려왔다.

"허리를 다쳤다간 내 나이에 재앙이 될 수도 있지요." 그가 말했다. "린다는 잘 지냅니까?"

"잘 지냅니다. 그 애는 모나와 말뫼에 있습니다."

두 사람은 집 안으로 들어가 부엌에 앉았다.

"오늘 아침 모스뷔 외곽에 비행기가 추락했습니다."

블로멜이 고개를 끄덕이고 창틀에 있는 라디오를 가리켰다.

"파이퍼 체로키였죠." 발란데르가 말을 이었다. "단발기요. 난 당신이 재직 시절에 항공 관제사만이 아니었다는 걸 압니다. 조종사 면허증도 갖고 계셨죠."

"실제로 몇 번 파이퍼 체로키를 몰았습니다." 블로멜이 대답했다. "좋은 비행기죠."

"만약 제가 지도 위에 손가락을 올리고," 발란데르가 말했다. "방향을 가리킨다면 그 비행기로 십 분 동안 얼마나 멀리 날 수 있는지 아시겠습니까?"

"간단한 문제군요." 블로멜이 말했다. "지도 있습니까?"

발란데르는 고개를 저었다. 블로멜이 자리에서 일어나 부엌에서 나갔다. 몇 분 뒤 그는 말린 지도를 가지고 왔다. 두 사람은 그것을 식탁 위에 펼쳤다. 발란데르는 추락 현장일 들판을 가리켰다.

"그 비행기가 해안에서 벗어나 곧장 왔다고 치죠. 엔진 소리가 이 지점에서 들렸습니다. 그리고 최대 이십 분 후에 다시 들렸죠. 물론 우린 그 조종사가 같은 코스를 지속적으로 유지했는지 모르지만 그랬다고 가정해 보죠. 그럼 그가 그 시간 반 동안 얼마나 멀리 갔을까요? 되돌아오기 전에?"

"체로키는 보통 한 시간에 이백오십 킬로를 납니다." 블로멜이 말했다. "짐이 적정 무게라면요."

"그에 대한 건 모릅니다."

"그럼 최대 적재량에 평균 역풍이라고 칩시다."

블로멜이 말없이 계산하더니 모스뷔 북쪽 한 지점을 가리켰다. 발란데르는 그곳이 셰보에 가깝다는 것을 알았다.

"이 정도지만," 블로멜이 말했다. "이 값에 포함되지 않은 미지수가 많다는 것을 염두에 두십시오."

"그래도 아까보다는 많이 알았습니다."

발란데르는 생각에 잠긴 채 손가락으로 식탁을 두드렸다.

"비행기가 왜 추락합니까?" 잠시 후 그가 물었다.

블로멜이 놀란 표정으로 그를 보았다.

"똑같은 사고는 없습니다." 그가 말했다. "다양한 사고 조사를 다룬 어느 미국 잡지를 읽은 적이 있지요. 반복되는 원인이 있을지도 모릅니다. 비행기의 전기 배선 오류나 다른 것들이요. 하지만 결국 그렇다고 해도 어떤 사고의 발단에는 거의 항상 예외적인 이유가 있습니다. 그리고 거의 항상 어느 정도는 조종사의 실수를 수반하죠."

"왜 체로키가 추락했을까요?" 발란데르가 물었다.

블로멜이 머리를 저었다.

"엔진이 멎었을지도 모릅니다. 정비 불량이요. 사고 위원회가 찾아내는 걸 기다려 봐야 할 겁니다."

"기체와 양 날개 모두의 마크가 덧칠돼 있었습니다." 발란데르가 말했다. "그게 무슨 뜻일까요?"

"누가 알려지길 원치 않았다는 거겠죠." 블로멜이 말했다. "다른 것과 마찬가지로 비행기에도 암시장이 있습니다."

"스웨덴 영공은 보안이 철저하다고 생각했는데," 발란데르가 말했다. "비행기가 몰래 들어올 수 있다는 겁니까?"

"이 세상에 완전한 보안은 없습니다." 블로멜이 대꾸했다. "앞으로도 없을 거고요. 충분한 돈과 충분한 동기가 있는 사람들은 늘 제지 없이 국경을 넘었다가 되돌아오는 방법을 찾을 수 있지요."

블로멜이 커피를 권했지만 발란데르는 사양했다.

"뢰데루프에 사시는 아버지를 방문해야 합니다." 그가 말했다. "늦으면 끝도 없이 잔소리를 들어야 할 겁니다."

"고독은 노년의 저줍니다." 블로멜이 말했다. "난 몸살 나게 관제
탑이 그립습니다. 밤새 비행기들을 항로로 안내하는 꿈을 꾼답니다.
그리고 잠에서 깨면 눈이 내리고 있고, 내가 할 수 있는 건 홈통을 고
치는 것뿐이지요."

두 사람은 집 밖에서 헤어졌다. 발란데르는 헤레스타드에서 식료
품점에 들렀다. 다시 차를 몰기 시작했을 때 그는 욕설을 내뱉었다.
목록에 있었음에도 휴지 사는 것을 잊어버렸다.

그는 6시 57분에 아버지 집에 도착했다. 눈은 그쳤지만 구름이 교
외 지역에 무겁게 걸려 있었다. 발란데르는 아버지가 작업실로 사용
하는 작은 옥외 건물의 불빛을 보았다. 그는 마당을 가로지르며 상쾌
한 공기를 들이마셨다. 문이 살짝 열려 있었다. 아버지가 차 소리를
들은 것이었다. 아버지는 낡은 모자를 쓰고 근시인 눈을 막 시작한
그림 가까이에 둔 채 이젤 앞에 앉아 있었다. 페인트 시너 냄새는 언
제나 발란데르에게 집이라는 느낌을 주었다. 이게 내 어린 시절에 남
은 거지. 페인트 시너 냄새.

"제시간에 왔구나." 아버지가 고개도 들지 않고 말했다.

"언제나 제시간에 오잖아요." 발란데르가 신문 두어 장을 치우고
앉으며 말했다.

아버지는 큰뇌조를 칠하는 중이었다. 발란데르가 작업실에 발을
들였을 때 아버지는 캔버스에 스텐실을 올리고 해 질 녘의 가라앉은
하늘을 그리고 있었다. 발란데르는 갑자기 상냥한 기분이 되어 아버
지를 보았다. 아버진 내 이전 세대의 마지막 사람이야. 그는 생각했

다. 아버지가 돌아가시면 그다음은 나겠지.

아버지가 붓들과 스텐실을 치우고 몸을 일으켰다.

두 사람은 집으로 갔다. 아버지가 커피를 내오고 테이블에 작은 글라스를 놓았다. 발란데르는 주저하다 끄덕였다. 한 잔은 괜찮았다.

"포커요. 지난번에 저한테 십사 크로나 빚지셨어요."

아버지가 그를 뚫어지게 보았다.

"네가 속인 것 같지만," 그가 말했다. "난 아직도 네가 어떻게 했는지 모르겠다."

발란데르는 깜짝 놀랐다.

"제가 아버지를 속인 것 같다고요?"

이번만큼은 아버지가 후퇴했다.

"아니." 그가 말했다. "꼭 그렇다는 건 아니야. 하지만 넌 지난번에 평소보다 많이 이겼어."

대화가 끝났다. 두 사람은 커피를 마셨다. 아버지는 언제나처럼 후루룩 소리를 냈다. 언제나처럼 그게 발란데르를 짜증 나게 했다.

"난 떠날 생각이다." 아버지가 불쑥 말했다. "멀리."

발란데르는 좀 더 기다렸지만 이어지는 말이 없었다.

"어디로요?" 결국 그가 물었다.

"이집트."

"이집트요? 거기서 뭘 하시려고요? 전 아버지가 보고 싶은 데가 이탈리아라고 생각했는데요."

"이집트하고 이탈리아. 넌 내가 하는 말을 듣지 않아."

"이집트에서 뭘 하시려고요?"

"스핑크스와 피라미드를 볼 거다. 때가 됐어. 내가 얼마나 살진 아무도 모른다. 난 죽기 전에 피라미드와 로마를 보고 싶다."

발란데르는 머리를 저었다.

"누구랑 가시게요?"

"며칠 안에 이집트 에어로 갈 거다. 카이로 직항. 메나 하우스라는 아주 멋진 호텔에서 머물 생각이다."

"하지만 혼자 가신다고요? 패키지여행으로요? 설마 진심은 아니시겠죠." 발란데르가 믿을 수 없다는 듯이 말했다.

아버지가 창턱에 놓인 티켓들에 손을 뻗었다. 발란데르는 그것들을 살펴보고 아버지 말이 사실이라는 것을 깨달았다. 아버지는 12월 14일 자 코펜하겐에서 카이로로 가는 비행기 표를 갖고 있었다.

발란데르는 그 티켓들을 테이블 위에 놓았다.

이번만큼은 그도 완전히 할 말을 잃었다.

3

발란데르는 10시 15분에 뢰데루프를 떠났다. 구름이 물러나기 시작했다. 차로 걸으며 날씨가 더 추워진 것을 알아차렸다. 결국 그것은 평상시보다 푸조의 시동을 걸기가 더 어려우리라는 것을 뜻할 것이었다. 하지만 그의 생각을 지배한 것은 차가 아니라 아버지의 이집트 여행을 제대로 말리지 못했다는 것이었다. 적어도 자신이나 누나가 아버지와 동반할 수 있을 때까지 미루게 하거나.

"아버진 거의 여든이에요." 발란데르가 강조했다. "아버지 나이에 이런 여행은 하실 수 없어요."

하지만 그의 주장은 공허했다. 아버지의 건강에 눈에 띄게 나쁜 점은 없었다. 간혹 이상한 옷차림을 하실지언정 아버지에게는 새로운 상황, 새로 만나는 사람에 적응하는 보기 드문 능력이 있었다. 그 티켓이 공항에서 피라미드에 가까운 곳에 위치한 호텔로의 셔틀버스비가 포함되어 있다는 것을 알았을 때 걱정은 천천히 사라졌다. 그는 아버지를 이집트로, 스핑크스와 피라미드로 몰아가게 한 것이 무엇인지 알지 못했다. 하지만 그는─발란데르가 아직 젊었을 때인 수년 전─ 아버지가 실제로 카이로 바로 외곽의 기자 지구에 있는 경탄할 만한 구조물에 대해 수차례 이야기했다는 사실을 부인할 수 없었다.

이내 두 사람은 포커를 했었다. 아버지가 땄기 때문에 발란데르가 작별 인사를 했을 때 아버지는 기분이 좋은 상태였다.

발란데르는 차 문손잡이를 잡고 서서 밤공기를 들이마셨다.

아버진 이상해. 그는 생각했다. 그건 내가 절대 피할 수 없는 거야.

발란데르는 14일 아침에 말뫼로 드라이브를 가기로 아버지와 약속했다. 그는 아버지가 머무를 메나 하우스의 전화번호를 메모했다. 아버지는 절대 필요 이상의 돈을 쓰지 않았기에 당연히 여행자 보험을 들지 않았을 터였고, 그래서 발란데르는 내일 그것을 처리해 달라고 에바에게 부탁할 생각이었다.

차는 마지못한 듯 출발했고, 그는 위스타드로 방향을 틀었다. 그가 마지막으로 본 것은 부엌 유리창의 불빛이었다. 아버지는 잠들기 전에 오래도록 부엌에 앉아 있는 습관이 있었다. 그림 중 하나에 몇 번의 붓질을 더하러 작업실로 돌아가지 않는다면. 발란데르는 고독이 노년의 저주라는, 블로멜이 초저녁에 한 말을 생각했다. 하지만 발란데르의 아버지는 나이가 든 이래로 별반 다르지 않게 살았다. 아버지는 당신 주변도, 당신 자신도 바뀐 것이 아무것도 없다는 양 당신의 그림 그리기를 계속했다.

발란데르는 11시 좀 넘어 마리아가탄가로 돌아왔다. 현관문을 열 때 누군가가 우편함에 넣은 편지를 보았다. 그는 봉투를 개봉했고, 즉시 누가 보냈는지 알았다. 위스타드 병원의 간호사 엠마 룬딘. 발란데르는 어제 그녀에게 전화하기로 약속했었다. 그녀는 드라곤가탄가의 자신의 집으로 가는 길에 그의 아파트 건물을 지나쳐 간 것이었다. 지금 그녀는 뭐가 잘못되었는지 궁금해하고 있었다. 왜 그가 전화하지 않았을까? 발란데르는 죄책감을 느꼈다. 그는 한 달 전에 그녀를 만났다. 두 사람은 함가탄가의 우체국에서 대화에 빠졌다. 이내 두 사람은 며칠 뒤 식료품점에서 마주쳤고, 며칠 만에 어느 쪽에서도 특별히 열정적이지 않은 관계를 시작했다. 엠마는 세 아이가 있는 이혼녀로, 발란데르보다 한 살 어렸다. 발란데르는 이 관계가 자신보다 그녀에게 더 의미가 있다는 것을 곧 깨달았다. 정말 그럴 용기도 없이 그는 자신을 해방시키려 애쓰기 시작했었다. 현관에 서 있는 그는 자신이 왜 전화하지 않는지 매우 잘 알았다. 그녀를 보고 싶은 욕구가 없었을 뿐이었다. 그는 부엌 테이블에 그 편지를 놓았고, 이 관계를 끝내기로 마음먹었다. 이 관계는 미래도, 가능성도 없었다. 그들은 그에 관해 많은 이야기를 나누지 않았고, 서로를 위해 쓸 시간이 너무 적었다. 그리고 발란데르는 완전히 다른 무언가, 완전히 다른 누군가를 찾고 있었다. 실제로 모나를 대체할 수 있을 누군가를.

그런 여자가 존재한다면. 하지만 무엇보다 그가 꿈꾼 것은 모나가 돌아오는 것이었다.

그는 옷을 벗고 오래되어 해진 가운을 입었다. 욕실에 놓아둔 오래된 전화번호부를 보고 화장실 휴지 사길 까먹었다는 것을 다시 깨달았다. 그는 헤레스타드에서 산 식료품을 냉장고에 넣었다. 전화가 울렸다. 11시 15분이었다. 다시 옷을 입어야 할 심각한 일이 아니길 바랐다. 린다였다. 그 애의 목소리를 듣는 것은 언제나 행복했다.

"어디 있었어?" 그녀가 물었다. "저녁 내내 전화했어."

"짐작할 수 있었을 텐데." 그가 대꾸했다. "그랬다면 할아버지에게 전화했을 텐데 말이다. 난 거기 있었다."

"그 생각은 못 했어. 아빤 할아버질 보러 가지 않잖아."

"내가 안 간다고?"

"할아버지가 한 말이야."

"할아버진 많은 걸 말하지. 그건 그렇고, 할아버진 며칠 내로 피라미드를 보러 이집트에 가신대."

"재밌을 것 같은데. 따라가면 좋겠다."

발란데르는 아무 말도 하지 않았다. 그는 지난 며칠을 어떻게 보냈는지에 대한 딸의 장황한 이야기를 들었다. 딸이 이제 가구 복원 일에 관한 생각을 확고히 굳혔다는 사실이 기뻤다. 린다가 너무 많이, 너무 오래 전화를 잡고 있으면 모나가 보통 짜증을 냈기에 그녀가 집에 없다고 추측했다. 하지만 질투의 고통 또한 느꼈다. 이제 이혼했더라도 그녀가 다른 남자들을 만나고 있다는 생각을 받아들일 수 없었다. 말뫼에서 린다를 만나 이집트로 여행을 떠나는 할아버지를 배응하자는 약속으로 대화는 끝을 맺었다.

자정이 지나 있었다. 허기를 느낀 발란데르는 부엌으로 갔다. 차릴 수 있는 유일한 것은 오트밀 한 그릇이었다. 12시 반에 침대에 기어 들자마자 그는 잠이 들었다.

12월 12일 아침 기온은 영하 4도로 떨어져 있었다. 발란데르가 7시 직전 부엌에 앉아 있었을 때 전화가 울렸다. 블로멜이었다.

"내가 깨우지 않았길 바랍니다." 그가 말했다.

"일어나 있었습니다." 커피 잔을 들고 발란데르가 말했다.

"당신이 간 다음에 무슨 생각이 났습니다. 물론 난 경찰은 아니지만 계속 당신에게 전화해야겠다고 생각했지요."

"말씀하십시오."

"난 그냥 모스뷔 외곽에서 아주 낮은 고도로 난 비행기의 엔진 소리를 들었다는 사람을 생각하고 있었습니다. 그건 다른 사람들도 그 소리를 들었다는 걸 뜻할 겁니다. 그런 식으로 당신은 그게 날아간 곳을 알아낼 수 있을 테지요. 그리고 어쩌면 그게 선회해 되돌아간 소리를 들은 사람을 찾아내기까지 할지도 몰라요. 예를 들어 누군가가 단지 몇 분 사이에 그 소리를 들었다면 선회 반경을 알아낼 수 있을지 모릅니다."

블로멜이 옳았다. 그것을 생각했어야 했다. 하지만 그는 그렇게 말하지 않았다.

"우린 이미 그걸 계산하고 있습니다." 그는 그렇게 말했다.

"됐군요." 블로멜이 말했다. "아버지는 어떠십니까?"

"이집트로 여행을 가신다는군요."

"좋은 생각 같은데요."

발란데르는 대꾸하지 않았다.

"점점 추워지는군요." 블로멜이 대화를 마무리 지었다. "겨울이 다가오고 있어요."

"곧 눈보라가 닥치겠죠." 발란데르가 말했다.

그는 블로멜이 한 말을 생각하며 부엌으로 돌아갔다. 마르틴손이나 누가 토멜릴라와 셰보에 있는 동료 경찰들에게 연락을 취할 수 있을 것이었다. 어쩌면 만전을 기해 심리스함도. 두 번 연속 행운이 따른다면, 일찍 일어나 머리 위의 엔진 소리를 알아챈 사람을 찾아냄으로써 그 비행기의 루트와 목적지를 정확히 밝혀내는 것이 가능할지도 몰랐다. 분명 그 시간대에 일어나 있던 낙농업자들이 그 주위에 있겠지? 하지만 그 문제가 남았다. 그 두 남자는 비행기에서 뭘 하고 있었는가? 그리고 왜 그 비행기에는 정체를 확인할 표식이 없는가?

발란데르는 재빨리 신문을 훑어보았다. 래브라도레트리버 강아지는 여전히 판매 중이었다. 하지만 눈길을 끄는 집은 없었다.

발란데르는 8시 조금 못 미쳐 경찰서의 문들을 지나 걸음을 옮겼다. 영하 5도의 날씨를 위해 남겨 둔 스웨터를 입고 있었다. 그는 에바에게 아버지를 위한 여행 보험 처리를 부탁했다.

"그건 늘 내 꿈이었답니다." 그녀가 말했다. "이집트에 가서 피라미드를 보는 거요."

모두가 아버지를 부러워하는 것 같군. 발란데르는 커피를 따르고 방으로 가면서 생각했다. 아무도 놀란 것 같지도 않아. 무슨 일이 생

길지 걱정하는 사람은 나뿐이야. 이를테면 아버지가 사막에서 길을
잃는다든가.

사고에 대한 마르틴손의 보고서가 책상에 놓여 있었다. 발란데르
는 그것을 빠르게 눈으로 훑고 마르틴손이 여전히 너무 장황하다고
생각했다. 이 내용의 반이면 충분했다. 전에 뤼드베리가 전보 형식으
로 표현될 수 없는 것은 상상력이 형편없거나 완전히 잘못된 것이라
고 말한 적이 있다. 발란데르는 늘 보고서를 가능한 한 간결하고 명
확하게 쓰려고 애썼다. 그는 마르틴손에게 전화해 전날 비에르크와
나눈 대화를 말했다. 마르틴손은 기쁜 것 같았다. 그리고 발란데르는
회의를 제안했다. 블로멜이 한 말은 알아볼 만했다. 마르틴손은 8시
반에야 한손과 스베드베리가 어디 있는지 찾아냈다. 하지만 뤼드베
리는 아직 출근 전이었다. 그들은 줄지어 회의실로 들어갔다.

"뉘베리 본 사람?" 발란데르가 물었다.

그 순간 뉘베리가 걸어 들어왔다. 언제나처럼 그는 밤에 한숨도 못
잔 것처럼 보였다. 머리가 뻗쳐 있었다. 그는 다른 이들과 좀 떨어진,
평소 앉는 자리에 앉았다.

"뤼드베리는 아픈가 봐." 스베드베리가 연필로 벗어진 머리를 긁
으며 말했다.

"아파." 한손이 말했다. "좌골신경통이야."

"류머티즘." 발란데르가 정정했다. "아주 다른 거지."

그는 뉘베리를 향했다.

"두 날개를 조사했네." 뉘베리가 말했다. "그리고 포말을 씻어 낸
다음 기체의 조각들을 맞춰 보려고 했지. 숫자와 문자 들은 덧칠만

된 게 아니라 그 전에 긁어내졌네. 부분적으로만 지워졌을 뿐이라 덧칠이 필요했지. 기내의 사람들은 분명 추적되길 원치 않았어."

"엔진에 숫자가 있었을 것 같은데." 발란데르가 말했다. "게다가 당연히 자동차만큼 많은 비행기가 생산되진 않아."

"미국 내 파이퍼 제조사와 연락 중입니다." 마르틴손이 말했다.

"대답이 필요한 다른 문제가 있네." 발란데르가 말을 이었다. "연료 한 탱크로 이런 비행기가 얼마나 멀리 날 수 있는지? 추가 연료 탱크가 얼마나 흔한지? 이런 종류의 비행기가 채우고 다니는 휘발유의 양은 어느 정돈지?"

마르틴손이 받아 적었다.

"제가 알아보죠." 그가 말했다.

문이 열리고 뤼드베리가 들어왔다.

"병원에서 오는 길이네." 그가 짧게 말했다. "그리고 거기선 늘 오래 걸리지."

발란데르는 그가 고통스러워하면서도 아무 말도 하지 않는 것을 알 수 있었다.

그가 말이 없자 발란데르는 엔진 소음을 들었을지 모를 사람들을 찾아낼 아이디어를 내놓았다. 그는 이 통찰력이 블로멜에게서 나왔다는 것을 언급하지 않은 데 약간의 죄책감을 느꼈다.

"전쟁 때 같군." 뤼드베리가 한마디 했다. "스코네의 모든 이가 주위를 돌아다니며 비행기 소리를 들었던 때."

"비행기가 어떤 소리도 내지 않았을 가능성이 있지만," 발란데르가 말했다. "그 근방의 우리 동료들과 확인해 본다고 해서 나쁠 건 없

죠. 개인적으로는 마약 운반이 아닌 다른 것일 수도 있다고 보기 힘
듭니다. 준비된 어딘가에 떨어뜨리기."

"말뫼에 얘기해야 해." 뤼드베리가 말했다. "공급 물량이 극단적으
로 증가한 것 같다고 그들이 알아차렸다면 거기에 연결책이 있을 거
야. 내가 그 친구들에게 전화하지."

아무도 이의가 없었다. 발란데르는 9시 조금 넘어 회의를 끝냈다.

그는 남은 오전을 스쿠루프의 폭행 사건을 마무리 짓고 페르 오케
손에게 증거물을 넘기며 보냈다. 점심때 시내로 간 그는 특별 할인가
핫도그를 먹고 화장실 휴지를 좀 샀다. 나온 김에 국영 주류 판매점
에 들러 위스키 한 병과 와인 두 병도 샀다. 주류 판매점에서 나오다
들어오는 스텐 비덴과 마주쳤다. 그는 지독한 술 냄새를 풍겼고, 지
쳐 보였다.

스텐 비덴은 발란데르의 오랜 친구 중 한 명이었다. 그들은 오래전
에 만나 오페라에 대한 관심으로 맺어졌다. 비덴은 아버지 밑에서 일
했는데, 그들은 셰른순드에서 경주마들을 육성했다. 두 사람은 지난
몇 년간은 자주 보지 못했다. 발란데르는 비덴이 술을 점점 제어하지
못한다는 사실을 안 후로 거리를 두기 시작했다.

"오랜만이야." 비덴이 말했다.

발란데르는 많은 술자리를 증명하듯 보이는 그의 숨결에 얼굴을
찡그렸다.

"그러게." 발란데르가 말했다. "일에 치이니."

이내 그들은 형식적인 말들을 좀 주고받았다. 둘 다 가능한 한 빨
리 대화를 끝내길 원했다. 미리 약속된 다른 환경에서 만나기 위해.

발란데르는 전화하겠다고 약속했다.

"난 새 말을 조련 중이야." 비덴이 말했다. "녀석의 이름이 영 별로라 내가 바꿔 줬지."

"지금 이름은 뭔데?"

"트라비아타."

비덴이 씩 웃었다. 발란데르는 끄덕였다. 이내 그들은 각자의 길을 갔다.

발란데르는 종이봉투를 들고 마리아가탄가로 걸었다. 2시 15분에는 경찰서로 돌아왔다. 모두 자리를 비운 것 같았다. 그는 서류를 들여다보며 일을 계속했다. 스쿠루프 폭행 사건 다음에 일어난 위스타드 중앙 필그림스가탄가 강도 사건이었다. 누가 대낮에 창문을 깨고 값나가는 것들을 털어 갔다. 발란데르는 스베드베리의 보고서를 읽었을 때 머리를 저었다. 이웃 중 누구도 어떤 것도 보지 못했다는 사실이 믿기지 않았다.

스웨덴에도 이런 공포가 퍼지기 시작하는 걸까? 그는 궁금했다. 가장 기초적인 관찰로 경찰을 돕는 것에 대한 두려움. 만약 이게 사실이라면 내가 생각한 상황은 훨씬 더 나빠.

발란데르는 서류와 씨름하며 누구를 심문해야 하는지, 그리고 파일들에서 어떤 검색을 해야 하는지 메모했다. 하지만 그는 많은 행운이나 믿을 만한 목격자의 증언 없이 그 강도 사건을 해결할 수 있으리라는 환상을 품지 않았다.

마르틴손이 5시 직전에 그의 방으로 들어왔다. 발란데르는 그가 콧수염을 기르기 시작했다는 것을 알았지만 아무 말도 하지 않았다.

"셰보는 실제로 할 말이 있었습니다." 마르틴손이 입을 열었다. "한 남자가 잃어버린 수송아지를 찾으려고 밤새 밖에 나와 있었죠. 그가 어둠 속에서 뭐가 됐든 그걸 어떻게 찾을 생각이었는지는 신만이 알 겁니다. 하지만 그는 그날 아침 셰보 경찰에 신고했고, 다섯 시 직후에 이상한 빛을 보고 엔진 소음을 들었답니다."

"이상한 빛? 그게 무슨 말이야?"

"그 남자와 이야기한 셰보 동료들에게 더 자세히 물어봤습니다. 프리델이라는 친구요."

발란데르는 끄덕였다.

"빛과 엔진 소음. 그게 예정된 투하에 관한 우리의 가설을 확인해 줄 수 있을 겁니다."

마르틴손이 발란데르의 책상 위에 지도를 펼쳤다. 그는 가리켰다. 발란데르는 그곳이 블로멜이 동그라미를 친 지역에 있음을 알았다.

"수고했어. 그게 우릴 어디로 이끄는지 봐야겠어."

마르틴손은 지도를 접었다.

"그게 사실이라면 끔찍한데요." 그가 말했다. "만약 이게 정말 사실이라면 우린 보호받지 못하고 있는 겁니다. 어느 구형 비행기가 국경을 넘어와 눈에 띄지 않고 마약을 떨어뜨린다면요."

"익숙해져야 해." 발란데르가 말했다. "하지만 물론 자네 말에 동감이야."

마르틴손이 방에서 나갔다. 발란데르는 잠시 후 경찰서를 나섰다. 집에 돌아온 그는 이번만큼은 제대로 된 저녁을 차렸다. 7시 반에 그는 커피를 들고 앉아 뉴스를 보았다. 톱뉴스가 나올 때 전화가 울렸다. 엠마였다. 그녀는 병원을 막 나선 참이었다. 발란데르는 자신이 원하는 게 무엇인지 정말 알지 못했다. 또 한 번의 외로운 밤. 아니면 엠마의 방문. 그는 정말 그녀를 보고 싶은지 확신 없이 그녀에게 들르고 싶은지 물었다. 그녀는 그렇다고 했다. 발란데르는 그것이 그녀가 자정 조금 넘어까지 있으리라는 것을 뜻한다는 것을 알았다. 그리고 그녀는 옷을 입고 집에 갈 터였다. 그 방문에 대비해 마음을 단단히 먹으려고 위스키 두 잔을 마셨다. 그는 감자가 익기를 기다리는 동안 샤워를 했었다. 이미 더러운 세탁물이 넘쳐 나는 옷장 안으로 재빨리 침대 시트와 오래된 베갯잇을 던졌다.

엠마는 8시 조금 못 되어 도착했다. 발란데르는 그녀가 계단을 올라오는 소리를 들었을 때, 자신에게 욕을 했다. 미래도 없는데, 왜 끝을 내지 못하는 거지?

도착한 그녀는 미소를 지었고, 발란데르는 그녀를 안으로 들였다. 그녀는 갈색 머리에 눈이 아름다웠고, 키가 작았다. 그는 그녀가 좋아한다고 아는 종류의 음악을 틀었다. 그들은 와인을 마셨고, 11시 직전에 침대에 들었다. 발란데르는 모나를 생각했다.

사랑을 나눈 뒤 둘 다 잠이 들었다. 두 사람 모두 말이 없었다. 잠들기 직전에 발란데르는 두통이 밀려오는 것을 알았다. 그가 다시 잠에서 깼을 때 그녀는 옷을 입고 있었지만 그는 자는 척했다. 현관문이 닫혔을 때 그는 침대에서 나와 물을 좀 마셨다. 그리고 침대로 돌아가 모나를 조금 더 오래 생각하다가 잠이 들었다.

꿈 깊은 곳에서 전화가 울리기 시작했다. 그는 즉시 잠에서 깼다. 귀를 기울였다. 벨 소리가 이어졌다. 침대 옆 테이블 위의 시계를 힐끗 보았다. 2시 15분. 무슨 일이 일어났다는 뜻이었다. 그는 침대에서 일어나 앉아 수화기를 들었다.

야간 조 경관 중 한 명인 네슬룬드였다.

"묄레가탄가에서 불이 났습니다." 네슬룬드가 말했다. "릴라 스트란드가탄가 모퉁이 오른쪽이요."

발란데르는 그 블록을 그려 보려 했다.

"뭐가 타고 있지?"

"에베르하르손 자매네 재봉 가게요."

"소방대와 순찰대가 맡을 일로 들리는데."

네슬룬드는 대답하기 전에 잠시 머뭇거렸다.

"그들은 이미 와 있습니다. 그 집은 폭발한 것 같습니다. 그리고 그 자매는 가게 위층에서 살고요."

"그들을 밖으로 데리고 나왔나?"

"그런 것 같지 않습니다."

발란데르는 더 생각할 필요가 없었다. 할 일은 하나뿐이었다.

"내가 가지." 그가 말했다. "또 누구에게 전화했나?"

"뤼드베리요."

"자게 놔두는 게 나을 뻔했군. 스베드베리와 한손에게 알리게."

발란데르는 전화를 끊었다. 다시 시간을 확인했다. 2시 17분. 그는 옷을 입으며 네슬룬드가 한 말을 생각했다. 재봉 가게가 폭발했다. 믿을 수 없게 들렸다. 그리고 가게의 두 주인이 탈출하지 못했다면 심각했다.

발란데르는 거리로 나와서야 차 키를 두고 왔다는 것을 깨달았다.

욕설을 내뱉고 계단을 다시 뛰어 올라가자 숨이 턱까지 찼다. 스베드베리와 다시 배드민턴을 쳐야겠어. 그는 생각했다. 네 계단참을 오르는 데 숨이 차다니.

발란데르는 2시 반에 함가탄가에 차를 댔다. 전 지역이 봉쇄되어 있었다. 차 문을 열기도 전에 타는 냄새를 맡을 수 있었다. 불꽃과 연기가 하늘로 솟아오르는 중이었다. 현장에는 소방대의 모든 소방차가 출동해 있었다. 발란데르는 그날 두 번째로 페테르 에들레르에게 달려갔다.

"안 좋아 보입니다." 소음을 뚫고 들리도록 목소리를 높이며 페테르 에들레르가 외쳤다.

집 전체가 화염에 싸여 있었다. 소방대원들이 피해를 막기 위해 주위 건물들에 물을 뿌리고 있었다.

"자매는?" 발란데르가 외쳤다.

에들레르가 머리를 저었다.

"아무도 나오지 않았습니다." 그가 대답했다. "그들이 집에 있었다면 아직 거기 있습니다. 건물이 폭발했다고 말한 목격자가 있죠. 즉시 모든 곳이 타기 시작했답니다."

에들레르는 계속 자리를 지키고 작업을 지시했다. 한손이 발란데르 옆에 나타났다.

"대체 누가 재봉 가게에 불을 냈지?" 그가 물었다.

발란데르는 머리를 저었다.

그는 대답할 말이 없었다.

자신이 위스타드에 산 내내 재봉 가게에서 일했던 두 자매를 생각했다. 한번 그와 모나는 그의 양복바지에 달 지퍼를 산 적 있었다.

이제 그 자매는 죽었다.

그리고 페테르 에들레르가 잘못 판단한 게 아니라면 이 불은 두 사람을 죽일 목적으로 시작되었다.

4

발란데르는 1989년 성루치아의 날스칸디나비아 지역의 명절로 동짓날 젊은 여성들이 촛불을 들고 행진한다 아이들의 루치아 행진 불빛이 아닌 불빛으로 경축했다. 그는 새벽까지 화재 현장에 머물렀다. 그때쯤 스베드베리와 한손을 집으로 보냈다. 뤼드베리가 나타났을 때, 그에게도 집에 가라고 했다. 그날 밤은 추웠고, 화염의 열기는 류머티즘에 도움이 안 될 것이었다. 뤼드베리는 두 자매가 죽었을 확률이 높다는 짧은 보고를 들은 다음 자리를 떴다. 페테르 에들레르가 발란데르에게 커피 한 잔을 건넸다. 발란데르는 소방차 운전석에 앉아 왜 자신이 그냥 집으로 돌아가 잠을 자는 대신 화재 진압을 기다리며 이곳에 머무는지 궁금해했다. 그는 그럴싸한 대답을 제시하지 못했다. 불편한 마음으로 지난밤을 회상했다. 자신과 엠마 룬딘의 성행위에는 열정이 전혀 없었다. 섹스 전 무의미한 대화의 연장에 지나지 않았다.

이렇게 계속할 순 없어. 그는 문득 생각했다. 내 삶에 뭔가가 일어나야 해. 곧, 곧바로. 모나가 떠난 두 달이 2년처럼 느껴졌다.

불은 새벽에 꺼졌다. 건물은 전소되었다. 뉘베리가 도착했다. 두 사람은 뉘베리가 화재 감식반을 데리고 그을린 잔해에 들어가도록 승인해 줄 페테르 에들레르를 기다렸다.

평상시처럼 완벽한 차림에 연기 냄새를 압도할 면도 스킨로션 향과 함께 비에르크가 나타났다.

"화재는 비극이야." 그가 말했다. "주인들이 죽었다고 들었네."

"아직 모릅니다." 발란데르가 말했다. "하지만 불행히도 그 반대의 조짐은 없습니다."

비에르크가 손목시계를 보았다.

"난 할 일이 있네." 그가 말했다. "로터리클럽에서 조찬 모임이 있어." 그는 자리를 떴다.

"죽어라 강의만 할 생각이군." 발란데르가 말했다.

뉘베리가 눈으로 그를 좇았다.

"난 그가 경찰과 우리 일을 어떻게 말하는지 궁금해." 뉘베리가 말했다. "그가 연설하는 걸 들어 본 적 있나?"

"한 번도. 하지만 설마 책상머리에서의 자기 업적에 대해 떠들진 않겠지."

두 사람은 말없이 몸을 일으키고 기다렸다. 발란데르는 추위와 피곤을 느꼈다. 여전히 블록 전체에 교통 통제를 하고 있었지만 「아르베테트」에서 나온 기자가 용케 바리케이드를 뚫고 들어왔다. 발란데르는 그를 알아보았다. 그는 대체로 발란데르가 한 말을 사실대로 쓰는 기자 중 한 명이었기에, 작은 정보를 주었다. 경찰은 아직 사망자가 있는지 확인할 수 없었다. 기자는 그것으로 만족해했다.

페테르 에들레르가 그들에게 감식을 허가해 주기까지 한 시간이 더 흘렀다. 지난밤 집을 나설 때 발란데르는 고무장화를 신을 만큼은 똑똑했고, 이제 그는 물난리 속에 여기저기 남은 벽과 기둥 들이 있는 그을린 잔해 속으로 조심스럽게 발을 내디뎠다. 뉘베리와 소방관 몇 명이 폐허에 조심스럽게 길을 냈다. 길을 내기까지는 채 5분이 걸리지 않았다. 뉘베리가 들어오라고 발란데르에게 고개를 끄덕였다.

두 사람의 시체가 몇 미터를 사이에 두고 누워 있었다. 그들은 형체를 알아볼 수 없는 숯이 되어 있었다. 48시간 내에 이런 광경을 두 번째로 경험한다는 생각이 발란데르의 머리에 떠올랐다.

"에베르하르손 자매군." 그가 말했다. "그들의 이름이 뭐지?"

"안나와 에밀리아." 뉘베리가 대답했다. "하지만 이게 실제로 그들인지 아직 모르네."

"아니라면 누구겠어?" 발란데르가 말했다. "이 집에는 두 사람만 살았는데."

"알아봐야지." 뉘베리가 말했다. "하지만 며칠 걸릴걸."

발란데르는 몸을 돌려 거리로 나갔다. 페테르 에들레르가 담배를 피우고 있었다.

"담배 피우셨소?" 발란데르가 말했다. "몰랐군."

"가끔요." 에들레르가 대꾸했다. "아주 지쳤을 때만요."

"이 화재를 철저히 조사해야겠구려." 발란데르가 말했다.

"당연히 섣불리 결론 내리면 안 되겠지만 이건 방화로 보입니다. 누가 왜 두 노처녀의 목숨을 앗아 가고 싶어 했는지는 몰라도요."

발란데르는 끄덕였다. 그는 페테르 에들레르가 지극히 유능한 소방서장이라는 사실을 알았다.

"단추와 지퍼를 판," 발란데르가 평했다. "두 노부인을."

발란데르는 더 이상 머무를 이유가 없었다. 현장을 떠나 차에 올라 집으로 갔다. 그는 아침을 먹고 어떤 스웨터를 입을지 온도계와 상의했다. 어제 입었던 것을 입기로 결정했다. 9시 20분에 그는 경찰서 앞에 주차했다. 마르틴손이 같은 시각에 도착했다. 그답지 않게 늦었군. 발란데르는 생각했다. 마르틴손이 묻지도 않았는데 설명했다.

"어젯밤 열다섯 살짜리 여자 조카애가 술에 취해 집에 왔어요." 그가 침울한 목소리로 말했다. "전에 없던 일이죠."

"언제고 시작이 있기 마련이야." 발란데르가 말했다.

그는 성루치아의 날이 언제나 시끌벅적했을 때 순찰 경관으로서의 나날들이 그립지 않았고, 몇 년 전 모나가 늦은 밤 루치아 축제가 끝나고 집에 돌아온 린다가 토했다고 불평하며 전화를 걸어 왔던 일을 떠올렸다. 모나는 매우 화가 나 있었다. 스스로 놀랍게도 그때 발란데르는 모든 일에 보다 관대했던 사람이었다. 함께 경찰서를 향해 걸으며 그것을 마르틴손에게 설명하려 애썼다. 하지만 그의 동료는 받아들이지 않았다. 발란데르는 포기하고 설득을 멈추었다.

두 사람은 안내 데스크 구역에 멈춰 섰고, 에바가 다가왔다.

"내가 들은 게 사실이에요?" 그녀가 물었다. "그 가엾은 안나와 에밀리아가 타 죽었다고요?"

"그런 것 같습니다." 발란데르가 말했다.

에바는 머리를 저었다.

"난 1951년부터 그들에게 단추와 실을 샀어요." 그녀가 말했다. "그들은 늘 친절했다고요. 추가로 필요한 게 있으면 늘 추가 요금을 받지 않고 줬죠. 대체 누가 재봉 가게 두 노부인의 생명을 앗아 가고 싶어 하죠?"

에바가 그걸 물은 두 번째 사람이군. 발란데르는 생각했다. 첫 번째는 페테르 에들레르. 이제 에바.

"방화광일까요?" 마르틴손이 물었다. "그렇다면 놈은 딱 좋은 밤을 골랐군요."

"기다려 봐야 할 거야." 발란데르가 대꾸했다. "추락한 비행기에 대해 더 들어온 게 있나?"

"제가 아는 한 없습니다. 하지만 셰보 경찰은 송아지를 찾던 남자와 다시 얘기할 생각입니다."

"혹시 모르니 다른 지역에도 전화해 보게." 발란데르가 그를 일깨웠다. "그들도 엔진 소음에 대한 신고를 받은 걸로 드러날 수도 있어. 밤에 많은 비행기가 날아다니진 않을 테니."

마르틴손이 자리를 떴다. 에바가 발란데르에게 종이 한 장을 건네주었다.

"경위님 아버님 여행 보험이에요." 그녀가 말했다. "아버님은 운도 좋지, 이런 날씨에 피라미드를 보러 가시다니."

발란데르는 그 종이를 받아 방으로 갔다. 코트를 걸고 뢰데루프에 전화했다. 벨이 열다섯 번 울렸는데 전화를 받지 않았다. 아버지는 작업실에 계신 게 분명했다. 발란데르는 수화기를 내려놓았다. 내일 여행 가시기로 한 걸 기억하시는지나 모르겠군. 그는 생각했다. 그리고 내가 일곱 시에 데리러 간다는 걸.

발란데르는 린다와 두어 시간을 보내길 고대하고 있었다. 그런 생각을 하면 언제나 기분이 좋았다.

그는 필그림스가탄가의 강도 사건 서류 무더기를 끌어당겼다. 하지만 결국 딴생각에 빠져들었다. 만약 방화광이라면? 지난 몇 년간은 그런 일을 겪지 않았다.

그는 억지로 강도 사건으로 주의를 돌렸지만 10시 반에 뉘베리에게서 전화가 왔다.

"여기로 와 봐야 할 것 같은데. 화재 현장에 말일세."

발란데르는 중요하지 않았다면 뉘베리가 전화하지 않았으리라는 것을 알았다. 전화상으로 묻기 시작하는 것은 시간 낭비일 터였다.

"가지." 그는 그렇게 말하고 전화를 끊었다.

그는 코트를 걸치고 경찰서를 나섰다. 차로 시내에 나가는 데 몇 분 걸리지 않았다. 봉쇄 구역이 줄었지만 차들은 여전히 함가탄가 주변을 우회했다.

뉘베리가 여전히 연기가 피어오르는 집의 잔해 옆에서 기다리고 있었다. 그는 곧장 요점으로 들어갔다.

"이건 방화였을 뿐 아니라," 그가 말했다. "살인이었네."

"살인?"

뉘베리가 따라오라고 손짓했다. 잔해 속에 있던 시체 두 구가 파내져 있었다. 그들은 한 시체 옆에 쭈그리고 앉았고, 뉘베리가 펜으로 두개골을 가리켰다.

"총알 자국." 그가 말했다. "총에 맞았어. 이게 자매 중 한 명인지는 모르지만 그렇다고 가정해야겠지."

두 사람은 몸을 일으켜 두 번째 시체로 갔다.

"여기에 같은 구멍." 그가 그렇게 말하며 가리켰다. "목 바로 위."

발란데르는 믿을 수 없다는 듯 머리를 저었다.

"누가 이들을 쐈다고?"

"그렇게 보이네. 더 나쁜 건 그게 처형 방식이었다는 걸세. 뒤통수에 두 방."

발란데르는 뉘베리가 방금 한 말을 받아들이기가 어려웠다. 너무 말이 안 되고, 너무 잔인했다. 하지만 그는 뉘베리가 확신하지 않는 것은 절대 입 밖에 내지 않는다는 것 또한 알았다.

그들은 거리로 나왔다. 뉘베리가 발란데르 앞에 작은 비닐 봉투를 들었다.

"총알 하나를 찾았네." 그가 말했다. "여전히 두개골에 박혀 있었지. 다른 하난 이마를 통해 빠져나가 열기에 녹아 버렸네. 하지만 물론 검시관이 검시할 걸세."

발란데르는 생각하려 애쓰며 뉘베리를 보았다.

"그러니까 우린 누가 화재로 위장하려 한 두 건의 살인을 다루고 있다는 건가?"

뉘베리가 머리를 저었다.

"그건 말이 안 돼. 뒤통수에 대고 총을 쏴서 사람을 처형한 자는 분명 두개골이 대개 불에 타지 않는다는 걸 알았을 걸세. 어쨌든 화장터는 아니니까."

발란데르는 뉘베리가 방금 뭔가 중요한 말을 했다는 것을 알았다.

"그럼 뭐지?"

"범인은 다른 뭔가를 감추고 싶었는지도 모른다는 걸세."

"재봉 가게에서 감출 게 뭐지?"

"그걸 찾아내는 게 자네 일이지." 뉘베리가 대꾸했다.

"난 가서 팀원들을 모아 놓겠네. 우린 한 시에 시작할 거야." 그가 손목시계를 확인했다. 11시였다. "올 수 있나?"

"당연히 여기 일이 끝나지 않겠지만," 뉘베리가 말했다. "들르지."

발란데르는 차로 돌아갔다. 그는 비현실적인 기분에 젖어 있었다. 바늘과 실과 지퍼 한두 개를 파는 두 노부인을 처형할 동기가 누구에게 있었을까? 이 건은 그가 전에 관계한 어떤 사건도 초월해 있었다.

경찰서에 닿자마자 그는 곧장 뤼드베리의 방으로 걸음을 옮겼다. 방은 비어 있었다. 발란데르는 그를 휴게소에서 찾았는데, 그는 차와 비스킷을 들고 있었다. 발란데르는 자리에 앉아 뉘베리가 발견한 것을 말했다.

"좋지 않군." 발란데르가 말을 마쳤을 때 뤼드베리가 말했다. "아주 좋지 않아."

발란데르는 몸을 일으켰다. "한 시에 보죠." 그가 말했다. "마르틴손은 비행기에 주력하게 두고요. 하지만 한손과 스베드베리는 있어야 합니다. 그리고 오케손에게 연락해 주십시오. 우리가 이런 건을 다뤄 본 적이 있나요?"

뤼드베리는 숙고했다. "기억에 없군. 이십 년 전쯤 웨이터의 머리에 도끼를 꽂은 미치광이가 있었지. 삼십 크로나를 갚지 않았다고. 하지만 그 밖엔 생각이 나지 않는데."

발란데르는 가지 않고 테이블 앞에 서 있었다.

"스웨덴적이지 않은," 그가 말했다. "처형 방식."

"그럼 정확히 스웨덴인인 건 뭔가?" 뤼드베리가 물었다. "더 이상 국경의 의미가 없네. 비행기에도 중범죄자에게도. 한때 위스타드는 뭔가의 변두리였지. 스톡홀름에서 일어나는 일이 여기선 일어나지 않았네. 말뫼에서 일어난 일들조차 위스타드 같은 작은 도시에선 보통 일이 아니었어. 하지만 그런 시대는 끝났어."

"이제 어떻게 되는 겁니까?"

"새 시대에는 다른 부류의 경찰이 필요할 걸세. 특히 현장에서는." 뤼드베리가 말했다. "하지만 자네와 나 같은, 생각할 수 있는 사람들도 여전히 필요할 걸세."

두 사람은 함께 복도를 따라 걸었다. 뤼드베리는 천천히 걸었다. 그들은 뤼드베리의 방 앞에서 갈라섰다.

"한 시." 뤼드베리가 말했다. "두 노부인 살인이라. 그게 우리가 이 사건을 부르는 건가? 보잘것없는 노부인들 사건?"

"별론데요." 발란데르가 말했다. "전 왜 누가 됐든 고결한 두 노부인을 쏘는지 이해할 수 없습니다."

"그게 시작해야 할 지점인지도 몰라." 뤼드베리가 생각에 잠겨 말했다. "정말 다들 믿는 것처럼 그들이 고결했는지 조사하는 것부터."

발란데르는 깜짝 놀랐다.

"뭘 뜻하시는 겁니까?"

"아무것도." 뤼드베리가 그렇게 말하고 문득 미소를 지었다. "아주 빨리 결론을 내리는 게 가능할 때도 있지."

발란데르는 방 창가에 서서 급수탑 주위를 날아다니는 비둘기들을 멍하니 지켜보았다. 뤼드베리가 옳아. 그는 생각했다. 언제나처럼. 목격자가 없다면, 겉으로 드러난 사실이 없다면 그게 우리가 시작해야 할 지점이야. 안나와 에밀리아, 그들이 정말 어떤 사람이었는지?

그들은 모두 1시에 회의실에 모였다. 한손은 비에르크에게 연락하려고 했지만 성공하지 못했다. 하지만 페르 오케손은 자리에 있었다.

발란데르는 두 여자가 총에 맞은 사실을 알렸다. 침울한 분위기가 회의실에 퍼졌다. 듣기로는 모두가 적어도 한 번은 재봉 가게에 가 본 적이 있었다. 이내 발란데르가 뉘베리를 향했다.

"우린 아직 그 잔해를 조사 중이야." 뉘베리가 말했다. "하지만 아직까진 흥미 있는 건 찾지 못했어."

"화재 원인은?" 발란데르가 물었다.

"말하긴 너무 이르지만," 그가 대꾸했다. "이웃들에 따르면 큰 폭발이 있었어. 누군가가 그걸 무음의 폭발이라고 표현했네. 그런 다음 일 분 내로 건물 전체에 불이 붙었지."

발란데르는 테이블을 둘러보았다.

"명백한 동기가 없기 때문에 우린 이 자매에 대해 우리가 찾아낼 수 있는 걸 찾는 것부터 시작해야 해. 내가 아는 것처럼 그들에게 어떤 친척도 없었다는 게 사실인지? 둘 다 독신이었어. 그들이 결혼한 적이 있었는지? 그들이 몇 살이었는지? 내가 여기로 이사 왔을 때 이미 난 그들을 노부인이라고 생각했었지."

스베드베리는 안나와 에밀리아가 결혼한 적이 없고 자식들이 없다고 확신한다고 대답했다. 하지만 그는 더 자세한 것을 알게 될 것이었다.

"은행 계좌." 그때까지 말이 없었던 뤼드베리가 말했다. "그들에게 돈이 있었나? 집 안 매트리스 밑이나 은행에. 그런 소문들이 있네. 그게 살해에 대한 이유가 됐을까?"

"그게 처형 방식을 설명할 순 없습니다." 발란데르가 말했다. "하지만 그에 대해 알아낼 필요가 있죠. 알아야 합니다."

그들은 늘 하던 업무 분담을 했다. 모든 수사에서 똑같이 초기에 수행되어야 할 체계적이고 시간이 걸리는 업무들이었다. 2시 15분이 되었을 때 발란데르에게는 한 가지 더 할 말이 있었다.

"언론에 알릴 필요가 있어. 이건 그들에게 흥미로울 거야. 물론 비에르크가 참석해야지. 하지만 난 거기서 빠지면 좋겠어."

모두가 놀랍게도 뤼드베리가 기자회견을 맡겠다고 했다. 보통 그는 이런 경우에 발란데르처럼 말이 없었다.

그들은 회의를 끝냈다. 뉘베리는 화재 현장으로 돌아갔다. 발란데르와 뤼드베리는 잠시 남아 있었다.

"제보에 기대를 걸어 봐야 할 것 같아." 뤼드베리가 말했다. "평소보다 더. 이 자매를 죽일 동기가 있었다는 건 분명해. 그리고 난 그게 돈 이외의 것이었다고 생각하긴 어려워 보이네."

"우린 전에도 이런 건들을 다뤘습니다. 부자라는 소문 때문에 한 푼도 가진 게 없지만 공격을 받은 사람들에 대한."

"내게 연줄이 좀 있네. 내가 좀 조사해 보지."

그들은 회의실에서 나갔다.

"왜 기자회견을 자청하셨습니까?" 발란데르가 물었다.

"이번만큼은 자넬 빼 주려고." 뤼드베리는 그렇게 말하고 자신의 방으로 갔다.

발란데르는 두통으로 집에 있는 비에르크와 겨우 연락이 닿았다.

"오늘 다섯 시에 기자회견을 열 예정입니다." 발란데르가 말했다. "우린 서장님이 참석하실 수 있길 바랍니다."

"가지." 비에르크가 말했다. "두통이 있든 없든."

느리지만 철저한 수사 기계에 시동이 걸렸다. 발란데르는 다시 한번 화재 현장으로 가 잔해에 무릎까지 빠진 뉘베리와 이야기를 나누었다. 그리고 경찰서로 돌아왔다. 하지만 기자회견이 시작되었을 때 그 자리에 있지 않았다. 그는 6시쯤 집에 도착했다. 발란데르가 전화했을 때, 이번에는 아버지가 받았다.

"이미 짐은 다 쌌다." 아버지가 말했다.

"당연히 그러셔야죠." 발란데르가 말했다. "전 여섯 시 반쯤 거기 도착할 거예요. 여권과 비행기 표 잊지 마시고요."

발란데르는 남은 저녁 시간을 전날 밤 사건들에 대해 아는 것을 정리하며 보냈다. 그는 집에 있는 뉘베리에게 전화해 작업이 어떻게 되어가고 있는지 물었다.

뉘베리는 차근차근 말했다. 그들은 해가 뜨는 대로 아침에 작업을 재개할 것이었다. 발란데르는 경찰서에도 전화해 당직 경관에게 들어온 정보가 있는지 물었다. 하지만 그가 주목할 만한 것은 없었다.

발란데르는 자정에 침대에 들었다. 아침 제시간에 확실히 깨기 위해 그는 전화 모닝콜 서비스를 신청했다.

매우 피곤했는데도 쉽게 잠이 들지 못했다.

처형당한 자매의 생각이 그를 괴롭혔다.

잠이 들기 전 그는 이것이 길고 어려운 수사가 되리라고 확신했다. 수사 초기에 행운이 굴러오지 않는다면.

다음 날 그는 5시에 일어났다. 정확히 6시 30분에 그는 뢰데루프 아버지 집의 진입로에 들어섰다.

아버지는 집 밖 여행 가방 위에 앉아서 기다리고 있었다.

5

두 사람은 어둠 속에서 말뫼로 차를 몰았다. 스코네 지역에서 말뫼로의 통근은 아직 본격적으로 시작되지 않았다. 아버지는 양복을 입고, 이상해 보이는 피스 헬멧^{pith helmet} 더운 나라들에서 머리 보호용으로 쓰는, 가볍고 단단한 소재로 된 모자을 쓰고 있었다. 발란데르는 전에 그것을 본 적이 없었고, 아버지가 벼룩시장이나 중고 가게에서 구했으리라고 상상했다. 하지만 아무 말도 하지 않았다. 비행기 표나 여권을 잊지 않으셨는지 묻지조차 않았다.

그가 한 말은 "정말 가시는군요."가 다였다.

"그래." 아버지가 대꾸했다. "그게 오늘이다."

발란데르는 아버지가 말하고 싶어 하지 않으신다는 것을 감지했다. 그것이 그에게 운전에 집중하고 자기만의 생각에 잠길 기회를 주었다. 그는 위스타드의 최근 국면을 걱정했다. 발란데르는 그것을 이해하려고 애썼다. 누가 두 노부인의 뒤통수에 냉혹하게 총을 쏜 이유. 하지만 그는 어떤 결론도 얻지 못했다. 맥락도 설명도 없었다. 잔인하고 이해할 수 없는 처형뿐.

페리 터미널 옆 작은 주차장으로 방향을 틀었을 때, 두 사람은 이미 밖에서 기다리고 있는 린다를 보았다. 발란데르는 딸이 먼저 할아버지를 반긴 다음 자기를 반겼다는 것에 마뜩잖아하는 자신을 의식했다. 딸은 피스 헬멧이 할아버지에게 어울리는 것 같다고 평했다.

"나도 자랑할 만한 멋진 모자가 있으면 좋겠구나." 발란데르가 그렇게 말하며 딸과 포옹했다. 딸이 아주 평범한 차림새를 하고 있어서 한시름 놓았다. 그 반대의 경우가 종종 있어서, 그게 늘 신경 쓰였다. 딸이 그 습성을 할아버지에게서 물려받은 것인지도 모른다는 생각이 불쑥 들었다. 최소한 아버지가 그 영향을 끼쳤든가.

두 사람은 터미널로 배웅했다. 발란데르가 아버지의 페리 티켓값을 냈다. 아버지가 배에 올랐고, 두 사람은 어둠 속에 서서 항구를 떠나가는 배를 지켜보았다.

"늙어서 할아버지처럼 되면 좋겠어." 린다가 말했다.

발란데르는 대꾸하지 않았다. 아버지처럼 되는 게 그가 무엇보다 두려워하는 것이었다. 두 사람은 센트랄 역 레스토랑에서 아침을 먹었다. 늘 그렇듯 발란데르는 너무 이른 아침에는 거의 식욕이 없었다. 하지만 건강을 돌보지 않는다는 린다의 잔소리를 피하려고 빵 몇 조각과 다양한 토핑으로 접시를 채웠다.

그는 끊임없이 재잘대는 딸을 지켜보았다. 딸은 전형적이고 진부한 표현의 미인은 아니었다. 하지만 딸의 태도에는 당당하고 독립적인 데가 있었다. 딸은 만나는 모든 남자를 기쁘게 하려고 최선을 다하는 젊은 여자의 무리에 속하지 않았다. 딸이 누구에게서 말 많은 유전자를 물려받았는지는 알 수 없었다. 그와 모나 모두 꽤 조용한 편이었다. 하지만 그는 딸의 말을 듣는 게 좋았다. 그것이 늘 그의 기분을 고양했다. 딸은 가구 복원 일을 진로로 잡는 것에 대해 계속 늘어놓았다. 그 분야의 전망과 그 도전이 어떤 것인지 말했고, 도제 시스템이 거의 사라졌다는 사실을 욕했고, 마지막에는 장래에 자신의 가게를 위스타드에 차리겠다는 꿈을 밝힘으로써 그를 놀라게 했다.

"아빠도 엄마도 돈이 없다는 게 너무 아쉬워." 그녀가 말했다. "아니라면 프랑스 유학을 갈 수도 있을 텐데."

발란데르는 딸이 부유하지 않다고 자신을 탓하는 게 아니라는 것을 알았다. 그럼에도 그는 그렇게 받아들였다.

"대출을 받을 수도 있어." 그가 말했다. "평범한 경찰이라도 그 정돈 해 줄 수 있을 것 같은데."

"대출은 갚아야 하잖아." 그녀가 말했다. "그리고 어쨌든 아빠 사실 형사지."

이내 두 사람은 모나에 대해 말했다. 발란데르는 모든 일에 간섭하는 모나를 험담하는 딸의 말을 다소 만족감을 느끼며 들었다.

"게다가 난 요한을 좋아하지 않아." 그녀가 말을 마쳤다.

발란데르는 살피는 눈으로 딸을 보았다.

"그게 누군데?"

"엄마의 새 남자."

"네 엄마가 누구를 쇠렌이라고 부른 것 같던데?"

"그 사람하곤 깨졌어. 지금 그 사람 이름은 요한이고, 굴삭기 두 대를 갖고 있어."

"그리고 넌 그 사람이 싫고?"

그녀가 어깨를 으쓱했다.

"그 사람은 너무 시끄러워. 그리고 평생 책 한 권 안 읽었을걸. 토요일에 들르는데, 만화책을 사 온다니까. 다 큰 남자가. 상상이 가?"

발란데르는 한 번도 만화책을 산 적이 없다는 사실에 순간적으로 안도했다. 그는 스베드베리가 가끔 「슈퍼맨」 잡지를 산다는 사실을 알았다. 한두 번 그는 동심을 느껴 보려고 훑어본 적이 있지만 거기서 동심을 느낄 순 없었다.

"그렇게 좋게 들리진 않는데." 그가 말했다. "그러니까, 너와 요한이 잘 지내는 것 같진 않구나."

"우린 별문제 없어." 그녀가 말했다. "엄마가 그를 인정하는 게 이해가 안 간다는 게 문제지."

"와서 나랑 살자꾸나." 발란데르가 충동적으로 말했다. "너도 알다시피 네 방은 아직 그대로야."

"사실 그 생각을 했어. 근데 좋은 생각인 것 같지 않아."

"왜?"

"위스타드는 너무 작아. 거기서 살다간 미칠 거야. 나중에 나이 들면 괜찮을지 몰라도. 젊을 땐 그냥 살긴 힘든 도시야."

발란데르는 딸이 하는 말을 알았다. 이혼한 40대 남자들에게도 위스타드 같은 도시에서는 갑갑함이 느껴질 수 있었다.

"아빤 어때?" 그녀가 물었다.

"무슨 뜻이니?"

"어떻게 생각해? 물론 여자."

발란데르는 얼굴을 찡그렸다. 그는 엠마 룬딘을 화제로 올리고 싶지 않았다.

"신문에 광고를 낼 수도 있어." 그녀가 제안했다. "'한창때의 남자가 여자를 찾고 있다.' 아빠 많은 답장을 받을 거야."

"물론이지. 그리고 결국 서로 멀거니 바라보며 앉아서 할 말이 전혀 없다는 걸 깨닫는 데 오 분도 걸리지 않을 게다."

그녀가 그를 다시 놀라게 했다.

"아빤 함께 잘 사람이 필요해." 그녀가 말했다. "그렇게 욕망을 억누르고 다니는 건 좋지 않아."

발란데르는 움찔했다. 딸은 전에 결코 이런 말을 한 적이 없었다.

"난 필요한 게 다 있다." 그는 얼버무렸다.

"나한테 더 할 말 없어?"

"할 말이 별로 없어. 간호사. 괜찮은 사람이지. 문제는 내가 그 여잘 좋아하는 것보다 그 여자가 날 더 좋아한다는 것뿐이야."

린다는 더 이상 묻지 않았다. 발란데르는 딸의 성생활이 궁금해지기 시작했다. 하지만 그 생각은 그에게 너무 많은 양가감정이 들게 해서 거기에 빠지고 싶지 않았다.

두 사람은 10시 넘어서까지 레스토랑에 머물렀다. 그는 딸에게 집까지 태워 주겠다고 했지만 딸은 해야 할 심부름이 있었다. 둘은 주차장에서 헤어졌다. 발란데르는 딸에게 3백 크로나를 주었다.

"안 줘도 돼." 그녀가 말했다.

"알아. 하지만 어쨌든 갖고 있어라."

그는 시내로 걸음을 옮기는 딸을 지켜보았다. 이게 자신의 가족이라고 생각했다. 자신의 길을 찾고 있는 딸. 그리고 지금 타는 듯 뜨거운 이집트로 향하는 비행기에 앉아 있는 아버지. 그는 그 둘 모두와 복잡한 관계를 맺고 있었다. 까다로운 아버지뿐 아니라 까다로운 딸과도.

그는 10시 30분에 위스타드로 돌아왔다. 돌아오는 동안 이제 자신을 기다리는 것에 대해 마음 편히 생각할 시간을 가졌다. 린다와의 만남이 그에게 새로운 에너지를 주었다. 최대한 폭넓게 접근해야 해. 그는 중얼거렸다. 그게 우리가 진행해야 할 방법이야. 그는 위스타드 근처에 차를 세우고 이게 올해의 마지막 햄버거라고 다짐하며 햄버거를 먹었다. 그가 안내 데스크 쪽으로 걸음을 옮길 때 에바가 큰 소리로 그를 불렀다. 그녀는 조금 긴장한 것처럼 보였다.

"비에르크가 경위님을 찾아요." 그녀가 말했다.

발란데르는 자신의 방에 코트를 건 다음 비에르크의 방으로 갔다. 그는 즉각 방에 들여졌다. 비에르크가 책상 뒤에 서 있었다.

"난 크게 실망했다고 해야겠네."

"뭐에요?"

"어려운 살인 사건을 맞닥뜨린 와중에 자네가 개인적인 일로 말뫼에 간 거에 말일세. 게다가 자넨 책임자지."

발란데르는 자신의 귀를 믿을 수 없었다. 비에르크는 실제로 자신을 질책하고 있었다. 이전에 종종 그렇게 할 만한 충분한 이유가 있었을 때에도 비에르크는 그런 적이 없었다. 발란데르는 사람들에게 거취를 알리지 않고, 수사 중에 독자적으로 행동했던 많은 순간을 생각했다.

"아주 유감일세." 비에르크가 결론 지었다. "공식적인 질책은 없을 거야. 하지만 그건 현명하지 못한 처사야."

발란데르는 비에르크를 멍하니 보았다. 이내 그는 뒤돌아 말없이 방에서 나갔다. 하지만 방으로 반쯤 갔을 때 그는 다시 발걸음을 돌려 비에르크의 방문을 활짝 열고 이를 악물며 말했다.

"전 서장님에게 이런 욕을 먹을 이유가 없습니다. 알아 두십시오. 원하신다면 공식적으로 질책하세요. 말도 안 되는 소릴 하면서 거기서 있지 마시고요. 전 받아들이지 않을 겁니다."

그리고 그는 자리를 떴다. 그는 자신이 땀을 흘리고 있다는 것을 알아차렸다. 하지만 그렇게 한 것을 후회하지 않았다. 그 폭발이 필요했다. 그리고 그 결과에 대해 전혀 걱정하지 않았다. 경찰서 내 자신의 위치는 강력했다.

그는 휴게실에서 커피를 탄 다음 책상 앞에 앉았다. 그는 비에르크가 어떤 리더십 강의를 들으러 스톡홀름에 갔었다는 것을 알고 있다. 직장의 분위기를 쇄신하기 위해 가끔은 부하를 야단치라고 배웠는지도 모르지. 발란데르는 생각했다. 만약 그렇다면 애초에 사람을 잘못 고른 거야.

그는 아침에 아버지를 말뫼에 태워다 드렸다는 사실을 누가 찔렀는지 궁금했다.

몇몇 후보가 있었다. 하지만 아버지의 임박한 이집트 여행에 대해 누구에게 말했는지 기억해 낼 수 없었다.

확실한 건 그게 뤼드베리는 아니라는 것이었다. 뤼드베리는 비에르크를 행정상의 필요악이라고 여겼다. 그 이상도 그 이하도 아닌. 그리고 늘 동료들에게 충실했다. 물론 동료들이 무책임하게 행동하면 봐주지 않을 테지만 그의 충성심은 절대 변하지 않을 터였다. 그리고 뤼드베리는 그 무책임함에 가장 먼저 반응할 것이었다.

방에 들른 마르틴손이 꼬리를 잇는 생각을 방해했다.

"시간 되십니까?"

발란데르는 손님용 의자를 향해 끄덕였다.

두 사람은 방화와 에베르하르손 자매 살해 이야기를 시작했다. 하지만 발렌데르는 마르틴손이 뭔가 다른 이야기 때문에 왔다는 것을 곧 알아차렸다.

"그 비행기에 대한 건데요. 우리 셰보 동료들의 일 처리가 빨랐습니다. 그들은 그날 밤 불빛이 목격됐을 걸로 추정된 마을의 남서쪽 지역을 확정했습니다. 제가 들은 정보로는 사람이 살지 않는 지역입니다. 그걸로 공중 투하라는 추정도 확정적일 것 같습니다."

"그러니까 자네 말은 그 불빛이 비행기를 인도했을 거라고?"

"그게 한 가지 가능성이죠. 그 지역을 통하는 소로小路도 무수히 많습니다. 가기 쉽고 떠나기 쉬운."

"그게 우리 이론에 힘을 주는군." 발란데르가 말했다.

"더 있습니다." 마르틴손이 말을 이었다. "셰보 팀은 성실했더군요. 그들은 그 지역에 실제로 사는 사람을 확인했습니다. 물론 대부분이 농부였지만 한 가지 예외를 발견했습니다."

발란데르는 집중했다.

"룽엘룬다라는 농장이요." 마르틴손이 말했다. "거긴 몇 년 전에 이따금 셰보 경찰에 문제를 안겼던 다양한 사람들의 피난처였습니다. 사람들이 들락거렸고, 소유권이 명확하지 않은 데다 마약 소굴이었죠. 거래량이 많진 않더라도 여전히 그렇습니다."

마르틴손은 이마를 긁었다.

"얘길 나눈 예란 브룬베리라는 동료가 몇몇 이름을 알려 줬습니다. 큰 관심 없었는데, 전화를 끊고 나니 생각이 나는 게 있었죠. 제가 아는 이름이 하나 있는 것 같더군요. 최근 사건에서 알게 된 이름이요."

발란데르는 자세를 바로 했다.

"윙베 레오나르드 홀름이 거기서 살았다는 말은 아니겠지? 놈이 거기에 거처를 두고 있었나?"

마르틴손이 끄덕였다.

"그놈입니다. 그걸 꿰맞추는 데 시간이 좀 걸렸죠."

빌어먹을. 발란데르는 생각했다. 놈에게 뭔가 있을 줄 알았어. 심지어 그 비행기 생각도 했는데. 하지만 우린 놈을 풀어 줘야 했지.

"놈을 연행해야겠어." 발란데르는 그렇게 말하며 주먹으로 책상을 내리쳤다.

"그걸 연결 지었을 때 우리의 셰보 동료들에게 제가 한 말이 그 말이었죠." 마르틴손이 말했다. "하지만 그들이 롱엘룬다에 갔을 때 놈은 사라지고 없었습니다."

"'사라졌다'는 게 무슨 뜻이지?"

"없어졌다, 자취를 감췄다, 없었다요. 놈은 최근 몇 년간 위스타드에 거주했더라도 거기서 살았습니다. 그리고 저택은 여기다 지었죠. 셰보 동료들은 거기서 사는 다른 몇 사람에 대해서도 말했습니다. 제가 들은 바론 거친 타입들입니다. 홀름은 어제까지만 해도 거기에 있었습니다. 하지만 그 이후론 아무도 놈을 본 사람이 없습니다. 이곳 위스타드에 있는 놈의 집에 가 봤는데 문이 잠겨 있더군요."

발란데르는 그에 관해 숙고했다.

"그럼 홀름은 보통 이렇게 사라지진 않는다는 건가?"

"그 집 사람들은 실제로 좀 걱정하는 것 같았습니다."

"다시 말해 연관성이 있을 수도 있다는 거겠군."

"저는 홀름이 그 추락한 비행기를 타고 떠날 생각이었을지 모른다고 생각 중이었습니다."

"그럴 것 같진 않아." 발란데르가 말했다. "그럼 자넨 그 비행기가 어딘가에 내려 놈을 태웠다고 생각하는 거군. 그리고 세보 경찰은 그 장소를 못 찾았겠지? 급조한 활주로를? 그런 걸 만들려면 시간도 오래 걸렸을 거야."

"숙련된 조종사가 탄 비행기라면 이착륙하는 데 작은 땅이면 충분했을지도 모릅니다."

발란데르는 주저했다. 그게 사실인지 의심스럽더라도 마르틴손이 옳을 수도 있었다. 반면 홀름이 자신들의 생각보다 분명히 더 큰 마약 활동에 연루되었을 수도 있다는 것을 상상하기 어렵지는 않았다.

"이쪽을 더 파 봐야겠어. 안됐지만 거의 자네 혼자 해야겠지만. 나머지 사람들은 살해된 자매에게 집중해야 해."

"그럴 만한 동기를 찾으셨습니까?"

"이해할 수 없는 처형 방식과 폭발 화재라는 걸 빼곤 전혀." 발란데르가 대꾸했다. "하지만 불난 곳에서 발견될 게 있다면 뉘베리가 찾아내겠지."

마르틴손이 방에서 나갔다. 생각이 추락한 비행기와 화재 사이를 왔다 갔다 했다. 2시였다. 비행기가 카스트루프에서 제시간에 출발했다면 지금쯤 아버지는 카이로에 도착했을 것이었다. 이내 그는 비에르크의 낯선 행동에 대해 생각했다. 다시 화가 남과 동시에 상사에게 솔직한 말을 했다는 기쁨을 느꼈다.

그는 서류 작업에 집중할 수가 없어서 차를 몰고 화재 현장으로 갔다. 뉘베리가 감식반원들과 함께 잔해에 무릎을 꿇고 있었다. 연기 냄새는 여전히 지독했다. 뉘베리가 발란데르를 보고 길가로 나왔다.

"에들레르 쪽 말에 따르면 불길이 맹렬한 열기로 타올랐다는군." 그가 말했다. "모든 게 녹아내린 것 같아. 동시에 여러 군데에서 불이 나기 시작한 걸로 봐서 당연히 방화의 혐의가 짙고. 아마 휘발유의 도움이었겠지."

"우린 이 짓을 한 자를 잡아야 해." 발란데르가 말했다.

"그럼 좋겠지. 난 미치광이의 짓이라는 생각이 드네."

"그 반대거나." 발란데르가 말했다. "자신이 노리는 게 뭔지 확실히 아는 누군가의."

"재봉 가게에서? 두 노처녀 자매가 운영하는?"

뉘베리가 믿을 수 없다는 듯 머리를 젓고 잔해로 돌아갔다. 발란데르는 부두를 향해 걸었다. 바람을 쐴 필요가 있었다. 영하였고, 바람은 거의 불지 않았다. 그는 극장 건물 앞에 멈춰 섰고, 국립 극단이 주최하는 공연이 있을 예정이라는 것을 알았다. 스트린드베리^{Johan August Strindberg} 스웨덴의 극작가이자 소설가의 〈몽환극〉. 그게 오페라라면 좋을 텐데. 그는 생각했다. 그럼 보러 갈 텐데 말이야. 그냥 연극을 보러 가기는 주저되었다.

그는 요트 정박지에 있는 잔교로 발길을 돌렸다. 그곳에 인접한 큰 터미널에서 폴란드행 페리가 막 떠나고 있었다. 얼마나 많은 차가 지금 스웨덴 밖으로 밀반출될지 멍하니 생각했다.

그는 3시 반에 경찰서로 돌아왔다. 아버지가 호텔에 도착해 짐을 풀었는지 궁금했다. 이유를 밝히지 않은 부재로 또다시 비에르크에게 질책을 받을지도. 4시에는 동료들을 회의실로 모았다. 그들은 그날 발견한 것들을 검토했다. 수집된 자료는 여전히 빈약했다.

"아주 빈약해." 뤼드베리가 말했다. "위스타드에서 건물이 화재로 소실됐는데 아무도 특별한 걸 못 보다니."

스베드베리와 한손이 찾은 것을 보고했다. 두 자매 모두 결혼하지 않았다. 먼 친척, 사촌 그리고 육촌이 몇 명 있었다. 하지만 위스타드에 사는 사람은 없었다. 재봉 가게의 신고 수입은 특출할 게 없었다. 드러난 큰 금액의 저축 계좌도 없었다. 한손이 한델스 은행에서 안전 금고를 찾아냈다. 하지만 열쇠가 없어서 페르 오케손이 그 금고를 열라는 요구서를 제출해야 할 것이었다. 한손은 내일 그 일이 마무리될 것으로 예상했다.

이후로 회의실에 무거운 침묵이 내려앉았다.

"동기가 있어야 해." 발란데르가 말했다. "조만간 그걸 찾아내겠지. 참을성만 있다면."

"누가 이 자매를 알았지?" 뤼드베리가 물었다. "그들에겐 친구들이 있었을 테고, 가끔 가게에서 일하지 않을 땐 시간이 좀 있었을 거야. 그들이 속해 있던 단체 같은 게 있었나? 여름 별장을 가지고 있었나? 휴가를 낸 적 있었나? 난 우리가 여전히 수박 겉핥기를 하고 있다는 느낌이 드네."

발란데르는 뤼드베리가 짜증이 난 것 같다고 생각했다. 아마 고통이 심하겠지. 발란데르는 생각했다. 무슨 문제가 있는지 정말 궁금해. 류머티즘만은 아니야.

아무도 뤼드베리가 한 말에 아무것도 덧붙이지 못했다. 자신들은 앞으로 더 깊이 파고들 것이었다.

발란데르는 8시에 가까울 때까지 방에 남아 있었다. 그는 에베르하르손 자매 관련 사실들 리스트를 작성했다. 적은 것을 죽 읽으며 그것이 얼마나 빈약한지 심각하게 깨달았다. 쫓을 단서가 전무했다.

방에서 나서기 전에 그는 집에 있는 마르틴손에게 전화했다. 마르틴손은 흐름이 여전히 나타나지 않았다고 말했다.

발란데르는 차로 갔다. 엔진이 식식대며 살아나는 데 시간이 걸렸다. 홧김에 대출을 받아 시간이 나는 대로 새 차를 사기로 결심했다.

집에 와서 그는 세탁실을 예약한 다음 런천미트 캔을 땄다. TV 앞에 앉아 무릎에 접시를 막 올렸을 때 전화가 울렸다. 엠마였다. 그녀는 들러도 되는지 물었다.

"오늘 밤은 안 돼요." 발란데르가 말했다. "아마 화재와 자매에 대해 읽었겠죠. 우린 지금 이 시간에도 일하고 있답니다."

그녀는 이해했다. 발란데르는 전화를 끊은 뒤 왜 그녀에게 사실대로 말하지 못하는지 궁금했다. 더는 함께하고 싶지 않다는 것을. 하지만 물론 그 말을 전화상으로 하는 것은 용서할 수 없이 비겁한 행동이었다. 따라서 어느 날 밤에 그녀가 있는 곳으로 갈 마음을 단단히 먹어야 했다. 시간이 나는 대로 그러겠다고 자신과 약속했다.

그는 이미 차가워진 음식을 먹기 시작했다. 9시였다.

전화가 다시 울렸다. 발란데르는 짜증을 내며 접시를 내려놓고 전화를 받았다.

여전히 화재 현장에 있는 뉘베리가 경찰차에서 건 전화였다.

"우리가 막 뭘 찾은 것 같아." 그가 말했다. "극도의 열을 견디는 비싼 종류의 금고."

"왜 더 일찍 발견하지 못했지?"

"좋은 질문일세." 뉘베리가 기분 상한 기색 없이 대꾸했다. "금고는 기반 아래 있었네. 잔해 밑에서 단열 트랩도어_{바닥이나 천장에 나 있는 작은 문}를 발견했지. 그 문을 강제로 열었더니 그 아래 공간이 있었네. 그리고 거기에 금고가 있었어."

"그걸 열었나?"

"무엇으로? 열쇠가 없어. 이건 억지로 열기 힘든 금고야."

발란데르는 손목시계를 확인했다. 9시 10분.

"내가 가지." 그가 말했다. "우리가 찾고 있는 단서를 자네가 찾아냈는지 궁금해."

거리로 나왔을 때 발란데르는 차의 시동을 걸 수 없었다. 그는 포기하고 함가탄가를 향해 걸었다.

10시 20분에 그는 뉘베리 옆에 서 있었고, 한 줄기 불빛에 반짝이는 금고를 관찰했다.

그때 기온이 떨어지기 시작했고, 거센 동풍이 불어오고 있었다.

6

12월 15일 자정을 막 넘겨 뉘베리와 그의 부하들은 크레인의 도움으로 금고를 들어 올렸다. 그것은 트럭에 실려 즉시 경찰서로 갔다. 하지만 뉘베리와 발란데르는 현장을 떠나지 않았고, 뉘베리는 기반 밑을 조사했다.

"이건 집이 지어진 후에 판 거야." 그가 말했다. "금고를 넣기 위해 특별히 판 거겠지."

발란데르는 대꾸 없이 끄덕였다. 그는 에베르하르손 자매에 대해 생각 중이었다. 경찰은 동기를 찾고 있었다. 금고 안에 뭐가 들었는지 모를지언정 그것을 찾았는지도 몰랐다.

하지만 누군가는 알았는지도 몰라. 발란데르는 생각했다. 금고가 존재한다는 것도. 그리고 그 안에 뭐가 들어 있는지.

뉘베리와 발란데르는 화재 현장에서 길가로 나왔다.

"금고를 자르는 게 가능할까?" 발란데르가 물었다.

"그럼 물론이지." 뉘베리가 대답했다. "하지만 특별한 용접기가 있어야 해. 저건 일반 자물쇠공이 열 만한 종류의 금고가 아니야."

"저걸 가능한 한 빨리 열어야 해."

뉘베리는 보호복을 벗었다. 그는 발란데르를 회의적으로 보았다.

"저 금고를 오늘 밤 열어야 한다는 말인가?"

"그럼 바랄 게 없지. 이건 두 건의 살인이야."

"불가능해." 뉘베리가 말했다. "난 내일 아침 일찍 필요한 용접기를 가진 사람들을 찾을 수 있을 뿐일세."

"그들이 이곳 위스타드에 있나?"

뉘베리는 심사숙고했다.

"군대에서 하청을 받는 회사가 있지." 그가 말했다. "그들이 아마 그 걸 열 장비를 갖고 있을 거야. 회사 이름이 파브리시우스인 것 같던데. 인두스트리가탄가에 있네."

뉘베리는 지쳐 보였다. 지금 그를 몰아붙이는 건 미친 짓이겠지. 발 란데르는 생각했다. 나도 마찬가지고.

"내일 일곱 시." 발란데르가 말했다.

뉘베리가 끄덕였다.

발란데르는 자신의 차를 찾았다. 이내 시동이 걸리지 않았다는 게 생 각났다. 뉘베리가 태워 줄 수도 있었지만 걷고 싶었다. 바람이 차가웠 다. 그는 스토라외스테르가탄가의 가게 쇼윈도 밖 온도계를 지나쳤다. 영하 6도. 바람이 기어들고 있어. 곧 여기에 닥치겠지.

12월 15일 아침 7시 1분 전에 뉘베리가 발란데르의 방에 들어왔다. 발란데르는 책상 위에 전화번호부를 펼쳐 놓고 있었다. 그는 안내 데스 크 옆 임시로 비어 있는 방에 놓인 금고를 이미 살펴보았다. 막 야간 조 에서 벗어난 경관 한 명이 금고를 옮기는 데 지게차가 필요했다고 말했 었다. 발란데르는 끄덕였다. 그는 유리문 밖에 난 자국들을 알아차렸 고, 힌지 중 하나가 구부러진 것을 보았다. 비에르크가 짜증 내겠군. 그 는 생각했다. 그래도 감수해야 할 거야. 발란데르는 금고를 움직여 보 려고 했지만 소용없었다. 다시 그 안에 뭐가 들었는지 궁금증이 일었 다. 아니면 비어 있는지.

뉘베리가 인두스트리가탄가에 있는 그 회사에 전화했다. 발란데르는 커피를 가지러 나갔다. 그와 동시에 뤼드베리가 경찰서에 들어섰다. 발란데르는 그에게 금고에 대해 말했다.

"내가 의심한 대로군." 뤼드베리가 말했다. "우린 이 자매에 대해 아는 게 거의 없어."

"이런 종류의 금고를 다룰 수 있는 용접공을 찾는 중입니다." 발란데르가 말했다.

"그걸 열기 전에 내게 말해 주면 좋겠군." 뤼드베리가 말했다. "그 자리에 있으면 흥미로울 거야."

발란데르는 방으로 돌아갔다. 오늘은 뤼드베리가 덜 고통스러워 보이는 것 같다는 생각이 들었다.

발란데르가 커피 두 잔을 들고 들어섰을 때 뉘베리가 막 수화기를 내려놓고 있었다.

"루벤 파브리시우스와 얘길 나눴네." 뉘베리가 말했다. "자기들이 그 일을 할 수 있을 것 같다는군. 한 시 반에 올 거야."

"그들이 오면 말해 주게." 발란데르가 말했다.

뉘베리가 방에서 나갔다. 발란데르는 카이로에 있는 아버지를 생각했다. 아버지의 경험들이 아버지의 기대에 부응하길 바랐다. 그는 메나 하우스 호텔의 전화번호가 적힌 메모를 뚫어지게 보았다. 전화해야 할지 생각했다. 하지만 문득 시차가 어떻게 되는지, 시차가 있긴 한지도 확신할 수 없었다. 그는 그 생각을 내려놓고 에바에게 전화해 출근한 사람이 있는지 물었다.

"마르틴손이 세보에서 오는 중이라고 전화했어요." 그녀가 대답했다. "스베드베리는 아직 오지 않았고요. 한손은 샤워 중이에요. 보아하니 집에 물이 새나 봐요."

"곧 금고를 열 겁니다. 시끄러울지도 몰라요."

"그걸 보러 갔었죠." 에바가 말했다. "더 클 줄 알았어요."

"그 사이즈도 많은 걸 담을 수 있죠."

"물론요." 그녀가 말했다. "윽."

발란데르는 나중에 그녀의 마지막 말이 무슨 뜻이었는지 궁금했다. 금고에 아이들의 시체라도 들었을 걸로 생각했나? 아니면 잘린 머리?

한손이 문가에 나타났다. 그의 머리는 아직 젖어 있었다.

"방금 비에르크가 뭐라던데." 그가 명랑하게 말했다. "경찰서 문들이 어젯밤 손상됐다고."

한손은 아직 금고에 대해 듣지 못했다. 발란데르는 설명했다.

"그게 우리에게 동기를 제공해 줄지도 모르겠군." 한손이 말했다.

"최상의 시나리오라면." 발란데르가 말했다. "최악의 경우는 금고가 비어 있는 거지. 전보다 나을 것 없이 아무것도 모른 채."

"자매를 쏜 자가 비웠을 수도 있어." 한손이 의견을 냈다. "아마 놈이 둘 중 하나를 쏘고 다른 한 명에게 금고를 열게 하지 않았을까?"

발란데르도 그 생각을 했었다. 하지만 왠지 몰라도 그건 사실이 아닐 것 같았다. 왜 그런 생각이 들었는지는 모르지만.

8시에 루벤 파브리시우스의 지시하에 두 용접공이 금고를 여는 절단 작업을 시작했다. 뉘베리가 예견한 대로 어려운 작업이었다.

"특수 강철입니다." 파브리시우스가 말했다. "보통 자물쇠공이라면 이런 금고를 여는 데 평생을 바쳐야 할 겁니다."

"그걸 폭파할 수 있습니까?" 발란데르가 물었다.

"당신을 포함해 건물 전체를 날려 버릴 위험이 있죠." 파브리시우스가 대꾸했다. "그래야 할 경우, 먼저 금고를 벌판으로 옮길 겁니다. 하지만 심한 폭발은 금고를 조각조각 날려 버릴 우려가 있습니다. 그럼 내용물도 타 버리거나 가루가 되죠."

파브리시우스는 말하는 중간중간 짧은 웃음을 날리는, 어깨가 넓고 땅딸막한 사내였다.

"이런 금고는 아마 십만 크로나는 할 겁니다." 그가 말하며 웃었다.

발란데르는 깜짝 놀랐다.

"그렇게 비싸다고요?"

"틀림없이요."

적어도 한 가지는 분명하군. 발란데르는 죽은 여자들의 재정 상태에 관한 어제의 논의를 떠올리며 생각했다. 에베르하르손 자매는 국세청에 신고한 것보다 훨씬 많은 돈을 갖고 있었다. 그들에게는 신고되지 않은 수입이 있었음이 분명했다. 하지만 재봉 가게에서 비싸게 팔 만한 게 뭐란 말인가? 금실? 다이아몬드가 박힌 단추들?

9시 15분에 용접기가 꺼졌다. 파브리시우스가 발란데르에게 끄덕이며 씩 웃었다.

"다 됐습니다." 그가 말했다.

뤼드베리, 한손 그리고 스베드베리가 도착했다. 뉘베리는 처음부터 이 작업을 함께했다. 그는 이제 쇠 지렛대를 이용해 용접 토치가 잘라 놓은 금고 뒤판을 억지로 벌렸다. 주위를 둘러싸고 모인 모두가 몸을 앞으로 내밀었다. 발란데르는 비닐로 싼 얼마간의 묶음을 보았다. 뉘베리가 맨 위의 한 개를 집어 들었다. 비닐은 흰색이었고, 테이프로 봉해 있었다. 뉘베리가 그 묶음을 의자에 올리고 테이프를 잘랐다. 안에는 두꺼운 지폐 뭉치가 들어 있었다. 미화 1백 달러짜리가. 각 1만 달러 뭉치 열 개가 있었다.

"엄청난 돈이군." 발란데르가 말했다.

그는 주의 깊게 지폐 한 장을 들어 불빛에 비추었다. 진짜 같았다.

뉘베리가 다른 묶음들을 차례차례 꺼내 개봉했다. 파브리시우스는 뒤에 서서 새로운 지폐 묶음이 나올 때마다 웃음을 터뜨렸다.

"이걸 회의실로 옮기지." 발란데르가 말했다.

그는 금고를 연 파브리시우스와 두 남자에게 감사의 인사를 했다.

"우리에게 청구서를 보내십시오." 발란데르가 말했다. "당신들이 아니었다면 이걸 열 수 없었을 겁니다."

"우리가 내야겠는데요." 파브리시우스가 말했다. "직공에겐 하나의 경험이죠. 그리고 직업 교육을 위한 멋진 기회요."

"안에 뭐가 들어 있었는지는 말하실 필요 없습니다." 발란데르는 진지하게 들리게 하려고 애쓰며 말했다.

파브리시우스는 짧게 웃음을 터뜨리고 그에게 경례했다. 발란데르는 그게 비꼴 의도가 아니라고 이해했다.

모든 묶음이 개봉되고 지폐 뭉치가 세어졌을 때 발란데르는 재빨리 계산했다. 대부분이 미화였다. 영국 파운드와 스위스 프랑도 있었다.

"오백만 크로나쯤 되겠군." 그가 말했다. "적은 액수가 아니야."

"이 금고에 더 들어갈 공간도 없을 거야." 뤼드베리가 말했다. "그렇다는 건, 이 현금이 동기였다면 자매를 쏜 놈이든 놈들이든 목적을 이루지 못했다는 뜻이야."

"어쨌거나 우린 동기를 알아냈습니다." 발란데르가 말했다. "이 금고는 감춰져 있었죠. 뉘베리 말로는 금고는 수년간 거기에 있었던 것 같습니다. 따라서 자매는 어느 시점엔가 거액의 돈을 숨기고 보관할 필요가 있어서 그걸 사야 했던 겁니다. 달러는 거의 사용되지 않은 신권입니다. 그러니까 이 돈은 추적이 가능할 겁니다. 이 돈이 스웨덴에 합법적으로 들어왔을까요, 아닐까요? 조사 중인 다른 의문들도 최대한 빨리 답을 알아내야 합니다. 이 자매가 누구와 어울렸는지. 어떤 습관이 있었는지."

"그리고 약점." 뤼드베리가 덧붙였다. "그걸 잊어선 안 돼."

비에르크가 회의 끝 무렵에 회의실로 들어왔다. 그는 테이블 위에 쌓인 돈을 보고 움찔했다.

"이걸 신중하게 기록해 둬야겠군." 발란데르가 상황을 다소 껄끄러운 태도로 설명했을 때 그가 말했다. "한 푼도 잃어버려선 안 돼. 그리고 출입문은 어떻게 된 거지?"

"일과 관련된 사고입니다." 발란데르가 말했다. "지게차가 금고를 들어 올렸을 때요."

그는 비에르크가 토를 달지 못하게 그 말을 아주 강하게 했다.

회의가 끝났다. 발란데르는 비에르크와 단둘이 남지 않으려고 서둘러 회의실을 나섰다. 이웃 한 명이 말한, 자매 중 에밀리아가 멤버로 활동했던 동물 보호 협회에 접촉하는 일이 발란데르에게 떨어졌다. 스베드베리가 발란데르에게 튀라 올로프손이라는 이름을 알려 주었다. 발란데르는 주소를 보고 웃음을 터뜨렸다. 셰링가탄가

Käringgatan街 Käring은 늙은 여자 혹은 성질 더러운 여자를 뜻하는 스웨덴어 11번지. 그는 스웨덴
의 다른 도시에 특이한 거리 이름이 많은지 궁금했다.

발란데르는 경찰서를 나서기 전 주로 거래하는 자동차 세일즈맨 아
르네 후르티그에게 전화해 자신의 푸조 상태를 설명했다. 후르티그가
그에게 몇 가지 제안을 했고, 발란데르는 그 모든 게 너무 비싸다는 것
을 알게 되었다. 하지만 후르티그가 그의 낡은 차에 좋은 가격을 제시
했을 때, 발란데르는 또 다른 푸조를 사겠다고 마음먹었다. 그는 전화
를 끊고 은행에 전화했다. 대개 자신을 도와주던 사람과 통화할 수 있
을 때까지 몇 분을 기다려야 했다. 발란데르는 2만 크로나 대출을 요구
했다. 그는 문제없다고 알려 주었다. 내일 대출 서류에 사인하고 돈을
받으러 갈 수 있을 것이었다.

새 차 생각에 그는 기분이 좋아졌다. 왜 자신이 늘 푸조를 모는지는
알 수 없었다. 난 아마 내 생각 이상으로 외골수인가 봐. 그는 경찰서를
나서며 생각했다. 잠시 멈춰 서서 경찰서 출입문의 손상된 힌지를 살펴
보았다. 주위에 아무도 없어서 그 문틀을 걷어찰 기회를 잡았다. 손상
이 더욱 뚜렷해졌다. 재빨리 걸어 나간 그는 거센 바람에 맞서 허리를
숙였다. 당연히 튀라 올로프손이 있는지 확인하기 위해 전화했어야 했
다. 하지만 그녀는 은퇴했기에 운에 맡겼다.

그가 초인종을 누르자 거의 즉시 문이 열렸다. 튀라 올로프손은 키가
작았고, 근시임을 증명하는 안경을 쓰고 있었다. 발란데르는 자신이 누
구인지 설명하고 그녀가 주의 깊게 보도록 그녀의 안경 몇 센티미터 앞
에 신분증을 들고 있었다.

"경찰이군요. 그럼 불쌍한 에밀리아와 관계된 일이겠네요."

"맞습니다. 방해가 되지 않았길 바라겠습니다."

그녀는 그를 안으로 들였다. 현관에서 개 냄새가 강하게 풍겼다. 그녀는 그를 부엌으로 데려갔다. 발란데르는 바닥에 있는 개 밥그릇을 열네 개 세었다. 하베르베리보다 더하군. 그는 생각했다.

"걔네를 밖에 둔답니다." 그의 눈길을 좇은 올로프손이 말했다.

발란데르는 도시에서 그렇게 많은 개를 키우는 것이 합법인지 잠시 궁금했다. 그녀가 커피를 주랴고 물었다. 발란데르는 정중히 사양했다. 그는 배가 고팠고, 튀라 올로프손과의 대화가 끝나자마자 배를 채울 생각이었다. 테이블 앞에 앉아 부질없이 메모할 종이를 찾았다. 주머니에 수첩을 두었다는 것이 기억났다. 하지만 이제 펜이 없었다. 창틀에 몽당연필이 놓여 있어서 그는 그것을 주워 들었다.

"맞습니다, 올로프손 부인." 그가 입을 열었다. "너무 비극적으로 죽은 에밀리아 에베르하르손과 관계된 일입니다. 우린 한 이웃에게서 그녀가 동물 보호 협회에서 활동했다고 들었습니다. 그리고 부인께서 그녀를 잘 아셨다고요."

"튀라라고 부르세요." 그녀가 말했다. "그리고 내가 에밀리아를 잘 알았다고 말할 순 없어요. 누구도 잘 안 것 같지 않아요."

"그녀의 자매 안나도 이 일과 관련돼 있었습니까?"

"아니요."

"이상하지 않습니까? 그러니까, 자매 둘이 미혼으로 함께 살았습니다. 그래서 그들의 관심사가 비슷했을 걸로 생각했는데요."

"그건 고정관념이에요." 튀라 올로프손이 단호하게 말했다. "난 에밀리아와 안나가 아주 다른 사람이었다고 생각해요. 난 평생을 교사로 일했죠. 그럼 사람 간의 차이를 보는 법을 배우게 돼요. 어린아이일 때부터 이미 보이죠."

"에밀리아를 어떻게 표현하시겠습니까?"

그녀의 대답이 그를 놀라게 했다.

"오만. 늘 제일 잘 아는 부류의 사람이요. 아주 불쾌할 때도 있었어요. 하지만 그녀가 우리 일에 돈을 기부했기 때문에 그녀를 쫓아낼 수 없었죠. 그러고 싶었더라도요."

그녀와 생각이 비슷한 몇몇 사람이 1960년대에 시작한 지역 동물 보호 협회에 대해 올로프손이 말했다. 그들은 늘 이 지역에서 활동했고, 여름 휴가철에 유기된 고양이들 문제에 집중했다. 협회는 늘 몇 안 되는 멤버의 소규모였다. 1970년대 초반 어느 날, 에밀리아 에베르하르손이 「위스타드 알레한다」에서 그들의 활동을 읽고 연락했다. 그녀는 그들에게 매달 돈을 주었고, 회의와 이벤트들에 참석했다.

"하지만 난 그녀가 정말로 동물을 좋아했다고는 생각하지 않아요." 튀라가 뜻밖의 말을 했다. "자신이 좋은 사람으로 여겨지길 바라 그렇게 행동한 것 같아요."

"그건 멋진 표현처럼 들리지 않는군요."

테이블 맞은편의 여자는 그를 빤히 보았다.

"경찰들은 사실을 알고 싶어 한다고 생각했는데요." 그녀가 말했다. "아니면 내가 틀렸나요?"

발란데르는 주제를 바꿔 돈에 관해 물었다.

"그녀는 매달 천 크로나를 기부했어요. 우리에겐 큰돈이었죠."

"그녀가 부자라는 인상을 받으셨습니까?"

"그녀가 비싼 옷을 두르고 다닌 적은 없었어요. 하지만 난 그녀에게 돈이 있다고 확신해요."

"그게 어디서 났는지 자문해 보셨겠죠. 재봉 가게가 부와 어울리진 않으니까요."

"매달 천 크로나도요." 그녀가 대꾸했다. "특별히 호기심은 없었어요. 어쩌면 내가 너무 안 좋게 봐서인지도 모르죠. 하지만 그 돈이 어디서 나오든, 그들의 가게가 얼마나 잘되든 난 아무것도 몰라요."

발란데르는 잠시 머뭇거렸다가 그녀에게 사실을 말했다.

"신문에선 그 자매가 불에 타 죽었다고 보도했지," 그가 말했다. "그들이 총에 맞았다고 보도하지 않았습니다. 그들은 불이 났을 땐 이미 죽어 있었습니다."

그녀가 자세를 바로 했다.

"누가 두 노부인을 쏘고 싶었을까요? 그건 누가 날 죽이고 싶어 한다는 거나 다름없이 황당해요."

"우리가 알려고 하는 게 바로 그겁니다." 발란데르가 말했다. "그게 제가 여기 있는 이유고요. 에밀리아가 적이 있다고 말한 적 있습니까? 그녀가 무서워하는 것 같던가요?"

튀라 올로프손은 깊이 생각할 필요가 없었다.

"그녀는 늘 자기 확신이 대단했어요." 그녀가 말했다. "절대 자기들 삶에 대해 말 한마디 안 했죠. 그리고 여행 가선 엽서 한 장 보내지 않았어요. 그 흔한 동물 그림 엽서 한 장도 한 번."

발란데르는 눈썹을 치켜올렸다.

"그들이 여행을 많이 했다는 말씀이십니까?"

"매년 두 달은 나가 있었죠. 십일월과 삼월에. 가끔은 여름에요."

"어디로 갔습니까?"

"듣기론 스페인이었어요."

"가게는 누가 보고요?"

"늘 교대로 갔어요. 떨어져 지낼 필요가 있었는지도 모르죠."

"스페인이요? 그 밖의 소문은요? 그 소문들의 출처는 어딥니까?"

"기억나지 않아요. 난 소문을 듣지 않아요. 그들은 마르베야스페인 말라가 주의 도시로 갔을 거예요. 하지만 확실한 건 아니에요."

발란데르는 튀라 올로프손이 보이는 것처럼 정말 소문과 가십에 관심이 없을지 궁금했다. 한 가지 질문만이 남았다.

"에밀리아를 가장 잘 안다고 생각하시는 사람이 누굽니까?"

"그녀의 자매겠죠."

발란데르는 감사 인사를 하고 걸어서 경찰서로 돌아왔다. 바람이 더 세졌다. 그는 튀라가 한 말을 생각했다. 그녀의 목소리에 심술은 없었다. 그녀는 매우 사무적이었다. 하지만 에밀리아 에베르하르손에 대한 그녀의 묘사에 아첨은 없었다.

경찰서에 도착하자 뤼드베리가 찾았다고 에바가 알려 주었다. 발란데르는 곧장 그의 방으로 갔다.

"그림이 명확해지고 있어." 뤼드베리가 말했다. "사람을 모아서 짧은 회의를 해야 할 것 같아. 내가 알기로 그 친구들은 근처에 있네."

"무슨 일입니까?"

뤼드베리가 서류 뭉치를 흔들어 보였다.

"VPC. 그리고 이 서류들엔 흥미 있는 게 많이 있네."

발란데르는 잠시 생각한 끝에 **VPC**가 스웨덴 증권 센터를 뜻하며, 그 업무 중 하나가 주식 소유권 기록이라는 것을 기억해 냈다.

"전 자매 중 적어도 한 명은 정말 불쾌한 사람이었다는 걸 확인한 참입니다." 발란데르가 말했다.

"조금도 놀랍지 않아." 뤼드베리가 빙긋 웃었다. "부자는 종종 그러니까."

"부자요?" 발란데르가 물었다.

하지만 뤼드베리는 모두가 모일 때까지 대답하지 않았다.

"스웨덴 증권 센터에 따르면 에베르하르손 자매는 총 천만 크로나에 가까운 증권과 채권을 갖고 있네. 그들이 어떻게 부유세를 피했는지 미스터리야. 배당금의 소득세도 내지 않은 걸로 보여. 내가 조세 당국에 알렸네. 실제로 안나 에베르하르손은 스페인 거주자로 등록된 것 같아. 하지만 아직 자세한 건 몰라. 어쨌든 그들은 스웨덴과 해외에 큰 투자 포트폴리오를 갖고 있네. 물론 스웨덴 증권 센터는 대외투자를 확인할 능력이 부족해. 그건 그들 일이 아니니까. 그 자매는 영국산 무기와 항공 산업에 많은 돈을 투자했네. 그리고 거기서 그들은 엄청난 수완과 대담성을 보인 것 같아."

뤼드베리가 그 자료를 내려놓았다.

"따라서 우린 여기서 우리가 안 게 빙산의 일각일 뿐이라는 가능성을 배제할 수 없네. 금고에 든 오백만과 증권과 채권으로 천만. 이게 우리가 몇 시간 동안 알아낸 거야. 우리가 일주일간 수사하면 어떻게 될까? 어쩌면 그 금액이 일억으로 늘어날까?"

발란데르는 튀라 올로프손과의 만남을 보고했다.

"안나에 대한 평가도 좋지 않았어." 발란데르가 말을 마쳤을 때 스베드베리가 말했다. "난 오 년 전 그 자매에게 집을 판 남자와 얘기했네. 집값이 떨어져 가던 시기였지. 그때까지 그들은 세를 살았어. 듣자 하니 협상한 사람은 안나였네. 에밀리아는 나타난 적이 없었고. 그리고 그 부동산 중개인 말로는 안나가 겪어 본 고객 중 가장 까다로운 사람이었다는군. 그녀는 그때 그의 회사가 견고성과 유동성 모두 위기 상태였다는 걸 알아낸 것 같아. 그는 그녀가 완벽히 냉정했고, 거의 자신을 협박했다고 말하더군."

스베드베리가 머리를 저었다.

"이건 단추를 팔던 두 노부인에 대한 내 이미지와 딴판이야." 그가 그렇게 말했고, 회의실은 침묵에 빠졌다.

그 침묵을 깬 사람은 발란데르였다.

"어떤 면에선 이런 게 우리의 돌파구였지." 그가 입을 열었다. "우린 여전히 그들을 살해한 자에 대한 단서가 없네. 하지만 타당한 동기를 확보했어. 그리고 그건 모든 동기 가운데 가장 일반적인 거야. 돈. 게다가 우린 그 여자들이 세금 사기를 저지르고 당국으로부터 어마어마한 돈을 숨겼다는 걸 알아. 그들이 부자였다는 것도 알고. 스페인에 집이 있다는 게 드러난다 해도 놀랍지 않을걸. 그리고 어쩌면 다른 나라들에 또 다른 자산이 있을지도 몰라."

발란데르는 말을 잇기 전 글라스에 미네랄워터를 따랐다.

"우리가 지금 아는 모든 건 두 가지로 요약될 수 있네. 두 가지 의문으로. 그들의 그 돈은 어디서 났는가? 그리고 그들이 부자라는 사실을 안 사람이 누구인가?"

발란데르는 글라스를 입에 막 가져다 댔을 때, 마치 자신이 충격을 준 것처럼 뤼드베리가 움찔하는 모습을 보았다.

이내 그의 상체가 테이블 위로 쓰러졌다.

죽은 것처럼.

7

후에 발란데르는 뤼드베리가 죽었다고 확신한 순간으로 그때를 기억할 것이었다. 뤼드베리가 쓰러졌을 때 회의실에 있던 모두가 같은 생각을 했다. 뤼드베리의 심장이 멈추었다고. 가장 먼저 행동한 사람은 스베드베리였다. 그는 뤼드베리 옆에 앉아 있었고, 동료가 아직 살아 있다는 것을 알았다. 그는 전화를 움켜쥐고 앰뷸런스를 불렀다. 발란데르와 한손은 뤼드베리를 바닥에 눕히고 셔츠 단추를 풀었다. 발란데르가 심장에 귀를 대자 아주 빨리 뛰는 소리가 들렸다. 이내 앰뷸런스가 도착했고, 병원으로의 짧은 드라이브에 발란데르가 동석했다. 뤼드베리는 즉각적인 치료를 받았다. 발란데르는 30분이 채 못되어 그게 심장마비인 것 같지는 않다는 말을 들었다. 뤼드베리는 아직 알 수 없는 이유로 쓰러졌다. 그는 이제 의식이 있었지만 발란데르가 이야기를 나누고 싶어 하자 고개를 저었다. 그는 안정적인 상태로 판단되었고, 관찰을 위해 입원하게 되었다. 발란데르는 더 이상 머무를 이유가 없었다. 그를 경찰서로 태워 가기 위해 경찰차가 밖에서 대기하고 있었다. 동료들은 회의실에 남아 있었다. 비에르크마저 있었다. 발란데르는 그들에게 병원에서 통제 중이라고 알렸다.

"우린 너무 열심히 일해." 그가 그렇게 말하며 비에르크를 보았다. "할 일이 점점 많아지지. 하지만 증원은 되지 않아. 조만간 뤼드베리에게 일어난 일이 우리 모두에게 일어날 수도 있어."

"골치 아픈 상황이네." 비에르크가 인정했다. "하지만 자원이 한정적이야."

다음 30분간 수사는 보류되었다. 모두가 작업 환경에 대해 머리를 저으며 말을 보탰다. 비에르크가 회의실에서 나가자 그 말들은 더 날카로워졌다. 불가능한 일정, 이상한 우선순위, 계속되는 정보 부족.

2시쯤 발란데르는 다른 이야기로 넘어가야 한다고 느꼈다. 자신을 위해서라도. 뤼드베리에게 무슨 일이 일어났는지 보았을 때, 그는 자신에게 일어날 수 있는 일을 생각했었다. 자신의 심장이 언제까지 중압감을 견뎌 낼까? 건강하지 못한 음식과 빈번하게 잠에서 깨고 잠을 이루지 못하는 것은? 그리고 무엇보다 이혼의 상처.

"뤼드베리는 이걸 인정하지 않을 거야." 그가 말했다. "우리가 우리 상황에 대해 떠들며 시간을 낭비하는 걸. 그 얘긴 나중에 해야 할 거야. 지금 우리에겐 잡아야 할, 두 건의 살인을 저지른 범인이 있어. 가능한 한 빨리 잡아야 할."

그들은 회의를 마쳤다. 발란데르는 방으로 가서 병원에 전화했다. 뤼드베리가 자고 있다는 말을 들었다. 어떤 상황인지 설명을 기대하긴 시기상조였다.

발란데르가 전화를 끊었을 때 마르틴손이 들어왔다.

"무슨 일입니까?" 그가 말했다. "전 세보에 있었습니다. 에바가 저 밖에서 떨고 있는데요."

발란데르가 그에게 말해 주었다. 마르틴손이 손님용 의자에 털썩 주저앉았다.

"우린 죽을 만큼 일하고 있는데, 그걸 누가 알아주죠?"

발란데르는 인내심이 바닥났다. 그는 더 이상 뤼드베리를 생각하고 싶지 않았다. 지금 당장은 아니었다.

"셰보라." 그가 말했다. "나한테 보고할 게 있나?"

"전 각양각색의 진흙 벌판에 나가 있었습니다." 마르틴손이 대답했다. "우린 그 조명들의 위치를 꽤 잘 파악할 수 있었죠. 하지만 스포트라이트들도, 비행기가 이착륙한 흔적도 찾을 수 없었습니다. 그래도 이 비행기의 정체를 파악할 수 없었던 이유를 설명할 수도 있는 어떤 정보가 나타났습니다."

"그래서 그게 뭔데?"

"그건 그냥 존재하지 않는 겁니다."

"무슨 말이야?"

마르틴손은 잠시 자신의 서류 가방에서 자료를 뒤적였다.

"파이퍼 제조사의 기록에 따르면, 그 비행기는 1986년 비엔티안_{라오스의 수도}에서 추락했습니다. 당시 소유주는 그 나라 주변의 다양한 농업 중심지로 관리자들을 실어 나르곤 했던 라오스인이었습니다. 공식적인 추락 원인은 연료 부족으로 기재돼 있습니다. 아무도 죽거나 다치진 않았죠. 하지만 비행기는 만신창이가 됐고, 모든 유효 등록과 로이드의 자회사로 보이는 보험회사에서 빠지게 됐습니다. 이게 엔진 등록 번호를 조사한 뒤 우리가 안 사실입니다."

"하지만 그게 아닌 걸로 드러났나?"

"파이퍼 제조사는 당연히 지금 일어난 일에 매우 흥미를 갖고 있습니다. 더 이상 존재하지 않는 비행기가 갑자기 다시 날기 시작한다면 그들의 평판에 좋지 않죠. 그건 보험 사기와 우리가 모르는 다른 어떤 사건이 될 수도 있습니다."

"비행기에 있던 남자들은?"

"여전히 신원 파악을 기다리는 중입니다. 인터폴에 연줄이 좀 있는데, 그 문제를 신속히 처리해 주겠다고 약속했습니다."

"그 비행기는 분명히 어딘가에서 날아왔어." 발란데르가 말했다.

마르틴손이 끄덕였다.

"그게 우리에게 또 다른 문제를 안기죠. 보조 연료 탱크가 달린 비행기로 개조한다면 먼 거리를 날 수도 있습니다. 뉘베리는 보조 연료 탱크일 수도 있는 뭔가의 잔해를 확인한 것 같다고 합니다. 하지만 아직 모르죠. 그게 사실이라면 비행기는 실제로 어느 곳에서든 날아왔을 겁니다. 최소한 영국이나 유럽 대륙에서."

"하지만 누군가가 그걸 봤을 거야." 발란데르가 주장했다. "전혀 들키지 않고 국경을 넘을 순 없어."

"맞습니다." 마르틴손이 말했다. "스웨덴 국경에 닿을 때까진 바다를 날기 때문에 아마 독일일 겁니다."

"독일 항공 당국은 뭐라던가?"

"시간이 걸리지만, 알아보려고 노력 중입니다."

발란데르는 잠시 숙고했다.

"우린 사실 이 두 건의 살인에 자네가 필요해." 그가 말했다. "다른 사람에게 이 일을 맡길 수 없나? 적어도 그 비행사들의 확실한 신원 확인을 기다리는 동안. 그리고 그 비행기가 독일에서 왔는지."

"같은 제안을 드리려던 참이었습니다." 마르틴손이 말했다.

발란데르는 시간을 확인했다.

"한손이나 스베드베리에게 그 사건의 내용을 알려 달라고 해." 그가 말했다.

마르틴손이 의자에서 몸을 일으켰다.

"아버지 소식은 들으셨습니까?"

"아버진 이유 없이 전화하지 않아."

"저희 아버진 쉰다섯에 돌아가셨죠." 마르틴손이 불쑥 그렇게 말했다. "아버진 자영업자셨습니다. 카센터를 운영하셨고요. 수지를 맞추려면 쉬지 않고 일해야 하셨죠. 일이 나아지기 시작한 바로 그때 돌아가셨습니다. 살아 계셨다면 예순일곱이에요."

마르틴손이 방에서 나갔다. 발란데르는 뤼드베리 생각을 하지 않으려고 최선을 다했다. 대신 에베르하르손 자매에 대해 아는 모든 것을 재검토했다. 그들이 살해된 그럴싸한 동기—돈—는 있었지만 살인자의 흔적이 없다. 발란데르는 수첩에 한 문장을 적었다.

에베르하르손 자매의 이중생활?

이내 그는 수첩을 치웠다. 뤼드베리가 쓰러졌기에 최고의 악기가 사라졌다. 수사반이 오케스트라라면 우리의 제일 바이올린 주자를 잃은 거야. 발란데르는 생각했다. 그럼 그 오케스트라는 그다지 좋은 소리를 낼 수 없지.

그때 그는 안나 에베르하르손에 대한 정보를 제공한 이웃과 직접 이야기를 나눠 보려고 마음먹었다. 스베드베리는 보거나 들었을지 모를 사람과 이야기를 나눌 때 종종 너무 조급해했다. 그건 사람들이 무슨 생각을 하는지 알아내는 문제이기도 해. 발란데르는 중얼거렸다. 그는 그 이웃의 이름을 찾았다. 린네아 군네르. 이 사건엔 여자들뿐이 군. 그는 생각했다. 그는 그녀의 전화번호를 돌렸고, 그녀가 수화기를 드는 소리를 들었다. 린네아 군네르는 집에 있었고, 전화를 받아서 기뻐했다. 그녀가 자신의 집 건물 현관문의 비밀번호를 알려 주었고, 그는 받아 적었다.

그는 3시가 좀 못 되어 경찰서를 나서며 다시 그 손상된 힌지를 걷어찼다. 찌그러진 부분이 더 찌그러졌다. 화재 현장에 닿았을 때 건물 잔해가 벌써 철거 과정에 들어간 것이 보였다. 현장 주위에는 호기심 많은 구경꾼이 여전히 많이 모여 있었다.

린네아 군네르는 묄레가탄가에 살았다. 발란데르는 현관문의 비밀번호를 누르고 2층으로 향하는 계단을 올랐다. 집은 1900년대 초에 지어졌고, 계단참 벽은 아름답게 디자인되어 있었다. 군네르의 아파트 문에는 광고지 사절이라고 쓰인 큰 종이가 붙어 있었다. 발란데르는 초인종을 울렸다. 문을 연 여자는 거의 모든 면에서 튀라 올로프손과 반대였다. 그녀는 날카로운 눈매에 키가 컸고, 목소리가 딱딱했다. 그녀가 세계 각지에서 온 장식품으로 채워진 아파트 안으로 그를 들였다. 거실에는 선수상船首像 배의 앞머리에 장식으로 붙이는 사람이나 동물의 상도 있었다. 발란데르는 한참 동안 그것을 보았다.

"이건 아일랜드해에 가라앉은 펠리시아 범선에 있던 거예요." 린네아 군네르가 말했다. "미들즈브러에서 헐값에 사들였죠."

"그럼 바다에 나가 계셨습니까?" 그가 물었다.

"평생을요. 처음엔 요리사로, 그다음엔 승무원으로요."

그녀는 스코네 사투리를 쓰지 않았다. 발란데르는 그녀의 말투가 스몰란드나 외스테르괴틀란드 출신의 말투에 더 가깝다고 생각했다.

"어디 출신이십니까?" 그가 물었다.

"외스테르괴틀란드의 스코닝에요. 바다에서 아주 멀리 떨어진."

"그리고 이제 위스타드에 사신다고요?"

"이 아파트는 이모에게 물려받은 거예요. 그리고 바다가 보이죠."

그녀가 커피를 내왔다. 발란데르는 더 이상 커피를 마시고 싶지 않았다. 하지만 좋다고 말했다. 그는 즉각 린네아 군네르가 믿을 만하다고 느꼈다. 스베드베리의 수첩에서 그녀가 66세라고 쓰인 것을 보았다. 하지만 더 젊어 보였다.

"제 동료 스베드베리가 여기 왔었습니다."

그녀가 웃음을 터뜨렸다.

"난 그 사람만큼 자주 이마를 긁는 사람을 본 적 없어요."

발란데르가 끄덕였다.

"우린 모두 저마다의 방식이 있습니다. 예를 들어, 전 늘 처음 생각했던 것보다 더 많은 질문을 해야 한다고 생각하죠."

"난 그분에게 안나에 대한 내 인상을 말했을 뿐이에요."

"에밀리아는요?"

"그들은 달랐어요. 안나는 빠른 말투로 불쑥불쑥 말했어요. 에밀리아는 더 조용했고요. 하지만 둘 다 무뚝뚝했죠. 둘 다 내성적이었고."

"두 사람을 얼마나 잘 아셨습니까?"

"잘 몰랐어요. 가끔 길에서 마주치는 정도였죠. 그러다 몇 마디 말을 주고받았고요. 하지만 결코 필요 이상은 아니었어요. 난 자수를 좋아해서 가끔 그 가게에 갔어요. 필요한 걸 늘 구할 수 있었죠. 뭔가를 주문하면 그게 빠르게 도착했고요. 하지만 그들이 상냥하진 않았죠."

"가끔은 시간이 필요합니다." 발란데르가 말했다. "잊어버렸다고 생각한 걸 기억할 시간이요."

"그럴 게 뭐죠?"

"전 모릅니다. 부인이 아시죠. 예상치 않은 사건. 그들의 습관에 반하는 뭔가."

그녀는 그에 관해 생각했다. 발란데르는 뚜껑이 달린 책상 위에 놓인, 놋쇠로 세공한 인상적인 컴퍼스를 관찰했다.

"내 기억이 좋았던 적은 없지만," 그녀가 마침내 말했다. "지금 당신이 그 말을 하니까 작년에 있었던 일이 기억나네요. 봄이었던 것 같아요. 하지만 그게 중요한지는 모르겠어요."

"뭐든 중요할 수 있습니다." 발란데르가 말했다.

"어느 날 오후였어요. 실이 좀 필요했죠. 기억하기론 파란 실이요. 가게에 걸어갔어요. 에밀리아와 안나가 카운터 뒤에 있더군요. 실값을 치르려고 할 때 한 남자가 가게에 들어왔어요. 그가 깜짝 놀라던 게 기억나요. 마치 가게 안에 예상치 못한 사람이 있다는 듯이요. 그리고 안나가 화를 내기 시작했어요. 그녀가 에밀리아를 죽일 듯이 쳐다봤어요. 그때 그 남자가 밖으로 나갔어요. 그는 가방을 들고 있었어요. 난 실값을 치른 다음 나왔죠."

"그의 인상착의를 말씀해 주실 수 있습니까?"

"스웨덴인처럼 보이지 않았어요. 작은 편에 얼굴이 거무스름했어요.

검은 콧수염이 있었고요."

"옷차림은요?"

"양복. 질 좋은 옷 같았어요."

"가방은요?"

"평범한 검은색 서류 가방이었어요."

"그 밖에 다른 건요?"

그녀는 되짚어 생각했다.

"기억나는 게 없네요."

"그를 한 번만 보셨습니까?"

"네."

발란데르는 방금 들은 게 중요하다는 것을 알았다. 그것이 무슨 뜻인지 아직 알지 못했다. 하지만 그게 자매가 이중생활을 했다는 인상을 짙게 했다. 그는 천천히 표면 아래를 꿰뚫고 있는 중이었다.

발란데르는 커피 대접에 감사를 표했다.

"무슨 일이 일어난 거예요?" 두 사람이 현관에 서 있을 때 그녀가 물었다. "난 화재 때문에 방에서 자다 깼어요. 불꽃이 너무 밝아서 우리 아파트가 불타고 있는 줄 알았다니까요."

"안나와 에밀리아는 살해됐습니다." 발란데르가 대답했다. "두 사람은 불이 났을 때 죽어 있었죠."

"누가 그러길 원했을까요?"

"그 답을 안다면 제가 여기 있지 않겠죠." 발란데르는 그렇게 말한 다음 인사를 하고 떠났다.

거리로 나온 그는 잠시 옆의 화재 현장에 멈춰 서서 굴착기가 잔해를 트럭에 잔뜩 싣는 모습을 멍하니 지켜보았다. 그는 사건을 또렷하게 그려 보려 했다. 뤼드베리에게 배운 대로 해. 죽음이 불러온 재앙의 방에 들어가 그 드라마를 되짚어 써 보기. 하지만 여기엔 방조차 없어. 발란데르는 생각했다. 아무것도.

그는 함가탄가 방향으로 되돌아 걷기 시작했다. 린네아 군네르 아파트 옆 건물에는 여행사가 있었다. 그는 유리창에 붙은 피라미드가 그려진 포스터를 보고 멈춰 섰다. 아버지는 나흘 뒤에 돌아오실 것이었다. 발란데르는 자신이 부당했다고 느꼈다. 아버지가 오랜 꿈 중 하나를 실현 중인데 왜 기뻐하지 못했을까? 발란데르는 창에 붙은 또 다른 포스터를 보았다. 마요르카, 크레타, 스페인.

갑자기 무언가가 떠올랐다. 그는 문을 열고 안으로 들어갔다. 직원 둘 모두 통화 중이었다. 발란데르는 앉아서 기다렸다. 둘 중 스물이 채 되어 보이지 않는 젊은 여자가 전화를 끊자 그는 자리에서 일어나 그녀의 책상 앞에 앉았다. 그때 그녀가 전화를 받았고, 그는 몇 분을 더 기다려야 했다. 그녀의 이름이 아네테 벵트손이라는 것을 책상의 명패로 알았다. 그녀가 수화기를 놓고 미소를 지었다.

"휴가를 떠나고 싶으신가요?" 그녀가 물었다. "크리스마스와 새해 기간에 아직 남은 자리가 있어요."

"내 일은 좀 이질적이죠." 발란데르가 그렇게 말하고 신분증을 꺼내 들었다. "물론 이 건너편 거리에서 두 노부인이 불에 타 죽었다는 걸 들으셨을 테죠."

"네, 끔찍해요."

"그들을 아십니까?"

그는 원하는 대답을 들었다.

"두 분은 우릴 통해 여행을 예약하셨어요. 두 분이 돌아가시다니 너무 끔찍해요. 에밀리아는 일월에 여행 계획이 있으셨어요. 그리고 안나는 사월에요."

발란데르는 천천히 고개를 끄덕였다.

"그들이 가는 데가 어딥니까?" 그가 물었다.

"언제나처럼 같은 데요. 스페인."

"정확히?"

"마르베야로요. 두 분은 거기에 집이 있어요."

그녀의 다음 말이 발란데르를 더 놀라게 했다.

"전 그 집을 본 적 있어요. 작년에 마르베야에 갔죠. 직업 연수차요. 요즘은 여행사 간에 경쟁이 심하거든요. 시간이 난 어느 날 차를 몰고 나가서 두 분의 집을 봤어요. 주소를 알고 있었죠."

"크던가요?"

"으리으리했어요. 엄청 큰 정원이 있고요. 집의 높은 담 주위에는 경비원들도 있었어요."

"그 주소를 적어 주시면 감사하겠습니다." 간절함을 숨기지 못한 채 발란데르가 말했다.

그녀는 폴더들을 뒤진 다음 그 주소를 적어 주었다.

"에밀리아가 일월에 여행을 갈 계획이었다고요?"

그녀는 컴퓨터에 무언가를 쳤다.

"일월 칠일이요." 그녀가 말했다. "오전 아홉 시 오 분 카스트루프 공항에서 출발해 마드리드를 거쳐서요."

발란데르는 그녀의 책상에 있는 연필을 집어 메모했다.

"그러니까 단체 여행은 아니었고요?"

"두 분 다 아니었어요. 두 분은 일등석으로 여행하셨어요."

그렇겠지. 발란데르는 생각했다. 이 노부인들은 돈이 많았으니까.

그녀는 에밀리아가 예약한 비행기가 어느 항공인지 말했다. 이베리아. 그는 받아 적었다.

"이제 어떻게 해야 할지 모르겠어요. 비행기값을 치르셨는데."

"분명히 잘 해결될 겁니다." 발란데르가 말했다. "그건 그렇고, 그들은 여행 비용을 어떻게 냈습니까?"

"늘 현금으로요. 천 크로나 지폐들로요."

발란데르는 수첩을 주머니에 넣고 자리에서 일어났다.

"큰 도움이 됐습니다." 그가 말했다. "다음에 어딜 여행가게 되면 여기로 예약하러 오죠. 내게 그 여행은 단체 여행이겠지만."

4시에 가까워 있었다. 그는 내일 대출 서류와 차를 위한 돈을 찾기로 한 은행을 지나쳤다. 바람에 대항해 광장을 가로질렀다. 4시 20분쯤 경찰서로 돌아올 수 있었다. 다시 힌지에 의식적인 발차기를 했다. 에바가 한손과 스베드베리가 외근 중이라고 알려 주었다. 하지만 더 중요한 것은 그녀가 병원에 전화했고, 뤼드베리와 통화할 수 있었다는 것이었다. 그는 기분이 괜찮다고 말했다고 했다. 하지만 하룻밤을 입원해야 했다.

"뭐, 그건 놀랍지 않아요. 그의 상태를 생각하면요."

"경위님은 너무 많이 일하고, 너무 많은 인스턴트 음식을 먹고 운동을 충분히 하지 않아요."

발란데르는 그녀에게 몸을 기울였다.

"그건 당신에게도 해당하잖아요." 그가 말했다. "아시다시피 당신은 전처럼 날씬하지 않다고요."

에바가 웃음을 터뜨렸다. 발란데르는 휴게실로 갔고, 누가 남기고 간 빵 반 덩이를 보았다. 그는 방에 가져갈 샌드위치를 몇 개 만들었다. 이내 린네아 군네르와 아네테 벵트손과의 대화에 관한 보고서를 썼다. 5시 15분에 쓰기를 마쳤다. 작성한 것을 죽 읽어 보고 지금부터 이 사건을 어떻게 진행해야 할지 자문했다. 그 돈은 어딘가에서 온 거야. 그는 생각했다. 어떤 남자가 가게에 들어왔다가 문간에서 몸을 돌렸어. 그들에겐 자신들의 신호가 있었어.

문제는 단순했다. 이 모든 것의 배후에 무엇이 있는가. 그리고 왜 그 여자들이 갑자기 살해됐는가? 뭔가가 끼어들어 즉시 붕괴되었다.

6시에 그는 다시 한번 동료들과의 연락을 시도했다. 간신히 연락이 닿은 유일한 사람은 마르틴손이었다. 그들은 내일 아침 8시에 회의를 하기로 했다. 발란데르는 책상에 발을 올리고 다시 한번 두 건의 살인을 검토했다. 하지만 생각이 어디에도 이르지 못했기에 그는 집에서 계속 생각하는 게 낫겠다고 결정했다. 그리고 어쨌든 내일 차를 치우기 전에 차 안을 정리할 필요가 있었다.

그가 코트를 입었을 때 마르틴손이 걸어 들어왔다.

"앉으시는 게 좋을 것 같습니다." 마르틴손이 말했다.

"서 있어도 괜찮아." 발란데르가 툴툴거렸다. "뭔가?"

마르틴손은 갈등하는 것 같았고, 텔렉스 메시지를 들고 있었다.

"이게 막 스톡홀름 외무부에서 왔습니다." 그가 말했다.

그는 발란데르에게 종이쪽을 건넸고, 그는 그 메시지가 전혀 이해되지 않았다. 그는 책상에 앉아 그것을 한 자 한 자 다시 읽었다.

이제 거기에 쓰인 걸 이해했지만 그게 사실이라는 걸 믿길 거부했다.

"아버지가 카이로 경찰에 체포됐고, 대략 만 크로나의 벌금을 즉각 물지 않으면 판사 앞에 서게 될 거라고. 아버지가 '불법 침입 및 등정 금지 위반'으로 기소됐다고. 대체 '등정 금지'가 뭐야?"

"제가 외무부에 전화해 봤습니다." 마르틴손이 말했다. "저도 그게 이상해 보여서요. 아버님은 쿠푸 피라미드에 오르시려고 했던 것 같습니다. 위법이더라도요."

발란데르는 망연자실하게 마르틴손을 응시했다.

"경위님이 거기로 날아가서 아버님을 모셔 와야 할 것 같습니다. 스웨덴 당국이 할 수 있는 일엔 한계가 있습니다."

발란데르는 머리를 저었다.

그는 그 사실을 믿길 거부했다.

1989년 12월 15일 6시였다.

8

다음 날 1시 10분, 발란데르는 일명 '앙네'라고 불리는 스칸디나비아 항공 DC-9기 좌석에 몸을 파묻었다. 그는 통로 측 19C 좌석에 앉았고, 비행기가 프랑크푸르트와 로마에 들렀다가 카이로로 자신을 데려다주리라는 것을 막연히 이해했다. 도착 시간은 10시 15분이었다. 발란데르는 스웨덴과 이집트 간에 시차가 있는지 여전히 몰랐다. 사실 그는 비행기 추락 사건과 잔인한 두 건의 살인을 수사하다 북아프리카로 이륙할 카스트루프 공항의 비행기로 내몰린 이유에 대해 아는 게 거의 없었다. 위스타드에서의 삶 밖으로.

전날 저녁 외무부에서 온 텔렉스 내용을 실제로 이해했을 때 그는 완전히 이해력을 상실했다. 그는 말없이 경찰서를 나섰고, 마르틴손이 주차장까지 따라와 기꺼이 돕겠다고 말했음에도 발란데르는 대답조차 하지 않았다.

마리아가탄가의 집에 도착했을 때 큰 컵으로 위스키 두 잔을 마셨다. 그리고 그게 모두 지어낸 이야기이며 농담이자, 어쩌면 아버지가 자신을 놀리려고까지 한 것이라는 암호화된 메시지가 그 안에 들어 있길 희망하며 구겨진 텔렉스를 몇 차례 다시 읽었다. 하지만 그는 그게 스톡홀름에 있는 외무부의 소관이라는 것을 깨달았다. 그는 이것을 사실로 받아들일 수밖에 없었다. 정신 나간 아버지가 피라미드에 오르기 시작했고, 그 결과 체포되어 지금 카이로 경찰에 구류되어 있다는 사실.

8시가 지나자마자 발란데르는 말뫼에 전화했다. 다행히도 린다가 전화를 받았다. 그는 딸에게 상황을 설명하고 조언을 구했다. 내가 어떻게 해야 하니? 딸의 대답은 매우 단호했다. 내일 이집트로 가서 딸애의 할아버지를 반드시 풀려나게 하는 것 이외에는 선택의 여지가 없었다. 발란데르에게는 많은 반대 의견이 있었지만 딸은 그것들을 하나하나 묵살했다. 결국 그는 딸이 옳다는 것을 깨달았다. 딸은 다음 날 카이로로 가는 비행기 편을 알아보겠다는 약속도 했다.

발란데르는 천천히 마음을 가라앉혔다. 내일 자동차 대출 건 2만

크로나를 받으러 은행에 가야 했다. 그가 그 돈을 어디에 쓸 것인지 아무도 묻지 않을 터였다. 그 돈이면 비행기 티켓을 사는 데 충분했고, 남은 현금은 아버지의 벌금을 내기 위해 영국 파운드나 달러로 환전할 수 있었다. 10시에 린다가 전화해 다음 날 1시 10분 비행기가 있다고 말했다. 그는 아네테 벵트손에게도 도움을 구하기로 했다. 그 여행사를 이용하겠다고 약속했던 그날 오후에는 그 순간이 이렇게 빨리 오리라고는 생각도 못 했다.

자정쯤 짐을 싸 보려 하는데 카이로에 대해 아는 게 없다는 사실을 깨달았다. 아버지는 골동품 같은 피스 헬멧을 쓰고 갔다. 하지만 아버지는 정신 나간 사람이었고, 그것을 진지하게 받아들일 수 없었다. 결국 발란데르는 셔츠 몇 벌과 속옷을 가방에 던져 넣으며 그걸로 충분하리라고 결정 내렸다. 당연히 필요 이상 머물 생각은 없었다.

그는 위스키를 몇 잔 더 마시고 자명종을 6시에 맞춘 다음 자려고 노력했다. 잠 못 이루며 뒤척이다 새벽에 이르렀다.

다음 날 은행이 문을 열었을 때, 그가 문을 통과한 첫 번째 고객이었다. 대출 서류에 사인하고 받은 돈의 반을 영국 파운드화로 환전하는데 20분 걸렸다. 그는 자동차 불입금의 반을 왜 파운드화로 내야 하는지 묻는 사람이 없길 바랐다. 은행에서 나온 그는 곧장 여행사로 갔다. 아네테 벵트손은 발란데르가 문을 열고 걸어 들어왔을 때 자신의 눈을 믿을 수가 없었다. 하지만 그녀는 즉시 그의 티켓 예매를 기꺼이 도왔다. 돌아오는 티켓은 일단 예매하지 않았다. 그는 가격을 듣고 깜짝 놀랐다. 하지만 그냥 1천 크로나 지폐들을 내밀었고, 티켓을 받아 든 다음 여행사를 떠났다.

그는 택시를 타고 말뫼로 갔다.

취중에 택시를 타고 말뫼에서 위스타드로 간 적은 있었다. 하지만 그 반대 방향인 적은 없었고, 멀쩡한 상태인 적도 없었다. 이제 새 차를 살 수 없을 터였다. 어쩌면 모페드모터가 달린 자전거나 오토바이를 고려해야 할 것이었다.

린다는 페리 터미널에서 아빠와 만났다. 두 사람은 몇 분간만 같이 있었다. 그래도 그녀는 옳은 일을 하고 있다는 것을 그에게 확신시켰다. 그리고 여권을 챙겼는지 물었다.

"비자가 필요하겠지만, 카이로 공항에서 살 수 있어."

이제 그는 19C 좌석에 앉아서 비행기가 얼마나 속도를 내고 구름들을 향해 기울었다가 남쪽을 향해 보이지 않는 항로를 나아가는지 느꼈다. 여전히 자신이 경찰서 자신의 방 문가에서 텔렉스를 손에 들고 비참한 모습으로 마르틴손과 서 있다고 느꼈다.

프랑크푸르트 공항은 끝없이 이어지는 통로와 계단 들이라는 기억으로 남았다. 그는 다시 통로 측 좌석이었고, 마지막으로 갈아타기 위해 로마에 왔을 때는 갑자기 더워져 코트를 벗었다. 한 시간 반쯤 연착한 비행기가 카이로 근처 공항에 쿵쿵거리며 착륙했다. 하늘을 난다는 공포와 자신을 기다리고 있는 것에 대한 불안 등의 걱정을 줄이려고 발란데르는 비행 중에 술을 너무 많이 마셨다. 숨 막히는 이집트의 어둠 속으로 발을 내디뎠을 때는 취하지 않았지만 정신이 말짱하지도 않았다. 돈 대부분은 셔츠 안에 억지로 쑤셔 넣은 전대에 있었다. 피곤에 찌든 출입국 관리가 관광 비자를 살 수 있는 은행을 알려 주었다. 그는 손에 큰 액수의 더러운 지폐들을 쥐게 되었고,

어느새 출입국 관리와 세관을 통과했다. 그를 전 세계 어디로든 태우고 갈 택시 기사가 주위에 잔뜩 모여 있었다. 하지만 발란데르는 상상 속의 아주 큰 메나 하우스로 향할 밴을 찾아 둘러볼 만큼 침착했다. 그의 계획은 여기까지였다. 아버지와 같은 호텔에 머물기. 작은 버스 안에서 시끄러운 미국 여자들 사이에 샌드위치처럼 낀 그는 이내 호텔을 향해 시내를 가로질렀다. 얼굴에 닿는 따뜻한 밤공기가 느껴졌고, 문득 나일강일지도 모를 강을 건너고 있었으며, 이내 그곳에 도착했다.

버스에서 내렸을 때 다시 정신이 들었다. 지금부터는 뭘 해야 할지 몰랐다. 이집트에서 스웨덴 경찰이란 매우 별 볼 일 없군. 그는 호텔의 장엄한 로비로 발을 디디며 침울하게 생각했다. 도움이 필요한지 완벽한 영어로 묻는, 상냥한 젊은 남자가 있는 프런트로 걸음을 옮겼다. 발란데르는 상황을 설명한 다음 방을 예약하지 않았다고 말했다. 상냥한 젊은 남자는 잠시 걱정스러운 표정을 짓더니 머리를 저었다. 하지만 그는 곧 방 하나를 찾아냈다.

"여기에 이미 발란데르라는 손님이 있을 겁니다."

남자가 데이터베이스를 검색하더니 끄덕였다.

"그 사람이 내 아버집니다." 발란데르는 그렇게 말하며 자신의 형편없는 영어 발음에 신음했다.

"죄송하지만 그분 옆방을 내드릴 순 없습니다." 젊은 남자가 말했다. "일반실들만 남아 있어서요. 피라미드가 보이지 않는 방들이요."

"전 괜찮습니다." 발란데르가 말했다. 그는 필요 이상으로 피라미드를 상기하고 싶지 않았다.

그는 체크인하고 열쇠와 작은 안내도를 받아 든 뒤 미로 같은 복도를 걸어 자신의 방으로 향했다. 호텔은 수년에 걸쳐 여러 번 확장된 것 같았다. 그는 방을 찾아내 침대에 앉았다. 에어컨 바람이 시원했다. 땀에 흠뻑 젖은 셔츠를 벗었다. 그리고 욕실 거울로 얼굴을 보았다.

"이제 난 여기 있군." 그가 소리 내어 말했다. "늦은 밤에. 뭔가 먹어야겠어. 그리고 잠. 무엇보다 잠. 하지만 내 미친 아버지가 이 도시 어딘가의 경찰서에 잡혀 있어서 그럴 수가 없군."

그는 깨끗한 셔츠를 입고 이를 닦은 다음 아래층 프런트로 돌아갔다. 방금 자신을 도와준 젊은 남자는 눈에 띄지 않았다. 아니면 그를 알아볼 수 없거나. 그는 미동도 없이 서서 로비에서 일어나는 모든 일을 살피고 있는, 조금 전 젊은이보다 나이가 든 프런트 직원에게 다가갔다. 발란데르가 앞에 서자 그가 미소를 지었다.

"저는 어려움에 처한 아버지 때문에 여기 왔습니다." 그가 말했다. "이름은 발란데르고, 며칠 전 여기 도착한 노인입니다."

"어떤 어려움이죠?" 프런트 직원이 물었다. "편찮으십니까?"

"피라미드 중 하나에 오르려고 하셨던 것 같습니다." 발란데르가 대답했다. "내 생각이 맞는다면 가장 높은 걸 골랐을 겁니다."

프런트 직원이 천천히 끄덕였다.

"그에 대해 들었습니다." 그가 답했다. "매우 유감입니다. 경찰과 관광청이 승인하지 않는 행위죠."

그는 문 뒤로 물러났다가 더 나이 든 또 다른 사람을 데리고 곧 돌아왔다. 두 사람은 잠시 빠르게 말을 주고받았다. 그러더니 발란데르에게 돌아섰다.

"손님이 그 어르신 아드님이십니까?" 둘 중 하나가 물었다.

발란데르는 끄덕였다.

"그럴 뿐 아니라," 발란데르가 말했다. "저는 경찰이기도 합니다."

그는 '경찰'이라는 단어가 명시된 신분증을 내보였다. 하지만 두 남자는 이해하지 못한 것 같았다.

"그러니까, 손님은 아드님이 아니라 경찰이시라고요?"

"둘 답니다." 발란데르가 말했다. "아들이자 경찰 둘 다요."

그들은 잠시 그가 한 말을 고민했다. 잠시 할 일이 없던 다른 두 직원이 이 모임에 합세했다. 알아들을 수 없는 대화가 재개되었다. 발란데르는 또다시 땀에 흠뻑 젖었음을 알아차렸다.

그들은 그에게 기다릴 것을 요구했다. 그들은 로비에 소파가 모여 있는 곳을 가리켰다. 발란데르는 앉았다. 베일을 쓴 여자가 지나쳤다. 셰에라자드『아라비안 나이트』에서 1천 일 밤 동안 왕에게 재미있는 얘기를 들려주어 죽음을 면했다는 페르시아 왕의 아내. 발란데르는 생각했다. 그녀라면 날 도울 수 있을 텐데. 아니면 알라딘. 그 바닥의 누군가를 이용할 수 있을 텐데. 그는 기다렸다. 한 시간이 흘렀다. 자리에서 일어나 프런트로 걸음을 떼었다. 하지만 즉시 누군가가 다시 소파를 가리켰다. 심한 갈증을 느꼈다. 오래전에 벽시계가 열두 번 울렸다.

로비에는 여전히 사람이 많았다. 버스에서 같이 내렸던 미국 여자들이 한 가이드와 호텔을 나섰다. 보아하니 그들을 이집트의 밤으로 데려갈 생각인 가이드와. 발란데르는 눈을 감았다. 누가 어깨를 건드렸을 때 그는 펄쩍 뛰었다. 눈을 뜨자 아까 그 직원이 인상적인 유니폼을 입은 경찰 몇 명과 함께 눈앞에 있었다. 발란데르는 소파에서 몸을 일으켰다. 벽시계가 2시 반을 가리켰다. 경찰 중 자신의 또래쯤으로 보이고 유니폼에 견장이 많이 달린 사람이 거수경례했다.

"스웨덴 경찰에서 당신을 보냈다고 들었습니다." 그가 말했다.

"아니요." 발란데르가 말했다. "저는 경찰입니다. 하지만 그보다 전 발란데르 씨의 아들입니다."

그에게 경례했던 경찰이 즉각 호텔 직원들에게 알아들을 수 없는 말을 퍼부었다. 발란데르는 자신이 할 수 있는 최선은 다시 앉는 것이라고 생각했다. 15분쯤 후에 그 경찰의 얼굴이 환해졌다.

"저는 하사네이 라드완이라고 합니다. 이제 완전히 이해했습니다. 스웨덴 동료를 만나서 반갑군요. 저를 따라오십시오."

그들은 호텔을 나섰다. 무기를 소지한 경찰들에게 둘러싸여 있자니 발란데르는 자신이 범죄자처럼 느껴졌다. 아주 따뜻한 밤이었다. 경찰차 뒷좌석 라드완 옆에 앉자마자 차가 쌩하고 속도를 냈고, 사이렌이 켜졌다. 호텔 부지를 벗어난 순간 피라미드들이 보였다. 거대한 스포트라이트가 그것들을 비추고 있었다. 느닷없는 모습에 눈을 믿을 수 없었다. 그것들은 그가 수없이 그림으로 봐 왔던 실제 피라미드들이었다. 이내 아버지가 저길 오르려 했다는 사실에 두려운 생각이 들었다.

그들은 그가 공항에서 온 같은 길의 동쪽을 향해 달렸다.

"아버지는 어떠십니까?"

"아버님은 매우 완강하신 분이지만," 라드완이 대답했다. "그분의 영어는 유감스럽게도 이해하기 힘들군요."

아버지는 영어를 전혀 못 하시지. 발란데르는 생각했다.

그들은 빠른 속도로 도시를 통과했다. 발란데르의 눈에 느리지만 위엄 있게 움직이는, 무거운 짐을 실은 낙타들이 들어왔다. 셔츠 안쪽에 있는 전대에 피부가 쓸렸다. 땀이 얼굴에서 흘러내렸다. 그들은 강을 건넜다.

"나일강입니까?" 발란데르가 물었다.

라드완이 끄덕였다. 그가 담뱃갑을 꺼냈지만 발란데르는 고개를 저었다.

"아버님은 담배를 피우시더군요." 라드완이 언급했다.

아니, 안 피우시는데. 발란데르는 생각했다. 두려움이 쌓이면서 평생 담배를 피우신 적 없는 아버지를 보러 가는 길이 맞는지 이제 의문이 들기 시작했다. 피라미드를 오르려고 한 노인이 또 있을 수 있을까?

경찰차가 속도를 줄였다. 발란데르는 거리 이름이 사데이 바라니라는 것을 보았다. 그들은 높은 문 앞 작은 초소에 무장한 경비들이 서 있는 큰 경찰서 앞에 있었다. 발란데르는 라드완의 뒤를 따랐다. 그들은 천장에 야한 네온등이 빛을 내는 방으로 갔다. 라드완이 의자를 가리켰다. 발란데르는 앉아서 이제 얼마나 오래 기다려야 할지 궁금했다. 라드완이 방에서 나가기 전 발란데르는 그에게 청량음료를 살 수 있는지 물었다. 라드완이 젊은 경찰을 불렀다.

"이 친구가 도와 드릴 겁니다." 라드완은 그렇게 말하고 나갔다.

가진 지폐의 가치를 전혀 모르는 발란데르는 그 경찰에게 작은 지폐 뭉치를 주었다.

"코카콜라요." 그가 말했다.

그를 보는 경찰의 눈이 커졌다. 하지만 말없이 그 돈을 받아 나갔다.

잠시 후 그가 콜라 한 박스를 갖고 돌아왔다. 발란데르가 세어 보니 모두 열네 병이었다. 그는 주머니칼로 그중 두 병을 땄고, 나머지를 그 경찰에게 주자 그가 동료들과 콜라를 나누었다.

4시 30분이었다. 발란데르는 빈 병에 계속 앉아 있는 파리 한 마리를 지켜보았다. 어딘가에서 라디오 소리가 들려왔다. 그는 이 경찰서와 위스타드의 경찰서에 실제로 뭔가 공통점이 있다는 사실을 깨달았다. 밤 시간의 평화. 무언가가 일어나길 기다리기. 혹은 안 일어나길. 신문에 푹 빠져 있는 그 경찰은 경마란을 세세히 읽는 한손일 수도 있었다.

라드완이 돌아왔다. 그는 발란데르에게 따라오라는 몸짓을 했다. 그들은 끝없이 구부러지는 복도를 걷고 계단을 오르내린 끝에 경찰한 명이 지키고 서 있는 문 앞에 당도했다. 라드완이 끄덕이자 문이 열렸다. 그가 발란데르에게 들어가라는 신호를 했다.

"삼십 분 후에 오겠습니다." 그가 그렇게 말하고 자리를 떴다.

발란데르는 안으로 발을 디뎠다. 어디서나 볼 수 있는 네온등으로 밝힌 방 안쪽에는 테이블과 의자 두 개가 있었다. 아버지가 그중 하나에 셔츠와 바지 차림에 맨발로 앉아 있었다. 머리는 뻗쳐 있었다. 발란데르는 문득 아버지에게 연민을 느꼈다.

"이런, 아버지." 그가 말했다. "어쩌세요?"

아버지가 조금도 놀란 기색 없이 그를 보았다.

"난 항의할 생각이다." 그가 말했다.

"무슨 항의요?"

"사람들이 피라미드에 못 오르게 저들이 막는 걸."

"그 항의는 기다려야 할 것 같은데요." 발란데르가 말했다. "지금 당장 제게 가장 중요한 건 아버지를 여기서 데리고 나가는 거예요."

"난 어떤 벌금도 내지 않을 거다." 아버지가 화가 난 목소리로 대꾸했다. "대신 난 내 처벌이 끝나길 기다리고 싶구나. 저들이 이 년이라더군. 그건 빨리 지나갈 거야."

발란데르는 곧바로 화를 낼까 생각했지만 그것은 아버지의 고집을 부추길 뿐이었다.

"모르긴 몰라도 이집트 감옥이 특별히 편하진 않을 거예요." 그가 주의 깊게 말했다. "편한 감옥이란 건 없지만요. 아버지에게 감방에서 그림을 그리게 허락할지도 의심스럽고요."

아버지가 말없이 그를 쏘아보았다. 아버지는 그 가능성을 생각하지 않은 기색이었다.

아버지가 끄덕이더니 자리에서 일어났다.

"그럼 가자." 아버지가 말했다. "벌금 낼 돈 있니?"

"앉으세요." 발란데르가 말했다. "그게 그렇게 간단할 것 같진 않아요. 아버지가 그냥 일어나서 나가는 게요."

"왜? 난 아무 잘못도 한 게 없다."

"아버진 쿠푸 피라미드에 오르려고 하셨다면서요."

"내가 여기 온 이유가 그거야. 보통 여행객들이라면 낙타들 사이에 서서 보겠지. 난 꼭대기에 서고 싶었다."

"그건 허용되지 않아요. 아주 위험하기도 하고요. 그리고 모두가 모든 피라미드에 오르기 시작하면 어떻게 되겠어요?"

"난 모두를 얘기하는 게 아니라 날 얘기하는 거다."

발란데르는 아버지와 이성적으로 이야기하는 게 소용없다는 것을 깨달았다. 동시에 아버지의 고집에 감명받지 않을 수 없었다.

"저는 지금 여기서," 발란데르가 말했다. "내일 아버지를 데리고 나갈 거예요. 아니면 오늘 중에요. 제가 그 벌금을 내면 끝이에요. 우린 여길 떠나서 호텔로 간 다음 아버지 가방을 챙길 거예요. 그리고 집으로 날아갈 거예요."

"난 이십일 일까지 방값을 냈어."

발란데르가 참을성 있게 고개를 끄덕였다.

"좋아요. 저만 가죠. 아버진 계세요. 하지만 또 그 피라미드에 올라가시면 그땐 아버지가 알아서 하세요."

"제대로 오르지도 못했어. 어렵더구나. 게다가 가팔라."

"왜 꼭대기에 올라가고 싶으신 거예요?"

아버지는 대답하기 전에 머뭇거렸다.

"그건 그동안 꾸어 왔던 내 꿈이야. 그게 다. 난 꿈에 충실해야 한다고 생각한다."

대화가 잦아들었다. 몇 분 뒤 라드완이 돌아왔다. 그가 발란데르의 아버지에게 담배를 내밀고 불을 붙여 주었다.

"이제 담배를 피우시기 시작한 거예요?"

"감방에 있을 때만. 다른 데선 안 피워."

발란데르는 라드완을 향했다.

"지금 제가 아버지를 데려갈 수 있을까요?"

"아버님은 내일 열 시에 법정에 서야 합니다. 판사가 아마 벌금을 받아들일 겁니다."

"아마요?"

"확실한 건 아무것도 없지만, 최선을 바라야죠."

발란데르는 아버지에게 작별을 고했다. 라드완이 그를 호텔로 태워 가기 위해 대기 중인 경찰차가 있는 밖으로 따라 나왔다. 6시였다.

"잠시 후 아홉 시에 당신을 태울 차를 보내겠습니다." 라드완이 헤어질 때 말했다. "외국 동료를 도와야 하는 법이죠."

발란데르는 감사 인사를 하고 차에 올랐다. 그가 다시 좌석에 등을 기대자 차가 쏜살같이 출발하며 요란하게 사이렌을 울렸다.

6시 반에 발란데르는 모닝콜을 부탁하고 벌거벗은 채 침대에 쓰러졌다. 아버지를 데리고 나가야 해. 그는 생각했다. 교도소에 가게 되면 아버진 돌아가실 거야.

발란데르는 선잠이 들었다가 지평선 위로 해가 떠오를 때 깼다. 샤워하고 옷을 입었다. 벌써 마지막 깨끗한 셔츠였다.

그는 밖으로 나갔다. 아침인 지금은 시원했다. 문득 그는 멈춰 섰다. 이제 피라미드들이 보였다. 그는 꼼짝도 않고 서 있었다. 그 엄청난 모습에 압도되었다. 호텔에서 나와 기자 지구 입구로 향하는 언덕을 올랐다. 도중에 당나귀와 낙타를 타라는 장사꾼들의 성화가 이어졌다. 하지만 그는 걸었다. 마음 깊은 곳에서 아버지를 이해했다. 꿈에 충실해야 해. 아버지는 아버지의 꿈에 얼마나 충실했던가? 그는 입구 가까이에 멈춰 서서 피라미드들을 보았다. 아버지가 가파른 경사면을 오르는 모습을 상상했다.

마침내 호텔로 돌아가 아침을 먹기 전까지 오랫동안 거기에 서 있었다. 9시에 호텔 정문 밖에서 기다렸다. 몇 분 뒤 경찰차가 도착했다. 교통 정체가 심했고, 여느 때처럼 사이렌이 켜졌다. 발란데르는 나일강을

네 번째 건넜다. 소란스럽고 거대한 메트로폴리스라는 게 실감됐다.

법정은 알 아즈하르라는 이름의 거리에 있었다. 차가 멈추었을 때 라드완은 담배를 피우며 계단 위에 서 있었다.

"몇 시간이라도 주무셨길 바랍니다." 그가 말했다. "잠을 설치고 다니는 건 좋지 않죠."

두 사람은 건물 안으로 걸음을 옮겼다.

"아버님은 이미 와 계십니다."

"아버지에게 변호사가 있습니까?" 발란데르가 물었다.

"국선 변호사가 있습니다. 이건 경범죄에 관한 법정입니다."

"그래도 여전히 이 년형을 받을 수 있습니까?"

"사형과 이 년형은 큰 차입니다." 라드완이 조심스럽게 말했다.

두 사람은 법정 안으로 들어갔다. 청소부 몇 명이 먼지를 쓸며 주위를 걸어 다녔다.

"아버님 사건이 오늘 첫 건입니다." 라드완이 말했다.

이윽고 아버지가 이끌려 나왔다. 발란데르는 아버지의 모습을 보고 경악했다. 아버지는 수갑을 차고 있었다. 발란데르의 눈에 눈물이 맺혔다. 라드완이 그를 힐끗 보고 그의 어깨에 손을 올렸다.

판사 한 명이 들어와 앉았다. 허공에서 나타난 듯 보이는 한 검사가, 발란데르가 추측하는 혐의에 대해 장광설을 늘어놓았다. 라드완이 몸을 숙였다.

"좋아 보입니다." 그가 속삭였다. "그는 당신 아버지가 노인이며 혼란스러워했다고 주장합니다."

아버지에게 통역해 주는 사람이 없어서 다행이야. 발란데르는 생각했다. 그럼 아버지는 정말 미칠 거야.

검사가 자리에 앉았다. 국선 변호사가 아주 짧게 변론했다.

"그가 벌금형을 주장하고 있습니다." 라드완이 속삭였다. "난 당신이 여기에 있다고 법원에 알렸죠. 당신이 아들이고 경찰이라고요."

변호사가 자리에 앉았다. 발란데르는 뭔가 말하고 싶어 하는 아버지를 보았다. 하지만 변호사가 머리를 저었다.

판사가 망치로 테이블을 치더니 몇 마디 했다. 이내 그는 다시 한번 망치로 쿵 치더니 일어나 밖으로 나갔다.

"벌금입니다." 라드완이 그렇게 말하고 발란데르의 어깨를 토닥였다. "이곳 법정에서 낼 수 있습니다. 그럼 아버님은 자유롭게 나가실 수 있습니다."

발란데르는 셔츠 안의 전대를 꺼냈다.

한 남자가 영국 파운드화를 이집트 파운드화로 계산하는 테이블로 라드완이 그를 데려갔다. 발란데르의 돈 대부분이 사라졌다. 그는 그 액수에 대해 판독이 불가한 영수증을 받았다. 라드완이 아버지의 수갑을 풀게 했다.

"두 분의 남은 여행이 즐거우시길 바라겠습니다." 라드완은 그렇게 말하고 두 사람과 악수했다. "하지만 아버님이 다시 피라미드에 오르시는 건 바람직하지 않겠지요."

라드완은 두 사람을 호텔로 데려다주었다. 발란데르는 라드완의 주소를 메모했다. 그는 라드완의 도움이 없었다면 이 일이 쉽지 않았으리라는 것을 깨달았다. 어떻게 해서든 그에게 감사하고 싶었다. 어쩌면 뇌조가 있는 그림을 보내는 게 가장 적절하지 않을까?

기분이 좋아진 아버지는 지나쳐 가는 모든 것에 말을 얹었다.

"이제 내가 피라미드를 보여 주마." 그들이 호텔에 도착했을 때 아버지가 기분 좋게 말했다.

"당장은 말고요. 전 몇 시간 자야 해요. 아버지도요. 그런 다음 보죠. 돌아가는 비행기 표를 예약하고 난 다음에요."

아버지가 그를 뚫어지게 보았다.

"너 때문에 놀랐다고 말해야겠구나. 여기로 날아와 날 꺼내 주는 데 돈을 아끼지 않았다는 데. 널 그렇게 생각하지 않았는데."

발란데르는 대꾸하지 않았다.

"침대로 가세요." 그가 말했다. "두 시에 여기서 봐요."

발란데르는 쉽게 잠들지 못했다. 한 시간 동안 침대에서 몸부림치다가 프런트로 내려가 돌아갈 비행기를 예약하는 데 도움을 구했다. 그는 호텔 내에 있는 여행사로 직행했다. 거기서 영어를 완벽히 구사하는, 믿을 수 없을 만큼 아름다운 여자의 도움을 받았다. 그녀가 다음 날인 12월 18일 9시에 카이로에서 출발하는 비행기 좌석을 구해 주었다. 프랑크푸르트만 경유하는 비행기라서 당일 오후 2시에는 카스트루프 공항에 있을 것이었다. 좌석을 확인하고 나니 고작 1시밖에 되지 않았다. 그는 로비 옆 카페에 앉아서 물과 지나치게 달고 몹시 뜨거운 커피 한 잔을 마셨다. 정확히 2시에 아버지가 나타났다. 아버지는 피스 헬멧을 쓰고 있었다.

두 사람은 강렬한 열기 속에서 함께 기자 지구를 탐험했다. 발란데르는 아버지가 실신하리라고 몇 번이나 생각했다. 하지만 아버지는 열기에 영향을 받지 않는 것 같았다. 발란데르는 마침내 스핑크스 밑에서 약간의 그늘을 찾았다. 아버지는 설명했고, 발란데르는 아버지가 피라미드들과 놀라운 스핑크스가 지어진 옛 이집트에 대해 박식하다는 것을 알았다.

두 사람이 마침내 호텔로 돌아왔을 때는 6시 가까워서였다. 그가 다음 날 아침 일찍 움직여야 했기 때문에 두 사람은 호텔 내에 있는 몇몇 레스토랑 중에서 저녁을 먹기로 결정했다. 아버지의 제안으로 인도 레스토랑에 테이블을 예약했고, 발란데르는 나중에 그렇게 좋은 식사를 해 본 적이 거의 없었다고 생각했다. 아버지는 내내 즐거워했고, 발란데르는 이제 아버지가 피라미드에 오를 생각을 지웠다고 이해했다.

둘은 11시에 헤어졌다. 발란데르는 6시에 호텔을 떠날 것이었다.

"당연히 일어나서 네가 가는 걸 볼 거다." 아버지가 말했다.

"그러시지 않는 편이 좋겠어요." 발란데르가 말했다. "우리 중 누구도 작별 인사를 좋아하지 않잖아요."

"여기 와 줘서 고맙구나." 아버지가 말했다. "그림도 못 그리면서 감옥에서 이 년을 보내는 게 쉽지 않을 거라는 네 말이 맞을 거다."

"이십일 일에 집에 오시면 모든 걸 잊어버리실 거예요."

"다음엔 이탈리아에 가자." 아버지는 그렇게 말하고 방으로 발걸음을 돌렸다.

그날 밤 발란데르는 푹 잤다. 6시에 택시에 앉아서 마지막이길 바라며 여섯 번째로 나일강을 건넜다. 비행기는 제시간에 이륙해 제시간에 카스트루프에 착륙했다. 그는 페리를 타려고 택시를 탔고, 4시 15분에는 말뫼에 있었다. 역으로 달려가 위스타드로 가는 기차를 간신히 잡아 탔다. 마리아가탄가의 집으로 걸음을 옮긴 그는 옷을 갈아입고 6시 반에 경찰서 정문을 통과했다. 망가진 힌지는 교체되어 있었다. 비에르크는 우선순위가 확실하군. 그는 우울하게 생각했다. 마르틴손과 스베드베리의 방은 비어 있었지만 한손은 안에 있었다. 발란데르는 자신의 여행에 대해 대략적으로 말했다. 하지만 먼저 뤼드베리가 어떤지 물었다.

"내일 출근할 거야." 한손이 말했다. "마르틴손이 그랬지."

발란데르는 즉각적인 안도감을 느꼈다. 두려워한 만큼 심각한 것은 아닌 모양이었다.

"그리고 여긴?" 그가 물었다. "수사는?"

"중요한 진척이 있었는데," 한손이 말했다. "그 추락한 비행기와 관련 있는 거야."

"뭔데?"

"윙베 레오나르드 홀름이 살해된 채 발견됐어. 셰보 근처 숲에서."

발란데르는 자리에 앉았다.

"근데 그게 다가 아니야." 한손이 말했다. "단순히 살해된 게 아니야. 딱 에베르하르손 자매처럼 뒤통수에 총을 맞았지."

발란데르는 숨을 멈추었다.

그는 이것을 예상하지 않았다. 추락한 비행기와 화재의 잔해에서 발견된 살해된 두 여자 사이에 갑자기 드러난 연관성을.

그는 한손을 보았다.

그게 무슨 뜻이지? 한손이 한 말의 중요성이 뭐지?

문득 카이로로의 여행이 아주 오래전 일처럼 느껴졌다.

9

12월 19일 오전 10시에 발란데르는 은행에 전화해 2만 크로나를 더 대출받을 수 있는지 물었다. 그는 사려고 했던 차의 가격을 잘못 들었다고 거짓말했다. 은행 대출 담당이 크게 어려울 것 없다고 대답했다. 은행에 들러 대출 서류에 사인하면 당일 그 돈을 받을 수 있었다. 발란데르는 전화를 끊고 자신의 자동차 판매 담당자인 아르네에게 전화해 1시에 마리아가탄가로 새 푸조를 가져다 달라고 했다. 아르네가 지금 차의 시동을 걸어 보고 안 되면 견인해 갈 것이었다.

발란데르는 오전 회의 후 이 두 통의 전화를 했다. 그들은 7시 45분에 시작해 두 시간 동안 회의를 했었다. 하지만 발란데르는 7시부터 경찰서에 나와 있었다. 전날 밤 윙베 레오나르드 홀름의 살해, 그와 에베르하르손 자매의 연관 가능성, 적어도 그들이 살인자와 관계가 있다는 사실을 알았을 때 그는 기운을 내 쓸모 있는 모든 사실을 검토하며 한 손과 한 시간 가까이 앉아 있었다. 하지만 그때 갑자기 피로를 느꼈다. 집으로 간 그는 옷을 갈아입기 전에 잠시 쉬려고 침대에 몸을 눕혔다가 밤새 잤다. 5시 반에 일어난 그는 몸이 회복된 것을 느꼈다. 잠시 침대에 누운 채 이미 오래전 기억 같은 카이로 여행을 생각했다.

그가 경찰서에 닿았을 때, 뤼드베리는 이미 출근해 있었다. 휴게실로 간 두 사람은 야간 조를 막 마치고 눈이 게슴츠레해진 몇몇 경관들과 맞닥뜨렸다. 뤼드베리는 차와 비스킷을 먹었다. 발란데르는 그 맞은편에 앉았다.

"이집트에 갔었다며. 피라미드가 어떻던가?"

"높더군요." 발란데르가 말했다. "아주 이상하고요."

"아버님은?"

"감옥에 가실 뻔했습니다. 하지만 벌금으로 거의 천 크로나를 내고 아버지를 빼냈죠."

뤼드베리가 웃음을 터뜨렸다.

"우리 아버진 말 장수셨지." 그가 말했다. "내가 말했던가?"

"부모님에 대해 말하신 적 없잖아요."

"아버진 말을 파셨어. 이빨들을 확인하며 시장들을 돌아다니셨고, 누가 봐도 가격을 부풀리는 악마셨지. 말 장수의 지갑에 대한 오래된 고정관념은 정말 사실일세. 아버진 천 크로나짜리 지폐가 빽빽한 지갑을 갖고 계셨지. 하지만 난 아버지가 이집트에 피라미드들이 있다는 걸 아시기나 하는지 궁금했네. 수도가 카이로라는 것도 모르셨을 거야. 아버진 교육을 전혀 받지 못했거든. 아버지가 유일하게 아는 건 말이었네. 그리고 아마 여자. 아버지의 농탕질이 어머니를 미치게 몰아갔지."

"부모를 고를 순 없죠." 발란데르가 말했다. "기분은 어떠십니까?"

"뭔가 이상이 있어." 뤼드베리가 단호히 말했다. "류머티즘 때문에 그렇게 쓰러지진 않아. 뭔가 이상이 있어. 근데 그게 뭔지 모르겠네. 그리고 지금 당장 난 뒤통수에 총을 맞은 이 흘름에 더 관심이 있지."

"어제 한손에게 들었습니다."

뤼드베리가 찻잔을 치웠다.

"에베르하르손 자매가 마약 밀매에 연루되었을지도 모른다는 생각은 물론 아주 흥미롭네. 그게 스웨덴 봉제 용품 산업의 근간을 강타

할 걸세. 자수에서 손을 떼고 헤로인으로."

"저도 그 생각을 했습니다." 발란데르가 말했다. "나중에 보죠."

그는 자신의 방으로 걸으며, 뤼드베리가 뭔가 이상이 있다고 확신하지 않았다면 자신의 건강에 대해 절대 말하지 않았으리라고 생각했다. 발란데르는 자신도 모르게 걱정이 들기 시작했다.

8시 45분까지 그는 부재중에 쌓인 책상의 보고서들을 검토했다. 그는 린다에게 전날 일들을 말했었다. 집에 돌아와 여행 가방을 내려놓자마자, 딸은 카스트루프 공항에서 할아버지를 만나 뢰데루프의 집으로 모셔다드리겠다고 약속했다. 그는 대출이 또 승인되리라고 생각도 못 했는데, 새 차를 사서 말뫼로 아버지를 태우러 갈 수 있게 되었다.

그는 스텐 비덴이 보낸 메시지를 발견했다. 그리고 누나. 그 메시지들을 저장했다. 크리스티안스타드의 동료 예란 보만이 연락했었다. 보만은 수없이 많았던 국가 경찰 위원회 세미나에서 만난 후 가끔 보는 경찰이었다. 그 메시지도 저장했다. 나머지 것들은 휴지통에 넣었다.

수사 회의는 발란데르의 카이로 모험담과 도움을 준 경찰 라드완에 관한 짧은 잡담으로 시작되었다. 이내 스웨덴에서 정확히 언제 사형이 폐지되었는지에 관한 논쟁이 일었다. 추측이 난무했다. 스베드베리가 1930년대 말 죄수들이 총살형을 당하곤 했다고 주장했지만, 그 말은 1890년대 언제인가 크리스티안스타드 감옥에서 안나 몬스도테르가 참수형을 당한 이후 스웨덴에서는 사형이 없었다고 주장한 마르틴손에게 묵살되었다. 논쟁은 경마에 공통 관심사가 있는 스톡홀름의 범죄부 기자에게 한손이 전화함으로써 끝났다.

"1910년에 폐지됐어." 그가 전화를 끊으며 말했다. "그게 스웨덴에서 기요틴이 사용된 처음이자 마지막이야. 안데르라는 남자에게."

"열기구를 타고 북극으로 날아간 남자요?" 마르틴손이 말했다.

"그건 안드레였지." 발란데르가 말했다. "이제 회의하자고."

뤼드베리는 내내 조용히 앉아 있었다. 발란데르는 그가 그 논쟁에서 마음이 떠나 있다고 느꼈다.

이내 그들은 홀름에 대해 논의했다. 행정상 그는 국경 위에 있었다. 시체는 셰보 관할구역 내에서 발견되었지만, 위스타드 관할이 시작되는 비포장도로에서 2백 미터 떨어졌을 뿐이었다.

"셰보 동료들은 그를 우리에게 넘겨서 기뻐하죠." 마르틴손이 말했다. "상징적인 비포장도로를 넘어 시체를 가져오면 사건은 우리 겁니다. 우리가 이미 홀름을 다루고 있었다는 걸 특별히 고려하면요."

발란데르는 사건 발생 추이를 물었고, 마르틴손이 대답할 수 있었다. 홀름은 비행기가 추락한 날 신문을 받고 풀려난 뒤 바로 사라졌다. 발란데르가 카이로에 있는 동안 숲을 산책하던 남자가 시체를 발견했다. 시체는 숲길 끝에 누워 있었다. 차의 흔적들이 있었다. 하지만 홀름의 지갑이 남아 있는 것으로 보아 강도 사건은 아니었다. 관심을 끌 만한 제보 전화는 없었다. 그곳은 발길이 뜸한 지역이었다.

마르틴손이 말을 마쳤을 때 회의실 문이 열렸다. 경관이 머리를 디밀고 인터폴에서 전언이 도착했다고 알렸다. 마르틴손이 그것을 가지러 갔다. 그가 나가 있는 동안 스베드베리가 발란데르에게 비에르크가 현관문을 수리하는 데 쏟은 폭력적인 에너지에 대해 말했다.

마르틴손이 돌아왔다.

"조종사 한 명의 신원이 확인됐습니다." 그가 말했다. "페드로 에

스피노사, 삼십삼 세. 마드리드 출생. 횡령으로 스페인에서, 밀수로 프랑스에서 형을 살았습니다."

"밀수라." 발란데르가 말했다. "완벽히 들어맞는군."

"흥미 있는 게 또 있습니다. 마지막으로 알려진 그의 주소는 마르베야입니다. 에베르하르손 자매의 대저택이 있는 곳."

회의실에 정적이 내려앉았다. 발란데르는 그게 여전히 우연일 수 있다는 점을 분명히 했다. 마르베야에 있는 집과 같은 동네에 살았을 수도 있는 죽은 조종사. 하지만 마음 깊은 곳에서 그는 자신들이 모르는 연관성을 밝혀내는 중이라는 것을 알았다. 그것이 뭘 의미하는지는 아직 몰랐다. 하지만 이제 특정 방향으로 수사 초점을 맞출 수 있었다.

"다른 조종사는 아직 신원이 밝혀지지 않았지만," 마르틴손이 말을 이었다. "인터폴이 수사 중입니다."

발란데르는 테이블을 둘러보았다.

"스페인 경찰의 더 많은 도움이 필요해." 그가 말했다. "그들이 카이로의 라드완만큼 도와준다면 빠른 시일 내로 에베르하르손 자매의 저택을 찾을 수 있을 거야. 금고를 찾아야 해. 그리고 마약을. 거기서 그 자매와 알고 지낸 사람이 있을까? 우리가 알아내야 할 것들이 그거야. 게다가 빨리 알아낼 필요가 있어."

"우리 중 누가 거기에 가야 할까?" 한손이 물었다.

"아직은 아냐." 발란데르가 말했다. "자네의 일광욕은 내년 여름을 기다려야 할 거야."

그들은 자료를 한 번 더 검토하고 해야 할 업무를 배분했다. 무엇보다 그들은 욍베 레오나르드 홀름에게 초점을 맞출 생각이었다. 발란데르는 수사반이 활기를 띠기 시작했다는 것을 눈치챘다.

회의는 9시 45분에 끝났다. 한손은 12월 21일 콘티넨털 호텔에서 있을 크리스마스 뷔페 연례행사를 발란데르에게 상기시켰다. 발란데르는 머리를 짜내 그 행사에 빠질 좋은 핑곗거리를 생각했지만 성공하지 못했다.

발란데르는 전화를 몇 통 한 뒤 수화기를 내려놓고 문을 닫았다. 추락한 비행기, 윙베 레오나르드 홀름과 에베르하르손 두 자매에 관해 지금까지 알아낸 것들을 천천히 검토했다. 수첩에 삼각형을 그렸다. 세 꼭짓점에 구성 요소를 표시했다. 죽은 다섯 사람. 조종사 둘, 그중 하나는 스페인 태생. 라오스에서 사고 후 폐기된 것으로 추정되었기 때문에 말 그대로 플라잉 더치맨_{희망봉 근해에 출몰한다는 네덜란드 유령선}인 비행기 안에서. 밤에 스웨덴 국경을 넘은 비행기는 셰보 정남쪽에서 기체를 돌려 모스뷔 해안에 추락했다. 땅에서 불빛이 목격되었다는 것은 비행기가 무언가를 떨어뜨렸다는 것을 의미할 수도 있다.

이것이 삼각형의 첫 번째 꼭짓점이다.

두 번째 꼭짓점은 위스타드에서 재봉 가게를 운영했던 두 자매. 그들은 머리에 총을 맞고 살해되었고, 그들의 건물은 전소되었다. 건물 기반 밑의 금고와 스페인에 있는 저택으로 그들이 부자라는 사실이 드러났다. 다시 말해 두 번째 꼭짓점에는 이중 삶을 살았던 두 자매가 위치한다.

발란데르는 페드로 에스피노사와 에베르하르손 자매 사이에 선을 그었다. 거기에 연관성이 있었다. 마르베야.

세 번째 꼭짓점은 셰보 외곽 숲길에서 처형된 윙베 레오나르드 홀름이 위치했다. 그는 꼬리를 잘 감추는 능력이 있는, 악명 높은 마약 밀매인이었다.

하지만 누가 놈을 셰보 외곽에서 처형했지. 발란데르는 생각했다.

그는 책상에서 일어나 삼각형을 뚫어지게 보았다. 이게 말하는 게 뭐지? 삼각형 한가운데에 점을 찍었다. 하나의 센터. 그는 생각했다. 헴베리와 뤼드베리가 늘 묻는 것. 센터, 중심점이 어디지? 그는 그 스케치를 계속 연구했다. 문득 자신이 그린 것이 피라미드로 해석될 수도 있다는 것을 깨달았다. 기초는 정사각형이었다. 하지만 멀리서 피라미드는 삼각형처럼 보였다.

그는 다시 책상 앞에 앉았다. 앞에 있는 모든 게 한 가지를 말해. 패턴을 방해한 어떤 일이 일어났다고. 비행기 추락으로 시작된 게 분명해. 그게 연쇄반응을 일으켜 세 건의 살인, 세 건의 처형을 낳은 거야.

그는 처음부터 다시 시작했다. 피라미드 생각을 떨칠 수 없었다. 일종의 세력 다툼이 일어난 걸까? 에베르하르손 자매, 윙베 레오나르드 홀름 그리고 추락한 비행기로 구성된 삼각형은 어딜 가리키는 걸까? 여전히 알 수 없는 중심점은 어디에 있을까?

그는 아는 사실 모두를 체계적으로 계속 검토해 나갔다. 때때로 의문을 적었다. 어느새 12시가 되었을 때까지 시간이 가는 줄 몰랐다. 그는 펜을 놓고 코트를 입은 다음 은행으로 걸음을 옮겼다. 영하 2도였고, 가랑비가 내리고 있었다. 대출 서류에 사인하고 2만 크로나를 수령했다. 지금 당장은 이집트에서 사라진 그 모든 돈을 생각하고 싶지 않았다. 벌금은 별개로 치고. 그를 괴롭히고 그의 인색한 내면의 움푹한 곳을 갉아먹은 것은 비행기값이었다. 그는 누나가 그 비용을 부담해 주리라고 기대하지 않았다.

1시 정각에 자동차 세일즈맨이 새 푸조를 가지고 도착했다. 헌 차는 시동이 걸리지 않았다. 발란데르는 견인차를 기다리지 않았다. 대신 새 감색 차를 몰고 나갔다. 중고차라 낡고 담배 냄새가 났지만 엔진 상태는 좋았다. 중요한 건 그것이었다. 헤데스코가를 향해 차를 몰다가 좀 더 가 보기로 마음먹었다. 그는 셰보로 가는 길에 있었다. 마르틴손이 홀름의 시체가 발견된 곳을 자세히 설명했었다. 그곳을 직접 보고 싶었다. 그리고 어쩌면 홀름이 살았다는 그 집까지.

홀름이 발견된 곳에는 여전히 경찰 통제선이 쳐져 있었다. 하지만 경찰은 없었다. 발란데르는 차에서 내렸다. 사위가 고요했다. 그는 통제선을 넘어 주위를 둘러보았다. 누군가가 사람을 죽이고 싶었다면 이곳이 최적이었다. 무슨 일이 있었는지 상상해 보려 했다. 홀름은 누군가와 여기에 도착했다. 마르틴손의 말에 따르면 남은 것은 차의 흔적뿐이었다.

대치. 발란데르는 생각했다. 어떤 물건이 건네졌고, 보수가 치러졌다. 곧 일이 일어난다. 홀름이 뒤통수에 총을 맞는다. 그는 땅에 쓰러지기 전에 숨이 끊긴다. 살인한 자는 흔적을 남기지 않고 사라진다.

한 사람. 발란데르는 생각했다. 아니면 하나 이상. 며칠 전 에베르하르손 자매를 죽인 자나 자들.

문득 무언가에 가까워진 느낌을 받았다. 노력을 기울이기만 한다면 알 수 있을 또 다른 관련성이 아직 남아 있었다. 명백히 마약과 관련 있어 보이는 것. 재봉 가게를 소유한 두 자매가 그와 같은 무언가에 엮였으리라고는 여전히 받아들이기 어렵더라도. 하지만 뤼드베리가 옳았다. 그의 첫 지적—그 두 자매에 대해 정말 아는 게 무엇인가?—은 정당했다.

발란데르는 숲길에서 벗어나 차를 몰았다. 머릿속으로 마르틴손의 지도를 명확히 볼 수 있었다. 세보 남쪽 큰 로터리에서 우회전해야 했다. 그리고 또 다른 길. 자갈길. 좌회전. 빨간 칠이 된 헛간이 딸린 길가 오른쪽 마지막 집으로. 땅에 떨어지기 직전인 파란색 우편함. 헛간 앞 마당의 폐차 두 대와 녹슨 트랙터. 축사 안에서 짖어 대는 품종 모를 개. 문제없이 그곳을 찾아냈다. 그는 차에서 내리기도 전에 개가 짖는 소리를 들었다. 차에서 내려 마당으로 걸음을 옮겼다. 집의 페인트는 벗겨지고 있었다. 집 귀퉁이에 홈통 조각들이 걸려 있었다. 개가 필사적으로 짖으며 울타리를 긁어 댔다. 발란데르는 울타리가 무너지고 개가 풀려나면 어떻게 될지 궁금했다. 그는 문으로 걸음을 옮겨 초인종을 눌렀다. 이내 개줄이 풀려 있는 것을 보았다. 문을 두드리고 기다렸다. 결국 문을 세게 걷어차자 문이 열렸다. 그는 집에 누가 있는지 보려고 크게 외쳤다. 여전히 무응답. 들어가선 안 되는데. 그는 생각했다. 경찰뿐 아니라 모든 시민에게 적용되는 법들을 어기게 될 텐데. 이내 그는 문을 조금 더 밀어 열고 안으로 들어갔다. 벗겨지는 벽지, 퀴퀴한 냄새, 난장판. 바닥의 망가진 소파와 매트리스 들. 그래도 큰 화면의 텔레비전과 비교적 새 비디오가 있었다. 큰 스피커들이 딸린 CD플레이어. 그는 다시 소리쳐 부르고 귀를 기울였다. 무응답. 부엌은 형언할 수 없는 혼돈이었다. 개수대에 쌓인 접시들. 바닥의 종이봉투, 비닐봉지, 빈 피자 상자로 이어진 개미의 여러 행렬.

구석에서 쥐 한 마리가 빠르게 종종걸음 쳤다. 그곳에서 퀴퀴한 냄새가 났다. 발란데르는 걸음을 옮겼다. '윙베교敎'라고 스프레이로 칠한 문 앞에 멈춰 섰다. 문을 밀어 열었다. 거기에는 진짜 침대가 있었지만 침구는 매트리스에 까는 시트와 담요뿐이었다. 서랍장 하나와 의자 두 개. 창틀의 라디오. 시계가 6시 50분에 멈춰 있었다. 윙베 레오나르드 홀름은 여기서 살았다. 위스타드에 지은 큰 집이 있었지만. 바닥에 추리닝 상의가 있었다. 발란데르가 신문했을 때 그는 그것을 입고 있었다. 발란데르는 침대가 무너질까 봐 걱정하며 그 끄트머리에 조심스럽게 앉아 주위를 둘러보았다. 한 사람이 여기서 살았어. 그는 생각했다. 사람들을 다양한 마약 지옥으로 모는 것으로 먹고살았던 자. 그는 혐오감에 머리를 저었다. 이내 몸을 숙여 침대 밑을 보았다. 먼지. 슬리퍼 한 짝과 포르노 잡지 몇 권. 몸을 일으키고 서랍장의 서랍을 열었다. 알몸으로 다리를 벌린 여자들이 실린 더 많은 잡지. 몇몇은 놀랄 만큼 어린. 속옷, 진통제, 반창고.

다음 서랍. 오래된 등유 토치. 낚싯배의 시동을 거는 데 사용하는 종류의. 마지막 서랍 안에는 종이 뭉치. 오래된 성적표. 홀름은 자신 역시 가장 좋아하는 과목인 지리만큼은 우수했다. 그 외에는 특별할 게 없는 성적이었다. 사진 몇 장. 바에서 양손에 맥주를 든 홀름. 취한. 눈이 벌건. 또 다른 사진. 해변에서 벌거벗고 있는 홀름. 카메라를 정면으로 보고 씩 웃는. 그리고 길 위에 있는 남자와 여자의 오래된 흑백사진. 발란데르는 사진을 뒤집었다. 1937, 보스타드. 홀름의 부모일 수도 있었다.

종이들을 계속 수색했다. 오래된 비행기 티켓에서 멈추었다. 그걸 창가로 가져갔다. 코펜하겐–마르베야 왕복표. 1989년 8월 12일. 돌아온 날짜는 17일이었다. 스페인에서 닷새, 그리고 패키지 항공권이 아닌. 그 코드가 이등석인지 삼등석인지는 알 수 없었다. 그것을 주머니에 넣고 몇 분 더 살펴보다 서랍을 닫았다. 옷장 안에는 흥미를 끌 만한 게 전혀 없었다. 더 많은 잡동사니와 혼돈. 발란데르는 다시 침대에 앉았다. 이 집에 다른 사람들이 있었는지 궁금했다. 그는 거실로 나갔다. 테이블 위에 전화기가 있었다. 경찰서로 전화해 에바와 통화했다.

"어디세요?" 그녀가 물었다. "사람들이 경위님을 찾아요."

"누가 찾죠?"

"알잖아요. 경위님이 여기 없으면 모두가 경위님을 찾는 거."

"들어가는 중입니다." 발란데르가 말했다.

그는 아네테 벵트손이 근무하는 여행사 전화번호를 찾아 달라고 부탁했다. 번호를 외운 뒤 에바와 통화를 끝내고 여행사 전화번호를 돌렸다. 전화를 받은 사람은 다른 여자였다. 아네테를 바꿔 달라고 했다. 몇 분이 걸렸지만 이내 그녀가 받았다. 그는 자신이 누구인지 밝혔다.

"카이로 여행은 어떠셨어요?" 그녀가 물었다.

"좋았습니다. 피라미드가 아주 크더군요. 정말 놀라웠습니다. 아주 따뜻하기도 했고요."

"더 오래 머무셔야 했어요."

"다음번엔 그럴 겁니다."

그리고 그는 안나 에밀리아가 8월 12일에서 17일 사이에 스페인에 있었는지 말해 줄 수 있느냐고 물었다.

"시간이 걸릴 거예요." 그녀가 말했다.

"기다리겠습니다." 발란데르가 말했다.

그녀는 수화기를 내려놓았다. 구석의 쥐 한 마리가 다시 발란데르의 눈에 띄었다. 물론 그게 아까와 같은 쥐인지 확신할 순 없었다. 겨울이 오고 있어. 그는 생각했다. 쥐들이 집 안으로 들어오는 걸 보니. 아네테 벵트손이 돌아왔다.

"안나 에베르하르손이 팔월 십일에 위스타드를 떠나서," 그녀가 말했다. "구월 초에 돌아왔어요."

"도와주셔서 감사합니다." 발란데르가 대답했다. "저는 그 자매의 지난 여행 목록을 모두 받고 싶습니다."

"왜요?"

"수사 차원에서요." 그가 말했다. "내일 들르겠습니다."

그녀는 돕겠다고 약속했다. 그는 전화를 끊었다. 열 살만 젊었더라도 그녀와 사랑에 빠졌으리라. 이제 그것은 분별없는 일일 터였다. 그녀는 자신의 접근을 혐오스러운 눈으로 볼 것이었다. 그 집에서 나와 흘름과 엠마 룬딘을 번갈아 떠올렸다. 그러다 생각은 아네테 벵트손으로 돌아갔다. 그는 그녀가 불쾌해할지 명확히 확신할 수 없었다. 하지만 그녀는 아마 남자 친구가 있을 것이었다. 그렇긴 해도 그녀의 왼손에서 반지를 보았는지 떠올릴 수 없었다.

개가 미친 듯이 짖었다. 사육장에 다가가 고함을 지르자 조용해졌다. 그가 몸을 돌려 걸음을 옮기자마자 다시 짖기 시작했다. 린다가 이런 집에서 살지 않는 걸 감사해야 해. 그는 생각했다. 얼마나 많은 스웨덴 사람이, 평범하지만 생각 없는 얼마나 많은 시민이 이런 환경에 익숙할까? 계속되는 안개, 빈곤, 절망 속에서. 그는 차를 몰고 떠났다. 하지만 먼저 우편함을 확인했다. 안에 흘름에게 보낸 편지가 있었다. 그는 그것을 개봉했다. 렌터카 회사에서 보낸 청구서 독촉장이었다. 발란데르는 그 편지를 주머니에 넣었다.

그는 4시에 경찰서로 돌아왔다. 책상 위에 마르틴손의 메모가 있었다. 발란데르는 마르틴손의 방으로 갔다. 그는 통화 중이었다. 발란데르가 문가에 나타나자 그는 다시 걸겠다고 말했다. 발란데르는 그가 아내와 통화 중이었으리라고 추측했다. 마르틴손은 전화를 끊었다.

"스페인 경찰이 지금 마르베야의 저택을 찾고 있습니다." 그가 말했다. "저는 페르난도 로페스라는 동료와 접촉했죠. 영어를 유창하게 하는 데다 꽤 고위직인 것 같더군요."

발란데르는 그에게 자신의 외도와 아네테 벵트손과의 대화에 대해 말하고 마르틴손에게 그 티켓을 보여 주었다.

"그 개자식은 비즈니스석을 이용했군요." 마르틴손이 말했다.

"그건 그렇고," 발란데르가 말했다. "우리에게 또 다른 연결 고리가 생겼어. 아무도 이게 우연의 일치라고 우길 순 없을 거야."

그것이 5시 사건 회의에서도 그가 한 말이었다. 회의는 아주 짧았다. 페르 오케손은 말없이 앉아 있었다. 이미 떠나 있군. 발란데르는 생각했다. 몸은 여기 있지만 마음은 이미 휴가 중이야.

더할 말이 없자 그들은 회의를 마쳤다. 각자 자신의 업무로 돌아갔다. 발란데르는 린다에게 전화해 이제 시동이 걸리는 차가 있고, 말뫼로 할아버지를 데리러 갈 수 있다고 말했다. 그는 7시 조금 전에 집으로 갔다. 엠마 룬딘이 전화했다. 이번에 발란데르는 좋다고 말했다. 그녀는 언제나처럼 자정 넘어까지 있었다. 발란데르는 아네테 벵트손을 생각했다.

다음 날 그는 여행사에 들러 요청한 정보를 받았다. 거기에는 크리스마스를 위해 좌석을 구하는 많은 고객이 있었다. 발란데르는 잠시 머무르며 아네테 벵트손과 이야기를 나누고 싶었지만 그녀는 그럴 시간이 없었다. 그는 사라진 재봉 가게 앞에도 들렀다. 이제 잔해는 치워져 있었다. 그는 시내를 향해 걸었다. 문득 크리스마스까지 일주일밖에 남지 않았다는 것을 깨달았다. 이혼 후 맞는 첫 크리스마스.

수사에 아무런 진척이 없는 날이었다. 발란데르는 자신의 피라미드를 숙고했다. 안나 에베르하르손과 윙베 레오나르드 홀름 사이에 두꺼운 선을 더했을 뿐이다.

다음 날인 12월 21일에 발란데르는 아버지를 태우러 말뫼로 차를 몰았다. 페리 터미널에서 걸어 나오는 아버지를 보고 큰 안도감을 느꼈다. 아버지를 태우고 뢰데루프로 차를 몰았다. 아버지는 자신의 멋진 여행에 대해 쉬지 않고 떠들었다. 아버지는 구치소에 있었던 사실과 발란데르도 실제로 카이로에 있었다는 사실을 잊은 듯했다.

그날 저녁 발란데르는 연례 경찰 크리스마스 행사에 갔다. 그는 비에르크와 같은 테이블에 앉는 것을 피했다. 하지만 경찰서장이 한 건배사는 이례적으로 성공적이었다. 그는 위스타드 경찰의 역사를 조사하는 수고를 아끼지 않았다. 그의 이야기는 재미있고 적절하기까지 했다. 발란데르는 몇 차례 빙긋 웃었다. 비에르크는 의심할 여지 없이 좋은 웅변가였다.

집에 왔을 때 그는 취해 있었다. 잠에 떨어지기 전에 아네테 벵트손을 생각했다. 그리고 다음 순간 그녀 생각을 즉각 그만두겠다고 마음먹었다.

12월 22일에 그들은 수사 상황을 검토했다. 새로운 일은 아무것도 일어나지 않았다. 스페인 경찰은 자매의 저택에서 주목할 만한 것을 아무것도 찾지 못했다. 숨겨 둔 귀중품은 없었다. 전혀. 그들은 여전히 두 번째 조종사의 신원이 파악되길 기다리고 있었다.

오후에 발란데르는 자신의 크리스마스 선물을 사러 나갔다. 카세테로오. 그는 그것을 직접 설치했다.

12월 23일에 그들은 사건 데이터를 추가할 수 있었다. 홀름이 에베르하르손 자매에게 사용했던 총과 같은 총에 당했다고 뉘베리가 알려 주었다. 하지만 여전히 그 총을 찾을 수 없었다. 발란데르는 스케치에 새로운 선을 그었다. 연관성이 늘었지만 피라미드의 꼭대기에는 여전히 닿지 않았다.

크리스마스에도 수사를 멈춰서는 안 되지만 발란데르는 수사 속도가 느려지리라는 것을 알았다. 특히 사람들에게 연락하기가, 정보를 얻어 내기가 더 어려울 터이므로.

크리스마스이브 오후에는 비가 내렸다. 발란데르는 경찰서에서 린다를 차에 태웠다. 두 사람은 함께 뢰데루프로 갔다. 그녀는 할아버지를 위해 새 스카프를 샀다. 발란데르는 코냑 한 병을 샀다. 린다와 발란데르는 부엌 테이블에 앉은 아버지가 두 사람에게 피라미드에 대해 이야기하는 동안 저녁을 준비했다. 그날 저녁은 이례적으로 순탄하게 흘러갔다. 무엇보다 린다와 할아버지와의 관계가 더없이 좋았기 때문에. 발란데르는 이따금 자신이 소외된 것처럼 느껴졌다. 하지만 그것 때문에 짜증 나지 않았다. 간간이 죽은 자매, 홀름 그리고 들판에 추락한 비행기를 생각했다.

위스타드로 돌아온 발란데르와 린다는 자지 않고 오랫동안 이야기를 나누었다. 발란데르는 다음 날 아침에야 잠이 들었다. 그는 린다가 집에 있을 때면 언제나 잠을 잘 잤다. 크리스마스 날은 추웠지만 맑았다. 두 사람은 오랫동안 산스코겐 숲을 걸었다. 그녀는 그에게 자신의 계획을 말했다. 발란데르는 크리스마스에 딸에게 한 가지 약속을 했다. 딸이 프랑스에서 수습 생활을 하겠다고 결정한다면, 형편이 닿는 한 그 비용의 일부를 대겠다는 약속. 그는 오후 늦게 딸을 기차역으로 데려다주었다. 말뫼까지 태워다 주고 싶었지만 딸은 기차를 타고 싶어 했다. 발란데르는 그날 밤 외로움을 느꼈다. TV로 옛 영화를 본 다음 〈리골레토〉를 들었다. 뤼드베리에게 즐거운 크리스마스를 보내길 바란다는 전화를 해야 했다고 생각했다. 하지만 이제 너무 늦었다.

발란데르는 12월 26일 아침 7시 조금 넘어 창밖으로 진눈깨비가 음울하게 내리는 위스타드를 내다보았다. 문득 카이로의 따뜻한 밤 공기가 떠올랐다. 어떤 식으로든 라드완의 도움에 감사해야 한다는 것을 잊지 말아야 한다고 생각했다. 그는 테이블 위의 메모장에 그것을 적었다. 그리고 이번만큼은 든든한 아침 식사를 차렸다.

그가 경찰서에 닿았을 때는 9시에 가까운 시간이었다. 그는 밤새 근무한 몇몇 경찰과 이야기를 나누었다. 위스타드의 올해 크리스마스는 이례적으로 조용했다. 늘 그렇듯 크리스마스이브는 수도 없는 가족 간의 싸움을 낳았지만 정말 심각한 것은 없었다. 발란데르는 황량한 복도를 걸어 방으로 갔다.

이제 다시 본격적인 살인 수사를 이어 갈 것이었다. 에베르하르손 자매와 윙베 레오나르드 홀름을 죽인 자나 자들이 동일 인물이라고 확신하더라도 엄밀히 따지면 여전히 두 사건이었다. 단순히 같은 총과 같은 방식이 아니었다. 흔한 동기라는 문제도 있었다. 그는 휴게실에서 커피를 탄 다음 수첩을 들고 자리에 앉았다. 밑변이 있는 피라미드. 그는 가운데에 큰 물음표를 그렸다. 아버지가 목표로 했던 꼭대기를 이제 직접 찾아내야 했다.

두 시간 동안 생각한 후 그는 확신했다. 이제 빠진 고리에 중점을 두어야 했다. 어떤 패턴, 어쩌면 어떤 조직이 비행기가 추락했을 때 붕괴되었다. 그리고 미지의 한 인물 혹은 여러 인물이 성급히 그림자에서 나와 행동했다. 그들은 세 사람을 살해했다.

침묵. 발란데르는 생각했다. 이 모든 게 그것과 관련된 걸까? 새는 정보를 막기 위한. 죽은 사람은 말이 없는 법이다.

그것이었을 수도 있다. 하지만 완전히 다른 무언가일 수도 있다.

그는 걸음을 옮겨 창가에 섰다. 이제 눈이 더 많이 내리고 있었다.

시간이 걸릴 거야. 그는 생각했다.

그게 다음 회의 때 내가 할 첫마디야.

사건이 해결되는 데는 시간이 걸리는 법이라는 걸.

10

12월 27일 전날 밤 발란데르는 악몽을 꾸었다. 그는 다시 카이로의 법정으로 돌아가 있었다. 라드완은 더 이상 곁에 있지 않았다. 하지만 이제 어느 순간 검사와 판사가 하는 말을 알아들을 수 있었다. 아버지가 수갑을 찬 채로 자신의 옆에 앉아 있었고, 겁에 질린 채 아버지에게 사형을 선고한다는 말을 들었다. 그는 항의하기 위해 일어서 있었다. 하지만 아무도 그의 말을 듣지 않았다. 그때 그는 꿈의 경계로 자신을 내몰았고, 잠에서 깨었을 때는 땀에 젖어 있었다. 그는 어둠을 응시하며 미동도 없이 누워 있었다.

꿈 때문에 너무 불안했기에 그는 침대에서 나와 부엌으로 갔다. 여전히 눈이 내리고 있었다. 가로등이 바람에 천천히 흔들렸다. 4시 반이었다. 그는 물을 한 잔 마신 다음 반쯤 남은 위스키병을 만지작거리며 한동안 서 있었다. 결국 병을 내려놓았다. 꿈이 메신저라는 린다가 했던 말을 생각했다. 다른 사람에 관한 꿈일지라도 그 꿈은 자신에게 전하는 중요한 메시지였다. 발란데르는 꿈의 해석을 믿지 않았다. 아버지가 사형 선고를 받은 게 내게 뭘 뜻하지? 내 사형 선고를 뜻한 걸까? 이내 그게 아마 뤼드베리의 건강에 대한 자신의 걱정과 관계있으리라고 생각했다. 그는 물을 한 잔 더 마시고 침대로 돌아갔다.

하지만 잠은 오지 않을 것이었다. 생각이 떠돌았다. 모나, 아버지, 린다, 뤼드베리. 그런 다음 영원할 출발점일 생각. 일. 에베르하르손 자매와 윙베 레오나르드 홀름 살해. 두 조종사. 스페인에서 온 자와 아직 신원이 파악되지 않은 자. 그는 자신의 스케치를 생각했다. 한가운데에 물음표가 있는 삼각형.

그러나 이제 그는 피라미드도 다른 주춧돌들로 이루어져 있다는 사실을 생각하며 어둠 속에 누워 있었다.

그는 6시까지 뒤척거렸다. 곧 침대에서 나와 욕조에 물을 채우고 커피를 탔다. 조간신문이 이미 배달되어 있었다. 부동산 면이 나올 때까지 페이지를 넘겼다. 오늘은 흥미를 끌 만한 게 없었다. 커피를 가지고 욕실로 들어갔다. 그리고 욕조에 누워 따뜻한 물속에서 거의 6시 반까지 졸았다. 이 날씨에 밖으로 나갈 생각에 우울했다. 끝도 없는 진창. 하지만 이제 적어도 시동이 걸리는 차가 있었다.

그는 7시 15분에 차 키를 꽂고 돌렸다. 한 번에 시동이 걸렸다. 경찰서로 차를 몰고 간 그는 최대한 출입문 가까이 차를 댔다. 그리고 눈과 진창을 뚫고 달렸고, 현관 계단 위에서 미끄러질 뻔했다. 마르틴손이 안내 데스크에서 경찰 잡지를 훑어보고 있었다. 그는 발란데르를 보고 고개를 끄덕했다.

"이 잡지는 우리가 모든 것에 능통해야 한다는데요." 그가 절망적인 톤으로 말했다. "무엇보다 대중과의 관계를 향상해야 한다는군요."

"훌륭하게 들리는군." 발란데르가 말했다.

그는 20년도 더 전에 말뫼에서 있었던 일을 떠올렸다. 카페에 앉아 있는데, 한 소녀가 다가와 베트남전 반대 시위 중에 그가 경찰봉으로 자신을 때렸다고 비난했었다. 무슨 이유인지 그때가 잊히지 않았다. 후에 칼에 찔려 죽을 뻔한 것에 대해 그녀에게 어느 정도 책임이 있었다는 사실은 덜 중요했다. 그게 그가 잊고 있었던 그녀의 표현이자 완벽한 경멸이었다.

마르틴손은 테이블 위로 그 잡지를 던졌다.

"그만둘 생각 해 보신 적 없습니까?" 그가 물었다. "뭔가 다른 일을 하는 걸요?"

"매일." 발란데르가 대꾸했다. "하지만 뭘 해야 할지 모르겠네."

"사설 경비 업체에 지원할 수도 있습니다." 마르틴손이 말했다.

그 말이 발란데르를 놀라게 했다. 그는 늘 마르틴손이 언젠가 경찰 서장이 되겠다는 꿈을 꾸고 있다고 생각했다.

이내 그는 홀름이 살았던 집에 갔던 이야기를 했다. 마르틴손은 집에 개 한 마리뿐이었다는 말을 듣고 관심을 드러냈다.

"적어도 거기에 둘은 더 사는데요." 마르틴손이 말했다. "스물다섯 살쯤 된 여자요. 본 적은 없지만 남자는 봤습니다. 롤프가 그의 이름이고요. 롤프 뉘만인가. 여자의 이름은 기억나지 않습니다."

"개 한 마리뿐이었어." 발란데르가 다시 말했다. "얼마나 겁쟁이인지 내가 소리치니까 땅에 배를 대고 기더군."

두 사람은 회의 시간인 9시에 회의실에서 보기로 했다. 마르틴손은 스베드베리가 참석할지 확신하지 못했다. 그가 어젯밤 전화로 독감에 걸려 열이 있다고 말했다.

발란데르는 자신의 방으로 걸음을 옮겼다. 언제나처럼 복도가 시작하는 곳에서 스물세 걸음이었다. 가끔 그는 문득 무언가 바뀌길 바랐다. 복도가 더 길어지거나 더 짧아지길. 하지만 모든 게 그대로였다. 그는 코트를 걸고 의자 등받이에 붙은 머리카락 두 올을 떼어 냈다. 손으로 정수리와 뒤통수를 쓸었다. 해가 가면서 머리카락이 다 빠지는 게 아닌지 걱정이 커졌다. 이내 복도를 빠르게 걷는 발소리가 들렸다. 종이 한 장을 흔들고 있는 마르틴손이었다.

"두 번째 조종사의 신원이 확인됐습니다." 그가 말했다. "이게 지금 막 인터폴에서 왔어요."

"에어턴 매케나." 마르틴손이 읽었다. "1945년 남ᐟ로디지아 출생.

1964년 이래 남로디지아 군대의 헬리콥터 조종사. 1960년대에 여러 차례 훈장을 받음. 뭣 때문에 받았을까요. 수많은 아프리카계 흑인들에게 폭탄을 떨어뜨려서?"

발란데르는 아프리카의 예전 영국 식민지들에서 일어난 일에 대해 아주 막연하게 알 뿐이었다.

"요즘은 남로디지아를 뭐라고 부르지?" 그가 물었다. "잠비아?"

"그건 북로디지아고요. 남로디지아는 요즘 짐바브웹니다."

"내 아프리카 지식은 시원찮아. 그 밖에 뭐라고 쓰여 있나?"

마르틴손이 계속 읽었다.

"1980년 이후 어느 시점, 에어턴 매케나는 영국으로 이주. 마약 밀매로 1983년에서 1985년에 버밍엄에서 수감. 1985년부터는 기록이 없다가 1987년에 갑자기 홍콩에서 나타남. 중국에서 사람들을 밀입국시킨 혐의가 있음. 홍콩 교도소에서 교도관 두 명을 총으로 쏴 죽이고 탈옥 후 현재까지 수배 중. 하지만 그 신원은 확실함. 모스뷔 외곽에서 에스피노사와 추락한 자임."

발란데르는 그것을 골똘히 생각했다.

"그게 뭐지?" 그가 말했다. "범죄 전력이 있는 두 조종사. 둘 다 밀수 전과가 있는. 존재하지 않는 비행기를 타고 있던. 놈들은 불법적으로 스웨덴 국경을 넘어 몇 분이라는 짧은 시간 동안 있었어. 다시 국경을 빠져나가려고 할 때 추락했겠지. 두 가지 가능성이 있어. 뭔가를 가져 갔거나 남겼거나. 비행기가 착륙한 흔적이 없으니 뭔가가 던져진 걸로 봐야겠지. 비행기에서 떨어진 게 뭘까? 폭탄 말고?"

"마약이요."

발란데르는 끄덕였다. 그러더니 테이블로 몸을 숙였다.

"사고 위원회가 조사를 시작했나?"

"일이 아주 더디게 진행되고 있습니다. 하지만 비행기가 격추된 징후는 없습니다. 그게 경위님이 생각하시는 거라면요."

"아니야." 발란데르가 말했다. "난 두 가지에 관심이 있을 뿐이야. 비행기에 예비 연료 탱크가 있었는지. 즉, 얼마나 멀리서 날아왔는지. 그리고 그게 사고였는지."

"격추된 게 아니라면 사고 말곤 다른 것일 리 없습니다."

"사보타주_{적이 사용하는 것을 막기 위해, 또는 무엇에 대한 항의의 표시로 장비, 운송 시설, 기계 등을 고의로 파괴하는 것}였을 가능성이 있지. 하지만 그건 아마 아닐 거야."

"그건 오래된 비행기였습니다." 마르틴손이 말했다. "아시잖습니까. 아마 브렌티엔 근처 언덕에 추락했던. 그런 다음 다시 조립된. 따라서 그건 상태가 안 좋았을 수도 있습니다."

"사고 위원회가 정말 발족되긴 하는 건가?"

"이십팔 일에요. 내일. 비행기가 스투루프 공항의 격납고로 옮겨졌습니다."

"자넨 거기 가 봐야겠군." 발란데르가 말했다. "이 예비 연료 탱크의 문제는 중요해."

"어디에도 들르지 않고 스페인에서 여기로 날아오려면 그게 꼭 필요했을 것 같긴 하죠." 마르틴손이 머뭇거리며 말했다.

"난 어느 것도 믿을 수 없어. 하지만 그 비행이 바다 저편에서 시작됐는지 알고 싶네. 독일에서. 아니면 발트해 연안국 중 하나에서."

마르틴손이 나갔다. 발란데르는 몇 가지를 메모했다. 이제 에스피노사라는 이름 옆에 확실치 않은 스펠링으로 매케나라고 적었다.

형사들은 8시 반에 모였다. 빈약한 모임이었다. 스베드베리는 사실상 감기에 걸린 것으로 판명되었다. 뉘베리는 아흔여섯 살 노모를 만나러 엑셰에 갔다. 오늘 아침 돌아올 예정이었지만 벡셰 남쪽 어딘가에서 차가 고장 났다. 뤼드베리는 지치고 괴로워 보였다. 발란데르는 술 냄새를 맡은 것 같았다. 뤼드베리는 혼자 술을 마시며 연휴를 보냈으리라. 그는 취할 만큼 마신 적이 거의 없었지만 말없이 꾸준히 마셨다. 한손은 과식했다고 넋두리했다. 비에르크도, 페르 오케손도 나타나지 않았다. 발란데르는 테이블 주위의 세 사람을 살폈다. TV에서는 좀처럼 볼 수 없는 모습이지. 그는 생각했다. 거기에 나오는 사람들은 젊고 쌩쌩하고 열정적으로 행동하는 경찰들이야. 마르틴손은 그런 맥락에 맞을지도 모르지만. 그를 빼면 이 수사반은 유익한 모습이 아니야.

"어젯밤에 칼부림이 있었어." 한손이 말했다. "아버지와 싸우게 된 형제였지. 당연히 술에 취해서. 형제 한 명과 아버지는 병원에 있네. 다양한 흉기로 서로 폭행한 모양이야."

"어떤 흉기?" 발란데르가 물었다.

"망치. 쇠 지렛대. 아마 드라이버. 적어도 아버지는 찔렸어."

"그 건은 미뤄 둬야 할 거야." 발란데르가 말했다. "당장은 세 건의 살인을 해결해야 해. 자매를 하나로 친다면 두 건."

"셰보에서 왜 훌름 건을 다루지 않는지 난 도무지 이해할 수 없어." 한손이 짜증스럽게 말했다.

"왜냐하면 훌름은 우리와 관련돼 있으니까." 발란데르가 똑같이 짜증스럽게 대꾸했다. "각자 수사하면 아무 결론에도 못 이르니까."

한손은 물러서지 않았다. 보아하니 그는 오늘 아침에 기분이 매우 안 좋은 상태였다.

"홀름이 에베르하르손 자매와 관련이 있다고 보장해?"

"아니. 하지만 모든 게 동일 인물이 그들을 죽였다고 가리킨다는 걸 알아. 난 그거면 사건들을 엮을 연관성 있고, 우리가 위스타드에서 합동 조사를 지휘하기에 충분한 것 같은데."

"오케손이 여기에 무게를 두나?"

"그래." 발란데르가 말했다.

그것은 사실이 아니었다. 페르 오케손은 어떤 말도 하지 않았다. 하지만 발란데르는 그가 자신을 지원하리라는 것을 알았다.

발란데르는 뤼드베리에게 몸을 돌림으로써 한손과의 논쟁을 일단락했다.

"마약 밀매에 관한 새로운 정보가 있습니까?" 그가 물었다. "말뫼에서 무슨 일이 있었는지? 가격이 바뀌었다거나 공급량이?"

"전화해 봤지만," 뤼드베리가 말했다. "크리스마스엔 일하는 사람이 없는 것 같더군."

"그럼 우리가 홀름 건을 진행해야 할 겁니다." 발란데르가 결정을 내렸다. "안됐지만 난 이 수사가 어렵고 길어질 거라고 봅니다. 더 깊이 파 볼 필요가 있어요. 홀름이 어떤 자였는지? 누구와 어울렸는지? 마약 밀매 조직에서 어떤 위치에 있었는지? 위치가 있긴 했는지? 그리고 그 자매는 어땠는지? 우린 아는 게 거의 없습니다."

"전적으로 맞는 말이야." 뤼드베리가 말했다. "파다 보면 진전이 있기 마련이야."

발란데르는 그 말을 머릿속에 넣어 두어야겠다고 생각했다.

파다 보면 진전이 있기 마련이다.

그들은 귀에서 맴도는 뤼드베리의 격언을 끝으로 회의를 마쳤다. 발란데르는 아네테 벵트손과 이야기를 나누려고 차를 몰고 여행사로 갔다. 하지만 실망스럽게도 그녀는 크리스마스 휴가였다. 하지만 그녀의 동료가 그에게 줄 봉투를 찾았다.

"아직 그 남자를 못 찾으셨어요? 그 자매분을 죽인 사람이요."

"네." 발란데르가 대답했다. "하지만 수사 중입니다."

경찰서로 돌아오는 도중 문득 그는 오늘 아침에 세탁실을 신청한 것이 기억났다. 그는 마리아가탄가에 들러 아파트로 올라가 옷장에 처박아 두었던 빨랫감을 잔뜩 들고 내려왔다. 세탁실로 내려가니 세탁기에 '고장'이라는 메모가 붙어 있었다. 분노한 발란데르는 빨랫감을 들고 차로 가 그것을 트렁크에 던져 넣었다. 경찰서에 세탁기가 있었다. 레게멘트스가탄가로 핸들을 틀었을 때 빠른 속도로 다가오는 오토바이와 충돌할 뻔했다. 그는 길가에 차를 대고 시동을 끈 다음 눈을 감았다. 스트레스가 심해. 그는 생각했다. 고장 난 세탁기 때문에 통제력을 잃을 뻔했다면 내 삶에 뭔가 문제가 있는 거야.

그는 그것이 무엇인지 알았다. 외로움. 갈수록 활기가 사라지는 엠마 룬딘과 보내는 밤 시간들.

경찰서로 차를 모는 대신 그는 뢰데루프의 아버지를 방문하기로 했다. 사전 연락 없는 방문은 늘 위험이 따랐다. 하지만 지금 당장 발란데르는 작업실의 유화 냄새를 맡을 필요성을 느꼈다. 지난밤 꿈이 여전히 머리에서 떠나지 않았다. 회색 풍경을 뚫고 운전하며 자신의 존재를 변화시키려면 어디서부터 시작해야 하는지 생각했다. 어쩌면 마르틴손이 옳았고, 남은 생을 경찰로 남을지 말지 진지하게 생각해야 했다. 페르 오케손은 법정과 취조실에서의 모든 혐의, 모든 획일적인 잿빛 시간을 초월한 삶에 대해 꿈을 꾸듯 말하곤 했다. 아버지조차 내겐 없는 뭔가를 갖고 있어. 그는 진입로로 방향을 틀며 생각했다. 당신이 충실하기로 한 꿈들. 그것들이 당신 외아들에게 작은 손해를 입혔더라도.

그는 차에서 내려 작업실로 걸음을 옮겼다. 고양이 한 마리가 반쯤 열린 문에서 거만하게 걸어 나오며 그를 수상쩍게 보았다. 발란데르가 녀석을 만지려고 몸을 숙이자 도망쳐 버렸다. 발란데르는 노크하고 안으로 들어갔다. 아버지는 이젤 앞에 몸을 숙이고 있었다.

"웬일이냐?" 아버지가 말했다. "의외구나."

"근처에 있었어요." 발란데르가 말했다. "제가 방해했나요?"

아버지는 그 말을 못 들은 척했다. 대신 아버지는 이집트 여행에 대해 말했다. 생생하지만 벌써 아주 오래전 기억인 것처럼. 발란데르는 낡은 썰매에 앉아 들었다.

"이제 이탈리아만 남았다." 아버지가 말을 맺었다. "그럼 난 죽어도 여한이 없을 거야."

"그 여행은 기다려야 할 것 같은데요." 발란데르가 말했다. "적어도 몇 달은요."

아버지는 색을 칠했다. 발란데르는 조용히 앉아 있었다. 간혹 두 사람은 몇 마디 주고받았다. 이내 더 길어진 침묵. 발란데르는 긴장이 많이 풀렸다고 느꼈다. 머리가 가벼워진 것을 느꼈다. 30분쯤 뒤

가려고 몸을 일으켰다.

"새해에 올게요." 그가 말했다.

"코냑 한 병 갖고 와라." 아버지가 대꾸했다.

발란데르는 경찰서로 돌아갔고, 그곳은 지금도 거의 완벽하게 적막하다는 인상을 주었다. 그는 늘 그렇듯 부산스러워질 새해 전야 준비로 지금 모두가 몸을 사린다는 것을 알았다.

발란데르는 방에 앉아 에베르하르손 자매의 작년 여행을 조사했다. 정말 뭘 찾고 있는지도 확신하지 못한 채 패턴을 파악하려고 애썼다. 난 흘름에 관해 아무것도 몰라. 그는 생각했다. 이 조종사들도. 이 스페인 여행들에서 뭘 알아야 할지 감도 못 잡겠군. 흘름과 안나 에베르하르손이 단 한 번 같은 시기에 여행을 했다는 사실 이외에 접점이 없어.

그는 모든 서류를 봉투에 넣은 다음, 살인 수사와 관련 있는 모든 자료를 보관하는 폴더에 그것을 넣었다. 그런 다음 코냑 한 병을 사라고 자신에게 상기시키는 메모를 했다.

벌써 정오가 지나 있었다. 그는 허기를 느꼈다. 가판대에서 급하게 핫도그 두 개를 먹는 습관을 버리려고 병원으로 걸어가 그곳 카페에서 샌드위치를 먹었다. 옆 테이블에 있던 찢긴 잡지를 대충 훑어보았다. 어느 팝 스타가 암으로 죽을 뻔했다. 어느 배우는 공연 중에 실신했다. 부자들의 파티 사진들. 그는 그 잡지를 옆으로 던졌고, 경찰서로 걷기 시작했다. 자신이 위스타드 시 경계 안에서 느릿느릿 걸어 다니는 코끼리 같다고 느꼈다. 곧 무슨 일이 일어나야 해. 그는 생각했다. 누가 이 세 사람을 처형했을까, 그리고 왜?

뤼드베리가 안내 데스크 옆에 앉아 기다리고 있었다. 발란데르는 그 옆 소파에 앉았다. 언제나처럼 뤼드베리는 본론으로 들어갔다.

"헤로인이 말뫼로 흘러들고 있네. 룬드, 란스크로나, 헬싱보리에서. 말뫼의 동료와 이야기를 나눴지. 그 시장의 공급이 늘어난 조짐이 명확하다더군. 다시 말해, 비행기에서의 마약 투하와 관련이 있을 수 있다는 얘기지. 이런 경우에 중요한 질문이 한 가지 있네."

발란데르가 끄덕였다.

"거기서 누가 그것을 받았느냐요?"

"그것과 관련해 우린 몇 가지 다른 시나리오를 쓸 수 있지." 뤼드베리가 말을 이었다. "아무도 비행기가 추락하리라 생각하지 못했다는 거. 오래전에 폐기 처분돼야 했을, 아시아에서 온 비행기의 추락. 그때 뭔가가 이 나라에서 일어난 게 분명해. 엉뚱한 사람이 밤에 떨어진 그 꾸러미를 주웠는지도 몰라. 그 먹이를 쫓아다니던 포식자가 하나 이상이었을 수도 있고."

발란데르는 끄덕였다. 그도 그것까지 생각했었다.

"뭔가 잘못됐어." 뤼드베리가 말했다. "그리고 그게 에베르하르손 자매와 그 뒤에 훌름을 처형 방식 살해로 이끌었어. 같은 총으로, 그리고 같은 손이나 손들로."

"하지만 전 여전히 그 생각에 반댑니다." 발란데르가 말했다. "우린 이제 안나와 에밀리아가 좋은 노부인이 아니었단 걸 압니다. 그렇다고 두 사람이 불법 마약 거래에 연루되었다고 말하는 건 너무 심한 것 같은데요."

"나도 사실 그렇게 생각하네. 하지만 더 이상 날 놀라게 하는 건 없지. 탐욕이란 건 끝이 없어. 탐욕이 사람들에게 그 발톱을 박아 넣으면. 아마 재봉 가게는 점점 더 나빠지고 있었을걸? 우리가 그들의 소득 신고서를 분석한다면 더 명확한 그림을 얻을 수 있을 거야. 그 액수를 보면 일이 언제 시작됐는지 알 수도 있을 거야. 어느 시점에 그들이 재봉 가게의 수익성을 더 이상 신경 쓰지 않았는지. 아마 그들은 햇살 가득한 파라다이스에서의 삶을 꿈꿨겠지. 두 사람은 똑딱단추와 비단실을 팔아선 절대 그걸 성취하지 못했을 거야. 갑자기 무슨 일이 일어났어. 그리고 두 사람은 거미줄에 걸렸어."

"그걸 반대 관점에서 볼 수도 있습니다." 발란데르가 말했다. "재봉 가게의 두 노부인보다 더 나은 위장은 거의 상상할 수 없죠. 두 사람은 순수의 화신이었습니다."

뤼드베리가 끄덕였다.

"그 꾸러미를 받기 위해 그날 밤 누가 거기 있었을까?" 그가 재차 말했다. "그리고 질문 한 가지 더. 누가 이 배후에 있었을까? 아니, 누가 이 배후에 있을까?"

"우린 여전히 중심점을 찾는 중이죠." 발란데르가 말했다. "피라미드의 꼭대기요."

뤼드베리는 하품을 하고 힘을 들여 소파에서 일어났다.

"우린 조만간 그걸 밝혀낼 걸세." 그가 말했다.

"뉘베리는 아직 안 왔습니까?" 발란데르가 물었다.

"마르틴손 말로는 아직 팅스뤼드라는군."

발란데르는 방으로 돌아갔다. 모두 무슨 일이 일어나길 기다리고 있는 듯 보였다. 뉘베리가 4시에 전화해 드디어 차를 고쳤다고 했다. 그들은 5시에 회의했다. 아무도 새로운 정보를 가져오지 않았다.

그날 밤 발란데르는 꿈도 꾸지 않고 깊이 잠들었다. 다음 날은 화창했고, 영하 5도였다. 그는 차를 집에 두고 경찰서로 걸어갔다. 하지만 반쯤 가다 마음을 바꾸었다. 홀름의 방이 있던 집에 두 사람이 살았다는 마르틴손의 말이 생각났다. 겨우 7시 15분이었다. 경찰서에서의 회의 시간 전에 그곳으로 차를 몰고 가 그들이 정말 있는지 살펴볼 수 있을 터였다.

그는 7시 45분에 그 집 앞마당으로 차를 틀었다. 개가 울타리를 따라 달리며 짖어 댔다. 발란데르는 주위를 둘러보았다. 집은 전날처럼 버려진 것처럼 보였다. 그는 현관으로 올라가 노크했다. 무응답. 문 손잡이를 잡았다. 잠겨 있었다. 안에 누가 있었다. 그는 집 주위를 둘러보려고 현관에서 돌아섰다. 그때 등 뒤로 현관문이 열리는 소리가 들렸다. 그는 자기도 모르게 펄쩍 뛰었다. 러닝셔츠와 무릎이 나온 청바지를 입은 남자가 거기서 그를 노려보고 서 있었다. 발란데르는 걸음을 돌려 자신을 소개했다.

"당신이 롤프 뉘만입니까?" 그가 물었다.

"네, 난데요."

"얘기를 좀 나눠야겠습니다."

남자는 주저하는 듯했다.

"집이 엉망입니다. 게다가 여기 사는 여자가 자고 있습니다."

"우리 집도 엉망입니다." 발란데르가 말했다. "게다가 우린 그녀의 침대 옆에 앉을 필요가 없습니다."

뒤로 물러선 뉘만이 발란데르를 어수선한 부엌으로 데려갔다. 그들은 앉았다. 남자는 발란데르에게 뭐든 대접하겠다는 제스처를 취하지 않았다. 하지만 그는 우호적으로 보였다. 발란데르는 그가 이 난장판을 부끄러워하는 것이리라 추측했다.

"여자는 마약 문제가 있습니다." 뉘만이 말했다. "지금 중독 치료 중이죠. 난 힘닿는 한 그녀를 돕는 중입니다. 하지만 어렵군요."

"당신은요?"

"난 건드린 적도 없습니다."

"그런데, 그렇다면 홀름과 같은 집에 사는 게 이상하지 않습니까? 그녀가 마약 중독에서 벗어나길 당신이 원한다면요."

대답이 거침없이 나왔고 설득력이 있었다.

"난 그가 마약과 연관이 있는지 몰랐습니다. 우린 여기서 싸게 살았습니다. 그는 좋은 사람이었고요. 난 그가 무슨 일을 하는지 몰랐습니다. 나에겐 천문학을 공부하고 있다고 했습니다. 우린 저 밖 정원에 서 있곤 했죠. 그는 모든 별의 이름을 알았습니다."

"무슨 일을 하십니까?"

"난 그녀가 나을 때까진 지속적인 일을 할 수 없습니다. 가끔 디스코텍에서 일합니다."

"디스코텍?"

"레코드를 틉니다."

"DJ라고요?"

"네."

발란데르는 그가 호감형이라고 생각했다. 그는 어딘가에서 자고 있는 여자를 방해하는 것 이외에 무엇에도 불안한 반응을 보이지 않았다.

"홀름." 발란데르가 말했다. "그를 어떻게 만났습니까? 그리고 그게 언제였습니까?"

"란스크로나에 있는 디스코텍에서요. 우린 얘길 나누기 시작했죠. 그가 이 집에 대해 말했습니다. 몇 주 뒤에 우린 이사했죠. 문제는 청소할 기력이 없다는 겁니다. 전에는 했죠. 홀름도 했고요. 하지만 지금은 내 모든 시간을 그녀를 돌보는 데 씁니다."

"홀름에게 뭔가 꿍꿍이가 있다고 의심하지 않았습니까?"

"네."

"그를 방문한 사람이 있었습니까?"

"한 번도요. 그는 대개 낮에는 나가 있었습니다. 하지만 늘 언제 돌아올지 말했죠. 어디 간다고 말하고 돌아오지 않은 건 마지막으로 봤을 때뿐이었습니다."

"그날 그는 초조해 보이던가요? 평소와 다른 점이 있었습니까?"

롤프 뉘만은 회상했다.

"아니요, 평소와 같았습니다."

"그럼 어땠습니까?"

"행복해 보였습니다. 하지만 가끔은 그 반대였죠."

발란데르는 어떻게 묻는 게 최선일지 생각했다.

"그는 돈이 많았습니까?"

"분명 화려하게 살진 않았죠. 그의 방을 보여 드릴 수 있습니다."

"그러실 필요는 없습니다. 그를 방문한 사람이 없는 건 확실합니까?"

"한 번도요."

"하지만 전화는 받았겠죠."

뉘만이 끄덕였다.

"그는 누가 언제 전화를 걸지 알았던 것 같더군요. 전화기 옆에 앉아 있으면 전화가 울렸죠. 그가 집이나 전화기 근처에 없을 땐 절대 울리지 않았고요. 그와 관련해선 그게 가장 이상한 점이었습니다."

발란데르는 더 물을 질문이 없었고, 자리에서 일어났다.

"이제 어떻게 하실 겁니까?" 그가 물었다.

"모르겠습니다. 홀름이 외레브로에 있는 누군가에게서 이 집을 빌렸습니다. 우린 이사해야겠죠."

롤프 뉘만이 현관 계단으로 그를 따라 나왔다.

"홀름이 에베르하르손을 언급하는 걸 들은 적 있습니까?"

"그 살해당한 사람들이요? 아니요, 한 번도요."

발란데르는 마지막 질문이 있다는 것을 깨달았다.

"홀름에겐 차가 있었을 겁니다." 그가 말했다. "그게 어디 있죠?"

롤프 뉘만은 머리를 저었다.

"모르겠는데요."

"차종이 뭐였습니까?"

"검은색 VW 골프요."

발란데르는 그의 손을 잡고 작별 인사를 했다. 발란데르가 차로 걸어갈 때 개는 조용했다.

홀름은 자기 사업을 잘 숨겼을 거야. 위스타드로 돌아오는 길에 그는 생각했다. 내가 신문했을 때 자신의 본모습을 잘 숨겼듯이.

8시 45분에 그는 경찰서 앞에 주차했다. 데스크 앞에 앉아 있던 에바가 마르틴손과 사람들이 회의실에서 기다리고 있다고 말했다. 그는 서둘렀다. 뉘베리도 와 있었다.

"무슨 일이야?" 발란데르가 자리에 앉기도 전에 그렇게 말했다.

"빅뉴스입니다." 마르틴손이 말했다. "우리의 말뫼 동료들이 잘 알려진 마약상을 찾아냈습니다. 그의 집에서 그들은 삼십팔 구경 권총을 발견했죠."

마르틴손이 뉘베리를 향했다.

"감식반원들이 재빨리 조사했네." 그가 말했다. "에베르하르손 자매와 홀름이 그 구경에 맞았어."

발란데르는 숨을 멈췄다.

"그 마약상의 이름이 뭐지?"

"닐스마르크. 하지만 힐톤으로 알려졌지."

"그게 같은 총인가?"

"아직 그 질문에 대답할 순 없네. 하지만 그럴 가능성은 있지."

발란데르는 끄덕였다.

"좋아." 그가 말했다. "그게 우리의 돌파구가 될지도 모르겠군. 그럼 우린 새해를 맞기 전에 이 일을 끝낼 기회가 있어."

11

그들은 새해 전야까지 사흘간 집중적으로 일했다. 발란데르와 뉘베리는 28일 아침에 말뫼로 차를 몰고 갔다. 뉘베리는 말뫼 경찰 감식반원들과 이야기를 나누러, 발란데르는 힐톤으로 알려진 마약상의 신문에 참석해 몇 가지 질문을 하러 갔다. 그는 아직 놀랄 만큼 민첩하게 움직일 수 있는 과체중의 50대 사내였다. 양복과 넥타이 차림에 지루해하는 듯 보였다. 신문 시작 전 발란데르는 전에 만난 적 있는 휘트네르라는 형사에게서 사내의 이력에 대한 브리핑을 받았다.

힐톤은 1980년대 초에 마약상이었다. 하지만 휘트네르는 그때 경찰과 검사 들이 수박 겉핥기 식으로 조사해 실제 이상의 죄로 그를 교도소에 처넣었다고 확신했다. 그는 분명 복역했던 노르셰핑의 교도소에서 사업 통제권을 유지했다. 그가 복역하는 중에 말뫼 경찰은 스웨덴 남부에 마약 공급을 장악했던 세력들의 힘겨루기를 파악할 수 없었다. 힐톤은 출옥해 즉시 이혼하고 어린 볼리비아 미인과 결혼함으로써 복귀를 축하했다. 그 후 텔레보리 북쪽에 있는 큰 집으로 이사했다. 그들이 또 안 사실은 그가 사냥터를 위스타드와 심리스함까지 확장하기 시작했고, 크리스티안스타드에 정착했다는 것이었다. 12월 28일, 그에 대한 충분한 증거가 있다고 본 경찰은 검사에게서 그의 집을 수색할 영장을 받아 냈다. 그리고 그들은 총을 찾아냈다. 힐톤은 그 총의 면허가 없다고 즉시 자백했다. 그는 집이 너무 외진 곳에 있어서 자신을 지키기 위해 그 총을 샀다고 설명했다. 하지만 그는 에베르하르손 자매와 윙베 레오나르드 홀름을 죽인 자들과의 어떤 관련성도 단호히 부인했다.

발란데르는 오래 끄는 힐톤의 신문에 참석했다. 막판에 그는 몇 가지 질문을 했고, 그중에서도 문제의 두 날짜에 힐톤이 정확히 뭘 하고 있었는지 집중적으로 물었다. 에베르하르손 자매가 죽은 날 그의 알리바이는 매우 확고했다. 홀름이 총에 맞았을 때는 덜 확고했다. 힐톤은 에베르하르손 자매가 살해됐을 때 코펜하겐에 있었다고 주장했다. 그는 혼자 여행했기 때문에 그 주장을 확인하는 데는 시간이 걸릴 것이었다. 홀름이 사라지고 살해된 채 발견된 동안 힐톤은 많은 일을 했다.

발란데르는 뤼드베리가 여기에 있길 바랐다. 발란데르는 보통 신문을 받는 자가 사실을 말하고 있는지 아닌지 꽤 빨리 알 수 있었다. 하지만 힐튼은 어려웠다. 뤼드베리가 있었다면 두 사람은 인상을 비교할 수 있었을 터였다. 한 차례 신문 후 발란데르는 휘트네르와 커피를 마셨다.

"우린 이전의 어떤 폭력 사건과도 그를 연결 지을 수 없었습니다." 휘트네르가 말했다. "놈은 필요하다면 늘 부하들을 썼죠. 그리고 항상 그들은 같은 자가 아니었습니다. 우리가 말할 수 있는 건, 놈은 마음에 들지 않는 자의 다리를 부러뜨려야 할 때면 대륙에서 사람을 데려왔다는 겁니다."

"그들 모두를 찾아내야 할 겁니다." 발란데르가 말했다. "그 총이 일치하는 걸로 드러나면요."

"난 놈의 짓이라고 믿기 힘듭니다." 휘트네르가 말했다. "놈은 그런 타입이 아닙니다. 놈은 학생들에게 헤로인을 파는 데 거리낌이 없죠. 하지만 혈액 샘플을 채취할 땐 기절하는 부류이기도 합니다."

발란데르는 오후가 시작될 때 위스타드로 돌아왔다. 뉘베리는 말뫼에 남았다. 발란데르는 믿는 것보다 더 사건 해결에 한 걸음 다가섰길 바랐다.

그와 동시에 다른 생각이 그를 갉아먹기 시작했다. 그가 간과한 무언가. 그가 내렸던 결론이나 했던 추정. 그는 답을 찾지 못하고 기억을 더듬었다.

그는 위스타드로 돌아가는 길에 셰른순드로 빠져 잠시 스텐 비덴의 말 목장에 들렀다. 스텐 비덴은 훈련 중인 말의 소유주로 보이는 나이 든 여자와 마구간에 있었다. 그가 다가갔을 때 여자는 떠나는 참이었다. 그와 비덴은 함께 BMW가 떠나는 모습을 지켜보았다.

"멋진 여자지만," 스텐 비덴이 말했다. "그녀가 사기당해 산 말들은 아무도 행복하게 하지 못해. 늘 사기 전에 나한테 조언을 구하라고 말했건만. 근데 저 여자는 자기가 제일 잘 안다고 생각하지. 지금 그녀는 경주에서 절대 이길 수 없다는 게 보장된 주피터라는 말을 갖고 있어."

비덴이 팔을 뻗었다.

"하지만 그 녀석이 날 먹여 살리지." 그가 말했다.

"트라비아타." 발란데르가 말했다. "난 그 녀석이 보고 싶은데."

두 사람은 여러 칸막이 안에서 발을 구르고 있는 말들이 있는 마구간으로 걸어 들어갔다. 스텐 비덴이 한 말 옆에 멈추더니 녀석의 주둥이를 쓰다듬었다.

"트라비아타." 그가 말했다. "특별히 음탕한 녀석은 아니라고 말해야겠어. 오히려 종마를 두려워해."

"잘 달려?"

"괜찮은 편이야. 하지만 뒷다리가 약해. 두고 봐야지."

그들은 다시 밖으로 나왔다. 발란데르는 마구간에 있었을 때 비덴의 숨결에서 희미한 술 냄새를 맡았다. 비덴은 커피를 대접하려 했지만 발란데르는 됐다고 말했다.

"해결해야 할 살인이 세 건이야." 그가 말했다. "신문에서 그 기사를 읽어 봤겠지."

"난 스포츠 면만 읽어." 스텐 비덴이 대꾸했다.

발란데르는 셰른순드를 떠났다. 그는 자신과 스텐이 소통이 용이했던 시절로 돌아가는 길을 찾을 수 있을지 궁금했다.

경찰서로 돌아왔을 때 발란데르는 안내 데스크 구역에서 비에르크와 마주쳤다.

"자네가 이 살인 사건들을 해결했다고 들었네." 그가 말했다.

"아니요." 발란데르가 힘주어 대답했다. "아무것도 해결되지 않았습니다."

"그럼 그러길 계속 바라야겠군." 비에르크가 말했다.

비에르크는 정문으로 나갔다. 마치 우리 사이에 아무 일도 없었다는 것 같군. 발란데르는 생각했다. 아니면 나보다 더 갈등을 두려워하든가. 원한을 더 오래 품든가.

발란데르는 수사반원들을 모으고 말뫼에서의 새 국면을 검토했다.

"자넨 그놈이라고 생각하나?" 발란데르가 말을 마쳤을 때 뤼드베리가 물었다.

"모르겠습니다." 발란데르가 대답했다.

"그러니까, 그 말인즉슨 그놈이 아니라고 생각한다는 건가?"

발란데르는 대답하지 않았다. 그는 다소 실망스럽게 어깨를 으쓱했을 뿐이었다.

회의를 마쳤을 때 마르틴손이 새해 전야 근무를 자신과 바꿀 수 있는지 발란데르에게 물었다. 마르틴손은 그날 근무였고, 그럴 수 있다면 그날 근무를 하고 싶지 않았다. 발란데르는 고민했다. 어쩌면 내내 모나 생각을 하느니 바쁘게 일하는 것이 최선일 수도 있겠지만 그날 저녁을 뢰데루프에서 아버지와 보내기로 약속했다. 가장 큰 숙제.

"아버지와 보내기로 약속했네. 다른 사람에게 부탁해 봐."

발란데르는 마르틴손이 나가고 난 후에도 회의실에 남아 있었다. 그는 말뫼에서 돌아오는 길에 자신을 갉아먹기 시작했던 그 생각을 탐색했다. 창가로 가 멍하니 주차장 맞은편의 급수탑을 바라보았다. 마음속으로 천천히 모든 사건을 검토했다. 놓친 무언가를 잡으려 애쓰며. 하지만 허탕이었다.

남은 하루에는 중요한 일이 일어나지 않았다. 모두가 대기 중이었다. 뉘베리는 말뫼에서 돌아왔다. 탄도학 전문 감식반은 그 총에 총력을 기울이고 있었다. 마르틴손은 아내와 냉전 중이라 집에 있길 피하고 싶은 네슬룬드와 그럭저럭 새해 전야 근무를 바꾸었다. 발란데르는 복도를 앞뒤로 서성거렸다. 그는 날 듯 말 듯 한 그 생각을 계속 탐색 중이었다. 그것이 잠재의식을 계속 갉아 댔다. 그것이 휙 스쳐 지나간 세부 사항일 뿐이라는 정도는 알았다. 어쩌면 더 면밀히 살피고 놓치지 말았어야 할 한마디.

6시였다. 뤼드베리는 아무 말 없이 퇴근했다. 발란데르와 마르틴손은 함께 윙베 레오나르드 홀름에 대해 아는 모든 것을 검토했다. 그는 브뢰사르프에서 태어났고, 그들이 아는 한 평생 직업이 없었다. 어렸을 때의 소소한 도둑질이 심각한 범죄로 발전했다. 하지만 폭력은 없었다. 그 점에서는 닐스마르크와 비슷했다. 마르틴손은 이해를 구하고 퇴근했다. 한손은 누가 방에 들어오면 잽싸게 서랍에 던져 넣는 경마표에 몰두해 있었다. 발란데르는 휴게실에서 새해 기간에 음주 운전을 단속할 예정인 몇몇 순경과 이야기를 나누었다. 그들은 제한속도를 어기고 집으로 차를 몰고 갈, 이 지역에 훤한 운전자들이 이용하는 '음주 경로'인 소로에 초점을 맞출 생각이었다. 7시에 발란데르는 말뫼에 전화해 휘트네르와 통화했다. 그곳도 별일이 없었다. 하지만 그 헤로인은 이제 북쪽으로 바르베리까지 흘러들고 있었다. 예테보리에서 통제되던 마약 거래가 거기서 그 자리를 차지했다.

발란데르는 집으로 갔다. 세탁기는 여전히 수리되지 않았다. 그리고 빨랫감은 여전히 차 안에 있었다. 화가 난 그는 경찰서로 돌아가 세탁기에 빨랫감을 잔뜩 채워 넣었다. 그런 다음 수첩에 무언가를 끼적이며 앉아 있었다. 라드완과 장엄한 피라미드를 생각했다. 그때쯤 빨래가 말랐고, 9시가 지나 있었다. 그는 집으로 갔고, 해시_{고기와 감자를 잘게 다져 섞은 음식} 한 캔을 따 옛 스웨덴 영화를 보며 TV 앞에서 먹었다. 젊은 시절에 그 영화를 본 기억이 모호하게 났다. 어떤 여자와 봤는데, 그녀의 허벅지에 손을 올리려다 실패했었다.

잠자리에 들기 전에 린다에게 전화했다. 이번에는 모나가 받았다. 그는 즉각 그녀의 목소리로 안 좋은 때에 전화를 걸었다는 것을 알았다. 린다는 없었다. 발란데르는 린다에게 인사를 전해 달라고만 했다. 통화는 시작하자마자 끝났다.

엠마 룬딘에게 전화가 왔을 때는 막 침대에 기어든 참이었다. 발란데르는 자다 깬 척했다. 그녀는 깨워서 미안하다고 사과했다. 그리고 새해 전야 일정을 물었다. 발란데르는 아버지와 보낼 예정이라고 말했다. 그들은 새해 첫날에 만나기로 했다. 발란데르는 수화기를 내려놓기도 전에 그 약속을 후회했다.

다음 날인 12월 29일에는 비에르크가 가벼운 교통사고를 낸 것 외에 별일은 없었다. 마르틴손이 히죽히죽 웃으며 그 뉴스를 전했다.

502

비에르크는 좌회전할 때 차 한 대를 너무 늦게 보았다. 눈이 내린 길에 두 차가 미끄러지며 서로 약간의 가벼운 손상을 입혔다.

뉘베리는 여전히 탄도 감식 보고서를 기다리고 있었다. 발란데르는 쌓인 서류를 해치우려 애쓰며 하루를 보냈다. 오후에 페르 오케손이 그의 방에 와서 최근 상황의 최신 정보를 물었다. 발란데르는 옳은 추적을 하고 있길 바라고 있을 뿐이라고 사실대로 말했다. 하지만 아직 해야 할 조사가 많았다.

오늘이 오케손의 휴가 전 근무 마지막 날이었다.

"내 후임자는 여자야." 그가 말했다. "내가 이미 말했지? 이름은 아네테 브롤린이고 스톡홀름에서 와. 자넨 기쁠 거야. 나보단 훨씬 매력적이니까."

"두고 보지." 발란데르가 말했다. "하지만 자네가 그리울 거야."

"한손은 아닐걸." 페르 오케손이 말했다. "그는 날 싫어해. 왜인지는 몰라도. 스베드베리도 그렇고."

"자네가 없는 동안 그 이유를 알아보지."

둘은 서로 행복한 새해를 맞길 바라며 계속 연락하자고 약속했다.

그날 저녁 발란데르는 전화로 오랫동안 린다와 이야기를 나누었다. 딸은 룬드에서 친구들과 새해 전야를 축하할 계획이었다. 발란데르는 실망했다. 딸이 뢰데루프에서 함께 새해 전야를 보내리라 생각했거나 적어도 바랐었다.

"두 노인끼리," 딸이 말했다. "저녁을 보내는 게 더 신날걸."

전화를 끊고 나서 발란데르는 아버지가 부탁한 코냑을 사는 것을 잊었다는 사실을 깨달았다. 샴페인 한 병도 사야 했다. 그것을 두 번 메모했다. 그 메모 하나를 부엌 테이블 위에, 하나는 신발 안에 놓았다. 그날 밤 그는 마리아 칼라스가 오래전에 녹음한 〈투란도트〉를 들으며 오랫동안 앉아 있었다. 이상하게 스텐 비덴의 마구간에 있는 말들에게로 생각이 떠돌았다. 3시에 가까워서야 잠이 들었다.

30일 아침에 위스타드에 폭설이 내렸다. 날씨가 나아지지 않으면 혼돈의 새해 전야가 될 터였다. 하지만 이미 10시에 하늘이 개었고, 눈이 녹기 시작했다. 발란데르는 그게 같은 총인지 결정하는 데 왜 탄도학 팀이 그토록 지나치게 시간을 끄는지 궁금해했다. 뉘베리는 성을 내며 감식반원들이 수준 이하의 일을 하느라 쥐 꼬리만 한 봉급을 받는 게 아니라고 말했다. 발란데르는 즉시 꼬리를 내렸다. 두 사람은 화해한 다음 경찰의 박봉에 관해 이야기하며 한동안 시간을 보냈다. 비에르크조차 특별히 급여가 많지 않았다.

오후에 수사반이 모였지만 새로 드러난 사실이 많지 않았기에 회의는 답보 상태였다. 마르베야 경찰은 에베르하르손 자매의 저택 수사에 관해 인상적으로 자세한 보고서를 보내왔다. 그들은 사진까지 첨부했다. 그 사진이 지금 테이블 주위로 돌아가고 있었다. 집이 정말 대궐 같았다. 하지만 그럼에도 그 보고서는 수사에 새로운 방향을 제시하지 못했다. 돌파구는 없었고, 기다림만 있었다.

그들의 희망은 31일 아침에 박살이 났다. 탄도 전문 감식반은 닐스마르크의 집에서 찾은 그 총이 에베르하르손 자매나 홀름을 살해하는 데 쓰인 것이 아니라고 확정했다. 잠시 수사반은 기가 꺾였다. 뤼드베리와 발란데르만이 부정적인 결론이 나오리라고 예상했었다. 말뇌 경찰은 닐스마르크의 코펜하겐 여행 역시 사실임을 확인해 주었다. 그는 그 자매가 살해되었을 때, 위스타드에 있을 수 없었다. 휘트네르 역시 홀름이 행방불명된 뒤 죽었을 때에도 닐스마르크에게 알리바이가 있었을 걸로 여겼다.

"출발점으로 돌아왔군." 발란데르가 말했다. "우린 새해에 전력을 다해 다시 시작해야 할 거야. 자료를 다시 검토하고 더 깊이 파고."

아무도 말을 얹지 않았다. 새해 연휴 동안 수사는 중지될 것이었다. 당장은 단서가 없었기 때문에 발란데르는 이들에게 가장 필요한 게 휴식이라고 느꼈다. 이내 그들은 새해의 덕담을 나누었다. 결국 뤼드베리와 발란데르만 남았다.

"우린 예상했지." 뤼드베리가 말했다. "자네와 난. 범인이 닐스마르크라면 지나치게 쉽다는 걸. 대체 놈은 왜 총을 갖고 있었을까? 처음부터 잘못됐어."

"하지만 그래도 확인해야 했죠."

"수사는 종종 애초에 중요하지 않을 거라는 걸 시도하는 거지만," 뤼드베리가 말했다. "그건 자네 말대로야. 온갖 수단을 다 쓰지 않을 수 없지."

이내 그들은 새해 전야에 대해 이야기를 나누었다.

"난 대도시에 있는 동료들이 전혀 부럽지 않아." 뤼드베리가 말했다. "여기도 엉망이 될 수 있지."

뤼드베리가 발란데르에게 무슨 계획이 있는지 물었다.

"뢰데루프에 있는 아버지를 보러 가려고요. 코냑을 사 오라시더군요. 밥 먹고 카드 치고 하품하다가 자정에 축배를 들 겁니다. 그리고 전

집에 가야죠."

"난 되도록 자려고 하네." 뤼드베리가 말했다. "한 해의 마지막 날은 나쁜 기억만 남으니까. 내가 일 년 중 수면제를 먹는 몇 번 안 되는 날이지."

발란데르는 상태가 어떤지 뤼드베리에게 묻고 싶었지만 그러지 않기로 했다.

두 사람은 오늘을 특별히 기념하듯 악수했다.

발란데르는 방으로 가 1990년 다이어리를 꺼내고 서랍을 청소했다. 그것이 지난 몇 년간 그가 들인 버릇이었다. 새해 전야는 서랍들을 정리하고 지난 서류를 치우는 날이었다.

발란데르는 찾아낸 잡동사니를 보고 놀랐다. 서랍 하나에는 접착제가 새어 있었다. 그는 휴게실에서 칼을 가져와 그것을 떼어 내기 시작했다. 복도에서 격분한 주정뱅이가 파티에 가는 길이라 경찰서에서 낭비할 시간이 없다고 외치는 소리가 들렸다. 벌써 시작이군. 발란데르는 생각했다. 그는 칼을 휴게실에 되돌려 놓았다. 접착제는 쓰레기통에 던졌다.

7시에 집으로 간 그는 샤워하고 옷을 갈아입었다. 8시 조금 넘어서는 뢰데루프에 있었다. 가는 길에 자신을 괴롭히는 생각을 계속 더듬었지만 알아내는 데 실패했다. 아버지는 놀랄 만큼 맛있는 피시 그라탱을 요리했다. 발란데르는 간신히 코냑을 샀고, 아버지는 헤네시라는 상표를 보고 만족스럽게 고개를 끄덕였다. 샴페인은 냉장고에 넣어 두었다. 두 사람은 저녁을 먹으며 맥주를 마셨다. 특별히 아버지는 오래된 양복을 입었고, 발란데르가 전에 보지 못한 방식으로 넥타이도 매었다.

9시 조금 넘어 두 사람은 자리를 잡고 포커를 쳤다. 발란데르는 두 차례 트리플을 잡았지만 아버지가 이기도록 매번 그중 한 장을 버렸다. 11시쯤 발란데르는 소변을 보러 나갔다. 공기가 상쾌했고, 점점 추워 지고 있었다. 별들이 반짝거렸다. 발란데르는 피라미드들을 생각했다. 그것들이 강한 스포트라이트를 받아 빛났다는 사실은 이집트 밤하늘이 거의 보이지 않았다는 것을 뜻했다. 그는 집 안으로 들어갔다. 아버지 는 코냑 몇 잔을 들이켰고, 취하기 시작했다. 발란데르는 차를 몰고 돌 아갈 계획이었기에 한 모금만 마셨다. 음주 단속이 행해질 장소를 알고 있더라도 법적 제한을 넘기는 혈중알코올농도 상태의 운전을 용납할 순 없었다. 새해 전야에는 아니었다. 간혹 그럴 때가 있었고, 그때마다 발란데르는 다시는 그럴 일이 없을 거라고 중얼거렸다.

11시 반에 린다가 전화했다. 두 사람은 돌아가며 그녀와 이야기를 나 누었다. 발란데르는 매우 크게 틀어 놓은 스테레오 소리를 들었다. 서 로 외쳐야 했다.

"우리랑 같이 있었으면 더 좋았을 거야." 발란데르가 소리쳤다.

"아빠 모를 거야." 그녀가 되받아 소리쳤지만 친근하게 들렸다.

그들은 서로 행복한 새해를 맞길 바랐다. 아버지는 이미 코냑을 한 잔 더 마셨다. 아버지는 잔을 채우며 흘리기 시작하고 있었다. 하지만 정신은 말짱했다. 그리고 그것이 발란데르에게 유일한 문제였다.

두 사람은 12시에 TV 앞에 앉아 얄 쿨레스웨덴의 배우이자 영화감독가 새해 종 을 치는 모습을 보았다. 발란데르는 아버지를 힐끗 보았다. 아버지는 정말 눈에 눈물이 고여 있었다. 그는 감동을 느끼지 못했고, 피곤할 뿐이었다. 엠마 룬딘과 데이트할 날이 다가오고 있다는 생각에 두렵기도 했다. 마치 자신이 카드놀이로 그녀를 속이고 있는 것 같았다. 오늘 밤 새해 결심을 한다면 그녀에게 관계를 지속하고 싶지 않다고, 되도록 빨리 사실대로 말하는 것이었다.

하지만 그는 결심하지 않았다.

그는 1시 좀 못 되어 집으로 갔다. 하지만 먼저 아버지가 침대에 들도록 도왔다. 아버지의 신발을 벗기고 담요를 덮어 드렸다.

"곧 이탈리아에 갈 거다." 아버지가 말했다.

발란데르는 부엌을 치웠다. 벌써 아버지의 코 고는 소리가 집 안을 울렸다.

새해 아침에 잠에서 깨었을 때 발란데르는 두통이 일었고 목이 아팠다. 12시에 엠마 룬딘이 왔을 때 그녀에게 그렇게 말했다. 그녀는 간호사였고, 발란데르가 열이 있는 데다 창백했기 때문에 그 말을 의심하지 않았다.

"사흘짜리 감기예요." 그녀가 선언했다. "집에 있어요."

두 사람은 거실에서 그녀가 끓인 차를 마셨다. 발란데르는 생각하고 있는 것을 몇 차례 말하려고 했다. 하지만 그녀가 3시쯤 갔을 때, 발란데르가 나아지면 연락하겠다고 한 것 말고는 어떤 결말에도 이르지 못했다.

발란데르는 남은 하루를 침대에서 보냈다. 책을 몇 권 뒤적이기 시작했는데, 집중이 되지 않았다. 가장 좋아하는 쥘 베른의 『신비의 섬』조차 흥미가 나지 않았다. 하지만 그는 그 책의 등장인물 중 한 명이 마침내 신원이 확인된 죽은 조종사 한 명과 같은 이름―에어턴―이라는 사실을 떠올렸다.

그는 한참 동안 인사불성 상태로 누워 있었다. 의식에 피라미드들이 반복해서 나타났다. 아버지가 피라미드에 올랐다가 떨어졌고, 아니면 머리 위에 거대한 돌덩어리들이 걸려 있는 깊은 지하 통로에서 자신을 발견했다.

저녁에 그는 부엌 서랍에서 겨우 분말 수프 한 봉지를 찾아내, 그것을 끓였다. 하지만 대부분 쏟아 버렸다. 식욕이 거의 없었다.

다음 날도 여전히 아팠다. 그는 마르틴손에게 전화해 누워 있어야겠다고 말했다. 새해 전야에 위스타드는 조용했지만 다른 지역에서는 이례적인 골치를 겪었다는 말을 들었다. 냉장고와 식품 창고가 거의 비어 있어서 10시쯤 밖에 나가 식료품을 사 왔다. 약국에도 들러 두통약을 좀 샀다. 목은 좀 나아졌지만 이제 콧물이 흐르고 있었다. 진통제값을 치르려고 할 때 재채기가 나왔다. 계산대 직원이 그를 탐탁잖게 보았다.

그는 침대로 돌아가 다시 잠이 들었다.

갑자기 깜짝 놀라 깨었다. 또 피라미드에 대한 꿈을 꾸었다. 하지만 그를 깨운 것은 다른 무언가였다. 나지 않았던 생각과 관련한 무언가.

내가 보지 못한 게 뭐지? 그는 궁금했다. 그는 꼼짝도 않고 누워 어두운 방을 노려보았다. 그것은 피라미드와 관련 있는 무언가였다. 그리고 뢰데루프의 아버지 집에서의 새해 전야와 관련 있던. 마당에 서서 하늘을 바라보았을 때 그는 별들을 보았다. 주위가 온통 어두웠기에. 카이로의 피라미드들은 강한 조명을 받고 빛났었다. 조명들 때문에 별

빛이 보이지 않았다.

그는 마침내 자신을 괴롭히던 그 생각을 움켜쥐었다.

스웨덴 해안 상공을 몰래 날아들었던 그 비행기는 무언가를 떨어뜨렸다. 불빛이 숲 너머에서 목격되었다. 비행기가 그 위치를 파악하도록 어떤 지역을 표시했다. 스포트라이트가 들판에 배치된 다음 치워졌다.

그를 괴롭히던 것이 그 스포트라이트였다. 누가 그런 종류의 강한 조명에 접근할 수 있었을까?

그 아이디어는 기대치가 낮은 시도였다. 그럼에도 그는 자신의 직감을 믿었다. 그에 관해 한참 생각하며 침대에 앉아 있었다. 그런 다음 마음을 정하고 침대에서 일어나 낡은 가운을 걸치고 경찰서에 전화했다. 그는 마르틴손과 통화하길 원했다. 그가 전화를 받기까지 몇 분이 걸렸다.

"부탁이 있네." 발란데르가 말했다. "롤프 뉘만에게 전화해. 셰보 외곽의 집을 흘름과 공유한 사람. 통상적인 질문처럼 들리게 전화하게. 몇 가지 사실을 적을 필요가 있는 것처럼. 뉘만은 내게 여러 디스코텍에서 DJ로 일했다고 했네. 그에게 그가 일한 모든 곳의 이름을 읊어 보라고 해."

"그게 왜 중요하죠?"

"나도 모르겠지만," 발란데르가 말했다. "그래 주게."

마르틴손은 다시 전화하겠다고 했다. 발란데르는 벌써 자신의 생각이 의심스럽기 시작했다. 그것은 너무 승산 없는 시도였다. 하지만 그것은 뤼드베리가 늘 하는 말대로였다. 온갖 수단을 다 써야 한다.

몇 시간이 흘렀다. 이미 오후였다. 마르틴손은 전화하지 않았다. 열이 내리기 시작하고 있었다. 하지만 여전히 재채기 때문에 괴로웠다. 그리고 흐르는 콧물. 마르틴손은 4시 반에 전화했다.

"이제야 전화를 받았는데," 그가 말했다. "별다른 의심은 안 하던데요. 디스코텍은 네 군뎁니다. 말뫼에 두 군데, 룬드에 한 군데, 헬싱보리 근처 로오에 한 군데."

발란데르는 그 이름들을 받아 적었다.

"좋아." 그가 말했다.

"제가 궁금해하는 거 아실 텐데요."

"한 가지 생각이 있어. 내일 말해 줄게."

발란데르는 대화를 끝냈다. 그는 생각할 것도 없이 옷을 챙겨 입고 물잔에 진통제 두 알을 녹여 마시고 커피도 한 잔 마신 다음 화장실 두루마리 휴지를 챙겨 나왔다. 5시 15분에 그는 운전 중이었다.

첫 번째 디스코텍은 말뫼 프리함 지역에 있는 옛 창고였다. 발란데르는 운이 좋았다. 차를 세웠을 때 한 남자가 닫힌 디스코텍에서 걸어 나왔다. 발란데르는 자신을 소개했고, 앞에 있는 남자가 하파란다에서 온 유하넨이라는 사람이며 디스코 엑소더스의 사장이라는 것을 알았다.

"하파란다에서 온 분이 어떻게 말뫼에 정착했습니까?" 발란데르가 물었다.

남자가 미소 지었다. 대략 마흔 언저리의 그는 이가 고르지 못했다.

"그가 한 여자를 만나죠." 그가 말했다. "이주하는 사람은 대개 두 가지 이유 중 하나 때문에 그렇게 합니다. 일거리를 찾으러. 아니면 인연을 만나서."

"전 사실 롤프 뉘만에 대해 묻고 싶습니다." 발란데르가 말했다.

"뭔가 잘못을 저질렀나요?"

"아니요." 발란데르가 대답했다. "통상적인 질문입니다. 그가 가끔 당신 디스코텍에서 일했습니까?"

"그는 잘합니다. 어쩌면 그의 선곡이 좀 구닥다리일지 모르겠습니다. 하지만 전문적이죠."

"제 착각이 아니라면," 발란데르가 말했다. "디스코는 높은 음량과 조명 효과가 중요하겠죠?"

"맞습니다." 유하넨이 말했다. "저는 늘 귀마개를 합니다. 안 그랬다면 오래전에 귀가 먹었을 테죠."

"롤프 뉘만이 조명 장비를 빌린 적 없습니까?" 발란데르가 물었다. "고성능 스포트라이트 같은 거요?"

"그가 왜요?"

"그냥 질문입니다."

요하넨이 단호히 머리를 저었다.

"저는 항상 스태프와 장비를 지켜봅니다." 그가 말했다. "이 주위에서 사라진 건 아무것도 없습니다. 빌려준 거나요."

"제가 알아야 할 건 그게 답니다." 발란데르가 말했다. "그리고 당분간 아무에게도 지금 한 말을 안 해 주셨으면 합니다."

유하넨이 미소를 지었다.

"그러니까, 형사님 말은 뉘만에게요?"

"정확합니다."

"그가 무슨 짓을 했습니까?"

"전혀요. 하지만 우린 가끔 비밀리에 기웃거려야 하죠."

유하넨이 어깨를 으쓱했다.

"아무 말도 안 하겠습니다."

발란데르는 차를 몰고 떠났다. 두 번째 디스코텍은 도심에 있었다. 문이 열려 있었다. 안으로 들어가자 음량이 곤봉처럼 발란데르의 머리를 때렸다. 사장이 둘이있는데, 그중 한 명이 자리에 있었다. 발란데르는 밖으로 나가자고 그를 설득했다. 그의 대답도 부정적이었다. 롤프 뉘만은 어떤 조명도 빌린 적이 없었다. 사라진 장비도 없었다.

발란데르는 차로 돌아가 두루마리 화장지를 풀어 코를 풀었다. 별 의미 없어. 그는 생각했다. 내가 지금 하는 짓은 헛수고일 뿐이야. 더 오래 아프게 될 결과만 낳을 뿐이지.

그는 룬드로 차를 몰았다. 재채기가 파상공격했다. 그는 땀에 흠뻑 젖은 것을 깨달았다. 어쩌면 다시 열이 나고 있는지도 몰랐다. 룬드에 있는 디스코텍의 이름은 라고른외양간이라는 뜻이었고, 도시 동쪽 구석에 있었다. 발란데르는 그곳을 찾기까지 몇 차례 방향을 잘못 틀었다. 간판에는 불이 켜져 있지 않았고, 문은 잠겨 있었다. 라고른은 발란데르가 외관으로 알 수 있듯, 일찍이 유제품 공장mejeriet 스웨덴어로 '낙농장'이라는 뜻이었던 건물 안에 들어 있었다. 발란데르는 왜 이 디스코텍 이름을 그 이름 대신 '메예리에트'라고 안 지었는지 궁금했다. 발란데르는 주위를 둘러보았다. 디스코텍 양편에 작은 공장이 있었다. 좀 더 떨어진 곳에는 정원이 딸린 집이 있었다. 발란데르는 그쪽으로 걸음을 옮겨 대문을 열고 현관문 초인종을 울렸다. 그 나이 또래의 남자가 문을 열었다. 발란데르는 집 안에서 나는 오페라 음악 소리를 들었다.

발란데르는 그에게 경찰 신분증을 보여 주었다. 남자가 발란데르를 현관으로 들였다.

"제가 잘못 들은 게 아니라면 푸치니군요." 발란데르가 말했다.

남자가 그를 자세히 살폈다.

"맞습니다." 그가 말했다. "〈토스카〉요."

"사실 전 다른 장르의 음악에 대해 말하려고 왔습니다." 발란데르가 말했다. "짧게 말씀드리죠. 선생님네 옆에 있는 저 디스코텍의 주인을 알아야 합니다."

"대체 제가 그걸 어떻게 알겠습니까? 전 유전학 연구원입니다. 디스크자키가 아니라."

"하지만 어쨌든 이웃이시잖습니까." 발란데르가 말했다.

"왜 형사님네 동료에게 묻지 않으십니까?" 남자가 제안했다. "종종 저 밖에서 싸움이 일어납니다. 그러니 그들이 알 겁니다."

이 사람 말이 맞아. 발란데르는 속으로 말했다.

남자가 복도의 테이블 위 전화기를 가리켰다. 발란데르는 룬드 경찰서의 전화번호를 기억하고 있었다. 몇 차례 전화가 돌려진 뒤 그 디스코텍이 보만이라는 성姓을 쓰는 여자가 소유주라는 정보를 얻었다. 발란데르는 그녀의 주소와 전화번호를 메모했다.

"찾기 쉽습니다." 경관이 말했다. "그녀는 역 건너편 시내에 있는 건물에 삽니다."

발란데르는 전화를 끊었다.

"정말 아름다운 오페라죠." 발란데르가 말했다. "음악 말입니다. 불행히도 전 공연은 한 번도 본 적 없습니다."

"저는 오페라를 보러 가지 않습니다." 남자가 말했다. "음악이면 충분하죠."

발란데르는 감사 인사를 하고 나왔다. 그리고 룬드에 있는 역을 찾을 때까지 오랫동안 주위를 운전했다. 인도와 막다른 길이 셀 수 없이 많아 보였다. 그는 주차 금지 구역에 주차했다. 그리고 둘둘 말아 찢은 두루마리 휴지를 주머니에 넣고 길을 건넜다. 그는 보만이라는 이름이 붙은 버튼을 눌렀다. 닫힌 문이 윙윙대다 열렸고, 발란데르는 안으로 들어갔다. 아파트는 2층에 있었다. 발란데르는 엘리베이터를 찾아 둘러보았지만 아무것도 없었다. 천천히 계단을 올랐음에도 숨이 가빴다. 스물다섯이 채 안 되어 보이는 아주 젊은 여자가 기다리며 문가에 서 있었다. 아주 짧은 머리에 귀에는 귀걸이가 몇 개 걸려 있었다. 발란데르는 자신을 소개하고 신분증을 보여 주었다. 그녀는 그것을 힐끗조차 보지 않았지만 그를 안으로 들였다. 발란데르는 주위를 둘러보고 놀랐다. 아파트에는 가구가 거의 없었다. 벽에는 아무것도 걸려 있지 않았다. 그런데도 왠지 아늑했다. 걸리적거리는 것은 아무것도 없었다. 딱 필요한 것만 있었다.

"왜 위스타드 경찰이 저와 얘기하고 싶어 하죠?" 그녀가 물었다. "전 룬드의 경찰들만으로도 충분히 골치 아파요."

그는 그녀가 경찰을 아주 좋아하지는 않는다는 것을 알았다. 그녀는 의자에 앉았고, 아주 짧은 스커트를 입고 있었다. 그는 그녀의 얼굴 옆 주위에 시선을 둘 곳을 찾았다.

"바로 요점만 말씀드리겠습니다." 발란데르가 말했다. "롤프 뉘만."

"그가 뭐요?"

"별일 아닙니다. 그가 당신 밑에서 일합니까?"

"그를 예비로 두고 있어요. 제 정규 DJ가 아플 때를 대비해서요."

"제 질문이 이상하게 들리실지도 모르겠지만," 발란데르가 말했다. "꼭 여쭤봐야 합니다."

"왜 제 눈을 쳐다보지 않으시죠?" 그녀가 불쑥 그렇게 물었다.

"아마 당신 스커트가 너무 짧아서겠죠." 발란데르는 그렇게 대답하며 자신의 직설적인 말에 자신도 놀랐다.

그녀가 웃음을 터뜨리더니 담요로 손을 뻗어 그것으로 다리를 감쌌다. 발란데르는 담요를 보고 나서 그녀의 얼굴을 보았다.

"롤프 뉘만이요." 그가 반복했다. "그가 당신 가게에서 어떤 조명 장비라도 빌린 적 있습니까?"

"전혀요."

발란데르는 그녀의 얼굴을 스치는, 거의 감지할 수 없는 불확실성의 그림자를 포착했다. 그의 주의가 즉각 날카로워졌다.

"전혀요?"

그녀가 입술을 깨물었다.

"그 질문은 이상하네요." 그녀가 말했다. "하지만 사실 일 년 전에 디스코텍에서 조명 몇 개가 사라졌어요. 우린 도둑이 들었다고 경찰에 신고했죠. 하지만 경찰은 아무 단서도 못 잡았어요."

"그게 언제라고요? 뉘만이 일을 시작한 다음이었습니까?"

그녀는 돌이켜 생각했다.

"정확일 일 년 전이요. 일월. 뉘만이 일을 시작한 후요."

"그게 내부 소행이라고는 의심하지 않았습니까?"

"사실 안 했어요."

그녀는 자리에서 일어나 재빨리 거실에서 나갔다. 발란데르는 그녀의 다리를 보았다. 잠시의 부재 후 그녀가 작은 달력을 들고 돌아왔다.

"그 조명들은 일월 구일과 십이일 사이에 사라졌어요. 그리고 이제 보니 그때 일했던 사람이 롤프였네요."

"어떤 조명입니까?" 발란데르가 물었다.

"스포트라이트 여섯 개요. 사실 디스코텍에서 쓰는 건 아니에요. 극장용에 가깝죠. 대략 이천 와트쯤으로 아주 강해요. 케이블 몇 개도 사라졌어요."

발란데르는 천천히 끄덕였다.

"이런 걸 왜 물으시는 거죠?"

"당장은 말씀드릴 수 없습니다." 발란데르가 말했다. "그건 그렇고 질문이 하나 더 있는데, 그걸 지시로 여기셨으면 합니다. 롤프 뉘만에게는 지금 나눈 말을 하지 말 것."

"당신의 룬드 동료들에게 날 내버려 두라고 전하신다면 그 지시를 수락하겠어요."

"그렇게 되도록 힘써 보죠."

그녀는 현관으로 그를 따라나섰다.

"이름을 묻지 않은 것 같은데요." 그가 말했다.

"린다요."

"제 딸 이름과 같군요. 그러니까 아주 아름다운 이름입니다."

발란데르는 재채기를 참지 못했다. 그녀가 몇 걸음 물러섰다.

"악수는 하지 않겠지만, 제가 바라던 대답을 해 주셨습니다."

"당연히 제가 호기심이 많다는 걸 아셨겠죠?"

"그 답을 얻으실 겁니다." 그가 말했다. "조만간."

또 다른 질문이 막 생각났을 때 그녀는 문을 닫을 참이었다.

"롤프 뉘만의 사생활에 대해 아시는 게 있습니까?"

"아니, 전혀요."

"그럼 마약 중독인 그의 여자 친구에 대해서도 모르시고요?"

린다 보만은 대답하기 전 한동안 그를 보았다.

"그에게 마약을 하는 여자 친구가 있는진 몰랐지만," 그녀가 마침내 말했다. "롤프가 헤로인과 관련해 심각한 문제가 있다는 건 알아요. 그가 얼마나 오래 그걸 참을진 모르죠."

발란데르는 거리로 나왔다. 시간은 이미 10시였고, 밤은 추웠다.

끝났어. 그는 생각했다.

롤프 뉘만. 분명 그놈이야.

12

곧장 집에 가지 않기로 했을 때 발란데르는 거의 위스타드에 가까워 있었다. 도시의 경계에 있는 두 번째 로터리에서 그는 집으로 가는 대신 북쪽으로 차를 돌렸다. 11시 10분이었다. 콧물이 계속 흘렀지만 호기심이 그를 몰아갔다. 그는 자신이 또다시 하는 행동—벌써 몇 번째인지 몰랐다—이 경찰 수사의 근본적인 원칙과 상충한다고 생각했다. 무엇보다 위험한 상황에 혼자 놓이지 말라는 원칙.

지금 그가 확신하는 게 사실이라면, 홀름과 에베르하르손 자매를 쏜 자가 롤프 뉘만이었고, 뉘만은 분명 위험인물일 가능성이 있었다. 게다가 그는 자신을 속였다. 그리고 그는 너무 쉽게, 대단히 능숙하게 해냈다. 말뫼에서 차를 몰고 오면서 발란데르는 그의 동기가 무엇인지 궁금했다. 그 패턴에 생긴 금은 무엇이었을까? 그가 찾아낸 답은 적어도 두 방향을 가리켰다. 권력 싸움이거나 마약 거래에 대한 영향력 행사일 수 있었다.

지금 상황에서 그가 가장 걱정되는 것은 린다가 말한 뉘만의 마약 습관이었다. 그가 헤로인 중독이라는 사실. 발란데르는 갈 데까지 간 마약 중독자가 아닌 마약상을 본 적이 없었다. 발란데르의 머릿속에서 의문이 맴돌았다. 이해가 가지 않는 무언가, 조각이 맞지 않는 무언가가 있었다.

발란데르는 뉘만이 사는 집 쪽 도로로 차를 돌렸다. 그는 시동과 헤드라이트를 껐다. 사물함에서 손전등을 꺼냈다. 그리고 먼저 실내등을 끈 다음 조용히 문을 열었다. 어둠 속을 향해 귀를 기울인 다음 최대한 조용히 문을 닫았다. 마당 입구는 1백 미터쯤 떨어져 있었다. 그는 한 손으로 가린 불빛을 발 앞에 비추었다. 바람이 차갑게 느껴졌다. 더 따뜻한 스웨터를 입을 시간. 하지만 코는 거의 말라 있었다. 숲가에 다다랐을 때 그는 손전등을 껐다. 집의 창문 하나에 불이 켜져 있었다. 누가 있는 게 분명했다. 이제 개가 나타나겠군. 그는 생각했다. 그는 온 길을 50미터쯤 되돌아갔다. 그리고 숲으로 들어가 손전등을 다시 켰다. 집 뒤쪽으로 다가갈 계획이었다. 그가 기억하는 한, 불이 켜진 창문이 있는 방은 집 앞뒤 양쪽으로 창이 나 있었다.

나뭇가지를 밟지 않으려고 애쓰며 천천히 움직였다. 집 뒤쪽에 닿았을 때는 땀이 흐르고 있었다. 그는 또한 자신이 하려고 생각하는 것에 점점 더 의문이 들기 시작했다. 가장 나쁜 시나리오로는 개가 짖어 롤프 뉘만에게 누군가가 지켜보고 있다는 첫 경고를 하는 것이었다. 그는 조용히 서서 귀를 기울였다. 들리는 것은 나무를 스치는 바람 소리뿐이었다. 멀리서 비행기 한 대가 스투루프 공항에 착륙하러 다가오고 있었다. 발란데르는 조용히 집으로 다가가기 전에 숨이 정상으로 돌아오길 기다렸다. 쭈그리고 앉아 땅에서 고작 몇 센티미터 위에서 손전등을 켰다. 창가의 불이 비치는 구역으로 들어가기 직전 그는 손전등을 끄고 집 옆의 그림자 속으로 기어들었다. 개는 아직 조용했다. 차가운 벽에 귀를 바짝 대고 소리를 들었다. 음악 소리도, 목소리도, 아무것도 들리지 않았다. 이내 몸을 뻗어 조심스럽게 창문 안쪽을 들여다보았다.

롤프 뉘만이 방 한가운데의 테이블에 앉아 있었다. 그는 발란데르가 바로 알아볼 수 없는 무언가에 몸을 숙이고 있었다. 곧 롤프 뉘만이 페이션스 게임_{혼자 하는 카드놀이}을 하고 있다는 것을 알았다. 그는 카드를 천천히 차례차례 뒤집었다. 발란데르는 뭘 기대했는지 자문했다. 흰 가루가 담긴 작은 봉지를 저울에 재는 남자? 아니면 팔뚝에 고무줄을 묶고 주사를 놓는 사람?

잘못 짚었어. 그는 생각했다. 처음부터 끝까지 오해야.

하지만 그는 여전히 확신했다. 테이블에 앉아 페이션스 게임 중인 저 남자는 최근에 세 사람을 살해했다. 그들을 잔인하게 처형했다.

발란데르가 집 벽에서 떨어지려고 할 때 집 앞의 개가 짖기 시작했다. 롤프 뉘만이 펄쩍 뛰어올랐다. 그가 발란데르를 똑바로 보았다. 순간 발란데르는 들켰다고 생각했다. 이내 뉘만은 재빨리 몸을 일으켜 발란데르가 이미 숲으로 돌아가는 시점에 현관문으로 다가갔다. 그가 개 줄을 풀어 놨다면 큰일 난 거야. 그는 생각했다. 더듬더듬 나아가고 있는 땅에 손전등을 비추었다. 그는 미끄러졌고, 뺨을 베는 나뭇가지를 느꼈다. 뒤쪽으로는 여전히 개 짖는 소리가 들렸다.

차에 닿았을 때 손전등을 떨어뜨렸지만 그것을 주우려고 멈추지 않았다. 그는 차 키를 돌리며 예전 차였다면 무슨 일이 일어났을지 생각했다. 지금은 문제없이 차를 후진해 출발할 수 있었다. 차에 탔을 때 간선도로에서 트랙터가 다가오는 소리가 들렸었다. 자신의 차 엔진 소리가 다른 차의 소리와 겹쳤다면 롤프 뉘만이 자신의 차 소리를 들을 위험 없이 빠져나갈 수 있었다. 그는 섰다가 조용히 방향을 틀고 천천히 3단 기어를 넣었다. 간선도로로 들어서자 트랙터의 미등이 보였다. 내리막길로 접어든 그는 시동을 끄고 차가 저절로 내려가게 했다. 백미러에 보이는 사람은 없었다. 쫓아오는 사람은 아무도 없었다. 뺨을 쓰다듬고 피를 느낀 발란데르는 화장지를 찾아 이곳저곳을 더듬었다. 주의를 기울이지 않은 짧은 순간 배수로에 빠질 뻔했다. 그는 마지막 순간에 차를 바로잡을 수 있었다.

그가 마리아가탄가에 도착했을 때는 이미 자정이 넘어 있었다. 나뭇가지가 뺨을 깊게 베어 놓았다. 발란데르는 잠시 병원으로 갈지 생각했다가 상처를 씻고 큼지막한 반창고를 붙이는 것으로 만족했다. 그리고 진하게 탄 커피 한 주전자를 불에 올린 다음 수없이 많은, 반쯤 쓰다 만 수첩 하나를 앞에 놓고 부엌 테이블에 앉았다.

그는 다시 한번 삼각형 모양 피라미드를 검토하고 그 한가운데에 물음표와 함께 롤프 뉘만을 적었다. 자료가 매우 빈약하다는 것은 애초에 알았다. 뉘만을 의심할 만한 것은 그가 나중에 비행기에서의 낙하지점을 표시하는 데 쓴 조명을 훔쳤다는 것뿐이었다.

하지만 그 밖에 또 뭐가 있단 말인가? 아무것도. 홀름과 뉘만이 공유한 관계가 뭐지? 추락한 비행기와 에베르하르손 자매가 만나는 부분은 어디지? 발란데르는 수첩을 치웠다. 앞으로 나아가기 위해서는 더욱 철저한 수사가 필요할 것이었다. 그는 그게 어떻게 보일지 몰라도, 집중해야 할 단서를 자신이 정말 찾아냈다는 것을 동료들에게 어떻게 확신시켜야 할지도 생각했다. 단순히 직감만으로 다시 얼마나 더 나아갈 수 있을까? 뤼드베리는 이해할 것이었다. 아마 마르틴손도. 하지만 스베드베리와 한손 둘 다 그것을 묵살할 터였다.

불을 끄고 침대에 들었을 때는 2시였다. 뺨이 쑤셨다.

1월 3일 아침 스코네의 아침은 춥고 맑았다. 발란데르는 일찍 일어나 뺨의 반창고를 갈아 붙였고, 7시 조금 못 되어 경찰서에 도착했다. 오늘 그는 마르틴손이 오기도 전에 출근해 있었다. 안내 데스크에서 한 시간 전 위스타드 바로 외곽에서 일어난, 어린아이를 포함해 몇 명의 사망자를 낸 심각한 교통사고에 대해 들었다. 어린아이의 죽음은 늘 동료들 사이에서 특별히 침울한 분위기를 자아냈다. 발란데르는 방으로 갔고, 더 이상 교통사고 현장에 호출될 일이 없다는 사실에 감사했다. 그는 커피를 한 잔 따르고 자리에 앉아 어젯밤의 일들을 생각했다.

전날의 의문들이 남아 있었다. 롤프 뉘만은 레드헤링문학에서 잘못된 결론으로 이르게 하는 장치으로 드러날지도 몰랐다. 하지만 그를 철저히 조사할 근거는 있었다. 발란데르는 그의 집을 신중히 감시해야겠다고도 마음먹었다. 특히 뉘만이 언제 외출할지 알아내기 위해서라도. 엄밀히 따지면 이것은 세보 경찰이 할 일이었지만 발란데르는 그들에게 보고만 하기로 이미 결정했다. 위스타드 경찰은 이 수사를 직접 하겠다고 주장할 것이었다.

그 집에 들어갈 필요가 있었다. 하지만 부수적인 문제가 있었다. 롤프 뉘만은 혼자가 아니었다. 발란데르가 들렀을 때 자고 있었던, 아무도 본 적 없는 여자도 있었다.

발란데르는 문득 그 여자가 존재하기나 하는지 궁금했다. 뉘만이 자신에게 한 많은 말이 사실이 아닌 것으로 드러났다. 그는 손목시계를 보았다. 7시 20분. 디스코텍을 운영하는 여자에게는 아마 매우 이른 시각일지도 몰랐다. 하지만 그래도 그는 린다 보만의 룬드 전화번호를 찾아 헤맸다. 그녀는 거의 즉시 전화를 받았다. 발란데르는 그녀의 비몽사몽 상태의 목소리를 들었다.

"제가 깨웠다면 미안합니다." 그가 말했다.

"깨어 있었어요."

나 같군. 발란데르는 생각했다. 방금 깼다는 걸 인정하고 싶지 않아하는. 당연히 자고 있을 만한 시각일지라도.

"여쭤볼 게 좀 더 있어서요." 발란데르가 말했다. "그리고 안됐지만 기다릴 수 없는 질문들입니다."

"오 분 이따 전화 주세요." 그녀는 그렇게 말하고 전화를 끊었다.

발란데르는 7분 기다렸다. 그리고 다시 그 전화번호를 돌렸다. 이제 덜 쉰 목소리였다.

"물론 롤프 뉘만에 관한 겁니다." 그가 말했다.

"그에게 관심 있는 이유를 아직도 말하지 않을 작정인가요?"

"당장은 그럴 수 없습니다. 하지만 당신에게 첫 번째로 알려 드리겠다고 약속하죠."

"영광이네요."

"당신은 그가 심각한 헤로인 중독이라고 하셨습니다."

"기억나요."

"제 질문은 아주 단순합니다. 그걸 어떻게 알았습니까?"

"그가 말했어요. 그래서 놀랐어요. 그걸 숨기려고 하지 않아서 인상적이었어요."

"그가 당신에게 말했다고요?"

"네."

"그렇다는 건, 그에게 문제가 있다는 걸 당신은 전혀 몰랐다는 뜻인가요?"

"그는 늘 할 일을 다했어요."

"취해 보인 적도 없고요?"

"그랬다 해도 전 몰랐어요."

"초조해하거나 불안해한 적도 없습니까?"

"여느 사람 이상은 아니었어요. 저도 그 정도는 초조해하거나 불안해요. 특히 룬드 경찰이 출동해 디스코텍을 괴롭힐 때는요."

발란데르는 잠시 조용히 앉아 룬드 동료들에게 린다 보만에 대해 물어봐야 하는지 생각했다. 그녀는 기다렸다.

"한 번 더 확인하죠. 그가 약에 취한 모습을 한 번도 보신 적 없다고 요. 그가 직접 자신이 헤로인 중독자라고 말했고요."

"그런 걸 거짓말했다고 믿긴 힘들잖아요."

"맞습니다." 발란데르가 말했다. "하지만 내가 그걸 제대로 이해했다 고 확실히 해 두고 싶었습니다."

"그것 때문에 아침 여섯 시에 전화하신 건가요?"

"일곱 시 반입니다."

"그거나 그거나요."

"질문이 하나 더 있습니다." 발란데르는 말을 이었다. "당신은 여자 친구에 대해 들은 적 없다고 했습니다."

"네, 없어요."

"누구와 같이 있는 걸 본 적 없습니까?"

"없어요, 한 번도."

"그럼 그가 여자 친구가 있다고 말했다고 치고, 당신은 그게 사실일 지 아닐지 확실히 말할 수 없을 테죠?"

"질문이 점점 더 이상해지네요. 그에게 여자 친구가 없을 이유가 뭐 죠? 그는 다른 남자들보다 더 못생기지 않았어요."

"그렇다면 당장은 더 질문이 없습니다." 발란데르가 말을 맺었다. "그리고 어제 제가 한 말은 여전히 유효합니다."

"아무 말도 안 할 거예요. 이제 잘 거예요."

"다시 연락드릴지도 모르겠습니다." 발란데르가 말했다. "그건 그렇 고, 롤프에게 가까운 친구들이 있는지 아십니까?"

"아니요."

통화가 끝났다.

발란데르는 마르틴손의 방으로 갔다. 마르틴손은 작은 손거울을 보며 머리를 빗고 있었다.

"여덟 시 반." 발란데르가 말했다. "자네가 전부 모아 주겠나?"

"무슨 일이 생긴 것처럼 들리는데요."

"어쩌면." 발란데르가 대꾸했다.

그리고 그들은 교통사고에 대해 몇 마디 말을 나누었다. 보아하니 차 한 대가 차선을 넘어가 폴란드 트랙터와 정면으로 충돌한 모양이었다.

8시 30분에 발란데르는 동료들에게 최근 성과를 알렸다. 린다 보만과의 대화와 사라진 조명 기구에 대해. 하지만 그는 밤에 셰보 외곽의 외딴집을 찾아간 일은 말하지 않았다. 예상한 대로 뤼드베리는 그 발견이 중요하다고 여긴 반면, 한손과 스베드베리는 몇 가지 반대 의견을 냈다. 마르틴손은 말이 없었다.

"그게 약하다는 건 알지만," 발란데르가 논의를 들은 뒤 말했다. "지금 하고 있는 수사를 중단하더라도 난 여전히 지금 당장 뉘만에게 집중해야 한다고 생각해."

"검사에게는 뭐라고 해야 하죠?" 마르틴손이 물었다. "어쨌든 지금 담당 검사는 누굽니까?"

"이름은 아네테 브롤린이고, 그 여잔 스톡홀름에 있어." 발란데르가 말했다. "다음 주에 올 거야. 하지만 난 오케손에게 말할 생각이야. 그가 지금까지의 수사를 담당할 공식적인 책임이 없더라도."

그들은 회의를 이어 나갔다. 발란데르는 뉘만 모르게 세보 외곽의 그 집에 들어가야 할 필요성을 주장했지만, 그 주장은 즉각 새로운 반대에 부딪혔다.

"그럴 순 없어." 스베드베리가 말했다. "그건 불법이야."

"우리에게 주어진 세 건의 살인이 있어." 발란데르가 말했다. "내가 맞는다면 롤프 뉘만은 상당히 교활한 놈이야. 만약 우리가 뭔가를 찾는다면 우린 그가 모르게 감시해야 해. 그가 언제 집을 나서는지. 뭘 하는지. 얼마나 오래 나가 있는지. 하지만 무엇보다 거기에 정말 여자 친구가 있는지 알아내야 해."

"어쩌면 제가 굴뚝 청소부로 변장해야 할지도 모르겠는데요." 마르틴손이 말했다.

"그가 꿰뚫어 볼 거야." 발란데르가 그의 비꼬는 톤을 무시하며 말했다. "난 우리가 더 간접적으로 진행해야 할 거라고 생각했네. 그 지역 우체부의 도움으로. 뉘만의 우편함을 취급하는 사람을 찾아내서. 자기 관할의 집들이 어떤지 모르는 시골 집배원은 없으니까. 그들은 집 안에 발을 들이지 않더라도 거기에 누가 사는지 알아."

스베드베리는 완고했다.

"어쩌면 그 여잔 편지 받을 일이 없을지도 모르잖아."

"그런 거에 대해서뿐 아니라," 발란데르가 대꾸했다. "집배원은 그냥 알아. 그게 그런 거야."

뤼드베리가 동의의 뜻으로 끄덕였다. 발란데르는 그의 지지를 느꼈다. 그게 그에게 힘을 주었다. 한손이 집배원과 접촉하겠다고 했다. 마르틴손은 그 집의 감시조를 수배하는 데 마지못해 동의했다. 발란데르는 오케손에게 말하겠다고 했다.

"뉘만에 대한 거라면 뭐든 알아내." 발란데르가 회의를 마치며 그렇게 말했다. "하지만 신중해야 해. 만약 놈이 내가 생각하는 그 곰이라면 깨우고 싶지 않아."

발란데르는 뤼드베리에게 자신의 방에서 이야기를 나누고 싶다고 신호했다.

"확신하나?" 뤼드베리가 물었다. "그게 뉘만이라고?"

"네." 발란데르가 말했다. "하지만 제가 잘못 안 걸 수도 있다는 걸 압니다. 제가 잘못된 방향으로 이 수사를 이끌 수도 있다는 걸요."

"그 조명 기구의 절도는 강한 표시일세. 내게 그건 결정적인 요소야. 그건 그렇고, 어떻게 그런 생각을 하게 됐지?"

"피라미드요." 발란데르가 대답했다. "피라미드들은 스포트라이트를 받습니다. 한 달에 한 번 보름달일 때를 빼면요."

"그걸 어떻게 알지?"

"아버지가 그러더군요."

뤼드베리가 생각에 잠겨 끄덕였다.

"마약 운송을 음력에 따를 것 같진 않지만. 그리고 이집트에는 우리 스코네만큼 구름이 많지 않을지도 모르지만."

"스핑크스가 정말 가장 흥미롭더군요." 발란데르가 말했다. "반인반수. 매일 아침 태양이 뜨도록 보초를 서고. 같은 방향에서."

"어떤 미국 경비 회사가 심벌로 스핑크스를 쓴다고 들은 것 같네." 뤼드베리가 말했다.

"적절하군요." 발란데르가 말했다. "스핑크스는 감시하죠. 그리고 우리도 감시하고요. 우리가 경찰이든 야경꾼이든."

뤼드베리가 웃음을 터뜨렸다.

"신참들에게 그런 말을 하면 우릴 놀릴 걸세."

"알지만," 발란데르가 말했다. "그래도 그들에게 말해야 할지도 모릅니다."

뤼드베리가 방에서 나갔다. 발란데르는 집에 있는 페르 오케손에게 전화했다. 그가 아네테 브롤린에게 알리겠다고 약속했다.

"어떤 느낌인가?" 발란데르가 물었다. "걸려 있는 형사 사건이 없다는 게?"

"좋아." 오케손이 말했다. "상상했던 것보다 더."

수사반은 그날 두 번 더 모였다. 마르틴손은 그 집의 감시조를 수배했다. 한손은 그곳 집배원을 만나러 나갔다. 그동안 다른 이들은 롤프 뉘만의 신상을 계속 캤다. 전과가 없었기에 조사가 더욱 힘들었다. 그는 1957년에 트라노스에서 태어났고, 1960년대 중반에 부모님을 따라 스코네로 이주했다. 처음에는 회외르에서 살다가 나중에는 트렐레보리에서 살았다. 발전소 기술자로 일한 아버지와 주부인 어머니 사이에 롤프는 외아들이었다. 아버지는 1986년에 죽었고, 트라노스로 돌아간 어머니는 그곳으로 돌아간 다음 해에 죽었다. 발란데르에게 롤프 뉘만이 눈에 띄지 않는 삶을 살았다는 느낌이 강해졌다. 그는 의도적으로 자신의 흔적을 지운 것 같았다. 말뫼 동료들의 도움으로 그가 마약을 밀거래하는 자들 사이에서 알려지지 않았다는 사실을 알았다. 너무 눈에 띄지 않아. 그는 오후에 몇 차례 그 생각을 했다. 모든 사람이 흔적을 남긴다. 롤프 뉘만을 제외한 모두가.

한손이 엘프리다 비르마르크라는 이름의 집배원과 이야기를 나누고 돌아왔다. 그녀는 그 집에 두 사람이 살았다고 단언했다. 홀름과 뉘만. 그것은 거기에 요즘 한 사람만 있다는 것을 뜻했다. 홀름이 영안실에서 매장을 기다리는 지금.

그들은 그날 저녁 7시에 회의실에 모였다. 마르틴손이 받은 보고에 따르면, 뉘만은 개에게 밥을 주러 나왔을 때를 빼면 오늘 집을 떠나지 않았다. 그를 보러 온 사람도 없었다. 발란데르는 뉘만을 감시하고 있는 경관들이 보기에 그가 경계하고 있는 것 같더냐고 물었지만 그렇다는 보고는 없었다. 곧 그들은 잠시 집배원의 증언에 대해 논의했다. 결국 그들은 뉘만이 여자 친구를 지어낸 것 같다는 의견에 합의했다.

발란데르는 그날 마지막으로 사건을 검토했다.

"그가 헤로인 중독일 거라는 증거는 없어." 그가 입을 열었다. "그게 놈의 첫 번째 거짓말이야. 두 번째는 여자 친구가 있다는 거. 놈은 그 집에서 혼자야. 우리가 거길 들어가야 한다면 두 가지 선택이 있어. 그가 집에서 나갈 때까지 기다리기. 놈은 조만간 그래야 할 거야. 식료품을 사야 할 테니까. 엄청나게 많은 음식을 저장하고 있지 않다면. 하지만 왜 놈이 그런 걸 저장하겠어? 그렇지 않으면 우린 놈을 꾀어낼 방법을 찾아야 해."

그들은 최소한 며칠은 기다리기로 결정했다. 아무 일도 일어나지 않으면 상황을 다시 논의할 것이었다.

그들은 4일에도 기다리고 5일에도 기다렸다. 뉘만은 개밥을 주러

530

집 밖에 두 번 나왔다. 전보다 더 주의를 기울인다는 기색은 없었다. 그동안 그의 삶을 계속 추적했다. 그는 이상하리만치 외부와 단절된 삶을 살았던 것 같았다. 국세청을 통해 그가 DJ로 일해서 버는 연간 소득이 낮다는 것을 알 수 있었다. 그는 어떤 세금 공제도 주장하지 않았는데, 그것은 특이해 보였다. 그는 1986년에 여권을 신청했다. 1976년에 운전면허를 취득했다. 친구는 없는 것 같았다.

1월 5일 아침에 발란데르는 방문을 닫고 뤼드베리와 앉아 있었다. 뤼드베리는 아마 며칠 더 두고 봐야 할 것 같다고 말했지만 발란데르는 뉘만을 집 밖으로 내몰 한 가지 아이디어를 제시했다. 두 사람은 그날 오후에 다른 이들에게 그 아이디어를 말하기로 했다. 발란데르는 룬드의 린다 보만에게 전화했다. 다음 날 밤 디스코텍이 문을 열 예정이었고, 그날 밤은 덴마크인 DJ가 담당이었다. 발란데르는 자신의 아이디어를 설명했다. 린다 보만은 코펜하겐에서 오는 DJ와의 계약으로 발생하는 비용은 누가 대느냐고 물었다. 발란데르는 필요하다면 위스타드 경찰에 청구서를 보낼 수 있다고 말했다. 그는 한두 시간 내로 다시 전화해 주겠다고 약속했다.

1월 5일 오후 4시에 매섭게 찬 바람이 스코네 전역에 불기 시작했다. 동쪽에서 다가오는 눈 전선이 스코네 남쪽 끝까지 밀고 갈 것 같았다. 그때 발란데르는 회의실로 수사반을 소집했다. 먼저 뤼드베리와 상의한 그 아이디어를 최대한 간결하게 설명했다.

"우린 롤프 뉘만을 내몰아야 해." 그가 말했다. "보아하니 놈은 그럴 필요가 없는 한 어디에도 나가지 않는 것 같다니까. 아무런 의심도 없는 것 같아."

"어쩌면 자신이 그 살인과 아무 상관이 없어서인 게 아닐까?" 한손이 끼어들었다. "어쩌면 모든 게 지나친 착각일지도 몰라."

"그럴 가능성도 존재해." 발란데르가 인정했다. "하지만 우린 지금 그 반대를 추정하고 있네. 그건 우리가 놈이 모르게 그 집에 들어갈 필요가 있다는 뜻이야. 우리가 첫 번째로 할 건 어떤 의혹도 불러일으키지 않고 놈을 나오게 하는 방법을 찾는 거야."

그리고 그는 그 계획을 내놓았다. 린다 보만이 뉘만에게 전화해 예정된 DJ가 못 나오게 되었다고 말하는 계획이었다. 롤프가 그를 대신할 수 있겠느냐? 만약 그가 그렇다고 한다면 그 집은 밤새 비어 있을 것이었다. 그들은 집 안에 있을 사람들과 연락을 유지할 인원을 디스코텍에 배치할 것이었다. 롤프 뉘만이 아침 일찍 셰보로 돌아왔을 때 집은 비어 있을 터였다. 개를 빼고는 아무도 자신들이 거기에 있었다는 사실을 모를 것이었다.

"그가 코펜하겐의 DJ 동료에게 전화하면 어쩌지?" 스베드베리가 물었다.

"그 생각을 해 뒀지. 린다 보만이 그 덴마크인에게 전화를 받지 말라고 말할 거야. 경찰이 그의 보수를 커버할 거고. 하지만 당연히 그 정돈 대야지."

발란데르는 많은 반대를 예상했다. 하지만 반대 의견은 없었다. 그는 그것이 수사반 내에 늘어 가는 짜증 때문이라는 것을 깨달았다. 그들은 어느 지점에도 이르지 못한 상태였다. 무언가를 해야 했다.

발란데르는 테이블을 둘러보았다. 아무도 말을 덧붙이지 않았다.

"그럼 동의한 거지? 그 계획은 곧 실행될 거야. 내일 밤에."

발란데르는 테이블의 전화에 손을 뻗어 린다 보만에게 전화했다.

"합시다." 그녀가 전화 받았을 때 그가 말했다. "한 시간 내로 내게 전화 주십시오."

발란데르는 전화를 끊고 시계를 확인한 뒤 마르틴손을 향했다.

"지금 누가 감시하고 있지?"

"네슬룬드와 페테르스요."

"그들에게 무전으로 연락해서 다섯 시 이십 분부터 특별히 잘 감시하라고 하게. 그게 린다 보만이 뉘만에게 전화할 때니까."

"어떻게 될 것 같습니까?"

"모르지. 더 주의를 기울이고 싶을 뿐이야."

이내 그들은 계획에 관해 이야기를 나누었다. 린다 보만이 뉘만에게 새 레코드들을 살펴보라며 일찌감치 8시쯤 룬드로 와 달라고 부탁할 것이었다. 그것은 그가 7시쯤에는 세보에서 출발해야 한다는 뜻이었다. 디스코텍은 그때부터 새벽 3시까지 열려 있을 터였다. 디스코텍에 배치된 인원이 뉘만이 들어온 것을 확인하자마자 형사들이 그 집에 들어갈 것이었다. 발란데르는 뤼드베리에게 같이 가자고 했다. 하지만 뤼드베리는 마르틴손을 추천했다. 그래서 마르틴손으로 정해졌다.

"마르틴손과 내가 그 집에 들어갈 거야. 같이 간 스베드베리가 망을 볼 거고. 한손은 룬드의 그 디스코텍을 맡아. 나머지는 경찰서에 남고. 만일의 경우를 대비해서."

"뭘 찾아야 하죠?" 마르틴손이 물었다.

발란데르가 막 대답하려고 할 때 뤼드베리가 손을 들었다.

"모르네." 그가 말했다. "우린 우리가 뭘 찾는지 모르는 걸 찾으려고 하는 걸세. 하지만 찾다 보면 답이 나오겠지. 홀름과 두 자매를 죽인 자가 뉘만이었는지."

"마약도요." 마르틴손이 말했다. "그거면 됩니까?"

"무기, 돈, 뭐든. 에베르하르손 자매의 가게에서 사 온 실타래. 비행기 표 사본. 뭔지 모르네."

그들은 조금 더 테이블 주위에 앉아 있었다. 마르틴손이 네슬룬드와 페테르스에게 연락하러 나갔다. 그가 돌아와 고개를 끄덕이고 앉았다.

5시 20분에 발란데르는 시계를 들고 앉아 있었다.

그는 린다 보만의 전화번호를 돌렸다. 통화 중이었다.

그들은 기다렸다. 9분 뒤에 전화가 울렸다. 발란데르가 수화기를 들었다. 그는 듣고 있다가 끊었다.

"뉘만이 동의했어." 그가 말했다. "이제 우리 차례야. 이게 우릴 옳은 방향으로 이끄는지 그른 방향으로 이끄는지 보자고."

회의가 끝났다. 발란데르가 마르틴손을 잡아 세웠다.

"무장을 하는 게 최선이야." 그가 말했다.

마르틴손은 놀란 것처럼 보였다.

"전 뉘만이 룬드에 있을 거라고 생각했는데요?"

"만일을 대비해서." 발란데르가 대꾸했다. "그것뿐이야."

눈보라는 스코네에 닿지 못했다. 다음 날인 1월 6일의 하늘은 구름이 잔뜩 끼어 있었다. 약한 바람이 불었고, 대기는 비를 머금었으며, 영하 4도였다. 발란데르는 뭘 골라야 할지 몰라 스웨터들 앞에 오랫동안 우유부단하게 서 있었다. 그들은 6시에 회의실에서 만났다. 그 전쯤 한손은 이미 룬드를 향해 가고 있었다. 스베드베리는 뉘만의 집이 정면으로 보이는 나무들 뒤에 있었다. 뤼드베리는 휴게실에서 십자말풀이를 하고 있었다. 발란데르는 마지못해 총을 꺼냈고, 제대로 맞은 적 없던 총집을 맸다. 마르틴손은 코트 주머니에 총을 넣었다.

7시 9분에 그들은 스베드베리에게서 연락을 받았다. **새가 날아올랐음.** 발란데르는 쓸데없는 위험들을 감수하고 싶지 않았다. 그래서 그들은 롤프 뉘만을 새로 부르고 있었다. 불필요한 언급 없이.

그들은 기다렸다. 7시 54분에 한손에게서 연락이 왔다. **새가 내려앉았음.** 롤프 뉘만은 천천히 차를 몬 모양이었다.

마르틴손과 발란데르가 자리에서 일어났다. 뤼드베리가 십자말풀이에서 고개를 들고 끄덕였다.

그들은 8시 30분에 그 집에 도착했다. 스베드베리가 두 사람을 맞았다. 개가 짖었다. 하지만 집은 어둠에 싸여 있었다.

"자물쇠를 확인해 봤어. 보통 마스터키로 충분해." 스베드베리가 말했다.

마르틴손이 자물쇠를 따는 동안 발란데르와 스베드베리는 손전등을 들고 있었다. 스베드베리는 망보던 자리로 돌아갔다.

두 사람은 안으로 들어갔다. 발란데르가 모든 불을 켜는 바람에 마르틴손은 깜짝 놀랐다.

"뉘만은 룬드 디스코텍에서 레코드를 틀고 있네." 발란데르가 말했다. "시작하자고."

그들은 서두르지 않고 체계적으로 집 안을 뒤졌다. 어디에서도 여자의 흔적은 발견하지 못했다. 흘름이 썼던 침실을 빼고 집 안에는 싱글베드가 하나 더 있을 뿐이었다.

"마약 탐지견을 데려왔어야 했습니다." 마르틴손이 말했다.

"집 안에 공급물을 뒀을 것 같지 않아." 발란데르가 말했다.

두 사람은 세 시간 동안 집을 수색했다. 자정이 조금 못 되어 마르틴손이 경찰 무전기로 한손에게 연락했다.

"여긴 사람들이 많아." 한손이 말했다. "게다가 음악이 지옥처럼 울려 대. 난 밖에 있네. 춥군그래."

그들은 수색을 계속했다. 발란데르는 걱정이 들기 시작했다. 마약도 없고, 총도 없다. 뉘만이 일에 관여한 것을 나타내는 것은 아무것도 없었다. 마르틴손은 지하실과 별채를 철저히 수색했다. 조명 기구도 없었다. 아무것도. 개만이 미친 듯이 짖고 있었다. 발란데르는 몇 차례 그놈을 쏘고 싶은 충동을 느꼈다. 하지만 그는 마음속 깊이 개를 사랑했다. 짖는 개라도.

1시 30분에 마르틴손은 다시 한손에게 연락했다. 이상 무.

"그 친구가 뭐래?" 발란데르가 물었다.

"사람들이 밖에 잔뜩 몰려 있대요."

2시에 두 사람은 더 이상 찾을 것이 없었다. 발란데르는 자신이 실수했다고 깨닫기 시작했다. 롤프 뉘만이 DJ 이외의 다른 무엇이라고 가리키는 것은 없었다. 여자 친구에 대한 거짓말을 범죄라고 보기는 힘들었다. 그리고 그들은 뉘만이 마약 중독자였다는 것을 나타내는 어떤 흔적도 찾지 못했다.

"이제 마무리해야 할 것 같습니다." 마르틴손이 말했다. "우린 아무것도 못 찾았어요."

발란데르가 끄덕였다.

"난 잠시 남아 있겠네." 발란데르가 대꾸했다. "자네와 스베드베린 집에 가. 그 무전기는 주고."

마르틴손이 무전기를 켠 채 테이블 위에 놓았다.

"철수해야 할 때야. 한손은 내가 연락할 때까지 기다리겠지만 경찰서에 있는 사람들은 집에 가라고 해야겠어."

"혼자 있으면 찾으실 수 있을 것 같습니까?"

발란데르는 마르틴손이 빈정대는 기색을 놓치지 않았다.

"아무것도." 그가 말했다. "아마 내가 잘못된 방향으로 이끌었다는 걸 깨달을 시간이 더 필요한지 모르지."

"우린 내일 다시 시작할 겁니다. 그게 인생이죠."

마르틴손이 떠났다. 발란데르는 앉아서 거실을 둘러보았다. 발란데르는 작게 욕설을 내뱉었다. 그는 자신이 옳다고 확신했다. 두 자매와 홀름을 죽인 것은 롤프 뉘만이었다. 하지만 증거를 찾지 못했다. 아무것도 찾지 못했다. 그는 한참을 앉아 있었다. 그리고 주위를 돌아다니며 불을 끄기 시작했다.

이내 개가 짖기를 멈추었다.

발란데르는 멈춰 섰다. 귀를 기울였다. 개가 조용했다. 즉각 위험을 감지했다. 그게 어디서 오는지 알지 못했다. 디스코텍은 새벽 3시까지 열려 있기로 되어 있었다. 한손은 자신에게 연락하지 않았다.

발란데르는 무엇이 자신을 반응하게 한지 몰랐다. 하지만 문득 자신이 불빛이 환한 집 안의 창가에 서 있다는 것을 깨달았다. 그는 옆으로 몸을 던졌다. 그 순간 창틀이 산산조각 났다. 발란데르는 바닥에 미동도 없이 엎드려 있었다. 누군가가 총을 쏘았다. 혼란스러운 생각들이 머릿속을 스쳐 갔다. 뉘만일 리 없었다. 뉘만이라면 한손이 알렸을 터였다. 발란데르는 총을 꺼내려고 애쓰며 납작 엎드렸다. 그는 그림자 더 안쪽으로 기려고 했지만 다시 환한 쪽으로 나갈 참이었다. 총을 쏜 자가 이제 창문까지 왔는지도 몰랐다. 머리 위에 거실을 비추고 있는 천장 등이 있었다. 그는 총을 빼 강한 빛을 내뿜는 전구를 겨냥했다. 방아쇠를 당겼을 때 손이 너무 떨려서 맞히지 못했다. 이제 양손으로 총을 쥐고 다시 겨냥했다. 그 총격에 전구가 박살 났다. 거실이 어두워졌다. 귀를 기울이며 가만히 앉아 있었다. 가슴에서 심장이 쿵쾅거렸다. 그에게 무엇보다 필요한 것은 경찰 무전기였다. 하지만 그것은 몇 미터 떨어진 테이블 위에 있었다. 그리고 그 테이블은 불빛의 웅덩이에 있었다.

개는 여전히 조용했다. 그는 귀를 기울였다. 문득 누가 거실에서 움직인 소리를 들었다고 생각했다. 거의 들리지 않는 발소리. 그는 문가에 총을 겨누었다. 손이 떨렸다. 하지만 아무도 들어오지 않았다. 그는 얼마나 오래 기다렸는지 알지 못했다. 내내 심한 흥분 상태에서 무슨 일이 일어났는지 이해하려고 애썼다. 곧 테이블이 러그 위에 있다는 것을 알아차렸다. 테이블은 무거웠다. 하지만 러그를 당기자 테이블이 움직였다. 극히 부드럽게 가까이 다가오는 테이블을 보았다. 하지만 무전기에 손이 닿으려고 할 때, 두 번째 총성이 울렸다. 무전기가 산산조각 났다. 발란데르는 구석에서 몸을 웅크렸다. 총알은 집 앞쪽에서 날아왔다. 발란데르는 총을 가진 자가 집 뒤로 돌아

간다면 더 이상 삼을 방패가 없으리라는 것을 알았다. 빠져나가야 해. 그는 생각했다. 여기 있다간 죽을 거야. 그는 필사적으로 머리를 쥐어 짰다. 환한 바깥 불빛에 닿을 기회가 없었다. 저 밖에 있는 자가 먼저 자신을 쏠 것이었다. 지금까지 총을 쏜 자는 손을 떨지 않는다는 것을 보여 주었다.

발란데르는 자신에게 기회가 한 번뿐이라는 것을 알았다. 어떤 생각을 했는데, 무엇보다 역겨운 생각이었다. 하지만 선택의 여지가 없었다. 그는 몇 차례 심호흡했다. 이내 몸을 일으켜 현관으로 달려가 문을 걷어찬 다음 옆으로 몸을 날려 개 축사를 향해 총을 세 발 쏘았다. 울부짖는 소리는 표적을 맞혔다는 뜻이었다. 매 순간 발란데르는 죽으리라 예상했다. 하지만 개의 울부짖음이 그에게 그림자 속으로 스며들 시간을 주었다. 이내 그는 롤프 뉘만을 발견했다. 그는 잠시 총에 맞은 개를 보고 어리둥절해하며 마당 한가운데 서 있었다. 곧 그는 발란데르를 보았다.

발란데르는 눈을 감고 두 발을 쏘았다. 눈을 떴을 때 롤프 뉘만이 땅에 쓰러져 있는 모습이 보였다. 발란데르는 천천히 그에게 다가갔다.

그는 살아 있었다. 총알 하나가 그의 옆구리를 맞혔다. 발란데르는 그의 손에서 총을 뺏은 다음 개 축사로 갔다. 개는 죽어 있었다.

발란데르는 멀리서 다가오는 사이렌 소리를 들었다.

그는 온몸을 떨며 현관 계단에 앉아 기다렸다.

그제야 그는 비가 내리기 시작했다는 것을 알아차렸다.

에필로그

4시 15분에 발란데르는 경찰서 휴게실에서 커피를 마시며 앉아 있었다. 손이 여전히 떨렸다. 무슨 일이 일어났는지 아무도 설명할 수 없었던 첫 혼돈의 시간 이후 마침내 정황이 명료해졌다. 마르틴손과 스베드베리가 뉘만의 집에서 철수하며 경찰 무전기로 한손에게 연락했을 때, 룬드 경찰은 법적 허용 인원 초과를 의심해 린다 보만의 디스코텍을 불시에 단속했다. 뒤따른 대혼란 속에 한손은 마르틴손이 한 말을 잘못 알아들었다. 그는 모두가 뉘만의 집에서 철수했다고 믿었다. 그리고 그는 디스코텍을 조사했을 때 간과하고 보지 못한 뒷문으로 뉘만이 빠져나갔다는 것도 너무 늦게 알아차렸다. 그는 담당 경찰에게 디스코텍 직원들이 어디에 있는지 물었고, 그들이 심문을 위해 경찰서로 연행되었다는 말을 들었다. 그는 거기에 롤프 뉘만이 포함됐으리라고 추측했다. 그래서 룬드에 더 이상 머무를 이유가 없다고 생각하고 뉘만의 집이 한 시간 이상 비어 있었다고 믿으며 차를 몰고 위스타드로 돌아왔다.

그동안 발란데르는 바닥에 엎드려 있었고, 천장 등에 총을 쏘았으며, 마당으로 뛰쳐나가 개를 죽였다. 그리고 총알 한 발로 롤프 뉘만의 옆구리에 상처를 입혔다.

발란데르는 위스타드로 돌아오고 나서 자신이 화를 내야 하는지 몇 차례 생각했다. 하지만 탓해야 할 사람이 자신이라고 결정 내렸다. 그것은 개 한 마리가 죽는 것으로 끝나는 게 아닌, 매우 심각하게 끝날 수도 있었던 불운한 오해의 연속이었다. 심각한 일은 일어나지 않았다. 하지만 구사일생으로 살아났다.

살 때가 있고, 죽을 때가 있어. 발란데르는 생각했다. 그것은 오래전 말뫼에서 칼에 찔렸던 때 이후로 그가 되뇌는 주문이었다. 지금 또다시 구사일생이었다.

뤼드베리가 휴게실로 들어왔다.

"롤프 뉘만은 괜찮을 걸세." 그가 말했다. "자네가 적절한 부위를 쐈어. 영구적인 손상은 없을 거야. 의사들은 빠르면 내일 놈을 취조할 수 있을 거라고 생각하는 것 같더군."

"못 맞힐 수도 있었습니다." 발란데르가 말했다. "아니면 정확히 미간을 맞히거나. 저는 사격 솜씨가 끔찍하니까요."

"경찰 대부분이 그래." 뤼드베리가 말했다.

발란데르는 뜨거운 커피를 후루룩 소리를 내며 마셨다.

"뉘베리와 이야기를 나눴네." 뤼드베리가 말을 이었다. "그 총이 에베르하르손 자매와 홀름을 살해하는 데 썼던 것과 일치하는 것 같아 보인다더군. 그들이 홀름의 차도 발견했네. 셰보의 어느 거리에 주차돼 있었지. 아마 뉘만이 그걸 거기로 몰고 간 걸 거야."

"그럼 일부는 해결됐지만," 발란데르가 말했다. "우린 아직 이 모든 것의 배후에 있는 게 뭔지 모릅니다."

뤼드베리는 그 말에 대답하지 않았다.

모든 그림이 드러나는 데 몇 주가 걸릴 터였다. 하지만 뉘만이 입을 열기 시작했을 때 경찰은 많은 양의 마약을 스웨덴으로 유입되게 관리한 솜씨 좋은 조직을 알아낼 수 있었다. 에베르하르손 자매는 뉘만의 기발한 위장이었다. 그들은 마약—멀리 중앙아메리카와 아시아에 있는 생산자들에게서 온—을 실은 어선이 도착한 스페인에 공급책을 조직했다. 홀름은 뉘만의 심복이었다. 언제라고는 콕 집어 말할 수 없지만 탐욕에 눈이 먼 홀름과 에베르하르손 자매는 손을 잡고 뉘만을 축출하기로 마음먹었다. 무슨 일이 일어나고 있는지 알았을 때 그는 반격했다. 마약은 마르베야에서 독일 북부로 이동 중이었다. 밤 시간대 스웨덴으로의 비행은 킬 외곽 개인 활주로에서 시작되었다. 그 비행기는 이번에 추락한 마지막 비행을 제외하고 항상 킬로 돌아갔다. 사고 조사 위원회는 사고의 실제 원인을 알아낼 수 없었다. 하지만 비행기가 그토록 상태가 안 좋았던 데에는 여러 요인이 동시에 작용했을 조짐이 많았다.

발란데르가 뉘만의 첫 신문을 주도했다. 하지만 두 건의 중대 범죄가 발생했을 때, 그는 그 사건을 넘겨야 했다. 그럼에도 그는 롤프 뉘만이 자신이 그린 피라미드의 꼭대기가 아니라는 것을 애초에 알았다. 그 위에는 스웨덴으로 유입되는 마약이 마르지 않게 하는, 떳떳한 시민의 얼굴을 한 자들—물주들, 보이지 않는 자들—이 있었다.

발란데르는 많은 밤을 그 피라미드를 생각하며 보냈다. 아버지가 오르려 했던 그 꼭대기. 발란데르는 아버지의 그 행위가 자신의 일을 상징할지도 모른다고 생각했다. 자신은 꼭대기에 닿지 못했다. 언제나 자신들이 닿을 수 없는 매우 높은 곳에 앉아 모두를 내려다보는 자들이 있었다.

하지만 1990년 1월 7일 오늘 아침에 발란데르는 단지 피곤했다.

5시 30분에 그는 더 이상 버틸 수 없었다. 뤼드베리 외에 누구에게도 말하지 않고 마리아가탄가의 집으로 갔다. 샤워하고 침대에 기어들었지만 잠이 오지 않았다. 욕실 캐비닛 안의 오래된 병에서 겨우 찾아낸 수면제를 먹고야 잠이 들 수 있었고, 오후 2시까지 깨지 않았다.

그는 남은 하루를 경찰서와 병원에서 보냈다. 비에르크가 나타나 발란데르의 수고를 치하했다. 발란데르는 대꾸하지 않았다. 자신이 한 일 대부분이 잘못되었다는 생각이 들었다. 결국 롤프 뉘만을 잡은 것은 운이었지, 실력이 아니었다.

그는 처음에 병원에서 뉘만을 신문했다. 그자는 창백했지만 침착했다. 발란데르는 뉘만이 입을 열지 않으리라 예상했다. 하지만 그는 발란데르의 많은 질문에 대답했다.

"에베르하르손 자매는?" 발란데르가 주어진 신문 시간을 마무리하기 전에 물었다. 롤프 뉘만이 미소 지었다.

"희망 없는 삶에 누군가가 나타나자 모험의 냄새를 감지하고 혹한," 그가 말했다. "두 탐욕스러운 자매 말이군요."

"그 말은 타당하지 않은 것 같은데. 너무 나갔어."

"안나는 젊었을 때 꽤 거친 삶을 살았습니다. 에밀리아는 늘 그녀를 주시했고요. 마음 깊은 곳으로는 그녀도 똑같은 삶을 살고 싶었을 겁니다. 우리가 사람들에 대해 아는 게 뭡니까? 그들에게 약점들이 있다는 것 말고는요. 그리고 그게 당신이 알아야 할 것들이죠."

"그들을 어떻게 만났지?"

대답은 놀라웠다.

"지퍼를 샀죠. 내 삶에서 내가 내 옷을 수선하던 때였죠. 난 그 노부인들을 보았고, 미친 생각이 들었습니다. 그들이 쓸모가 있으리라는.

위장으로."

"그리고?"

"들르기 시작했죠. 실을 좀 사면서. 내 세계 여행에 대해 말했죠. 돈 벌기가 얼마나 쉬운지도. 그리고 인생은 짧다는 것도. 하지만 너무 늦은 거란 없다는 것도. 난 그들이 이해했다는 걸 알았죠."

"그리고?"

롤프 뉘만이 어깨를 으쓱했다.

"어느 날 그들에게 제안했습니다. 어땠을까요? 그들이 거절할 수 없는 제안 말입니다."

발란데르는 더 묻고 싶었다. 하지만 갑자기 뉘만은 더 이상 말하고 싶어 하지 않았다.

발란데르는 주제를 바꾸었다.

"흘름은?"

"그도 탐욕스러웠죠. 그리고 나약했습니다. 그리고 날 속일 수 없으리란 걸 깨닫기엔 너무 멍청했죠."

"그들의 계획을 어떻게 알아차렸지?"

롤프 뉘만은 머리를 저었다.

"그 답은 주지 않을 겁니다." 그가 말했다.

발란데르는 병원에서 경찰서까지 걸었다. 기자 회견이 진행 중이었지만 다행히 빠져나왔다. 방에 들어서자 바닥에 소포가 하나 있었다. 그 소포가 실수로 내내 안내 데스크에 있었다고 누가 메모해 놓았다. 발란데르는 그게 불가리아의 소피아에서 왔음을 알았다. 즉시 그게 뭔지 알았다. 몇 달 전 그는 코펜하겐에서 인터폴 회의에 참석했었다. 거기서 오페라라는 관심을 공유한 불가리아 형사와 친분을 맺었다. 발란데르는 소포를 풀었다. 마리아 칼라스의 〈라 트라비아타〉 음반이었다.

발란데르는 롤프 뉘만의 첫 신문에 관한 보고서를 썼다. 그리고 퇴근했다. 음식을 만들어 먹고 몇 시간 잤다. 린다에게 전화할까 하다 하지 않았다.

그는 밤에 불가리아에서 온 레코드를 들었다. 지금 당장 가장 필요한 것은 하루 이틀의 휴식이라고 생각했다.

침대에 들었을 때는 2시가 다 된 시각이었다.

1월 8일 새벽 5시 13분에 위스타드 경찰서에 신고 전화가 접수되었다. 새해 전야 이래 쉬지 않고 근무한 지친 경관이 그 전화를 받았다. 그는 전화상으로 더듬는 목소리를 듣고 처음에는 정신착란을 일으킨 노인이라고 생각했다. 하지만 그럼에도 무언가가 그의 주의를 끌었다. 그는 묻기 시작했다. 통화가 끝났을 때 그는 수화기를 다시 들고 외우고 있는 전화번호를 돌리기 전에 잠시 고민해야 했다.

전화벨이 울렸을 때 에로틱한 꿈에 깊이 빠져 있던 발란데르는 잠에서 화들짝 깼다.

그는 수화기로 손을 뻗치며 손목시계를 확인했다. 교통사고군. 그는 바로 그렇게 생각했다. 빙판길 아니면 누가 너무 빠르게 차를 몰았거나. 사망 사고. 아니면 새벽에 폴란드에서 페리로 도착한 이민자들과의 충돌.

그는 침대에 앉아 수염이 꺼끌꺼끌하게 난 뺨에 수화기를 댔다.

"발란데르요!" 그가 소리를 빽 내질렀다.

"제가 깨웠습니까?"

"깨어 있었네."

왜 내가 거짓말을 하지? 왜 사실을 말하면 안 되는데? 내가 원하는 것은 침대로 돌아가 벌거벗은 여자의 꿈을 되찾는 것뿐이야.

"전화를 드려야 할 것 같다고 생각했습니다. 뉘스트룀이라고 이름을 밝히고 룬나루프에 산다는 어떤 나이 든 농부가 전화했습니다. 옆집 여자가 바닥에 묶여 있고, 한 사람은 죽었답니다."

발란데르는 마음속으로 잽싸게 룬나루프의 위치를 찾았다. 스코네에서 흔치 않게 언덕이 많은 지역으로 마르스빈스홀름에서 그리 멀지 않은 곳이었다.

"심각하게 들렸습니다. 그래서 집으로 전화를 드리는 게 최선이라고 생각했습니다."

"지금 시간이 되는 사람이 누구지?"

"페테르스와 노렌이 콘티넨털 호텔의 창문을 깬 사람을 찾고 있습니다. 두 사람을 부를까요?"

"그들에게 카데호[*]와 카트슬뢰사 교차로로 가서 내가 갈 때까지 기다리라고 하게. 두 사람한테 주소를 알려 줘. 전화가 언제 왔지?"

"몇 분 전에요."

"취해서 전화한 게 아닌 건 확실한가?"

"그렇게 들리지 않았습니다."

발란데르는 침대에서 나와 옷을 입었다. 그토록 필요했던 휴식은 그에게 허락되지 않았다. 그는 시내로 향하는 간선도로 옆 새로 지은 가구 창고를 지나쳐 도시 밖으로 차를 몰며 시내 저편 어두운 바다를 감지했다. 하늘은 구름으로 덮여 있었다.

눈보라가 오고 있어. 그는 생각했다.

조만간 우리 머리 위를 덮칠 거야.

이내 그는 닥칠 일에 집중하려고 노력했다.

경찰차가 카데호로 통하는 도로의 길가에서 그를 기다리고 있었다.

아직 어두웠다.

피라미드

초판1쇄 발행 2023년 12월 31일

지은이 │ 헨닝 망켈
옮긴이 │ 박진세
발행인 │ 박세진
독자 모니터링 │ 양은희, 채민경, 최윤희
표지디자인 │ 허은정
용 지 │ 두송지업
인 쇄 │ 대덕문화사
제 본 │ 바다제책사

펴낸곳 │ 피니스 아프리카에
출판등록 │ 2010년 10월 12일 제25100-2010-000041호
주소 │ 03958 서울시 마포구 망원동 419-3 참존 1차 501호
전화 │ 02-3436-8813
팩스 │ 02-6442-8814
블로그 │ blog.naver.com/finisaf
메일 │ finisaf@naver.com